넘버나인드림

NUMBER9DREAM
by David Mitchell

Copyright ⓒ David Mitchell, 2001
Korean Translation Copyright ⓒ MUNHAKDONGNE Publishing Corp., 2012

This Korean edition is published by arrangement with
Curtis Brown UK, London, through Duran Kim Agency, Seoul.
All Rights Reserved.

이 책의 한국어판 저작권은 듀란 킴 에이전시를 통해
Curtis Brown Group, Ltd.와 독점 계약한 (주)문학동네에 있습니다.
저작권법에 의해 한국 내에서 보호를 받는 저작물이므로
무단 전재 및 무단 복제를 금합니다.

이 도서의 국립중앙도서관 출판시도서목록(CIP)은
e-CIP 홈페이지(http://www.nl.go.kr/cip.php)와
국가자료공동목록시스템(http://www.nl.go.kr/kolisnet)에서 이용하실 수 있습니다.
(CIP제어번호: CIP2012004615)

넘버 나인 드림

number9dream

David Mitchell

데이비드 미첼 장편소설

최용준 옮김

문학동네

게이코를 위해

꿈을 버리느니 현실을 묻어버리는 편이 훨씬 더 간단하다.

돈 드릴로, 『아메리카나』

하나

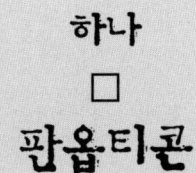

판옵티콘

"간단합니다. 저는 당신의 이름을 알고, 당신은 제 이름을 압니다. 아주 옛날에 말입니다. 미야케 에이지. 네, 제가 바로 그 미야케 에이지입니다. 가토 양, 우린 둘 다 바쁜 사람들이니 인사나 잡담은 생략하기로 하지요. 저는 제 아버지가 누군지 알기 위해 여기 도쿄에 온 겁니다. 당신은 제 아버지의 이름과 주소를 알고 있습니다. 곧 당신은 제가 원하는 정보를 주게 될 겁니다. 지금 당장." 뭐, 이 비슷한 식으로 할 생각이다. 커피잔 속 크림은 은하의 나선 팔처럼 풀려나가고, 주위에서는 잡담이 들려온다. 도쿄에서 맞이한 첫날, 벌써 몸보다 생각이 저만치 앞서 달려 나가고 있다. 주피터 카페는 점심시간의 웃음, 주말 계획을 짜는 금요일의 수다, 달그락거리는 찻잔 소리로 어수선하다. 남자 일벌들이 휴대전화에 대고 앵앵거린다. 여자 일벌들은 좀더 여성스럽게 보이기 위해 축 처진 목소리를 애써 높인다. 커피, 해산물 샌드위치, 세제, 수증기. 내가 앉은 이곳에서는 길 건너편 판옵티콘 정문이 아주 잘 보인다. 지르코늄색 고딕 마천루는 장관이다. 상층부는 구름에 가려 있다. 숨이 턱턱 막히는 공기에 갇힌 도쿄는 섭씨 34도, 습도 86퍼센트의 찜통이다. 저기 보이는 커다란 파나소닉 화면에 그렇게 나온다. 도쿄는 모든 것이 너무나도 가까이 모여 있기 때문에 제대로 볼 수가 없다. 거리라는 개념이 아예 없으며 모든 것은 우리 머리 위에 떠 있다. 치과, 유치원, 댄스 학원. 심지어 도로와 인도까지도 더러운 받침대 위에 놓여 붕 떠 있다. 저 끔찍한 수상도시 베네치아에서 물이 모두 빠져나갔다고 생각하면 딱 맞으리라. 거울로 된 건물 외벽에 반사된 비행기가 건물을 따라 올라간다. 늘 나는 가고시마 현이 거대하다고 생각했다. 하지만 신주쿠 거리를 잠시 걷고 나니 그런 생각은 단숨에 사라졌다. 담배에 불을 붙인다(오늘 피우는 담배는 '쿨'이다. 내 앞에 서 있던 폭주족이 고른 상표다). 오메 가도(街道)와 기타 로(路)의 교차로를 지나는 차와 행인 들을 지켜본다. 시청의 공무원들, 입술을 뚫은 미용사들, 대낮부터 취한 사람들, 아이를 업은 주부들. 가만히 서 있는 사람은 아무도 없다. 강, 눈보라, 자동차, 바이트, 일 분에 천 명꼴로 지나가는 사람들. 야쿠시마에서는 천 분에 한 명꼴로 사람을 볼 수 있다. 이 모든 사람들의 기억 속에는 '부모'라는 항목이 들어 있다. 그게 아니면 잘 나온 사진, 잘 안 나온 사진, 무서운 모습의 사진, 온화한 모습의 사진, 귀퉁이가 닳은 사진, 긁힌 자국이 난 네거티브필름. 뭐가 되었든 별 차이는 없다. 어쨌든 저기 저 사람들은 자신을 이 세상으로 이끈 이가 누구인지 안다. 가토 아키코, 제가 기다리고 있습니다. 주피터 카페는 판옵티콘에서 점심식사를 할 수 있는 가장 가까운 장소잖습니까. 잠깐 들러 해산물 샌드위치와 커피를 하세요. 그러면 훨씬 더 일이 간단해지지 않을까요? 저는 당신을 보자마자 금방 알아보고 제 소개를 하고 정의가 제 편이라는 사실을 납득시킬 거예요. 어떻게 하면 몽상을 현실로 만들 수 있을까? 나는 한숨을 쉰다. 잘하지는 못하지만 자주 하지도 않으니까 괜찮다. 제가 원하는 것을 얻으려면 아무래도 당신이 숨어 있는 요새로 잠입해야겠군요. 맘에 드는 상황이 아니다. 판옵티콘처럼 거대한 건물에는 출구도 여럿 있을 거고 내부에 식당도 있을 것이다. 혹시 당신은 여왕처럼 앉아 하인이 가져오는 음식을 먹을지도 모르겠군요. 나는 피우던 쿨을 그 선조들이 묻혀 있는 곳에 함께 묻고 커피를 다 마시고 나면 망보기를 끝내기로 결정한다. 제 말 듣고 계신가요, 가토 아키코? 당신을 만나러 갑니다. 주피터 카페에는 웨이트리스가 세 명이다. 큰언니 역을 하는 한 명은 불쌍한 남편을 독살한 황후처럼 악랄해 보이고, 다른 한 명은 시끄러운 당나귀 목소리로 꽥꽥거린다. 세번째 웨이트리스는 지금 내게 등을 돌리고 있지만 세상에서 가장 완벽한 목이 보인다. 황후는 당나귀에게 자기 미용사가 최근에 이혼한 이야기를 하고 있다. "그 남자는 자기 아내가 더는 환상을 채워주지 못하면 바로 차버리는 거야." 세상에서 제일 완벽한 목을 가진 웨이트리스는 싱크대에서 수세미와 스펀지를 들고 종신형을 복역 중이다. 황후나 당나귀는 세상에서 제일 완벽한 목을 가진 웨이트리스를 무시하는 걸까? 아니면 반대로 그녀가 황후나 당나귀를 무시하는 걸까? 판옵티콘 건물이 한 층씩 사라진다. 이제 구름은 18층까지 내려왔다. 내가 시선을 돌리는 순간에도 안개구름은 계속 아래로 내려온다. 냅킨에 지금까지 내가 살아온 날을 계산해본다. 윤년 네 번을 포함해 칠천이백구십 일이다. 시계는 한시 오 분 전을 가리킨다. 돌연 카페에 있는 일벌 대부분이 일어나 벌떼처럼 우르르 몰려 나간다. 한시 정각이 되었을 때 형광등 조명 아래 칸막이된 자리에 앉아 있지 않으면 회사에서 구조조정을 핑계로 해고라도 시킬까 겁이 나는 걸까? 내 커피잔은 바닥에 찌꺼기만 남은 채 텅 비어 있다. 좋아. 시계가 한시를 가리키면 판옵티콘으로 들어가는 거야. 겁이 난다는 사실은 인정한다. 겁이 난다는 건 좋은 일이다. 지난해, 내가 다니던 고등학교에 신병 모집 담당 장교가 왔다. 그 장교는 제대로 된 소대라면 공포를 모르는 병사를 동료로 삼고 싶어하지 않는다고 말했다. 전투에서 맹목적이며 겁을 모르는 병사는 결국 자기 동료들을 모두 죽음으로 몰고 간다고 했다. 능력 있는 병사는 자신의 공포심을 적절히 이용해 날카로운 감각을 기르는 데 쓴단다. 말은 쉬워 보인다. 커피 한 잔 더 할래, 에이지? 아니, 사양하겠어, 에이지. 하지만 마지막으로 쿨 한 개비를 더 피울 거야. 감각을 날카롭게 벼리기 위해.

시계가 한시 삼십분을 가리킨다. 내 데드라인은 죽었다. 재떨이가 차고 넘친다. 쿨 담뱃갑을 흔든다. 마지막 한 개비만 남았다. 안개는 판옵티콘 9층까지 내려왔다. 가토 아키코가 에어컨을 켠 중역실 창문 밖으로 안개를 바라보는 모습을 상상한다. 내가 그 여자를 느끼는 것처럼 그 여자도 나를 느낄 수 있을까? 오늘 아침 잠에서 깨었을 때 오늘이 삶을 백팔십도 바꾸는 그런 날 가운데 하루라는 걸 알았을까? 마지막으로, 마지막 남은 담배를 피우자. 그리고 '겁먹은 에이지'에서 '결단력 없는 에이지'로 바뀌기 전에 계획을 실행에 옮기자. 주피터 카페에 나만큼이나 오래 죽치고 있는 손님은 노인 한 명뿐이다. 노인은 겜보이에 빠져 있다. 노인은 교과서에 실린 노자의 초상화와 똑같이 생겼다. 정말이다. 대머리, 살짝 돈 듯한 표정, 수염. 다른 손님들은 가게에 들어와 주문을 하고 돈을 내고 먹고 마시고 십오 분도 되지 않아 나간다. 나보다 수십 배나 가치 있는 손님들이다. 오직 노자와 나만이 나가지 않고 계속 남아 있다. 웨이트리스들은 내가 여자친구에게 바람을 맞았거나 아니면 자기들이 집에 돌아갈 때 몰래 스토킹할 생각으로 어슬렁거리는 사이코라고 여길 게 분명하다. 누군가 새로 연주한 〈Imagine〉이 배경음악으로 흘러나온다. 존 레논이 충격받고 무덤에서 벌떡 일어날 정도로 형편없다. 믿을 수 없을 정도로 천박하다. 심지어는, 돈 때문에 몸을 팔듯 이 끔찍한 곡을 녹음한 연주가 자신도 이 연주가 싫었던 모양이다. 임신한 여자 두 명이 들어오더니 시원한 레모네이드를 주문한다. 노자는 계속 콜록거리고, 비디오게임기 화면에 달라붙은 점액을 소매로 닦는다. 나는 연기를 깊게 들이마시고 콧구멍으로 살살 내보낸다. 도쿄가 이렇게 더러울 줄은 상상도 못 했다. 이 도시를 깨끗이 청소하려면 엄청난 홍수가 필요하다. 만돌린을 켜는 곤돌라 사공이 긴자 쪽으로 노를 저어가는 모습을 상상해본다. 황후가 당나귀에게 계속 말한다. "경고해두는데, 그 남자랑 결혼했던 여자들은 아주 욕심쟁이에 뽐내기 좋아하던 그런 부류였어. 그러니 그런 꼴을 당해도 싸지. 결혼을 하려면 분수에 맞는 상대를 골라야 한다는 걸 명심해." 나는 커피 거품을 홀짝인다. 내 머그잔 가장자리에는 립스틱 흔적이 남아 있다. 이 부분으로 커피를 마시면 낯선 여자와 키스를 하는 거라는 생각이 든다. 그렇다면 지금까지 내가 키스한 여자는 세 명으로 늘어난다. 하지만 내 또래 남자의 전국 평균에 비해서는 여전히 모자라는 수치다. 내가 세번째로 키스한 여자의 후보가 누군지 살펴보기 위해 주피터 카페 안을 두리번거리다가 활기차고 현명하며 달빛에 비친 비올라 같은 목의 웨이트리스에게 시선을 고정한다. 머리 가닥 몇 올이 흘러내려 그 여자의 목덜미를 간질인다. 머그잔에 묻은 분홍색을 여자의 입술에 발린 분홍색과 비교해본다. 하지만 이렇게 멀리 떨어진 거리에서는 제대로 확인하기 어렵다. 게다가 립스틱의 원자와 도자기의 분자가 섞였기 때문에 원래의 분홍색이라 할 수 없다. 또한 이 잔은 여러 번 씻었을 것이다. 저 웨이트리스는 세련된 도쿄 사람이니, 쫓아다니는 남자들이 포켓용 컴퓨터의 주소록을 가득 채울 정도로 많을 것이다. 잊어버리자. 저 여자는 아니다. 노자가 비디오게임기를 보며 투덜거린다. "제길, 뭐 이따위 로봇이 다 있어. 매번 터지잖아!" 나는 남은 커피를 홀짝이고 야구모자를 쓴다. 나를 만든 자가 누구인지 알아내러 갈 시간이다.

□

판옵티콘의 로비가 나를 통째로 삼킨다. 석조 고래의 배 속처럼 휑뎅그렁하다. 바닥의 화살표가 내 발을 감지하더니 비어 있는 접수대 쪽으로 나를 안내한다. 쉬익 소리를 내며 등 뒤로 문이 닫히고, 내가 선 곳은 땅속처럼 깜깜해진다. 불빛이 번쩍이며 머리부터 발끝까지 검사를 하고 내 신분증에 찍혀 있는 바코드를 훑으며 삑 소리를 낸다. 호박색 스포트라이트가 켜지더니 검은 유리에 비친 내 모습이 나를 응시한다. 나는 알맞은 복장을 하고 있다. 작업복, 야구모자, 공구상자, 클립보드. 화면에 얼음처럼 차가운 표정의 여자가 나타난다. 아름다운 얼굴은 티 한 점 없고, 완벽한 대칭을 이루고 있다. 여자의 라펠에서는 '보안'이라고 적힌 배지가 이글거린다. 여자가 읊조린다. "이름과 방문 목적을 말하십시오." 이 여자가 어느 정도까지가 인간일까 궁금하다. 요즘은 인간이 컴퓨터처럼 되고 컴퓨터가 인간처럼 되는 시대다. 나는 완전 촌뜨기인 척한다. "안녕하세요, 저는 소가베 란이라고 합니다. '금붕어의 친구'에서 나왔습니다."

여자가 인상을 찌푸린다. 좋았어. 여자는 단지 인간일 뿐이다. "금붕어의 친구라고요?"

"저희 광고를 못 보셨나요?" 나는 광고에 나오는 노래를 부른다. "우리는 지느러미 달린 귀염둥이 친구들을 보살피네……"

"판옵티콘에 온 목적은 무엇입니까?"

나는 어리둥절한 척한다. "오수기와 코수기의 수족관을 관리하려요."

"오수기와 '보'수기입니다."

나는 클립보드를 보는 척한다. "늘 헷갈리네요."

"스캔을 해보니 당신 공구상자에서 이상한 물건이 발견되었습니다."

"독일에서 새로 수입한 겁니다. 탄화불소 이온 앰플입니다. 수족관 관리에서 가장 중요한 건 pH 관리라는 걸 잘 알고 계실 겁니다. 이 앰플을 쓰는 건 현재 전국에서 저희 회사뿐일 겁니다. 원하시면 간단히 설명을 해드릴……"

"오른손을 앞에 보이는 스캐너에 대십시오, 소가베 씨."

"간지러운 건 아니지요?"

"지금 대신 건 왼손입니다."

"죄송합니다."

'출입허가'라는 불이 들어올 때까지, 짧지만 영원 같은 시간이 흐른다.

"암호를 말씀하십시오."

여자는 조금도 방심하지 않는다. 나는 눈을 가늘게 뜬다. "어디 보자…… 313-636-969네요."

얼음장 같은 여자의 눈이 깜박인다. "맞습니다." 당연히 맞아야 지. 이 아홉 자리 숫자를 알아내기 위해 도쿄에서 제일가는 해커에 게 엄청난 돈을 갖다 바쳤다. "이달이 7월이라면요. 하지만 지금은 8월이라는 걸 잊지 마십시오."

이런 멍청한 사기꾼 해커. "에…… 이상하네요." 나는 시간을 벌기 위해 사타구니를 긁적인다. "암호를 알려주신 분은……" 나 는 클립보드를 슬쩍 보고 말을 잇는다. "가토 아키코 양입니다. 오 수기와 코수기의 변호사요. 암호는 그분이 직접 선택하는 걸로 아 는데요."

"'보' 수기입니다."

"어쨌든, 에, 만약 암호가 유효하지 않다면 저는 이 건물에 들어 가지 못하는 거죠? 만약 왜 금지옥엽 같은 오키나와산 관상어가 똥물에 중독되어 죽었냐고 가토 양께서 물으시면 저는 당신 이름 을 댈 수밖에 없습니다. 당신 이름이 뭐라고 하셨죠?"

얼음장 같은 여자의 얼굴이 굳어진다. 자고로 열정이 많은 자는 허풍에 잘 넘어가는 법. "암호를 확인하고 내일 다시 오십시오."

나는 코웃음을 치며 고개를 흔든다. "그건 안 됩니다! 제가 얼마나 많은 물고기를 담당하는지 아십니까? 예전에는 적당히 알아서 하는 편이었지요. 하지만 이제는 시간 단위로 할 일이 정해져 있단 말입니다. 한번 약속이 어긋나면 우리 물고기 친구들은 똥물을 마시며 죽는 수밖에 없습니다. 심지어 제가 여기서 당신이랑 씨름하는 시간에도 제가 담당하는 시청의 에인절피시 아흔 마리가 질식해 죽어갈 겁니다. 나쁜 감정은 없습니다만 제 책임이 아니라는 걸 확실히 하기 위해서는 당신 이름을 알아야 합니다." 나는 극적인 태도로 받아 적을 자세를 취한다.

얼음장 같은 여자가 망설인다.

나는 누그러진 태도로 말한다. "가토 양의 비서에게 전화를 해보시면 어떨까요? 그러면 제가 방문하기로 되어 있다는 걸 확인해줄 텐데요."

"이미 해봤습니다." 이제 나는 슬슬 걱정이 된다. 그 잘난 해커가 내 가명마저 엉터리로 알아낸 거라면 난 완전 끝장이다. "하지만 당신은 내일 오기로 되어 있습니다. 오늘이 아니고요."

"맞습니다. 당신 말이 맞아요. 원래는 내일 방문하기로 되어 있습니다. 하지만 어제 저녁 물고기 성(省)이 저희 업계 전체에 비상사태를 선포했습니다. 수중 구제역 에볼라 바이러스가 국내에 들어왔다고요. 대만에서 들여온 관상어들 때문이죠. 공기를 통해 전파되고 부레를 감염시키고…… 아주 끔찍한 일이 벌어집니다. 문자 그대로 배가 터지고 창자가 비어져 나올 때까지 몸이 불룩하니 부풀어오릅니다. 과학자들이 치료법을 연구하고 있지만, 당신에게만 말하는 건데……"

얼음장 같은 여자가 마침내 내 말에 넘어간다. "두 시간짜리 임시 허가를 내드리겠습니다. 곧장 고속 엘리베이터로 가십시오. 바닥의 센서 화살표가 가리키는 곳에서 벗어나지 마십시오. 화살표를 벗어났다가는 경보가 울리게 되고, 불법 침입으로 간주될 겁니다. 엘리베이터는 자동으로 81층에 있는 오수기와 보수기 사무실로 갈 겁니다."

"81층에 도착했습니다. 소가베 씨. 모시게 되어 영광이었습니다. 다시 모시게 되길 바랍니다." 엘리베이터가 말한다. 문이 열리고, 화분과 양치식물이 우거진 인공 우림이 눈앞에 펼쳐진다. 전화벨이 새처럼 지저귄다. 흑단 책상 뒤에서 젊은 여인이 안경을 벗고 분무기를 내려놓는다. "경비실 말로는 소가베 씨가 온다고 하던데요."

"어디 보자…… 카즈요? 카즈요 맞죠?"

"네, 하지만 당신은……"

"란이 당신을 판옵티콘의 천사라고 부르는 게 당연하군요."

접수원은 내 말에 넘어가지 않는다. "이름이 어떻게 되시죠?"

"란의 조수입니다! 조지입니다. 설마 란이 제 이름을 한 번도 얘기하지 않았다고 시치미 떼지는 않으시겠죠? 원래 제 담당은 하라주쿠입니다만 이번 달에는 란 대신 신주쿠를 맡았습니다. 란이 말라리아에 걸려서요."

여자의 얼굴이 찌푸려진다. "뭐라고요?"

"란이 말 안 했나요? 흠, 뭐 어쩔 수 없죠. 처음에는 그냥 감기가 좀 심하게 걸린 거라고 생각했거든요. 그래서 자기가 맡은 고객들 방문 일정을 취소하지 않은 거고요…… 아, 이건 비밀이에요." 나는 진지하게 웃고, 주위를 돌아보며 비디오카메라를 찾는다. 하나도 보이지 않는다. 나는 무릎을 꿇고 공구상자를 열어 뚜껑으로 여자의 시선을 가리고, 비밀 무기를 조립하기 시작한다. "여기까지 오느라 엄청나게 시간이 걸렸습니다. 컴퓨터가 너무 의심이 많아서요. 인공지능? 차라리 인공 돌대가리라고 하는 게 나을걸요. 가토 양의 사무실이 이쪽 복도 끝에 있는 거죠?"

"네, 하지만, 보세요, 조지 씨. 우선 홍채 스캔부터 하셔야 합니다."

"그거 간지러운 건가요?" 조립 끝. 나는 공구상자를 닫고 손을 뒤로 돌린 채 멍청한 웃음을 머금고 여자가 앉은 책상으로 다가간다. "어디를 보면 되죠?"

여자가 스캐너를 내 쪽으로 돌린다. "여기에 눈을 대세요."

나는 우리 둘 말고 다른 사람이 있는지 확인한다. "카즈요, 란이 그러던데, 그게 사실인가요?"

"무슨 사실 말이죠?"

"당신 발가락이 열한 개라는 거요."

"뭐라고요?" 말을 하며 여인은 발을 내려다보고, 나는 그 순간을 놓치지 않고 중국 군대 전체라도 잠재울 수 있는 순간 마취탄을 여인의 목에 쏜다. 여인이 장부 위로 푹 쓰러진다. 나는 쓰러진 여인에게 제임스 본드 흉내를 내며 익살스러운 말장난을 해본다.

나는 세 번 노크를 한다. "금붕어의 친구에서 왔습니다, 가토 양!"

이상한 정적. "들어와요."

나는 복도에 아무도 없는 것을 확인하고 방으로 들어선다. 가토 아키코의 사무실은 내가 상상했던 모습과 아주 비슷하다. 체크무늬 카펫. 곡면 창을 가린 구름. 구식 파일 캐비닛들이 놓인 벽. 너무 고상해서 눈길을 잡아두지 못하는 그림들이 걸린 벽. 두 개의 반달형 소파 사이에 놓인 거대한 원형 수족관. 오키나와 관상어 한 무리가 산호초 궁전과 가라앉은 전투함 주변을 맴돈다. 마지막으로 가토 아키코를 본 건 구 년 전이지만 이 여인은 그날 이후 단 하루도 더 나이를 먹지 않았다. 아름답지만 언제나처럼 차갑고 무정한 표정이다. 여인은 책상 너머로 나를 슬쩍 건너다본다. "평소에 오던 직원이 아니군요."

나는 문을 잠그고 권총이 든 주머니에 열쇠를 넣는다.

여인이 나를 위아래로 훑어본다.

"저는 아예 그 회사 직원이 아닙니다."

여인이 펜을 내려놓는다. "당신 대체 정체가……"

"간단합니다. 저는 당신의 이름을 알고, 당신은 제 이름을 압니다. 아주 옛날에 말입니다. 미야케 에이지. 네, 제가 바로 그 미야케 에이지입니다. 맞습니다. 오랜 시간이 흘렀죠. 보세요. 우린 둘 다 바쁜 사람이니 인사나 잡담은 생략하기로 하지요. 저는 제 아버지가 누군지 알기 위해 여기 도쿄에 온 겁니다. 당신은 제 아버지의 이름과 주소를 알고 있습니다. 곧 당신은 제가 원하는 정보를 주게 될 겁니다. 지금 당장."

가토 아키코가 눈을 깜박인다. 이윽고 내 말을 이해하자 웃음을 터뜨린다. "미야케 에이지?"

"뭐가 웃긴 건지 모르겠습니다만."

"루크 스카이워커가 아니고? 작스 오메가가 아니고? 설마 네가 떠들어댄 그 말에 내가 서약을 깨고 비밀을 털어놓을 거라고 생각한 거야? '한 섬소년이 한 번도 만나본 적이 없는 아버지를 만나기 위해 아주 위험한 모험을 했습니다.' 그 섬소년에게 무슨 일이 일어날지 알아?" 가토는 괜히 슬픈 척 고개를 젓는다. "내 친구들조차 나를 도쿄에서 가장 악랄한 변호사라고 불러. 그런데 네가 여기 쳐들어와서 고객의 기밀 정보를 내놓으라고 겁을 주는 거야? 제발 정신 좀 차리렴!"

나는 발터 PK 32구경을 꺼내 멋지게 돌린 다음 가토를 겨냥한다. "이 방에 제 아버지에 관한 서류가 있습니다. 그 서류를 제게 주십시오. 부탁합니다."

가토는 충격받은 시늉을 한다. "지금 나를 겁주는 거야?"

나는 안전장치를 푼다. "그랬으면 좋겠습니다. 제가 볼 수 있도록 두 손을 드십시오."

"장난이 너무 심해, 꼬마야."

가토는 수화기를 집어들고, 전화기는 곧 작은 플라스틱 초신성이 되어버린다. 총알이 방탄유리에 맞고 튕기며 화려한 해바라기 그림에 생채기를 낸다. 가토 아키코가 창백해진 얼굴로 눈을 부라린다. "이 야만인! 내 반 고흐에 상처를 입히다니! 반드시 후회하게 될 거야!"

"원하시는 대로. 자, 이제 서류를 주시죠."

가토 아키코가 으르렁댄다. "삼십 초 안에 경비들이 올 거야."

"당신 사무실의 전자 청사진을 봤습니다. 외부인 통제도 철저하고 방음장치도 완벽하더군요. 밖에서 나는 소리가 들리지 않고, 방 안의 소리도 밖으로 나가지 않는다는 거 다 압니다. 괜히 고함치지 말고 서류나 주시지요."

"야쿠시마에서 외할머니랑 외삼촌들이랑 오렌지를 따며 행복하게 살 수 있었을 텐데."

"두 번 말하고 싶지 않습니다."

"정말 문제가 그렇게 간단하면 좋겠다. 하지만 너도 알다시피, 네 아버지는 놓치기엔 아쉬운 거물이거든. 만약 사생아, 그러니까 바로 너 말이야, 사생아가 있다는 사실이 알려지면, 그렇게 높은 위치에 있는 분에게는 큰 망신이지. 그렇기 때문에 우리는 그분 정보를 절대 비밀로 지키는 거고."

"그래서요?"

"그래서, 넌 평지풍파를 일으키고 있다는 거야."

"아, 알겠어요. 만약 제가 아버지를 만나면 당신은 아버지를 더는 협박할 수 없다는 뜻이군요."

"여드름 연고나 찾으러 다닐 아이가 쓰기에 협박이라는 단어는 좀 과한데. 네 아버지의 변호사로서 나는 신중하게 행동해야 해. 신중이라는 단어가 무슨 뜻인지 알아? 권총을 든 범죄자로부터 선량한 시민을 떼어놓는다는 뜻이야."

"그 서류 없이는 이 사무실을 나가지 않을 겁니다."

"아마 아주 오래 기다려야 할 거야. 기다리는 동안 먹게 샌드위치를 주문해줄 수도 있었지만, 네가 전화기를 부숴버렸네."

이런 말장난이나 하고 있을 시간이 없다. "알았어요, 알았어. 좀 더 어른스러운 방법으로 논의를 계속하도록 하죠." 내가 총을 내리자 가토 아키코는 승리의 웃음을 머금는다. 마취제가 가토의 목에 박힌다. 가토는 그대로 의자에 쓰러지고, 깊고 푸른 바다처럼 의식을 잃는다.

  속도가 모든 것을 좌우한다. 나는 손가락에 씌웠던 소가베 란의 지문을 벗기고 가토 아키코의 지문을 입힌 뒤 가토의 컴퓨터에 접속한다. 나는 가토의 몸을 구석으로 밀어놓는다. 마음에 들지 않는다. 조만간 가토가 정신을 차릴 것만 같다. 컴퓨터 깊숙이 들어 있는 파일들은 암호가 걸려 있지만, 암호를 깨는 건 간단하다. 미야케의 '미'를 찾는다. 내 이름이 항목에 나와 있다. 더블클릭. 에이지. 더블클릭. 뭔가 된 듯 핑 하는 기계음이 나더니 벽에서 서랍이 튀어나온다. 나는 얇은 금속 서류함들을 뒤적인다. 미야케-에이지-부자관계. 파일이 금빛으로 빛난다.
  "다시 제자리에 넣어."
  가토 아키코가 발로 문을 닫는다. 주브르 론 이글 44구경이 내 미간을 겨냥하고 있다. 멍청한 표정으로 나는 여전히 의자에 쓰러져 있는 가토를 바라본다. 문 앞의 가토가 조소를 띄운다. 치아에 에메랄드와 루비가 박혀 있다. "네가 쏜 건 바이오보그였어, 이 멍청아! 복제인간이라고! 〈블레이드 러너〉도 안 봤어? 우리는 네가 오는 걸 이미 알고 있었어! 우리 스파이가 주피터 카페에서 널 알아봤지. 카페에 있던 노인 기억나? 노인의 겜보이에는 카메라가 설치되어 있고 판옵티콘 중앙 컴퓨터와 연결되어 있어. 자, 무릎 꿇어. 천천히. 그리고 바닥에 총을 놓고 내 쪽으로 밀어. 천천히. 날 화나게 하지 마. 이 거리에서 주브르를 쏘면 네 얼굴을 아주 짓뭉

개놓을 수도 있어. 아마 네 어머니도 널 못 알아볼걸. 뭐, 어차피 어머니 노릇을 제대로 하는 사람 같지는 않지만 말이야. 안 그래?"

나는 조롱을 무시한다. "혼자서 침입자와 대적하는 건 현명하지 못한 행동입니다만."

"네 아버지 서류는 민감한 사항이라서."

"그럼 당신의 바이오보그는 진실을 말한 거로군요. 당신은 아버지를 협박해서 돈을 갈취하는 거로군요."

"지금 이런 상황에서라면, 도덕에 대한 토론보다는 네 목숨 쪽에 더 맘을 쓰는 게 낫지 않을까?" 가토는 계속 나를 주시하면서 몸을 숙여 내가 밀어놓은 발터를 집어든다. 하지만 아주 잠깐 내게서 주의가 흐트러진다. 나는 그 틈을 놓치지 않고 서류함을 가토의 얼굴에 겨냥해 집어 던진다. 서류함에서 종이들이 정신없이 쏟아져 나와 가토의 눈을 어지럽힌다. 가토가 비명을 지르고, 나는 몸을 굴리고, 가토의 주브르가 불을 뿜고, 유리가 깨지고, 나는 공중을 날아 가토의 머리를 차고, 손아귀에서 권총을 빼앗는다. 권총이 다시 불을 뿜고, 가토의 몸이 빙그르 돌아가고, 나는 어퍼컷을 먹이고, 가토는 반달 모양 소파에 쓰러진다. 관상어들이 양탄자 위로 쏟아진다. 진짜 가토는 쓰러져 꼼짝도 않는다. 나는 봉인된 아버지의 파일을 작업복 안에 쑤셔넣고, 공구상자를 챙겨 밖으로 나온다. 문을 닫는다. 복도 양탄자가 물에 젖기 시작한다. 나는 복도를 거슬러 엘리베이터로 가며 〈Imagine〉을 휘파람으로 분다. 지금까지는 식은 죽 먹기였다. 이제 나는 살아서 판옵티콘을 빠져나가야만 한다.

여전히 정신을 잃고 있는 접수원 주위에 사람들이 우글거린다. 묘하다. 나는 가는 곳마다 여자들이 의식을 잃게 만들고 있다. 엘리베이터 버튼을 누르고 적당한 관심을 보인다. "새건물증후군이래요. 외삼촌은 그러시더라고요. 안 믿으실지도 모르지만, 물고기도 비슷하게 영향을 받아요." 엘리베이터가 도착하고 나이 든 간호사가 구경꾼들을 밀치고 나아간다. 나는 엘리베이터 안으로 들어가자마자 다른 사람들이 들어오지 못하도록 '닫힘' 버튼을 누른다.

"잠깐만!" 닫히는 문 사이로 번쩍이는 장화가 비집고 들어오고, 근육질의 경비원이 문을 연다. 경비원은 미노타우로스처럼 근육질에 콧구멍이 크다. "젊은이, 1층."

나는 버튼을 누르고, 엘리베이터는 내려가기 시작한다.

미노타우로스가 말한다. "너 산업 스파이냐?"

아드레날린과 피가 이상한 방식으로 온몸에 확 솟구친다. "네?"

미노타우로스가 계속 진지한 표정을 짓는다. "넌 재빨리 이곳을 빠져나가려는 거잖아? 그래서 아까 엘리베이터 문을 그렇게 급히 닫은 거고."

아, 농담하는 거군. 나는 공구상자를 두드리며 말한다. "맞아요. 금붕어 첩보 자료가 가득 들었죠."

미노타우로스가 콧방귀를 뀌며 웃는다.

엘리베이터가 느려지더니 문이 열린다. "먼저 내리세요." 미노타우로스가 날 먼저 내리게 할 생각은 전혀 없어 보이지만, 어쨌든 내가 말한다. 그는 옆문으로 사라진다. 나는 바닥의 화살표를 따라 경비실까지 간다. 나는 얼음장 같은 여인을 향해 활짝 웃어 보인다. "들어갈 때와 마찬가지로 나갈 때도 당신을 보는 건가요? 아무래도 이건 운명인 거 같군요."

여인의 눈이 스캐너에 가 꽂힌다. "규칙입니다."

"아, 그렇군요."

"할 일은 다 마치셨습니까?"

"다 했습니다. 고맙습니다. 아시겠지만, 저희 금붕어의 친구는 이 일을 시작하고 나서 지난 십팔 년 동안 관리를 소홀히 해 죽인 물고기가 단 한 마리도 없다는 사실을 자랑으로 여기고 있습니다. 저희는 관리하는 물고기가 죽으면 늘 검시를 합니다. 매번, 사인은 노환이었습니다. 아니면 연말 파티에서 고객이 실수로 술을 넣었다거나 하는 식이었습니다. 만약 시간이 있으시면 저녁식사를 같이하며 좀더 자세히 말씀드리고 싶습니다만."

얼음장 같은 여인이 섬뜩한 눈으로 나를 본다. "우리에게는 공통점이 없습니다."

"우리는 둘 다 인간입니다. 그것만으로도 충분하지요."

"지금 이러는 게 왜 당신 공구상자에 주브르 44구경이 들어 있는지 답하지 않고 얼렁뚱땅 빠져나가려는 수작이라면 당신의 시도는 실패했음을 알려드립니다."

나는 전문가다. 지금 이 상황에서 공포를 느끼면 안 된다. 어떻게, 어떻게 이렇게 멍청한 짓을 저지른 걸까? "절대 불가능한 일입니다."

"그 총은 가토 아키코의 이름으로 등록되어 있습니다."

"아하!" 내가 킬킬거리며 공구상자를 열고 총을 꺼낸다. "이걸 말하는 건가요?"

"그걸 말하는 겁니다."

"이거요?"

"그거요."

"이건, 그러니까……"

"그러니까 뭐죠?" 얼음장 같은 여인이 경보장치로 손을 뻗는다.

"……이겁니다!" 첫번째 총탄이 유리에 꽃을 피운다. 경보장치

가 울린다. 두번째 총탄으로 유리에 미궁이 새겨진다. 가스가 새어

나오는 소리가 들린다. 세번째 총탄으로 유리에 금이 간다. 나는

고함을 지르며 창을 향해 몸을 날린다. 나는 로비 바닥에 떨어지며

몸을 구른다. 바닥의 화살표가 번쩍인다. 사람들이 공포에 질려 몸

을 웅크리고 있다. 사방이 요란하다. 경비원들의 발소리가 이쪽을

향해 다가온다. 나는 이중 안전장치를 돌려 주브르를 연속 플라즈

마 발사에 맞춘 뒤 경비원들이 오는 복도를 향해 쏘면서 입구로 달

려 나간다. 주브르에 과부하가 걸려 폭발하기까지의 삼 초라는 시

간은 탈출하기에 충분하지 않다. 폭발로 인해 내 몸은 날아가 회전

문에 부딪히고, 빙그르 회전하는 문을 통과해 건물 밖 바닥에 메다

꽂힐 것이다. 사용자까지 날려버리는 총이라니. 주브르가 판매되

고 구 주 만에 시장에서 회수된 데에는 다 그럴 만한 이유가 있었

다. 내 뒤쪽은 연기가 자욱하고 스프링클러에서 물이 쏟아지며 완

전히 아수라장이다. 내 주위로는 당황한 사람들, 차량 추돌 사고,

그리고 내게 가장 필요한 존재, 즉 겁먹은 군중이 있다. 내가 외친

다. "저 안에 미친놈이 있어요! 미친놈이 풀려났어요! 수류탄! 놈

이 수류탄을 터뜨렸어요! 경찰을 부르세요! 헬리콥터가 있어야 해

요! 헬리콥터가 필요해요! 많이 있어야 해요!" 나는 절뚝거리며 근

처의 백화점으로 몸을 감춘다.

나는 새 서류가방에서 아직도 테이프로 봉해져 있는 아버지의
파일을 꺼낸다. 후손들에게 이 감격의 순간을 전하기 위해 지금 이
기분을 마음속에 잘 간직해둔다. 8월 24일, 오후 2시 25분, 총각의
요처럼 얼룩진 하늘 아래, 바이오보그가 운전하는 택시 뒷좌석에
앉아 요요기 공원 서쪽을 돌아가는 지금, 도쿄에 온 지 스물네 시
간도 되지 않았는데 아버지의 신분을 알아냈다. 이 정도면 잘한 축
이다. 나는 넥타이를 똑바로 맨다. 내 옆자리에 안주가 앉아 다리
를 흔드는 장면을 상상한다. 파일을 툭툭 치며 내가 말한다. "보
여? 여기 다 들어 있어. 아버지 이름, 얼굴, 주소. 누구이고 뭐 하
는 사람인지 여기 다 있어. 해냈어. 우리 둘을 위해서 말이야." 우
리 쪽으로 다가오는 구급차를 피하기 위해 택시가 방향을 튼다. 엄
지손가락으로 봉인을 찢고 '미야케 에이지, 아버지 정보'라 적힌
파일을 꺼낸다. 심호흡을 한다. 그토록 멀게 느껴지던 일이 이제
바로 눈앞에 있다.
첫 페이지를 펼친다.
공기 반응 잉크가 벌써 하얗게 녹아내리고 있다.

◆

노자가 겜보이를 보며 으르렁댄다. "제길, 뭐 이따위 바이오보
그가 다 있어. 매번 터지잖아!"
나는 남은 커피를 마저 마시고 야구모자를 눌러쓰고 마음의 준

비를 한다.

　노자가 말한다. "어이, 캡틴. 혹시 담배 한 대 빌릴 수 있을까?" 나는 텅 빈 마일드세븐 갑을 보여준다. 노자는 아쉬운 표정을 짓는다. 어쨌든 나는 담배가 더 필요하다. 엄청나게 부담가는 만남이 나를 기다리고 있다. "여기 자판기가 있나요?" 노자가 고개를 끄덕인다. "저쪽, 화분 있는 곳에 있어. 나는 칼턴을 피워." 또다시 천 엔짜리 지폐를 깨야 한다. 도쿄에서는 돈이 증발하는 것 같다. 진짜 가토 아키코를 만나기 전에 아드레날린을 분비시켜놓으려면 커피도 한 잔 더 마시는 게 나을 듯하다. 환상 속의 발터 PK 대신 아드레날린이라도 있어야 한다. 나는 텔레파시를 보낸다. '아가씨! 세상에서 가장 완벽한 목을 가진 아가씨! 설거지는 나중에 하고 카운터에 와서 제 주문을 받아주세요!' 오늘 내 텔레파시는 먹히지 않는다. 내가 부른 아가씨 대신 황후가 온다. 이렇게 가까이서 보니 황후의 콧구멍은 콘센트 구멍처럼 생겼다. 코에 가는 구멍 두 개가 나 있다. 커피를 가져다줘 고맙다고 말하자 여자는 천박하게 고개를 끄덕인다. 마치 내가 손님이 아니라 자기가 손님인 듯 행동한다. 나는 커피를 흘리지 않게 조심하면서 내가 앉았던 창 쪽 자리로 돌아가 칼턴 갑을 열고 담배를 꺼내지만 일회용 라이터로 불을 붙이는 데 실패한다. 노자가 '미티'라는 술집 이름이 적힌 성냥갑을 내민다. 나는 담배에 불을 붙이고, 노자의 담배에도 불을 붙인다. 노자는 새로운 게임에 온 정신이 팔려 있다. 노자가 담배를 받아들고(노자의 손가락은 악어가죽처럼 거칠다), 연기를 빨아들이고, 오직 흡연자만이 이해할 수 있는 우아한 한숨을 내쉰다. "고마워, 캡틴. 며느리는 나보고 담배를 끊으라고 성화지만 그때마다 난 이렇게 대답하지. '어쨌든 난 죽을 건데 왜 자연을 거역해?'" 나는 동감한다는 뜻으로 맞장구 비슷하게 애매모호한 소리를 낸다. 화분의 양치류는 너무 완벽해서 진짜 같지 않다. 너무 무성하다. 도쿄에서는 오로지 비둘기, 까마귀, 쥐, 바퀴벌레, 변호사만이 번성할 수 있다. 커피에 설탕을 타고 잔에 티스푼을 걸친 뒤 스푼에 처어어언처어어언히이 크림을 한 방울씩 떨어뜨린다. 판게아가 회전하며 둥둥 떠다니다가 여러 개의 대륙으로 갈라진다. 도쿄에서 금전적 부담 없이 할 수 있는 놀이는 커피로 장난치는 것뿐이다. 상자 같은 방을 석 달 빌리는 값으로 오렌지농장과 파칭코에서 일해 번 돈 대부분을 썼다. 그리고 닭이 먼저냐 달걀이 먼저냐 하는 문제가 생겼다. 만약 일하지 않으면 나는 도쿄에 머물며 아버지를 찾아다닐 수 없다. 하지만 직장을 잡으면 언제 아버지를 찾아다닌단 말인가? 직장. 도쿄에서 직장이란 내게 아무 쓸모도 없는 단어다. 내가 팔 수 있는 능력이라곤 오렌지 따는 기술과 기타 연주 실력뿐이다. 하지만 지금은 가장 가까운 오렌지나무로부터 500킬로미터는 떨어져 있고, 다른 사람들 앞에서는 기타 연주를 해본 적이 없다. 이제 나는 이곳을 분주히 오가는 일벌들의 동력원이 무엇인지 깨닫는다. 즉, 일하지 않으면 빠져 죽는다. 도쿄는 사람을 은행계좌에 딸린 시체로 바꿔버린다. 계좌에 적힌 번호 하나로 그 시체가 어디에서 살고, 무슨 차를 몰고, 무엇을 입고, 누구를 만나고, 누구와 데이트하고, 누구와 결혼하며, 시궁창에서 목욕을 할지 아니면 자쿠지에서 목욕을 할지가 정해진다. 만약 집주인, 즉 오기소 분타로가 나를 속인다면 나는 완전히 무방비 상태가 된다. 분타로는 사기꾼 같아 보이지 않지만, 사기꾼 같아 보이는 사기꾼이 어디 있으랴. 아버지를 만나기까지 길어야 이 주면 될 거고, 아버지를 만났을 때 나는 내가 자립해 있으며 도움을 바라고 아버지를 찾은 게 아니라는 걸 보여주고 싶다.

드라마에서나 나올 법한 앙칼진 목소리로 황후가 말한다. "이게 마지막 남은 커피 필터란 말이야?"

세상에서 가장 완벽한 목을 가진 웨이트리스가 고개를 끄덕인다.

당나귀가 합류한다. "마지막이란 말이야?"

"마지막으로 남은 하나예요." 내 웨이트리스가 확인해준다.

황후가 하늘을 쳐다보며 고개를 젓는다. "어떻게 이런 일이 생긴 거야?"

당나귀가 잽싸게 자기 변호를 한다. "화요일에 주문 넣었어."

세상에서 가장 완벽한 목을 가진 웨이트리스가 어깨를 으쓱한다. "배달에 사흘이 걸려요."

황후가 경고한다. "에리코 상이 잘못해서 이렇게 된 거라고 비난하는 건 아니겠지?"

"그럼 오늘 다섯시가 되기 전에 커피 필터가 떨어질 거라는 걸 지적했다고 저를 비난하는 건 아니겠죠? 저는 그냥 이걸 알려야겠다고 생각했을 뿐이에요." 멍군. 내 웨이트리스가 계속 말을 잇는다. "제가 나가서 필터를 조금만 사올까요?"

황후가 으르렁댄다. "이 시간대 관리자는 나야. 그런 결정은 내가 해."

당나귀가 히힝거린다. "난 나갈 수 없어. 오늘 아침에 파마했단 말이야. 그런데 봐, 지금 밖은 금방이라도 비가 퍼부을 것 같잖아."

황후는 세상에서 가장 완벽한 목을 가진 웨이트리스를 돌아본다. "네가 가서 필터 한 박스만 사와." 황후는 금전출납기를 열고 오천 엔짜리 지폐를 꺼낸다. "영수증 잘 챙기고 잔돈도 확실히 가져와. 영수증이 꼭 있어야 해. 없으면 장부 정리가 엉망이 되니까."

세상에서 가장 완벽한 목을 가진 웨이트리스는 고무장갑과 앞치마를 벗은 다음 우산을 들더니 한마디 말도 없이 카페를 나선다.

황후가 눈살을 찌푸린다. "정말 맘에 안 든다니깐."

당나귀가 혀를 차며 맞장구를 친다. "맞아, 고무장갑이라니! 자기가 무슨 핸드크림 광고 모델인 줄 아나봐."

"요즘 학생들은 너무 오냐오냐하며 컸어. 그런데, 쟤 전공이 뭐랬지?"

"교만학."

"쟨 자기가 구름 위에서 사는 줄 알아."

나는 내 웨이트리스가 오메 가도에서 신호등을 기다리는 모습을 본다. 도쿄의 날씨는 종잡을 수가 없다. 지금은 오븐 안처럼 뜨겁지만 먹구름이 몰려와 금방이라도 비를 퍼부을 것 같다. 기타 로 중간에 있는 교통섬에서 기다리고 있는 보행자들도 그걸 느낀다. '네로 피자 엠파이어' 앞에서 광고판을 둘러멘 여자 둘도 느낀다. 많은 노인들이 느낀다. 솔송나무, 나이팅게일, E단조 처어어어어 언두웅! 낮은 베이스 음을 내며 처어어어어어언둥이 울린다. 안주는 천둥을, 우리 생일을, 나무 꼭대기를, 바다를, 나를 사랑했다. 천둥이 칠 때면 안주는 고블린*처럼 씨익 웃었다. 빗방울이 보이기도 전에 떨어지는 소리부터 난다. 후두둑, 후두둑. 유령 같은 나뭇잎

---

* 잉글랜드 신화에 등장하는 추한 난쟁이 모습을 한 심술궂은 정령.

들이 몸을 떤다. 도로가 얼룩지고, 자동차 지붕과 차양 위에서 드럼 소리가 난다. 내 웨이트리스가 파랑 빨강 노랑이 섞인 커다란 우산을 편다. 신호등이 녹색으로 바뀌고 보행자들은 별 효과가 없다는 걸 알면서도 재킷이나 신문으로 몸을 가리며 비를 그을 수 있는 곳을 찾아 돌진한다.

"흠뻑 젖어 돌아올 거야." 신난다는 듯 당나귀가 말한다. 미친 듯 쏟아붓는 비 때문에 오메 가도 건너편은 보이지 않는다. "흠뻑 젖든 말든 우리는 커피 필터가 있어야 해." 황후가 대답한다. 내 웨이트리스가 사라진다. 어딘가 비를 그을 곳을 찾아냈으면 좋겠다. 주피터 카페에 비를 피하러 들어온 사람들은 휴가를 받은 듯 다른 사람들과 즐겁게 이야기를 나눈다. 번개가 하늘을 수놓고, 주피터 카페의 조명이 경의를 표하듯 밝기를 낮췄다가 다시 밝아진다. 카페로 피신 온 사람들 모두가 "우우우와아!" 하고 감탄을 한다. 나는 성냥을 켜 칼턴에 다시 불을 붙인다. 이 폭풍우가 끝나기 전까지는 가토 아키코를 만나러 갈 수 없다. 물을 뚝뚝 흘리며 가토 양의 사무실에 들어서는 내 모습은 물에 빠진 생쥐 같을 것이다. 노자가 킬킬거리고, 콜록거리고, 숨을 쉬기 위해 헐떡인다. "세상에, 1971년 이후로 이렇게 세차게 내리는 비는 처음일세. 세상이 끝날 모양이야."

□

한 시간이 지나자 기타 로와 오메 가도가 교차하는 곳에 거센 강물이 흐른다. 비는 억수같이 내린다. 야쿠시마에서도 이렇게 거세게 내리는 비를 본 적이 없다. 휴일 같던 분위기는 사라지고 손님들의 얼굴이 어두워진다. 주피터 카페의 바닥이 물에 잠긴다. 우리 모두는 의자, 카운터, 테이블 위에 앉아 있다. 카페 밖에서는 교통이 막히더니, 부글거리는 물속으로 차들이 사라지기 시작한다. 한 가족 여섯 명이 택시 지붕 위에 웅크리고 있다. 아기가 계속 울어대며 입을 다물지 않는다. 카페의 손님들은 끼리끼리 모이고, 이야기 화제는 물이 차오르는 바닥, 갇혀 있는 상태, 해군 헬리콥터, 엘니뇨, 나무에 오르기, 북한군의 침입으로 이어진다. 나는 다시 칼턴을 한 개비 피우고, 아무 말 하지 않는다. 사공이 너무 많으면 배가 산으로 가는 법. 택시 위에 있던 가족은 셋으로 줄었다. 온갖 물건들이 물 위를 둥둥 떠다닌다. 라디오를 가진 누군가가 이리저리 주파수를 맞춰보려 하지만 잡음만 들린다. 물이 차오르며 창으로 넘실댄다. 이제 카페 반 정도가 물에 잠긴다. 우체통, 오토바이, 신호등이 물에 잠긴다. 악어 한 마리가 창으로 유유히 헤엄쳐 오더니 주둥이로 창문을 깬다. 비명을 지르는 이는 아무도 없다. 누군가 비명을 질렀으면 좋겠다. 악어의 입가에서 뭔가 꿈틀거린다. 손이다. 녀석은 우리 모두를 훑어보다가 내게 시선을 고정시킨다. 그 눈이 낯익다. 눈이 번득이고, 악어는 꼬리를 흔들며 다가온다. 노자가 째지는 목소리로 말한다. "여하튼 도쿄는 이게 문제야. 늘 화재 아니면 지진이 일어난다니까. 지진이 아니면 폭탄이 터지고, 폭탄이 아니면 홍수고." 황후가 높은 곳에 올라앉아 까악거린다. "이곳을 빠져나가야 해요. 여자와 아기가 먼저예요." 더러운 비옷을 입은 남자가 대꾸한다. "빠져나가긴 어디로 빠져나간다고 그래요? 한 발만 밖으로 내디뎠다간 꽘까지 휩쓸려갈 텐데!" 당나귀가 카페에서 가장 안전한 곳, 즉 커피 필터 보관장에서 외친다. "이곳에 계속 있다간 빠져 죽고 말 거예요!" 임신한 여인이 불룩한 배를 만지며 속삭인다. "오, 안 돼. 지금은 안 돼. 안 돼!" 목사는 자기에게 음주벽이 있다는 사실을 떠올리고 뒷주머니에서 술병을 꺼내 꿀꺽꿀꺽 마신다. 노자는 뱃노래를 흥얼거린다. 아기는 울음을 그치려 하지 않는다. 성난 파도처럼 밀려오는 물 위로 우산이 떠내려오는 게 보인다. 빨강 파랑 노랑이 섞인 우산이다. 그 뒤로 내 웨이트리스가 물 위로 떠올랐다가 가라앉았다가 하고, 어푸푸거리며 떠내려온다. 나는 즉시 창문 쪽으로 뛰어올라 위쪽 창문 빗장을 연다. 아직은 그곳까지 물이 차오르지 않았다. 모든 사람들이 한목소리로 외친다. "그러지 마! 개죽음을 당할 뿐이야!" 나는 쓰고 있던 야구모자를 벗어 노자에게 날린다. "그걸 되찾으러 돌아오겠어요." 나는 신발을 벗어던지고 창문 밖으로 빠져나가고, 격류가 신비로운 힘으로 나를 강타하고 물속으로 밀어넣고 물 위로 떠우며 무시무시한 속도로 나를 밀고나간다. 번개 불빛 속에서 홍수에 반쯤 잠긴 도쿄 타워가 보인다. 격류에 내가 휩쓸려가는 동안 나지막한 건물들이 물에 잠기는 게 보인다. 사망자가 수백만 명에 이를 것이다. 오직 판옵티콘 건물만이 토네이도 속에서도 안전하게 우뚝 서 있다. 파도가 이리저리 미친 듯 치고, 바람은 광기의 오케스트라 연주를 하며 으르렁댄다. 내 웨이트리스와 우산이 내게 가까워졌다가 다시 멀어지곤 한다. 힘이 빠지고, 더는 물 위에 떠 있을 수 없다는 생각이 들 무렵, 내 웨이트리스가 우산을 타고 노를 저어 내게 다가오는 모습이 보인다. "사람을 구출하기에는 수영 실력이 형편없는걸." 내 손을 잡으며 내 웨이트리스가 말한다.

내 웨이트리스는 싱긋 웃고, 이윽고 내 뒤를 보더니 뭐라 말할 수 없는 공포에 질린다. 뒤를 돌아보니 악어가 아가리를 벌리고 다가오는 모습이 보인다. 나는 내 웨이트리스의 손을 뿌리치고 있는 힘껏 우산을 밀쳐낸 뒤 몸을 돌려 나를 향해 오는 죽음을 향해 다가간다. "안 돼!" 내 웨이트리스가 소리치지만, 내 의지는 단호하고, 나는 아무 말도 하지 않는다. 악어가 곧추서는가 싶더니 다이빙을 하고, 녀석의 두툼한 몸이 물속으로 사라진다. 그냥 날 겁줄 생각이었나?

"서둘러!" 내 웨이트리스가 말하지만 강철 같은 이빨이 내 오른쪽 다리를 물더니 나를 물속으로 끌고 들어간다. 나는 발버둥을 치며 악어를 떼어내려 하지만 계란으로 바위를 치는 것 같다. 아래로, 아래로, 아래로. 나는 발버둥치지만 악어에게 물린 허벅지에서 뿜어져나오는 피로 물이 빨개질 뿐이다. 나는 태평양 바다까지 끌려간다. 그곳은 아주 개발이 잘되어 있다. 이윽고 나는 악어의 목적이 주피터 카페에서 나를 끌어내는 것이었다는 사실을 깨닫는다. 양서류도 풍자를 할 수 있다는 사실을 증명하기 위해서다. 손님들과 비를 피해 온 사람들은 공포에 질린 채 무기력한 모습으로 나를 지켜본다. 폭풍은 지나갔지만 사방이 수영장처럼 새파랗고 탭댄스 무대의 조명처럼 환하게 밝혀져 있고, 맹세하는데 〈Lucy in the Sky with Diamonds〉 노래가 들린다. 악어는 가토 아키코의 눈으로 나를 바라보면서 자기가 내 퉁퉁 불은 시체를 은신처에 두고 몇 주 동안이나 간식거리로 우물거리는 광경을 상상해보라고, 긍정적인 면을 보라고 말하는 듯하다. 몸에 기운이 빠지면서 눈앞이 흐릿해진다. 노자가 내 마지막 남은 칼턴 담배를 피우며 모자를 벗는 모습이 보인다. 이윽고 노자는 자기 눈을 찌르는 시늉을 하며 악어를 가리킨다. 번뜩 묘수가 떠오른다. 어제 집주인에게서 받은 열쇠가 있다. 가게 셔터 문 열쇠인데 길이가 10센티미터다. 지금 이 상황에서는 단검으로 쓸 수 있을 것이다. 악어를 찌를 수 있을 정도로 몸을 비틀어 접근하는 게 쉽지는 않지만 악어는 낮잠을 자고 있기 때문에 내가 눈꺼풀 사이로 깊숙이 열쇠를 찌를 때까지 아무것도 알아차리지 못한다. 찌르고, 비틀고, 그러자 피가 튄다. 물속인데도 악어들이 비명을 지른다. 악어의 턱이 벌어지고, 괴물은 몸부림을 친다. 노자가 손뼉 치는 시늉을 하지만, 나는 이미 물속에 들어와 숨을 쉬지 못한 지 삼 분이 되었고, 수면까지는 너무나도 멀다. 나는 힘없이 물장구를 쳐 위로 올라간다. 머릿속에 질소가 가득 찬다. 나는 굼뜬 동작으로 위로 올라가고, 바다가 합창을 한다. 돌로 만든 고래를 탄 누군가가 물속에 얼굴을 담그고 나를 찾는다. 내 웨이트리스다. 최후의 순간까지 희망을 버리지 않는 여인. 물속에서 머리털이 춤을 춘다. 마침내 우리 시선이 맞닿지만 나는 아름다운 죽음에 이끌려 서글픈 원을 그리며 천천히 가라앉는다.

붉은 첫 햇살이 새벽을 가를 때, 야스쿠니 신사의 승려들이 내 장례용 백단향 장작에 불을 붙인다. 내 장례식은 지금까지 있었던 그 어떤 장례식보다도 장엄하고, 전국은 애도의 열기에 휩싸인다. 나를 조문하기 위해 수천수만 명이 찾아오고, 이 때문에 교통 통제가 이루어지고, 차들이 구단시타로 우회한다. 화염이 내 몸을 핥아댄다. 친척들, 각 기관의 장, 각국의 대사, 오노 요코가 검은 정장을 입고 참석한다. 태양이 새벽을 가르는 순간 내 몸은 화염에 휩싸인다. 천황 폐하가 내 부모님에게 감사를 표하고 싶어하고, 우리 부모님은 거의 이십 년 만에 재회한다. 기자들이 부모님에게 소감을 묻지만, 두 분은 목이 메어 아무런 대답도 하지 못한다. 나는 이런 화려한 장례식을 원한 적이 없지만, 영웅은 그에 걸맞은 대우를 받는 법이니까. 내 영혼은 재와 함께 날아올라 방송국 헬리콥터와 비둘기와 함께 장례식장을 선회한다. 나는 전함이라도 통과할 만큼 거대한 토리 문* 위에 앉아 죽음 덕분에 읽을 수 있는 인간의 감정들을 감상한다.

'그 둘을 결코 포기하면 안 되었는데.' 어머니가 생각한다.

'그 셋을 결코 포기하면 안 되었는데.' 아버지가 생각한다.

'보증금은 내가 그냥 가져도 되겠지.' 오기소 분타로가 생각한다.

'난 그애 이름도 모르네.' 내 웨이트리스가 생각한다.

'존이 여기 있었으면 멋진 장송곡을 작곡했을 텐데.' 오노 요코가 생각한다.

'자식. 그렇게 날뛰더니 결국 요절했군.' 가토 아키코가 생각한다.

◆

노자가 킬킬거리고, 콜록이고, 숨을 쉬기 위해 헐떡인다. "세상에, 1971년 이후로 이렇게 세차게 내리는 비는 처음일세. 세상이 끝날 모양이야. 이런 건 텔레비전에서나 보는 건 줄 알았는데." 하

---

* 일본의 전통적인 문. 신사의 입구에 많이 있다.

지만 그 말이 끝나기가 무섭게 거세게 내리던 비가 뚝 그친다. 임신한 여인들이 깔깔거린다. 나는 그 여인들의 아기를 생각한다. 배속에 있는 아홉 달 동안 아기들은 무슨 상상을 할까? 아가미, 늪지, 전쟁터? 자궁에 들어 있는 인간에게 상상하는 것과 실재하는 것은 똑같겠지. 카페 바깥에서 보행자들이 의심스러운 눈으로 하늘을 쳐다보며 비가 오는지 안 오는지 알아보려고 손바닥을 편다. 우산을 접는다. 장막 같던 구름이 걷힌다. 주피터 카페의 문이 삐걱거리며 열리더니 내 웨이트리스가 종이봉투를 흔들며 들어온다. "꽤 걸렸네." 황후가 투덜거린다. 내 웨이트리스는 필터 상자를 카운터에 올려놓는다. "슈퍼마켓에서 줄이 길었어요. 평생 안 줄어드는 줄 알았어요." "천둥소리 들었어?" 당나귀가 묻는다. 나는 당나귀가 원래 나쁜 사람이 아니라 단지 황후의 영향에 쉽사리 물드는 게 아닐까 생각해본다. 황후가 코웃음을 치며 말한다. "당연히 들었겠지! 우리 오타네 이모가 구 년 전에 천둥소리를 듣고 놀라 돌아가셨어." 하지만 내 직감은 황후가 오타네 이모라는 사람의 유서를 제 맘대로 고친 뒤 이모를 계단에서 밀어 떨어뜨렸다고 말해준다. "영수증과 잔돈 줘. 꼼꼼하게 장부 정리를 하는 걸로 유명한 내 명성에 금이 가게 하고 싶지는 않거든." 내 웨이트리스가 영수증과 잔돈 한 줌을 황후에게 준다. 무관심은 내 웨이트리스가 쓸 수 있는 강력한 무기다. 시계가 다시 삼십분을 가리킨다. 나는 이쑤시개로 재떨이에 별 모양을 그린다. 가토 아키코의 사무실로 가기 전에 먼저 그 여자가 사무실에 있는지 확인해야 한다는 생각이 떠오른다. 만약 가토 양의 비서를 통과해 사무실까지 갔는데 컴퓨터 화면에 '목요일에 돌아옴'이라고 적힌 포스트잇이 붙어 있으면 나는 완전히 바보가 되는 것이다. 내 지갑에는 가토 양의 명함이 있다. 내가 열한 살 때 외할머니의 금고에서 빌려 온 것이다. 그때에는 명함을 토템 삼아 주술을 걸 생각이었다. '가토 아키코, 변호사, 오수기 & 보수기.' 여기 신주쿠 주소와 전화번호가 적혀 있다. 벌써부터 심장박동이 빨라진다. 나는 다짐한다. 아이스커피 한 잔 마시고, 칼턴 한 개비를 더 피우고 나면 꼭 전화하리라. 나는 내 웨이트리스가 카운터에 올 때까지 기다렸다 아이스커피와 내 웨이트리스의 축복을 받으러 가기 위해 일어난다. "잔!" 황후가 너무나 날카롭게 외치는 바람에 나는 황후가 내게 소리치는 거라고 착각한다. 당나귀가 카운터로 오고 내 웨이트리스는 싱크대로 돌아간다. 나는 카페인 과다 상태이지만 지금 와서 마음을 바꾸면 너무 멍청해 보일 것이다. "아이스커피 한 잔 주세요!" 나는 노자가 다시금 바이오보그에게 죽을 때까지 기다렸다가 성냥과 칼턴 한 개비를 맞바꾼다. 아몬드 플레이크를 잘게 쪼개보려 하지만 조각이 손톱 사이에 박힌다.

"안녕하세요, 오수기와 보수기입니다."

나는 목소리에 위엄을 실어 말하려 애써본다. "네……" 아직 변성기를 지나지 않은 소년처럼 날카로운 목소리가 나온다. 나는 얼굴을 붉히고 콜록이는 척하고 다섯 옥타브 낮은 목소리로 다시 말한다. "가토 양이 출근하셨나요?"

"그분과 이야기하고 싶으십니까?"

"아니요, 저는 단지 그분이 출근하…… 네."

"'네'라니요?"

"가토 양과 연결해주실 수 있겠습니까? 부탁드리겠습니다."

"누구신지 여쭤봐도 될까요?"

"가토 양은…… 그러면 사무실에 계십니까?"

"누구신지 여쭤봐도 될까요?"

"에……" 최악이다. "……비밀스러운 일이라서요."

"저희는 비밀 관리에 아주 철저합니다. 하지만 전화 거시는 분이 누군지는 알아야 한답니다."

"제 이름은, 에, 다나카 타로입니다."

하필 골라도 이런 바보 같은 이름을 골랐을까. 멍청이.

"다나카 타로 씨. 알겠습니다. 무슨 일로 전화하셨는지 여쭤봐도 될까요?"

"법률 문제입니다."

"좀더 자세하게 말씀해주실 수 있습니까, 다나카 씨?"

"에, 아뇨, 안 됩니다."

느릿느릿한 한숨. "가토 양은 지금 회의 중이시라 당장은 연결해드릴 수가 없습니다. 하지만 전화번호와 회사 이름을 남겨주시면 끝나는 즉시 전해드리겠습니다."

"그러지요."

"그럼 회사가 어떻게 되시지요, 다나카 씨?"

"에……"

"다나카 씨?"

나는 무너져내리며 전화를 끊는다.

스타일 D⁻. 하지만 이제 나는 가토 아키코가 자기 거미줄 속에 숨어 있는 걸 안다. 판옵티콘 건물 27층까지 세웠을 때 구름이 나타난다. 나는 가토, 당신에게 담배 연기를 뿜는 거야. 이제 삼십 분정도 뒤, 당신은 규슈의 남쪽 끄트머리 안개 낀 섬의 안개 낀 기억으로만 존재하는 미야케 에이지를 만나게 될 거야. 당신은 나를 만날 거라고 상상이나 해봤는지 모르겠군. 아니면 당신에게 나는 그냥 서류상의 이름으로만 존재하는 건가? 아이스커피의 얼음이 녹으며 금이 간다. 나는 시럽과 크림을 붓고 액체들이 맴돌며 섞이는 모습을 지켜본다. 임신한 여인들이 육아 잡지를 비교하고 있다. 내 웨이트리스는 이 탁자 저 탁자를 돌아다니며 양동이에 재떨이를 비운다. 이쪽으로 와 내 재떨이를 비워줘. 내 웨이트리스는 텔레파시를 듣지 못한다. 황후는 함박웃음을 지으며 전화기를 잡고 있다. 기타 로를 건너는 남자가 내 주의를 끈다. 나는 일 분 전에도 저 남자가 기타 로를 건너는 걸 봤다고 맹세할 수 있다. 나는 사내가 사방이 물웅덩이인 길을 조심스레 건너는 모습에 주의를 집중한다. 사내는 길을 건너더니 신호등이 녹색으로 바뀌길 기다린다. 오메 가도를 건넌 뒤 다시 신호등이 녹색으로 바뀌길 기다린다. 이윽고 사내는 길을 건너 기타 로로 돌아온다. 사내는 기다렸다가 오메 가도를 건넌다. 나는 사내가 두 번, 세번째 맴도는 모습을 지켜본다. 사설 탐정? 바이오보그? 아니면 미치광이? 금방 해가 구름 밖으로 모습을 드러낼 것이다. 나는 아이스커피에 빨대를 꽂고 빤다. 방광이 꽉 찬 느낌을 더는 무시할 수 없다. 일어나 화장실 문으로 걸어가고, 손잡이를 돌린다. 잠겨 있다. 나는 당황해 뒤통수를 긁적이고 내 자리로 돌아온다. 화장실에 있던 사람이 나왔을 때(여자 일벌이다) 그 여자가 화장실에 있을 때 손잡이를 돌린 사람이 나라는 걸 알지 못하게 하려고 나는 딴청을 피우고, 덕분에 화장실에 들어갈 기회를 또 놓친다. 나 대신 화장실에 들어간 사람은 교복을 입은 새침데기 여고생이다. 그 아이는 십오 분 뒤 가슴이 불룩해지고 흰색과 분홍색 줄무늬 옷에 미니스커트 차림의 여자가 되어 나온다. 저 여자애를 본 남자들은 몽정을 하겠지. 나는 일어나지만 이번에는 아이와 아이 엄마가 나를 앞질러 급히 화장실로 간다. "급해요!" 아이 어머니가 나를 보며 킥킥거리고, 나는 이해한다는 웃음을 지어 보인다. 목적지에 가까이 다가가려 할수록 점점 멀어지는 그런 꿈이라도 꾸고 있는 건가? 내 방광이 비명을 질러댄다. '어이! 좀 빨리 행동하라고. 안 그러면 나도 더는 책임 못 져!' 나는 화장실 문 앞에 서서 모래언덕을 떠올리려 애써본다. 도쿄의 또다른 악덕이다. 화장실을 쓰려면 방광을 채울 음료수를 사야만 한다. 야쿠시마에 있을 때는 그냥 뒤로 돌아가 오줌 쌀 나무를 찾으면 됐는데. 마침내 아이와 어머니가 나오고 나는 화장실에 들어간다. 나는 숨을 참고 문을 잠그려 애쓴다. 변기 뚜껑을 들어올리고 세 잔 분량의 커피에 해당하는 오줌을 눈다. 숨을 들이마시다가 다시 숨을 참는다. 그리 심한 악취는 아니라고 생각해본다. 오줌, 마가린, 달콤한 라벤더 향이 섞인 냄새다. 가장자리를 닦아내는 게 좋겠다는 생각을 한다. 세면대, 거울, 텅 빈 비눗갑. 나는 까만 여드름 몇 개를 짜내고, 여러 각도에서 내 모습을 살펴본다. 나, 미야케 에이지. 이제는 도쿄 사람이다. 내가 사람들을 제대로 속여넘기고 있나? 아니면 웃음, 비웃음, 은근한 시선들이 나를 향하고 있다는 느낌이 맞는 건가? 여드름이 나다니. 규슈에선 건강하던 피부가 도쿄 물에 벌써 달라진 건가? 거울에 비친 내 모습이 나와 눈싸움을 한다. 녀석이 이기고, 내가 먼저 눈을 피한다. 나는 연달아 검은 여드름들을 짜기 시작한다. 누군가 화장실 문을 두드리며 손잡이를 돌린다. 나는 젤을 바른 머리를 다시 매만지고 손잡이를 더듬어 문을 연다.

□

　문을 두드린 사람은 노자다. 나는 기다리게 해서 미안하다고 중얼거리고, 더는 꾸물거리지 않고 판옵티콘을 공격하기로 결정한다. 그때 앞쪽에서 가토 아키코가 성큼성큼 걸어온다. 진짜 가토 아키코가, 바로 지금, 바로 여기에. 5밀리미터 두께의 유리 그리고 멀어봤자 1미터의 공간을 사이에 두고. 막 희망을 포기하려던 찰나에 내가 원하던 바로 그 우연이 일어난다. 그녀는 슬로모션으로 고개를 돌리더니 나를 똑바로 바라보고 나와 시선을 맞추었다가 다시 거두고 걷는다. 순간 나는 이 장면을 믿지 못하고, 그 때문에 머뭇거린다. 가토 아키코가 건널목에 들어서자 신호등이 녹색으로 바뀐다. 내 환상 속의 가토 아키코는 이렇게 나이 들지 않았다. 현실에서는 나이 들었다. 하지만 어쨌든 내 기억은 놀랄 정도로 정확하다. 교활한 눈, 매부리코, 찬바람이 쌩쌩 부는 아름다움. 쫓아가! 나는 문이 삐걱대며 열리기를 기다렸다 달려 나간다. 그런데……
　야구모자를 잊었잖아, 이 바보야!
　나는 다시 주피터 카페로 뛰어들어가 모자를 집어들고 나와 이미 신호가 깜박이는 건널목으로 뛰어간다. 냉방이 된 곳에서 두 시간을 있다 오후의 열기 속으로 나오니 피부가 갈라지고 터지는 느낌이 든다. 가토 아키코는 이미 건널목 반대편에 도착해 있다. 나는 물웅덩이를 피하며 달려간다. 고성능 오토바이가 부르릉대며 앞으로 달려오고, 신호등은 이미 빨강으로 바뀌어 있다. 버스가 경적을 울리며 신경질을 내지만, 나는 버스에 치이지 않고 무사히 건너편에 도착한다. 내 목표물은 이미 판옵티콘 문 앞에 있다. 나는 내 쪽으로 밀려오는 사람들을 헤치고 나아간다. 사람들이 내게 욕을 하고, 나는 사과한다. 만약 가토 아키코가 건물 안으로 들어간다면 나는 중립지대에서 저 여인을 만날 기회를 잃어버리게 된다. 하지만 가토는 판옵티콘으로 들어가지 않는다. 가토는 신주쿠 역쪽으로 계속 걸어간다. 나는 저 여인을 따라잡아야 하지만, 거리에서 다짜고짜 말을 걸면 나를 별로 좋게 생각하지 않을 거라는 생각이 든다. 어쨌든 나는 저 여인에게 부탁을 해야 하는 상황이다. 지금 이런 식으로 만난다면 내가 자신을 몰래 지켜보았다고 생각할 것이다. 자기를 몰래 지켜보는 사람을 도울 여인이 어디 있단 말인가? 만약 내가 설명하기도 전에 오해를 하면 어떻게 한단 말인가? '강간범이다!' 하고 비명이라도 지르면? 하지만 그렇다고 저 여인이 사람들 속으로 사라지게 그냥 놔둘 수도 없는 노릇이다. 그래서 나는 안전한 거리를 두고 여인 뒤를 따라가며, 성인이 된 미야케 에이지의 얼굴을 저 여인은 알아보지 못할 거라고 나 자신을 안심시킨다. 가토는 단 한 번도 뒤돌아보지 않는다. 하긴, 그럴 이유가 뭐가 있단 말인가? 우리는 건조함이 뚝뚝 떨어지는 버썩 마른 나무들이 줄지어 선 아래를 지난다. 가토가 긴 머리카락을 흔들더니 선글라스를 꺼내 쓴다. 나무 터널을 빠져나오니 길은 철길 아래로 이어지고, 머리 위로 전철이 지나간다. 우리는 강한 햇빛을 받으며 자동차와 사람들로 가득한 야스쿠니 거리로 나온다. 거리에는 요란스레 음악을 울려대는 식당과 휴대전화 가게들이 줄지어 서 있다. 실제로 사람을 쫓는다는 것은 쉬운 일이 아니다. 자전거에 정강이를 부딪힌다. 비에 깨끗하게 씻긴 대기는 열기를 증폭시키고, 내린 비를 증기 삼아 햇볕이 거리를 다림질한다. 땀에 젖은 티셔츠가 피부에 달라붙는다. 가토는 아흔아홉 가지 아이스크림을 파는 가게를 지나자 방향을 바꾸어 옆 골목으로 사라진다. 나는 부티크 밖에 있는 여자들의 정글을 헤치고 가토를 따라간다. 태양은 사라지고 바퀴 달린 쓰레기통과 화재 대피로가 보인다. 영화 세트 속 시카고 같다. 가토는 영화관 같아 보이는 곳에서 멈추더니 누가 쫓아오는 사람이 없는지 확인하기 위해 뒤를 돌아본다. 나는 마치 급한 볼일이 있는 사람처럼 보폭을 늘린다. 나는 가토의 시선을 피하고, 옆을 지날 때 얼굴을 보이지 않으려 야구모자를 푹 눌러 쓴다. 다시 돌아와보니 가토는 이미 가니메데스 극장 안으로 사라지고 없다. 극장은 과거에는 굉장했을 것 같다. 오늘 상영작은 〈판옵티콘〉이다. 포스터에는 한 줄로 서서 비명을 지르는 러시아 인형들만 그려져 있고, 이 포스터로는 영화 내용이 뭔지 짐작할 수 없다. 나는 망설인다. 담배를 피우고 싶지만 담뱃갑을 주피터 카페에 두고 왔다. 나는 대신 '샴페인 폭탄 사탕'으로 만족하기로 한다. 영화가 시작하기까지 십 분이 채 남지 않았다. 나는 안으로 들어가기로 결정하고, 밀어야 열리는 문을 잡아당기는 실수를 한다. 다시 문을 밀고 들어가니 아무도 없는 로비에는 환각을 일으킬 것처럼 요란한 문양의 양탄자가 깔려 있다. 계단을 보지 못하는 바람에 발이 걸려서 하마터면 발목을 삘 뻔한다. 사방이 천박한 장식과 연마

제 냄새로 가득하다. 빈약한 샹들리에가 우울하게 빛난다. 매표소 여인이 짜증이 역력한 표정으로 수놓던 천을 내려놓는다. "왜?"

"여기가, 에, 극장인가요?"

"아니, 여기는 야마토 전함이야."

"저는 손님이에요."

"좋겠구나."

"에, 영화 말인데요, 무슨 내용이죠?"

여인은 바늘귀에 실을 꿴다. "내 책상에 있는 '영화 줄거리 요약 책자는 여기서 사실 수 있습니다'라고 적힌 표지판 보이니?"

"저는 단지……"

여인은 마치 바보와 상대한다는 듯 한숨을 쉰다. "내 책상에 있는 '영화 줄거리 요약 책자는 여기서 사실 수 있습니다'라고 적힌 표지판이 보여, 안 보여?"

"안 보이는데요."

"그러면 한번 생각해보렴. 왜 그런 표지판이 없을까?"

나는 여인을 쏴버리고 싶었으나 발터 PK는 내가 마지막으로 본 환상 속에 남겨두고 왔다. 극장을 나가고 싶었으나 이 건물 어딘가에 가토가 있었다. "표 한 장 주세요."

"천 엔이야."

이로써 오늘 예산은 다 썼다. 여인은 구깃구깃한 표를 한 장 건넨다. 여기저기 석회가 묻어 있다. 법적으로, 이 건물은 수십 년 전에 철거되었어야 마땅했다. 여인은 다시 수놓는 일로 돌아간다. '☞상영관은 이쪽입니다. 가파른 계단을 내려가다가 사고가 나도 극장 측에서는 아무런 책임을 지지 않습니다☞'라고 친절하게 쓰인 안내문이 보인다. 가파르다는 계단은 가파르다 못해 거의 90도 각도로 경사져 있다. 번쩍이는 벽에 영화 포스터들이 줄지어 붙어 있다. 내가 아는 영화는 한 편도 없다. 계단 한 줄을 내려갈 때마다 마지막 계단일 거라 예상하지만, 계단은 계속된다. 불이라도 나는 날에는 관객들은 꼼짝 못하고 통구이가 될 것이다. 점점 따뜻해지고 있는 건가? 돌연 나는 밑바닥에 도착한다. 쌉쓸한 아몬드 향이 난다. 머리가 다 빠지고 두개골 여기저기에 화학치료를 받은 흔적이 있는 여자가 나를 막는다. 나는 여인의 눈을 보았지만 눈이 있어야 할 곳은 텅 비어 있다. 나는 목청을 가다듬는다. 여인은 움직이지 않는다. 나는 여인을 지나치려 하지만 여인이 손을 내민다. 여인의 검지, 중지, 약지, 새끼손가락이 재빠르게 내게 다가온다. 나는 보지 않으려 애쓴다. 여인이 내 표를 받아 잘게 찢는다. "팝콘 살래?"

"다음에요."

"팝콘 싫어하니?"

"에, 그리 좋아한다고 할 수는 없어요."

여인은 내 말이 무슨 뜻인지 생각한다. "그러니까 팝콘을 싫어한다고 인정하지는 않는다는 뜻이로구나?"

"팝콘은 제가 좋아하거나 싫어하는 것에 속하지 않을 뿐이에요."

"나한테 왜 이런 장난을 치는 거니?"

"저는 장난치는 게 아니에요. 그냥 점심을 많이 먹었을 뿐이에요. 아무것도 먹고 싶지 않아요."

"난 네가 거짓말할 때 제일 싫더라."

"절 누군가 다른 사람으로 착각하시는 거예요."

여인이 고개를 젓는다. "터무니없는 소리."

"알았어요, 알았어, 팝콘 살게요."

"불가능해. 팝콘이 없거든."

내가 뭔가 잘못 이해한 모양이다. "그럼 왜 제게 팝콘을 팔겠다고 하셨나요?"

"잘 생각해봐. 난 팔겠다고 한 적 없어. 영화를 볼 거야 말 거야?"

점점 짜증이 난다. "볼게요. 영화를 볼 거예요."

"그럼 왜 내 시간을 낭비하게 하는 거지?" 여인이 커튼을 연다. 가파르게 경사진 극장 안에는 모두 세 명의 관객이 있다. 앞줄에 가토 아키코가 있다. 그 옆에 남자가 있다. 저쪽 복도에는 휠체어에 앉은 남자가 있다. 죽은 듯하다. 남자의 목은 부러져 뒤로 꺾여 있고, 입을 벌리고 꼼짝도 않고 있다. 나는 남자의 시선을 따라 밤하늘이 그려진 영화관 천장을 바라본다. 나는 가운데 통로를 살금살금 걸어간다. 두 명이 하는 이야기를 엿들을 수 있을 정도까지 가까이 다가갈 수 있기를 바란다. 영사실에서 요란한 소리가 나고, 나는 몸을 숨기기 위해 쭈그리고 앉는다. 빛이 꺼지고 깜박이는 사각형 불빛 속에서 커튼이 올라간다. 운전교습소 광고. 광고가 아주 오래되었거나 아니면 옷과 머리 스타일이 1970년대 식인 교습생만 받는 모양이다. 배경음악은 〈YMCA〉다. 다음 광고는 아폴로 시게노보라는 성형외과 광고다. 이 병원은 고객들에게 영구적인 웃음을 새겨준다. 사람들이 얼굴 교정에 대해 노래를 한다. 나는 가고시마의 극장에서 해주던 예고편들을 좋아한다. 예고편을 보면 영화를 보지 않아도 된다. 하지만 이 영화관에서는 예고편이 하나도 나오지 않는다. 티타늄 음색의 목소리가 '판옵티콘'을 상영한다고 선언한다. 어느 대륙에 있는지조차 모르는 도시의 영화제에서 수상한, 이름도 발음하기 어려운 감독의 작품이다. 영화는 제목도 음악도 없이 곧바로 시작한다.

어느 겨울, 흑백의 도시에서 버스가 인파를 헤치고 나아간다. 중년의 행인이 그 모습을 지켜본다. 거센 눈발, 전시(戰時)의 신문 파는 이, 암시장 상인을 때리는 경찰들, 텅 빈 가게를 지키는 멍한 얼굴들, 불에 타 골조만 남은 다리. 버스가 서고, 승객이 내리며 운전사에게 길을 묻는다. 운전사는 하늘을 가릴 정도로 거대한 돌벽을 향해 고갯짓한다. 남자는 그쪽으로 걸어가 문을 찾는다. 구덩이, 부서진 물건, 들개들. 원형의 잔해 터에서 봉두난발의 광인이 모닥불을 상대로 말을 한다. 마침내 남자는 높이가 낮은 나무문을 찾아낸다. 남자가 몸을 숙여 노크한다. 아무 대답도 없다. 이윽고 남자는 기다란 줄에 깡통이 걸려 있고, 그 줄이 거대한 돌벽 안으로 통해 있는 것을 알아차리고 거기다 대고 말을 한다. "거기 누구 계세요?" 자막은 일본어이고, 말은 지직거리고 쉭쉭거린다. "저는 닥터 폴론스키입니다. 벤담 소장님과 만나기로 했습니다." 남자는 깡통을 귀에 대고 무슨 소리가 들리지 않는지 귀를 기울인다. 문이 황량한 앞뜰 쪽으로 열린다. 의사는 몸을 숙이고 문 안으로 들어선다. 기묘한 노랫소리가 바람 소리에 실려 온다. "토들링이 모시겠습니다. 의사 선생님." 아주 작은 사내가 나타나고, 폴론스키는 깜짝 놀라 뒤로 물러선다. "이쪽으로 오십시오." 눈발이 더욱 거세진다. 어디선가 들리는 노랫소리가 주위를 맴돌고, 희미해지다가 다시 커진다. 열쇠가 토들링의 벨트에서 짤랑거린다. 둘은 카드 게임을 하는 간수들을 지나 감옥들의 미로를 걸어간다. "이곳입니다."
작은 사내가 거친 목소리로 말한다. 의사는 뻣뻣한 자세로 고개를
살짝 숙여 인사하고, 문을 두드린 뒤 추레한 사무실로 들어선다.

"의사 선생! 여기 앉으십시오." 소장은 늙고 술에 절어 있다.

"고맙습니다." 닥터 폴론스키가 조심스레 발을 내딛는다. 바닥
에는 아무것도 깔려 있지 않을 뿐 아니라 바닥널이 반 정도 제거된
상태다. 의사는 어린이용 의자에 앉는다. 소장은 커다란 유리잔의
액체에 잠긴 땅콩을 사진 찍고 있다. 벤담 소장이 설명한다. "브랜
디 소다에 든 안주의 운동에 대한 논문을 쓰고 있습니다."

"정말로요?"

소장이 스톱워치를 살펴본다. "무슨 술을 하시겠습니까, 의사
선생?"

"고맙습니다만, 일할 때는 안 마십니다."

소장은 어깨를 으쓱하고는 마지막 남은 브랜디 한 방울을 삶은
달걀 받침에 떨어뜨리고 빈 병을 바닥널이 제거된 곳에 떨어뜨린
다. 멀리서 비명과 땡그랑거리는 소리가 들린다. 챙챙! 소장이 달
걀 받침을 두드린다. "의사 선생, 요점만 간단히 말씀드리겠습니
다. 우리 감옥 전담의인 쾨니그 박사가 크리스마스이브에 폐병으
로 죽었습니다. 그런데 동부전선에서 전쟁이 계속되다보니 아직
까지 대신할 의사를 구하지 못했습니다. 전시에 감옥은 우선순위
에서 밀려나죠. 하지만 아버지가 아들을 돌보듯 죄수를 돌보는 게
저희 목표입니다. 낙원 같은 감옥이 목표죠. 감옥이 아닌 자유로운
곳에 있는 것 같은 분위기를 만들어주고 싶습니다. 그렇게 하기 위
해서는……"

"소장님." 닥터 폴론스키가 말을 가로막는다. "요점이?"

"요점은." 소장이 몸을 앞으로 숙인다. "부어먼이 문제라는 거죠."

폴론스키는 빈 브랜디 병 신세가 되지 않으려 조심하면서 작은 의자에서 몸을 고쳐 앉는다. "부어먼은 이곳 죄수인가요?"

"그렇습니다, 선생. 부어먼은 자기가 신이라고 생각합니다."

"신이라."

"각자에게는 자기가 신이죠. 하지만 그자는 다른 죄수들에게 자기 환상이 사실이라고 설득하고 다닙니다. 우리는 그자를 격리시켰습니다만 아무 소용 없었습니다. 오면서 노래를 들었죠? 부어먼을 찬양하는 겁니다. 소동이 일어날까 두렵습니다. 폭동이요."

"무슨 문제인지 알겠습니다. 하지만 제가 어떻게……"

"부어먼을 검사해주십시오. 일부러 미친 척하는 건지, 아니면 정말로 미친 건지 확인해주십시오. 만약 정말로 그자가 미친 거라면 정신병원에 집어넣고 우리는 맘 편히 있고 싶습니다."

"부어먼이 무슨 죄를 지었습니까?"

벤담 소장이 어깨를 으쓱한다. "작년 겨울에 감옥의 모든 서류를 땔감으로 써버렸기 때문에 죄목을 알 방법이 없습니다."

"그러면 죄수들을 언제 풀어줘야 하는지 어떻게 압니까?"

"풀어줘요? 죄수를요?"

가토 아키코가 뒤를 돌아본다. 나는 들키지 않게 때맞춰 몸을 숙인다. 길게 늘어선 의자들 끝에서 쥐 한 마리가 영사기 불빛을 받으며 몸을 곧추세우고 있다. 녀석은 의자 위로 올라가기 전에 나를 바라본다.

가토와 함께 있는 남자가 부드러운 목소리로 말한다. "급한 일이었기를 바라오."

"어제 도쿄에 유령이 나타났어요."

"유령 이야기를 하려고 국방성에 있는 나를 불러냈단 말이오?"

"유령은 당신 아들이에요, 의원님."

나와 마찬가지로 아버지도 벼락을 맞은 듯 화들짝 놀란다.

가토가 머리를 뒤로 쓸어넘긴다. "그리고 그 유령은 살아 있다는 것도 말씀드리고 싶군요. 도쿄에서 의원님을 찾아다니고 있고요."

아버지는 한참 동안 아무 말도 하지 않는다. "그 아이가 돈을 원하던가?"

"피를 보기를 원해요." 나는 저러다 가토가 스스로의 목을 조를 때까지 기다리기로 한다. "솔직하게 말씀드리죠. 의원님 아들은 마약중독자이고, 자기 어린 시절을 망친 대가로 의원님을 죽이겠다고 제 앞에서 맹세했습니다. 저는 상처받은 젊은이들을 아주 많이 보아왔지만, 그 아이는 완전히 미쳤습니다. 그리고 그 아이가 노리는 건 의원님뿐만이 아닙니다. 우선 의원님 가정을 파괴하겠답니다. 자기 누이에게 벌어진 일에 대한 앙갚음으로요."

부어먼의 독방은 끔찍하게 지저분하다. 폴론스키가 파리가 앉아 있는 대소변 더미를 넘어가며 말한다. "자, 부어먼 씨…… 자신이 신이라 믿어온 지 얼마나 되었죠?"

부어먼은 구속복 차림이다. "당신에게도 같은 질문을 하리다."

"나는 내가 신이라고 믿지 않습니다." 폴론스키의 신발 밑에서 뭔가 으깨지는 소리가 난다.

"하지만 당신은 자신이 정신과 의사라고 믿고 있잖소."

"맞습니다. 저는 의대를 졸업한 뒤로 계속 정신과 의사였습니다. 우등으로 졸업했고 바로 진료를 시작했습니다." 의사가 발을 들어올린다. 신발 밑창에 바퀴벌레가 달라붙어 버둥거린다. 의사는 돌 무더기에 신발창을 문질러 닦는다.

부어먼이 고개를 끄덕인다. "나는 내 소명을 시작한 이후 줄곧 신이었소."

의사가 걸음을 멈추고 부어먼의 말을 기록한다. "그렇군요. 그럼 그 소명은 무슨 일을 하는 겁니까?"

"대개는 유지 보수하는 일이오. 내 우주를 말이오."

"그러면 당신이 우리 우주를 만든 건가요?"

"그렇소. 아흐레 전이었지."

폴론스키는 이 말에 신중히 대꾸한다. "우주의 나이가 아흐레보다 오래되었다는 증거들은 상당히 많습니다."

"알아요. 그 증거도 내가 만들었소."

의사가 간이용 침대 한쪽에 앉는다. "저는 마흔다섯 살입니다, 부어먼 씨. 지난 봄이나 어린 시절에 대한 제 기억은 어떻게 설명하시겠습니까?"

"내가 당신을 만들었을 때 당신 기억도 만들었소."

"그러면 이 우주에 있는 모든 것은 당신 상상력이 꾸며낸 것이란 말인가요?"

"바로 그렇소. 당신, 이 감옥, 구스베리, 말머리 성운. 전부 다."

"굉장히 일이 많았겠군요."

"모욕할 생각은 없지만, 당신의 그 조그만 뇌로 상상할 수 있는 것보다 훨씬 더 많았소. 더욱 나쁜 건, 내가 원자 하나라도 상상하길 그만두면 그냥 사라져버린다는 거요. 우주에서 진정한 존재는 오직 나뿐이오, 선생." 폴론스키는 얼굴을 찡그리고 공책 위치를 바꾼다. 부어먼이 한숨을 쉰다. "내 말을 의심한다는 걸 잘 알고 있소, 선생. 내가 당신을 그런 식으로 만들었으니까. 내 주장을 확인할 만한 객관적 실험을 제안해도 되겠소?"

"뭔가 생각하는 거라도 있습니까?"

"벨기에."

"벨기에요?"

"설사 벨기에 사람이라고 해도 그다지 벨기에를 아쉬워하지는 않을 거라고 생각하오. 안 그렇소?"

아버지는 아무 말도 하지 않는다. 아버지가 고개를 숙인다. 머리털이 빽빽하다. 나는 대머리가 될 걱정을 하지 않아도 된다. 예상치 못했지만 오늘은 아주 멋지게 일이 전개되고 있다. 곧 내 존재를 드러내고 가토 아키코가 새빨간 거짓말쟁이임을 폭로하리라. 나는 조금 더 둘을 지켜보며 곧 다가올 전투를 준비하기로 한다. 가토의 휴대전화가 울린다. 가토는 핸드백에서 휴대전화를 꺼내 퉁명스레 받는다. "나중에 전화해. 지금 바빠." 휴대전화를 다시 핸드백에 넣는다. "의원님, 총선이 이제 사 주 앞으로 다가왔습니다. 의원님 얼굴이 찍힌 포스터가 도쿄 골목골목에 붙을 겁니다. 텔레비전에도 날마다 나올 거고요. 몸을 웅크리고 있을 때가 아닙니다."

"하지만 내가 그 아이를 만나기만 한다면, 그리고 이유를 설명해줄 수······"

"만약 의원님 아들이 의원님의 정체를 알게 된다면 정치생명은 끝장입니다."

"사람들은 다 이성적인 면이 있소."

"그 아이는 전과자입니다. 폭행, 강도, 마약. 이런 기록들이 사모님의 옷장 속 모피코트들처럼 주렁주렁 달려 있습니다. 코카인도 하고 있습니다. 반대편에서 뭐라고 떠들어댈지 한번 상상해보세요. '정부 고위인사의 사생아가 아버지를 죽여버리겠어, 라고 맹세했다' 이렇게 떠들어댈 겁니다."

영사기 불빛이 번쩍이는 어둠 속에서 아버지가 한숨을 쉰다. "그럼 당신 의견은 뭐요?"

"정치생명이 위협받기 전에 문제를 해결하십시오."

아버지가 몸을 사분의 일 정도 비튼다. "폭력을 쓰라는 뜻은 아니겠지?"

가토가 신중하게 어휘를 선택한다. "저는 이런 날이 오리라고 예상했습니다. 계획을 세워두었죠. 도쿄에서는 늘 사고가 일어납니다. 그리고 저는 그런 사고를 조만간 일으킬 수 있는 사람을 아는 사람을 알고 있습니다."

나는 아버지의 대답을 기다린다.

폴론스키 부부는 뜰이 딸린 낡은 공동주택 3층에 산다. 폴론스키 부인은 지난 몇 달 동안 제대로 먹지도 자지도 못했다. 전등갓 속에서 창백한 불빛이 몸을 떤다. 탱크 부대가 으르렁대며 지나간다. 폴론스키 부인은 무딘 칼로 딱딱한 빵을 자른다. "당신, 아직도 부어먼이라는 죄수가 맘에 걸려요?"

"그래요."

"안 그래도 일이 산더미 같은데 교도소 일까지 시키다니, 그 소장이라는 사람도 너무하네요."

"아, 괜찮소. 게다가 이 도시에서는 교도소나 정신병원이나 별 차이 없으니."

폴론스키는 숟가락으로 당근 끄트머리 부분을 뜬다.

"그러면 왜 맘에 걸려해요?"

"부어먼이 자기 상상력에 조종당하는 건지 아니면 상상력을 조종하는 건지 궁금해서. 부어먼은 티타임이 되기 전에 벨기에를 없애버리겠다고 말했소."

"벨기에가 누구죠? 죄수인가요?"

폴론스키가 툭 내뱉는다. "벨기에요."

"새로 나온 치즈예요?"

"벨기에, 나라 이름이오. 프랑스와 네덜란드 사이에 있는 나라요. 벨기에."

폴론스키 부인은 못 알아듣겠다는 듯 고개를 젓는다.

폴론스키는 짜증을 감추기 위해 싱긋 웃는다. "벨, 기, 에."

"지금 농담하는 거죠?"

"내가 환자에 대해서는 절대로 농담하지 않는다는 거 잘 알잖소."

"'벨기에', 룩셈부르크에 있는 마을 이름쯤 되나보죠?"

"지도를 가져와요!" 의사는 유럽전도를 펼쳐보더니 표정이 군는다. 프랑스와 네덜란드 사이에는 왈룬 라군이라는 지역이 표시

되어 있다. 폴론스키 씨는 한 대 얻어맞은 듯 멍한 표정을 짓는다.
"이럴 리 없어, 이럴 리 없어, 이럴 리가 없어."

"내 아들이 살인을 하겠다고 했다니, 못 믿겠소. 아마 당신을 만
났을 때 부아가 치밀었을 뿐일 거요. 그 아이가 했던 말을 당신이
마구 부풀리고 있는 거요." 아버지가 주장한다.
"저는 변호사입니다. 상상력을 발휘하라고 돈을 받는 게 아닙니
다." 가토가 대답한다.
"내가 아들을 만나 설명한다면……"
"몇 번을 설명해드려야 하겠습니까, 장관님? 그 아인 장관님을
죽이려 할 겁니다."
"그러니까 나보고 그 아이 죽이는 것에 무조건 찬성하라?"
"장관님은 당신의 진짜 가족을 사랑하십니까?"
"무슨 말이오?"
"만약 그렇다면 가족을 보호하기 위해 장관님이 어떻게 해야 하
는지는 명확합니다."
아버지가 고개를 젓는다. "완전히 말도 안 되는 짓이야!" 아버
지는 손가락으로 머리를 빗으며 계속 말한다. "질문을 하나 해도
되겠소?"
"물론입니다. 저를 고용하신 분은 당신입니다." 흡사 자기가 고
용주인 것 같은 목소리로 가토가 말한다.
"내 비밀을 지키는 것도 당신에게 지불하는 비용에 포함되어
있소?"
가토가 면도칼처럼 날카롭게 날을 세운다. "그런 말씀을 하시다

니, 부당합니다!"

"당신에게서 확실하게 듣고 싶소……"

"그런 식으로 절 모욕하시다니 상당히 불쾌하군요. 그래서 침묵을 지키는 비용을 두 배로 올리겠습니다."

아버지는 거의 고함을 치다시피 말한다. "당신이 지금 누구를 상대로 말하고 있는지 명심하시오, 가토 양!"

"똑똑히 알고 있습니다, 장관님. 왕국을 잃어버릴 위기에 처한 남자지요."

시간이 되었다. 나는 일어난다. 아버지 그리고 아버지의 삶을 조종하는 간악한 여인으로부터 의자 두 줄 떨어진 곳이다. "실례합니다." 둘은 돌아본다. 죄책감, 놀람, 경악. "뭐야?" 가토 아키코가 앙칼지게 내뱉는다. 나는 가토로부터 아버지 쪽으로, 다시 가토에게, 다시 아버지에게 시선을 옮긴다. 둘 다 내가 누구인지 알아보지 못한다. "뭐야? 뭘 원하는 거지?" 나는 침을 꿀꺽 삼킨다. "간단합니다. 저는 당신의 이름을 알고 있고, 당신은 제 이름을 압니다. 아주 옛날에 말입니다. 미야케 에이지. 네, 제가 바로 그 미야케 에이지입니다. 맞습니다, 오랜 시간이 흘렀죠……"

부어먼의 독방 창문으로 고드름들이 송곳니를 드러내고 있다. 부어먼이 아주, 아주 천천히 눈을 뜬다. 폭격기들이 웅웅거리며 근처 하늘을 날아간다. "좋은 아침입니다, 의사 선생. 오늘 진찰에 벨기에 이야기가 포함되오?" 전기봉을 든 간수가 감방 문을 거칠게 닫는다. 닥터 폴론스키는 그 소리를 듣지 못한 척한다. 폴론스키의 눈은 퀭하고 눈밑은 시커멓다.

"악몽이라도 꾸셨소, 선생?"

폴론스키는 짐짓 침착한 척하며 가방을 연다.

"사악한 생각!" 부어먼이 입술을 핥는다. "그게 당신의 의학적 소견인 거요, 선생? 그래 이제 나는 미치광이도, 꾀병쟁이도 아니고 악마라는 거요? 퇴마의식을 통해 몰아내야 할 존재라 이거요?"

폴론스키는 매서운 눈으로 죄수를 바라본다. "당신은 그래야 한다고 믿습니까?"

부어먼이 어깨를 으쓱한다. "악마라는 건 단지 악마적 상상력이 가득한 인간에 지나지 않소."

의사가 의자에 앉는다. 의자가 삐걱댄다. "당신이…… 능력을 가지고 있다고 가정해보죠."

부어먼이 싱긋 웃는다. "그러면 말해보시오, 의사 선생."

"그렇다면 신이 여기 독방에서 구속복을 입고 뭘 하는 겁니까?"

부어먼이 늘어지게 하품을 한다. "당신이 신이라면 뭘 하겠소? 하와이에서 골프나 치며 하루하루를 보낼 생각이오? 아닐 거요. 칠 때마다 홀인원을 한다면 골프만큼 재미없는 것도 없을 테니까. 존재라는 건 지겨워진다오. 그래서…… 나는 존재하지 않는 쪽을 선택한 거라고나 할까."

이제 폴론스키는 부어먼의 말을 받아 적지 않는다. "그러면 당신은 어떻게 시간을 보냅니까?"

"당신들에게서 즐거움을 찾으면서 보내오. 이 전쟁을 보시오. 우당탕탕 코미디잖소."

"저는 종교인이 아닙니다, 부어먼 씨……"

"그래서 당신을 고른 거요."

"······하지만 무슨 신이 전쟁에서 흥밋거리를 찾는단 말입니까?"

"심심한 신이 그러오. 그렇소. 인간은 상상력으로 무장되어 있기 때문에 이제 나는 새로운 즐거움을 찾을 수 있게 되었소."

"그래서 당신은 이 사치스러운 독방에서 인간들을 지켜보기로 결정했단 말입니까?"

근처에서 총성이 울린다. "사치, 가난. 영생을 누리는 자가 그런 것 따위에 관심이 있을 것 같소? 나는 감옥을 더 좋아하오. 내 눈엔 뚜껑 열린 아이러니 폭탄이거든. 그리고 죄수들은 일반 대중보다 더 재미있소. 당신 역시 재미있는 존재요, 의사 양반. 당신은 내가 사기꾼이나 미치광이라고 증명할 생각이었지만 결국 내가 전능한 신임이 증명되고 있소."

"그 비슷한 것도 증명된 적 없습니다."

"사실이오, 옹고집 양반. 사실이야. 하지만 두려워 마시오. 좋은 소식을 알려줄 테니까. 이제 우리는 서로 자리를 바꿀 것이오. 당신은 시간, 중력, 파동, 입자들을 맘대로 다룰 수 있소. 인간들의 뻘짓을 하나하나 지켜보다보면 아주 가끔 티끌만 한 독창성을 볼 수도 있을 거요. 당신은 날아가는 참새가 떨어지게 할 수도 있고 대륙이 약탈당하게 할 수도 있소. 이제 나는 당신 아내를 만날 생각이오. 당신 아내는 당신이 잠자리에 든 뒤에 밤마다 내게 기도했소. 나는 당신 아내가 달뜬 웃음을 짓게 만든 뒤 소장의 사무실로 가서 브랜디를 마실 생각이오."

"당신은 미쳤습니다, 부어먼 씨. 그 벨기에 마술로 내가 좀 어리둥절하긴 했지만······"

닥터 폴론스키는 꼼짝도 하지 않는다.

부어먼이 휘파람으로 프랑스 국가를 분다.

화면이 흔들린다.

"시간이 되었소." 의사가 말한다. "나는 이제 가봐야 하오."

죄수가 헐떡댄다. "무슨……"

의사가 자기의 새 근육을 구부린다.

죄수가 비명을 지른다. "내게 무슨 짓을 한 거요?"

"만약 당신이 이성이 있는 성인처럼 답을 할 수 없다면 인터뷰는 이것으로 끝내겠소."

"내 몸을 돌려줘, 이 괴물아!"

의사가 찰칵하며 가방을 닫는다. "곧 요령을 터득하게 될 거요. 발칸반도를 주의 깊게 보시오. 중요한 지역이니."

죄수가 으르렁댄다. "간수! 간수!" 문이 삐걱거리며 열리고 의사는 슬픈 듯 고개를 젓는다. 전기봉이 윙윙거리고, 발광하는 죄수에게 간수들이 다가온다. "저 사기꾼을 체포해! 내가 진짜 폴론스키야! 저놈은 벨기에를 하룻밤 사이에 없애버린 지옥의 앞잡이라고!" 죄수는 비명을 지르며 몸부림치고, 간수는 5000볼트짜리 전기가 흐르는 전기봉을 죄수의 몸에 댄다. "저 괴물을 잡아! 저 자식이 내 아내를 건드리려고 한다고!" 죄수는 족쇄 찬 발로 바닥을 구른다. 쾅, 쾅, 쾅.

◆

검은 여드름을 짜면 안 되는 거였는데. 지금 내 얼굴은 게가 파먹은 듯하다. 누군가 밖에서 문을 두드리며 손잡이를 돌린다. 나는 젤을 바른 머리를 헝클어뜨려 앞으로 내리고 문손잡이를 더듬거린다. 문을 두드린 건 노자다. "꽤 오래 있는구먼, 캡틴." 나는 사과한다. 판옵티콘을 습격할 시간이 가까워졌다. 마지막 남은 칼턴 한 개비만 피우고 실행에 옮기자. 나는 인부들이 판옵티콘 근처에 거대한 텔레비전 스크린을 세우는 모습을 지켜본다. 시계는 세시 육 분 전을 가리키고, 완벽한 목을 가진 웨이트리스는 근무시간을 끝내고 유니폼 대신 보라색 스웨터와 하얀 진을 입었다. 내 웨이트리스는 가슴이 철렁할 정도로 멋지다. 담배자판기 근처에서 황후가 내 웨이트리스에게 뭔가 잔소리를 늘어놓는데 당나귀가 황후에게 도와달라는 벨을 울린다. 황후는 내 웨이트리스에게 잔소리를 하다 말고 갑자기 밀려온 손님들에게 주문을 받으러 간다. 세상에서 가장 완벽한 목을 가진 내 웨이트리스는 초조한 눈으로 시계를 흘긋거린다. 휴대전화가 진동하는 것을 느낀 내 웨이트리스는 내 쪽으로 고개를 돌려 전화를 받고, 다른 사람이 듣지 못하게 입과 전화기를 손으로 감싸고 말한다. 내 웨이트리스의 얼굴이 밝아지고, 나는 질투로 약이 오른다. 나도 모르게 담배자판기에서 담배를 사고 있다. 물론 엿듣는 건 나쁘지만 나처럼 우연히 듣게 되는 경우를 뭐라 할 사람은 아무도 없을 것이다. "응, 응. 나오를 바꿔줄래?" 나오? 나오키? 나오코? 남자일까 여자일까? "좀 늦을 거 같아. 그러니 먼저 시작하고 있어." 뭘 시작한단 말일까? "비, 엄청났지?" 내 웨이트리스는 자유로운 한 손으로 피아노 치는 시늉을 한다. "응, 거기 가는 길은 알아." 거기는 또 어딘가? "162호. 이 주밖에 안 남은 건 나도 알아." 뭐가? 이윽고 내 웨이트리스는 나를 본다. 자기를 지켜보는 나를 본다. 담배를 고르고 있어야 한다는 사실을 깨닫는다. 광고판에서 변호사 같아 보이는 여자가 살렘을 피우고 있다. "괜히 엉뚱한 생각 하지 말고. 이십 분 정도 있다가 보자. 끊는다. 안녕." 내 웨이트리스는 주머니에 휴대전화를 넣고 목청을 가다듬는다. "원하는 걸 다 들었나요, 아니면 못 들은 걸 마저 이야기해드릴까요?" 놀랍게도, 내 웨이트리스가 말하는 대상은 나다. 내 얼굴은 새빨갛게 달아오르다 못해 타는 냄새가 날 정도다. 고개를 들고 내 웨이트리스를 바라본다. 나는 자판기에서 살렘을 꺼내기 위해 몸을 웅크리고 있다. 내 웨이트리스는 그리 많이 화가 난 것 같지는 않지만 송곳 끝처럼 딱딱하다. 나는 경멸스러워하는 눈초리를 누그러뜨리고 내 위엄을 되찾을 수 있는 표현을 찾는다. 마침내 내가 말한다. "에……" 내 웨이트리스의 눈초리는 무자비하다. 내 웨이트리스가 따라 한다. "에……" 나는 침을 꿀꺽 삼키고 플라스틱 식물의 잎사귀를 만진다. 내가 허둥대며 말한다. "이 식물이 플라스틱이었는지 궁금했어요. 지금 보니 플라스틱이네요." 내 웨이트리스의 눈초리는 살인광선이다. "어떤 건 진짜예요. 어떤 건 가짜고. 어떤 건 쓰레기죠." 내 웨이트리스가 말한다. 황후가 자기 근무시간을 마저 채우기 위해 돌아간다. 나는 내 커피가 있는 곳으로 바퀴벌레처럼 쪼르르 돌아간다. 화물트럭에라도 깔리고 싶지만, 내 아버지의 변호사에게 아버지의 이름과 주소를 묻기 전에 살렘을 한 대 피우며 마음을 진정시키고 싶기도 하다. 노자가 화장실에서 돌아오더니 내게 다가와 뒤쪽을 가리킨다. "많이 먹고, 많이 싸고, 꿈은 작게 꾸고 사는구먼. 혹시 남는 담배 없나, 캡틴?" 나는 성냥 한 개비로 담배 두 대에 불을 붙인다. 세상에서 가장 완벽한 목을 가진 여인은 마침내 주피터 카페를 빠져나간다. 내 웨이트리스는 웅덩이가 잔뜩 있는 오메 가도를 가젤처럼 우아하게 건넌다. 나는 정직했어야 했다. 거짓말을 한 번만 해도 신용은 박살이 나는 법. 이제 저 여자는 잊자. 저 여자는 나와는 차원이 다른 동네에 살고 있다. 저 여자는 도쿄대에서 음악을 공부하고 있으며, 지휘 공부를 하는 나오키라는 남자친구가 있다. 나는 직장도 없고, 성장 과정을 알게 된 선생님들의 동정 덕분에 고등학교도 간신히 졸업할 수 있었다. 저 여인은 좋은 집안 출신이고 진짜 유화와 시디롬 백과사전이 있는 침실에서 잘 것이다. 영화감독인 아버지는 나오키의 돈, 재능, 충치 하나 없고 고른 치아 때문에 나오키가 자기 집에서 자고 가는 것을 환영할 것이다. 나는 가족이라 할 사람도 없고, 기타 센주의 코딱지만 한 방에서 내 기타와 함께 자며, 치아는 아름다움과는 너무나 거리가 멀다. 노자가 말한다. "정말 아름다운 아이지? 내가 캡틴 자네 나이만 됐어도……"

내가 용기를 잃고 바로 신주쿠 역으로 돌아가지 않은 건 아마도 내 웨이트리스에게 창피를 당했기 때문이리라. 오늘 하루를 이렇게 창피하게 끝낼 수 없다는 생각 또는 어차피 이렇게 된 이상 한 번 더 창피를 당하는 게 무슨 상관이냐는 생각이 든다. 기타 로를 건너다가 하마터면 응급차에 치일 뻔한다. 야쿠시마에 있는 한 줌도 안 되는 신호등은 그냥 장식용일 뿐이다. 도쿄의 신호등은 살아 있는 보행자들과 교통사고의 희생자들을 구분한다. 어제 버스터미널에서 내렸을 때, 나는 도쿄에서 주머니 속처럼 퀴퀴한 냄새가 난다는 걸 깨달았다. 오늘은 그 냄새를 맡지 못했다. 내게서도 그 냄새가 나는 모양이다. 나는 판옵티콘의 계단을 걸어간다. 판옵티콘 건물은 하늘을 찌를 듯 솟아 있다. 나는 지난 칠 년 동안 이 순간을 워낙 여러 번 상상해왔기에 이 건물이 진짜로 있다는 사실이 믿기지 않는다. 하지만 이 건물은 이곳에 서 있다. 회전문이 삐걱거리며 천천히 돈다. 냉방된 공기가 흘러나오며 팔의 털이 쭈뼛 일어선다. 겨울에 이렇게 추워지면 이곳은 난방을 하겠지. 대리석은 색 바랜 뼈처럼 새하얗다. 청동 화분에는 야자수들이 들어 있다. 외다리 사내가 목발을 짚고 번쩍이는 바닥을 가로질러 온다. 고무 밑창이 찍찍거리고 금속관이 울린다. 아기라도 잡아먹을 수 있을 만큼 커다란 나팔꽃들이 에어컨 바람에 살랑거린다. 내 왼쪽 신발 밑창에서 요상한 소리가 난다. 인터뷰를 기다리는 아홉 명의 구직자들이 똑같이 생긴 가죽 안락의자에 한 줄로 앉아 있다. 내 또래이며 어쩌면 복제인간들일 수도 있다. 복제인간 일벌. '거참 요상한 소리인걸.' 아홉 명은 이렇게 생각할 것이다. 나는 엘리베이터 쪽으로 가서 입주사 안내판을 훑어보며 오수기와 보수기 법률회사가 몇 층에 있는지 찾아본다. 이제 곧 목표가 손에 들어올 것이다. 오늘 저녁이면 아버지 집의 초인종을 누를 수 있겠지. "어이, 꼬마. 어디 가는 거야?"

나는 몸을 돌린다.

접수대의 경비원이 인상을 쓰며 노려본다. 복제인간 일벌들의 눈 열여덟 개가 일제히 나를 향한다. "읽는 법도 안 배웠어?" 경비원이 주먹으로 표시판을 툭툭 친다. '방문객은 접수대에 필히 등록해야 합니다.'" 나는 돌아가서 고개 숙여 사과한다. 사내가 팔짱을 낀다. "무슨 일로 왔지?"

"오수기와 보수기에 볼일이 있습니다. 변호사들과요."

사내의 모자에는 '판옵티콘 경비'라는 글씨가 수놓여 있다. "멋진 곳에 가는군. 정확히 누구와 약속을 했지?"

"약속요?"

"그래, 약속. '약속'이 뭔지 몰라?"

일벌 아홉 명의 코에 경멸의 향기가 살랑인다.

"저는 가토 양을 만나려고 합니다."

"그리고 가토 양께서는 이 영광을 알고 계시고?"

"정확히는 아닙니다. 왜냐면……"

"그럼 넌 약속을 한 게 아니로군."

"제 말을 들으시면……"

"아니, 말을 들을 사람은 너야. 여기는 슈퍼마켓이 아니야. 이곳은 개인 건물이고, 민감한 사안의 업무가 이루어지는 곳이야. 네 마음대로 들락날락할 수 있는 곳이 아니야. 이 건물에 입주한 회사의 직원 또는 약속을 잡은 사람, 또는 이곳에 있어야 할 만한 이유가 있는 사람이 아니면 저 엘리베이터를 탈 수 없다고. 알겠어?"

일벌들의 귀 열여덟 개가 내 규슈 억양에 귀를 기울인다.

"그럼 당신을 통해서 약속을 잡을 수 있을까요?"

잘못된 방법이다. 경비원은 이제 나를 놀리는 것을 멈추고, 일벌 하나가 킬킬거리며 불에 기름을 붓는다.

"내 말을 전혀 귀담아듣지 않았군. 나는 경비원이야. 접수원이 아니라고. 나는 외판원이나, 괜히 시간을 낭비하게 하는 사람들을 골라내 밖으로 내쫓는 일을 한다고. 안으로 안내하는 일을 하는 게 아니라."

사태를 수습하자. "기분 나쁘게 하려는 마음은 없었어요. 저는 다만……"

사태를 수습하기에는 너무 늦었다. "이봐, 꼬마." 경비원이 선글라스를 벗어 렌즈를 닦는다. "네 억양을 들어보니 이 근방 사람이 아니군. 여기 도쿄에서는 어떤 식으로 일을 하는지 설명해줄 테니 잘 들어. 그리고 내가 정말로 짜증이 나기 전에 줄행랑을 치는 게 좋을 거야. 너는 가토 양과 약속을 잡는 거야. 그리고 약속한 날 약속 시간 오 분 전에 이곳에 오는 거야. 넌 내게 약속 시간과 이름을 말해. 나는 오수기와 보수기 접수원에게 네 약속을 확인하지. 그러면, 오직 그래야만, 너는 저기 보이는 엘리베이터에 발을 들여놓을 수 있는 거야. 내 말 알아듣겠어?"

나는 깊이 숨을 들이쉰다.

경비원은 탁 하고 힘차게 신문을 펼친다.

비 온 뒤의 후덥지근함에 땀과 먼지가 섞여 도쿄를 휘감는다. 물웅덩이들은 뜨거운 열을 받아 김을 내며 말라간다. 악사의 연주는 말도 못하게 엉망이다. 행인들이 악사의 머리에 기타를 내리쳐 부숴버리고 돈을 빼앗아가도 뭐라 말 못 할 정도로 엉망이다. 나는 신주쿠 지하철역으로 향한다. 강렬한 햇빛에 지친 사람들이 힘없이 걷는다. 도쿄 지도 어딘가에 아버지의 초인종이 숨어 있다. 내가 파낼 수 없을 정도로 귓속 깊숙이 숨어 있는 자그마한 귀지 때문에 짜증이 난다. 나는 이 도시가 싫다. 검도장을 지나간다. 죽도들이 부딪치며 내는 비명이 창문을 통해 들려온다. 거리에 신발 한

쌍이 놓여 있다. 마치 주인이 갑자기 증기가 되어 사라진 듯하다. 나는 끓어오르는 좌절과 피곤한 죄책감을 느낀다. 나는 보이지 않는 계약을 깬 것이다. 누구와의 계약? 버스와 트럭 들이 도로를 막고, 남은 틈을 보행자들이 메운다. 안주와 내가 공룡에 몰두하던 시절, 공룡이 멸종한 이유는 자기들의 배설물에 숨이 막혔기 때문이라는 이론을 읽은 적이 있다. 우리는 그 글을 읽고 한 시간 정도 배꼽을 잡고 웃었다. 하지만 도쿄에서 지내다보면 그 이론이 더는 웃기지 않게 된다. 벽을 도배한 광고, 사과궤짝만 한 방, 터널, 수돗물, 지하철, 공기, 사방에 붙은 '회원 전용', '외부인 출입금지' 표지판 따위에 진저리가 난다. 진심으로 말하건대, 할 수만 있다면 핵폭탄을 떨어뜨려 이 쓰레기 같은 도시를 지구상에서 날려버리고 싶다.

둘

분실물

열한 살의 나이에 녹슨 쇠톱으로 천둥신의 목을 자르는 일은 쉽지 않다. 쇠톱이 계속 나뭇결에 걸려 잘 움직이지 않는다. 나는 톱을 좌우로 흔들어 빼다가 하마터면 천둥신의 어깨에서 떨어질 뻔한다. 이런 높이에서 떨어진다면 등뼈가 부러질 것이다. 신사 바깥의 짙은 보라색 어둠 속에서 까만 새 한 마리가 운다. 아스팔트 외삼촌이 목말을 태워줬을 때처럼, 나는 두 다리로 천둥신의 근육질 상체를 감싼다. 천둥신의 목에 톱날을 가져간다. 다시, 다시, 또다시. 나무는 바위처럼 단단하지만 톱자국은 깊어진다. 땀으로 눈이 따끔거린다. 빨리 끝내는 게 좋다. 꼭 해야 하는 일이긴 하지만 그렇다고 괜스레 붙잡힐 필요는 없으니까. 붙잡혔다가는 감옥에 들어갈 게 뻔하다. 톱날이 미끄러져 엄지손가락을 벤다. 나는 티셔츠로 눈을 닦고 기다린다. 맥박이 뛸 때마다 고통이 느껴진다. 너덜거리는 살갗이 분홍색이 되었다가 붉어지더니 피가 배어 나온다.

피를 핥아본다. 십 엔짜리 주화 맛이 난다. 천둥신이 안주에게 한 짓을 복수할 수만 있다면 이 정도쯤은 기꺼이 감수할 수 있다. 나는 계속 톱질을 한다. 이쪽에서는 천둥신의 얼굴이 보이지 않지만, 숨통을 잘라내자 천둥신과 내 몸이 흔들린다.

◆

9월 2일, 토요일이 된 지도 벌써 한 시간이 되었다. 주피터 카페에서 잠복했던 게 일주일 전이다. 기타 센주로 통하는 대로의 교통은 한산하다. 거리 반대편 아파트 숲 속으로 지는 도쿄의 달이 보인다. 함석, 공장, 타이어 미끄러진 자국. 내 쪽방은 권투장갑처럼 숨이 막힌다. 선풍기가 열기를 휘젓는다. 다시는 그 여자에게 연락하지 않을 것이다. 절대로. 대체 그 여자는 자기가 뭐라고 생각하는 걸까? 길 건너편의 현상소에는 후지필름 시계가 두 개 있다. 왼쪽 시계는 현재 시각을 가리키고, 오른쪽 시계는 사진이 나올 때까지 남은 시간을 가리킨다. 사십오 분 뒤에 사진이 나온다. 나트륨 불빛에 비친 초라한 커튼이 지저분해 보인다. 대들보는 삐걱거리고 전선은 윙윙거린다. 이런 건물에서 지내고 있어서 불면증에 시달리는 건 아닌가 하는 생각이 든다. 새건물증후군. 돈주머니 외삼촌은 그렇게 말했다. 아래층에서 '슈팅스타'가 셔터를 내린 채 밤이 지나가길 기다린다. 지난주 나는 슈팅스타의 영업시간을 알게 되었다. 열시부터 자정까지. 자정 십 분 전이 되면 분타로는 광고판을 들여놓고 쓰레기통을 내놓는다. 자정 오 분 전이 되면 텔레비전을 끄고 머그잔과 접시를 씻는다. 그때쯤이면 비디오테이프를 반납하려는 손님이 골목길을 뛰어오곤 한다. 자정이 되면 분타로는 금전출납기를 열고 현금을 꺼낸다. 삼 분 뒤 셔터가 닫히고, 분타로는 스쿠터에 시동을 걸고 돌아간다. 바퀴벌레 한 마리가 끈끈이에서 빠져나오려 버둥거린다. 새 직장 때문에 나는 온몸이 욱신거린다. 고양이 밥그릇을 버려야 한다는 생각이 든다. 계속 가지고 있으면 우울해질 테고, 벌써 그런 기분이 든다. 우유 한 통과 고급 고양이 먹이 캔 두 개. 고양이 먹이를 수프나 물 같은 것에 섞으면 사람도 먹을 수 있을까? 고양이는 즉사했을까 아니면 도로변에 쓰러져 죽어가며 자기 죽음에 대해 생각했을까? 지나가던 사람이 고양이의 고통을 덜어주기 위해 삽으로 머리를 때렸을까? 고양이라는 생물은 자동차에 치이기에는 너무나 삼차원적으로 움직이는 듯해 보이지만 그런 일은 늘 일어난다. 언제나 일어난다. 애당초 고양이와 같이 살겠다고 마음먹은 것 자체가 잘못이었다는 생각이 든다.

외할머니는 고양이를 싫어한다. 야쿠시마 섬 사람들은 집을 지키기 위해 개를 풀어놓는다. 그래서 고양이들은 늘 운을 하늘에 맡기고 살아야 한다. 나는 고양이용 모래나 예방접종 따위에 대해 아무것도 모른다. 그러면서도 고양이와 함께 살다 무슨 일이 벌어졌는지 보라. 미야케의 저주가 다시 돌아온다. 안주는 고양이처럼 나무를 탔다. 여름 퓨마처럼.

"넌 너무 너무 굼떠!"

새벽안개와 펄럭이는 잎사귀 사이로 내가 대답한다. "나뭇가지에 걸린 것뿐이야!"

"겁먹은 거잖아!"

"아니야!"

안주는 자기 말이 맞은 걸 알면 비파처럼 깔깔거린다. 숲 속 땅바닥이 까마득해 보인다. 혹시라도 썩은 나뭇가지가 부러지지나 않을까 걱정이 된다. 안주는 걱정하는 법이 없다. 내가 늘 안주 몫까지 대신 걱정하기 때문이다. 안주가 나무 위쪽을 대충 살펴본다. 거칠거나 매끈한 나무껍질에서 손가락과 발가락을 버틸 만한 구멍들을 찾아낸다. 지난주는 우리 열한번째 생일이었다. 안주는 체육시간에 우리 반에서 가장 빨리 밧줄을 타고 올라갔으며, 마음이 내키면 분수끼리 곱셈을 하거나 상급학년 교과서를 읽고, 〈작스 오메가의 모험〉을 단어 하나 안 빼놓고 암기하곤 했다. 외할머니 말에 따르면, 그건 안주가 나와 함께 어머니 배 속에 있을 때 뇌세포를 대부분 차지했기 때문이란다. 마침내 나는 나뭇가지에 걸렸던 티셔츠를 빼내고 현기증을 느끼면서도 나무늘보처럼 재빠르게 누이를 따라 나무를 올라간다. 잠시 뒤, 안주가 가장 꼭대기 가지에 앉아 있는 모습이 보인다. 구릿빛 살결, 가냘픈 몸매. 이끼에 얼룩지고 여기저기 할퀴었다. 포니테일이 뒤로 보인다. 바다에서 봄바람이 살랑거리며 숲으로 불어온다. 안주가 말한다. "내 나무에 온 걸 환영해." "나쁘지는 않네." 내가 인정한다. 하지만 '나쁘지 않은' 정도가 아니다. 생각했던 것보다 훨씬 더 좋다. 이렇게 높이 올라와본 건 처음이다. 가파른 경사를 힘들게 올라오니 경치가 장관이다. 회색 요새가 들어선 산비탈, 계곡을 구불구불 흘러가는 녹색 강, 현수교, 지붕과 전선이 뒤엉킨 모습, 항구, 적재장, 학교 운동장, 자갈 채취장, 오렌지 외삼촌의 차밭, 우리만의 비밀 해변, 고래바위 주변 모래톱에서 부서지는 파도의 춤사위, 인공위성을 발사한 길쭉한 다네가시마 섬, 실로폰처럼 길게 늘어선 구름들, 바다와 하늘이 만나는 선. '나무 오르기 대장'이 되는 것에는 실패했지만 나는 스스로 '지도 제작 대장' 자리에 오른다. "저쪽에 가고시마가 있어." 나는 고개를 돌리는 게 무서워 그냥 끄덕인다. 안주가 눈을 가늘게 뜨고 내륙을 본다. "저기서 외할머니가 요를 널고 계시는 거 같아." 내게는 외할머니 모습이 보이지 않지만 '어디에?'라고 묻기를 안주가 바라는 걸 알기 때문에 묻지 않는다. 산맥은 내륙으로 들어갈수록 높아진다. 미야노우라 봉우리가 하늘을 향해 우뚝 솟아 있다. 언덕 부족은 비구름 그늘 속에 숨어 산다. 언덕 부족들은 길을 잃은 여행자들 목을 자르고 해골을 바가지로 쓴다. 그리고 물갈퀴와 비늘이 있는 갓파(河童)*도 산다. 갓파는 헤엄치는 사람들을 잡아 항문에 손을 넣어 심장을 꺼내 먹는다. 야쿠시마 섬사람들은 관광객 안내를 할 경우가 아니면 절대로 산에 오르지 않는다. 나는 주머니가 불룩한 걸 깨닫고 안에 뭐가 있는지 기억해 낸다. "샴페인 폭탄 사탕 먹을래?"

"응."

돌연 안주가 원숭이처럼 비명을 지르며 팔을 휘두르더니 거꾸로 매달려 대롱거린다. 나는 얼굴이 새하얘지고 그 모습을 본 안주가 킬킬거린다. 놀란 새들이 퍼드덕거리며 날아오른다. 안주는 다

---

* 일본 민담에 나오는 전설적인 동물이자 물의 요정.

리를 가지 위에 걸치고 있다.

"그러지 마!" 나는 간신히 이 말만 내뱉을 뿐이다.

안주는 앞니를 드러내며 팔로 닭처럼 날갯짓을 한다. "난 흡혈박쥐다."

"안주! 그만해!"

안주가 앞뒤로 몸을 흔든다. "네 피를 빨아 먹겠다!" 안주의 머리핀이 땅으로 떨어지고 포니테일은 땅을 향한다. "이런, 저 핀이 마지막이었는데."

"그렇게 흔들지 마! 그만해!"

"에이지는 겁쟁이! 에이지는 겁쟁이!"

안주가 떨어지며 나뭇가지들에 부딪혀 이리저리 몸이 튕겨나가는 모습이 떠오른다. "그만해!"

"거꾸로 보니까 더 못생겼네. 코딱지가 보여. 잘 잡고 있어봐."

"우선 제대로 올라와 앉아!"

"싫어. 내가 먼저 태어났으니 누나고 네가 내 말을 들어야지. 움직이지 말고 잘 잡고 있어." 안주는 샴페인 폭탄 사탕 포장지를 벗긴 뒤 녹색 바다를 향해 나풀거리며 날아가는 포장지를 지켜본다. 안주는 나를 바라보며 입에 샴페인 폭탄 사탕을 집어넣고, 천천히 몸을 흔들어 다시 위로 올라온다. "어휴, 이 겁쟁이."

"만약 네가 떨어지면 할머니가 날 가만두지 않을 거야."

"겁쟁이."

빨라졌던 심장박동이 점차 가라앉는다.

"죽으면 어떻게 되는 거야?" 역시 안주답다.

안주가 제대로 올라와만 있으면 아무래도 좋다. "그걸 내가 어떻게 알아?"

"다들 말이 달라. 할머니는 사람이 죽으면 순수의 땅으로 가서 조상님들과 함께 정원을 걷는대. 그게 정말이면 끔찍하게 지루할 거 같아. 학교의 엔도 선생님은 흙이 된다고 하고. 가키모토 스님은 이승에서 무슨 일을 했는가에 따라 결정된다고 하고. 그렇다면 나는 천사나 유니콘이 될 거야. 하지만 넌 구더기나 독버섯이 되겠지."

"그래서, 네 생각엔 어떨 거 같은데?"

"사람이 죽으면 불에 태우잖아?"

"응."

"그러면 연기가 되겠지?"

"그렇겠지."

"그러니 연기를 따라가는 거지." 안주가 나뭇가지를 잡았던 두 손으로 태양을 가리킨다. "저 위, 위로 올라가는 거야. 나는 날고 싶어."

볼품없는 말똥가리가 상승기류를 타고 날아오른다.

"비행기를 타고?"

"누가 그런 냄새나는 걸 타고 싶대?"

나는 샴페인 폭탄 사탕을 빤다. "비행기에서 냄새가 나는지 어떻게 알아?"

안주는 샴페인 폭탄 사탕을 깨문다. "비행기니까 당연히 냄새가 지독하지. 모두가 같은 공기를 들이마시잖아. 장마 때 남자애들 탈의실처럼 말이야. 아니, 그 백 배는 더 지독할 거야. 나는 제대로 날고 싶어."

"제트팩을 둘러메고?"

"세상에 제트팩 같은 건 없어."

"작스 오메가는 제트팩을 쓰잖아."

안주는 한숨을 쉰다. 최근에 들인 습관이다. "작스 오메가 같은 건 세상에 없어."

"작스 오메가가 항구에 새 건물을 열었어!"

"그럼 그때 작스 오메가가 제트팩을 써서 날아왔어?"

"아니, 택시를 타고. 하지만 넌 그냥 하늘을 날기에는 너무 무거워."

"천공의 성 라퓨타는 하늘을 날아. 그리고 그 성은 바위로 되어 있다고."

"네가 천공의 성 라퓨타를 갖게 되는 것보다는 내가 작스 오메가가 되는 게 더 쉬울걸."

"그럼 독수리. 독수리는 나보다 무거워. 하지만 하늘을 날아."

"독수리는 날개가 있잖아. 넌 날개가 없고."

"유령은 날개가 없어도 날아다녀."

"유령은 죽었잖아."

안주가 이 사이에서 사탕 조각을 꺼낸다. 안주가 예의 그 표정을 짓는다. 무슨 생각을 하는지 도무지 짐작할 수 없는 바로 그 표정. 안주의 일부분은 너무 밝고 일부분은 너무나 어두워서 여기에 나와 함께 있는 사람이라는 생각조차 들지 않는다.

◆

자위를 하면 잠이 잘 온다. 내가 정상인가? 열아홉 살짜리 불면증 환자가 있다는 말은 들어보지 못했다. 나는 전쟁범죄자나 시인이나 과학자가 아니다. 실연을 한 것조차 아니다. 그래, 욕망에 몸부림치고 있다. 나는 지금 오백만 명의 여성이 사는 도시에서 성적 전성기를 향해 가고 있고, 그때가 되면 여자들은 내게 자신의 나체를 충격방지봉투에 넣어 보내게 되겠지만, 정작 지금은 나병환자처럼 독신이다. 어디 보자. 오늘 밤 사랑의 카라반을 탈 이는 누구인가? 광고 전단에서 물에 젖어 몸에 착 달라붙은 옷을 입은 지지 히카루. 글램록의 대모 유키 치요, 주피터 카페의 웨이트리스, 〈작스 오메가와 홍사병〉에 나오는 곤충 여인. 친숙한 지지가 괜찮겠군. 나는 화장지를 찾아 주변을 더듬거린다.

사정 후 마일드세븐에 불을 붙이기 위해 성냥을 찾지만 결국 가스레인지 불을 쓴다. 흠, 실패였다. 정신이 더욱더 말짱하다. 오늘밤 지지는 실망이었다. 때가 적당하지 않았다. 지지가 이제는 내게 너무 어린 건가? 후지필름 시계가 01:49를 가리킨다. 이제 어쩐다? 샤워를 할까? 기타 연습을 할까? 이번 주에 받은 편지 두 통가운데 하나에 답장을 할까? 어느 편지? 간단한 것부터 하자. 나는 가토 아키코를 만나려다 실패한 뒤 편지를 보냈고, 가토는 답장을 보냈다. 한 장짜리 답장은 다른 편지와 함께 냉동실 안 비닐봉지에 담겨 있다. 처음에는 선반의 안주 사진 옆에 두었으나 편지가 계속 나를 비웃는 것 같았다. 그 편지가 도착한 건…… 언제였더라? 화요일. 분타로가 내게 편지를 건네주며 겉봉을 읽던 기억이 난다. "오수기와 보수기 법률회사. 변호사를 쫓는 거야? 조심해야 해. 까딱 잘못하다가는 긁어 부스럼을 만들 수도 있다고. 내가 변호사에 관한 농담 하나 해줄까? 변호사와 메기의 차이점이 뭔지 알아? 생각해봐. 몰라? 하나는 더럽고 진흙에 살며 찌꺼기를 먹고 산다는 거고, 다른 하나는 메기라는 거야." 나는 분타로에게 이미 아는 이야기라고 말하고 비디오 박스가 쌓인 계단으로 달음질쳐 내 쪽방으로 돌아간다. 부정적인 대답이 들어 있을 거니 큰 기대는 하지 말자고 다짐하지만 가토 아키코의 안 된다는 대답이 이렇게 큰 충격으로 다가올 거라고는 예상하지 못했다. 이미 나는 편지에 무슨 내용이 담겨 있을지 잘 안다. 다음처럼 적힌 글을 읽는 순간 무슨 내용이 나올지 다 알았다. 의뢰인의 개인적 정보를 공개하는 것은 변호사법 위반으로, 양식 있는 변호사라면 절대 고려하지 않을 일입니다. 꽤 명확한 표현. 더불어, 당신은 편지를 제 의뢰인에게 전달해달라고 하셨지만, 제 의뢰인이 수신 거부 의사를 확실히 밝혔기 때문에 당신의 요구를 들어드릴 수 없음을 알려드립니다. 의심할 여지가 별로 없다. 원하는 답장일 여지도 별로 없다. 마지막으로, 당신에게 돌아갈 유산에 대한 정보를 얻기 위한 법적 절차가 일어날 확률이 있음을 고려해볼 때, 이 단계에서 당신을 돕는 것은 명백히 제 의뢰인의 이익에 반하는 일입니다. 이 문제에 더는 집착하지 않기를 촉구하며, 이 편지로써 이쪽 입장을 확실히 밝혔다고 생각합니다. 끝내주는군. 이렇게 해서 내 플랜 A는 시작하자마자 틀어졌다.

우에노 역 부역장인 아오야마 씨는 리벳 대가리처럼 반짝이는 대머리고, 아돌프 히틀러와 똑같은 콧수염을 기른다. 화요일은 내가 우에노 역 분실물 보관소에서 처음으로 일한 날이다. 아오야마는 보던 서류에서 눈을 떼지 않고 내게 말한다. "난 네가 상상도 못 할 정도로 바빠. 하지만 아무리 바빠도 난 새로 들어온 직원에게는 각각의 처지를 바탕으로 도움이 될 만한 이야기를 해주지." 아오야마는 문장과 문장 사이에 1킬로미터는 됨 직한 정적을 늘어놓는다. "넌 내가 누군지 알아." 아오야마가 펜으로 뭔가를 쓴다. "너는……" 아오야마가 서류를 들춰본다. "미야케 에이지로군." 아오야마는 내가 고개를 끄덕이길 기다린다. 나는 고개를 끄덕인다. "미야케." 마치 내 이름이 식품첨가물이라도 된다는 듯 아오야마 씨는 내 이름을 발음한다. "이전에는 오렌지농장에서 일했음." 아오야마가 서류를 뒤적인다. 나는 그게 내가 제출한 서류라는 것을 알아차린다. "규슈 남쪽의 자그마한 섬임. 아주 전원적인 곳임." 아오야마 위에는 뛰어난 선임자들의 사진이 걸려 있다. 이자들이 오늘은 누가 살아나서 사무실을 따분한 분위기로 몰고 갈지를 놓고 티격태격하는 모습을 상상해본다. 아오야마의 사무실에서는 햇빛에 바랜 마분지 파일 냄새가 난다. 컴퓨터가 윙윙거린다. 골프 클럽이 반짝인다. "널 채용한 사람이 누구지? 사사키 부인?" 내가 고개를 끄덕인다. 문 두드리는 소리가 나더니 비서가 찻잔이 담긴 쟁반을 들고 들어온다. "지금 새로 온 직원에게 이야기 중인 거 모르십니까, 마루이 부인!" 아오야마가 등골이 오싹해질 정도로 무섭게 으르렁댄다. "열시 삼십오분이었던 차 시간은 열시 사십오분으로 바꾸지 않았나요?" 바짝 긴장한 마루이 부인이 고개 숙여 사과를 하고 물러간다. "저 창으로 가서 바깥을 봐, 미야케. 뭐가 보이는지 말해봐."

나는 시키는 대로 한다. "창문 청소부가 보입니다."

이 남자는 비꼬는 걸 알아듣지 못한다. "창문 청소부 아래!"

터미널 호텔의 그림자를 빠져나가거나 그 안으로 빨려 들어가는 전철들. 느지막한 아침의 승객들. 짐꾼들. 어슬렁거리는 자들, 분실물, 지각한 이들, 만나는 이들, 플랫폼 청소기.

"우에노 역이 보입니다."

"그럼, 우에노 역은 무엇인지 말해보게."

나는 이 질문에 당황한다.

"우에노 역은 아주 **독특한 기계야**." 아오야마가 과장된 연설을 재개한다. "일본, 아니 세상에서 가장 정밀하게 맞춰진 시계장치라 할 수 있지. 그리고 이곳, 화재와 도둑으로부터 안전한 이 사무실은 우에노 역을 총괄하는 핵심이라 할 수 있어. 내 앞에 있는 이 컴퓨터를 통해 나는…… 거의 모든 것에 접근할 수 있지. 우에노 역은 우리 삶이네, 미야케. 자네는 역을 보살피고, 역은 자네를 보살피는 거야. 우에노 역은 정해진 경력을 보장해주지. 자네는 이 기계 안에서 작은 톱니바퀴가 될 특권을 부여받은 거야. 나도 자네처럼 낮은 자리에서 시작했어. 하지만 시간을 엄수하면서 열심히, 성실하게 일하면……" 전화벨이 울리고, 아오야마는 내 존재 자체를 잊어버린다. 전화를 받은 아오야마의 얼굴은 백열등이 켜진 듯 밝게 빛난다. 목소리가 번쩍인다. "선생님! 이렇게 전화를 주시다니 영광…… 네…… 사실입니다…… 그렇습니다…… 훌륭한 생각이십니다. 제가 거기에 약간 추가로…… 네, 선생님. 물론입니다…… 회원권 중개업이라고요? 돈으로 가치를 따질 수가…… 훌륭합니다…… 제가 제안을 하나…… 그렇습니다, 선생님. 금요일로 일자를 재조정하자고요? 정말이지…… 저희들이 어떻게 일을 수행했는지 그 평가를 꼭 듣고 싶습니다, 선생님. 고맙습니다. 선생님…… 무척…… 그리고 제가……" 아오야마가 수화기를 내려놓더니 수화기를 노려본다.

몇 초 뒤 내가 예의 바르게 기침을 한다.

아오야마가 고개를 든다. "어디까지 이야기했지?"

"작은 톱니바퀴와 성실성까지입니다."

"그래, 성실." 하지만 아오야마의 마음은 이제 다른 곳에 가 있다. 아오야마는 눈을 감고 콧등을 문지른다. "수습 기간은 육 개월이야. 자네는 3월에 일본철도 입사 시험을 볼 기회가 있을 거야. 그래, 사사키 부인이 자네를 채용했어. 내 마음에 차는 그런 사람은 아니지. 그 사람은 차라리 남자라고 하는 게 더 어울려. 결혼을 했으면서도 직장을 관두지 않고 계속 다니다니. 남편이 죽었으니 불쌍하기는 하지만, 사람이란 게 어차피 한 번은 죽는 거잖아. 보상으로 남자의 직업을 원하다니, 원. 자, 미야케. 자네 억양을 고치도록. NHK 라디오 뉴스를 열심히 들어. 자네 머리에 든 쓰레기는 비워버리고. 내가 고등학교에 다닐 때는 선생님들이 정말 호랑이처럼 엄했는데 말이지. 이제는 선생들이라는 게 완전 순둥이라니까. 이만 가도 좋아."

나는 문을 닫으며 아오야마에게 고개 숙여 인사를 하지만 아오야마는 뚫어져라 허공을 바라본다. 사무실 밖은 텅 비어 있다. 쟁반이 옆에 놓여 있다. 나는 찻주전자 뚜껑을 열고 그 안에 침을 뱉는다. 그 행동에 나조차 깜짝 놀란다. 이런 게 바로 일과 관련된 스트레스인 모양이다.

분실물 보관소는 일하기 좋은 장소다. 보기 흉한 일본철도 유니폼을 입어야 하는 게 흠이지만 정각 여섯시가 되면 일이 끝나고, 우에노 역은 기타 센주 근처의 슈팅스타에서 몇 정거장밖에 떨어져 있지 않다. 육 개월의 수습 기간 동안은 주급을 받는다. 내겐 오히려 그게 편하다. 나는 운이 좋다. 분타로가 일을 구해주었다. 지난 금요일, 판옵티콘에서 돌아왔을 때 분타로는 우에노 역에 일자리가 있다는 말을 들었다면서 관심이 있는지 물었다. 당연히, 그렇다고 대답했다. 그리고 사사키 부인과 인터뷰를 했다. 사사키 부인은 나이가 들고 엄격한 여인으로, 내 외할머니와 비슷했다. 하지만 이십 분 정도 나와 이야기를 나눈 사사키 부인은 내게 일자리를 주었다. 아침에는 분류 작업을 했다. 전철이 종점에 도착하면 차장과 청소부들이 모아온 물건들에 날짜, 시간, 전철 번호를 쓴 견출지를 붙인 뒤 해당하는 금속 선반에 넣는다. 사사키 부인이 분실물 보관소를 관리하고 지갑, 신용카드, 귀금속 같은 고가품은 옆쪽 사무실에 넘긴다. 이런 물건들은 경찰에 신고해야 한다. 스가는 내게 저가품을 분류해 뒤쪽 사무실에 보관하는 법을 가르친다. 스가가 말한다. "햇빛이 잘 안 들지? 하지만 여기로 들어오는 분실물들을 보면 몇 월인지를 알 수 있어. 11월부터 2월까지는 스키와 스노보드가 많아. 3월에는 졸업장. 6월에는 죄다 결혼 선물이야. 7월에는 수영복이 잔뜩 쌓여. 비가 꽤 오는 날이면 우산이 수백 개는 들어오지. 재미있는 직업은 아니지만 대리 주차나 피자 배달보다는 나아." 오후에는 카운터에서 물건을 찾으러 온 사람들을 기다리거나 전화를 받는다. 당연한 말이지만, 러시아워가 가장 바쁘다. 하지만 늦은 오후에는 거의 할 일이 없다. 나를 가장 자주 찾는 단골 고객은 내 추억들이다.

잎들이 녹색이다 못해 파랗게 보일 지경이다. 나와 안주는 마주보기 놀이를 하고 있다. 서로를 바라보면서 상대방을 웃게 하거나 시선을 피하게 하면 이기는 놀이다. 나는 바보 같은 표정을 지었지만 안주는 꿈쩍도 하지 않는다. 안주의 클레오파트라 같은 눈이 청동빛으로 반짝인다. 안주는 눈을 크게 뜨더니 내게 바짝 가져다 대고, 결국 안주가 이긴다. 안주는 늘 이긴다. 안주는 더 높은 가지로 돌아가더니 그곳에서 나뭇잎 사이로 태양을 바라본다. 이윽고 손으로 태양을 가린다. 엄지손가락과 검지 사이 얇은 살갗이 루비빛으로 빛난다. 안주가 바다를 바라다본다.

"밀물이네."

"썰물이야."

"밀물이야. 네 고래바위가 다이빙을 하고 있어."

나는 온통 멋진 축구 묘기 생각에 빠져 있다.

안주가 계속 말한다. "난 네가 고래바위에 대해서 한 말을 정말로 믿었어."

오버헤드 킥과 다이빙 헤딩.

"그런 거짓말을 잘도 하더라."

"응?"

"그게 마법이라고 했잖아."

"뭐가 마법이야?"

"고래바위. 귀먹었어?"

"난 마법이라고 말한 적 없어."

"했어. 진짜 고래였는데 천둥신이 바위로 바꿨다고 했어. 그리고 우리가 더 자라서 거기까지 헤엄쳐 가서 딛고 서면 주문이 풀리면서 다시 고래가 되고, 고래는 감사의 표시로 어디든 우리가 가고 싶은 곳으로 데려다준다고 했어. 엄마와 아빠가 있는 곳 같은 데 말이야. 난 너무나 간절히 원했기 때문에 어떤 때는 진짜로 눈에 보이는 것만 같았어. 망원경으로 보는 것처럼 말이야. 엄마는 진주 귀걸이를 하고, 아빠는 세차를 하는 모습 같은 거 말이야."

"그런 말 안 했어."

"했다니까. 조만간 저 바위까지 헤엄쳐 갈 거야."

"네가 어떻게 저렇게 멀리까지 헤엄쳐? 여자는 남자처럼 멀리 헤엄 못 쳐."

안주가 내 머리를 겨냥해 가볍게 발을 휘두른다. "난 할 수 있어. 쉬워!"

"꿈 깨셔. 너무 멀어."

"너나 꿈 깨셔."

회색 고래등 가장자리에서 파도가 부서진다.

"어쩌면 정말로 고래바위일지도 몰라. 화석일 수도 있어." 내가 말한다.

안주가 코웃음을 친다. "그냥 바위라니까. 고래랑 비슷하지도 않잖아. 그리고 다음에 우리 비밀 해변에 가면 저기까지 헤엄쳐 가서 바위에 서서 널 비웃어줄 거야."

가고시마 페리가 수평선을 가로질러 서서히 온다.

내가 입을 연다. "내일 아침 난……"

"그래, 그래, 내일 아침 너 가고시마에 가는 거 알아. 아침 일찍 일어나서 페리를 타고 열시에 가고시마 중학교에 도착하지. 3학년, 2학년 시합이 끝나면 너희 차례고. 그리고 9층짜리 호텔 레스토랑에 가서 밥을 먹으면서 이케다 씨로부터 왜 시합에 졌는지에 대해 듣는 거야. 그리고 일요일 아침에 돌아오겠지. 벌써 백만 번은 이야기했어, 에이지."

"네가 질투해도 어쩔 수 없어."

"질투? 냄새나는 남자애 열한 명이 더러운 공기주머니를 차대는 걸 부러워한다고?"

"너도 예전에는 축구 좋아했잖아."

"넌 예전에 요를 적시곤 했지."

이크. "난 가고시마에 가는데 넌 못 가니까 질투하는 거야."

안주가 초연하게 앉아 있다. 우리가 있는 나무가 삐걱댄다. 안주가 이렇게 금방 말다툼에 흥미를 잃을 거라고는 생각지도 못했다.

"봐." 안주가 말한다. 안주가 일어서 다리를 벌려 자세를 단단히 하고 손을 앞으로 뻗는다……

"그만해." 내가 말한다.

그리고 누나는 텅 빈 공간으로 뛰어오르고

내 허파가 비명을 내뱉고

안주가 휙 하며 내 옆을 지나가고

깔깔거리며 아래쪽 나뭇가지에 내려가더니 몸을 돌려 다시 아래쪽 가지로 내려간다. 안주가 나뭇잎 사이로 사라지고도 한참 동안 웃음소리가 들려온다.

◆

후지필름 시계가 두시가 왔다 가는 것을 알려준다. 하룻밤에는
분(分)이 잔뜩 들어 있지만 일 분 일 분씩 빠져나간다. 내 쪽방은
잡동사니로 가득 차 있다. 사전에서 '잡동사니'라는 항목을 찾아
보면 슈팅스타 위층 내 쪽방이 어떤지 알 수 있다. 잡동사니의 제
국이 된 헐어빠진 거주지. 낡은 텔레비전, 쌀겨로 된 요, 접이식
탁자, 분타로의 부인 덕분에 갖추게 된 폐물 직전의 주방 용품, 당
장 실험에 써도 될 만큼 곰팡이가 잔뜩 핀 컵들, 번쩍이는 크롬 테
두리를 하고 으르렁대는 냉장고. 선풍기. 분타로가 잔뜩 쌓아놓은
〈스크린〉 잡지. 야쿠시마에서 내가 가져온 것은 옷, 디스크맨, 존
레논 CD를 넣은 배낭 하나와 기타뿐이다. 내가 도착한 날 분타로
는 미심쩍은 눈으로 내 기타를 바라보았다. "전원을 넣고 치거나
할 생각은 아니겠지?" "아뇨." "전원 없이 치도록 해. 전원을 넣는
순간, 넌 여기서 나가는 거야. 계약서에 들어 있어." 난 그 여자에
게 연락하지 않을 것이다. 천만의 말씀이다. 그 여자는 내게 아버
지를 찾지 말라고 설득하려 들 테니까. 바퀴벌레가 죽으려면 얼마
나 더 있어야 할까 궁금하다. '바퀴벌레 모텔'이라는 끈끈이 제품
옆면에는 창문과 문 그리고 꽃무늬가 찍혀 있다. 반역자 바퀴벌레
가 여섯 개의 다리를 흔든다. "어서 와, 어서 와!" 양파향 미끼다.
괜찮은 슈퍼마켓에 가면 카레, 새우 샐러드, 육포 향도 살 수 있다.
역시 도쿄다. 내가 움직이자 바퀴벌레가 아는 척을 한다. 녀석은

겁먹은 척조차 하지 않는다. 바퀴벌레가 싱긋 웃는다. 누가 마지막으로 웃을까? 나다! 아니, 녀석이다. 잠이 오지 않는다. 야쿠시마에서 밤은 잠을 뜻한다. 달리 할 일이 없다. 도쿄에서 밤은 잠을 뜻하지 않는다. 불량배들이 쇼핑몰을 어슬렁거린다. 호스티스들이 하품을 하며 손님의 롤렉스 손목시계를 흘긋거린다. 야쿠자들은 버려진 공사장에서 싸운다. 나보다 어린 고등학생들이 러브호텔에서 경쟁하듯 열심히 섹스를 한다. 높은 아파트에서 불면증 환자가 변기 물을 내린다. 내 머리 뒤의 파이프가 꾸르르거린다.

지난 수요일, 우에노 역에서 일벌로 일하던 둘째 날. 나는 점심 시간을 이용해 화장실에서 살렘을 피우며 똥을 싸고 있다. 문이 열리는 소리, 지퍼 내리는 소리, 오줌 줄기가 자기로 된 변기에 부딪히는 소리가 들린다. 이윽고 목소리가 들린다. 스가다. 스가는 비상근으로 일하는 컴퓨터광으로, 이번 주까지만 일하고 학교로 돌아가면 내가 그 일을 맡아 계속하기로 되어 있다. 화장실에 자기 말고 아무도 없다고 생각한 게 분명하다. 이렇게 말하고 있기 때문이다. "실례합니다. 스가 씨세요? 여기를 맡고 계신 분인가요?" 스가는 자기 목소리가 아니라 만화영화에나 나올 법한 목소리로 말한다. 저런 목소리로 말하려면 성대를 쥐어짜야 할 것이다. "저는 기억하고 싶지 않습니다, 저는 기억하고 싶지 않습니다, 기억나게 하지 마세요. 기억하게 하지 마세요. 그렇게 하지 마세요. 잊어버리세요! 잊어버리세요! 잊어버리세요!" 스가의 목소리가 비음이 섞인 평소의 다정하고 침착한 목소리로 돌아온다. "그건 제 잘못이 아니에요. 누구에게나 일어날 수 있는 일이었어요. 누구에게나요. 그 사람들 말을 믿지 마세요."

참으로 난감한 상황이다. 내가 지금 나간다면 우리 둘 다 무척 당황해 어쩔 줄 몰라할 것이다. 스가가 잠꼬대로 자기도 모르게 비밀을 털어놓는 것을 들은 기분이다. 하지만 계속 여기에 있다가 다음에 무슨 말을 더 듣게 될지 상상조차 가지 않는다. 욕실에서 시체를 토막 낸 뒤 쓰레기봉투에 집어넣은 이야기? 만약 내가 듣고 있는 걸 알게 되면 스가는 내가 일부러 엿들었다고 생각할 것이다. 무슨 이런 경우가 다 있담. 나는 헛기침을 하고 변기 물을 내리고 일부러 시간을 끌며 바지를 입는다. 화장실 문을 열고 나와보니 스가는 사라지고 없다. 손을 씻고 일부러 길을 돌아 잡지 진열대를 거쳐 사무실로 돌아온다. 사사키 부인이 손님을 만나고 있다. 스가는 뒤편에서 점심을 먹고, 나는 스가에게 다가가 살렘을 권한다. 스가는 거절하며 자신은 담배를 피우지 않는다고 말한다. 어제 들었는데 깜박했다. 나는 거울로 가 눈에 뭔가 들어간 척한다. 만약 내가 너무 친절하게 굴면 내가 자기가 한 말을 엿들었다는 걸 눈치채리라.

잠시 뒤 분실물 수취 창구로 돌아와보니 스가가 의자에 앉아 〈마스터 해커〉라는 잡지를 읽고 있다. 스가는 체형이 묘하다. 배는 불룩한데 엉덩이는 말랐다. 팔은 ET처럼 길고 가느다랗다. 피부에는 습진이 있다. 치료한 덕분에 얼굴에는 표시가 안 나지만 손등은 피부가 트고 갈라졌으며 팔뚝을 가리기 위해 이렇게 더운 날씨에도 긴 소매를 입는다. 오후 전철에서 수거한 분실물들이 담긴 수레가 뒤편에서 내 손길을 기다린다. 스가가 싱글거린다. "그러니까 벌써 아오야마 부역장을 만났다는 거지?" 나는 고개를 끄덕인다. 스가가 잡지를 내려놓는다. "그치에게 겁먹지 마. 그자는 자기가 떠벌리는 것처럼 잘난 사람이 아니니까. 내 생각에 그자는 곧 잘릴 거야. 지난주에 사사키 부인이 그랬는데, 대대적인 인사 개편이 있을 거래. 난 상관없지. 다음 주면 IBM에서 견습사원을 하고 있을 테니까. 그 일주일 뒤면 학교로 돌아갈 거고. 대학원생 연구실을 받았어. 안 바쁠 때 놀러 와. 제국대학 9층이야. 오카노미주 근처야. 약도를 그려주지. 프런트 데스크에서 날 찾으면 돼. 내 전공은 컴퓨터 시스템이야. 하지만 네게만 알려주는 건데, 대학 전공은 다 이걸 숨기기 위한 거야." 스가는 〈마스터 해커〉를 흔든다. "나는 일본에서 다섯 손가락 안에 드는 해커야. 우리들은 모두 서로를 알고 있어. 우리는 정보를 공유하고 시스템에 들어가 우리 흔적을 남겨. 그래피티 예술가들처럼 말이야. 일본에서 내가 들어가지 못하는 곳은 없어. 펜타곤에 비밀 웹페이지가 있어. 펜타곤이 뭔지는 너도 알지? 그래, 미국 국방성 말이야. 우리는 그곳을 성배라고 불러. 그 웹사이트에는 최고의 보안장치가 깔려 있지. 만약 내가 성배에 침입할 수 있다면 그건 국방성 직원들보다 뛰어나다는 증거고, 검은 양복을 입은 사람들이 와서 나한테 일자리를 제공하게 될 거라는 얘기지. 이게 내 계획이야. 제국대학에는 세계에서 가장 빠른 모뎀이 설치되어 있어. 일단 그곳에 접속할 허가만 받으면 결판이 나는 거야. 그렇게만 하면, 야호, 나는 이 썩은 냄새 풀풀 나는 똥통 도쿄와도 안녕이다 이거지. 그리고 내 인생은 훨훨 나는 거야. 멍청이들과도 영원히 굿바이다 이거야."

내가 일하는 동안 스가는 〈마스터 해커〉를 읽는다. 그리고 시선이 기사의 맨 아래에 닿을 때마다 스가의 눈썹이 꿈틀거린다. 스가가 뚱뚱이라고 부르지 않는 게 뭐가 있을까 궁금하다. 하지만 아버지를 찾을 때까지만 여기에 있을 거라는 사실에 생각이 미치자 도쿄가 거의 좋아진다. 다른 행성으로 휴가를 온 기분이 들고, 내가 외계인인 것만 같다. 어쩌면 계속 남아 있을지도 모르겠다. 나는 개찰구에서 역무원에게 일본철도 승차권을 자랑스레 보여주는 게 맘에 든다. 내가 뭐 하고 있는지 참견하는 사람이 없는 것도 마음에 든다. 매주 광고가 바뀌는 것도 마음에 든다. 야쿠시마에서는 십 년에 한 번 정도 광고가 바뀐다. 기타 센주에서 우에노까지 날마다 전철을 타는 것도 마음에 든다. 전철이 지하로 들어가 지하철이 되는 경사로가 마음에 든다. 지하철들이 서로 다른 속도로 움직이는 것도 마음에 든다. 그럴 때면 내가 탄 지하철이 뒤로 가는 것처럼 느껴진다. 건너편 지하철 창문으로 얼핏 보이는 통근자들의 모습이 마음에 든다. 나와 통근자는 동시에 서로 다른 두 가지 이야기를 떠올린다. 아침시간이면 기타 센주에서 우에노까지 믿을 수 없을 정도로 많은 사람들이 전철을 꽉 메운다. 전철이 속도를 바꿈에 따라 우리 일벌들은 한 몸처럼 흔들리고 요동친다. 평소에는 연인과 쌍둥이만이 이렇게 가깝게 붙어 있다. 지하철에서는 아무것도 결정해야 할 필요가 없다는 게 마음에 든다. 바퀴가 철로를 지나며 덜컹이는 소리가 마음에 든다. 도쿄는 작은 부속들로 이루어진 거대한 기계다. 일벌들은 자기가 맡은 작디작은 부분에 대해서만 안다. 도쿄가 무엇을 위해 존재하는지 궁금하다. 도쿄가 무엇을 하는지 궁금하다. 나는 벌써 기타 센주와 우에노 사이에 있는 역들 이름을 외운다. 어디에 서면 출구에서 가장 가까운지 안다. 아스팔트 삼촌은 말해주었다. "첫번째 객차에는 타지 말거라. 전철끼리 충돌하면 첫번째 객차는 완전히 찌그러지니. 그리고 전철이 플랫폼에 들어올 때는 특히 조심하거라. 누군가에 밀려 철로에 떨어질 수도 있단다." 나는 땀과 향수, 으깨진 음식, 때, 화장품 향이 뒤섞인 냄새가 마음에 든다. 유리창에 반사된 얼굴을 열심히 살펴보며 그 사람의 과거를 상상해보는 게 마음에 든다. 지하철은 일벌들을 옮기고, 두개골은 기억을 옮긴다. 그리고 누군가의 똥통은 다른 이에게는 낙원일 수도 있다.

"에이지!" 물론, 안주가 부르는 거다. 달빛은 사람을 납치할 때의 UFO처럼 밝았고, 공기는 외할머니가 거실에 피워놓곤 하는 모기향 냄새로 가득했다. 안주는 외할머니가 깨지 않도록 소곤거린다. "에이지!" 안주는 높은 창턱에 무릎을 안고 앉아 있다. 대나무 그림자가 흔들리며 다다미와 빛바랜 미닫이문 위로 내려앉는다. "에이지, 깼어?"

"아니!"

"널 지켜보고 있었어. 넌 남자아이인 나야. 하지만 코를 골더라." 안주는 날 화나게 해 깨울 심산이다.

"안 골았어."

"돼지가 토할 때처럼 코를 골았어. 내가 어디 갔다 왔게?"

제발 잠 좀 자게 내버려둬. "화장실."

"지붕 위! 가는 법을 알아냈어. 대청마루 기둥을 타고 올라갈 수 있어. 거기는 아주 더워. 거기서 달을 한참 쳐다보면 달이 움직이는 게 보여. 잠이 안 와. 모기들이 성가시게 굴어서 깼어."

"나는 누나가 성가시게 굴어서 잠이 깼어. 나 내일 축구시합 있어. 자야 해."

"그러니 내일 기운을 내려면 뭔가를 먹어야지. 봐."

곁에 쟁반이 놓여 있다. 찰떡, 간장, 단무지, 땅콩쿠키, 차가 있다. 어떤 말썽이 기다리고 있을지 눈에 훤하다. "할머니가 알면……"

안주가 외할머니처럼 표정을 짓고 목소리를 흉내 낸다. "너흴 낳은 건 어미지만 키운 건 나다!"

언제나처럼 나는 웃는다. "혼자 부엌에 갔다 온 거야?"

"유령들에게 나도 유령이라고 말했더니 믿더라고." 안주는 창틀에서 펄쩍 뛰더니 아무 소리도 내지 않고 내 발치에 내려앉는다. 반항해봐야 소용없다는 걸 알기 때문에 나는 일어나 앉아 아삭거리는 단무지를 베어 먹는다. 안주는 내 이불 안으로 들어오더니 찰떡을 종지에 담긴 간장에 찍는다. "또 하늘을 나는 꿈을 꿨어. 그런데 하늘에 떠 있기 위해 정말로 열심히 날갯짓을 해야 했어. 많은 사람들이 돌아다니는 게 보였고, 엄마는 줄무늬가 있는 커다란 서커스 텐트에서 살았어. 막 거기로 내려가려는 순간, 모기 때문에 잠이 깼어."

"떨어질 땐 조심해야 해."

안주가 씹으며 말한다. "뭘?"

"꿈에서 떨어지다가 땅에 부딪히면 정말로 죽는단 말이야."

안주가 계속 씹으며 말한다. "누가 그래?"

"과학자들이."

"말도 안 되는 소리."

"과학자들이 증명했어!"

"만약 꿈에서 떨어지다가 땅에 부딪히면 실제로 죽는 게 사실이라면 다른 사람들이 그걸 알 수 있을 턱이 없잖아." 나는 안주의 말을 곰곰이 생각한다. 안주는 침묵 속에서 자기의 승리를 음미한다. 개구리들이 시끄럽게 울기 시작하더니 잠잠해진다. 저 멀리에서는 바다가 잠들어 있다. 우리는 계속해 찰떡을 쩝쩝대며 먹는다. 돌연 안주가 한 번도 들어보지 못한 목소리로 말한다. "다시는 그 얼굴을 보지 못할 거 같아, 에이지."

"누구 얼굴?"

"엄마. 넌 볼 수 있을 것 같아?"

"엄만 아파. 엄만 전문 요양 병원에 입원해 있잖아."

안주의 목소리가 떨린다. "만약 그게 진짜가 아니면?"

엥? "무슨 소리야!" 눈물이 글썽한 안주를 보고 있노라니 목에 칼날이 걸린 듯한 기분이 든다. "사진이랑 똑같이 생겼잖아."

"그 사진은 옛날 거야." 왜 지금 이런 이야기를 꺼내는 걸까. 안주는 잠옷 소매로 눈물을 닦고 고개를 돌린다. 턱을 앙다물고 눈물을 참으려는 걸 느낄 수 있다. "아까 오후에 네가 축구 연습 갔을 때, 할머니가 나더러 다나카 아줌마에게 가서 세제를 사오라고 시켰어. 가게에 갔더니 오키 아줌마랑 가고시마에서 온 아줌마의 언니가 있었어. 가게 뒤편에 있었는데, 내가 온 걸 몰랐기 때문에 난 전부 다 들을 수 있었어."

칼이 내장에 와 닿는다. "뭘 들었는데?"

"오키 아줌마가 말했어. '당연히 미야케네 딸은 여기 얼굴을 들이밀지 않았어.' 다나카 아줌마가 말했어. '당연하지. 그럴 권리가 없잖아.' 오키 아줌마가 말했어. '안 그러는 게 좋지. 두 아이를 엄마와 형제들에게 맡기고 자기는 도쿄로 가서 멋진 아파트에서 살고 멋진 차를 타고 다니며 멋진 남자들을 만나잖아.' 그때 오키 아줌마가 나를 봤어." 칼이 몸을 뒤튼다. 안주는 흐느끼는 중간 중간 숨을 헐떡인다.

"그래서?"

"오키 아줌마가 달걀을 떨어뜨리면서 허둥대더라."

달빛에 끌린 나방이 춤을 춘다.

나는 안주의 눈물을 닦아준다. 무척 따뜻하다. 이윽고 안주는 나를 밀쳐내고 단호한 자세로 웅크린다. 뭐라고 말해야 할지 모르면서도 내가 입을 연다. "있잖아…… 오키 아줌마랑 가고시마에서 왔다는 아줌마 언니랑 다나카 아줌마는 모두 자기 오줌을 마시는 마녀들이야." 내가 단무지를 내밀지만 안주는 고개를 젓는다. 안주는 단지 이렇게 중얼거린다. "사방이 깨진 달걀이었어."

◆

후지필름 시계가 02:34를 가리킨다. 잠이 든다. 잠이 든다. 나는 아주 졸리다. 눈꺼풀이 아아아주우우 무겁다. 천만에. 제발 잠 좀 자자. 내일 일해야 한다. 아니, 오늘이다. 눈을 감지만 추락하는 몸이 보인다. 추락하며 몸이 회전한다. 바퀴벌레는 여전히 끈끈이를 빠져나오기 위해 몸부림친다. 바퀴벌레에게는 뇌가 위험을 감지하기도 전에 도망치는 능력이 있다. 과학자들은 이런 걸 어떻게 알아냈을까? 바퀴벌레는 마땅한 먹을거리가 없으면 책마저 먹어치운다. 고양이는 바퀴벌레를 잘 잡는다. 고양이. 고양이는 생과 사의 비밀을 알고 있다. 수요일 저녁, 일을 마치고 돌아왔을 때다. 아이스 캔 커피를 마시며 분타로가 묻는다. "잘하고 왔어?" "그럭저럭요." 분타로가 마지막 한 방울을 마신다. "동료들은 어때?" "별로 못 만나봤어요. 제가 인수인계하는 스가라는 사람은 자신이 중요한 사이버 범죄자라고 생각해요. 제 상관인 사사키 부인은 절 별로 좋아하는 것 같지 않지만 왠지 저는 그분이 좋아요. 사사키 부인의 상관인 아오야마 씨는 너무 신경질적이라 버럭버럭 소리를 지르지 않으며 걷는 게 신기할 지경이고요." 분타로는 빈 캔을 쓰레기통에 슬쩍 던져넣고, 바로 그때 손님 한 명이 반납할 비디오테이프를 잔뜩 들고 들어온다. 나는 쪽방으로 올라가 요 위에 푹 쓰러져 백번째로 가토의 편지를 다시 읽는다. 도시에 여명이 깔릴 때까지 기타 연습을 한다. 아직 조명 기구를 살 여유가 없기 때문에 방에 있는 조명 기구라고는 옛날 세입자가 쓰다 옷장 구석에 처박아놓은 낡은 램프뿐이다. 돌연 나는 지금껏 나 자신을 위로하며 평생 품어왔던 모호한 희망, 즉 도쿄에 오면 조만간 아버지를 만날수 있으리라는 생각이 터무니없었다는 것을 인정한다. 자유로워지리라는 기대와 달리, 그 사실에 나는 기타 연주를 할 수 없을 정도로 의기소침해진다. 그래서 나는 요를 개어 의자에 올려놓고, 지난주에 쓰레기통에서 주워온 텔레비전을 켠다. 이 텔레비전은 완전히 엉망이다. 녹색은 담자색으로 나오고 파란색이어야 할 부분은 분홍색으로 나온다. 방송 채널 다섯 개 그리고 잡신호만 뜨는 채널 하나가 나온다. 방송 프로그램도 모두 엉망이다. 도쿄 시장이 나와서 지진이 일어날 경우 흑인, 히스패닉, 한국인 들은 모두 정신착란을 일으켜 약탈과 강간을 일삼을 거라는 말을 한다. 채널을 돌린다. 농부가 나와 돼지들이 자기가 싼 똥을 다시 먹고 살이 찌는 것에 대해 설명한다. 채널을 돌린다. 도쿄 자이언츠가 히로시마 카프를 박살낸다. 냉장고에서 할인 가격으로 산 초밥 상자를 꺼낸다. 채널을 돌린다. 출연자들에게 방금 보여준 영상의 사소한 부분에 대해 묻는 기억력 게임이 나온다. 내 눈 가장자리로 스멀스멀 기어오는 그림자가 보이는 것만 같다는 생각을 한다. 그림자는 내 몸 위에 내려앉고, 나는 하마터면 저녁식사를 떨어뜨릴 뻔한다.

"냐아!"

검은 고양이 한 마리가 내 발 위에 내려앉는다. 녀석은 날카로운 이를 드러내며 하품을 한다. 녀석의 꼬리는 흰색이다. 체크무늬 목줄을 하고 있다. "고양이." 소용없는 짓이지만, 놀란 마음을 가라앉히기 위해 무심결에 말해본다. 놈은 찢어진 방충망 틈으로 들어왔을 것이다. "길을 잃었구나!" 고양이는 세상에서 가장 멋진 손님이다. 나는 사람들이 동물을 겁줄 때처럼 갑자기 발을 굴러보지만 고양이는 이미 그런 행동에 익숙하다. 고양이는 내 초밥을 보더니 입술을 핥는다. 내가 말한다. "어이, 가서 냉장고에 먹을 게 가득한 아줌마를 찾으라고." 고양이는 너무 도도해서 아무 대답도 하지 않는다. "우유 한 접시만 먹고 가는 거야. 알았지?" 우유를 따르자 고양이는 맛있게 우유를 할짝거린다. 좀더 따른다. "이게 마지막이야, 알았지?" 고양이가 좀더 우아하게 우유를 할짝거리는 동안 나는 대체 언제부터 내가 동물에게 말을 하기 시작했는지 생각해본다. 놈은 내가 남은 초밥 윗부분을 떼어내는 모습을 지켜본다. 결국 나는 크래커를 먹고, 그동안 고양이는 신선한 방어, 문어, 대구알을 먹는다.

우에노 역을 떠나 공원 입구를 통과해 콘서트홀과 박물관들을 지나 분수대를 돌아가면 관목을 심은 정원이 나온다. 그곳에는 노숙자들이 하늘색 비닐과 나무 폴대로 천막을 치고 산다. 심지어 문이 있는 텐트도 있다. '사진 여인'이 이곳에 사는 듯하다. 그 여인은 지난 목요일 점심시간이 끝나기 직전에 분실물 수취 창구에 나타났다. 이번 주 들어 가장 더운 날이었다. 아스팔트는 녹은 초콜릿처럼 말랑거렸다. 여인은 머리에 스카프를 단단히 맸고 무늬나 색깔이 제대로 보이지 않는 긴 치마를 입었으며 찢어지기 일보 직전의 스니커를 신었다. 사십, 오십, 또는 육십대쯤? 찌든 때 때문에 나이를 가늠하기 어려웠다. 스가는 그 여인이 오는 것을 보더니 선웃음을 짓고 이제 자기 점심시간이라고 말한 뒤 거울을 보며 혼잣말을 하기 위해 화장실로 사라졌다. 이 노숙자 여인을 보니 야쿠시마의 농부 아주머니들이 생각났지만, 이 여인은 정신이 멍한 상태다. 여인의 눈은 초점이 제대로 맞지 않는다. 목소리는 갈라지고 쉬어 있다. "잃어버렸어."

"무엇을 잃어버리셨나요?"

여인이 발을 보며 중얼거린다. "아직 안 들어온 거야?"

분실물 신고서에 손을 뻗으며 내가 묻는다. "무엇을 잃어버리셨나요?"

여인이 흘깃 나를 노려본다. "사진들."

"사진을 잃어버리신 거예요?"

여인은 주머니에서 양파를 꺼내더니 파삭파삭한 갈색 껍질을 벗긴다. 여인의 손가락은 딱지투성이에 시커멓다.

내가 다시 묻는다. "사진을 잃어버린 곳이 전철인가요, 아니면 역인가요?"

여인은 계속 주춤거린다. "옛날 건 찾았는데……"

"조금 더 자세히 말씀해주시면 도움이……"

여인이 양파를 핥는다. "새 거는 아직 못 찾았어……"

"귀중한 사진인가요?"

여인이 양파를 깨문다. 바사삭 소리가 난다.

사사키 부인이 옆쪽 사무실에서 나오더니 사진 여인에게 고개를 끄덕인다. "날이 정말 덥죠?"

사진 여인이 양파를 씹으며 말한다. "시계들을 덮으려면 사진이 필요해."

"아쉽게도 오늘은 사진이 안 들어왔네요. 내일은 올지도 모르겠어요. 시노바주 호수 주변은 살펴보셨나요?"

사진 여인이 얼굴을 찡그린다. "내 사진이 왜 거기 있겠어?"

사사키 부인이 어깨를 으쓱한다. "누가 알겠어요? 찜통 더위를 피하기 좋은 시원한 곳이잖아요."

여인이 고개를 끄덕인다. "누가 알겠어……"

나는 여인이 사라지는 모습을 지켜본다. "자주 찾아오는 분인가요?"

사사키 부인이 책상을 정리한다. "이곳에 들르는 게 저 여인의 일과 가운데 하나야. 친절하게 대한다고 뭐가 잘못되는 건 아니니까. 저 여인이 말하는 '사진'이 뭔지 알아냈니?"

"가족앨범 같은 거 아닐까요?"

사사키 부인이 언제나처럼 조심스레 말을 한다. "나 역시 처음에는 여자 말을 그대로 생각했지. 하지만 기억을 말하는 게 아닐까 하는 생각이 들어." 우리는 아스팔트 위 어른거리는 공기 속으로 사라지는 여인을 지켜본다. 매미들 울음소리가 커졌다가 작아진다. "인간은 모두 기억으로 인해 존재하는 거니까 말이야."

달이 움직인다. 안주는 차를 홀짝이며 다시 마음을 가라앉힌다. 나는 비몽사몽간이다. 엄마의 얼굴을 떠올리기 위해 안간힘을 쓰고 있다. 엄마가 쓰던 향수 냄새는 기억나는 것 같지만 확신할 수 없다. 목소리는 더 쉽게 기억난다. 몸을 웅크리고 있는 내 품으로 안주가 파고든다. 안주는 여전히 생각에 잠겨 있다. "엄마를 본 건 가고시마에서 돈주머니 외삼촌이랑 같이 있을 때가 마지막이었어. 우리가 마지막으로 야쿠시마 밖으로 가봤던 때 말이야."

"비밀 해변 생일날이었어. 이 년 전인가?"

"삼 년 전이야. 이 년 전은 고무보트 생일이고."

"엄마는 갑자기 떠났지. 일주일 내내 있다가 그냥 사라졌어."

"비밀 하나 알려줄까?"

다시 잠이 깬다. "진짜 비밀?"

"당연히 진짜 비밀이지. 내가 어린앤 줄 알아?"

"그럼 말해봐."

"할머니가 아무에게도 말하지 말랬어. 너에게도."

"뭔데?"

"엄마가 떠나던 날 일이야."

"삼 년이나 아무 말 않고 있었단 말이야? 난 엄마가 아파서 떠난 줄 알았어."

안주는 내가 무슨 생각을 하는지 또는 무슨 생각을 했는지에는 아무 관심 없이 하품을 한다.

"말해줘."

"그날 난 아팠어. 너는 축구 연습을 하러 갔고. 난 아래층 탁자에서 숙제를 하고 있었어. 엄마는 튀김을 만들기 시작했지." 안주의 목소리가 힘없이 늘어진다. 눈물을 흘리는 안주를 보니 차라리 이쪽이 더 낫다. "엄마는 반죽에 이상한 걸 넣었어."

"무슨 이상한 거?"

"먹을 수 없는 거. 시계, 초, 티백, 전구. 기름에 들어간 전구가 팍하고 터지니까 엄마는 재미있다는 듯 깔깔거렸어. 반지도. 엄마는 접시에 그렇게 튀긴 걸 올려놓고 민트 잎으로 장식을 해서 내 앞에 놓았어."

"넌 뭐라고 했어?"

"아무 말도 안 했어."

"엄마는 뭐랬는데?"

"엄마는 장난치는 거라고 했어. 나는 '엄마는 취했어요'라고 했어. 엄마는 '모두가 야쿠시마의 잘못이야'라고 했어. 나는 엄마에게 왜 술에 취하지 않고 놀면 안 되느냐고 물었어. 엄마는 왜 자기가 요리한 걸 좋아하지 않느냐고 물었어. 착한 아이처럼 얌전히 먹으라고 했어. 내가 말했어. '이런 걸 어떻게 먹어요?' 엄마는 화를 냈지. 엄마가 가끔 찾아올 때 내가 얼마나 무서워했는지 기억나? 엄마 얼굴은 기억나지 않지만 그 일은 기억나."

"그래서 어떻게 됐는데?"

"돈주머니 외숙모가 오더니 엄마를 방으로 데려갔어." 안주가 침을 삼킨다. "엄마가 우는 소리가 들렸어."

"엄마가 울었어?"

"돈주머니 외숙모가 나오더니 누구에게도, 너에게도 말하지 말라고 했어. 만약 말하면 나쁜 의사가 엄마를 데려갈 거라고 했어." 안주가 얼굴을 찡그린다. "그래서 나는 그 일을 잊어버린 것처럼 하고 지냈어. 하지만 진짜로 잊은 건 아니야."

올빼미가 운다.

난 자야 한다.

안주가 조용히 몸을 떤다. 천천히. 천천히.

저 멀리서 개가 뭔가를 향해 짖어댄다. 개가 짖는 게 뭔가를 봐서인지 아니면 뭔가가 기억나서인지 모르겠다. "내일 가고시마에 가지 마, 에이지."

"가야 해. 난 수비수야."

"가지 마."

이해할 수 없다. "왜?"

"그럼 가. 난 상관없어."

"고작 이틀이야."

안주가 쏘아붙인다. "너만 어른스러운 일을 할 수 있는 게 아니야!"

왜 안주는 화를 내는 거지? "그게 무슨 말이야?"

"말 안 해줄 거야."

"뭘 할 건데?"

"축구시합을 하고 돌아오면 알게 될 거야!"

"말해줘!"

"안 들려! 넌 가고시마에 있어!"

"말해줘!" 걱정이 된다.

안주가 심술궂은 목소리로 말한다. "나중에 보면 알아. 나중에 보면 안다고!"

"네가 뭘 하든 누가 관심이나 있대?"

"나 오늘 아침에 진줏빛 뱀을 봤어!"

이제 누나는 거짓말을 하고 있다. 진줏빛 뱀은 외할머니가 우리를 겁주려고 꾸며낸 터무니없는 이야기다. 외할머니는 그 뱀이 자기가 태어나기도 전부터 미야케 창고에 살았고, 누군가가 죽을 때만 나타난다고 했다. 안주와 나는 벌써 한참 전에 그 말을 안 믿기 시작했지만 외할머니는 그걸 알아차리지 못했다. 진줏빛 뱀 이야기를 하면 내가 겁먹을 거라고 생각했다니, 기분이 상한다. 3월의 한밤중, 나는 새가 곡에 맞춰 가사를 노래하려 애쓰는 것에 귀 기울인다. 새는 계속 노래를 틀리고 다시 시작한다. 매해 나는 이 새를 기억하지만, 장마철이 되면 또다시 잊는다. 한참 뒤, 나는 누나와 화해하려 하지만, 누나는 잠이 들었다. 아니면 잠든 척한다.

◆

후지필름 시계가 나도 모르는 새 새벽 세시를 몰래 가져온다. 동트기까지 두 시간 남았다. 끈끈한 밤의 거미줄이 사분의 삼 자아졌다. 내일 직장에서 하루 종일 피곤할 것이다. 사사키 부인은 토요일이 오히려 평일보다 바쁘다고 했다. 평일 출퇴근하는 사람들이 주말 쇼핑객이나 금요일 밤 승객보다 더 자기 짐에 주의하기 때문이며, 또한 많은 사람들이 토요일까지 기다렸다가 분실물을 찾으러 오기 때문이란다. 아오야마 씨 뒷이야기를 취재하러 기자들도 기웃거릴 듯하다. 불쌍한 인간. 총알이 북을 관통하듯 돌연히 전화벨이 우울리인다아. 그 소리가 죄책감과 공포를 불러일으키며 내 몸을 파고든다. 전화벨이 우울리인다아. 이상하다. 전화를 놓은 건 겨우 지난주다. 이 번호를 아는 사람은 아무도 없다. 전화벨이 우울리인다아. 어떤 변태가 내키는 대로 번호를 눌러댄 건 아닐까? 전화를 받는 순간 샤워실에 정신병자가 있다는 걸 알아차리게 되는 건가? 절대 받지 말아야지. 전화벨이 우울리인다아. 분타로인가? 뭔가 긴급 상황이 벌어진 건가? 무슨 긴급 상황? 전화벨이 우울리인다아. 잠깐. 오수기와 보수기의 누군가는 내 번호를 알고 있다. 가령 가토가 내 편지를 파기하기 전에 다른 동료 누군가가 편지를 읽었고 내 처지에 이루 말할 수 없는 동정심을 느꼈다면? 그래서 내 아버지에게 연락을 하고, 아버지는 자기 부인이 잠들 때까지 기다렸다가 내게 연락을 하는 거다. 아버지는 집의 어느 밀실에서 쉰 목소리로 초조하게 외친다. 받아! 전화벨이 우울리인다아. 이제 결정을 해야 한다. 싫다. 그냥 내버려두자. 받아! 나는 요를 박차고 일어난다. 접이식 건조대에 발이 걸리고 기타 케이스에 발가락을 부딪히며 전화기로 달려간다. "여보세요?"

"절대로 겁먹지 마세요, 네로입니다!" 노래하듯 말하는 사내다.

"여보세요?"

"절대로 겁먹지 마세요, 네로입니다!" 살짝 짜증난 사내.

"네, 그건 말씀하셨어요."

"그 멍청한 가사를 쓴 건 내가 아냐!" 달콤한 목소리.

"저도 아니에요."

"이봐, 젊은이. 우리 사무실에 전단지를 넣었잖아. 전단지에 따르면, 자정이 지나 전화를 걸어서 '절대로 겁먹지 마세요, 네로입니다!'라고 노래를 하면 선착순 이백 명에게 중간 크기 피자를 공짜로 준다고 했잖아. 원하는 대로 토핑을 한 걸로 말이야. 그래서 전화한 거라고. 나는 레귤러 가미카제로 부탁해. 모차렐라 치즈, 바나나, 메추라기 알, 조개 관자, 칠리 잔뜩 하고 문어 먹물 들어간 거 말이야. 칠리는 잘게 썰지 말고. 빨아 먹는 걸 좋아하니까. 자, 대답 좀 해봐. 그러니까 내가 선착순 이백 명에 들어간 건가?"

"이거, 농담인가요?"

"아니어야 할 거야. 밤새 기다리느라 지쳤거든."

"잘못 거신 거 같아요."

"말도 안 돼! 거기 네로 피자집 아닌가?"

"아니에요."

"정말이야?"

"네."

"그럼 내가 새벽 세시에 엉뚱한 곳에 전화를 했단 말이야?"

"네."

"이런, 정말 미안하네. 뭐라고 사과를 해야 할지 모르겠군."

"걱정 마세요. 어쨌든 잠이 안 오던 참이었으니까요."

"하지만 내가 너무 무례하게 굴었잖아. 난 자네가 멍청한 피자 배달원인 줄 알았어."

"정말로 괜찮아요. 하지만 피자 취향이 독특하시네요."

사내는 빗나간 자부심에 차 킥킥거린다. 사내는 내가 생각한 것보다 나이가 많다. "내가 고안한 거야. 네로에서는 그걸 가미카제라고 이름 붙였더군. 전화 받는 아이가 주방장에게 그렇게 말하는 걸 들었지. 비밀은 바나나에 있어. 다른 맛들을 한데 합쳐주는 역할을 해. 어쨌든 더는 자네 시간을 뺏으면 안 될 거 같군. 다시 한 번, 정말로 미안하네. 변명의 여지가 없군. 전혀 고의가 아니었네. 우연히 이렇게 된 거야. 안녕." 사내가 전화를 끊는다.

일어나보니 나 혼자다. 여름 밤하늘의 별들은 녹아 사라지고 보이지 않는다. 안주의 요는 비어 있다. 지붕 위로 올라간 건가? 나는 모기장 밖으로 나간다. "안주? 안주!" 바람이 대나무를 스치고, 개구리가 울기 시작한다. 끝내주는군. 삐치려면 삐치라지. 십오 분 뒤, 나는 옷을 입고, 아침식사를 마치고, 스포츠 가방을 들고 새로 산 야구모자를 쓰고 안보 항구로 걸어간다. 모자는 안주가 아스팔트 삼촌에게서 받은 용돈을 모아 사준 것이다. 가고시마행 페리가 발사대에서 발사를 기다리는 우주선처럼 불을 밝히고 있는 모습이 보인다. 흥분에 몸이 떨린다. 마침내 오늘이 왔다. 나는 혼자 가고시마로 떠난다. 내가 자기와 하룻밤 떨어져 있다고 질투를 해대는 멍청한 누나 때문에 죄책감을 느끼지 않기로 한다. 절대 그러지 않기로 한다. 어제 누나가 엄마에 대해 해준 이야기가 사실인지 아닌지 내가 어떻게 알 수 있단 말인가? 최근 누나는 이상해졌다. 유성이 보랏빛 하늘을 가른다. 보랏빛 하늘이 유성을 지운다. 그때 멋진 생각이 떠오른다. 내 평생 최고로 멋진 생각이다. 나는 실력을 키울 것이다. 키우고 키워 훌륭한 축구선수가 되어서 스무살 생일에 브라질과 하는 월드컵 결승전에 출전할 거다. 종료 육분 전, 일본은 8 대 0으로 지고 있고, 나는 그때 교체되어 들어가 인저리 타임까지 해트트릭 세 개를 기록하며 경기를 승리로 이끈다. 나는 전 세계의 신문과 텔레비전에 나온다. 엄마는 나를 자랑스레 여기며 술을 끊고, 더 좋은 건, 아버지가 내 얼굴을 보고 누군지 알아본 뒤 선수단을 태운 제트기가 내리는 공항으로 마중 나온다는 것이다. 당연히 안주와 엄마도 거기에서 나를 기다리고, 전세계가 지켜보는 가운데 우리는 재회한다. 정말 완벽하지 않은가. 정말 끝내준다. 나는 재능과 희망으로 활활 불타오른다. 안보 항구 위로 뭔가 반짝이고, 현수교 너머로 섬광이 보인다. 연어가 뛰어오른다.

강이 넓어지는 어귀에서 골짜기가 가팔라지고 좁아진다. 외할머니와 안보의 노인들은 여길 '목'이라 부른다. 세상에서 가장 무서운 곳이지만 나는 겁내지 않는다. 안주가 거기 숨어 나를 기다릴지도 모른다는 생각에 두려우면서도 기대감에 찬다. 소나무 사이로 보이는 얼굴들은 진짜가 아니다. 장마철에 물이 넘친 흔적이 있는 곳에 토리 문이 서 있고, 그곳부터 천둥신 신사가 있는 언덕까지 길이 구불구불 이어져 있다. 외할머니는 우리더러 절대로 거기서 놀지 말라고 했다. 조몬삼나무도 오래되었지만, 천둥신은 야쿠시마에서 가장 오래된 존재다. 천둥신을 불경하게 대하면 물을 건널 때 쓰나미에 휩쓸려 빠져 죽는다고 한다. 안주는 외할아버지에게 무슨 일이 일어났는지 묻고 싶어하지만 나는 안주에게서 그 질문을 하지 않겠노라는 다짐을 받아냈다. 오키 아줌마가 우리 반 아이에게 해준 말에 따르면, 외할아버지는 술에 취해 개울에 머리를 박고 죽었다. 어쨌든, 마을 사람들이 시험, 돈, 결혼같이 사소한 문제로 천둥신을 괴롭히는 일은 절대로 없다. 그런 일을 위해서는 은행 옆에 새로 선 가키모토 스님의 신사로 간다. 하지만 아기, 만선 기도, 죽은 친척의 명복을 비는 일을 할 때는 천둥신이 있는 신사로 향한다. 언제나 혼자서.

나는 작스 오메가 손목시계를 본다. 시간은 충분하다. 월드컵으로 향하는 길은 바로 오늘 가고시마에서 시작하고, 나는 필요한 모든 도움을 손에 넣을 작정이다. 아버지를 찾는 일은 만만찮다. 안주와 나에게 그보다 중요한 일은 없다. 두 번 생각할 것도 없이 나는 스포츠 가방을 이끼 낀 바위 뒤로 던지고, 희망찬 미래에 고무되어 진흙으로 질퍽이는 계단을 힘차게 뛰어올라간다.

◆

수화기를 내려놓는다. 계속 사과를 해대는 이상한 사람이다. 어쩌면 이 전화 때문에 불면증의 저주가 사라질 수도 있다. 마침내 내 몸이 피곤을 깨닫고 휴식을 취할 수도 있다. 누워서 천장을 보며 체스의 나이트가 천장 타일 위를 움직이는 상상을 한다. 어디를 건너고 어디를 건너지 않았는지 헷갈리고 만다. 다시 시작한다. 세 번째 시도 만에 나는 이 쓸데없는 짓을 포기한다. 계속 잠이 오지 않으면 편지에 대해 생각해도 된다. 이건 다른 편지다. 긴 편지다. 이 편지가 온 게…… 언제더라? 목요일이다. 어제. 아니, 그제다. 완전히 파김치가 되어 슈팅스타에 돌아왔다. 분실물 보관소에서 가장 먼 9번 플랫폼에 볼링공 서른여섯 개가 있었다. 스가는 또다시 어디론가 사라졌기 때문에 나 혼자 볼링공을 하나씩 옮겨야 했다. 나중에 도쿄 역에서 볼링공 주인이 기다린다는 연락이 왔다. 나는 분실물에 관한 한 확률의 법칙이 적용되지 않는다는 사실을 배워나간다. 사사키 부인은 배낭에 든 해골을 맡은 적도 있다. 교수 환송 파티에 참석했던 의대생이 전철에 두고 내린 것이었다. 어쨌든 나는 땀을 뚝뚝 흘리며 슈팅스타로 돌아오고, 분타로는 카운터 뒤 의자에 앉아 숟가락으로 녹차 아이스크림을 퍼먹으며 돋보기로 종이를 들여다보고 있다. 분타로가 말한다. "왔구나. 내 아들을 보여줄까?" 이상하다. 분타로는 자기 입으로 아이가 없다고 말했기 때문이다. 이윽고 분타로는 잉크가 뿌옇게 뿌려진 종이를 보여준다. 분타로가 말한다. "초음파 스캔의 기적이지. 자궁 안을 찍은 거야." 나는 분타로의 배를 바라보고, 분타로는 '아주 재미있다'는 표정을 짓는다. "아주 재미있지. 사내아이야. 이름도 정했어. 정확하게는, 아내가 정했어. 하지만 내가 동의했으니까. 무슨 이름인지 궁금하지?"

"그럼요."

"고다이. 고는 '여행'이라는 뜻이고 다이는 '위대한'이라는 뜻이지. 위대한 여행."

진심을 담아 내가 말한다. "정말 멋진 이름이네요."

분타로는 여러 각도에서 고다이를 바라본다. "코 보이지? 여기가 발이고. 예쁘지 않아?"

"정말 예쁘네요. 여기 작은 건 뭔가요?"

"이 아이가 사내라는 걸 우리가 어떻게 알았을 거 같아? 천재라서?"

"아, 그렇군요."

"네게 또 편지가 왔어. 네 전용 특별 우편함이라도 만들어주고 싶은 마음이 들지만, 그러면 너 몰래 편지를 살짝 뜯어보는 즐거움을 망칠 거 같아서 관두기로 했어. 이거야." 분타로는 평범한 하얀 봉투를 내민다. 미야자키 소인이 찍혀 있고 가고시마 주소로 온 것을 돈주머니 삼촌이 내게 다시 보냈다. 봉투선을 따라 열어보니 구깃구깃한 종이 세 장이 접혀 있다. 비디오 화면에서는 헬리콥터들이 충돌하고 건물이 폭발한다. 브루스 윌리스가 선글라스를 벗더니 눈을 가늘게 뜨고 이글거리는 화염을 바라본다. 나는 첫 줄을 읽고 누가 보낸 편지인지를 깨닫는다. 나는 편지를 재킷 주머니에 쑤셔넣고 계단을 오른다. 충격을 받은 얼굴을 분타로에게 보여주고 싶지 않다.

천둥신의 신사를 향해 계단을 올라가는 동안 거미줄이 얼굴 여기저귀에 달라붙는다. 사탕을 녹여 만든 듯 끈적거리는 거미줄. 나는 발을 헛디디고, 무릎은 진흙으로 더러워진다. 여기 계단에 산다는 어린아이 유령에 대한 이야기를 떠올리지 않으려 애쓰지만, 뭔가를 잊으려 한다는 것은 이미 기억해냈다는 뜻이다. 커다란 양치류가 내 위로 높이 솟아 있다. 참게들이 얼기설기 난 뿌리 틈으로 잽싸게 들어간다. 사슴이 나타났다 관목 속으로 사라진다. 내 계획이 실현되었을 때 아버지를 다시 만나는 장면에 집중하며 달리고 또 달리고, 마침내 꼭대기 정면에 보이는 신사 앞에 선다. 저 멀리까지 한눈에 내다보인다. 내륙 산맥이 갈라진 하늘을 향해 굽이치고 몸을 뒤튼다. 햇빛을 받은 바다가 매끈해 보인다. 가고시마 페리의 창문들이 보인다. 나는 초조한 마음으로 종을 향해 다가가고, 입장 허가를 받기 위해 두리번거리며 어른을 찾는다. 신을 깨우는 건 처음이다. 외할머니는 설날마다 부적을 바꾸기 위해 안주와 나를 데리고 항구의 신사로 갔지만, 그건 친척과 이웃끼리 만나는 즐거운 모임이었고, 사람들은 우리 머리를 쓰다듬어주었다. 하지만 이건 다르다. 이건 진짜 주술이다. 지금은 오직 잠들어 있는 천둥신과 나뿐이다. 나는 종을 울리기 위해 줄을 잡아당긴다……

첫번째 종소리가 숲으로 울려퍼지고, 꿩들을 놀라게 한다.

두번째 종소리는 난류를 만들고, 전투기들을 뒤흔든다.

세번째 종소리가 철문들을 강타하며 영원히 닫아버린다.

부루퉁해 숨어 있는 안주에게 이 종소리가 들리는지 궁금하다. 내일 돌아오면 종을 친 게 나였다고 말해줄 생각이다. 안주는 절대 인정하지 않겠지만 속으로는 내 담대함에 감명받을 것이다. 이건 안주가 평소 늘 해보고 싶어하던 종류의 일이다. 나는 신사에 다가

간다. 천둥신이 인상을 쓰고 있다. 잔뜩 찌푸린 얼굴은 악몽 속에 나올 것만 같으며 증오로 가득 차 있다. 하지만 이제 와서 물러설 수는 없다. 천둥신은 깨어났다. 헌금함에 넣은 동전이 짤랑거린다. 나는 손뼉을 세 번 치고 눈을 감는다. "안녕하세요, 천둥신님. 저는 미야케 에이지라고 해요. 저는 산골짜기를 따라 난 길을 따라 요카타 농가를 지나서 길 끝에 있는 집에서 안주와 외할머니와 같이 살고 있어요. 아마 알고 계시겠죠. 소원을 빌려고 잠을 깨웠어요. 저는 일본 최고의 축구선수가 되고 싶어요. 제게는 정말정말 중요한 거니까 택시 운전사에게 했던 것처럼 벌을 내리지 마세요."

"대신 너는 무엇을 하겠는가?" 침묵이 묻는다.

"유명한 축구선수가 되면, 전, 에, 이곳에 다시 와서 신사를 다시 짓고 물건들도 새걸로 바꿀게요. 그 전에는 제가 드릴 수 있는 건 뭐든지 드리겠어요. 맘대로 가져가세요. 제게 물을 필요도 없어요. 그냥 맘대로 가져가세요."

침묵이 묻는다. "뭐든지?"

"뭐든지요."

"뭐든지? 정말이냐?"

"뭐든지요. 정말이에요."

아흐레 밤, 아흐레 낮 동안 침묵이 계속된다. "알았다."

나는 눈을 뜬다. 비행운이 장밋빛과 황금빛으로 하늘을 가른다. 비둘기들이 예언을 구구거린다. 저 아래 안보 항구에서 가고시마 페리가 외로운 경적을 울리고, 자동차들이 도착하는 게 보인다. 숲의 모든 생물들이 잠을 깨어 울고 으르렁대고 퍼드덕거리고 달리고 움직인다. 나는 아침 첫 햇빛에 어린아이들 유령이 녹아내리는 진흙 계단을 날듯이 달려 내려간다.

◆

미야자키 산 클리닉
8월 25일

에이지 보렴,

어떻게 시작해야 할지 모르겠구나. 이 편지에 앞서 불평, 한탄으로 시작하는 편지를 써보았단다. 이런 것도 있지. '안녕, 난 네 엄마야. 만나서 반갑구나.' 또 '미안하다'로 시작하는 것도 써보았단다. 그 편지들은 모두 구깃구깃 구겨진 채 방 저편에 있는 휴지통 근처에 나뒹굴고 있단다. 나는 던지기에는 빵점이거든.

올 여름은 참 덥지? 장마가 시작되지 않는 걸 보고 난 벌써 짐작했지(그래도 야쿠시마에는 비가 오고 있겠지. 거긴 비가 안올 때가 없으니까). 넌 벌써 거의 스물이구나. 스물. 벌써 시간이 그렇게 흘렀네. 다음 달에 내가 몇 살인지 아니? 다른 사람들에게 말하기에는 너무나 많은 나이가 되었지. 난 이곳에서 신경·금주 치료를 받고 있단다. 절대로 규슈에 돌아오고 싶지 않았지만, 최소한 여기는 산이라 시원은 하구나. 날 담당한 치료사가 네게 편지 쓰기를 권했단다. 처음에는 내키지 않았지만 치료사가 나보다 더 열심이더라. 내 아들에게 편지 쓰는 일에 대해 치료사가 나보다 더 열심이라니, 좀 이상한 느낌이 들더구

나. 네게 편지를 쓰고 싶지만, 이렇게 오랜 시간이 흐른 뒤에는 쓰지 않는 쪽이 훨씬 더 쉽지. 하지만 해야 할 이야기(아니, 단속적인 기억이라고 하는 편이 낫겠구나)가 있단다. 내 치료사는 네게 그 이야기를 털어놓아야만 더는 내가 그로 인한 고통을 받지 않을 거라고 했어. 그러니 내가 이기적인 이유로 편지를 쓴다는 걸 이해해주렴. 내가 할 이야기는 이런 거란다.

옛날, 나는 도쿄에서 어린 너와 안주를 데리고 사는 젊은 엄마였어. 아파트 세는 네 아버지가 내줬지. 하지만 네 아버지, 심지어 안주도 이 이야기와는 아무 상관이 없어. 이건 오롯이 너와 나에 대한 이야기야. 그 시절, 나는 잘나가는 것 같았어. 거대한 도시의 상류층 지역에 자리 잡은 복층 아파트에 살았고, 발코니에는 화분이 있었고, 빨래 같은 건 아내가 해주는 부자 애인이 있었으니까. 미안한 말이긴 하지만, 내가 야쿠시마를 떠날 때만 해도 너와 안주는 내 인생 계획에 없었어. 이십 년 전 내가 살았던 삶은 오렌지농장에서 평생을 보내고 네 외할머니이자 내 어머니가 정해준 신타로 바바와 결혼하는 것보다는 훨씬 나아 보였어(당시에는 대부분 그랬듯이, 어머니가 나도 모르게 정해놓은 상대가 있었단다). 지금도 분명 그럴 거라고 생각하지만 신타로는 당시에도 정말 꾀죄죄했단다.

쓰기 쉬운 이야기는 아니구나.

나는 비참한 상태였어. 당시 나는 스물셋이었고, 모두 내가 아름답다고 말했지. 젊은 아기 엄마의 친구는 오직 다른 젊은 엄마들뿐이란다. 하지만 젊은 엄마들은 맘에 들지 않는 사람에게는 세상에서 가장 심술궂은 종족이 되기도 하지. 내가 '두번째 아내'라는 사실을 안 여자들은 내가 자기들에게 나쁜 영향을 끼친다고 결론지은 다음 아파트 관리인에게 나를 내쫓으라고 했어. 물론 네 아버지가 그걸 막을 만큼 충분히 힘이 있었기에 나는 쫓겨나지는 않았지만, 그 뒤 아파트 여자들은 내게 절대로 말을 걸지 않았어. 너도 알겠지만, 당시 야쿠시마에서는 너희에 대해 아무도 몰랐고, 모두 이상한 눈으로 보는 건물에서 혼자 산다는 건 견디기 어려웠어.

그즈음 네 아버지는 새로 모델을 사귀기 시작했어. 여자에게 아기라는 게 섹시한 장식품은 아니잖니. 쌍둥이는 두 배로 더 그렇지. 별로 듣기 좋은 끝맺음은 아니었으니, 시시콜콜 여기에 쓰지는 않으련다. 너도 별로 알고 싶어하지 않을 거고(어쩌면 알고 싶어할지도 모르겠지만, 나는 다시 기억을 되살리고 싶진 않아). 나는 세상 물정 모르던 순진한 때였고, 네 아버지가 줄 수 있는 게 오직 돈뿐이라는 걸 깨닫지 못했지. 나약한 사내들이 다 그렇듯, 네 아버지도 모호한 태도를 보이면 내 용서를 받을 수 있을 거라고 생각했단다. 그 뒤로는 변호사들이 날 상대했고, 나는 네 아버지를 다시는 보지 못했어(보고 싶은 마음도 없었고). 나는 그 아파트에 계속 살아도 됐지만 팔 수는 없었어. 거품 경제 시절이었고, 아파트 가격은 육 개월마다 두 배씩 뛰었지. 너희 첫돌이 지나고 얼마 안 됐을 때였단다.

나는 좋은 엄마가 아니었어(좋은 엄마였던 적이 한 번도 없지만, 적어도 이제는 그 사실을 안단다). 어떤 여자는 엄마가 되기도 전에 엄마가 될 자격을 갖추지만 나는 그런 것과는 거리가 멀었어. 심지어 아기 엄마가 된 다음에도 말이야. 나는 아직도 아이들이 싫어. 네 아버지가 준 양육비로 불법 체류자인 필리핀 유모를 고용하고 나는 아파트 밖으로 나다녔단다. 커피숍에 앉아 지나가는 사람들을 지켜보곤 했지. 내 나이 또래의 젊은 여인들은 은행에서 일하거나 꽃꽂이를 하거나 쇼핑을 했지. 내가 임신을 하기 전에는 업신여기던 그런 일들을 말이야.

이 년이 지났어. 나는 다른 호스티스 바에서 일을 했지만 이미 한물간 상태였지. 한때 잡았던 부자 물주는 떠났고, 집에 돌아가면 그 물주의 아이들인 너와 안주는 내가 사는 곳이 어딘지를 여실히 보여주었어(기저귀와 울음과 불면의 밤이었단다). 어느 날 아침, 집에는 너와 나뿐이었단다. 넌 열이 있어서 유모가 안주만 데리고 유아원에 갔지. 그 동네 유아원이 아니었어. 동네 여자들은 만약 유아원에서 너희들을 받으면 자기들이 아이를 안 보내겠다고 했거든. 넌 큰 소리로 울었어. 열 때문일 수도 있고, 어쩌면 안주가 없었기 때문인지도 모르겠어. 나는 밤새 일을 하고 돌아와 피곤했단다. 그래서 보드카에 수면제를 약간 타서 마시고 너는 내버려두었어. 그리고 기억나는 건 네가 내 방문을 덜거덕거리는 거였지. 물론 그때 너는 이미 걸어다녔어. 난 편두통 때문에 잠이 오지 않았어. 나는 네게 고함을 지르며 꺼지라고 했지. 물론 너는 더욱 큰 소리로 울어댔지. 나는 비명을 질렀어. 이윽고 정적이 찾아왔어. 이윽고 네가 말하는 단어가 들렸어. 유아원에서 배운 게 분명했지.

"아빠."

뭔가가 내 안에서 툭 하고 부러졌어.

침착한 마음으로, 나는 널 발코니에서 던져버리기로 결심했단다.

펜에 잉크가 떨어져서 새 펜을 가져왔어. 아주 결정적인 순간에 펜 잉크가 떨어졌네. 그래. 침착한 마음으로. '나는 널 발코니에서 던져버리기로 결심했단다.' 이 한 문장이 그날 이후의 우리 삶을 설명해주는구나. 내가 한 행동이 이 말로 정당화된다고 주장하려는 건 전혀 아니란다. 널 발코니 아래로 던지고 싶었다는 뜻은 아니야. 그러려고 했다는 거야. 정말이야. 이 말을 쓰는 게 너무 힘들구나.

나는 침실 문을 활짝 열었지. 문은 바깥으로 열리게 되어 있었어. 그리고 너를 반질거리는 나무 층계참 끄트머리로 쓱 밀어버리고 다른 곳으로 시선을 돌렸지. 몸이 얼어붙는 것만 같았고, 설사 내가 슈퍼맨이었대도 떨어지는 너를 구할 수는 없었을 거야. 너는 떨어지면서 울지 않았어. 나는 귀를 기울였단다. 책이 담긴 부대가 떨어지는 모양을 상상했지. 네가 떨어지며 그런 소리가 났어. 난 네가 울기를 기다리고, 기다리고, 또 기다렸단다. 느릿느릿 흐르던 시간이 꾸물거린 걸 보상하려는 듯 돌연 세 배로 빠르게 흐르기 시작했어. 너는 바닥에 누워 있었고 귀에서는 피가 흘러나왔어. 아직도 그 모습이 눈에 선해(계단을 오르내릴 때마다 그 모습이 늘 눈에 선하단다). 나는 광란에 빠졌어. 미친 듯 지껄여대는 나를 진정시키기 위해 구급요원이 내게 고함쳤어. 이윽고, 수화기를 내려놓았을 때 내가 무엇을 보았을 거 같니? 넌 일어나 앉아 손가락의 피를 핥고 있었어.

구급요원은 아이들이 헝겊인형처럼 몸이 유연하다며 그 때문

124

에 네가 큰 부상 없이 살아남았다고 하더라. 의사는 네가 운이 좋다고 했지. 하지만 의사의 본심은 내가 운이 좋다는 뜻이었어. 난 계단막이를 닫아두었는데도 한눈파는 사이에 네가 기어 넘어 올라가서 떨어졌다고 말했지만, 내 입에서 나는 보드카 냄새 때문에 그 주장은 먹혀들지 않았어. 솔직히, 우리 모두 운이 좋았던 거지. 나는 널 죽이고 남은 일생을 감옥에서 보내게 될 거라는 사실을 알았어. 이런 내용을 네게 써 보내다니, 쓰면서도 믿기지가 않는구나. 사흘 뒤, 나는 유모에게 한 달 치 보수를 주고 내보내면서 너와 안주를 데리고 애들 외할머니를 보러 간다고 했지. 너와 안주를 키우기에 나는 정신적으로 결함이 많은 인물이었어. 나머지는 네가 아는 대로란다.

네 동정이나 용서를 구할 마음은 없단다. 그러기에는 내가 너무 심한 짓을 했으니까. 하지만 그날의 생생한 기억 때문에 아직도 난 잠을 못 이루고, 네게 진실을 알려주는 것만이 그 기억을 지울 수 있는 유일한 방법이구나. 난 편히 있고 싶어. 내 말은……

……구겨진 상태라도 편지를 읽을 순 있겠지, 그렇지? 난 방금 이 편지를 구겨 휴지통에 던졌단다. 휴지통에 제대로 넣지 못할 걸 알기에 처음부터 겨냥도 하지 않았어. 그런데 무슨 일이 있었는지 아니? 편지는 곧장 휴지통으로 들어가더구나. 가장자리에 부딪히지도 않고 말이야. 누가 알겠니? 미신이 들어맞는 그런 경우 가운데 하나일지. 나는 또다시 마음이 바뀌기 전에

스즈키 의사 선생님 방으로 가서 편지를 문 밑으로 밀어넣을 생각이란다. 편지 첫 부분에 전화번호가 있으니 혹시 전화하고 싶으면 하려무나. 하고 안 하고는 네 맘대로 하렴. 내 뜻대로 된다면야 물론……

후지필름이 네시를 가리킨다. 어머니가 자기를 죽이려 했다는 걸 알았을 때 제대로 된 반응은 어떤 것일까? 삼 년 동안 아무런 연락도 없었다. 나는 어머니가 어딘가 먼 곳으로 여행 갔다고 여기는 데 익숙해졌다. 그런 식으로 생각하면 아무 고통이 없다. 만약 뭔가를 바꾸면 처음부터 모든 것에 다시 익숙해져야 할까 두렵다. 내가 떠올릴 수 있는 방법은 '아무것도 하지 않는다'이다. 이런 행동이 책임 회피라도 상관없다. 내게 있어 문제는 아버지를 찾지 못하는 것이다. 어머니가 어디에 있든 그건 아무 문제도 아니다. 정확히 말로는 옮기지 못한다 해도 내가 원하는 바가 무엇인지 나는 안다. 바퀴벌레는 아직도 꿈틀거린다. 보고 싶다. 나는 냉장고 쪽으로 기어간다. 정말 습기 찬 밤이다. 모텔을 집어들자 모텔이 흔들리기 시작한다. 내 마음 일부에서는 놈을 풀어주고 싶어하고 또다른 일부에서는 놈이 즉시 죽어버리길 원한다. 모텔 안을 들여다본다. 꿈틀거리는 다리와 퍼드덕거리는 날개! 나는 비위가 거슬려 모텔을 떨어뜨린다. 모텔은 지붕부터 바닥에 부딪힌다. 이제 반들거리는 바퀴벌레는 거꾸로 매달려 죽어간다. 불쌍한 놈. 하지만 모텔을 다시 만지고 싶지 않다. 나는 모텔을 뒤집을 뭔가를 찾아본다. 쓰레기통을 뒤져본다. 모텔 속 바퀴벌레의 형제가 있을지도 모른다는 생각에 열심히 뒤져본다. 쓰레기통에서 구겨진 고양이 먹이 상자가 나온다. 목요일, 편지를 읽은 뒤 나는 편지를 내려놓고 시간 가는 줄 모르고 가만히 있었다. 무엇을 해야 할지 알 수 없었기 때문이다. 편지를 다시 읽으려 하는데 고양이가 나타났다. 놈은 내 무릎에 앉더니 어깨를 보여줬다. 털이 벗겨진 곳에 응고된 핏자국과 부드러운 피부가 보인다. "싸운 거야?" 나는 잠시 편지에 대해 까맣게 잊는다. 응급처치, 특히나 고양이 응급처치 방법에 대해서는 전혀 모르지만, 적어도 상처의 감염은 막아야 한다고 생각한다. 물론 내게 살균제 따위가 있을 리 없으니 나는 아래층으로 내려가 분타로에게 묻는다.

분타로는 타이타닉이 물속으로 잠기고, 높다란 갑판에서 사람들이 떨어지는 장면에서 비디오를 정지한다. 분타로는 캐스터 갑에서 담배를 한 대 꺼내더니 불을 붙이고 빤다. 내게는 권하지 않는다. "내가 알아맞혀볼까? 미지의 변호사 여인에게서 또다른 편지를 받은 우리의 영웅께서는 모든 게 끝났다는 걸 알고 너무나 큰 실망에 잠겨 할복을 하기로 결심한 거야. 하지만 우리 영웅에게 있는 거라고는 손톱가위뿐이라서……"

"고양이가 다쳤어요."

분타로가 헛갈린다는 표정을 짓는다. "뭐가 다쳐?"

"고양이요."

"내 건물에서 동물을 키우는 거야?"

"아니요. 가끔 배고플 때만 제 방으로 와요."

"아니면 치료가 필요할 때나?"

"그냥 긁힌 거예요. 소독을 좀 해주고 싶어서요."

"수의사가 된 미야케 에이지로군."

"제발요, 분타로."

분타로는 투덜거리며 잠시 현금출납기 아래를 뒤진다. 분타로의 발에 온갖 잡동사니들이 떨어지고, 분타로는 먼지가 뽀얗게 내려앉은 붉은 상자를 꺼내 내게 건넨다.

"다다미에 피가 묻지 않도록 조심해."

'이 못된 자식. 넌 세입자들이 나갈 때마다 다다미를 간다는 명목으로 돈을 옭아냈지만 실제로는 1969년 이래 한 번도 다다미를 간 적이 없잖아!' 집주인이자 직장을 구해준 사람에게 이렇게 말할 수는 없는 법. 그래서 대신 나는 온순하게 고개를 끄덕인다. "이제 피는 안 흘려요. 상처에 소독만 하면 돼요."

"어떻게 생겼지? 마누라가 주인을 알지도 몰라."

"검고, 발과 꼬리는 흰색이고요, 방울이 달린 목걸이를 하고 있어요."

"아무 이름도 없고 주인 이름도 안 적혀 있어?"

나는 고개를 젓는다. "빌려줘서 고마워요." 나는 분타로에게 받은 상자를 툭툭 치며 내 방으로 돌아간다.

계단으로 올라가는 뒤에서 분타로가 외친다. "너무 정 주지 마. 계약서에 '선인장을 제외한 그 어떤 것도 기를 수 없다'고 되어 있는 걸 잊지 말라고."

나는 몸을 돌려 분타로를 본다. "무슨 계약서요?"

분타로가 심술궂게 웃으며 자기 이마를 툭 친다.

나는 방문을 잠그고 고양이를 치료한다. 소독약이 따끔할 것이다. 할머니가 나와 안주의 다친 상처를 소독해줄 때도 늘 따끔했다. 하지만 고양이는 꿈쩍도 하지 않는다. "넌 암컷이잖아. 여자는 싸우면 안 돼." 내가 고양이에게 말해준다. 나는 다 쓴 소독솜을 버리고 구급상자를 분타로에게 돌려준다. 고양이는 내 유카타 위에 편안하게 누워 있다. 이상한 놈. 하고많은 사람들 가운데 자기를 돌봐줄 사람으로 나를 고르다니.

분실물 수취 창구 너머로 머리가 보인다. 미키와 도널드 조깅복 차림에 머리에는 붉은 리본을 한 열한 살 정도 된 가냘픈 여자아이다. 눈이 아주 크다. "안녕하세요. 표시를 따라왔어요. 여기가 분실물 사무실이죠?"

"그래. 뭘 잃어버렸니?"

"엄마요. 제 허락도 없이 여기저기를 헤매고 있어요."

나는 혀를 찬다. "내가 다룰 수 없는 일이네." 내가 무엇을 할 수 있단 말인가? 스가는 '미아'에 대해서는 아무 이야기도 하지 않았으며 지금은 수레를 가지러 역 별관에 가 있다. 사사키 부인은 점심식사를 하러 나갔다. 어디선가 아이 엄마는 전철 바퀴와 장기 밀매꾼을 떠올리며 여기저기 헤매고 있을 것이다. 내가 말한다. "여기 카운터에 잠시 앉아 있을래?" 아이가 카운터로 올라온다. 자, 이제 어떻게 해야 한다? "제 이름을 안 물어보나요?" 아이가 묻는다.

"당연히 물어봐야지. 이름이 뭐니?"

"치요 유키예요. 커다란 스피커로 엄마를 불러야 하지 않아요?"

"당연히 그래야지."

나는 옆 사무실로 들어간다. 내가 근무하던 첫날, 사사키 부인은 외부 확성기가 있다는 말을 했지만, 스가는 사용 방법을 가르쳐주지 않았다. 여기 열쇠를 돌리고 이 스위치를 켜면 되겠지. 나름대로 내가 추측한다. '사용 가능' 아래 녹색 불이 깜박인다. 나는 목청을 가다듬고 마이크에 몸을 기울인다. 내 목소리가 우에노 역을 가득 채운다. 치요 유키가 자기 이름을 듣자 자기 몸을 껴안는다.

나는 당황해 어쩔 줄을 모른다. 치요 유키가 나를 유심히 살핀다.
"자, 유키. 몇 살이니?"
"열 살이요. 하지만 엄마가 낯선 사람과 말하지 말라고 했어요."
"이미 나랑 이야기했잖아."
"엄마를 불러야 했으니까요."
"고마운 줄을 모르는 아이네."
모습이 보이기도 전에 아오야마가 이쪽으로 걸어오는 소리가 들린다. 걸음 소리, 열쇠 소리.
"너! 미야케!"
또 귀찮아지겠군. "안녕하세요……"
"안녕하냐는 따위 인사는 필요 없어! 누가 너보고 외부 확성 장치를 사용해도 좋다고 허가했지?"
목이 바짝 마른다. "전 몰랐습니……"
"전철이 브레이크가 고장난 상태로 우에노 역으로 돌진해온다고 가정해봐!" 아오야마의 눈이 튀어나올 것만 같다. "내가 소개 명령을 내려야 한다고 가정해보라고!" 혈관이 툭툭 불거진다. "폭탄 설치 경보를 받았다고 가정해보라고!" 이자가 날 해고할 생각인가? "그런 상황이었다면 네가 이 아이의 어머니에게 2층에 있는 분실물 보관소로 아이를 찾으러 오라는 방송을 하는 동안 중요한 경고가 그냥 지워지는 거라고!" 아오야마는 숨을 쉬기 위해 말을 잠시 멈춘다. "너, 너, 역의 질서를 한순간에 허물어뜨리고 있잖나!"

"짜잔!" 표범무늬 옷을 걸친 여인이 카운터에 나타난다.

"엄마!" 치요 유키가 손을 흔든다.

"우리 예쁜 딸. 이런 식으로 사라지면 엄마가 걱정할 걸 뻔히 알면서! 여기 멋진 오빠에게 폐를 끼쳤니?" 아이 엄마는 아오야마를 옆으로 밀치더니 명품 가방을 카운터 위에 올려놓는다. 건방지면서 도도한 웃음. "뭔가에 서명을 해야 하나요?"

"아니요."

아오야마가 눈을 부라린다.

"이 아이 때문에 괜히 고생하셨는데 뭔가 보답을 해야겠군요."

"아니요, 부인. 전혀 필요 없습니다."

여인은 아오야마에게 몸을 돌린다. "아, 잘됐군요. 짐꾼이 있네!"

나는 킥킥거리다 급히 웃음을 죽인다.

아오야마가 핵폭탄급 분노를 터뜨린다. "아닙니다, 부인. 저는 부역장입니다."

"아, 그래요. 그렇게 하고 있으니 꼭 짐꾼 같아서요. 가자, 유키."

유키는 앞장서 가는 엄마를 따라가며 내게 몸을 돌린다. "괜히 소란을 피워 미안해요."

아오야마는 너무 화가 난 나머지 나를 더 야단치지도 못한다. "너, 미야케, 너, 절대 이 일을 잊지 않겠어! 오늘 당장 징계위원회에 네가 저지른 위반 사항을 보고하겠다!" 아오야마가 호통친다. 나는 해고되는 건가 궁금하다. 스가가 뒤쪽 사무실에서 나타난다. "짜증나는 사람들을 다루는 데 일가견이 있군, 미야케."

"계속 거기 있었던 거야?"

"일 처리를 꽤 잘하는 거 같기에 그냥 보고 있었어."

스가를 죽이고 싶다는 생각이 들어 나는 아무 말도 하지 않는다.

나는 페리를 타고 있다! 지평선 너머 세상으로 사라지는 페리를 안주와 함께 수없이 봐왔는데, 이제 내가 그 페리를 타고 있다! 거센 바람에 갑판이 흔들린다. 내가 사는 야쿠시마는 큰 섬이지만 점차 작아 보인다. 이케다 씨는 군용 쌍안경으로 해안선을 살피고 있다. 바닷새들이 페리를 따라와 근처를 배회한다. 1학년 아이들은 페리가 가라앉으면 어떻게 해야 하는지, 서로 구명보트를 타기 위해 싸워야 하는 건 아닌지 이야기하며 열을 낸다. 다른 아이들은 텔레비전을 보거나, 바다에 던지면 안 되는 것들을 던진다. 한 아이가 화장실에서 토했다. 엔진이 쿵쿵거린다. 엔진이 내뿜는 냄새가 난다. 선체가 파도를 갈라 물보라로 바꾸며 나아가는 모습을 지켜본다. 만약 축구선수가 되기로 결심하지 않았다면 항해사가 되었을 것이다. 나는 천둥신의 신사를 찾아보지만 벌써 아침 안개에 가려 보이지 않는다. 안주가 여기에 있으면 좋겠다. 안주가 오늘 뭘 할지 궁금하다. 우리가 전에 떨어져 있었던 때가 있는지 떠올려본다. 기억할 수 있는 한 예전으로 거슬러 올라가보지만 그런 날은 기억나지 않는다. 야쿠시마는 이제 헛간만 해 보인다. 새로운 섬들이 다가왔다 뒤로 멀어지는 모습을 지켜본다. 엄지손가락과 검지로 만든 0자 사이에 야쿠시마가 들어간다. 이가 하나 흔들거린다.

이케다 씨도 갑판에 있다. "사쿠라지마야." 이케다 씨가 위를 가리키며 바람과 엔진 소리를 뚫고 내게 외친다. 나는 화산이 다가오며 하늘의 삼분의 일을 차지하는 모습을 지켜본다. 입을 벌린 분화구가 우아한 연기구름을 끊임없이 토해내고, 그 구름이 또 하늘의 삼분의 일을 가린다. 이케다 씨가 외친다. "재 맛을 느낄 수 있을 거야! 그리고 저기, 저기가 가고시마야!" 벌써? 이번 여행은 세 시간 예정이다. 작스 오메가 손목시계를 보니, 그렇다, 벌써 거의 세 시간이 지났다. 가고시마가 다가온다. 거대하다! 항구의 방파제 두 개 사이에 안보 항구와 우리 마을을 몽땅 집어넣을 수 있을 정도다. 커다란 건물들, 거대한 크레인, 이름도 들어보지 못한 지역명이 적힌 거대한 화물선들. 마지막으로 이곳에 왔을 때의 내 기억은 지워진 모양이다. 아니면 그때는 밤이었나? 이곳은 세상이 시작되는 곳이다. 안주에게 말해줘야지. 깜짝 놀랄 것이다. 깜짝.

◆

후지필름에 따르면 네시는 십오 분 전에 지나갔다. 이제 최선책은 두 시간 정도 잠을 자두는 것이다. 그래야 일하러 갔을 때 썩어가는 시체처럼 있는 대신 좀비로나마 있을 수 있을 테니. 어제는 스가가 일하는 마지막 날이었고, 오늘 오후 내내 나 홀로 일해야 한다. 그때 그 사람이 추락하던 모습이 아직도 눈에 선하다. 바퀴벌레는 조용하다. 복수를 꾸미는 건가? 아니면 잠들어서 쓰레기를 들이파는 꿈을 꾸고 있나? 사람들 말에 따르면, 바퀴벌레 한 마리가 보이면, 보이지 않는 곳에 바퀴벌레 아흔 마리가 있다고 한다.

마루 밑, 구멍, 찬장 뒤. 요 아래. 어머니는 내가 이렇게 생각하기를 원하리라. '불쌍한 어머니, 그래, 어머니는 세 살 때 우리를 외삼촌들에게 버리고 떠났지만, 지난 일은 다 잊어버리자. 아침이 되면 바로 어머니에게 전화를 해야지.' 천만에! 턱도 없는 소리! 도쿄가 깨어나는 소리가 들리는 듯하다. 목이 가렵다. 긁는다. 등이 가렵다. 긁는다. 사타구니가 가렵다. 긁는다. 일단 도쿄가 깨어나면 잠자는 것은 끝장이다. 선풍기가 열기를 뒤흔든다. 어떻게 어머니는 이따위 편지를 쓸 수가 있지? 어떻게 이리 뻔뻔할까? 자리에 누웠을 때 나는 피곤했다. 무슨 일이 일어난 걸까?

스가가 말한다. "오늘이 내가 여기서 일하는 마지막 금요일이야. 신나는걸. 내일이면 자유라 이거야. 임호, 대학에 복학해, 미야케. 안 그러면 근근이 먹고사는 일밖에 못 해." 솔직히 나는 스가의 말에 귀 기울이고 있지 않다. 오늘은 내가 세 살 때 어머니가 날 9층 발코니에서 떨어뜨리기로 마음먹었다는 걸 알게 된 다음 날 아침인 것이다. 하지만 스가가 다시 그 말을 하자 나는 귀가 쫑긋한다. "왜 계속 그 말을 쓰는 거지?"

스가가 어리둥절한 표정을 짓는다. "무슨 말?"

"'임호'"

"아, 미안. 잊고 있었어." 전혀 미안하지 않은 목소리다.

"뭘 잊어?"

"내 친구 대부분은 인터넷에서 만난 친구들이거든. 해커들이지. 우리는 우리만의 언어를 써. '임호'는 영어 약자야. 'In My Humble Opinion'이지. '내 생각에는' 정도의 뜻이야. 멋진 단어지?"

전화가 울린다. 스가가 전화기를 본다. 내가 받는다.

"기분 좋겠군, 미야케?" 내가 아는 목소리다. 악의가 김을 뿜어내는 목소리.

"아오야마 씨?"

"너, 놈들을 위해 일하고 있지?"

"우에노 역을 말씀하시는 건가요?"

"서툰 연기는 집어치워! 못 알아듣는 척하지 마! 네가 컨설턴트를 위해 일하는 거 다 알아!'

"……무슨 컨설턴트요?"

"연기는 집어치우라고 했지! 네 속이 훤히 들여다보여! 넌 내 사무실을 기웃거렸어. 염탐하고 살펴보려고 말이야. 네 수작 다 알아. 그리고 그제는 네가 유인책을 썼지. 내가 사무실에서 나와 있는 동안 내 파일들을 복사하려고 말이야. 이제 생각해보니 모든 게 딱 들어맞아. 들어맞고말고. 아니라고 부인해봐! 아니면 아니라고 해보라고!"

"맹세컨대, 아오야마 씨, 뭔가 착각하신 것……"

아오야마가 소리친다. "착각? 정말 잘났군. 착각은 네가 한 거야. 네가 저지른 가장 큰 실수라고! 난 네가 태어나기도 전부터 우에노 역에서 일해왔어! 나는 명문 대학을 나왔다고!" 나는 아오야마의 목소리가 더는 커질 수 없을 거라고 생각하지만, 잘못된 생각이라는 게 밝혀진다. "허름한 기숙사와 플랫폼 두 개만 달랑 있는 아키타 종점에 나를 처박아놓는다고 내가 '개혁' 될 거라고 생각한다면, 네 주인 년놈들은 정말 착각하는 거야! 이제 나도 순순히 물러서지 않을 테니까!" 아오야마가 말을 멈추고 헐떡이더니 마지막 공격을 퍼붓는다. "우에노에는 표준이 서 있어! 우에노에는 체계가 갖춰져 있다고! 뭣도 모르면서 짓까불어대는 네 주인이 전쟁을 원하니 기꺼이 싸워주겠어. 그리고, 너, 너, 이 버러지 같은 놈, 바퀴벌레만도 못한 놈, 이 벼룩 새끼, 넌 그 전쟁 틈바구니에 끼여 죽을 거고, 내 기꺼이 네 무덤에 침을 뱉어주마!"

아오야마가 전화를 끊는다.

스가가 나를 본다. "무슨 일이야?"

왜 나란 말인가? 왜 항상 나란 말인가? "모르겠어."

"어떻게 하면 잘 설명할 수 있을까?" 하프타임, 이케다 씨가 왔다갔다하며 격려 연설을 한다. "너희는 정말, 정말로 병신들이야. 쓰레기라고. 인간 이하야. 아니, 솔직하게 말하면 포유류조차 못 돼. 수치야. 여기까지 데려오다니 연료 낭비지. 팀워크도 없고, 움직이지도 않고, 시야는 좁고. 다행히 기적이 우리와 함께한 덕분에 아홉 골을 먹지 않은 거야. 그 기적은 바로 미츠이 덕분이고." 미츠이가 껌을 씹으며 단맛을 음미한다. 미츠이는 타고난 골키퍼로 공격적이다. 다행히도 상상력이 부족하기 때문에 그 공격성을 발휘해 학교 깡패가 될 생각을 하지 못했다. 미츠이의 아버지는 야쿠시마에서 가장 유명한 알코올중독자고, 그 덕분에 우리 골키퍼는 어릴 때부터 뭔가 날아오는 것들의 궤도를 추정하는 데 익숙하다. 이케다가 계속 말한다. "예전 같았으면 미츠이를 제외한 나머지에게 할복을 하라고 했을 거야. 지금은 그런 명령을 내릴 수야 없지만, 만약 이 경기에서 진다면 모두 삭발을 시킬 테니 정신 바짝 차리라고! 특히 수비수! 미츠이의 뛰어난 수비에도 불구하고, 상대편이 크로스바를 맞힌 게 몇 번이지? 나카모리?"

"세 번입니다."

"포스트는?"

나는 따뜻한 오렌지를 빨아 먹으며 정강이보호대를 재조정한다. 상대편이 모여 이야기하는 모습이 보인다. 상대편 코치는 껄껄거리고 있다. 남자아이들과 축구 유니폼 냄새가 뒤섞여 고약하다. 구름이 드리운 오후다. 화산이 연기를 뻐끔거린다. "미야케? 포스트는 몇 번이지?"

"에, 두 번입니다." 내가 짐작해 말한다.

"에, 두 번입니다, 에, 맞았어, 에, 나카야마, 미드필드의 뜻은 '필드의 중간'이라는 뜻이지 '페널티에어리어의 중간'이라는 뜻이 아니라고. 공격은 우리가 상대방 골대를 향해 공격한다는 뜻이야. 오늘 저쪽 골키퍼가 공을 몇 번 만져봤지? 나카무라?"

"그리 많지 않습니다."

이케다가 관자놀이를 문지른다. "정확히는, 단 한 번도 없어! 단 한 번도! 놈은 치어리더 세 명과 각각 데이트를 잡았다고! 내 말 잘 들어! 난 이 경기를 녹화하고 있어. 그리고 내일이 내 생일이야. 만약 이 경기를 무득점 무승부로 만들지 못하면, 경고하는데, 너희들이 태어난 걸 후회하게 만들어주겠다. 후반전에 바람은 우리 쪽이야. 부지런히 공을 쫓아가고, 잡으면 뺏기지 말란 말이야. 하나 더. 절대 페널티킥을 주지 마. 어젯밤 저쪽 팀 감독이랑 술을 마셨는데, 자기 팀 페널티 키커는 지금까지 단 한 번도 슛을 실패한 적이 없다고 자랑하더군. 단 한 번도 말이야. 그리고 명심해. 팔다리에 힘이 빠지는 것 같으면 내가 이 경기를 캠코더로 녹화하고 있으며, 나중에 각자가 어떻게 뛰었는가에 따라 그에 합당한 처분을 내릴 거라는 걸 기억하란 말이야."

주심이 후반전을 알리는 휘슬을 분다. 삼 초 뒤 우리는 공을 빼앗긴다. 순간 나는 천둥신과 한 약속을 떠올린다. 천둥신 따위는 전혀 쓸모없는 존재라는 걸 깨닫는다. 나는 이케다의 캠코더에 좋은 모습으로 찍히려 안간힘을 쓴다. 뛰어다니고 "이쪽으로 패스해"라고 외치고, 투덜거리지만, 되도록 공을 피해 다니려 애쓴다. "공을 가지고 돌진해!" 이케다가 외친다. 우리의 4-3-3 진형은 10-0-0 진형으로 무너지고, 우리 쪽 페널티에어리어는 발길질, 비명, 욕설이 난무하는 핀볼 장이 된다. 나는 커다란 부상을 당한 척해보지만 날 보는 이는 아무도 없다. 미츠이는 계속 과감히 달려들고 공을 쳐내며 훌륭하게 골문을 막아낸다. "위치를 지켜!" 이케다가 소리친다. 나도 미츠이처럼 잘할 수 있으면 좋겠는데. 내일 전국 스포츠 신문 1면을 장식하고 싶다. 상대편은 계속 공격해오지만, 잔뜩 몰려 있는 수비수 덕분에 다행히도 우리는 공격을 막아낸다. 점차 바람이 세차게 분다. 나는 용감하게 공중으로 뛰어오른다. 그리고 성공한다. 하지만 머리에 맞은 공은 방향을 잘못 잡고 우리 진영으로 더 깊숙이 들어간다. 한번은 내가 스로인 공격을 해야 하는데 심판이 호루라기를 불더니 반칙을 선언한다. 왜 반칙인지 이유는 알 수 없지만, 어쨌든 이케다는 나중에 이 일을 그냥 넘어가지 않을 것이다. 우리의 주 공격수인 나카모리와 나카무라는 서로 주먹질을 했다는 이유로 옐로카드를 받는다. 내가 몸을 돌리는데 공이 내 얼굴을 맞고 튕겨나간다. 코너킥을 준다. "멍청이들!" 이케다가 외친다. 나는 살인자의 눈을 가진, 나보다 두 배는 큰 돌연변이 아이와 팔꿈치로 밀며 몸싸움을 한다. 흔들리던 이가 돌연 더욱더 흔들리기 시작한다. 미츠이가 몸을 날려 공을 잡는다. 우리 미드필더인 나카타는 심판이 안 보는 틈을 노려 상대방 선수를 발로 차고, 상대편을 응원하던 관중이 나카타에게 주먹밥을 던진다. 나카야마가 프리킥을 얻어 공을 필드 위로 차올리고, 우리 모두는 바람을 탄 공을 쫓아간다. "위치를 지켜!" 이케다가 소리친다. 흔들리는 이가 잇몸에 간신히 붙어 있다. 상대방이 뒤로 처진 듯하다. 우리는 돌진한다. 군악대 음악이 들린다. 상대방 공격수들이 이쪽으로 돌진한다. 공은 그쪽이 가지고 있다. 함정인가? 함정이다! "멍청이들!" 이케다가 외친다. 나는 숨이 턱까지 차오르지만 우리 진영을 향해 열심히 뛰어간다. 경기가 끝나고 벌어질 의식에서 조금이라도 자비를 구할 수 있지 않을까 하는 생각에서다. 미츠이가 제로 전투기처럼 으르렁대며 공격 각도를 좁히기 위해 앞으로 튀어나온다. 상대방 공격수는 공을 차기 전에 발끝으로 공을 잠깐 멈춘다. 뼈가 부딪치는 소리가 들린다. 미츠이와 공격수가 넘어지고, 나는 제때 멈출 수가 없어 둘 위로 뛰어오르지만, 공격수의 머리에 발이 걸린다. 관성으로 나는 계속 앞으로 나아가고, 미처 생각할 새도 없이 몸을 날려 막 골문으로 들어가려는 공을 낚아챈다.

덤벼드는 침묵.

심판의 호루라기 소리가 내 머리를 파고든다. 미츠이는 레드카드, 나는 옐로카드를 받고, 공격수는 들것에 실려 병원으로 가고, 이케다는 욕을 퍼붓고, 상대방은 페널티킥을 얻는다. 그리고 우리 팀에는 또다른 문제가 있다. 우리에게는 이제 골키퍼가 없다. 이케다는 분노의 전차에서 으르렁거리며 가시 돋친 말을 내뱉는다. "손을 아주 잘 쓰더구나, 미야케. 네가 공을 막아." 팀원들은 번져가는 산불처럼 잽싸게 그 의견을 받아들인다. 희생양은 아무 말도 할 수 없는 법. 나는 골문을 향해 천천히 걷는다. 무릎과 허벅지 피부가 까졌다. 상대방이 페널티에어리어를 에워싼다. 골문 양쪽이 끝없이 길어 보인다. 상대팀 페널티 키커가 쥐꼬리 같은 머리 끄트머리를 새끼손가락으로 빙빙 돌리며 기분 좋은 표정으로 나를 바라본다. 드럼 소리가 울려퍼지는 느낌. 드럼 소리가 느려진다. 호루라기 소리가 들린다. 세상이 자기 자리를 잡는다. 키커가 공을 찬다. 천둥신, 기억하나요? 우리는 약속을 했어요.

◆

스가는 사물함에 있는 물건들을 배낭으로 옮긴다. 경찰차 사이렌 소리가 들린다. 언제였더라? 바로 어제다. 분실물 보관소는 우에노 역사 안에 있기 때문에 늘 사람들로 붐빈다. 하지만 뭔가 소란스러운 일이 일어난 듯하기에 무슨 일인지 보려고 카운터에 몸을 기대고 밖을 내다본다. TV 방송국 직원들이 재빨리 지나간다. 뉴스 캐스터, 렌즈를 주렁주렁 달고 있는 NHK 카메라맨, 마이크맨, 손수레를 밀고 가는 청년이 보인다. 그냥 평범한 지방 뉴스나 하는 지역 방송국 직원들이 아니다. 이들의 불타는 사명감에 반대편에서 오던 통근자들이 길을 비켜준다. 스가가 말한다. "좀더 알아볼 가치가 있겠는걸. 여기 있어, 미야케. 뭔가 재미있는 일이 벌어진 거 같아." 스가가 밖으로 나가고, 전화가 울린다. "분실물 보관소죠? 친구 가발 때문에 전화했어요." 나는 신음한다. 우리가 보관하고 있는 가발은 수백 개에 이른다.

다행히도 찾는 가발이 로커들처럼 머리털을 비쭉비쭉 세운 모양에 반짝이를 뿌린 것이기 때문에 찾는 데 오 분밖에 걸리지 않는다. 가발을 찾았을 즈음 스가가 돌아온다.

스가가 열을 내며 말한다. "아오야마가 맛이 갔어. 나사 하나가 완전히 빠진 모양이야! 내가 근무하는 마지막 날에 말이지."

아오야마의 전화가 생각난다. "아오야마가?"

"오늘 보고서가 발표되었어. 도쿄의 일본철도 간부들은 아오야마를 강등하기로 결정했어. 책임자가 새로 오면서 도쿄의 큰 역들은 모두 변화를 겪고 있는데, 아오야마는 구시대 권위주의의 상징이야. 하버드 경영대학원에서 십 년 동안 교수로 있던 컨설턴트가 하급 관리자들이 모인 앞에서 그 소식을 아오야마에게 알렸어. '공개 망신 주기' 세미나 정도 되었나보더라."

"잔인하네."

"그다음에 벌어진 일에 비하면 그건 약과야. 아오야마는 석궁을 가지고……"

"석궁?"

"석궁! 그리고 그걸로 컨설턴트의 가슴을 겨냥했대. 무슨 소식을 들을지 이미 알고 있었던 거야. 하급 관리자 한 명만 남겨두고

모두 나가라고 했대. 화살이 심장을 관통하는 모습을 보고 싶지 않
으면 말이야. 그리고 하급 관리자에게 산악용 로프를 던져주고 컨
설턴트를 의자에 묶으라고 했대. 그다음, 하급 관리자에게 방을 나
가라고 했어. 경비원들이 도착하기 전에 아오야마는 안에서 문을
잠갔고."

"뭘 원한대?"

"아직 아무도 몰라! 경찰에 연락했고, 그래서 기자들이 온 거야.
기자들을 내보내기 위해 역장이 갔지만 어찌 되었든 오늘 저녁 뉴
스에 여기 이야기가 나올 거야! 끝내준다! 곧 방탄복을 입은
SWAT 팀이랑 협상 전문가들이 올 거야. 우에노 역에서 이렇게 신
나는 일이 일어날 줄이야! 전국 뉴스감이야!"

나는 왼쪽으로 몸을 날리고, 공은 오른쪽으로 방향을 잡는다.
바닥에 부딪힌 충격으로 온몸의 뼈가 뒤흔들리며 잠깐 숨을 쉴 수
없다. 지켜보던 모두가 환성을 올린다. 나는 흔들리던 이를 내뱉는
다. 이는 이제 더는 내 몸의 일부가 아닌 채 바닥에 있다. 피가 약
간 묻은 하얀 물체가 되어. 뭐하러 힘들게 일어나? 필요 없다. 경
기는 졌고, 친구와 축구와 내 명성과 아버지를 만날 희망이 모두
사라졌다. 안주만이 있을 뿐이다. 야쿠시마를 떠나면 안 되는 거였
는데. 섬사람들은 내 치욕을 영원히 기억할 것이다. 그런데 내가
어떻게 돌아갈 수 있단 말인가? 나는 골문 앞에 누워 있다. 만약
여기서 울기 시작한다면……

"일어나, 미야케!" 주장인 나카모리다.

나는 주위를 본다. 쥐꼬리 머리를 한 키커가 두 손으로 머리를 감싸고 있다. 상대팀 선수들이 뒤로 물러선다. 심판이 골 에어리어를 가리키고 있다. 나는 우리 골대를 본다. 텅 비었다. 공은 어디에 있지? 나는 무슨 일이 일어났는지 깨닫는다. 공이 엉뚱한 곳으로 날아간 것이다. 천둥신이 내 머리를 힘차게 쓰다듬는다. 고맙습니다, 오, 고맙습니다. 나는 골킥 지점에 공을 놓는다. 천둥신이 남은 이십오 분 동안에도 계속 행운을 지켜줄까? 제발. "잘했어." 상대팀을 응원하는 사람이 빈정거린다. 이케다가 외친다. "각자 자리로! 고, 고, 고!" 나는 친근한 눈길을 찾기 위해 우리 팀원들을 둘러보지만 나와 눈이 마주치면 자기에게 공을 찰까 두려운 동료들은 모두 내 눈을 피한다. 어떻게 해야 하지? 바람이 거세진다. 내가 천둥신에게 맹세한다. '봐요, 절 미츠이처럼 훌륭한 골키퍼로 만들어주세요. 이번 게임에만요. 그러면 하라는 대로 다 할게요. 방금 절 구해준 걸 알아요. 그러니 이제 와서 등 돌리지 마세요. 제발요, 제발.' 나는 뒤로 돌아 몇 걸음 뛰어간 뒤 몸을 돌리고, 심호흡을 세 번 한 다음 공을 향해 돌진해서 힘껏 공을 찬다. 공은 깨끗한 포물선을 그리며 날아간다. 천둥신이 하늘에서 공을 낚아채 상대팀 진영 너머로 힘껏 던진다. 공은 상대편 공격수 머리 위를 넘어가고, 내가 골킥을 찼다는 사실을 모르는 상대방 수비수들은 여전히 하프라인을 향해 천천히 뛰어간다. 선수 몇 명은 공이 어디 갔는지 궁금해하며 주위를 둘러본다. 상대방 골키퍼는 여자아이와 사진을 찍고 있고, 공이 땅에 떨어진 다음에야 상황을 깨닫는다. 골키퍼가 놀라 공을 향해 달려든다. 공은 땅에 맞고 골키퍼를 훌쩍 뛰어넘고, 남풍이 공을 골네트에 밀어넣는다.

◆

평소에는 기타 센주 역에서 슈팅스타까지 걸어오는 동안 머리가 맑아졌지만, 오늘은 줄무늬 셔츠에 붉은 멜빵을 한 중역의 머리에 석궁을 겨누고 있는 아오야마의 모습을 머리에서 떨쳐버릴 수가 없다. 스가는 일과시간이 끝난 후에도 남았지만, 나는 그 자리를 벗어나고 싶었다. 나는 심지어 스가에게 작별 인사조차 하지 않았다. 슈팅스타에서는 분타로가 텔레비전 앞에 착 달라붙어 마카다미아 아이스크림을 먹고 있다. "이런, 이런, 미야케, 넌 불길한 아이야." "무슨 말이죠?" "텔레비전을 봐! 네가 일하기 전에는 우에노 역에서 저런 일이 벌어진 적이 없었다고." 나는 야구모자로 부채질을 하며 화면을 본다. 카메라가 아오야마의 사무실 바깥 모습을 확대해 보여주고 있다. 짐작하건대, 테르미누스 호텔에서 찍은 듯하다. 창에는 블라인드가 쳐져 있다. 우에노 역에서 인질극이 벌어지다. 경찰관이 우르르 몰려 있는 기자들에게 확인해준다. "곧 무장병력이 투입될 예정입니다." 분타로가 말한다. "잘 달래서 나오게 해야지. 저 아오야마라는 사람은 어떤 사람이야? 평소에도 정신이 좀 어떻게 된 사람이야? 아니면 다른 사람들을 놀라게 하길 좋아했어?"

"모르겠어요…… 그냥 불행한 사람이에요." 그리고 난 아오야마의 찻주전자에 침을 뱉었었다. 나는 위층으로 올라간다.

"안 볼 거야?"

"안 봐요."

"아, 그런데 말야, 네 고양이."

"주인을 찾았나요?"

분타로는 텔레비전에 계속 눈을 고정하고 있다. "아니. 하지만 그 고양이는 자신을 만든 창조주를 만나러 갔어. 네가 모르는 쌍둥이가 있는 게 아니라면 말이야. 정말 우연이야. 오늘 아침에 여기로 자전거를 타고 오다가 편의점 옆 배수구에서 뭘 봤는지 알아? 죽은 고양이였어. 파리들이 윙윙거리며 주변을 날고 있더군. 검은 색에, 발과 꼬리는 하얗고, 방울이 달린 목걸이를 하고 있더군. 네가 말했던 그 고양이와 똑같았어. 시민으로서 의무를 다하려고 동사무소에 전화를 했더니 이미 누가 전화를 했더군. 이런 더위에 그런 걸 계속 그렇게 놔둘 수 없긴 하지."

오늘은 내 인생 최악의 날이다.

"나쁜 소식이라서 미안해."

내 말은, 두번째로 최악의 날이라는 뜻이다. "그냥 고양이일 뿐인걸요." 내가 중얼거린다. 나는 쪽방으로 들어가 앉는다. 남은 던힐 담배를 피우고 싶을 뿐 다른 건 아무것도 하고 싶지 않다. 텔레비전을 보고 싶지 않다. 기타 센주에서 오는 길에 컵라면과 물러터진 딸기 한 봉지를 샀지만 식욕이 싹 달아났다. 나는 저녁이 찾아드는 거리에 귀를 기울인다.

이튿날 아침 페리를 타고 돌아오지만 야쿠시마는 결코 원래 크기로 돌아오지 않는다. 아침은 햇빛으로 반짝이고, 그로 인해 이 거대한 섬이 축소된 모형처럼 보인다. 방파제에 안주가 있는지 찾아본다. 안주가 보이지 않자 잔뜩 고양되었던 내 기분이 좀 처진다. 안주는 아주 잘 삐치는 편이지만, 아무리 그래도 서른여섯 시간을 계속 삐쳐 있다니, 좀 심하다. 스포츠 가방을 연다. 최우수 선수 트로피가 번쩍인다. 절벽에 있는 천둥신의 신사를 찾아본다. 안주는 찾지 못했지만 신사는 찾는다. 배다리로 승객들이 우르르 내리고, 팀 동료들은 기다리던 차 안으로 사라진다. 나는 손을 흔들며 작별 인사를 한다. 이케다 씨가 진짜로 웃으며 내 어깨를 툭툭 친다. "태워다주런?"

"아닙니다, 선생님. 누나가 올 거예요."

"그래. 내일 아침 일어나자마자 연습해라. 그리고 다시 말하지만, 잘했다, 미야케. 네 덕분에 경기 흐름이 바뀌었어. 3 대 0이야, 3 대 0!" 이케다는 여전히 복수심에 불타오른다. "그 바퀴벌레 같은 감독놈 콧대를 납작하게 눌러줬어! 그놈이 실망하는 모습을 카메라에 담아뒀지!"

나는 계속 같은 돌멩이를 차며 항구부터 번화가를 지나 낡은 다리, 그리고 목까지 간다. 돌멩이는 계속 내가 원하는 대로 굴러간다. 햇빛이 논에 반사된다. 올해 첫 잠자리가 보인다. 이제 기나긴 길의 시작이다. 끝은 월드컵이다. 버려진 집이 텅 빈 눈으로 말뚱말뚱 나를 본다. 나는 토리 문을 지나고, 지금 당장 천둥신에게 달려가 고맙다는 말을 할까 생각한다. 하지만 안주를 먼저 보고 싶다. 내 발걸음에 구름다리가 흔들린다. 물고기 모양의 작은 구름 한 조각이 바람에 실려 흐른다. 안주는 집에서 외할머니를 도와 점심식사 준비를 하고 있을 것이다. 걱정할 것 없다. 나는 문을 밀며 외친다. "나 왔어!"

안주가 쿵 소리를 내며……

아니다. 그냥 낡은 집만 휑뎅그렁하니 있을 뿐이다. 신발을 보니 외할머니도 집에 없다. 둘 다 아스팔트 삼촌을 보러 간 모양이다. 이케다 씨가 내게 이야기하는 동안 나를 보지 못하고 그냥 지나친 모양이다. 나는 우유를 한 잔 따라 마시고 소파에 털썩 눕는다. 축구공이 깨끗한 포물선을 그리며 화산 위를 날아 반대편 골문으로 향하는 모습이 눈꺼풀 안쪽으로 선명하게 펼쳐진다.

◆

"미야케!" 당연히 분타로다. 나는 너무 서둘러 고개를 들다가 목 근육이 뻣뻣해진다. 쪽방 문을 두드리는 소리. "서둘러! 어서! 빨리!" 급히 계단을 내려가보니 분타로의 텔레비전 주위에 손님들이 몰려 있다. 철로보다 한참 높은 곳에 있는 아오야마의 사무실 바깥 풍경이 화면에 나온다. 우에노 역 인질극 현장에서 생중계. 야간 카메라가 화면을 잡고 있다. 빛은 오렌지색이고 어둠은 갈색으로 보인다. 무슨 일이냐고 물을 필요가 없다. 아나운서가 현 상황을 말해주기 때문이다. "블라인드가 올라갔습니다! 창문이 열리고 사람 모습이, 네, 아오야마 씨가 보입니다. 확실합니다. 창문을 기어나오는 사람은 바로 아오야마 씨입니다. 창틀로 올라갔습니다. 그 뒤로 빛이…… 잠시만요. 새로운 소식이 들어왔습니다……" 지지직거리는 무선 잡음 소리. "인질은…… 무사합니다! 경찰이 사무실로 들어갔습니다. 문을 부수고 들어간 건지 아니면…… 아오야마는 인질을 다치게 하지 않겠다는 약속을 지킨 듯합니다…… 하지만 지금 드는 의문점은, 오, 설마 뛰어내릴 생각을 하는 건 아니겠죠…… 창문에 누군가 보입니다. 경찰이 아오야마에게 내려오라고 설득하는 듯합니다. 감정이 아주 격앙되어 있는 상태이기 때문에 조심해서 말을……"

아오야마가 뛰어내린다.

아오야마는 더는 살아 있는 것도, 그렇다고 죽은 것도 아닌 상태다.

아오야마의 몸이 회전을 하고, 아주아주 긴 시간 동안 떨어진다.

복도에서 들리는 걸음 소리에 잠이 깬다. 눈을 뜬다. 식탁 위에서 내 트로피가 눈부시게 빛나며 어제의 그 영광스러운 오후가 꿈이 아니라는 사실을 증명해준다. 외삼촌들과 어머니가 어린 시절을 보낸 목조 방 안으로 저녁 빛이 스며든다. 방에는 외할머니와 기린 씨가 있다. 기린 씨는 야쿠시마에 있는 경찰 네 명 가운데 한 명이다. 걱정스러운 목소리로 내가 말한다. "다녀왔습니다. 우리가 이겼어요."

외할머니는 아무 관심이 없다. "안주가 어디 간다고 무슨 말 안 하던?"

"안 했어요. 어디 있는데요?"

"거짓말하는 거면 내가 널, 널 그냥 두지……"

기린 씨가 부드럽게 외할머니를 앉히고 내게 몸을 돌린다. "에이지……"

토하고 싶다. "안주에게 무슨 일이 일어났나요?"

"안주가 달아난 것 같구나……"

그는 뭔가 더 알고 있다.

"그럴 리 없어요, 제게 말도 없이. 절대로요."

외할머니의 목소리가 갈라진다. "그럼 안주가 네게 무슨 말을 했을 거 아니냐? 어제저녁에 아스팔트 삼촌 집에 간다고 했어. 오늘 점심시간에 외삼촌이 전화하더니 안주가 왜 마음을 바꿨는지 묻더라. 만약 이게 너희 둘이 작당한 장난질이라면 둘 다 아주 혼내줄 테다!" 기린 씨가 소파의 다른 쪽 끝에 앉는다. "생각을 좀 해봤으면 좋겠구나, 에이지. 안주가 가곤 하는 비밀장소가 있니?"

우선 드는 생각은 나무다. 이윽고, 고래바위가 떠오른다. 내게 복수하려는 거다. 안주의 수영복…… 나는 위층으로 달려간다. 서랍을 연다. 내 생각이 맞았다. 수영복이 없다. 천둥신과 한 약속을 떠올린다. 원하는 건 뭐든지 가져가세요. 기린 씨가 방문을 꽉 채우고 서 있다. "왜 그러냐, 에이지?" 나는 눈앞이 아득해지며 간신히 말을 내뱉는다. "바다를 찾아보세요."

◆

후지필름이 거의 다섯시가 다 되었다고 알린다. 일어나 오줌을 눈다. 화장실의 네모난 거울 속에서 일벌이 약간 놀란 표정으로 나를 바라본다. 담배가 필요하다. 던힐 갑은 텅 비었지만 다림질대 밑으로 굴러들어간 담배를 한 대 찾아낸다. 가스레인지로 담배에 불을 붙인 뒤 담배를 피우기 위해 발코니로 나간다. 새벽이 도시 윤곽을 스케치하고 색을 입힌다. 이곳저곳, 사방에서 도쿄가 으르렁댄다. 아오야마는 결국 이렇게 끝이 났다. 아오야마는 더는 주어진 시간이 없기 때문에 뛰어내렸다. 나는 머그잔의 곰팡이를 닦아낸 다음 인스턴트 커피를 타 마신다. 발코니로 가지고 나온 안주의 사진을 벗 삼아 커피를 마신다. 어머니가 보낸 편지, 그리고 편지에 담긴 제안에 대해 생각해본다. 그래야 하나? 오늘은 설거지를 해야 한다. 바퀴벌레 모텔을 들여다본다. 다시 본다. 바퀴벌레는 탈출했다. 다리 하나와 바퀴벌레 똥 자국만 남아 있다. 나는 샤워를 하고 바퀴벌레 모텔을 깔끔하게 접는다. 기타를 조율하고 보사노바 곡을 쳐보지만 밝고 화려한 선율은 내 감정을 전혀 대변하지 못한다. 좋아요, 어머니. 당신이 제 플랜 B예요. 아버지를 찾는 방법을 가르쳐준다면 원하는 대로 하겠어요. 거의 여섯시가 다 되었다. 이른 시간이지만 병원 사람들은 일찍 일어난다. 그게 중요한 거다. 마음이 바뀌기 전에 전화를 건다.

"안녕하세요. 미야자키 산 클리닉입니다."

"안녕하세요. 미야케 마리코의 방으로 연결해주시겠습니까?"

"죄송하지만 불가능합니다."

"시간이 너무 이른가요?"

"너무 늦은 거죠. 미야케 부인은 어제저녁에 퇴원하셨습니다."

이런 제길. "확실한가요?"

"확실합니다. 기념품으로 저희 수건도 가져가셨답니다."

"전 그분 아들입니다. 어머니를 만나야 합니다. 급해요."

"그러실 거라 믿습니다. 하지만 이 병원에 계셨던 환자분들은 퇴원하면 절대 이 근처에 계시지 않습니다."

"연락처를 남겼나요?"

전화받는 여자는 찾아보는 척도 하지 않는다. "아니요."

"어디가 아팠던 건가요?"

"그건 담당하셨던 의사 선생님과 이야기를 하셔야 합니다……"

"의사 선생님은 언제 출근하시나요?"

"스즈키 선생님은 환자에 대해서는 외부인과 일절 말씀을 하지 않으십니다. 아무리 아들이라 하더라도요."

어제만 전화를 했어도. 어제만 했어도. "그분을 아시나요?"

"미야케 부인요? 당연하죠. 제가 담당 간호사였습니다."

"어머니가…… 괜찮은지는 말씀해주실 수 있나요?"

"괜찮다는 게 무슨 의미인지에 따라서는요."

"에, 정말 도움이 많이 되었습니다. 고마웠습니다."

내 빈정거림에 여자가 반격을 날린다. "도움이 되었다니 다행입니다."

찰칵, 웅, 찰칵, 삐이이이……

이렇게 플랜 B는 허무하게 사라진다. 지하철이 달리고, 나는 완전히 말똥말똥한 정신이지만 일하러 나가기에는 너무 이른 시간이다. 정말로 대단한 밤이었다. 여느 때와 달리 일 분 일 초가 진하게 다가온 느낌이 든다. 열한시에서 자정 사이의 조용한 시간에 분타로가 담배를 같이 피우자고 불렀다. 우리는 잠시 이야기를 나눴다. 나는 분타로가 고상한 인물이 아니라 못된 집주인이라는 사실을 잠시 잊었다. 나는 디스크맨에 '플라스틱 오노 밴드'를 넣고 아주 잠깐 요에 눕는다. 묵직한 종소리와 박자.

'플라스틱 오노 밴드'의 음반은 끝난 지 오래인데 뭔가 후두둑 하는 소리가 내 꿈을 두드린다. 처음에는 파이프에서 물이 튀는 소리라고 생각했지만 곧 웅크린 내 몸 안에 파고든 누나를 느낀다. 나는 눈을 뜬다. 말을 하는 내 목소리가 갈라져 있다. "어이, 죽은 거 아니야?" 누나는 내가 무슨 생각을 하는지 또는 했는지 아무 관심 없다는 표정으로 하품을 한다. 누나는 청동빛 클레오파트라의 눈으로 나를 응시한다.

천둥신의 목이 잘리며 뚜둑거리고 비명을 지른다. 나는 아직 천둥신의 목을 단단히 움켜쥐고 있다. 이렇게 쉽사리 잘릴 거라고는 상상도 못 했다. 머리가 잘려 떨어지며 할 일 없게 된 톱도 덜거덕거리며 떨어지고, 나는 자세를 바꾸다가 균형을 잃고 천둥신의 등과 신사 벽 사이로 미끄러진다. 내 평생 가장 오랜 시간 동안 추락한다. 바닥에 떨어진 충격으로 잠시 숨을 쉬지 못한다. 척추가 부러지지는 않았다. 하지만 한 시간 내에 온몸에 멍이 들 것이다. 내 적의 나무 머리가 나무 바닥을 데굴거리며 굴러가다가 마침내 옆으로 누운 채 멈추고 이쪽을 바라본다. 증오, 복수심, 질투, 분노. 이 모든 감정이 일그러진 얼굴에 꽉 차 있다. 한쪽 콧구멍에는 내 피가 배어 있다. 숲은 너무 조용하다. 어른도, 경찰차도, 외할머니

도 없다. 검은 새는 사라졌다. 저 멀리 아래서 바위를 때리는 파도
소리만이 대포 소리처럼 들릴 뿐이다. 신들은 모두 친척 관계니 오
늘 이 순간부터 모두 결탁해 나를 해코지하려 들 것이다. 이제 나
는 평생 재수 없는 삶을 살 것이다. 상관없다. 나는 일어선다. 천
둥신의 머리를 아기처럼 안고 밖으로 나가 절벽 가장자리에 선다.
고래바위 등에 파도가 부딪히고 작은 물방울들이 뿌옇게 날아다
닌다. 하나, 둘, 셋. 천둥신의 잘린 머리가 떨어지는 모습을 지켜
본다. 머리는 하얀 왕관 속으로 사라진다. 이제 나 역시 사라져야
한다.

셋

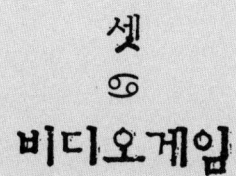

비디오게임

아버지가 야구장 건너편에 있는 평범한 밴에 떠밀려 들어가는 모습이 언뜻 보인다. 나는 어디에서든지 아버지를 알아볼 수 있다. 아버지는 뒷문 유리창을 두드리지만, 밴은 벌써 정문을 지나 도쿄의 뿌연 공기 속 어딘가로 사라진다. 나는 패트롤 스트라토바이크에 타고, 야구모자를 벗어 조종간 위에 올려놓는다. 지지가 내게 상큼한 웃음을 날리고, 스트라토바이크는 빠른 속도로 이륙한다. 라벤더색 구름들이 옆을 지난다. 나는 칠리페퍼 스쿨 보이에게 총을 겨냥하고, 순간 모든 게 또렷이 보인다. 칠흑처럼 시커먼 캐딜락의 선루프가 열리더니 가재가 튀어나온다. 발사! 껍질과 집게가 사방으로 날린다. 나는 캐딜락 뒤쪽 창문을 공격하고, 차는 폭발하여 다채로운 화염에 휩싸인다. 밴은 공항으로 통하는 도로로 들어선다. 지하 통로에서 구급차가 우리를 막아선다. 의료 요원 한 명이 수술용 칼을 휘두르며 스트라토바이크 앞으로 뛰어든다. 전염병에 걸려 눈은 충혈되고 툭 튀어나와 있다. 발사! 고환에! 발사!
구급차 보닛 위에 쓰러져 토해댄다. 발사! 돌연변이 의료 요원은
비틀거리지만 죽으려 하지 않는다. 발사! 광고판에 날아가 처박힌
다. 재장전! "당신이 최고야." 지지가 노래하듯 말한다. 공항에 도
착하니 아버지가 바닐라색 세스너 경비행기에 끌려 들어가는 모
습이 보인다. 이런 거리에선 잘못하면 아버지를 맞힐 수도 있기 때
문에 나는 감히 총을 쏘지 못한다. 강력한 초크마콥터가 태양을
가리더니 하늘에서 좀비들이 하강한다. 나는 공중에 떠 있는 좀비
열 명 정도를 곤죽으로 만들어버리지만 하늘을 온통 뒤덮은 좀비
대군은 너무나 빠르게 지상으로 내려온다. 지지가 말한다. "작스!
맥도날드에 메가웨폰이 있어!" 나는 한 쌍의 황금색 아치를 쏘고
23세기산 연발 바주카포를 손에 넣는다. 바주카포를 낫처럼 휘두
르자 기분 좋은 진동이 전해온다. 곧이어 도로에는 잘려 꿈틀대는
팔다리들이 널린다. 나는 초크마콥터를 향해 총을 쏘아대고, 이윽
고 초크마콥터는 추락해 유조차들과 충돌한다. 옥탄이 타며 자홍
색 화염이 세상을 환히 밝힌다. "가자, 작스! 이제 아버지를 납치
한 놈들의 연구소까지 추적하는 거야!" 우리는 솟아올라 세스너
를 추적한다. 나는 다음 판의 안내 부분을 뛰어넘기 위해 버튼을
마구 누른다. 우리는 지하세계로 들어선다. 하수구는 조용하다. 너
무나 조용하다. 거대한 히드라가 불쑥 솟아오른다. 아홉 개의 기다
란 목에 달린 아홉 개의 머리에서 끈끈한 웃음이 뚝뚝 떨어진다.
발사! 양배추처럼 쪼개진다. 재장전! 하지만 그루터기에서 머리 두
개가 새로 자라난다. 지지가 외친다. "완전히 튀겨버려!" 나는 화
염방사기로 괴물의 그루터기를 조준하고 스위치를 켠다. 우어어어

어어! 괴물은 내가 발사한 딸깃빛 화염에 싸여 쪼그라든다. 사이버 말벌떼. 발사발사발사, 재장전. 손이 아파 죽을 지경이다. 터널이 좁아지더니 앞이 막혀 있다. 눈에 보이지 않는 철문이 삐걱하며 열린다. 과학자의 모습이 보인다. "내 아들! 날 찾아냈구나! 드디어!" 나는 긴장을 풀고 총을 쥔 손에서 힘을 뺀다. "딱 맞춰 왔구나." 사내는 가짜 턱수염을 뜯어내고, 들고 있던 서류가방은 유탄발사기로 바뀐다. "죽으려고 말이다!" 강력한 인공지능 미사일들이 내 체열을 쫓아온다. 발사발사발사! 나는 저 사기꾼을 조준조차 할 수 없었고 대부분 헛방이다. 화면의 픽셀에 진홍색 피가 흩뿌려진다. 내 누이가 간곡히 부탁한다. "작스, 날 여기 두지 마. 동전을 더 넣어. 제발, 지금 관두지 마."

♋

어깨 너머로 누군가가 흉내 낸다. "제발, 지금 관두지 마." 나는 총을 원래 자리에 두고 고개를 돌려 나를 구경하던 사내의 얼굴과 빈정거림을 맞이한다. 이런 전자오락실에서 어슬렁거리기에는 너무 멋지다는 것이 내가 받은 첫인상이다. 나보다 나이가 많고, 윤기 흐르는 말총머리, 귀걸이. 팝스타라고 할 정도로 멋진 외모. "지하세계에 처음인 거지?" 사내의 목소리는 진짜 도쿄 사람 같다.

내가 고개를 끄덕인다. 진짜 세계가 점차 또렷해진다.

"지하세계에 처음 갔을 때 나도 그랬어."

레이저광선이 어지러이 춤추고 뱀파이어가 으르렁대고 동전이 덜컹거리고 비디오게임 음악이 반복된다. "아."

"아버지가 나타나 사람을 방심시키는 거야. 더러운 수작이야! 다음번에는 보자마자 그 자식을 쏴버려! 아홉 발 정도 쏴야 죽일 수 있을 거야."

"흠, 제가 죽는 바람에 구경하는 재미를 망쳐서 미안하네요."

아무렇지도 않다는 듯한 어깨 으쓱임. "처음에 동전을 넣을 때부터 죽을 운명이었어. 돈을 더 넣으면 끝나는 걸 미룰 수는 있지만 결국은 늘 컴퓨터가 이기게 되어 있지."

마지막 남은 말보로가 재떨이에서 꺼졌다. "아주 심오하네요."

"사실, 난 위층 당구장에서 데이트할 여자를 기다리고 있었어. 아무래도 그 여자는 '일부러 늦게 나와 남자를 초조하게 만들기' 전략을 쓰는 거 같아. 그래서 괜히 도착했으면서도 밖에서 기다리는 건 아닌지 확인해볼 생각으로 내려온 거야. 그러다가 '작스 오메가와 붉은 역병의 달'에 빠져 있는 널 발견하고 지켜봤어. 너 집중하면 혀를 내민다는 거 알고 있어?"

"아뇨."

"사실, 이건 2인용 게임이야. 나조차도 혼자서는 이걸 끝까지 깨는 데 이 주일이 걸렸어."

"돈이 꽤 들었겠네요."

"아니. 이 게임기 판매하는 사람이 꼼짝 못하는 사람이 내 아버지에게 꼼짝 못해."

그 말에 달리 할 말이 없다. "에, 데이트 상대가 곧 나타났으면 좋겠네요."

"그러는 게 그년 신상에 좋을 거야. 안 그러면 산 채로 각을 떠버릴 테니까."

토요일 밤의 시부야에는 사람들이 들끓는다. 일주일째 불면의 밤을 보낸 뒤 나는 시부야를 탐험하기로 결심했다. 끝이 없다! 작년에 돈주머니 삼촌을 따라 가고시마에 있는 술집에 간 적이 있지만 여기에는 비할 바가 못 된다. 가격 또한 마찬가지다. 일벌들은 떼를 지어 넥타이를 느슨히 하고 셔츠 깃을 풀어헤친 채 술을 마신다. 여자 일벌들은 사무실 복장을 숄더백에 쑤셔넣어두었다. 이제 나도 일벌이라는 점을 고려해볼 때 나는 일벌 욕을 너무 많이 한다. 하지만 나는 일벌인 척하는 것뿐이다. 어쩌면 우리 모두 그런 식으로 시작하는지도 모르겠다. 아오야마 씨처럼 말이다. 몇 쌍은 데이트를 즐긴다. 미국인들과 문글라스를 쓴 아름다운 여인들. 세상에서 가장 아름다운 목을 가진 웨이트리스의 전화번호부에는 아까 전자오락실에서 본 구경꾼처럼 멋진 남자친구들의 전화번호가 가득할 거라는 데 내 전 재산이라도 걸겠다. 갈색 마그마와 성스러운 하얀 거품이 폭포처럼 흘러내리는 거대한 '코카콜라를 마셔요' 광고. 나는 샴페인 폭탄 사탕을 빨아 먹으며 걷는다. 호스티스들이 택시에 타는 나이 든 회사 사장들에게 손을 흔든다. 호박빛 조명을 한 레스토랑. 그 안에 있는 사람들은 모두가 서로를 아는 듯하다. 거구의 몽골 전사가 지나가고, 그 옆을 따라가는 바니걸들은 근처 어딘가에 새로 쇼핑몰이 생긴 것을 알리는 전단을 나눠준다. 셀로판 조끼, 팬티, 스타킹을 입은 여인들이 술집 밖 유리 부스 안에 앉아 10퍼센트 할인 쿠폰을 나눠주며 이야기를 건다. 나는 23세기 메가웨폰으로 군중을 휩쓸어버리는 상상을 한다. 조명과 레이저 때문에 연기는 울긋불긋 요란한 색을 띤다. 아프로디테 소프월드 바깥에서 손님을 걸러내는 경비원이 광고판에 있는 여자들을 하나하나 설명한다. "1번은 러시아 애들입니다. 기품 있고 상냥하죠. 2번은 필리핀 여자. 사근사근하고 잘 길들여져 있습니다. 프랑스 애들은 말할 필요도 없죠. 브라질 애들은 다크 초콜릿이죠. 쌉쌀한 맛이 일품이랍니다. 5번은 영국 애들. 화이트 초콜릿이라 할 수 있죠. 6번은 소시지의 고향 독일. 한국 애들은 몸매가 죽여요. 8번은 이국풍이 물씬 풍기는 검둥이 쌍둥이. 9번은, 에, 9번은 평범한 사람들이 접근하기 어려……" 경비원은 내가 멍하니 구경하는 것을 눈치채고 지껄여댄다. "십 년쯤 있다가 와라. 보너스 받은 거 잘 챙겨서 말이야." 나는 전자제품 가게 근처를 지나가다가 쇼윈도 안의 텔레비전에 비친, 낯익은 사람이 전자제품 가게 앞을 지나가는 모습을 본다. 그 사내는 걸음을 멈추고, TV를 살피고, 자신이 남들 눈에 어떻게 보이는지를 깨닫고 등골이 오싹해져 약간 놀란다. 나는 말보로를 한 갑 산다. 국수 가게의 붉은 등을 지나가는데 주방에서 냄새가 풍겨나오고, 돌연 배가 지독히 고파진다. 국수 가게 창을 들여다본다. 기름때가 덕지덕지한 게 나처럼 돈 없는 사람이라도 들어가 먹을 정도로 싼 집인 듯하다. 나는 미닫이문을 열고 구슬로 된 발을 헤치며 안으로 들어간다. 시끄러운 주방과 곧바로 연결된 내부는 증기로 가득하다. 파를 넣은 유부국수를 주문한 뒤 창가 자리에 앉아 사람들이 지나는 모습을 지켜본다. 주문한 국수가 나온다. 나는 잔에 얼음물을 따라 가져온다. 스무 살 생일을 축하해, 미야케 에이지. 오늘 저녁, 분타로가 깔끔한 카드들을 내게 건넸다. 외숙모 네 명이 각각 보낸 카드였다. 다섯 번째 봉투는 아직까지 '미야케를 막아라' 작전을 펼치고 있는 불청객 전담성에서 보낸 편지였다. 나는 말보로에 불을 붙이고 편지를 꺼내 다시 읽어보며 과연 내가 한발 앞으로 전진한 것인지 아니면 후퇴 또는 옆으로 비켜선 것인지를 가늠해보려 애쓴다.

도쿄
9월 8일

미야케 에이지에게,

난 네 아버지의 아내다. 첫번째 아내이자 진짜 아내이자 유일한 아내지. 세상에. 오수기와 보수기에 있는 정보원이 네가 내 남편을 만나려고 했다고 알려주더군. 어쩜 그렇게 뻔뻔할 수가 있지? 워낙 배운 게 없이 커서 수치심이 뭔지도 모르는 거냐? 난 언젠가는 이런 날이 올 줄 알았다. 그래, 네 아버지의 사회적 지위를 알고 돈을 뜯어내려는 거겠지. 협박은 못난 자들이 하는 추한 짓이야. 그리고 협박의 희생자는 사회적 지위가 있으면서도 굴복하기 쉬운 사람들이지. 너한텐 안된 일이지만 우리는 그런 사람들이 아니란다. 넌 네가 똑똑하다고 생각할지 모르겠지만, 도쿄에서 넌 시골 똥통에서 자란 탐욕스러운 촌놈일 뿐이야. 난 내 딸들과 남편을 보호할 거다. 우리는 이미 충분한 대가를 치렀어. 아니, 네 어머니라는 사람이 한 짓을 생각하면 충분한 정도 이상이지. 지금 네가 꾸미는 짓은 아마도 그 여자의 생각이겠지? 그 여자는 거머리야. 넌 부스럼이고. 네게 하고 싶은 말은 간단해. 만약 계속해서 뻔뻔하게 내 남편을 협박하려

하거나 한 푼이라도 뜯어내려고 한다면 부스럼이라는 네 지위에 걸맞게 이 세상에서 완전히 도려내버리겠다.

나는 국수 국물을 덜어낸다. 용 한 마리가 자기 꼬리를 쫓으며 세상을 휘젓고 돌아다닌다. 거참, 그러니까 나는 성인이 되는 스무 살 생일 선물로, 편지를 쓰며 밑줄을 잔뜩 긋는, 망상에 사로잡힌 계모와 이복누이들을 받은 것이다. 불행하게도 편지에는 아버지를 찾을 단서가 아무것도 들어 있지 않다. 서명도 없고, 주소도 없다. 도쿄 북부의 어느 우체국 소인이 찍혀 있고, 이 정보로 도쿄 거주자 삼백만 명 정도로 범위를 좁힐 수 있다. 그나마 편지를 부친 곳이 진짜 그 동네라는 가정 아래서 말이다. 내 계모는 바보가 아니다. 계모의 부정적인 반응은 내가 뛰어넘어야 할 또다른 장애물이 된다. 하지만 또 한편으로 보자면 이런 반응을 보인다는 것은 내가 어느 정도 접근했다는 뜻이기도 하다. 그리고 아버지가 직접 편지를 쓰지는 않았다. 그러니, 아무리 나쁘게 말해도 아버지는 아직 나를 만나야 할지 말아야 할지에 대해 결정을 내리지 못했다는 뜻이다. 하지만 내가 만나려 한다는 사실을 모르고 있을 수도 있다는 뜻도 된다. 바로 그 순간 나는 야구모자가 사라졌다는 사실을 깨닫는다. 최악이다. 안주가 선물해준 것이다. 곰곰이 생각해본다. 조금 전 오락실에서는 모자가 있었다. 나는 식당을 나와 쾌락을 찾아다니는 사람들을 거슬러 올라간다.

사람들이 여전히 '작스 오메가와 붉은 역병의 달'을 하고 있지만 내 야구모자는 보이지 않는다. 줄을 지어 앉아 열심히 '스트리트 파이터'의 아류 게임을 하는 학생들, '2084' 주변에 모인 어린 아이들, 유명인들과 합성사진을 찍는 여자아이들, 비디오 스트립 걸과 마작을 하는 직장인들 주변을 찾아본다. 이상하다. 어머니를 비롯한 사람들은 다시 현실로 돌아가기 위해 카운슬러나 병원에 돈을 지불한다. 나 같은 사람들은 비현실로 빠져들기 위해 소니나 세가에 돈을 지불한다. 그건 그렇고, 나는 턱이 각진 오락실 관리인을 찾아낸다. 관리인은 열쇠를 흔들고 있다. 너무 시끄러워 관리인의 귀에 대고 고함을 쳐야만 한다. 귀지 냄새가 난다. "누가 모자 맡긴 사람 없나요?"

"뭐?"

"삼십 분 전 여기에 제 야구모자를 두고 갔어요."

"왜?"

"잊어버렸어요."

기다려주십시오. 무슨 말인지 이해하려 애쓰는 중입니다. "왜 놓고 갔는지 잊어버렸다는 거야?"

"아니, 됐어요."

내가 게임을 할 때 구경하던 사람이 떠오른다. 그 남자는 위층 당구장이라는 말을 했다. 뒤쪽 계단을 찾아 위로 올라간다. 돌연 찾아온 조용함과 어둠 덕분에 마치 물속으로 들어온 것 같다. 바닷빛 당구대가 한 줄에 세 개씩 여섯 줄이 놓여 있다. 저편에 혼자서 당구를 치고 있는 남자를 찾아낸다. 머리에는 내 모자를 쓰고 있다. 남자는 뒤로 묶은 머리를 모자 뒤편에 난 구멍으로 뺐다. 사내는 포켓에 당구공을 쳐 넣고 고개를 들더니 나를 향해 손짓한다. "돌아올 줄 알았어. 그래서 널 쫓아가지 않은 거야. 이 모자를 걸고 내기할래?"

"그냥 돌려주셨으면 좋겠어요."

"그래서야 무슨 재미가 있겠어?"

"아무 재미 없죠. 하지만 그건 제 모자예요."

남자는 나를 재본다. "맞는 말이야." 남자는 과장된 몸짓으로 모자를 내게 준다. "나쁜 뜻은 없었어. 오늘 내가 좀 제정신이 아니거든."

"괜찮아요. 모자를 간수해줘서 고마워요."

남자가 진심으로 웃음 짓는다. "천만에."

내 차례. "에, 그래서 데이트 상대는 지금 얼마나 늦고 있는 거죠?"

"'늦다'가 '바람맞히다'로 바뀌려면 몇 시간이 되어야 하는 걸까?"

"모르겠어요. 구십 분?"

"그렇다면 그년은 확실히 날 바람맞혔어. 그리고 난 이 당구대를 열시까지 빌려뒀고." 남자는 들고 있던 큐대로 당구대를 가리킨다. "바쁘지 않으면 나랑 몇 판 치고 가."

"바쁘지는 않아요. 하지만 완전히 파산 상태라 내기를 할 수가 없어요."

"한 판에 담배 한 대는 걸 수 있어?"

나랑 당구를 치자고 제안할 정도로 이 남자가 나를 진지하게 대한다는 생각을 하자 기분이 약간 우쭐해진다. 도쿄에 온 뒤로 내가 어울렸던 존재는 고양이, 바퀴벌레, 스가가 전부다.

"좋아요."

다이몬 유주는 법대 졸업반이고, 도쿄 토박이며, 지금껏 내가 만난 사람 가운데 당구를 가장 잘 친다. 다이몬은 똑똑하다. 진심이다. 지난주에 영화 〈허슬러〉를 봤는데 폴 뉴먼은 다이몬에 비할바가 못 된다. 다이몬은 예의 차원에서 몇 판을 져줬지만 열시가될 때까지 온갖 고난도 기술을 써가며 나보다 일곱 판을 더 이겼다. 우리는 큐대를 놓고 담배를 피우며 각자의 승리를 음미하기 위해 자리에 앉는다. 내 플라스틱 라이터가 켜지지 않는다. 다이몬의엄지손가락에서 번쩍하며 불꽃이 인다. 아름다운 물건이다. 다이몬이 말한다. "백금이야."

"꽤 비싸겠군요."

"스무 살 생일 선물이지." 다이몬은 당구대를 보고 고개를 끄덕이며 계속 말한다. "너, 좀더 연습하면 굉장히 잘하겠더라. 눈이예리해."

"꼭 우리 고등학교 체육 선생님처럼 말하네요."

"그건 좀 심하네. 자, 미야케. 오늘 같은 토요일 저녁에 바람을맞은 건 좀 심하다는 생각이 들어. 그래서 한잔하며 여자들을 꼬시는 걸로 바람맞은 걸 보상받을까 하는데, 같이 가지 않을래?"

"에, 제안은 고맙지만, 전 관둘래요."

"네 여자친구는 절대로 모를 거야. 도쿄는 아주 크다고."

"아니, 절대 여자친구 때문은……"

"그럼 어딘가에서 널 기다리고 있는 여자가 없는 거야?"

"전혀요. 하지만……"

"지금 네가 게이라고 말하는 거야?"

"제가 아는 한은 아니에요. 하지만……"

"아니면 혼전순결을 맹세한 거야? 컬트 집단의 신자야?"

나는 다이몬에게 지갑 내용물을 보여준다.

"그래서? 내가 내는 거야."

"당신을 계속 벗겨먹을 수는 없어요. 당구비도 냈잖아요."

"날 벗겨먹을 수는 없어. 말했잖아, 난 변호사가 될 거야. 변호사는 절대로 자기 돈을 쓰는 법이 없어. 내 아버지는 이십오만 엔을 접대비로 써야 해. 안 그러면 오히려 아버지 부서에서 예산 문제가 생겨. 그러니 계속 거절하면 넌 우리 가족을 곤란하게 만드는 거야."

꽤 많은 돈이다. "매년요?"

다이몬은 진지하게 묻는 내 얼굴을 보더니 웃음을 터뜨린다. "매달이야, 멍청아!"

"당신 아버지를 벗겨먹는 건 당신을 벗겨먹는 것보다 더욱 나빠요."

"어이, 미야케, 그냥 맥주 몇 잔 하자는 거야. 기껏해야 다섯 잔 정도 말이야. 네 영혼을 사겠다는 제안이 아니라고. 가자. 네 생일이 언제지?"

내가 거짓말을 한다. "다음 달요."

"그러면 미리 생일 선물을 받는 셈 쳐."

바 뒤에서는 산타클로스가 일을 하고, 화장실에서는 빨간 코 루돌프가 밀걸레를 들고 나타나고, 탁자에서는 헐렁하고 챙이 큰 모자를 쓴 요정들이 손님을 기다린다. 천장에서는 눈송이가 춤을 추고, 성모마리아가 말보로에 불을 붙이는 모습이 보인다. 다이몬 유주가 요란한 크리스마스 캐럴 박자에 맞춰 손으로 탁자를 친다.

"여기는 '메리 크리스마스 바'라고 하는 곳이야."

"하지만 지금은 9월 9일이잖아요."

"여기는 매일 밤이 12월 25일이야. 우리끼리는 '물 좋은 낚시터'라고 부르지."

"제가 순진한 걸 수도 있지만, 그냥 여자친구가 늦는 걸 수도 있잖아요."

"순진한 정도가 아니지. 지금 시대가 어느 때인데 그런 말을 하는 거야? 그년은 날 바람맞힌 거야. 우리는 약속을 했다고. 만약 나오고 싶었다면 벌써 나왔을 거야. 이제 난 갓 태어난 아기처럼 홀몸이야. 그리고 그년은 이제 나와 아무 상관 없어. 남남이라고. 그리고 지금 돌아보지 말고 가만히 있어. 막 우리를 위로해줄 여인들이 도착한 거 같거든. 벽난로와 크리스마스트리 사이 구석진 곳에 있어. 하나는 커피색 가죽옷을 입었고, 다른 하나는 체리색 벨벳옷을 입었어."

"꼭 모델같이 생겼네요."

"모델이 뭐 어때서?"

"제게 관심이 없을 거예요."

"난 네게 술을 사겠다고 했지 네 자아를 위로해주겠다고 하지는 않았어."

"제 말이요."

"실없기는."

"하지만 제가 입은 옷을 좀 보세요."

"로드 매니저라고 소개할 거야."

"하지만 전 매니저를 할 정도로 똑똑하지도 않아요."

"넌 메탈리카 로드 매니저라고 소개할 거야."

"하지만 우리는 메탈리카를 만난 적도 없다고요."

다이몬이 손으로 얼굴을 감싸고 킥킥댄다. "아, 미야케, 미야케. 술집이 대체 왜 있을 거 같아? 여기 있는 사람들이 이런 요상한 칵테일이나 마시겠다고 이 비싼 돈을 내고 여기에 오는 것 같아? 남은 맥주 마저 마셔. 적의 심장부를 관통하려면 위스키가 필요하니까. 더는 '하지만'이라는 말은 하지 마! 벨벳을 입은 여자를 봐봐. 저 여자가 입은 보디스 끈을 네 앞니로 끄르는 상상을 해보라고. 간단히 '예스'인지 아니면 '노'인지나 말해. 저 여자를 원해?"

"저런 여자를 누가 마다해요? 하지만……"

"산타! 산타! 여기 킬마군 더블로 두 잔! 온더락으로!"

"그래서 강간을 당한 뒤," 여자들과 합석한 뒤, 다이몬은 옆 테이블까지 전세 낸 듯 큰 소리로 이야기를 떠벌린다. "그 친구네 집은 완전히 풍비박산이 난 거야. 여자는 식음을 전폐했어. 전화선을 뽑아버렸지. 여자가 관심을 보이는 유일한 물건은 죽은 아들이 가지고 놀던 게임기였어. 내 친구가 아침에 출근을 하고 나면 그 여자는 바로 게임기에 찰싹 달라붙어 피스톨을 들고 16인치 소니 텔레비전에 나오는 남자들을 죽여댔지. 남편이 돌아올 때까지 여자는 꼼짝도 하지 않았어. 그릇은 아침에 먹은 그대로 식탁에 놓여 있었고 여자는 아무 상관도 안 했어. 오로지 빵! 빵! 빵! 재장전! 이쪽에만 몰두할 뿐이었어. 현실세계에서는 경찰이 사건을 종결시

켰지. 한밤중 아무도 없는 산에서 일어난 강간 사건? 풀릴 리 없잖아. 대부분의 남자들은 그게 어떤 경험인지 짐작조차 할 수 없어…… 나도 남자지만 남자들이 싫을 때가 종종 있어, 미야케. 그래서, 그런 식으로 구 개월이 흘렀어. 그동안 여자는 집 밖으로 한 발짝도 나가지 않았어. 단 한 발짝도. 내 친구는 걱정이 되어 미칠 지경이었지. 네가 비틀스 재결합 공연에서 돌아왔을 때 그 친구가 어떤 꼴을 하고 있었는지 기억나지? 마침내 친구는 정신과 의사의 조언을 구하기로 했어. 정신과 의사는 친구 아내가 다시 사회관계를 맺지 않으면 자발적 자폐증에 빠질 위험이 있다고 결론 내렸지. 둘은 원래 대학 오케스트라에서 만났어. 여자는 실로폰 연주자였고 친구는 트롬본 연주자였어. 그래서 내 친구는 〈전람회의 그림〉 표 두 장을 산 뒤 날마다 연주회에 가자고 아내를 설득해 마침내 동의를 얻어냈지. 담배?"

우리가 자리에 앉았을 때 재떨이가 있었다는 걸 맹세할 수도 있다.

다이몬이 커피에게 몸을 기울인다. "한 대 피워도 될까?"

"그럼."

"고마워. 연주회 저녁, 그 여자는 신경안정제를 먹고, 정장을 하고, 어딘가 높고 전망이 좋은 식당에서 촛불을 켜고 식사를 하고, 연주장 맨 앞줄에 앉았어. 트럼펫이 울렸지. 원래 그렇게 시작하잖아……" 다이몬이 처음 시작 몇 소절을 흥얼거린다. "그리고 여자는 몸이 얼어붙었지. 눈빛이 싸늘해졌어. 손톱으로 허벅지를 하도 꽉 눌러 피가 나올 정도였지. 여자는 떨기 시작했어. 내 친구는 아내가 더 나빠지기 전에 아내를 데리고 서둘러 연주장을 나와야 했어. 휴게실에서 아내가 말했어. 좀 전의 오케스트라에서 심벌즈를 연주하던 자가 그자라고, 조상님들 무덤에 대고 맹세하는데, 그 남자가 자기를 강간한 남자라고 말이야."

커피와 벨벳이 다이몬의 이야기에 빠져든다.

"네가 무슨 생각을 하는지 알아. 경찰에 신고해야 한다고 생각하지? 강간 사건의 경우, 여자들이 치마를 너무 짧게 입었기 때문에 일을 자초했다고 판결을 내리는 경우가 열에 아홉이야. 그리고 강간범은 사과 문서에 서명하면 그냥 풀려난다고. 여자는 내 친구에게 자기 명예를 위해 복수하지 않으면 자기는 도쿄 힐튼에서 투신하겠다고 했어. 자, 너도 내 친구를 만나봤잖아. 그 친구는 바보가 아냐. 착실히 준비를 했지. 등록되지 않은 총과 수술용 고무장갑을 구했어. 총에 소음기도 끼웠어. 그 오케스트라가 베토벤의 〈교향곡 5번〉을 연주하던 어느 날 저녁, 내 친구는 심벌즈 연주자의 아파트에 몰래 들어갔어. 그자는 집 안에 크리스털로 된 동물 인형들을 놓고 혼자 살았어. 그 아파트에서 친구는 자기 아내의 이야기를 뒷받침할 만한 증거들을 찾아냈지. 인터넷 포르노 사진을 프린트해놓은 것들, S&M 도구들, 천장에 주렁주렁 매달린 수갑, 닳고 해진 메릴린 먼로 풍선 인형. 친구는 침대 밑에 숨었어. 자정이 지나 심벌즈 연주자가 돌아와 자동응답기에 남겨진 내용을 듣고, 샤워를 하고, 침대에 들었지. 내 친구에게는 드라마틱한 면이 있어. '아무리 괴물이라도 침대 밑은 확인해야지.' 친구는 그렇게 말하고 방아쇠를 당겼어. 탕탕탕!"

"대단한 이야기다."

"아직 끝난 게 아냐. 내 빌어먹을 라이터가 켜지질 않는군. 잠깐

172

만……" 다이몬이 커피에게 몸을 기울인다. 커피는 이미 명품 핸드백을 열고 있다. "귀찮게 해서 미안, 고마워." 심지어 커피는 다이몬에게 불을 붙여주고 내게도 불을 붙여준다. 나는 수줍게 고개를 끄덕인다. "복수는 가장 강력한 치료약이지. 어쩌면 '심벌즈 연주자를 쏜 범인은 누구인가?'라는 신문 기사를 봤을지도 모르겠군. 하지만 계획을 잘 세우면 아무도 모르게 살인을 할 수 있지. 경찰은 아무런 단서도 찾지 못했어. 친구의 아내는 며칠 지나지 않아 정상이 되었어. 그 여자는 다시 맹인학교에서 학생들을 가르치기 시작했고, 비디오게임은 완전히 끊었어. 그리고 봄이 되었을 때 사이토 키넨 오케스트라가 요코하마에서 공연을 하자, 이번에는 여자 쪽에서 맨 앞자리 표를 사자고 주장했어. 전과 마찬가지였지만, 이번에는 더 행복한 상황이었지. 친구는 아무런 양심의 거리낌 없이 살 수 있었어. 능력 있는 경찰이 있었다면 결국 잡아서 사형을 시켰어야 할 인물을 자신이 대신 없앤 것뿐이니까 말이야. 둘은 정장을 하고, 어딘가 높고 전망이 좋은 식당에서 촛불을 켜고 식사를 하고, 연주장 맨 앞줄에 앉았어. 서곡이 울려퍼졌을 때, 여자의 몸이 뻣뻣하게 굳었어. 눈빛이 싸늘해졌어. 숨결이 가빠지고. 친구는 아내가 심장마비 같은 게 온 거라고 생각해서 로비로 데리고 나갔어. '왜 그래?' 친구가 물었지. '제2 첼리스트요! 절 강간한 게 그 남자예요!' '뭐라고? 작년에 내가 죽인 심벌즈 연주자는?' 여자는 내 친구가 미쳤다는 듯 고개를 설레설레 흔들었어. '무슨 말을 하는 거예요? 제2 첼리스트가 강간범이에요. 조상님의 무덤에 맹세할 수 있어요. 그리고 제 명예를 위해 복수해주지 않는다면 전기에 감전되어 죽어버리겠어요.'"

"세상에나!" 커피가 감탄을 한다. "그래서 남자는 어떻게 했어?"

다이몬이 몸을 돌리고, 커피는 다리를 꼬고, 우리는 둘씩 쌍을 이룬다. "경찰에 갔지. 심벌즈 연주자를 죽인 게 자기라고 자수했어. 재판을 받을 즈음 친구의 아내는 아홉 명을 강간범이라고 고발했지. 물고기성 장관을 포함해서."

벨벳이 대경실색을 한다. "진짜로 있었던 일이야?"

다이몬이 담배 연기로 흔들거리는 고리를 만든다. "맹세해. 하나도 빠짐없이."

산타에게 주문한 음료를 받아 자리로 돌아와보니 다이몬은 팔로 커피가 앉은 의자를 감싸고 있다. 커피가 하얀 입술 사이로 혀를 내밀며 말한다. "꼭 산타 도우미 같네." 여자의 얼굴은 화장으로 떡이 되어 있다.

벨벳이 내 쪽으로 몸을 돌린다. 벨벳의 팬티스타킹이 속삭이고 고질라가 잠에서 깨어난다. "네가 음악 일을 한다고 유주 씨가 말해줬어." 나는 벨벳의 향수 냄새를 맡는다. 촉촉하고 땀에 절어 소금내가 배 있다. "나는 모델 일을 해. 도쿄에서 가장 큰 체형 교정 클리닉 체인의 광고를 찍었어." 벨벳이 내 쪽으로 몸을 기울이고, 벨벳의 라크 슬림이 불길을 기다리고, 고질라가 무시무시한 머리를 곧추세운다. 다이몬이 탁자 저쪽에서 자기 라이터를 휙 돌려 밀어보낸다. 벨벳의 얼굴이 환히 빛난다. 지금까지 안주를 떠올리지 않고 저녁시간을 보내고 있다.

♋

첫번째 모퉁이를 비스듬히 돌 때 벨벳이 팔로 내 몸통을 껴안는다. 우리 앞, 일 초도 안 되는 곳에 다이몬의 스즈키 950이 있다. 내 야마하 1000이 으르렁대며 쏜살같이 나아간다. 햇살을 가득 머금은 주경기장, 황금빛 트럼펫, 거대한 브리지스톤 비행선. 벨벳의 손길 때문에 집중하기가 어렵다. 다이몬은 죽 늘어선 원뿔 안전 표시대를 쓰러뜨리며 지나가고, 요란한 소리 위로 커피가 건방지게 외치는 소리가 들린다. "간다!" 벨벳이 내 귀에 나만 들리게 속삭이고, 그 달콤한 속삭임이 내 귀를 파고들며 간질인다. 나는 야마하 연료통만큼이나 몸이 꽉 차고 단단해진 느낌이 든다. 커피가 환호를 지른다. "진짜보다 더 좋아! 이럇!" 다이몬이 스즈키를 기울여 U자형 커브를 돌며 중얼거린다. "진짜보다 더 진짜 같지." 나는 다이몬의 뒤를 따라가고 긴 직진로에서 다이몬을 거의 따라잡지만 커피가 내 화면을 지켜보고 있다가 나를 가로막아야 할 때를 다이몬에게 알려준다. "성공!" 커피가 소리 내어 웃는다. 나는 기름이 뿌려진 곳에서 시속 180킬로미터의 속력으로 미끄러진다. 벨벳의 손가락이 나를 파고든다. 뒷바퀴가 앞바퀴보다 앞서 나가지만 나는 오토바이의 균형을 잡고 넘어지지 않는다. 우리는 동물원을 관통한다. 얼룩말들이 갈기를 날리며 떼로 지나간다. 커피의 휴대전화가 〈성조기여 영원하라〉를 연주한다. 커피가 휴대전화를 꺼내 지금 자기가 어디에 있으며 얼마나 재미있게 노는지에 대해 이야기한다. 무모하지만 나는 경사진 긴 커브길에서 야마하의 속력을 올려 다이몬 바로 뒤까지 따라잡는다. "어이, 미야케, 진짜 남자라는 걸 증명하는 데 딱이지 않아? 멍청한 짓이기는 하지만 말이야."
나는 위험을 무릅쓰고 옆을 돌아본다. "그런 거 같군." 다이몬이
위험한 웃음을 씩 날린다. 커피가 핸드백에 휴대전화를 집어넣으
며 한마디 거든다. "마치, 21세기식 결투 같아." 벨벳이 대답한다.
"맞아! 미야케는 너희를 박살낼 거야, 그렇지 미야케?" 나는 아무
말도 하지 않지만 벨벳의 새끼손가락이 내 배꼽을 파고들고, 내가
'당연하지!' 라고 말할 때까지 계속 아래쪽으로 더듬어내려갈 거
라고 협박한다. "그럼 해보자고!" 다이몬이 대답하더니 내 쪽으로
방향을 바꾼다. 내가 균형을 잃으면서 마주 오는 유조차에 부딪히
자 벨벳이 비명을 지른다. **바바바바바방!** 소규모 핵폭발 정도의 화
염이 피어올랐다가 사라졌을 때, 다이몬과 커피는 한참을 멀어져
자그마한 점으로 보인다. 다이몬이 혀를 찬다. "심각한 사고인걸."
나는 야마하를 이단 기어로 올린다. 커피가 웃으며 말한다. "인정
사정 안 봐주는 거야! 이제 우리를 못 따라잡을걸." 다이몬이 나를
흘긋 본다. "불쌍한 미야케. 잊지 마, 이건 그냥 비디오게임일 뿐
이야." 나를 감싸안은 벨벳의 팔이 느슨해진다. 터무니없는 생각
이 떠오른다. 맥주 두 병에 위스키 두 잔을 섞어 마시지 않으면 절
대 하지 않았을 생각이다. 나는 유턴 지점에서 야마하를 옆으로 미
끄러지게 한다. 내 생각이 맞았다! 나는 시간을 거슬러 운전해갈
수 있다. 결승선 통과 시간이 줄어든다. 동물원의 얼룩말들이 뒤로
뛰어간다. 스가처럼 멍청한 프로그래머가 이 게임을 제작한 모양
이다. 벨벳이 내 젖꼭지를 살짝 꼬집으며 내 행동에 찬성을 표한
다. 우리는 스타트라인을 통과한다. '경주 끝. -1초' 라고 화면에
찍힌다. 우리는 선개교를 박차고 날고, 우리를 태우고 허공에 뜬

야마하는 공중제비를 넘으며 반대편 경사로에 도착해 몸을 부르르 떤다. 이어서 다이몬의 스즈키가 온다. "어때?" 다이몬이 입을 연다. "이런 뭣 같은……" 나를 피해 비틀거리는 다이몬을 보며, 나는 다이몬의 헤드라이트로 직진한다. 대낮의 보름달만큼이나 둥근 헤드라이트로. 폭발은 일어나지 않는다. 우리 오토바이는 쓰러지던 모습 그대로 멈추고, 음악이 그치고 화면이 꺼진다.

◆

"나는 지는 데 익숙하지 않아." 다이몬이 만약 우리가 친구가 아니었다면 걱정이 될 법한 그런 눈빛으로 나를 노려본다. "넌 근본이 아주 사악한 놈이야, 미야케."

"불쌍한 다이몬, 이건 그냥 비디오게임일 뿐이야."

"조언을 하나 하지." 다이몬은 웃지 않는다. "너보다 체급이 높은 사람에게는 절대 펀치를 날리지 마."

커피가 어리둥절해하며 말한다. "어떻게 된 거야?"

벨벳이 내려오며 말한다. "내 생각엔 미야케가 게임기를 망가뜨린 거 같아."

다이몬이 자기 야마하를 흔든다. "나가자."

"어디로?" 커피가 오토바이에서 내려온다.

"내가 아는 조용하고 아늑한 곳으로."

"코털을 잘라내는 대신 뽑으면 혈관이 터져서 죽을 수도 있다는 거 알아?" 커피가 묻는다. 다이몬은 이 환락가를 자기가 만들기라도 한 듯 우리를 아주 익숙하게 안내한다. 나는 어디가 어디인지 알지 못하며, 신주쿠 전철을 타고 나 혼자 돌아갈 필요가 없기를 바란다. 아까보다 사람들은 줄었지만, 쾌락을 찾는 이들은 더 많이 모여들었다. 묵직하게 부르릉거리는 소리와 함께 스포츠카가 지나간다. "로터스 엘리스 111S야." 다이몬이 말한다. 커피의 휴대전화가 〈올드 랭 사인〉을 연주한다. 커피는 연신 "여보세요?"라고 외치지만 전화 건 사람의 목소리를 듣지 못한다. 열린 문을 통해 재즈가 시끄럽게 흘러나온다. 히피 같은 사람들이 밖에 줄을 서서 기다린다. 나는 그들의 선망과 질투 어린 눈초리를 즐긴다. 벨벳의 손을 잡고 싶어 죽을 지경이다. 벨벳이 내 손을 쳐내면 난 죽어버릴 것이다. 벨벳이 손을 잡아주길 원하는데도 내가 알아차리지 못하는 거라면, 역시 죽어버릴 것이다. 다이몬이, 로스앤젤레스의 여장 남자들에 얽힌 오해에 대해 긴 이야기를 늘어놓고, 여자들은 비명을 지르며 깔깔거린다. "하지만 LA는 정말 위험하잖아. 모두 총을 가지고 있어. 해외에서 안전한 곳은 싱가포르밖에 없어." 커피가 말한다. "LA에 가봤어?" 다이몬이 묻는다. "아니." 커피가 대답한다. "싱가포르는?" 다이몬이 묻는다. "안 가봤어." 커피가 말한다. "그런데 한 번도 안 가본 곳이 한 번도 안 가본 다른 곳보다 위험하다고 말하는 거야?" 커피가 눈을 굴린다. "어떤 곳인지 알려면 꼭 가봐야 한다고 누가 그래? TV가 왜 있는데?" 다이몬이 한발 물러선다. "들었어, 미야케? 이게 여자들 논리야." 커피가 허공에 대고 두 팔을 흔든다. "여자들이여, 영원하라!" 우리는 스탠드바 간판들이 환히 빛나는 거리를 지나 엘리베이터가 기다리는 곳으로 간다. 커피가 딸꾹질을 한다. "몇 층?" 엘리베이터 문이 닫힌다. 추위 때문에 몸이 떨린다. 다이몬이 거울을 보며 장난기 가득한 얼굴로 돌아온다. "9층. 스페이드 퀸이지. 좋은 생각이 있어. 우리 결혼하자." 커피가 까르르거리며 9를 누른다. "좋아! 스페이드 퀸이라니. 술집 이름치고는 좀 이상하네." 단지 층 숫자만 바뀔 뿐 엘리베이터는 움직인다는 느낌이 전혀 들지 않는다. 커피가 다이몬의 옷깃에서 보푸라기를 떼어낸다. "재킷 멋지네." "아르마니야. 난 살갗에 닿는 것은 아주 신중하게 고르거든. 그래서 널 고른 거야. 오, 나의 여신님." 커피가 눈을 굴리며 나를 바라본다. "이 남자는 늘 이래, 미야케?" 다이몬이 싱긋 웃으며 말한다. "물어도 소용없을걸. 미야케는 나와 워낙 친해서 네게 솔직하게 말하지 않을 거야." 나는 우리 넷이 반사된 모습이 반사된 모습을 바라본다. 우주선이 웅웅거리는 듯한 소리가 난다. "여기에 너무 오래 있으면 어느 게 나인지도 잊어버릴 거야." 내가 말한다. 벨소리가 울리고, 엘리베이터 문이 열린다. 나, 벨벳, 커피는 하마터면 쓰러질 뻔한다. 우리는 건물 지붕에 올라와 있고, 너무나 높은 곳이라 도쿄가 보이지 않는다. 구름보다도, 바람보다도 높다. 하늘의 별들은 손을 뻗으면 닿을 것만 같다. 혜성이 하늘을 가로지른다. 오리온자리 뒤쪽으로 밤의 커튼이 보이고 환상이 펼쳐진다. 우리는 크기가 10미터가 채 안 되는 소형 천체투영관에 있다. 다시 벨이 울리고, 포도줏빛 황혼이 바닥부터 돔의 옆을 타고 얼굴을 붉힌다. 커피가 숨을 헐떡인다. "세상에, 이런 데가 있다니." 벨벳도 무척 감동받은 듯하다. 다이몬이 가볍게 손뼉을 친다. "미리엄! 보다시피 또 왔어."

오팔색 기모노를 입고 게이샤식으로 완벽하게 화장을 한 여인이 커튼을 젖히며 나온다. 여인은 공들여 인사한다. 옻칠한 머리핀부터 황혼빛 신발에 이르기까지 아주 정성 들여 단장했다. "어서 오세요, 다이몬 씨." 나긋나긋한 목소리. 짙은 화장 때문에 정확한 나이는 알 수 없지만, 몸동작으로 미루어보아 이십대 중반 정도인 듯하다. "예상치 못한 기쁨이네요."

"나도 알아, 미리엄, 알아. 오늘 저녁에는 색다른 휴일을 즐길 거라는 말을 들었는데, 아직 여기 있군그래. 잘됐어. 자, 내 신부를 소개할게." 다이몬은 커피에게 키스한다. 커피는 킬킬거리면서도 머뭇머뭇 가까이 간다. 다이몬이 말한다. "설마 우리 영감이 이 근처에 있는 건 아니겠지? 아니라고 말해줘."

"에…… 누구를 말씀하시는 건가요, 다이몬 씨?"

"지금 하는 말 들었어, 미야케? 미리엄은 프로야. 진짜 프로."

여인이 나를 흘긋 본다.

"다이몬 선생님께서는 오늘 밤 여기 안 계십니다, 다이몬 씨."

다이몬이 한숨을 쉰다. "우리 영감은 못 말리겠군. 또 치즈미랑 바람이 난 거야? 그 나이에? 영감이 얼마나 살이 쪘는지 여기 사람들은 아무도 못 느끼는 거야? 그 화냥년은 또 뭐야? 치즈미는 또 몽땅 당신에게 떠넘기고 영감이랑 놀러 나간 건가? 아, 보아하니 대답하지 않겠군. 뭐, 여하튼 오늘 밤 영감이 여기 없으니 난 다이몬 가문의 개인실에서……" 다이몬이 커피의 허리를 감싸안으며 말을 잇는다. "내 아리따운 아내와 좀 놀다 가겠어. 당연히, 오늘 밤 비용은 아버지의 접대비로 청구해."

"당연히 그렇게 하겠습니다, 다이몬 씨. 마마 상은 다이몬 선생님께 비용을 청구하실 겁니다."

"왜 그렇게 격식을 차리는 거야, 미리엄? 평소처럼 '유주 짱'이 라고 불러."

"손님 명부에 서명을 해주셔야겠습니다, 다이몬 씨."

다이몬이 손을 젓는다. "알아서 해."

나는 지금 당장 엘리베이터를 타고 이곳을 떠나라는 내면의 목소리를 무시한다. 마땅한 이유를 떠올릴 수 없기 때문이다. 나는 아직도 술에 취해 있지만 다이몬에게서 뭔가 위험한 것이 느껴진다. 그 순간이 지나간다. 다이몬이 우리를 지나 앞장선다. 우리는 다이몬을 믿습니다! "마법의 땅이 우리를 기다리고 있어!"

미리엄이 우리를 데리고 커튼이 쳐진 내실들을 연속해 지난다. 일단 안으로 들어서자 나는 방향감각을 완전히 상실한다. 커튼에는 읽을 수 없는 옛 일본 한자들이 수놓여 있다. 마침내 우리는 온통 퀼트로 장식된 방으로 들어선다. 1930년대 스타일이다. 창문 없는 벽에는 고대 도시의 태피스트리가 걸려 있다. 딱딱한 가죽의자, 마호가니와 청동으로 된 비어 있는 바, 천천히 흔들리는 추, 낡은 샹들리에. 문이 열린 녹슨 새장. 우리가 지나가자 새장 안에 있는 앵무새가 날개를 편다. 커피는 매끈한 바닥에 미끄러지는 고무밑창 같은 소리를 낸다. 많은 노인들이 모여 앉아 있고, 낮은 목소리와 느릿느릿한 손짓으로 비밀을 나눈다. 뿌연 담배 연기. 여자들이 술잔을 채우고 팔걸이에 앉아 있다. 이곳에 있는 여자들은 봉사를 하기 위해 있지 쾌락을 제공하기 위해 있는 것이 아니다. 연금술이 여인들 기모노에서 모든 색깔을 뽑아낸다. 감 같은 황금색, 음극선에서 뿜어져나온 것 같은 남색, 무당벌레 진홍색, 동토 지대의 올리브색. 천장에 매달린 환기팬이 돌며 짙은 열기를 휘젓는다. 늪지 엽란이 우거진 그늘 아래 피아노가 느릿한 속도로 저 혼자 야상곡을 연주한다.

"와." 벨벳이 말한다.

"묘한 곳이네." 커피가 말한다.

내 외할머니의 헤어스프레이 냄새와 비슷한 향이 진동을 하고, 덕분에 나는 재채기를 한다. "다이몬 씨!" 짙은 화장을 한 여인이 바 뒤에서 나타난다. "그리고 친구분들도 오셨군요! 어서 오세요!" 여인은 공작 깃털 머리장식을 하고, 작은 금속 반짝이 장식이 된 이브닝 장갑을 꼈으며, 희미해져가는 여배우의 기운을 뿜고 있다. "정말 활기가 넘치는군요! 젊음이 좋긴 좋네요."

"안녕, 마마 상, 토요일치고는 조용하네?"

"벌써 토요일인가요? 여기는 시간 가는 걸 모르는 곳이랍니다."

다이몬이 웃음을 날린다. 커피와 벨벳은 남자들이 상상 속에서 이들의 옷을 벗길 수 있는 곳이라면 어디에서든지 환영을 받겠지만, 진, 티셔츠, 야구모자, 스니커즈 차림의 나는 궁중 결혼식장에 참석한 똥지게꾼이 된 느낌이다. 다이몬이 내 어깨를 움켜쥔다. "여기 내 절친한 친구 그리고 우아한 두 분과 함께 있고 싶어. 아버지 방에서 말이야."

"사유 짱이 안내해드릴……"

다이몬이 말을 자른다. 다이몬의 웃음은 거의 사악하기까지 하다. "하지만 미리엄이 지금 한가하잖아."

다이몬과 마마 상 사이에 의미심장한 눈빛이 오간다. 불쌍한 미리엄이 시선을 돌린다. 마마 상이 고개를 끄덕이더니 고개를 홱 돌린다. "미리엄?" 미리엄이 고개를 돌려 싱긋 웃는다. "모시게 되어 영광입니다, 다이몬 씨."

"대개 난 프러시안 블루색 포르쉐 카레라 4 카브리올레를 몰아. 난 포르쉐라면 껌벅 죽거든. 자세히 들여다보면 그 곡선은 복종하는 자세로 무릎 꿇고 엎드린 여인의 모습을 그대로 빼다 박았지." 다이몬은 미리엄이 샴페인 따르는 모습을 바라본다. 벨벳이 무릎을 꿇는다. "너는, 에이지?" 끝내주는군. 이제 우리는 '에이지' 단계에 있다. "난, 에, 두 바퀴 쪽을 더 좋아하는 편이라서." 벨벳의 잔에 거품이 인다. "어머, 설마 할리를 모는 건 아니겠지?" 다이몬이 짖는 소리를 내며 웃어댄다. "어떻게 알았어? 미야케의 할리는, 음, 뭐라고 설명해야 하나, 그래, 가랑이 사이에서 자유의 추진력을 준다고나 할까? 록스타와 함께 다니면 별의별 꼴을 다 당하니까. 짐작도 못 할 거야. 빠돌이, 빠순이들, 마약에 쩐 년놈들, 도둑. 미야케는 그런 꼴통들을 다 참아내며 지내지. 멋져, 미리엄. 한 방울도 안 흘렸잖아. 연습 많이 한 모양이네. 여기서 웨이트리스, 아니 호스티스로 얼마나 있었지?" 등불 아래 미리엄이 유령처럼 희미하면서도 위엄을 갖춘 모습으로 있다. 방은 화기애애한 분위기지만 너무 덥다. 여자들 향수, 화장품, 최근에 새로 깐 다다미 냄새를 맡을 수 있다. "짓궂어요, 다이몬 씨. 숙녀에게는 세월을 화제 삼지 않는 법이랍니다."

다이몬이 자기 말총머리를 푼다. "세월, 그 정도야? 이런, 맙소사. 여기 있는 게 아주 마음에 드는 모양이네. 자, 모두 샴페인 잔을 채웠으면 두 가지에 대해 건배를 했으면 해."

"뭘 위해 마실까?" 커피가 묻는다.

"첫째, 여기 있는 미야케도 알고 있듯이 난 최근에 여자와 헤어졌어. 창녀가 콘돔을 씌웠다 빼내는 것만큼이나 약속을 밥 먹듯 깨는 년이었어."

"내가 아는 애들 중에도 그런 애가 있어." 커피가 고개를 끄덕인다.

"그럼 내가 어떤 기분인지 잘 알겠군." 다이몬이 한숨을 쉰다. "와이키키로 가서 나와 결혼하지 않겠어? 아니면 리스본이나 부산으로 갈까?"

커피가 다이몬의 귀걸이를 만지작거린다. "부산? 그 한국의 화장실?"

"악취가 진동하는 동네지." 다이몬이 맞장구친다. "귀걸이가 맘에 들면 가져."

"오케이. 여기, 자유를 위해."

우리는 샴페인 잔으로 건배한다.

"두번째 건배는 뭘 위해서야?" 벨벳이 축 처져 있는 꽃병 속 국화를 툭툭 치며 묻는다.

다이몬이 커피와 벨벳에게 손짓을 한다. "진정한 일본 여성의 정수에 건배를. 미리엄, 너도 여자니까 이런 거에 대해 잘 알겠지. 어떤 여자를 아내로 골라야 하지?"

미리엄이 생각에 잠긴다. "다이몬 상의 경우에는 눈이 먼 여자여야겠죠."

다이몬은 가슴에 손을 대고 흐르는 피를 막는 시늉을 한다. "오…… 미리엄! 오늘 밤 네 동정심은 다 어디로 간 거야? 미리엄

은 사람보다 오리를 더 좋아해, 미야케. 듣기론 연인들보다 물새들
을 더 동정한다더군."

미리엄이 싱긋 웃는다. "제가 듣기론 물새 쪽이 더 믿을 만하다
네요."

"믿을 만하다고? 아니면 의지할 만하다고? 상관없어. 미야케와
내가 도쿄에서 가장 재수 좋은 사람이라는 걸 부인하는 거야?"

미리엄은 잠시 나를 응시한다. 나는 눈길을 피한다. 미리엄의
본명이 무엇일까 궁금하다. 미리엄이 말한다. "자신이 얼마나 행
운아인지는 자신만이 아는 거랍니다. 그럼 된 거죠, 다이몬 씨?"

"아니, 미리엄, 그걸로는 모자라. 난 마리화나가 좀 있으면 해.
최고급으로. 그리고 내가 어느 정도 하는지 알 테니까 너무 적지
않도록 적당히 양을 맞춰 가져오라고. 삼십 분 정도 내에."

우리가 있는 방에는 발코니로 통하는 장지문이 있다. 밤의 바다
으로부터 도쿄가 떠오른다. 사 주 전, 나는 오렌지 외삼촌이 경운
기 수리하는 걸 도왔다. 하지만 이제 보라. 6층 높이 기린 라거 맥
주 캔이 민들레 모양 네온을 뿜고 또 뿜는다. 황거(皇居)의 불 꺼
진 호수 너머, 판옵티콘의 왕관 위로 비행기 경고등이 깜박인다.
은하수 양쪽에서 견우성과 직녀성이 깜박인다. 자동차 소음이 높
아간다. 벨벳이 밖으로 상체를 내민다. "끝없이 이어지네." 벨벳이
혼잣말을 한다. 뜨거운 미풍에 벨벳의 머리카락이 나부낀다. 벨벳
의 몸이 이룬 곡선은 바라보고만 있어도 느낄 수 있다. 아무것도
바라지 않고 이 모든 것을 내게 제공한 친구, 다이몬이 말한다.
"내 선언하나니, 보고타의 창녀촌 이쪽 편에서 가장 완벽한 마리

화나를 말았노라."

"어떻게 알아?" 불을 붙이기 위해 몸을 숙인 커피가 말한다.

"십여 개 가지고 있거든." 다이몬이 버둥거리며 재킷을 벗어 방으로 내던진다. 다이몬의 티셔츠에는 '우리는 사물을 있는 그대로 보는 것이 아니라 보고 싶은 대로 본다'고 적혀 있다. 어디선가 들어본 말이다.

벨벳이 상체를 더욱 내민다. "저게 섬이야, 아니면 배야? 저기 빛들이 고리 지어 있는 거 말이야."

다이몬이 난간 너머를 응시한다. "간척지야. 새 공항이지."

커피가 바라본다. "저기로 가서 네 포르쉐가 얼마나 빨리 달리는지 타보자."

"그건 잊어주시지요." 다이몬이 마리화나에 생명을 불어넣고, 연기를 빨아들이고 행복한 신음을 낸다. 아아아아…… 커피가 무릎을 꿇고, 다이몬은 커피의 입술에 마리화나를 물린다. 돈주머니 삼촌은 내게 약물과 도쿄에 대해 엄격하게 훈계했다. 하지만 벨벳을 보고 있노라니 그따위는 아무래도 좋다. 커피는 드래곤처럼 코로 연기를 뿜으며 입술을 오므린다. "이 라이터가 역사의 한 장을 장식하고 있다는 말을 했던가? 이 라이터는 점령 시기에 맥아더가 쓰던 거야." 다이몬이 자기 라이터 불꽃을 응시하며 말한다. "네가 그렇다면 그런 거겠지." 커피가 코웃음치며 말한다. "정말이야. 하지만 잊어버려. 방석을 갖다주겠어, 달콤쌉쌀한 커피 아가씨? 당신의 허파를 이 아름다움으로 흠뻑 적시고, 나와 함께 티에라델푸에고*로 가서 파타고니아에 다시 인구가 불어나게 하지 않겠어……?" 커피가 다다미 방으로 방석을 가지러 간 사이 그녀의 핸드백 속에서 휴대전화가 〈월광 소나타〉를 연주한다. 다이몬이 한숨을 토하며 말한다. "짜증나!" 그러고는 내게 마리화나를 건넨다. 나는 그것을 받아 벨벳에게 준다. 다이몬은 왕족 흉내를 내며 전화를 받는다. "네게 멋진 밤을 보내라 명하노라." 커피가 킬킬대며 전화기로 달려든다. "내 거잖아!" 다이몬이 두 다리로 커피를 가위조르기 한다. 커피는 다이몬에게 가위조르기를 당하고 버둥거리면서도 여전히 킬킬댄다. "안 돼. 정말 미안하지만 통화는 할 수 없어. 남자친구? 정말? 그년이 널 그렇게 불러? 끔찍하군. 내가 이따 저녁에 그년을 혼내줄게. 그러니 가서 야한 비디오나 빌려보라고, 이 불쌍한 친구야. 하지만 우선 이 소릴 잘 들어봐. 네 죽음을 상징하는 거니까." 그리고 다이몬은 전화기를 발코니 너머로 던진다.

커피가 킬킬대던 걸 멈춘다.

다이몬은 술 취한 두꺼비처럼 함박웃음을 짓는다.

"지금 내 전화기를 난간 너머로 던졌어!"

다이몬이 킬킬거린다. "방금 내가 네 전화기를 난간 너머로 던진 건 나도 알아."

"누구 머리에라도 맞으면 어쩌려고 그래?"

"과학자들이 휴대전화는 뇌에 해롭다고 경고했잖아."

"내 전화기는 어쩌고!"

"다른 걸로 하나 사줄게. 열 개라도 사줄게."

커피가 여러 가지를 재본다. "최신형으로?"

＊ 동쪽은 아르헨티나, 서쪽은 칠레에 속하는 섬.

다이몬은 방석을 잡아당겨 그 위에 누워 갱스터 같은 표정을 짓는다. "공장째 사주지." 커피는 어린 여자애처럼 입술을 내밀고 토라진 표정을 지으며 샴페인 잔을 자기 귀에 가져다 댄다. "거품 소리가 들려." 벨벳이 내 귓불을 잡고 자기 쪽으로 끌어당기더니 내 입을 자기 입으로 막고 마리화나 연기를 불어넣는다. 훔친 초콜릿처럼 연기가 입안에서 살살 녹는다. "오오오오오오오," 다이몬이 말한다. "어이, 거기 둘. 그런 건 안에 들어가서 하라고. 그러고 있으니까 나랑 내 신부가 젊은 졸부놈에게 다시 따라잡힌 기분이 들잖아!" 나는 눈을 뜨고, 헐떡이고, 콜록거린다. 벨벳이 내 가슴팍을 밀고, 나는 떠밀려 안으로 들어간다.

"거기 앉아." 벨벳이 앉은뱅이 상 맞은편을 가리키며 말한다. 열에 들뜬 수도승, 성직자 의복을 입은 개. 벨벳의 팔뚝이 땀으로 번들거린다. 벨벳이 촛불을 불어 끈다. 우리는 아무 말 없이 진지한 표정으로 마리화나를 한 모금씩 피운다. 우리 손끝이 가볍게 스친다. 벨벳의 손끝에는 전류가 담겨 있다. 바이오보그다. 깊은 밤 도시의 불빛만으로도 벨벳의 형체를 알아볼 수 있다. 장지문 종이 때문에 불빛이 약해지긴 했지만. 벨벳은 나를 만지지 않는다. 그 태도에서 허락하기 전까지는 자기를 만지지 말라는 경고가 느껴진다. 마리화나의 밝은 끝 부분이 연기 자욱한 허공을 여행한다. 내가 나인가 하면 어느 순간 나는 내가 아니다. 진주, 월장석, 치아법랑질. 시공간의 불균일성이 나를 훑는다. 어둠 속에서 나는 벨벳의 젖가슴, 머리털, 얼굴을 상상한다. 만약 지금 내가 재채기를 하면 사각팬티 속의 고질라가 폭발할 것이다. "늘 이걸 피우는 거야?" 벨벳의 목소리가 연기 속에서 뒤틀린다. "스무 살 생일 때부터." 소용돌이, 깜찍하고 익살스러운 돌림노래, 꽃병에는 고개 숙인 국화 한 송이. "그럼 몇 살인 거야?" 심지어 벨벳의 숱 많은 머리털이 조용해지는 소리까지 들린다. "스물셋. 넌?" 쌉쌀한 눈송이가 휘날린다. 거짓말은 이토록 쉽다. "오늘로 백만 살이 되었어." 벨벳이 떠들썩하게 환성을 지르고, 다이몬이 그르륵대고, 벨벳과 나는 허리가 끊어져라 웃어대지만 아무런 소리도 나오지 않는다. 이윽고 나는 왜 웃었는지 그 이유를 잊고, 다시 일어나 앉는다. 벨벳이 심각한 표정으로 경고한다. "손을 상 위에 얌전히 놓고 있어. 난 남자애들이 손을 아무 데나 갖다 대는 거 질색이야." 몇 번 입을 맞추려는 시도 끝에, 우리는 구 일 밤낮 동안 키스를 한다.

발코니로 통하는 장지문이 스스르 열린다. 벨벳과 나는 화들짝 놀라 떨어진다. 달빛 아래 다이몬이 웃통을 벗고 서 있다. 그의 가슴에는 립스틱으로 미피*가 뱀파이어처럼 그려져 있다. 젖꼭지가 미피의 탐욕스러운 눈이다. "미야케! 했어 안 했어? 아직 맞바꾸기 싫어?" 바깥 복도 쪽 격자문이 스스르 열린다. 입구에 미리엄이 끈적이는 씨앗이 박힌 네모나게 썬 수박, 껍질을 벗긴 리치가 담긴 쟁반을 들고 있다. 프로페셔널다운 무관심으로 돌아가기 직전, 한순간 충격과 분노와 증오가 얼굴에 스친다. "미리엄! 먹을 걸 가져왔군! 캐비아 정도는 되겠지? 미야케, 미리엄의 장점 가운데 하나는 언제 뭘 해야 할지 놓치지 않는다는 거야." 미리엄은 신

---

* 딕 브루너의 그림책에 나오는 주인공 토끼.

발을 벗고 방으로 들어와 상 위에 쟁반을 놓는다. "실례했습니다." 미리엄이 물러간다. "오, 미리엄, 실례라니, 무슨 그런 말을. 강력하고 영향력 넘치는 손님들이 당신 뒤를 돌봐주는데 그럴 필요 없어." 새끼 돼지같이 통통한 커피가 나타나더니 쓰러지지 않도록 장지문 틀에 몸을 기대고 화장을 고친다. 커피가 미리엄을 본다. 커피는 하인들에게 명령을 내리는 데 익숙하다. "화장실로 안내해줘."

다이몬이 에이지에게 말하지만, 에이지는 머리 나사가 자꾸 빠지며 머리가 굴러 떨어지기 때문에 집중을 할 수 없다. 커피와 벨벳은 화장실에 간 뒤 돌아올 줄 모른다. "난 신주쿠 공원 동쪽 근처에 있는 조용한 러브호텔을 애용해. 별 네 개짜리 호텔에 붙어 있는 거라 그 호텔 주방에서 훌륭한 음식을 주문할 수 있거든." 웬일인지 에이지는 거북하다. 다이몬이 에이지의 얼굴을 들여다본다. "아직도 돈 걱정을 하는 거야?" 에이지는 고개를 저으려 하지만, 오히려 끄덕거리고 만다. "내 아버지에게 넘칠 정도로 있는 건 오로지 돈뿐이야." 에이지가 생각한다. '저 여자들은, 괜찮은 걸까? 그냥 이렇게 데리고……' 다이몬이 친구의 생각을 읽고 셔츠 단추를 잠그고 검지를 좌우로 흔든다. "저 둘은 완전히 단짝이야, 미야케. 둘 다와 자야지 안 그러면 라벤더 향 레이스 두른 침대가 있는 집으로 둘 다 가버릴걸. 지금 네가 이 판을 깨면 나는 남아서 마이클 잭슨이 부도칸에서 공연한 이래 가장 비싼 자위를 할 테니까. 그리고 적어도 네 상대는 완전히 깡통은 아니잖아. 내 상대는 두뇌가 있어야 할 자리에 온통 패션 센스뿐이야." 에이지는 뭔가를 말하려 하지만 입을 열기 직전, 자신이 하려던 말을 까먹는다. "여자는 비디오게임 같은 거야, 미야케. 돈을 내고, 놀다가, 떠나는 거야." 에이지는 고마운 마음으로 가득하다. 에이지는 이 마음을 표현하려 하지만, 종이컵에 끊임없이 떨어지는 빗방울처럼 단어들이 흘러나오고, 우주를 가로지르며 종횡무진 미끄러지기에, 결국 포기한다. 다른 호스티스가 커피를 가져온다. "젠장, 넌 뭐야?" 다이몬이 다그친다. 호스티스는 고개 숙여 인사한다. "아야 짱이라고 해요, 다이몬 씨. 미리엄 상이 몸이 안 좋아서요." 다이몬이 딱딱거린다. "당장 마마 상에게 가서, 내 아버지가 누구고 내가 화가 나면 무슨 짓을 할……" 하지만 다이몬이 말꼬리를 흐린다. 다이몬은 국화를 집어들더니 꽃잎을 떼어낸다. "잊어버려, 아야 짱. 이걸 미리엄의 유령에게 전해줘. 내가 무한한 존경을 보낸다는 말도." 다이몬은 꽃잎을 떼어낸 국화를 아야 짱에게 준다. 에이지는 그 국화가 예쁘다고 생각한다. 에이지는 택시 앞좌석에 앉아 있다. 다이몬은 뒷좌석에서 여자 둘에 파묻혀 있다. 길은 깨끗하고, 일행은 널찍한 다리를 건넌다. 휴게실에서는 아틀라스가 지구를 짊어지고 있고, 다이몬은 방 번호에 불이 들어왔다 꺼지는 화면을 보고 돈을 내고 단추를 누르고 열쇠를 받는다. 다시 엘리베이터를 타고 올라간다. 다이몬은 에이지 입술에 키스하고, 깜짝 놀란 에이지는 등 뒤의 방으로 뛰어든다. 십 초짜리 샤워와 재미라고는 손톱만큼도 없는 유료 포르노. 서로 다른 아홉 가지 종류의 콘돔. 바깥에서는 끝 부분이 해바라기 문양으로 장식된 분홍색 H 글자가 번쩍인다. 커피가 꿀 피부에 레몬색 수건을 두르고 들어온다. 전설적인 섹스가 기다려진다기보다는 오히려 얼떨떨한 기분이다.

커피가 커튼을 치고, 눈을 감고, 말을 하고, 침대로 들어가고, 커피의 피부가 밖으로 나오고, 과육이 부풀어오르고, 그래, 좋아, 해도 되지만 거긴 만지면 안 돼, 사소한 게 걸림돌이 된다. 그래 좋아, 근데 저 남자 원래 이렇게 바꿔 하는 걸 즐겨? 네 친구야? 다이몬 유주? 무슨 이름이 그래, 유주라니. 꼭 과일 이름 같지? 그래. 쉿. 매끈한 초콜릿, 몸통을 깨물고, 수줍게 숨은 듯 움푹한 곳, 초조히 밀고, 안 돼, 말했잖아 거기는 만지지 말라니까, 고질라가 후퇴하고, 우리 등으로 초조한 땀방울이 흐르고, 들어올리고, 낮추고, 일으키고, 모든 기교를 부리고, 거기야, 거기, 고질라가 다시 마음을 바꾸고, 더욱 힘차게 들이대고, 나뭇가지들이 앞뒤로 흔들리고, 커피가 손가락으로 움켜잡고 발가락으로는 지레를 찾고, 파란색 속에서, 파란색 시트 속에서 수영을 하고, 몸을 활처럼 구부리고, 신음을 내고 축 처지고, 커피는 공기를 찾아 헐떡이고, 다이빙하고, 주춤하고, 거기는 다 예스고 거기는 노고, 표면과 예스와 속과 노와 표면과 예스와 속과 표면과 속 느껴져 그리고 만약 네가 느끼면 나도 느껴져, 땅에-부딪힐-때까지-깨어나지-마-넌

◆

내팽개쳐진 장난감처럼 나는 둥그런 침대에서 홀로 잠이 깬다. 이 러브호텔 방은 분홍색의 성전이라고 할 수 있을 정도다. 꽃분홍이 아니라 동물 내장 같은 분홍색이다. 커튼은 아침으로 더럽혀져 있다. 소형 착암기, 자동차, 까마귀 소리가 들린다. 꽃병에는 바싹 마른 해바라기가 고개를 숙이고 있다. 양쪽 관자놀이를 드릴로 후

벼파는 것처럼 머리가 지끈거린다. 혀는 깔깔하고 바짝 말라 있다. 목은 육중한 해머로 두들겨 맞은 것처럼 아프다. 팔꿈치와 무릎은 마찰 때문에 까져 있다. 사타구니에서는 새우 냄새가 난다. 침대 시트는 엉망이고, 아래쪽에는 피딱지가 묻어 있다. 그러니까, 첫 경험자 둘이 서로의 순결을 빼앗은 거다. 겨우 그런 게 섹스였단 말인가? 약속의 땅으로 통하는 금문교와는 거리가 멀었다. 축축한 변소로 통하는 흔들거리는 판자대기라면 모를까. 잘했다고 상으로 배지를 주는 사람도 없고. 이 방은 공공화장실이다. 러브호텔은 세제곱미터당 섹스 횟수가 지구의…… 어디더라? 파리. 파리 다음으로 가장 높은 곳이다. 더듬거리며 담뱃갑을 찾는다. 비었다. 조용히 있는다. 모든 상황을 고려해본 뒤 나는 가볍게 일어난다. 전화벨이 우울리인다아. 옆방에서 다이몬이 전화하는 것이리라.

"푹 쉬셨습니까, 선생님. 프런트입니다." 맑고 기분 좋은 목소리로 사내가 말한다.

"아, 안녕하세요."

"선생님의 스위트룸은 일곱시까지 사용하는 걸로 되어 있다는 사실을 다시 한 번 알려드리……"

내 손목시계는 침대 머리맡에 놓여 있다. 여섯시 사십오분. "알았습니다."

"일곱시 이후로는 시간당 요금이 적용됩니다."

"알았습니다, 바로 나가겠습니다."

"현금으로 계산하시겠습니까, 아니면 카드로 하시겠습니까, 선생님?"

"네?"

"방금 전 숙녀분들이 나오실 때 여쭤봤더니 선생님께서 현금으로 계산하실지 카드로 계산하실지 모른다고 하시더군요. 방 두 개를 하룻밤 쓰셨으니 총액이 오만 오천 엔입니다. 미니바에서 아무것도 드시지 않았고 십오 분 안에 방을 비우신다는 가정하에요."

등골이 서늘해지며 배 속까지 짜르르한 기분이 든다.

여전히 맑지만 기분은 좀 상한 목소리. "그래서 혹시 뭔가 불쾌한 오해가 있다면 미연에 방지하기 위해 전화드리는 거랍니다."

토하면 도움이 될까?

"아무 문제 없으신 거죠? 지금 듣고 계신가요, 선생님?" 은근한 위협.

"네, 아무 문제 없어요. 에, 현금으로 내겠습니다. 바로 내려가지요."

"현관 로비에서 기다리고 있겠습니다, 선생님."

나는 끈적끈적한 옷을 입고 다이몬의 방으로 쏜살같이 달려간다. 아무도 없다. 오직 거울 위에 나와 똑같이 생긴 인물만 비치고 젤리 같은 걸로 휘갈겨 쓴 글자만 있을 뿐이다. '단지 비디오게임일 뿐이야.' 다이몬, 이 개자식. 미야케, 이 멍청이. 바지 호주머니를 뒤져보니 잔돈으로 육백삼십 엔이 나온다. 이건 꿈일 거다. 나는 잠에서 깨려 안간힘을 쓴다. 깨어나지 않는다. 이건 분명 현실이다. 나는 오만 사천삼백칠십 엔이 부족하다. 앞으로 구 분 안에 환상적인 계획을 세워 실행해야만 한다. 나는 변기에 앉아 똥을 싸며 대안들을 생각해본다. 첫번째 방법: "있잖아요, 그게 저와 같이 왔던 친구가 자기 아버지 접대비에서 모두 다 내기로 약속을 했거든요." 야쿠자 두목이 양손의 손가락을 모은다. "미야케 에이지, 분실물 보관소에서 근무한다고? 믿을 만한 직업이군. 네 상관이 알면 아주 좋아할 거야…… 네가 주말을 어떻게 보냈는지 알면 말이야. 시민의 의무라는 생각이 드는군. 그걸 원하지 않는다면 우리를 위해 봉사 좀 해줘야겠어. 그리고 미리 경고해두는데, 일들이 모두 즐겁지만은 않을 거야." 두번째 방법: "분타로! 도와줘요! 지금 당장 오만 오천 엔을 가지고 러브호텔로 와줘요. 안 그러면 다른 세입자를 찾아봐야 할 거예요." 분타로가 어느 쪽을 택할지 짐작하기란 어렵지 않다. 세번째 방법: 야쿠자 두목이 면도칼을 핥는다. "그러니까 바로 이 자식이 내 호텔에서 서비스를 받은 다음 돈을 안 내고 도망치려고 했단 말이지." 내 머리는 피떡이 되어 있고 눈두덩은 부어 있다. 내 혀는 야쿠자 두목의 면도 거품 통에 담겨 있다.

화장실 변기에서처럼 이 모든 위기 상황도 씻어내릴 수만 있다면 얼마나 좋을까.

영화에서는 지붕을 타고 탈출한다. 나는 창문을 열어보지만 창문은 열리지 않도록 되어 있고, 어쨌거나 건물 옆면을 타고 내려갈 능력도 없다. 쓰레기가 흩어진 거리를 지나다니는 사람들을 내려다본다. 한 사람 한 사람이 모두 부럽다! 음, 불을 지를까? 화재경보기와 살수장치를 켜볼까? 나는 단지 뭔가를 한다는 느낌을 얻기 위해 화재경보기들을 따라 복도 끝까지 걸어가본다. "화재 발생시에는 연기 감지 장치에 의해 문이 자동으로 열립니다." 아스팔트 삼촌 말에 따르면 러브호텔은 사람들이 도망치지 못하게 설계되어 있다. 언제나 승강기는 곧장 프런트 앞으로 통한다. 영화에서 또 어떻게 했더라? "뒷문으로 가." 이렇게 외친다. 여기는 '뒷문'이 어디지? 복도 다른 쪽 끝으로 가본다. "비상계단. 건물 밖으로 통하지 않음." 보통 뒷문은 주방으로 통한다. 불알이 썩어버릴 개자식 다이몬이 여기에 주방이 있다고 한 말이 생각난다. 호텔의 주방은 지하에 있다. 나는 문을 나와 계단을 내려가기 시작한다. 멍청하게도 나는 난간 너머를 보고야 만다. 저 멀리 땅바닥은 우표만해 보인다. 아오야마 부역장이 탈출했던 방식. 나는 최대한 빠르고 조용히 계단을 내려간다. 만약 여기서 잡히면 뭐라고 변명을 해야 하나? 밀실공포증이 있어 승강기를 탈 수 없다고 말해야지. 닥쳐. 나는 1층으로 내려온다. 커다란 유리문이 프런트를 향해 열려 있다. 건장한 체격의 남자 직원이 그곳에 서 있다. 전직 스모선수가 나를 기다리고 있다. 계단은 한 층 더 아래까지 나 있다. 여기서 자비를 구하거나 아니면 운은 하늘에 맡기고 한 층 더 내려갈 수도 있다. 직원이 실눈을 하고 손가락으로 숙박부를 스윽 만져본다. 그와 나 사이에는 지구를 짊어진 아틀라스 상이 놓여 있다. 나는 유리문을 조용히 통과해 '직원 전용'이라고 적힌 문을 향해 계단을 살금살금 내려간다. 제발 문이 열려 있기를. 문은 열려 있지 않다. 힘껏 밀어본다. 덜컹거리며 열린다. 고마운 문이로군. 문 안으로는 파이프와 퓨즈 박스로 숨이 막힐 듯한 복도가 나 있다. 복도 끝에 다시 문이 있고 밀걸레가 잔뜩 기대져 있다. 문손잡이를 잡고 돌려본다. 아무 반응이 없다. 어깨로 밀어본다. 문은 잠겨 있다. 설상가상으로 위층 유리문이 열리는 소리가 들린다. 나는 '직원 전용' 문을 닫아놓지 않았다. "어이, 거기 누구야?" 미스터 스모가 외친다. 파멸이 스멀스멀 다가와 내 머리 위로 뜨거운 오줌을 내갈긴다. 이제 어떻게 해야 하지? 절박한 심정으로, 나는 잠긴 문을 두드린다. 계단에서 미스터 스모의 걸음 소리가 들린다. "거기 누구야?" 나는 다시 문을 두드린다. 돌연 빗장이 미끄러지며 문이 왈칵 열리고, 이글거리는 눈으로 주방장이 나를 노려본다. 그 뒤로는 고기가 잘리고 음식이 끓는 형광등 불빛 환한 주방이 펼쳐진다. 〈엑소시스트〉에 나오는 침대에 묶인 악마처럼 친근한 눈빛의 주방장이 으르렁댄다. "너, 새로 온 무스보이인 게 신상에 좋을걸."

엉?

"새로 온 무스보이가 맞다고 해!"

미스터 스모는 거의 내 근처까지 왔다.

"네, 제가 새로온 무스보이입니다."

"들어와!" 남자는 나를 잡아당긴 뒤 쾅 하고 문을 닫는다. 그리고 빗장을 잠근다. 오늘 아침 처음으로 만난 행운. 남자가 쓴 모자에는 '봉키 주방장'이라 적혀 있다. "첫날부터 사십오 분이나 늦은 주제에 어슬렁거리기나 하고, 대체 어떻게 돼 처먹은 놈이야? 내 주방에서는 그따위 야구모자 당장 벗어!" 주방장 뒤의 조리사들과 보조들이 인간 제물을 지켜본다. 나는 모자를 벗고 고개 숙여 인사한다. "정말 죄송합니다." 크림, 증기, 양고기, 가스. 창문도, 문도 보이지 않는다. 어떻게 해야 여기서 빠져나갈 수 있지? 봉키 주방장이 으르렁댄다. "나리께서 실망하셨다. 그리고 나리께서 실망하시면 우리도 실망하지. 우리는 규율이 아주 빡센 배를 타고 있단 말이다!" 봉키 주방장은 갑자기 목청껏 고함을 치고, 그러잖아도 정신이 없던 나를 더욱 정신없게 한다. "그리고, 배를 가라앉게 만드는 승무원을 우리는 어떻게 하지?" 주방에서 일하는 사람들이 공기가 찢어져라 외쳐댄다. "상어에게! 상어에게! 상어에게!" 마침내 나는 차라리 미스터 스모에게 가는 편이 낫지 않을까 하고 진지하게 생각한다. "따라와 무스보이, 나리께서 지시를 내리실 거다." 주방장에게 떠밀려 나는 반짝이는 카운터와 냄비들이 놓인 선반 사이를 지나, 근무시간 기록표들이 걸린 벽을 지나간다. 문, 제발 빠져나가는 문이 있어야 할 텐데. "근무시간은 여기에 표시하면 돼. 만약 시작부터 엉망인 널 나리께서 받아주신다면 말이야." 이제 미스터 스모는 빗장 걸린 문에 도착했을 게 뻔하다. 여기 널린 칼들 때문에 마음이 불편하다. 코가 주저앉은 아이가 칫솔로 바닥 타일을 문지르고 있다. 주방장은 별다른 이유도 없이 그 아이를 세게 걷어찬다. 우리는 비좁은 사무실로 들어선다. 칼 가는 기계가 작동하는 소리를 비롯해 뭔가가 갈리는 소음으로 가득하다. 기계 소리 때문에 사무실은 더욱 좁게 느껴진다. 저편으로 문이 열려 있고, 쓰레기봉지가 쌓인 마당으로 계단이 나 있다. 주방장이 문설주를 두드리며 외친다. "새로 온 무스보이가 신고하러 왔습니다, 나리." 칼 가는 기계가 멈춘다.

"드디어!" 나리는 뒤돌아보지 않는다. "그 자식을 이리 데려와." 덩치에 비해 목소리 톤이 너무나 높다. 주방장은 옆으로 비켜서며 나를 앞으로 민다. 나리가 몸을 돌린다. 철공소용 보호 마스크를 쓰고 있고, 작고 귀여운 입만 보인다. 손에는 황소라도 거세할 수 있을 정도로 날카로운 칼을 들고 있다. "그럼 이만 나가보게, 주방장. 문에다 아무도 방해하지 말라는 표지를 걸어놓고." 찰칵하고 사무실 문이 잠긴다. 나리가 혀로 칼날을 시험해본다. "서툰 연기는 이제 그만두는 게 어때?"

"네?"

"넌 제레미아 카페에서 내 시중을 잘 들던 그 무스보이가 아니야, 안 그래?"

거짓말을 해, 어서! "에, 그렇습니다. 전 그애 형입니다. 동생이 아파서요. 하지만 그애는 여기 분들을 실망시키고 싶지 않았기 때문에 절 대신 보냈습니다." 나쁘지 않다.

"투철한 희생정신이로고." 나리가 다가온다. 이건 좋지 않다. 내 등이 문에 닿는다. "봉사하게 되어 기쁜걸요." 내가 말한다. 지금 들린 게 문을 두드리는 소리인가?

"내가 기쁜 거지. 내가. 이걸 만져보거라. 무스는 탄력이 있지."

나는 나리가 쓴 보호 마스크의 검은 유리에 비친 내 얼굴을 보며, 새로 온 무스보이가 하는 일이 정확히 무엇일까 추측해본다. 이전에 있던 사람에게는 무슨 일이 일어났는지 궁금하다. "나리는 이 분야의 최고십니다." 돌연 주방이 소란스럽다. 나를 막고 있는 이자를 피해서 마당으로 난 문까지 갈 방법은 없다. 나리가 헐떡인다. 그 숨에서 간 파이 냄새가 난다. "비틀어보거라. 무스는 섬세하다. 잘라보거라. 오, 그래. 무스는 부드럽지. 무척이나 부드럽지. 냄새를 맡아보거라. 무스는 굴복할 거야. 오, 그래, 무스는 굴복할 거야." 통통한 손가락 네 개가 내 얼굴을 향해 스멀스멀 다가온다.

외침. "헉!"

"짜증나는구나, 짜증이." 나리는 내 머리 옆, 문에 난 엿보는 구멍을 가려두었던 커튼을 들어올린다. 입 주변이 뻣뻣하게 굳어지더니 고기용 칼을 집어들고, 나를 옆으로 밀치며 문밖으로 뛰어나간다. 나리가 고함친다. "이 창녀에게 빌붙어먹는 벼룩 같은 새끼!

내가 경고했지!" 미스터 스모가 요리사들을 카운터로 던져대는 모습이 보인다. 나리가 외친다. "내가 경고했지! 티 한 점 없이 깨 끗한 내 배에 헤르페스와 매독을 가져오는 어둠의 포주들을 어떻 게 할 건지 내가 분명히 경고했어!" 나리는 고기 써는 칼을 들고 미스터 스모에게 달려들고, 이윽고 칼에 찔린 자의 비명이 들린다. 무슨 일이 일어났는지 알아보느라 어물쩍거릴 틈이 없다. 나는 문 을 통과해, 계단을 올라가, 비닐 쓰레기봉지들을 뛰어넘고, 모여 있던 까마귀들을 놀라게 하고, 뒷마당을 가로질러, 골목으로 달음 질친다. 나는 일곱시 삼십분이 될 때까지 계속 이리저리 갈지자 모 양으로 달리며 뒤를 흘긋거린다.

일곱시 사십분이 되었을 때, 돌연 나는 내가 어디에 있는지 깨 닫는다. 오메 가도다. 저기 보이는 지르코늄색 마천루는 판옵티콘 이다. 나는 신주쿠를 향해 조금 더 걷고, 기타 로와 교차하는 지점 에 도착한다. 주피터 카페가 보인다. 아침은 벌써부터 뜨거워지기 시작한다. 돈이 얼마나 있는지 살펴본다. 우에노까지 걸어서 간다 면, 기타 센주까지 돌아갈 전철비와 가벼운 아침식사를 할 정도의 돈이 있다. 너무나 가벼워 불면 날아갈 정도의 아침식사를.

주피터 카페는 차가운 에어컨 공기로 흠뻑 젖어 있다. 커피와 파인애플 머핀을 사서 창가 자리에 앉은 뒤 창문에 유령처럼 반사 된 내 모습을 살핀다. 스무 살의 미야케 에이지, 머리는 땀에 절어 있고, 마리화나와 찝찔한 섹스와 농락당한 냄새가 풀풀 난다. 내 얼굴에 서린 공포가 보인다. 울대뼈에는 섹스하다가 깨물린 자국 이 아프리카만 하게 나 있다. 규슈 지방의 햇볕에 그을린 내 얼굴은 이제 완벽하게 일벌의 안색으로 바뀌었다. 오늘 아침, 세상에서 가장 아름다운 목을 가진 웨이트리스는 보이지 않는다. 만약 그녀가 지금 이런 내 몰골을 보았다면 나는 비명을 지르며 한 줌 먼지로 화했을 것이다. 나 말고 주피터 카페에 있는 손님은 메이크업 상자를 가지고 와 열심히 패션잡지를 보는 여자 한 명뿐이다. 다시는 여자들에게 텔레파시로 명령을 내리지 않겠다고 다짐한다. 절대로. 머핀을 음미하며 NHK빌딩에 있는 대형 스크린을 본다. 미사일 발사대가 움찔하며 뒤로 물러서고, 도시들이 화염에 휩싸인다. 노키아에서 새로 나온 휴대전화. 외무성 장관이 2차대전 당시 대학살은 억지이며 국민의 애국심을 꺾으려는 좌파의 음모라고 주장한다. 지지 히카루가 펄 리버 샴푸로 머리를 감는다. 아프리카의 한 도시에 여기저기 해골들이 널려 있고, 그 위로 파리들이 새까맣게 앉아 있다. 닌텐도는 '유니버설 솔저'를 자랑스레 선보인다. 버스를 납치하고 세 명의 목을 그은 소년은 튀어 보이고 싶어서 그랬노라고 말한다. 지나가는 차들을 내다보고 있는데 뒤에서 기침하는 소리가 들린다. 노자가 와 있는 걸 미처 몰랐다. 노자는 팔리아멘트 담뱃갑을 꺼내지만 여전히 라이터를 잃어버린 상태다. "또 만났군, 캡틴." 나는 라이터를 빌려준다. "안녕하세요." 노자는 내 목의 물린 자국을 알아차리지만 아무 말도 하지 않는다. 노자 앞의 비디오게임기 화면이 나타나고 있다. 책 크기 정도지만 23세기에나 나옴 직한 디자인이다. "방금 나온 비드보이3야. 만곱하기 만 해상도에, 4기가바이트 메모리, 입체음향, 소크라테스 인공지능 칩이 들어가 있어. 지금 들어 있는 게임은 '버추어 사피엔스' 인데, 지난주에 막 출시되었어. 며느리가 선물해준 거야." 노자가 의자에서 몸을 움직인다. "치매 예방에 좋다고 의사가 권했거든." 나는 우리 둘 사이로 재떨이를 밀어놓는다. "좋은 며느리를 두셨네요." 노자가 재를 떤다. "내 아들을 부추겨 내 논을 팔아 슈퍼마켓을 사게 한 여자를 지금 좋은 며느리라고 부르는 건가? 그런 게 효심이라면 정말 눈물 나는 효심이로군! 세금으로 다 뺏기지 않도록 죽기 전에 그 멍청이에게 땅을 준 건데……" 노자는 기계를 밀어 보인다. "내가 받은 건 고작 이거라네. 잠시 화장실에 좀 다녀와야겠네. 자네도 내 나이가 되면 화장실 출입이 잦아져. 그동안 한번 해보겠나?" 노자는 내 쪽으로 비드보이3를 밀어놓더니 화장실을 향해 간다. 나는 야구모자를 벗고 준비를 하고 '실행' 버튼을 누른다. 화면이 깨끗해진다.

♋

버추어 사피엔스에 오신 것을 환영합니다.
이 게임에 관련된 모든 권리는 무단으로 이용할 수 없습니다.
새로운 사용자이시군요. 온라인 이름을 무엇으로 하시겠습니까?
〉미야케 에이지
버추어 사피엔스에 등록하신 것을 축하드립니다, 미야케 에이지. 이제 다시는 외롭지 않으실 겁니다. 관계를 설정해주십시오. 친구, 적, 이방인, 연인, 친척.
〉친척
고맙습니다, 에이지. 오늘 어떤 친척을 만나고 싶으십니까?
〉물론, 내 아버지.

그럼, 앞으로 삼 초 동안 당신의 얼굴을 디지털화하겠으니 그동안 움직이지 마십시오. 눈 모양 아이콘이 깜박이더니 화면에 마이크로렌즈가 만들어지고 붉은색으로 반짝인다. 다 되었습니다.👆 이제 당신의 홍채를 등록하는 동안 다시 잠시만 가만히 계십시오. 벽과 바닥과 천장이 나타난다. 바닥에는 소용돌이 모양 카펫이 그려져 있다. 벽에 줄무늬가 펼쳐진다. 창문이 나타나고, 봄 폭풍에 벚꽃이 져 휘날리는 모습이 보인다. 주룩주룩 내리는 비로 유리창이 뿌옇다. 희미하긴 하지만 심지어 빗소리까지 들린다. 방은 어둑어둑하다. 왼쪽으로 등이 보인다. 등에서 부드러운 노란 빛이 뿌려진다. 창 아래에 속이 비쳐 보이는 소파가 있다. 소파에는 지그재그 모양의 무늬가 그려져 있다. 소파 가운데에 내 아버지가 앉아 있다. 오른발을 왼쪽 무릎에 올려놓고 있다. 멋지긴 하지만 편해 보이지는 않는다. 소프트웨어는 아버지에게 내 코와 입을 주었지만, 턱은 이중턱으로 만들었고, 머리숱도 적다. 눈은 꼭 세계 정복을 꿈꾸는 미치광이 과학자의 눈을 가져온 듯하다. 얼굴의 주름은 대칭이다. 검은 실내복 차림이며, 마치 오 분 전쯤 목욕을 한 듯 반짝인다. 아버지가 화면 오른쪽으로 몸을 구부리자 와인이 담긴 바구니가 나타난다. 아버지는 병을 꺼내 라벨을 읽는다. "샤블리스 1993." 맑고 깨끗하고 차분해서, 일기예보를 하면 딱 맞을 목소리다. 아버지는 자기 잔에 와인을 따른 뒤 과장된 몸짓으로 향을 음미한다. 그리고 마치 쿵쿵거리듯이 입술을 움찔거리며 와인을 마신다. 아버지가 윙크를 한다. 광택을 입힌 듯한 웃음이 번쩍인다. "어서 오너라, 내 아들. 가만있자, 우리가 얼마 만에 만난 거지?"

>사실, 한 번도 만난 적이 없습니다.

아버지가 눈썹을 치킨다. "그렇게 오랫동안? 세월이 정말 쏜살같이 흐르는구나! 서로 주고받을 새로운 소식이 잔뜩 있겠구나. 하지만 이제 우리는 서로를 아주 좋아하게 될 거란다. 자, 우선 네 학교 생활부터 말해보렴, 아들아."

〉졸업했습니다. 전 스무 살입니다.

아버지는 와인을 홀짝이며 혀로 입술을 핥고는 손으로 머리를 쓸어넘긴다. "그러냐?" 아버지는 화면을 향해 몸을 숙인다. 해상도는 환상적이다. 나는 움찔하며 뒤로 몸을 젖힌다. "그러면 지금은 대학교에 다니겠구나. 지금 뒤에 보이는 게 구내식당이냐?"

〉대학에 응시하지 않았습니다. 학비를 내줄 부모님도 없고, 그렇다고 따로 돈이 있는 것도 아니었거든요.

아버지가 몸을 뒤로 기대며 한 팔을 소파에 편히 올린다. "그러냐? 거참 맘이 아프구나. 교육은 중요한데 말이다. 그럼 뭘 하고 지내는 거냐?"

〉저는 록스타입니다.

아버지의 눈썹이 올라간다. "사실이냐, 얘야? 자세히 말해보거라. 돈과 명예를 얻은 유명한 가수냐? 아니면 운이 트이길 기다리는 꾀죄죄한 수백만 명의 스타 지망생 가운데 한 명이냐?"

〉아주 성공했습니다. 세계적으로 유명합니다.

아버지는 윙크를 하며 번지르르한 웃음을 머금는다. "이렇게 오랜만에 아버지를 만나는 거니 좋은 이야기만 하고 싶은 네 마음을 이해 못 하는 것도 아니지만, 어떤 상황에서도 정직한 게 좋은 거란다. 만약 네가 연예계에서 그토록 유명한 존재라면 왜 〈타임〉에서 너를 한 번도 본 적이 없는 게냐?"

〉저는 사생활을 보호하기 위해 가명을 써서 활동합니다.

아버지가 남은 와인을 다 마신다. "그럴 수도 있겠구나, 아들아. 어떤 가명을 쓰는지 말해주겠니? 친구들에게 내 아들이 록스타라고 자랑하고 싶구나. 내가 거래하는 은행 지점장에게도 자랑하고 말이야."

〉존 레논입니다.

아버지가 무릎을 친다. "진짜 존 레논은 1980년에 마크 채프먼에 의해 암살당했다. 그러니 넌 지금 내게 농담을 하는 게로구나!"

〉화제를 바꿔도 될까요?

아버지는 심각한 표정을 지으며 유리잔을 내려놓는다. "아버지와 아들로서 허심탄회하게 이야기를 나눌 시간이 되었구나. 더는 우리의 감정을 두려워할 필요가 없단다. 자, 네 속마음을 털어놓아 보거라."

〉당신은 누구입니까?

"네 아버지란다, 아들아!"

〉하지만, 인간으로서, 당신은 누구입니까?

아버지가 잔을 다시 채운다. 번개가 하늘을 가르고, 자두꽃이 유리창을 때려댄다. 회색 바탕의 보라색이 티타늄 백색 바탕의 검은색으로 바뀐다. 이 소프트웨어는 평범하지 않은 질문이나 막연한 질문을 받으면 처리 시간이 오래 걸리는 듯하다. 아버지가 킥킥거리더니 두 발을 한데 모은다. "음, 아들아, 그건 정말 어려운 질문이로구나. 어디부터 말을 해주면 좋겠니?"

〉아버지는 어떤 사람입니까?

아버지는 왼발을 오른 무릎에 올린다. "어디 보자, 난 일본인이고, 다음 생일이면 쉰 살이 되지. 직업은 배우고. 취미는 스노클링과 와인 마시기란다. 하지만 겁먹지 말거라. 이런 사소한 일들은 우리 관계가 깊어지면 다 알게 될 거니까. 그리고 난 네가 곧 다시 나를 방문할 거라고 믿는다! 네게 특별한 사람을 소개시켜주고 싶구나. 괜찮겠니?

〉네.

화면이 와인 바구니를 지나 오른쪽을 비춘다. 삼십대 후반 정도되어 보이는 여인이 마루에 앉아 담배를 피우고, 연기를 내뿜는 사이사이로 〈Norwegian Wood〉를 흥얼거린다. 남자 셔츠를 입고 있으며, 검은 레깅스가 날씬한 다리를 감싸고 있다. 긴 머리가 허리까지 치렁거리며 내려와 있다. 여인은 나와 눈이 닮았다. "안녕, 에이지. 내가 누군지 알겠니?" 여자의 목소리는 부드러우며 날 보아 반가운 듯하다.

〉백설 공주?

여인은 아버지를 보며 싱긋 웃어 보이고, 담배를 끈다. "농담하는 건 아버지를 똑 닮았구나. 난 네 어머니란다."

〉하지만 어머니, 당신은 아버지를 십칠 년 동안 만나지 못했어요.

창밖으로 폭풍우가 치고, 그동안 프로그램은 예상 밖의 내 답을처리한다. 어머니가 다시 담배에 불을 붙인다. "그래, 좀 불화가있었던 건 나도 인정한단다. 하지만 이제 우리 사이는 다시 불붙기시작했어."

〉그러면 드디어 돈을 뜯어낼 사람을 더는 찾을 수 없게 되었다는 뜻인가요?

"그런 말을 들으니 마음이 아프구나, 에이지." 가상현실의 내 어머니가 고개를 돌리고 흐느낀다. 어깨가 살짝 들먹거린다. 그 모습은 깜짝 놀랄 정도로 내 진짜 어머니를 닮았다. 내가 자판으로 사과의 말을 쳐넣고 있는데 아버지가 먼저 반응을 보인다. 아버지는 느릿느릿하면서도 위협적이며 비극적인 어투로 말한다. "여기는 가족이 사는 집이지 호텔이 아니다! 만약 점잖게 말할 자신이 없다면 당장 나가거라!" 이 프로그램은 정말 멋진 가상 부모를 내게 마련해주었다! 이들은 현실이 제공해준 가상 아들을 돼먹지 않은 놈이라 생각한다. 계절에 맞지 않는 날씨에 자두꽃이 마구 흔들리다가 결국 떨어진다.

◆

"어이, 이봐, 아무도 없어?" 주피터 카페에서 누군가가 외친다. 남자의 목소리가 너무 커서 가상현실의 폭풍우 소리가 묻힌다. "잔돈을 잘못 줬어, 아가씨!" 나는 게임기를 끄고 소란이 벌어진 곳으로 주의를 돌린다. 후줄근한 셔츠를 입은 머리가 반백인 일벌이 세상에서 가장 완벽한 목을 가진 여인에게 딱딱거린다. 저 여인은 언제 여기에 온 걸까? 세상에서 가장 완벽한 목을 가진 여인은 놀란 눈으로 상대를 바라보지만, 당황하는 기색은 없다. 내 여인이 이 불한당 같은 자와 정중히 싸우는 동안 당나귀는 아무것도 모르는 척하며 설거지를 한다. "손님께서는 분명히 오천 엔을 주셨어요."

"어이, 아가씨, 정신 차려! 난 아가씨에게 만 엔짜리 지폐를 줬다고! 오천 엔이 아니야! 만 엔이라고!"

"손님, 전 분명히……"

멧돼지같이 생긴 남자가 발끈한다. "지금 내가 거짓말을 한다는 건가, 아가씨?"

"아닙니다, 손님. 하지만 아무래도 착각하시는 거 같습니다."

"너 페미니스트야? 섹스 불감증이라 돈을 적게 거슬러준 거야?"

줄을 선 손님들이 거북해하며 동요하지만 뭐라고 하는 이는 아무도 없다.

"손님, 전……"

"난 만 엔짜리를 냈어, 이 낙태 찬성자야! 거스름돈을 제대로 줘! 당장!"

내 웨이트리스가 금전출납기를 연다. "손님, 여기 보세요. 만 엔짜리는 들어 있지 않습니다."

멧돼지가 침을 질질 흘리며 엄니를 흔들어댄다. "그렇다면 네가 훔친 거겠군!"

마리화나에서 덜 깬 탓인지 아니면 버추어 사피엔스가 내 현실감각을 뒤바꾸어놓은 탓인지 나도 모르게 사내 쪽으로 뚜벅뚜벅 걸어가 그의 어깨를 툭툭 친다. 사내가 돌아본다. 사내의 입술 한쪽이 뒤틀려 있다. 멧돼지는 내가 생각했던 것보다 더 커다랗지만, 이제 와 물러서기에는 너무 늦었다. 그래서 나는 온 힘을 다해 먼저 공격한다. 멧돼지의 얼굴에 커피를 끼얹고 코를 들이받는다. 아주, 아주 힘껏. 눈앞에 크리스마스 전구가 반짝인다. 멧돼지는 "으악" 하는 신음과 함께 뒤로 물러선다. 멧돼지의 손가락 사이로 보이는 코에서 피가 흐른다. 나는 몸의 균형을 잡고 서서 뭔가 위협적으로 흔들 만한 것을 찾아 주변을 더듬는다. 이마의 고통 때문에 목소리가 뭉그러져 나온다. "당장 여기서 꺼져. 아니면 네 빌어먹을 이빨을 이걸로 완전히 박살내줄 테니까!" 나는 손에 들고 있는 걸 내려다본다. 재떨이를 들어 보이며 내가 계속 말한다. "이 재떨이로 말이야!" 서슬이 시퍼렜나보다. 멧돼지는 숨을 헐떡이며 경찰을 부른다느니 이건 폭행이라느니 따위 헛소리를 지껄이다가 물러선다. 손님들이 나를 본다. 노자가 내 어깨를 토닥인다. "잘했어, 캡틴." 당나귀는 걱정하는 척하며 자기 동료에게 다가온다. "괜찮아? 이런 일이 벌어지는 줄 몰랐어……" 세상에서 가장 완벽한 목을 가진 웨이트리스는 금전출납기를 거칠게 닫으며 나를 노려본다. "내가 처리할 수 있었어."

"알아." 내가 대답한다. 크리스마스트리 전구가 위험스레 번쩍인다.

"하지만, 어쨌든 고마워." 내 웨이트리스가 조심스레 웃으며 말한다. 눈앞에서 번쩍이던 크리스마스 전구들이 터져버렸지만 그 웃음을 위해서라면 머리의 고통은 아무것도 아니라는 생각이 든다. 나는 머리의 고통을 잊기 위해 잠시 자리에 앉아 가만히 있는다.

어머니가 도쿄에 있을 때 주피터 카페에 들렀을지 궁금하다. 어쩌면 안주와 내가 태어난 뒤, 어쩌면 바로 이 자리에서 가토의 호출을 기다렸을지도 모른다. 판옵티콘의 일벌들은 일요일에도 일한다. 일벌들이 건물을 끊임없이 들락날락거린다. 별 효과도 없는 잠복근무를 한 지 거의 이 주가 되어가지만 나는 여전히 아버지의 행방을 알아내지 못했다. 아버지는 도쿄 근교에 있을 수도 있고, 어쩌면 바로 옆자리에서 신문을 읽고 있을지도 모른다. 노자는 의자 두 개 떨어진 곳에서 게임기에 푹 빠져 있다. "안녕, 더 줄까?" 세상에서 가장 완벽한 목을 가진 웨이트리스가 커피 주전자를 들고 있다.

"아쉽게도 돈이 없어."

"서비스야. 보안 서비스를 해준 대가라고 생각해."

"그렇다면야 마다할 리 없지. 고마워."

내 웨이트리스가 커피를 따른다. 내가 지켜본다. 내 웨이트리스가 묻는다. "머리는 좀 어때?"

나는 팔꿈치로 상체를 받치며 어제 섹스 중 물렸던 목의 상처를 손으로 가린다. "괜찮아."

"다른 건?"

"다른 거?"

"머핀을 하나 더 먹을래? 내가 살게."

"그보다는, 에, 괜찮다면, 그러니까……" 고통 때문에 평소의 내가 꿈꿔왔던 것보다 더 용감해진다. "네 이름을 알고 싶어."

아주 잠시 뒤 내 웨이트리스는 조심스러운 웃음을 머금는다. "이마조 아이."

"이마조 아이." 정말로 멋진 이름이다.

"넌?"

"미야케 에이지." 별로 멋지지 않은 이름이다.

"미야케 에이지." 이마조 아이가 말한다. 그 말을 들으니 기분이 훨씬, 훨씬 더 좋아진다. 이마조 아이는 내 이마에 난 상처를 살핀다. "누군가를 머리로 들이받으면 아프지 않아?"

"들이받을 걸 미리 알면 괜찮아. 그런 거 같아."

"날마다 누군가를 들이받는 건 아니지?"

"오늘이 처음이었어."

사거리 신호등이 녹색으로 바뀌고 사람들이 떼지어 아지랑이 속으로 사라지고 다시 아지랑이 속에서 나타난다. "역사적인 사건이네. 어딘가에서 우리 만난 적 없어, 미야케 에이지?"

"폭풍우가 치던 날. 이 주 전이야. 넌 내가, 음, 그러니까, 네 전화를 엿듣는다고 생각했어. 네가 일하는 시간이 끝날 때였지. 난 여기 두 시간 정도 앉아 있었어."

이마조 아이가 고개를 끄덕인다. "그래, 생각난다."

"젠장, 또 터졌잖아, 이놈의 로봇!" 노자가 비드보이3에게 욕설을 내뱉는다.

"난 지금 쉬는 시간이야. 여기 좀 앉아도 괜찮아?"

괜찮은 정도가 아니지! "물론이지." 그리고 기쁘게도, 또한 유감스럽게도(어젯밤을 러브호텔에서 낯선 이랑 보낸 탓에 지금 나는 완전히 엉망인 상태다), 세상에서 가장 완벽한 목을 가진 웨이트리스가 내 옆에 앉는다. 세상에서 가장 완벽한 목을 가진 웨이트리스가 말한다. "그래서, 누군가를 만났어?"

"누구를?"

"폭풍우 치던 날 네가 기다리던 사람 말이야."

"아니, 아직."

"여자친구야?"

나는 머릿속으로 내 상황을 간략히 설명할 수 있도록 정리한다. 그리고 가토 아키코 이야기는 건너뛰기로 마음먹는다.

"친척."

"얼마나 오랫동안 찾았는데?"

"이 주……"

"도쿄에 도착한 지 이 주가 됐어?"

"어떻게 알았어?"

이마조 아이의 뺨이 동그랗게 올라가며 눈이 초승달 모양이 된다. 나는 이런 웃음을 정말 좋아한다. "네 억양을 들으니 알겠어. 육 개월쯤 지나면 사라질 거야. 어디서 왔어?"

"들어도 모를 거야."

"한번 시험해봐."

"야쿠시마야. 규슈 남쪽……"

"……규슈 남쪽에 있는 섬. 조몬삼나무 숲이 있고, 동반구에서 가장 오래된 생물들이 살아. 그런데 도쿄는 어때? 까다로운 도시지?"

도쿄. 까다로운 도시. 정말 멋진 표현이다. "놀라운 일들로 가득하더라. 가끔은 외롭고. 대부분은 이상해. 똑바로 걸을 수가 없어. 그랬다가는 사람들이랑 부딪치더라고."

"걷는다는 생각을 하면 안 돼. 입안에 음식을 넣는 것과 같아. 그걸 생각하면서 하면 제대로 할 수가 없지. 네 친척이 여기 들르는지는 어떻게 알았어?"

"실은, 몰라. 난 그 사람 얼굴도 모르는걸."

"먼 친척이야?"

"지루하지 않아? 그만해도 돼."

"내가 지루해 보여? 왜 전화번호부를 찾아보지 않아?"

"이름조차 모르는걸."

이마조 아이가 얼굴을 찡그린다. "그 사람이 네 이름은 알아?"

"응."

"그러면 광고를 내. '미야케 에이지의 친척에게. 아래 사서함으로 연락을 주십시오.' 이런 식으로 말이야. 도쿄 사람 대부분은 같은 신문을 서너 번씩은 돌려가며 읽어. 네 친척이 안 읽을지 몰라도 누군가는 읽을 거야. 안 믿는 표정이네?"

나는 열심히 생각한다.

이마조 아이가 내 표정을 살핀다. "왜 그래?"

오, 이마조 아이가 나를 살펴보는 게 너무나 좋다. "모르겠어."

이마조 아이의 얼굴에, 예의 그 웃음이 혼란스러운 표정과 섞여 떠오른다. "뭘 모르겠는데?"

"그런 생각을 못 했다니, 난 왜 이렇게 멍청한지 모르겠어. 어느 신문에 광고를 내면 좋을까?"

"오, 규슈 지방의 야만인 오셨나. 두 눈이 꼭 눈밭에 오줌 눈 자국 같군그래." 내 집주인은 블루베리가 잔뜩 든 아이스바를 먹고 있다. 비디오 화면에서는 검은 정장을 입은 사내가 사막을 걷는다. 날아가던 덤불이 목이 가느다란 기타에 휘감긴다. 검은 정장은 드라이클리닝을 해야 할 듯하고, 사내는 면도와 샤워를 해야 할 듯하다. "안녕히 주무셨어요, 이건 무슨 영화인가요?"

"〈파리, 텍사스〉, 빔 벤더스 감독 영화야." 아이스바가 녹아 손에 흘러내리려는 순간 분타로가 얼른 입을 가져다 댄다. 나는 그 모습을 꽤 오랫동안 지켜본다. 〈파리, 텍사스〉에서는 별다른 일이 벌어지지 않는다. "이야기 전개가 꽤 느리네요?"

분타로가 손을 닳는다. "이건 실존주의 영화의 고전이야. 기억을 잃은 사내가 젖통이 큰 여자를 만나는 이야기지. 자, 어젯밤은 어디서 보낸 거야? 기억을 잃은 거야, 아니면 젖통 큰 여자와 있었나? 날 속일 생각은 마. 나도 젊었을 때는 한가락 했으니까. 하지만 넌 적응이 빠르군그래. 그건 인정해. 대도시에 온 지 이 주밖에 안 됐는데 벌써 여자와 뒹굴 수 있다니 말이야."

"친구들을 만났어요."

"그래, 그래. 친구 얘기가 나왔으니 하는 말인데, 아까 거대한 바퀴벌레를 봤어."

"그건 집주인이 알아서 할 일이죠."

"진짜로 하는 말인데, 난 처음에는 그게 털 빠진 쥐라고 생각했어. 그런데 더듬이를 꿈틀거리는 거야. 밟아버리려고 했는데 도망치더니 계단으로 날아갔어. 그러더니 순식간에 네 방 문틈으로 들어가버리더군. '어라, 저게 대체 뭐야?' 하고 말할 틈도 없이 잽싸게 도망쳤어. 아마도 굶주린 네 고양이가 잡아먹었을 거야. 어쩌면 네 고양이를 잡아먹었을 수도 있고."

"외출하기 전에 고양이에게 먹이를 줬어요." 코딱지만 한 내 방에서 고양이랑 같이 산다는 걸 분타로가 아무렇지도 않게 여긴다니 다행이다.

"아하! 그럼 어제의 밀회는 이미 계획에 있던 거였군!"

머리가 지끈거린다. 내가 애원한다. "절 그냥 좀 내버려두세요, 제발."

"내가 괴롭힌 거야? 꽉 차 있는 건 비우고, 텅 빈 건 채우고, 가려운 곳은 긁어. 조화를 이루는 세 가지 방법이지. 그런데 목에 붉은 자국은 뭐야?"

공격이 최상의 방어. "바지 지퍼가 열렸어요."

"그래서? 죽은 새는 둥지를 떠나지 않아."

"새가 죽었을 리 없잖아요. 아줌마를 보세요."

"새는 죽었어. 내 아내를 보라고."

"네?"

"언젠가는 내 말이 무슨 뜻인지 알게 될 거야, 꼬마야."

막 위층으로 올라가려는 순간 남자 고등학생 셋이 들어온다. 대장 격인 아이가 묻는다. "'버추어 사피엔스' 있나요?"

분타로가 말한다. "처음 듣는 건데? 〈호모〉의 후속편이냐?"

"뭐라고요?"

"비디오게임이에요." 내가 설명한다. "지난주에 나왔어요."

부대장 격인 아이가 나를 무시한다. "그러면 '지포룸의 검'은 있어요?"

"여기는 소프트웨어는 취급 안 해. 모두 영화야."

"내가 여기에는 없을 거라고 했지!" 대장이 말하더니 모두 가게를 나간다.

"고맙긴, 별말을 다 하는구나." 가게를 나서는 아이들 뒤통수에 대고 분타로가 말한다. "있잖아, 미야케, 『아기와 부모』에서 본 거니 믿어도 돼. 일본의 평균적인 아버지는 자기 아이와 하루에 십칠 분을 함께한다는군. 그리고 평균적인 학생들은 비디오게임으로 하루에 구십오 분을 쓴대. 컴퓨터 아버지가 나타난 거지. 고다이가 태어나면 그 아이가 잘 때는 부모가 직접 옛날이야기를 해줄 거야. 병신 발싸개 같은 프로그래머가 만든 괴상망측한 기계가 해주는 대신 말이야. 고다이가 비디오게임기를 사달라고 해도 난 단호히 '안 된다'고 할 작정이야."

"아빠가 게임기를 사주지 않아 고다이가 반에서 아이들에게 따돌림을 당하고, 그래서 울면 어쩌려고요?"

분타로가 얼굴을 찡그린다. "그건 미처 생각을 못 해봤네. 네 아버지는 어떻게 했지?"

"그때 아버지는 멀리 계셨어요."

"그럼 어머니는?"

이러다가는 꼬리에 꼬리를 물고 끝이 없을 듯하다. "어쨌든 저는 축구팀에 들어갔어요. 전 이제, 에, 씻어야겠어요." 난 쪽방으로 들어가 샤워를 한다. 수건으로 몸을 다 말렸을 즈음에는 다시 샤워를 해야 할 정도로 몸이 젖어 있다. 요를 편다. 잠이 오지 않는다. 이마조 아이 생각이 머릿속에서 떠나지 않는다. 그녀의 매끄러운 목, 웃음. 그녀는 내 이름을 말한다. 나는 일어나 기타를 쳐보지만 손가락이 녹슬어 맘대로 움직이지 않는다. 나는 바퀴벌레 모텔을 검사한다. 손님은 단 하나, 아기 바퀴벌레뿐이다. 이 모텔의 시설에 대해 바퀴벌레들 사이에 소문이 퍼졌나보다. 고양이가 오더니 자기 접시에 담긴 물을 깨끗이 핥는다. 나는 물을 채우지만 고양이는 다시 접시를 비운다.

그날 오후, 나는 〈도쿄 이브닝 메일〉을 사러 나간다. 우에노 공원까지 지하철을 타고 간 뒤, 공원의 한적한 곳을 찾아 신문광고에 쓸 내용을 적는다. 몇 번을 쓰고 다시 쓴다. 가장 중요한 건, 계모가 광고를 봤을 때 내가 돈을 원한다는 인상을 받을 만한 내용이

있으면 절대 안 된다는 것이다. 마침내 나는 세번째로 쓴 문구에
만족한다. 짧고, 간단한 메시지다. 내일 점심시간 때 광고를 내려
가리라. 샴페인 폭탄 사탕을 빨아 먹는다. 우에노 공원은 가족과
아이와 연인과 노인 들로 가득하다. 외국인들도 빙 둘러앉아 있다.
브라질인, 중국인 등등 국적별로 각자의 영역을 차지하고 있다. 박
물관에 가는 사람들, 사진을 찍는 사람들, 스케이트보드를 타는 사
람들. 나무 속에는 매미가, 나무 아래는 아기가, 숲 속에는 유원지
가 있다. 기름기가 번들거리는 비둘기들. 공룡같이 생긴 오토바이
들이 저 멀리 외곽을 시끄럽게 돈다. 공기에서 솜사탕, 향, 동물원,
타코야키 냄새가 난다. 시노바주 연못으로 걸어가 사람들이 오리
에게 먹이 주는 모습을 구경한다. 나무에 기대 디스크맨에 〈Mind
Games〉 CD를 넣는다. 9월 역사상 가장 더운 오후다. 구름을 쳐다
본다. 사진을 잃어버렸다던 여인이 보이지 않는 친구와 논쟁을 벌
이며 오고 있다. 이마조 아이에게 데이트를 신청할 만한 용기가 과
연 내게 있을까 궁금하다. 나는 종이봉투에서 빵 부스러기를 꺼내
오리에게 주는 젊은 여인을 바라본다. 여인이 앉은 벤치에는 도서
관에서 빌린 책이 잔뜩 쌓여 있다. 나는 꾸벅꾸벅 존다. 여인은 나
와 이야기를 하고 싶은 듯 자전거를 타고 내 쪽으로 온다. 여인이
내 얼굴을 살펴본다. 디스크맨의 '정지' 버튼을 누르자 공원의 소
음이 다시 밀물처럼 밀려든다. 마침내 여인이 말한다. "아니야, 이
건 우연이 아니야."

"네?"

여인은 질린다는 표정으로 고개를 설레설레 젓는다. "다이몬이
날 감시하는군."

나는 일어선다. "누구시죠?"

여인이 굳은 표정을 짓는다. "시치미 떼도 소용없어."

어라?

여인은 내게 가운뎃손가락을 치켜 보이며 욕을 해댄다. "가서 그 자식에게 엿 먹으라고 전해! 꿈 깨란다고 전해! 식충이라고 전해! 우리나라는 2차대전이 끝나면서 일본의 식민지에서 벗어났다고 전해! 다시 한 번만 더 전화하면 번호를 바꿔버리겠다고 해! 다시 한 번만 더 그 낯짝을 내 아파트에 들이밀면 포크로 찍어버리겠다고! 다이몬 유주에게 어디론가 꺼져 뒈지라고 해! 너도 마찬가지야!"

오리들이 꽥꽥댄다.

갑자기, 나는 무슨 일인지 이해한다. 이 여자는 '스페이드 퀸'의 호스티스 미리엄이다. 어제저녁 오락실에서 다이몬 유주를 바람 맞힌 여자다. 나는 다이몬이 이 여자에게 복수하는 걸 도왔다. 이건 악몽이다. 내가 입을 뗀다. "맹세컨대, 전…… 전 몰랐어요. 전 지금 당신을 감시하는 게 아닙니다. 전……" 오리가 날개를 퍼덕인다. "전혀 몰랐어요. 제 말은, 이건 모두 오해입니다. 전 당신이 여기 있는지도 몰랐습니다. 제가 어떻게 알겠습니까? 제 말은, 다이몬이 정말로 그랬는지조차 저는……"

첫째, 플라타너스 나무가 자전거 바퀴살을 후려친다. 둘째, 여인이 내 불알을 인정사정없이 세차게 걷어차자 나무가 푹 쓰러진다. 셋째, 내가 쓰러져 몸부림치며 괴로워하는 동안 주위로 고통의 열매가 빗발치듯 떨어진다. 넷째, 연못이라도 얼릴 듯한 여인의 목소리가 들린다. "난 네가 어떤 자식인지 잘 알아, 미야케 에이지.

넌 거짓말을 일삼는 거머리야. 네 아버지와 똑같아!" 여인은 자전 거로 걸어간다. 나는 고통을 애써 참으며 여인이 마지막으로 한 말에 대꾸한다. "기다려요!" 여인은 페달을 힘차게 밟고는 오리가 노니는 연못과 보트가 떠 있는 호수 사이 둑길을 따라간다. 나는 뛰어보려 하지만 고통에 겨워 숨도 제대로 쉴 수 없다. "미리엄! 기다려요!" 유모차를 밀고 가던 아줌마들이 내 쪽을 돌아보고, 오토바이를 타고 가던 애들이 나를 지켜보며 킬킬댄다. 심지어 오리마저 웃어댄다. "미리엄!" 나는 몸을 웅크리고 앉아 꼼짝도 못한 채 분수가 흩뿌리는 물방울과 신기루 속으로 미리엄이 사라지는 모습을 지켜본다. 미리엄이 내 아버지를 안다! 나는 희망을 품어보려 하지만 당혹감만 밀려올 뿐이다. 나는 절룩거리며 내 물건이 있는 곳으로 간다. 그곳, 플라타너스 뿌리 사이 땅 위에는 내 물건들 말고 다른 것도 하나 놓여 있다. 미리엄이 나를 걷어찰 때 떨어뜨린 도서관 책이다. 이건 무슨 책일까? 한 단어도 읽을 수 없다. 책은 한글로 돼 있다.

◆

나는 시부야의 뒷골목으로 들어서자마자 길을 잃는다. 어제와 오늘 오후는 일주일만큼이나 떨어진 듯하다. 지난밤 보았던 좁은 거리들, 밝은 그림자, 홍등가는 오늘 보니 완전히 딴판이다. 아예 다른 도시에 온 듯한 느낌이다. 고양이와 까마귀 들이 쓰레기를 뒤진다. 맥주 트럭이 후진해 모퉁이를 돈다. 배수구에서 물이 튄다. 시부야 거리는 꾸벅꾸벅 졸고 있다. 흡사 판에 박힌 연기만 하는 코미디언이 막간 휴식을 취하는 듯하다. 간판들이 시선을 어지럽힌다. 와일드 오키드, 야마토 나데시코, 맥스, 디킨스, 유미 짱. 우연히 '스페이드 퀸' 앞을 찾아낸다 해도, 찾느라 지쳐 제대로 보지 못하고 지나칠 것만 같다. 시계를 차지 않고 슈팅스타를 나왔기 때문에 지금 몇 시인지 알 수가 없다. 오후는 빠르게 지나고 있다. 다리가 아프고 입에서는 먼지 맛이 난다. 너무나 덥다. 야구모자로 부채질을 해본다. 아무 소용 없다. 나이 든 아주머니 한 명이 3층 창가에 놓인 상자의 금잔화에 물을 준다. 가다가 뒤돌아보니 아주머니도 멍하니 나를 바라보고 있다.

공중전화 부스는 포르노 사파리다. 한 번도 빨지 않은 바지 냄새로 가득하다. 도쿄에서는 섹스 만화를 사느라 돈을 쓸 필요가 없다. 그냥 근처 공중전화 부스로 들어가기만 하면 된다. 나와 사촌들이 여기 살았다면 돈을 많이 아낄 수 있었을 텐데. 상상도 할 수 없던 온갖 모양과 크기를 비롯해 그 외에도 여러 가지가 있다. 삼인조 섹스, 사인조 섹스, S&M, 고등학생 코스튬, 팔십대를 위한 특별 실버 서비스 등등.
"전화번호 안내입니다. 도시를 말씀해주십시오."
"도쿄요."
"어느 지역입니까?"
"시부야입니다."
"성함은요?"
마닐라 선라이즈 양이 풍만한 비치볼 두 개 위로 입술을 오므려 쏙 내밀고 있다. 아니, 분명히……

"성함을 알려주시겠습니까?"

그곳 사람들이 자기 진짜 이름을 쓸 리가……

"성함을 알려주십시오!"

"에, 죄송합니다. 저는 술집 번호를 알려고 하는 겁니다. 스페이드 퀸입니다."

"스페이드 퀸…… 잠시만 기다려주십시오."

자판 두드리는 소리.

폭신폭신 생크림 양이 자기 하이힐에서 크림을 핥는 걸 보여드립니다.

자판 두드리는 소리.

"스위스 사우나…… 스페이스…… 죄송합니다. 그런 곳은 안 나오는군요."

"확실한가요? 어젯밤에는 있었어요. 번호를 바꾼 걸 수도 있나요?"

청소부 아줌마가 빗자루를 타고 있고 말풍선에는 이렇게 적혀 있다. "넣어! 빼! 잘 흔들란 말이야!"

"새로 번호를 바꿔도 등록하면 바로 컴퓨터에 기록됩니다."

"그럼 스페이드 퀸이 당신네 컴퓨터에 기록되지 않……"

"그러면 전화번호부에 올려두지 않은 번호입니다."

이상하다. "무슨 술집이 자기네 전화번호를 비밀로 하나요?"

"아주 고급 술집인 듯하군요. 죄송합니다만 도와드릴 수가 없습니다."

"아, 괜찮습니다. 고맙습니다." 나는 전화를 끊는다.

커다란 카드에 손으로 직접 쓴 어린아이 필체의 글씨가 적혀 있다. 전화번호는 없다. "나랑 섹스하고 싶으면, 난 지금 밖에 있어."
나는 주위를 둘러본다. 여자가 전화 부스 유리를 통해 나를 바라본
다. 열여섯? 열다섯? 열넷? 눈빛이 정상이 아니어 보인다. 여자가
유리에 부드럽게 입술을 갖다 댄다. 나는 허둥지둥 도망친다. 바퀴
벌레보다도 더 빨리.

파출소 문이 뻑뻑하다. 삐걱이는 문을 힘껏 민다. 옛날 옴 진리
교 현상수배 포스터, 110* 전화 포스터, '일본의 경찰이 되세요'
포스터가 붙어 있다. 고맙습니다만 사양하겠습니다. 파일 캐비닛.
정부 건물에 들어가면 어디서나 볼 수 있는, 초침이 미끄러지듯 움
직이는 흑백 시계. 시티 은행 달력이 천장에 달린 선풍기 바람에
바스락거리는 소리. 경찰은 의자에 등을 기대고 머리에 두 손을 깍
지 끼고 깊은 명상에 잠겨 있다. 경찰이 한쪽 눈을 뜬다. "무슨 일
이지?"

"실례합니다. 저는 술집을 찾고 있습니다."

"술집을 찾고 있다고?" 경찰이 입을 다 벌리지 않아 입 가장자
리로 말이 새어 나온다.

"네."

"아무 술집이나 되는 거야? 아니면 특별히 찾는 술집이 있나?"

"특별히 찾는 술집이 있습니다."

"특별히 찾는 술집이 있는 거로군."

"네."

---

* 일본 긴급 신고 전화번호.

세상이 끝나도록 길디긴 한숨. 다른 한쪽 눈을 마저 뜬다. 빨갛게 충혈된 두 눈. 긴 침묵. 경찰은 몸을 앞으로 숙이고, 의자가 삐걱댄다. 경찰은 책상 위에 천천히 지도를 펼친다. 위아래를 거꾸로 해서. "이름은?"

"미야케 에이지입니다."

한참 동안 나를 보는 시선. "네 이름 말고, 천재 소년. 술집 이름 말이야."

"아, 죄송합니다. 스페이드 퀸입니다."

경찰이 긴장하고, 안색이 바뀐다. "그 술집 회원이냐?"

나는 침을 삼킨다. "회원은 아닙니다. 어젯밤에 가봤습니다."

내가 구렁이 담 넘어가듯 대답을 피하려 한다고 생각했는지 경찰은 인상을 찡그린다. "누군가가 너를 데려간 거야?"

내가 고개를 끄덕인다. "네."

경찰은 다른 각도에서 나를 자세히 살펴본다. "그리고 다시 가고 싶고? 왜?"

"거기서 일하는…… 에…… 친구와 할 이야기가 있습니다."

"거기서 일하는 친구와 할 이야기가 있다는 거로군. 네가 몇 살이라고 했지?"

"전, 에, 말하지 않았는데요."

"네가 말하지 않은 건 나도 알아, 천재 소년. 그러니까 내가 물은 거잖아. 몇 살이야?"

왜 이러는 거지? "스무 살입니다."

"신분증 줘봐."

나는 초조한 마음으로 지갑을 열고 운전면허증을 꺼내 경찰에게 내민다. 경찰은 면허증을 꼼꼼히 살펴본다. "미야케 에이지. 가고시마 현 거주. 도쿄에는 직장 때문에 온 거야?" 나는 고개를 끄덕인다. 경찰이 계속 읽어 내려간다. "9월 9일 출생. 어제 스무 살이 되었군. 맞아?"

"맞습니다."

"그러면 아까 말한 그 술집에 갔을 때는 너는 음주 허용 연령이 되기 전이라는 소리로군. 맞아?"

"스페이드 퀸에 간 건 어제였습니다. 제 생일에요."

"말 상대를 해주는 술집에 간 건 어제라는 거로군. 네 생일에."

"제가 원하는 건 단지 그 술집 주소뿐입니다, 경관님."

경찰은 뭔가 단서를 찾기 위해 한참 동안 내 얼굴을 뜯어본다. 결국 경찰이 내 면허증을 돌려준다. "그렇다면 나의 제안은 네 친구라는 자에게 전화를 해서 술집 주소를 물어보라는 거야. 스페이드 퀸이라는 술집은 지도에 안 나와 있어." 끝. 나는 고개 숙여 인사를 하고 파출소를 나선다. 경찰이 내 얼굴을 기억에 담는 동안, 삐걱대는 문을 열기 위해 안간힘을 쓰며.

실패했다는 건 나도 인정한다. 다리를 연결한 나사가 풀리고 다리가 떨어져나가기 일보 직전이다. 나는 시부야의 골목골목을 적어도 두 번 이상 살펴보았지만 스페이드 퀸은 존재하지 않는다. 칼피스 한 캔, 세븐 스타 한 갑을 사고 계단에 앉는다. 당구장에 가면 다이몬을 찾을 수 있을까? 천만에. 다이몬은 나를 피하기 위해 한동안 얼씬도 하지 않을 것이다. 미리엄이 내 아버지를 안다는 말을 어제 해줬더라면 얼마나 좋았을까. 미리엄은 내 이름을 어떻게 알았을까? 다이몬이 몇 번이고 내 이름을 말했기 때문이다. 하지만 '미야케'는 꽤 흔한 이름이다. 다이몬이 나 대신 이름을 적었고, 미리엄은 '에이지'라는 이상한 글자를 보았을 것이다. 아버지가 내 이야기를 한 게 분명하다. 나는 꿀꺽꿀꺽 음료수를 마시고 세븐스타에 불을 붙인다. 아버지는 그 특별 클럽 회원이다. 내가 아버지에 대해 아는 유일한 사실은 아버지가 부자라는 것이다. 폐 안에 담배 연기가 맴도는 상상을 한다. 광산의 갱도처럼 내리뻗은 햇살을 따라 먼지가 보인다. 시노바주 연못에서 미리엄과 우연히 만난 건 사실 그리 이상한 일도 아니다. 미리엄은 오리에게 먹이를 준다. 도쿄에서 오리에게 먹이를 줄 수 있는 곳이 몇 군데나 되겠는가? 나는 담배를 캔 가장자리에 걸쳐놓고 미리엄이 떨어뜨리고 간 도서관 책을 뒤적인다. 와, 아버지 술 시중을 드는 여자에게 불알을 차이다니. 아니다. 뭔가 잘못되었다. 이 모든 우연은 너무나도 이상하다. 설사 우연이 맞다 할지라도. 이 모든 우연을 어떻게 설명할 수 있는가는 플랜 D를 세울 때 생각해보자. 다이몬의 아버지처럼 내 아버지도 생활이 난잡한 건 아닐까 궁금하다. 나는 늘 아버지가 가정에 충실할 거라고 생각해왔다. 하지만 난 아버지를 만나러 온 거지 비난하러 온 게 아니다. 캔에서 담배가 떨어진다. 캔이 저절로 흔들리고 떨리고……

……쓰러지고 땅이 신음하고, 창문이 노래하고 건물이 흔들리고, 호통치고, 내가 흔들리고, 아드레날린이 온몸에 퍼지고, 수백만 명이 갑자기 하던 말을 중단하고, 엘리베이터가 고장나고, 수백만 도쿄 사람들이 식탁 밑으로, 건물 안으로 숨어 들어가고, 나는

비디오게임 225

떨어지는 시멘트 조각들을 피해 몸을 공처럼 둥그렇게 만다. 그리고 도시 전체와 나는 서둘러 누군가에게 빌기 시작한다. 하느님이든, 천지신명이든, 신이든, 조상이든 상관없이 소원을 들어줄 존재라면 누구든 상관없다. 제발 이게 멈추게 해주세요, 제발 멈춰주세요, **지금 당장요**, 제발, 제발, 제발. 대지진이 아니게 해주세요, 대지진이 아니게 해주세요. 오늘은 안 돼요. 또 고베 같은 참사가 일어나지 않게 해주세요. 1923년 관동 대지진 같은 일이 일어나지 않게 해주세요. 오늘은 아니게 해주세요. 여기는 아니게 해주세요. 칼피스가 목말라하는 보도에 범람한다. 분타로는 지진에는 상하로 흔들리는 게 있고 좌우로 흔들리는 게 있다고 했다. 좌우로 흔들리는 건 괜찮다. 상하로 흔들리는 건 도시를 무너뜨린다. 하지만 지금 이런 상황에서 좌우로 흔들리는 지진인지 상하로 흔들리는 지진인지 어떻게 안단 말인가? 그게 무슨 상관이란 말인가. 제발 **멈추기만 해줘!**

지진이 멈춘다.

나는 새로 태어난 기분으로, 말문이 막힌 채, 웅크렸던 몸을 편다. 아직도 무슨 일이 벌어진 건지 믿을 수 없다. 정적. 숨소리. 하늘에서는 안도의 비가 내린다. 사람들은 지금 지진이 도쿄 지역에만 한정되어 일어난 건지 아니면 요코하마나 나고야가 일본 지도에서 사라져버린 건지 확인하기 위해 라디오를 켠다. 나는 캔을 바로 세우고 다른 담배에 불을 붙인다. 그때 뭔가가 보인다. 아직도 내 눈을 믿을 수가 없다. 내가 서 있는 곳 길 건너편에 통로 입구가 보인다. 통로는 건물로 연결되어 있고, 그 끝에 엘리베이터가 보인다. 엘리베이터 옆에 표지판이 있다. 표지판의 #9 옆에 사다리꼴 눈 둘이 나를 바라보고 있다. 나는 저 눈을 안다. 스페이드 퀸의 눈이다.

금속성 소리와 함께 엘리베이터 문이 열린다. 프로젝터 옆에 비눗물이 담긴 양동이가 있다. 작업복을 입은 여인이 칵테일 스틱으로 천체투영관에 난 작은 구멍들을 청소하고 있다. 사다리에 올라가 있던 여인은 나를 흘긋 본다. "영업은 아홉시부터입니다." 이윽고 여인은 내가 얼마나 꾀죄죄한지를 알아차린다. "휴대전화 판매원은 이제 사절입니다." 그리하여 나 역시 인사말은 빼먹기로 한다. "미리엄을 잠깐 만나고 싶은데요."

여인이 나를 훑어본다. "누구시죠?"

"저는 미야케라고 합니다. 저는 어제 다이몬 유주와 이곳에 왔었습니다. 미리엄이 저희를 접대했습니다. 미리엄에게 하나만 물어보면 됩니다. 그리고 바로 가겠습니다."

여인이 고개를 젓는다. "죄송하지만 그냥 돌아가셔야 할 것 같군요."

"제발 부탁드립니다. 저는 정신병자나 이상한 사람이 아닙니다. 부탁드립니다."

"하지만 미리엄은 오늘 일하지 않습니다."

"전화번호라도 알 수 없을까요?"

여인이 구멍 안을 닦는다. "무슨 질문을 하려는 거죠?"

"개인적인 겁니다."

살아오며 오늘처럼 꼼꼼히 관찰당한 적은 없다. 여인은 커튼으로 된 문을 엄지손가락으로 슬쩍 가리킨다. "시요리에게 묻는 게 나을 거예요."

나는 고맙다는 인사를 하고 담배 연기 자욱한 방으로 들어선다. 태피스트리는 둘둘 말려 올라가 있고, 단단한 창살이 쳐진 창문으로 햇살이 비스듬히 들어온다. 티셔츠와 진 바지를 입은 여인들이 둘러앉아 후루룩거리며 국수를 먹고 있다. 허약해 보이는 여인이 기계 앵무새를 만지고 있다. 내가 들어서자 모든 대화가 중단된다. "누구죠?" 누군가가 묻는다.

"입구에 있던 여자분이 여기서 시요리 씨를 찾으라고 해서요."

"저예요. 무슨 일이죠?" 자기 잔에 우롱차를 따르던 여인이 말한다.

"전 미리엄과 이야기를 해야 합니다."

"오늘 쉬는 날이에요." 다른 여자가 젓가락을 고쳐 쥔다.

"어제 여기 왔던 분이군요. 다이몬 유주의 손님이셨죠?"

"네."

방 안 분위기는 무관심에서 적개심으로 바뀐다. 시요리가 차로 입가심을 한다. 시요리가 말한다. "자기 장난감이 잘 있는지 살펴보고 오랍디까?" 다른 여자가 말한다. "그자가 미리엄에게 하는 태도를 보면 어떻게 미리엄이 자기에게 잘해줄 거라고 기대하는지 도무지 이해가 안 가." 또다른 여자가 젓가락 한 짝을 잘근잘근 씹으며 말한다. "제 생각에는, 미리엄이 당신을 만나고 싶어할 거라고 생각한다면, 당신은 정신이 나간 거예요."

"둘 사이에 무슨 일이 있는 줄은 몰랐어요."

"그러면 당신은 정신만 나간 게 아니라 눈까지 먼 거예요."

"알았어요. 저는 정신이 나갔고 눈까지 멀었어요. 어쨌든 전 미리엄에게 할 말이 있어요."

"무슨 급한 용무죠?"

"말할 수 없어요. 미리엄이 했던 말에 대한 거예요."

기계 앵무새를 만지던 여인이 작은 드라이버를 내려놓자 모두 조용해진다. "미리엄과 이야기하고 싶으면 이 클럽의 멤버가 되어야 해요." 나는 그 여자가 어제 본 마마 상임을 깨닫는다. "회원이 되고 싶으시면 정회원 아홉 명의 추천을 받아야 해요. 다이몬 유주는 제외예요. 그 사람은 이제 여기 출입금지니까. 신청비는 삼백만 엔이고 이 돈은 돌려드리지 않습니다. 그리고 선발위원회가 가입을 허가하면 첫해 회비는 구백만 엔입니다. 이 회비까지 내시면 미리엄에게 원하는 건 뭐든지 시키셔도 된답니다. 그건 그렇고, 다이몬 유주에게 이 도시를 오랫동안 떠나 있는 게 신상에 좋을 거라고 전해주세요. 모리노 씨가 아주 불쾌해하세요."

"그냥 쪽지라도 남겨……"

"아니요, 그냥 가세요."

내가 입을 여는데……

"그냥 가라고 했어요."

이제 어쩐다?

제국대학의 안내원이 멍한 표정을 짓는다. "스가 마사노부? 학생인가요? 지금은 일요일 오후 네시인걸요! 학생이라면 아마 지금 아침식사를 하고 있을 거예요."

"대학원생이에요. 컴퓨터 전공이에요."

"그렇다면 아직 일어나지 않았을 거예요."

"9층에 연구실이 있다고 했어요."

안내원의 동료가 슬쩍 몸을 기울이며 말한다. "그 괴짜."

"아, 그 사람. 네, 올라가세요. 9층 18호예요."

또다시 엘리베이터를 탄다. 3층에서 문이 열리더니 학생들이 몇 명 탄다. 마치 내가 침입자가 된 기분이다. 이들은 자기들끼리 대화에 열중한다. 나는 대학생들은 철학, 공학, 또는 사랑이 신성한 것이냐 아니면 단지 성을 위한 중간 단계인가 같은 토론만 할 거라고 상상했다. 하지만 지금 엘리베이터에 탄 사람들은 '작스 오메가와 붉은 역병의 달'에서 히드라를 지나는 법에 대해 이야기한다. 즉 고등학교 때 잘나가던 아이들도 별수 없는 거다. 내가 용기를 내 화염방사기로 공격하면 된다고 말해주려는 순간, 9층에서 문이 열린다. 나는 대학 건물은 전부 넓고 낮은 줄 알았다. 하지만 도쿄의 대학 건물들은 높고 좁다. 복도에는 아무도 없다. 방 호수를 찾기 위해 복도를 몇 번이나 왔다갔다한다. 아마도 이런 게 입학시험에 포함되나보다. 마침내 나는 '스가 마사노부. 이곳에 들어오는 프로그래머들이여, 희망을 버릴진저'라고 적힌 곳을 찾아낸다. 나는 문을 두드린다. "들어오세요!" 나는 문을 밀고 들어간다. 창문에 도라에몽 침대보를 쳐놓아 어두운 방은 공기에서 겨드랑이 땀 냄새가 난다. 봉고 드럼, 매뉴얼, 잡지, 컴퓨터, 컴퓨터 상자, 지지 히카루 포스터, 담배꽁초가 수북이 담긴 그릇, '천상에서 온 불바바더'라는 제목의 만화책 전질, 유통기한이 지났을 것 같은 컵라면들, 산더미처럼 쌓인 종이 파일. 스가는 우에노 역 분실물 보관소에서 일할 때 틈만 나면 종이 없는 사무실을 예찬했다. 그러던 사내가 지금은 방구석에서 구부정한 자세로 키보드를 치고 있다. 탁탁, 톡톡, 탁타닥, 틱톡, 탁탁. "젠장!" 스가는 의자를 돌리더니 방문객이 누군지 살핀다. 스가는 내 얼굴과 이름을 기억해내려 애쓴다. 우에노 역을 떠난 지 이제 겨우 구 일밖에 되지 않았는데. "미야케!"

"언젠가 시간이 되면 놀러 오라고 했잖아요."

스가가 얼굴을 찡그린다. "하지만 난 네가 정말로…… 분실물 보관소 일은 어때? 사사키 부인은 여전히 찬바람이 쌩쌩 부나? 그리고 아오야마가 뛰어내리는 모습이 텔레비전에 나오는 거 봤어? 모든 뉴스 프로그램에서 계속 그 일에 대해 떠들어대더라고. 하지만 고등학생이 고속버스를 납치하는 사건이 일어나니까 바로 밀리더라. 그 사건 보도는 봤어? 승객 목을 칼로 따버렸잖아. 만약 아오야마처럼 극적인 자살을 할 거라면 다른 커다란 뉴스감이 없을 때를 미리 골라놓아야 사람들 관심을 끌 수 있을 거야."

"스가, 내가 온 건……"

"내가 있을 때 오다니, 행운인 줄 알아. 거기 의자를 가져와 앉아. 위에 뭔가가 잔뜩 놓여 있어서 잘 안 보이기는 하지만…… 아니, 됐다. 그냥 그 상자 위에 앉아. 지난주까지 IBM에 가 있다가 어제야 돌아왔어. IBM 연구실을 너도 가봐야 하는 건데! 처음에는 서비스상담 부서에 보내서 쪼다들 뒤치다꺼리나 시키더군. 정말 슬픈 일이잖아? 나는 연구개발 부서에 가서 신기술을 배우고 싶었다고. 그래서 몇 분 동안 열심히 고민해서 탈출 계획을 짰지. 출근하고 첫번째 문의 전화가 왔어. 아키타의 촌뜨기가 전화를 한 거였어. 너보다도 사투리가 심하더라고. 아, 나쁜 뜻은 없고. '내 컴터에 문제가 있는디. 화면이 먹통이여.' '아, 그러십니까, 고객

님. 커서가 보이십니까?' '뭐시라?' '작은 화살표 말입니다, 고객
님. 화면에서 위치를 나타내는 겁니다.' '화살표는 안 보이는구면.
암것도 안 보여. 화면이 먹통이랑께. 말했잖여.' '알겠습니다, 고
객님. 모니터에 전원표시등이 있습니까?' '뭐시라?' '모니터 말
입니다. 텔레비전요. 거기에 켜짐 불이 들어왔습니까?' '암 빛도
안 보이는구면.' '고객님, 텔레비전을 벽의 콘센트에 꽂으셨습니
까?' '몰러, 암것도 안 뵈니께. 말했잖여.' '고개를 돌리셔도 그렇
습니까, 고객님?' '먼 소리여? 지금 여기는 한밤중처럼 껌껌헌디.
말했잖여.' '전등을 켜면 어떨까요, 고객님?' '해봤는디 불이 안
들어와. 전기회사가 뭔가를 시험한다고 세시까정은 불이 안 들어
올 거라고 했구면.' '알겠습니다, 고객님. 해결책이 있습니다.'
'그랴?' '네, 고객님. 컴퓨터 포장상자를 아직 가지고 계십니까?'
'우린 암것도 안 버리는구면.' '잘하셨습니다, 고객님. 컴퓨터를
포장상자에 다시 넣은 다음 컴퓨터를 사신 가게로 가져가십시오.'
'그렇기 심각한 문젠감?' '안타깝게도 그렇습니다, 고객님.' '가
게에 가서 뭐라면 되는디?' '잘 듣고 계십니까, 고객님?' '그렇구
면.' '가게에 가셔서, 난 **컴퓨터를 갖기에는 너무 멍청**하다고 말해!'
그렇게 말하고 난 전화를 끊어버렸지."

"그게 당신이 세운 탈출 계획이었나요?"

"맞아. 나를 담당하는 멍청이가 내 통화 내역을 듣는다는 사실
을 알고 있었어. 게다가 그냥 잘라버리기에는 아까워한다는 사실
도 알고 있었지. 그래서 상관은 내가 다른 부서에서 근무하는 게
더 적합하다는 사실에 동의했어. 나는 연구 부서로 가겠다고 했고,
결국 그쪽으로 갔지. 그런데 들고 있는 게 뭐지?"

"파인애플요."

"그럴 거라고 생각했어? 그런데 왜 파인애플을 들고 있어?"

"이건 선물이에요."

"난 파인애플은 깡통에 든 채 열리는 줄 알았는데. 생파인애플을 누구에게 주려고?"

"당신에게요."

스가가 어리둥절한 표정을 짓는다. "나한테? 그걸로 뭘 하라고?"

"보통, 사람들은 칼로 파인애플을 잘라서…… 먹어요."

갑자기 스가가 활짝 웃는다. "와, 고마워. 깜빡하고 점심을 건너뛴 참이었는데. 내가 지금 어디에 가 있는지 한번 맞혀볼래?" 스가가 컴퓨터 쪽을 보며 고개를 까닥하더니 여섯 개들이 맥주 꾸러미에서 맥주 캔을 하나 꺼낸다. 나는 고개를 젓는다. "프랑스 핵에너지 연구소야. 프랑스의 해킹 방지 기술은 완전히 꽝이야."

"당신의 성배는 펜타곤에 있는 줄 알았는데요."

스가가 맥주를 따자 거품이 사방으로 뿜어져나간다. "이런, 젠장! 맞아. 프랑스 연구소는 좀비일 뿐이야."

"좀비요? 물론 태평양 핵실험이 엉망이긴 했지만 그렇다고……"

스가가 고개를 젓는다. "아니, 그런 뜻이 아니고. 제대로 된 해커라면 자기 목표물에 곧바로 침입하지 않아. 우선 좀비 컴퓨터에 침입을 하고, 거기에서 다른 곳으로 들어가는 거야. 때로는 처음 들어간 좀비를 통해 다시 다른 컴퓨터를 좀비로 만들기도 해. 목표하는 곳이 크면 클수록 좀비 춤도 더 오래 추지."

본론을 말해야 할 시간이다. "부탁이 있어요. 좀 복잡한 거예요."

"어디를 해킹해줄까?" 스가가 맥주를 꿀꺽꿀꺽 마시며 바라본다. 나는 스가가 얼마 전까지 내가 알던 스가와 완전히 딴판이라는 사실을 깨닫는다. 나는 사람을 너무 쉽게 판단하는 경향이 있다. 나는 미리엄이 공원에 떨어뜨렸던 도서관 책을 내민다. "어려운 일일지도 몰라요, 스가. 도쿄 도서관 컴퓨터에 들어가서 이 책을 빌린 사람 주소를 알아낼 수 있나요?"

스가가 입에 묻은 맥주 거품을 닦는다. "농담하지 말고."

"할 수 있어요?"

"차라리 오줌 마려울 때 똑바로 오줌 눌 수 있냐고 묻지그래?"

미리엄의 한국 이름은 강효연이다. 스물다섯 살이고 도서관에서 책을 세 권 빌렸다. 나는 전철을 타고 미리엄의 아파트가 있는 누나바시로 간다. 허름한 동네지만 친근한 느낌이 든다. 모든 건물들의 칠이 일어나 벗겨지고 있다. 나는 역 근처 케이크 가게에 들어가 그곳에서 일하는 여자에게 주소를 말하며 어떻게 가야 하는지 묻는다. 여자는 약도를 그려주고, 의미심장한 윙크를 하며 잘 가라고 말한다. 자전거들이 길게 늘어선 보관대를 지나고, 골목을 도니 바다가 나온다. 바다를 본 건 한 달 만이다. 도쿄 만(灣)의 바다 공기에는 석유 냄새가 배어 있다. 화물선들이 정박해 있고, 다리가 넷 달리고 라마의 목을 가진 크레인이 화물선에 짐을 싣고 내린다. 갈라진 포장도로 틈에서 잡초들이 자란다. 야키니쿠* 집에서 고기와 숯 냄새가 난다. 아마추어 밴드가 〈Sonic Genocide〉라는 노래를 연습한다. 선창 모퉁이에서는 택시 운전사가 골프 스윙

---

* 불고기.

을 연습하며 조용한 저녁 홀인원의 낙원을 꿈꾼다. 쇠창살이 설치된 전당포, 환한 카레 가게, 빨래방, 주류 판매점, 게이트볼 경기장, 미리엄의 아파트 건물. 3층짜리 낡은 건물이다. 나는 놀랄 만큼 빠른 속도로 세븐 스타 한 대를 피운다. 1층은 벌써 폐가 수준이다. 내가 올라가자 금속 계단이 삐걱이며 거슬리는 소리를 낸다. 제대로 된 태풍이 한번 불면 이 건물 전체가 홋카이도까지 날아갈 것 같다. 여기다. 303호.

문에 걸린 사슬 위 어둠 속에서 미리엄의 얼굴이 나타난다.

미리엄이 거칠게 문을 닫는다.

나는 당황해 문을 두드린다. 나는 우편물 투입구에 대고 말하려고 몸을 구부린다. "당신이 도서관에서 빌린 책을 가져왔어요. 공원에서 떨어뜨리고 갔더라고요. 다이몬과는 아무 상관 없어요. 미리엄, 전 그 사람을 몰라요! 문 열어주세요." 아무 답도 없다. 머리에 램프갓을 씌운 개가 나타난다. 그리고 과체중인 개 주인이 몇 걸음 뒤에서 헐떡이며 걸어온다. 개 주인은 오만상을 쓰더니 나를 보고 웃는다. "중성화 수술을 했거든. 그래서 거기를 핥지 못하게 갓을 씌워둔 거야." 개 주인은 미리엄의 맞은편 아파트 문을 열고 사라진다. 미리엄의 아파트 문이 열린다. 미리엄은 담배를 피우고 있다. 나는 여전히 몸을 구부린 채다. 문에 걸린 쇠사슬은 여전히 그대로다. "여기 책 받으세요."

미리엄이 책을 받는다. 슬쩍 살펴보더니 다시 나를 본다.

"내가 한 말은 다이몬에게 전했어?"

"그때도 말하려 했는데, 전 다이몬을 잘 몰라요."

미리엄은 황당하다는 듯 고개를 설레설레 젓는다. "왜 자꾸 그 말을 하는 거지? 만약 다이몬이 보낸 게 아니라면 여기는 어떻게 알았다는 거야?"

"도서관에서 알아냈어요."

미리엄은 내 말을 믿어준다. 덕분에 나는 불법적인 부분에 대해서는 설명할 필요가 없다. "그러면 순전히 호의에서 책을 돌려준 거란 말이야?"

"아니요."

"그러면 뭘 원하는 거야?"

미리엄이 자세를 살짝 바꾸고, 반사된 호박색 불빛이 미리엄의 옆얼굴을 살짝 비춘다. 다이몬이 왜 미리엄에게 빠졌는지 이해한다. 하지만 이해하는 건 그것뿐이다. "진짜로 제 아버지를 아세요?"

"뭐?"

"우에노 공원에서, 당신은 마치 제 아버지를 아는 것처럼 말했어요."

"그 사람은 클럽의 정회원이야! 당연히 알지."

내가 침을 꿀꺽 삼킨다. "이름이 뭔가요?"

미리엄은 반은 짜증이 나고 반은 헷갈리는 표정을 짓는다. "네 아버지가 바로 다이몬 유주의 아버지잖아."

플랜 C가 우그러지며 쓰레기장으로 향한다. "다이몬이 그렇게 말했어요?" 이제야 모든 아귀가 맞아 들어간다. 다이몬의 사소한 거짓말에 이루지도 못할 '계획' 씩이나 짜다니.

"다이몬은 네가 이복동생이라고 적고 스페이드 퀸에 널 데리고 왔어. 다이몬의 아버지, 즉 네 아버지는 늘 정부를 몇 명씩 뒀어. 그러니 네가 처음은 아니야."

236

나는 고개를 돌린다. 믿기지가 않는다. 아니, 너무 간단해 믿을 수가 없다.

미리엄이 내 표정을 살핀다. "다이몬이 거짓말을 한 거야?" 내 아버지는 다시 수백만 명의 익명에 합류한다. 난 미리엄의 질문에 대답하지 않는다. 미리엄이 신음 비슷한 소리를 낸다. "그 자식은 저 혼자만 아는 멍청한 놈이야. 단지 내게 복수하려고…… 잘 들어, 미야케 에이지. 날 봐!" 미리엄이 담배를 비벼 끈다. "스페이드 퀸은…… 평범한 술집이 아니야. 만약 네가 거기에 다시 나타나면 안 좋은 일이 벌어질 거야. 젠장, 아주 끔찍한 일이. 널 데려옴으로써 다이몬은 아주 중요한 규칙을 깼어. 보통 남자 손님은 친척들만 데려와. 내 말 잘 들어. 그곳에 다시는 가지 마. 그리고 여기도 다시는 오지 마. 아니, 아예 시부야에 발을 들여놓지 마. 분명히 경고했다. 알아들었지?"

아니, 나는 무슨 말인지 알아들을 수 없었지만, 미리엄은 내 답을 듣지 않고 문을 닫는다. 뉘엿뉘엿 해가 진다. 만약 내가 지금 같은 기분만 아니라면 석양은 무척 아름답게 보였으리라. SF 영화에서 나올 법한 죽어가는 태양이 워너 시네마 멀티플렉스 위에 앉아 있다. 석양으로 가려면 지하철 몇 호선을 타야 하고, 그리고 어느 역에서 내려야 하는 걸까. 나는 힘이 쭉 빠져 왔던 길을 천천히 돌아가다가 오락실을 발견한다. 안에는 2048 오락기들이 한 줄로 죽 늘어선 채 학생들을 상대로 열심히 장사를 하고 있다. 오늘은 일진이 사나운 날이다. 나는 천 엔짜리 지폐를 백 엔짜리 주화로 바꾼다.

♋

내 주변으로 광자포가 터지고, 마지막 전우가 쓰러진다. 시야에 간수가 보인다. 나는 그자를 곤죽을 만든다. 마지막 반항이 사그라진다. 섬뜩한 적막. 마침내 총격이 멈춘 건가? 붉은 문을 지나고 여덟번째 판이다. 간수와 폭도들의 시체로 뒤덮인 금속 보도를 걷자 쩔그렁 소리가 난다. 이제 결과는 나 하기 나름이다. 감옥 문이 나타난다. 죄수: 네드 루드. 죄목: 사이버 테러. 형량: 종신형. 보안 등급: 오렌지. 안에 내 아버지가 있다. 아우터넷의 폭군으로부터 인류를 구한 이다. 이제 현실을 뒤집는 혁명이 시작된다. '열림'이라고 적힌 단추를 쏘자 문이 옆으로 열린다. 감옥으로 들어간다. 암흑. 문이 스스르 닫히고 불이 들어온다. 아우터넷 정보 장교들이다! 구식 연발 권총을 가지고 있는 걸까? 나는 총을 쏘아보지만 내 광선총은 발사되지 않는다. 발사 억제장이다. 어디선가 모퉁이를 잘못 돈 것이다. 어디선가 이정표를 잘못 읽은 것이다. 눈앞에서 에너지 바가 0.01로 줄어든다. 나는 움직일 수가 없다. 심지어 서 있을 수조차 없다. 어떤 남자가 넥타이를 풀며 내게 걸어온다. 그는 내가 현실세계에 있을 때는 콩밭에서 일하는 농부다. "난 K00996363E 요원이다. 게이머 I8192727I, 당신은 발각되었다. 네드 루드는 아우터넷이 반게임 경향을 보이는 게이머를 적발하고 아우터넷에 잠재적 위협이 얼마나 되는지 측정하기 위해 만든 프로젝트다. 우리 밀정의 보고에 따르면, 당신이 이렇게 쉽사리 감염되는 건 뇌의 프로그램이 잘못되어 있기 때문이다. 관념이 영상을 이길 수 있다는 생각부터가 미쳤다는 증거다. 게임 법 972HIJ

에 따라 아우터넷은 당신의 뇌를 재가공할 것이다. 이런 일을 하게 되어 유감이다, I81. 하지만 이 모든 것은 다 당신을 위해서다." 사내는 얼굴을 가까이 들이댄다. 혐오스러운 느낌은 들지 않는다. 상냥하며 푸근한 느낌이다. "게임 오버."

넷

간척지

이렇게 죽는구나. 자정이 몇 분 지난 시각, 도쿄 만 남서쪽 어딘 가의 간척지. 나는 재채기를 한다. 오른쪽 눈두덩은 부어올라 거의 터지기 직전이다. 9월 17일 일요일. 내 죽음이 예상 밖이라고는 할 수 없다. 지난 열두 시간을 생각해볼 때 절대 그렇게 말할 수 없다. 안주가 죽음이 무엇인지 보여준 이래, 나는 전철을 기다릴 때, 엘 리베이터를 기다릴 때, 또는 약국 선반에서 언뜻언뜻 죽음을 보아 왔다. 나는 야쿠시마 섬의 바위들 사이에서 우르릉거리는 죽음을 보며 컸다. 하지만 언제나 어느 정도 떨어진 거리에서였다. 하지만 이제 죽음은 악몽에서처럼 그 가면을 벗어던졌다. 나는 이곳에 있 고, 이건 꿈이 아니다. 나는 결코 헤어나올 수 없는 악몽을 현실에 서 만난 것이다. 큰대 자로 뻗은 나는 아는 사람들로부터 멀리 떨 어져 있고, 생명 에너지는 바닥을 치고 있다. 몸은 엉망이며, 여기, 내가 올라와 누운 다리 높이만큼이나 높은 열이 난다. 하늘에는 별과 비행기와 인공위성이 흩뿌려져 있다. 이런 식으로 죽는 건 정말 쓸모없고, 가치 없고, 무의미하며, 바람직하지 않고, 터무니없다. 처음부터 사전에 계획된 슬프고 못된 도박 때문이다. 내가 거의 마지막으로 한 생각은, 만약 이런 쓸모없는 이야기가 계속되게 하려면 생체해부학자인 하느님은 실험을 위해 새로운 원숭이를 구해야 한다는 것이다. 별들이 너무 많다. 왜 저렇게 많은 걸까?

☯

수요일 오후, 나는 개인 광고 비용을 보내기 위해 우에노 역 근처 은행으로 간다. 은행은 아사쿠사 거리에서 걸어서 십 분 거리고, 나는 주인 잃은 자전거를 빌린다. 이 자전거는 분실물 보관소의 직원용 차라고 할 수 있다. 그 누구도 훔쳐갈 생각을 하지 않을 정도로 낡은 자전거지만, 점심시간을 아낄 수도 있고, 뜨거운 열기를 뿜어대는 여름날 사람이 붐비는 길을 십오 분이나 걷지 않아도 되니 나로서는 일석이조다. 도쿄에서는 그늘을 찾아볼 수 없다. 그리고 콘크리트는 열기를 축적한다. 나는 은행 밖에 자전거를 대고 안으로 들어간다. 점심시간이라 은행은 붐비고, 은행 특유의 소리들이 난다. 일벌, 전화기, 컴퓨터 프린터, 종이, 자동문, 웅성거림, 지루한 아기. 기다란 숫자 열 가운데 단 하나라도 잘못 입력하지 않는다는 가정 아래, 플랜 D를 실행에 옮기기 위해서는 현금인출기를 쓰는 게 싸게 먹힌다. 물론 숫자 하나만 잘못 쳐도 내 돈은 엉뚱한 계좌에 입금될 것이다. 나는 천천히 신중을 기해 숫자를 친다.

화면에 가상 은행원이 나오더니 두 손을 치마 앞에 포개고 허리 숙여 인사한다. '잠시만 기다려주십시오. 지금 처리 중입니다.' 나는 기다리며 카드 분실과 저리 신용대출에 대한 내용을 읽는다. 다시 화면을 보자 가상 은행원이 뭔가 새로운 말을 한다. 나는 놀라 숨이 막힐 지경이 된다. '아버지가 곧 당신을 만날 겁니다, 미야케 에이지.' 나는 세 번이나 그 내용을 다시 읽어본다. 화면에는 여전히 메시지가 남아 있다. 주위를 둘러본다. 누가 짓궂은 장난을 치고 있는 게 분명하다. 죽 늘어선 현금인출기 가장 앞쪽에는 은행원이 서서 손님들을 돕고 있다. 그 여자가 내 얼굴을 보더니 황급히 다가온다. 여자는 가상 동료와 똑같은 유니폼과 표정을 하고 있다. 나는 멍청한 표정으로 다만 인출기 화면만 가리킨다. 여자가 내 손가락이 가리키는 곳을 따라 화면을 본다. "네 손님, 지금 송금 중입니다. 카드와 영수증을 잘 보관하십시오."

"하지만 저 메시지를 보세요!"

은행원이 미니 마우스 목소리로 말한다. "'거래가 완료되었습니다. 카드와 영수증을 받으십시오.' 아무 문제 없습니다, 손님."

나는 화면을 본다. 여자 말이 맞다. "하지만 다른 메시지가 나왔어요." 내가 계속 주장한다. 나는 주위를 둘러보며 이런 짓궂은 장난을 친 게 누군지 찾는다. "제 이름과 함께 이상한 메시지가 나왔어요."

여자가 어색한 웃음을 짓는다. "있을 수 없는 일입니다, 손님."

줄 서서 기다리던 사람들이 우리에게 관심을 보인다. 내가 열을 내며 말한다. "그런 일이 일어날 수 없다는 건 저도 알아요! 당신은 제가……" 유니폼을 입고 노란 완장을 한 남자가 우리에게 다가온다. 남자는 나보다 겨우 몇 살 많아 보이지만 이미 금융회사의 사무라이가 되어 잘난 척하는 데 익숙해진 자다. "수고하셨습니다, 와카야마 부인." 남자가 아랫사람을 물러가게 한다. "저는 담당 책임자입니다, 손님. 뭔가 불편하신 게 있습니까?"

"저는 단지 이체를 하려고……"

"기계가 오작동을 했나요?"

"화면에 메시지가 나타났어요. 저 개인에게 보내는 메시지였습니다."

"무엇 때문에 그 메시지가 손님 개인에게 보내는 거였다고 생각하시는지 여쭤봐도 되겠습니까?"

"제 이름이 나와 있었습니다."

잘난 체 대장이 훈련받은 친절한 표정에 찡그린 표정을 걸친다. "그 '메시지'가 정확히 무슨 내용이었나요, '손님'?"

"제 아버지가 저를 보고 싶어한다는 내용이었습니다."

줄 서 있던 주부들이 호기심에 웅성거리며 서로를 돌아보는 게 느껴진다. 잘난 체 대장은 정신과 의사가 미친 사람을 데리고 노는 흉내를 낸다. "아마도 저희 기계 화면에 나타난 글씨체가 다소 읽기 어려웠기 때문에 손님께서 오해하신 듯합니다."

"저는 은행에서 일하진 않지만 읽을 수는 있습니다."

"당연히 그러시겠죠." 잘난 체 대장이 내 유니폼을 살핀다. 잘난 체 대장은 당혹스럽다는 표시를 하기 위해 목덜미를 긁적인다. 내가 성가신 존재라는 걸 표시하기 위해 손목시계를 들여다본다. "제가 말씀드릴 수 있는 건, 뭔가 오해가 빚어졌거나 아니면 손님께서 도쿄 은행 역사상, 아니, 제가 알기로는 일본의 모든 은행 역사상 한 번도 일어난 적이 없는 일을 겪으셨다는 겁니다."

나는 현금카드를 지갑에 넣고 자전거를 타고 우에노 역으로 돌아간다. 그날 오후 내내 나는 너무 흥분해 있고, 사사키 부인은 무슨 일이 있는지 묻는다. 열이 좀 있다고 거짓말을 하자 부인은 내게 약을 준다. 쉬는 시간 동안 나는 역에 있는 현금인출기를 써본다. 출금은 할 수 있지만 송금은 할 수 없는 종류다. 이 현금인출기에서는 특별한 일이 나타나지 않는다. 분실물 보관소에 오는 사람들 중에 혹시 이 일을 꾸민 기색이 보이는 이는 없는지 유심히 살펴본다. 그런 사람은 보이지 않는다. 혹시 스가가 꾸민 일이 아닐까 생각해본다. 하지만 스가는 내 아버지에 대해 알지 못한다. 도쿄에 있는 그 누구도 내 아버지에 대해 알지 못한다. 내 아버지 자신만 빼고.

지하철을 타고 기타 센주로 돌아오며 주위를 돌아본다. 하지만 과대망상일 뿐이다. 소녀 한 명을 제외하고는 나를 보는 사람이 없다. 역에서 집으로 걸어오는 길에 거리에 있는 거울들을 보는 척하며 혹시 미행하는 자가 없는지 살핀다. 슈퍼마켓에서 반값 할인하는 오코노미야키와 고양이에게 줄 우유를 산다. 계산대 앞에서 줄을 선 동안 생각한다. '분타로일지도 몰라.' 내가 지금 쪽방을 얻은 건 가고시마의 기타 선생님 친척이 분타로 아내의 친구를 알기 때문이다. 분타로가 내 아버지에 대해 알아낼 수 있을까? 하지만 일개 비디오 대여점 주인이 현금인출기를 개인 통신수단으로 쓸 만한 능력이 있을 리 없다. 스가와 분타로가 뭔가 못된 작당을 하고 있는 건가? 슈팅스타에 들어가보니, 의심의 대상은 술 없는 머리를 쓸어넘기며 아내와 통화 중이다. 둘은 고다이의 유치원에 대해 이야기를 나누고 있다. 분타로는 나를 보고 고개를 까닥하더니, 손으로 거위가 목을 길게 빼고 꽥꽥거리며 잔소리를 늘어놓는다는 시늉을 한다. 나는 〈당신을 날 취하게 해요〉라는 제목의 영화를 한두 장면 정도 본다. 경찰이 초능력 살인자의 뒤를 쫓는다. 살인자는 인간의 마음 깊숙한 곳에 숨은 가장 큰 두려움을 읽고, 그에 알맞은 악몽을 꾸게 하는 식으로 사람을 죽인다. 분타로가 수화기를 내려놓으며 말한다. "네가 무슨 생각을 하는지 잘 알아, 친구. 고다이는 아직 태어나지도 않았어. 그런데 여기서 좋은 유치원은 그레이트풀 데드 공연보다 대기 줄이 더 길어. 그래도 좋은 유치원에 보내야 돼. 그래야 컨베이어 벨트를 타고 좋은 대학까지 쉽게 갈 수 있거든." 분타로는 고개를 설레설레 저으며 한숨을 쉬더니 말을 잇는다. "그런데, 오늘은 어땠나? 뼛속까지 힘이 쭉 빠진 것처럼 보이는걸." 분타로가 담배를 권한다. 분타로에게 품었던 내 의심이 사라진다. 그렇게 보이지 않았는데, 단 하나 남은 용의자가 이제 가장 그럴듯해 보인다. 내 아버지. 이제 뭘 해야 하나? 플랜 E를 시작할 때다.

목요일 점심시간, 나는 다시 같은 은행 같은 지점으로 가 현금 인출기를 써본다. 같은 여자가 근무한다. 그 여자는 내가 누구인지 알아차리자마자 애써 내 시선을 외면한다. 나는 현금카드를 넣고 비밀번호를 누른다. 화면에서 가상 은행원이 절을 한다. 보라! '출구는 없으며 더 어두운 방들로 통하는 입구만 있는 어두운 방은 무엇입니까? 아버지가 당신 답을 기다리십니다.' 나는 이게 무슨 뜻일지 생각해본다. 일종의 경고인가? 미니 마우스를 찾아 주위를 둘러보지만 잘난 체 대장이 이미 나를 기다리고 있다. "뭔가 또 이상한 메시지라도 나타났습니까, 손님?" 말하는 싸가지 하고는.

나는 속으로 욕을 하며 손마디로 화면을 톡톡 두드린다. "이게 이상하지 않으면 뭐가 이상하다는 건가요?"

"오, 이런, 손님, 뭐가 문제인지 잘 모르겠습니다만. 어쩌면 그 메시지는 손님 잔고가 부족하다는 뜻이 아닐까요?" 물론 화면은 정상으로 돌아와 내 비참한 잔고를 보여주고 있다. 주위를 둘러본다. 누가 이곳을 보고 있지 않은가? 누군가 나 말고 다른 사람이 다가오면 메시지를 원래대로 바꾸어놓는 걸까? 어떻게? "이상하게 보인다는 건 압니다." 내가 입을 연다. 하지만 더는 무슨 말을 해야 할지 모르겠다. 잘난 체 대장은 그냥 눈썹만 치킨다. 잠시 뜸을 들이다가 내가 계속 말한다. "하지만 당신네 현금인출기를 이용해서 손님을 골탕먹이는 자가 있어요." 잘난 체 대장은 내가 계속 말하길 기다린다. "걱정이 안 되십니까?" 잘난 체 대장은 팔짱을 끼고 고개를 한쪽으로 살짝 기울인다. '나는-도쿄에서-최고로-유명한-대학을-나왔어' 각도다. 나는 더이상 말을 하지 않고 서둘러 은행을 뛰쳐나온다. 자전거를 타고 분실물 보관소까지 와서, 주차된 자동차며 반쯤 열린 창문을 어제처럼 유심히 살펴본다. 아버지는 나와 안주의 출생증명서에서 자기 이름을 없앨 정도로 권력이 있는 자였지만, 이건 또다른 종류의 능력에 들어간다. 나는 주인 잃은 우산들에 분류표를 붙이고 보관한 지 이십팔 일이 넘은 것들을 골라내느라 남은 오후를 몽땅 보낸다. 혹시 계모가 나를 협박하는 건가? 만약 메시지를 보낸 게 아버지라면, 왜 그냥 내게

전화를 하지 않고 이런 짓궂은 장난을 치는 걸까? 도무지 말이 안
된다.

　금요일은 정기 공채 기간에 채용되지 않은 수습직의 봉급날이
다. 은행은 사람들로 북적인다. 현금인출기에서 내 순서가 되기까
지 몇 분 정도 기다려야 한다. 잘난 체 대장은 날개를 펴고 순회를
한다. 나는 야구모자를 푹 눌러쓴다. 모자에 타조 깃털을 꽂은 여
자가 계속 나를 흘긋거리며 흠흠거린다. 나는 현금카드를 넣고 만
사천 엔을 요청한다. 가상 은행원이 생글거리며 인사하고 기다려
달라고 요청한다. 지금까지는 정상이다. '**아버지가 경고하는데, 당신
은 이제 더는 숨을 곳이 없답니다.**' 예상하고 있었다. 내 뒤로 조바심
내며 기다리는 사람들을 모자챙 아래로 살핀다. 누굴까? 아무런
단서도, 힌트도 없다. 기계가 내 돈을 토해낸다. 가상 은행원이 다
시 인사한다. '**아버지가 당신을 만나러 오고 있습니다.**' 그럼 어서 오
란 말이야! 왜 내가 이 도시에 와 있다고 생각하는 거야! 나는 주
먹 아랫부분으로 가상 은행원을 툭툭 친다. "도쿄에 사시는 분이
아니죠? 그렇죠, 손님?" 잘난 체 대장이 내 어깨 옆에 있다. "척
보니 알겠군요. 도쿄 손님들은 기계를 부수는 분이 절대 없거든
요." "이걸 보세요! 이걸요!" 나는 그자에게 화면을 보여주고, 욕
을 내뱉는다. 뭐가 보일지 뻔한데 내가 왜 그랬을까? '**현금과 카드
를 잊지 말고 챙기십시오.**' 현금인출기가 빽빽거린다. 잘난 체 대장
과 더 말을 했다가는, 아니 그쪽으로 눈길만 돌려도 그자를 때려눕
히고 싶은 욕구에 사로잡히리라는 사실을 깨닫는다. 하지만 박치
기를 하고 일주도 안 된 상태에서 다시 누군가를 들이받는 건 내

두개골에 그리 좋지 않다는 생각이 든다. 나는 상대의 짜증이 듬뿍 담긴 한숨을 무시하고 돈과 카드와 영수증을 챙긴 뒤, 은행 로비를 잠시 걸으며 누군가 나를 보는 사람이 없는지 살핀다. 늘어선 줄, 대리석 바닥, 순서를 알리는 차임 소리. 나를 보는 사람은 아무도 없다. 그때 잘난 체 대장이 경비원에게 말하며 내 쪽을 흘깃거리는 모습이 보인다. 나는 슬그머니 도망친다.

　은행과 우에노 역 사이에는 도쿄 전체를 통틀어 가장 엉망인 우동 가게가 있다. 도쿄의 우동 가게들은 일본에서 가장 엉망이니, 아마 이 가게는 세계에서 가장 엉망인 가게일 것이다. 그곳은 너무나 엉망이라 간판도 없고 페인트칠조차 되어 있지 않다. 스가가 해준 말에 따르면, 그 가게는 다른 곳과 비교도 안 되게 싸고, 얼음물을 원하는 대로 마실 수 있으며, 이십 년 묵은 만화책들이 구비되어 있다. 나는 가게 모퉁이에 자전거를 세우고, 환풍기에서 흘러내린 시커먼 타르 냄새를 맡으며 구슬발을 걷고 안으로 들어간다. 가게 안은 어두컴컴하고 파리가 날아다닌다. 인부 네 명이 기름이 둥둥 뜬 사발 네 개를 둘러싸고 조용히 앉아 있다. 요리사는 죽은 지 며칠은 됨 직한 늙은 할아버지다. 실내에는 죽은 벌레들로 얼룩진 둥그런 전등 하나뿐이며, 벽은 기름이 튀고 흐른 자국 천지다. 텔레비전에서는 옛날 흑백 야쿠자 영화가 나오고 있지만 영화를 보는 사람은 아무도 없다. 야쿠자 하나가 콘크리트 믹서에 내팽개쳐진다. 선풍기들이 이리저리 고개를 틀어댄다. 갑자기 몸을 후르륵 떨며 요리사가 다시 살아나더니 자세를 바로 한다. "뭘 줄까?" 나는 튀김과 달걀과 양파를 곁들인 메밀국수를 시키고 카운터 의자에 앉는다. 그 메시지에 따르면 오늘이다. 내일 이 시간이면 나는 모든 걸 알게 되리라. 플랜 E가 제대로 성공했는지, 아니면 실패한 다른 계획들과 같은 신세가 되는지. 나는 희망이 담긴 뚜껑을 꽉 닫아두려 해본다. 희망이 부글부글 끓는다. 아버지가 아니면 대체 누구란 말인가? 주문한 국수가 나온다. 고춧가루를 살짝 뿌린 뒤, 그게 해파리 모양의 기름 얼룩 사이로 퍼져나가는 모습을 지켜본다. 앞으로의 일에 너무 정신이 팔려 아무 맛도 느낄 수 없다.

환한 밖으로 나와보니 자전거가 사라지고 없다. 검은 캐딜락이 골목길에 주차되어 있다. FBI가 대통령 경호나 뭐 그런 일에 쓸 만한 종류의 차다. 살짝 열린 조수석 문으로 도마뱀이 머리를 쑥 내밀고 있다. 키가 작고, 주둥이가 뾰족하고, 머리털은 하얗고, 두 눈은 270도를 볼 수 있을 정도로 멀리 떨어져 있다. "뭘 찾고 있나?" 나는 햇빛을 가리기 위해 쓰고 있던 야구모자 챙을 돌린다. 도마뱀이 캐딜락에 몸을 기댄다. 나와 나이가 비슷하다. 뱀가죽 무늬 반소매 셔츠의 팔 속으로 용의 꼬리가 사라지고 머리가 다른 쪽에서 고개를 든다.

"제 자전거요."

도마뱀이 캐딜락 안의 누군가에게 뭐라고 말한다. 운전석이 열리더니 얼굴 한쪽에 프랑켄슈타인 흉터가 있고 선글라스를 쓴 자가 내려 캐딜락 뒤로 가 짓구겨진 금속을 꺼낸다. 사내는 그것을 가지고 오더니 내게 건넨다. "이게 네 자전거야?" 사내의 팔뚝은 내 허벅지보다도 굵고 손가락 마디마디에는 금덩어리가 두툼하다. 덩치는 또 얼마나 큰지 태양이 다 가려질 정도다. 나는 너무 놀라서 얼떨결에 그 덩어리를 받아들고 서 있다가 잠시 뒤에야 놓아버린다.

"맞아요. 그랬죠."

도마뱀이 혀를 찬다. "요즘 사람들은 너무 파괴적이야. 안 그래?" 프랑켄슈타인이 한때 자전거였던 고철 더미를 발로 밀어 한쪽으로 치운다. "차에 타." 프랑켄슈타인이 엄지손가락으로 캐딜락을 가리킨다. "널 데려오라고 아버지가 보내셨다."

"제 아버지가 보내셨어요?"

프랑켄슈타인과 도마뱀은 내 말이 웃긴 모양이다. "달리 널 찾을 사람이 또 있어?"

"그리고 제 아버지가 제 자전거를 망가뜨리라고 했나요?"

도마뱀이 고개를 들더니 침을 뱉는다. "차에 타, 이 주둥이만 살아 있는 씹새끼야. 안 그러면 지금 이 자리에서 네 두 팔을 분질러줄 테니까." 길게 늘어선 자동차들은 열기와 소음을 뿜으며 다음 빨간 신호가 될 때까지도 꼼짝하지 못한다. 내게 달리 무슨 선택이 있단 말인가?

캐딜락이 부르릉거리며 스미다 강 다리를 부드럽게 넘어간다. 선팅이 된 창이 밝은 오후의 빛 세기를 조절하고, 에어컨은 서늘한 바람으로 냉장고 속 맥주 같은 온도를 유지시킨다. 추위에 소름이 돋는다. 프랑켄슈타인은 운전을 하고, 나와 함께 뒷좌석에 앉은 도마뱀은 팝스타처럼 다리를 좍 벌리고 있다. 야쿠자에게 납치된 게 아니라면, 직장에서 잘릴 상황이 아니라면 자동차를 타고 가는 지금 이 순간을 기분 좋게 즐길 수도 있었을 것이다. 어쩌면 차 안에 전화기가 있을지도 모른다. 전화기를 빌려 사사키 부인에게 전화를 해서…… 무슨 말을 한담? 어떤 상황에서도 사사키 부인에게는 거짓말을 하고 싶지 않다. 사사키 부인은 괜찮아. 나는 별일 아니라고 혼잣말을 한다. 아버지가 나를 데려오라고 한 거야. 그뿐이야. 그런데 왜 흥분이 되지 않는 걸까? 도쿄 북쪽이 미끄러지듯 지나가고, 거리들을 지나고 지나고 또 지난다. 인간보다는 차가 되는 쪽이 낫다. 고속도로, 고가도로, 진입로. 석유화학 공장의 파이프들이 몇 킬로미터씩 이어지고, 그 옆으로는 타래송곳 같은 침엽수들이 늘어서 있다. 육중한 자동차 공장. 몇 에이커에 걸쳐 이어지는 하얀 자동차 차체. 즉 내 아버지는 야쿠자와 관계된 인물이다. 말이 되는 듯하다. 돈, 권력, 영향력. 하얀 차선들, 굽이치는 나무들, 공장 굴뚝들을 보고 있노라니 꿈을 꾸는 것만 같다. 대시보드의 시계가 13:23을 나타낸다. 사사키 부인은 내가 왜 늦는지 궁금해하겠지. "혹시 전화를 걸 수 있을까요?" 도마뱀이 내게 가운뎃손가락을 치켜 보인다. 하지만 혹시 모르니 다시 말해본다. "아주 잠깐만……" 하지만 프랑켄슈타인이 고개를 돌리고 말한다. "닥쳐, 미야케! 난 애새끼가 징징대는 거 딱 질색이야." 아버지가 날 정중히 데려오라는 말을 하지 않은 모양이다. 난 추측하는 걸 그만두고 의자에 등을 기대고 기다린다. 톨게이트를 지난다. 프랑켄슈타인은 속력을 높이고, 캐딜락은 13:41에 고속도로를 마구 달려나간다. 주거용 건물들이 좀더 많아지고, 송전탑들이 비틀거리며 다가온다. 오른쪽으로 바다가 그린 수평선이 보인다. 도마뱀이 하품을 하더니 담배에 불을 붙인다. 도마뱀은 호프를 피운다. "차 타는 맛이 나지?" 프랑켄슈타인이 말한다. 하지만 내게 하는 말이 아니다. "이런 걸 하나 사려면 돈이 얼마나 있어야 할까?" 도마뱀이 해골 모양 반지를 만지작거린다. "좆나게 많이." 프랑켄슈타인이 혀로 입술을 적신다. "이십오만 달러야." 도마뱀이 말한다. "우리 돈으로는 얼마야?" 프랑켄슈타인이 생각한다. "이천이백만엔." 도마뱀이 나를 본다. "들었어, 미야케? 만약 네가 입사시험에 합격해서 평생 사무실에서 일하며 보너스까지 몽땅 저축하는 짓을 아홉 번 환생하면서 하면 너도 캐딜락을 살 수 있을 거야." 나는 앞만 바라본다. "미야케, 지금 너에게 말하고 있잖아!" "미안해요. 전 주둥이를 닥치고 있어야 하는 줄 알았죠." 도마뱀이 휘파람을 불고, 찰칵하며 잭나이프가 튀어나온다. "주둥이 조심하라고 했지, 이 씹새끼야." 잭나이프가 내 손목을 스친다. 칼날이 손목시계를 베며 안쪽까지 파고들어간다. 잭나이프가 다시 접혀 들어간다. 도마뱀은 눈을 이글거리며, 내게 어디 한번 맘대로 나불거려보라고 도발한다. 도마뱀이 이겼고, 날카롭고 뚝뚝 끊어지는 웃음을 터뜨린다.

도쿄 만 저편에 있는 제너두가 오늘 성대하게 개장한다. 고속도로 출구에는 깃발이 나부끼고, 브리지스톤 비행선이 거대한 돔 위에 떠 있다. 내 목의 선(腺)이 고동치기 시작한다. 발할라는 새해에 개장하고, 너바나와 신공항 모노레일 터미널은 여전히 공사 중이다. 차들이 느릿느릿 기어간다. 버스, 왜건, 지프, 스포츠카 들이 톨게이트에 줄지어 길게 늘어서 있다. 만국기가 축 늘어져 있다. 거대한 현수막에는 '제너두, 금일 개장! 가족 모두를 위한 지상낙원! 아홉 개 멀티플렉스! 올림픽 규격의 수영장! 크립톤 댄스 엠포리엄! 가라오케 센터! 대규모 식당가! 캘리포니아식 옥외 수영장!
넵튠 수중 공원! 플루토 파칭코! 만 대가 주차할 수 있는 공간! 그
렇습니다, 자동차 만 대!'라고 적혀 있다. 오토바이를 탄 경찰이
진입로에서 우리에게 손을 흔든다. "캐딜락을 타면 어디든 무사
통과지." 도마뱀이 호프 한 대를 다시 비벼 끈다. 창문을 내리며
프랑켄슈타인이 말한다. "저 경찰도 우리 편이야. 좋았던 옛 시절
이 다시 온 거야. 도시 안에 있는 경찰 새끼들이 우리가 누군지 다
알아보기 전 시절로 말이야." 캐딜락은 비탈을 오르며 태양을 향
해 곧장 나아간다. 태양은 선팅한 앞창 유리에 검은 별처럼 보인
다. 꼭대기에 올라간 우리는 거대한 금속판으로 제너두와 분리를
해둔 건축지에 들어선다. 자갈 더미, 석판 더미, 콘크리트 믹서, 뿌
리가 자루에 싸인 채 아직 심기지 않은 나무들이 보인다. 도마뱀이
묻는다. "인부놈들은 다 어디 간 거야?" 프랑켄슈타인이 대답한
다. "제너두 개장이라 오늘은 휴가야." 포터캐빈 블록을 돌자 발할
라가 나온다. 한때는 건축용 잡석에 불과했지만 이제는 삼각형들
로 이루어져 우뚝 솟아오른 검은 유리 피라미드다. 눈이 부시다.
캐딜락이 진입로를 따라 그늘 속으로 들어가 차단기 앞에서 멈춘
다. 수위실에서 수위가 창문을 연다. 아흔 살쯤 되어 보이고, 술에
취했든지 아니면 파킨슨병을 앓고 있는 듯하다. 프랑켄슈타인이
창문을 내리고 노려본다. 수위는 연신 경례를 해대며 고개 숙여 절
한다. "열려라, 좆 같은 참깨야." 프랑켄슈타인이 으르렁댄다. 차
단기가 올라가고 고개 숙여 인사하는 수위의 모습이 뒤로 사라진
다. 도마뱀이 묻는다. "저 자식을 어디서 데려왔을까? 애완동물 공
동묘지?" 캐딜락이 어두운 곳으로 미끄러지듯 들어가더니 후진을

한 뒤 멈춘다. 흥분에 온몸이 부들부들 떨린다. 내가 정말로 아버지와 같은 건물에 있단 말인가?

"나와." 도마뱀이 말한다.

우리는 지하 주차장에 들어와 있다. 기름, 가스, 시멘트 냄새로 가득하다. 우리가 타고 온 캐딜락 옆에 캐딜락 두 대가 더 주차되어 있다. 어둠에 눈이 익숙해지려면 시간이 좀더 필요하다. 너무 어두워 벽을 비롯해 아무것도 보이지 않는다. 프랑켄슈타인이 옆구리를 쿡 찌른다. "앞으로 가, 보이스카우트." 나는 프랑켄슈타인을 따른다. 희미한 전구가 깜박거린다. 여닫이문에 둥그런 창이 달려 있다. 그 너머로는 갓 칠한 페인트 냄새가 풍기는 직원용 복도가 나 있다. 그곳을 걷는 우리 걸음 소리가 메아리를 만든다. "아직 완공도 안 되었는데 벌써 전구가 맛이 갔군." 도마뱀이 한 소리 한다. 우리가 걷는 복도에서 다른 복도들이 갈라져나간다. 겁이 나기 시작한다. 내가 어디 있는지 아무도 모른다. 아니, 아버지는 안다. 내가 가는 곳을 머릿속에 새겨넣기 시작한다. 소화 호스에서 오른쪽으로 돌고, 여기 게시판을 지나 똑바로 가서…… 프랑켄슈타인이 남자용 화장실 앞에 선다. 도마뱀이 문을 연다. "들어가."

"화장실에 안 가도 돼요."

"잔소리 말고 들어가라면 들어가."

"아버지는 언제 만나나요?"

도마뱀이 능글맞게 웃는다. "네가 아버지를 어서 만나고 싶어 안달이라고 전해주지." 프랑켄슈타인이 발로 문을 열고, 도마뱀이 내 코를 쥐고 나를 화장실 안에 처넣은 뒤 내가 중심을 잡기도 전에 문을 잠근다. 나는 하얀 화장실 안에 있다. 바닥 타일, 벽 타일, 천장, 마감재, 세면대, 소변기, 화장실 문, 모든 것이 눈부시게 새하얗다. 창문도 없고 다른 출구도 없다. 출입문은 금속으로 되어 있고 발로 차서 부술 수 있을 것 같지도 않다. 나는 문을 몇 번 두드려본다. "이봐요! 여기 얼마나 있어야 하는 거예요?"

내 뒤에서 변기 물 내리는 소리가 들린다.

"거기 누구예요?"

화장실 문 빗장 열리는 소리가 나더니 문이 활짝 열린다. 다이몬 유주가 허리띠를 채우며 나온다. "어디서 들어본 목소리라고 생각했지. 타이밍 한번 기막히네. 똥을 싸는 중간에 네 목소리를 들었어. 그런데 너는 이런 악몽 속에서 뭘 하는 거야?"

다이몬 유주가 손을 씻으며 거울로 나를 살핀다. "내 질문에 대답할 거야, 아니면 우리 간수께서 날 데려갈 때까지 계속 이렇게 조용히 있을 거야?"

"뻔뻔하군."

다이몬은 드라이어 아래 손을 대고 흔들지만 드라이어는 작동하지 않는다. 그러자 다이몬은 자기 티셔츠에 손을 닦는다. 티셔츠에는 연기가 피어오르는 총을 내리는 여학생 그림이 찍혀 있고, 말풍선에는 '살인을 하면 이런 기분이로군…… 맘에 드는걸'이라고 적혀 있다. "알겠다. 러브호텔 일 때문에 아직도 삐쳐 있구나."

"넌 아주 훌륭한 변호사가 될 거야."

"칭찬이라고 들리지는 않지만, 여하튼 고마워." 다이몬이 몸을 돌리더니 말을 잇는다. "계속 이렇게 옛일을 추억하며 한탄할 거야? 이제 네가 왜 여기 왔는지 말해줘도 될 것 같은데."

"내 아버지가 데려왔어."

"네 아버지가 누군데?"

"아직 몰라."

"그건 좀 경솔한 대답인걸."

"넌 왜 여기에 있지?"

"똥을 한판 싸러 왔지. 너도 보지 않았나?"

"왜 그랬어? 러브호텔에서는 왜 그런 짓을 한 거야?"

"빈틈이 없네, 미야케는. 빈틈이 없어."

"아니, 난 치명적인 약점이 있지. 너도 알겠지만, 때때로 사람을 너무 잘 믿거든."

다이몬이 움찔하는 척한다. "설명하자면 길어."

나는 문을 바라본다.

다이몬이 세면기에 걸터앉으며 말한다. "알았어. 너도 아무 의자나 맘에 드는 곳에 앉아."

이곳에 의자는 없다. "서 있겠어."

변기 물탱크에 물 차는 소리가 멈추자 침묵이 크게 한숨을 쉰다.

"이건 대를 이어 벌어지는 낡은 전쟁에 대한 이야기야. 옛날, 쓰루 고노스케라는 폭군이 있었지. 그자의 왕국은 미군정 시절 암시장, 군대에서 담배를 몰래 빼돌리던 시절까지 그 뿌리를 거슬러 올라갈 수 있어. 혹시 담배?" 나는 고개를 가로젓는다. "반세기 뒤, 쓰루는 각료들과 조찬 회의를 하는 자가 되었어. 그자의 관심사는 도쿄의 지하세계와 그 우두머리들에서부터 마약과 건축에 이르기까지 폭넓었어. 왜 건설이냐고? 당시 이 나라 지도자들은 경제공황을 해결하려면 산비탈 아래에다 콘크리트를 쏟아붓고, 아무도 살지 않는 섬까지 현수교를 놓는 게 유일한 방법이라고 생각했거든. 말도 안 되는 소리지. 그리고 쓰루에게는 나가사키 준이라고, 오른팔 격이던 사내가 있었지. 왼팔은 모리노 류타로였어. 쓰루 황제, 나가사키 제독, 모리노 장군. 이런 식이지. 내 말 잘 따라오고 있는 거야?"

나는 그렇다는 의미로 살짝 고개를 끄덕인다.

"아흔몇번째 생일날, 쓰루는 심각한 심장마비를 일으키고, 응급차에 실려 시바 코엔 병원으로 가. 그게 올해 2월이야. 절묘한 시기지. 모리노와 나가사키는 쓰루의 농간에 놀아나 서로 대립했어. 관례에 따르면 쓰루는 후계자를 지명해야 했지만, 쓰루는 약아빠진 늙은이였고, 병상에서 일어날 거라고 큰소리쳤지. 쓰루가 쓰러지고 칠 일 뒤, 나가사키는 기습 공격을 감행함으로써 자신의 운명을 만방에 알렸지. 하지만 나가사키가 습격한 건 잔뜩 경계를 하고 있던 모리노 측이 아니라 자기들이 신성불가침이라 생각하고 있던 쓰루 측이었어. 백 명이 넘는 쓰루의 심복이 하룻밤 사이에 제거되었어. 채 십 분이 안 걸렸지. 협상도, 자비도, 연민도 없었어." 다이몬이 손가락으로 나를 쏘는 시늉을 했다. "그 소식에 쓰루는 아픈 몸을 이끌고 간신히 병원에서 도망쳤지. 소문에 따르면 쓰루는 자기 골프채에 맞아 죽었다고도 하고, 싱가포르까지 도망쳤지만 거기서 다시 발작을 일으켜 죽었다고도 해. 동이 틀 무렵 왕좌는 나가사키 것이 되었어. 여기까지 질문 있어?"

"어떻게 이런 이야기를 알고 있지?"

"쉽지. 우리 아버지가 나가사키에게 돈을 받아먹는 부패 경찰이

거든. 다음 질문."

뱀처럼 매끄럽게 거짓말을 늘어놓는 자가 솔직하게 털어놓다니 의외다. "넌 여기서 뭘 하는 거지?"

"우선 내 이야기를 마저 하게 해줘. 만약 이게 야쿠자 영화였다면 쓰루 측 생존자들이 모리노와 힘을 합쳐 명예를 회복하겠다고 전쟁을 일으켰겠지. 나가사키는 규약을 깼으니 처벌받아야 하고, 안 그래? 하지만 현실은 영화가 아니야. 모리노는 망설이다가 때를 놓쳤어. 쓰루 측 생존자들은 바람이 어느 쪽으로 부는지 재느라 정신이 없었고, 나가사키가 내린 은사에 바로 항복했지. 나가사키는 놈들이 항복하자마자 죽여버렸지만, 그건 여기서는 별문제 아니고. 5월쯤 나가사키는 쓰루의 도쿄 구역뿐 아니라 한국의 깡패 조직과 삼합회까지 관장하게 됐어. 6월에는 도쿄 지사의 손주에게 누가 대부가 되어줄지 고르는 위치가 되었지. 모리노가 나가사키에게 특사를 보내 왕국을 분할해 다스리자고 제안하자 나가사키는 특사의 팔다리를 없앤 뒤 돌려보냈지. 7월이 되자 나가사키는 완전히 세력을 장악했고, 모리노는 갈봇집 주인들을 협박해 보호비나 뜯어내는 처지가 됐어. 나가사키는 자기가 직접 짓밟지 않아도 모리노가 알아서 침몰해가는 걸 보며 만족했어."

"왜 이런 이야기가 신문에 단 한 줄도 안 난 거지?"

"너처럼 정직한 일본 시민들은 영화 세트장 속에서 사는 거야, 미야케. 너는 무료 엑스트라야. 정치인들이 주연이지. 하지만 진짜 감독은 나가사키와 쓰루 같은 자들이야. 너 같은 사람은 그런 자들을 절대로 만나지 못해. 쇼는 무대 중앙이 아니라 양옆에서 진행되는 거야."

"네가 왜 여기에 있는 건지 말해주긴 할 거야?"

"난 모리노가 사랑에 빠진 여자에게 빠져버렸어."

"미리엄이군."

다이몬이 늘 쓰고 있던 가식의 가면이 벗겨지며 처음으로 진짜 얼굴이 드러난다. 그 순간, 문이 거칠게 열리며 도마뱀이 나타난다. "어이, 편안들 하신가?" 도마뱀이 잭나이프를 펴 빙글 돌려잡더니 칼끝으로 다이몬을 가리킨다. "너 먼저." 다이몬은 어리둥절한 표정을 지으며 내게서 눈을 떼지 않고 세면기에서 미끄러져 내려온다. 도마뱀이 입술을 핥는다. "네 잘난 얼굴에 작별을 고할 시간이 왔어, 다이몬." 다이몬이 웃음으로 받아친다. "일부러 촌스럽게 입은 거야, 아니면 나름 멋지게 차려입겠다고 노력해서 입은 게 그 모양이야?" 도마뱀이 웃는다. "귀엽군." 도마뱀은 다이몬의 숨통을 때리고 뒷덜미를 움켜쥐고 금속 문에 난폭하게 들이박는다. "아, 난 이렇게 난폭하게 굴면 흥분이 되어 발기하거든. 어디 그 귀여운 주둥이를 다시 한 번 놀려봐." 다이몬이 코피를 흘리며 일어나더니 비틀거리며 복도로 나간다. 문이 다시 잠긴다.

내가 미친 게 아니라면 화장실 벽이 안으로 휘어지고 있다. 시간 역시 휘어지고 있다. 손목시계가 죽었기 때문에 내가 여기 얼마나 있었는지 알 수 없다. 바퀴벌레가 바닥을 기어간다. 나는 손을 우묵하게 해서 물을 받아 마신다. 쓸쓸할 때 하던 게임을 해본다. 거울에 비친 내 모습에서 안주의 모습을 찾아낸다. 눈 가장자리로 안주의 모습을 얼핏 보곤 하는 경우가 잦다. 이번에는 다른 게임을 해본다. 정신을 집중해 어머니의 얼굴을 떠올린다. 그 얼굴을 내 얼굴에서 빼낸다. 남은 모습이 내 아버지의 얼굴이리라. 내 아버지가 모리노 또는 나가사키일까? 다이몬은 우리를 이곳으로 데려온 사람이 모리노라고 암시했다. 하지만 또한 모리노가 망했다는 암시도 했다. 쫄딱 망해서 겨우 캐딜락 선단밖에 가질 수 없을 정도란 말이지. 나는 샴페인 폭탄 사탕을 빨아 먹는다. 목이 아프다. 사사키 부인은 나에 대한 아오야마의 판단이 옳았다고 생각할 것이다. 내가 믿을 수 없는 낙오자라는 그의 판단이. 바퀴벌레가 다시 나타난다. 나는 마지막 남은 샴페인 폭탄 사탕을 빨아 먹는다. 도마뱀이 거울에서 나를 살피고 있다. 나는 깜짝 놀란다. "네가 기다리고 기다리던 순간이 왔어, 미야케. 이제 아버지가 널 보실 거다."

발할라는 거대한 레저 호텔이다. 완공되면 도쿄에서 가장 호화로운 호텔이 될 것이다. 화려한 샹들리에, 푹신한 양탄자, 크림색 벽, 은제 장식물들. 아직 에어컨이 설치되지 않아 복도는 잔인한 태양에 노출되어 있고, 창문으로 쏟아지는 햇볕 세례 속에 나는 삼십 초도 되지 않아 땀으로 흠뻑 젖는다. 발밑에 밟히는 두터운 카펫 냄새와 갓 칠한 페인트 냄새. 건물 반대편 경계를 표시하는 울타리 위로 제너두의 거대한 돔과 뜰이 보인다. 심지어 가짜 강과 가짜 동굴까지 보인다. 창문은 세상으로부터 모든 색깔을 빼앗는다. 삼라만상이 전시 뉴스 영화 같은 색을 띤다. 공기는 사막처럼 건조하다. 도마뱀이 333호 방문을 두드린다. "아버지, 미야케를 데려왔습니다." 나는 엄청난 실수를 깨닫는다. '아버지'란 '내 아버지'를 뜻하는 게 아니다. '아버지'란 '야쿠자 아버지'를 뜻한다. 오늘 오후가 이토록 위험하지만 않았다면 나는 웃음을 터뜨렸으리라. 잠시 후 거친 목소리가 흘러나온다. "들어와!" 잠겼던 문이 안에서 열린다. 방은 흠 하나 없고, 회의실 탁자를 둘러싸고 여덟 명이 둘러앉아 있다. 상석에는 오십대로 보이는 남자가 앉아 있다. "그 꼬마를 앉혀." 사내의 목소리는 사포처럼 갈라져 있다. 동굴처럼 움푹한 눈구멍, 두툼한 입술, 여기저기 반점이 보이는 거칠한 피부(젊은 배우가 나이 든 역을 할 때 주로 분장해 만드는 그런 피부다), 그리고 한쪽 눈가에는 길 잃은 젖꼭지보다 더 큰 사마귀가 달려 있다. 너무 늦게 찾아온 공포는 아주 정확했다. 만약 이 괴물이 내 아버지라면 나는 토끼 미피이리라. 나는 피고석에 앉는다. 나는 내가 알지 못하는 위험한 자들로부터 기소당했으며, 죄목이 무엇인지조차 모른다. 상석에 앉은 남자가 말한다. "그러니까, 이게 미야케 에이지로군."

"네. 그러는 당신은 누구십니까?"

◆

죽음이 내게 선택권을 준다. 뾰족한 총알로 뇌를 관통당하든가 30미터 높이에서 추락하는 것 가운데 고르면 된다. 프랑켄슈타인과 이 사악한 어릿광대극을 연출하는 자는 이제 내가 어느 쪽을 고를지 내기를 건다. 희망이 아예 없으니 공포도 전혀 느껴지지 않는다. 이쪽으로 몽골인이 다가온다. 완공되지 않은 다리를 어슬렁어슬렁 건너서. 내 오른 눈은 너무나 부었기에 밤이 헤엄쳐 다니는 듯 아무것도 보이지 않는다. 그렇다, 당연히 나는 보잘것없는 내 생명이 곧 끝장날까봐 너무나 겁이 나고 두렵다. 하지만 나는 악몽의 무게를 느끼며 잠에서 깨기를 거부한다. 나는 우리에 갇혀 두개골에 전기충격이 가해지기만을 기다리는 가축이다. 왜 떠든단 말인가? 왜 애원한단 말인가? 탈출구라고는 암흑으로 떨어지는 것밖에 없는데 왜 도망치려 한단 말인가? 설사 추락해서 머리가 깨지지 않는다 해도 몸이 남아나지 않을 것이다. 몽골인이 침을 뱉고, 입안에 새 껌을 구겨넣는다. 몽골인이 총을 꺼낸다. 안주가 죽은 뒤, 기타를 치게 되기 전까지 나는 물에 빠져 죽는 꿈을 일주일에도 몇 번이나 꾸었다. 그 꿈에서 나는 저항을 멈춤으로써 공포를 이겨냈고, 지금도 나는 같은 행동을 한다. 이제 사십 초도 남지 않았다. 나는 마지막으로 아버지의 사진을 꺼내 본다. 아버지는 여전히 구김살 하나 없다. 그래, 우리는 닮은 듯하다. 적어도 그 점에 대해서만은 내가 꾸었던 백일몽이 옳았다. 하지만 내가 생각했던 것보다 더 뚱뚱하다. 나는 사진에서 아버지의 광대뼈를 어루만져보며 어딘가에 있을 아버지가 내 상황을 알기를 바란다. 간척지 아래쪽에서 도마뱀이 외친다. "어이, 꿈틀이!" 빵! 도마뱀에게는 상처를 짓쑤시는 것이 내가 어떻게 죽는가보다 더욱 흥미로운 일이다. "너도 꿈틀이를 하나 얻은 거야? 응?" 빵! "총! 좆나게 재미있는 비디오게임이야!" 빵! 캐딜락 하나가 바퀴로 비명을 지르며 살아난다. 사진 속 자동차 운전석에 앉은 아버지는 차에 타는 가토 아키코가 뭐라고 하는 말에 웃음 짓는다. 흑백의 하루는 지났다. 여기까지가 우리가 도달할 수 있는 곳이다. 별들.

☯

"내가 누구냐고?" 야쿠자 두목이 내 질문을 되풀이한다. 그자의 입술은 거의 움직이지 않으며 죽은 사람이 말하듯 목소리에 생기가 없다. "내 회계사는 날 모리노 씨라고 부르지. 부하들은 날 아버지라고 불러. 내게 돈을 내는 자들은 날 신이라 부르지. 아내는 날 돈이라 불러. 연인들은 날 슈퍼맨이라고 부르지." 잔물결처럼 퍼지는 유머. "내 적은 날 악몽이라 부르지. 넌 날 선생님이라고 부르면 된다." 사내는 재떨이에서 시가를 집어들더니 다시 불을 붙인다. "앉거라. 네 재판이 이미 예정보다 늦었다." 나는 시키는 대로 하고 주위를 두리번거리며 배심원들을 본다. 프랑켄슈타인은 빅맥을 어적어적 씹고 있다. 나이가 많아 보이고 가죽옷을 입은 사내는 명상에 잠긴 듯한 표정으로 의자에 앉아 아주 가볍게 의자를 앞뒤로 흔든다. 여자 한 명은 노트북 자판을 흡사 피아니스트처럼 빠르게 친다. 여자를 보고 있노라니 스페이드 퀸의 마마 상이 떠오른다. 그러나 다시 보니 여자는 정말로 스페이드 퀸의 마마 상이다. 그녀는 나를 무시한다. 왼쪽에는 야쿠자 똘마니 카탈로그에서 그대로 빠져나온 듯한 똑같이 생긴 사내 셋이 있다. 호른 섹션이 잠시 연주를 멈춘다.* 문틈으로 유카타를 느슨하게 입은 여인이 아이스캔디를 먹는 모습이 얼핏 보인다. 고개를 돌려보았지만 여인은 이미 시야에서 사라지고 보이지 않는다. 도마뱀이 내 옆으

---

* 블루스 밴드에는 보통 색소폰, 트럼펫, 트롬본 이렇게 세 개의 관악기가 포함되고 이를 호른 섹션이라 부른다. 여기서는 이를 빌려 야쿠자 셋을 호른 섹션이라고 표현했다.

로 의자를 가져와 앉는다. 모리노는 잔뜩 쌓인 정크 푸드 스티로폼 포장 위로 나를 지켜본다. 숨 쉬는 소리, 가죽재킷 입은 자가 앉은 의자가 삐걱대는 소리, 컴퓨터 자판을 탁탁타닥 치는 소리. 우리는 무엇을 기다리는 걸까? 모리노가 목청을 가다듬는다. "미야케 에이지, 변론을 해보거라."

"죄목이 뭡니까?"

도마뱀의 칼이 탁자 가장자리를 깊게 파며 다가온다. 칼날은 내 엄지손가락으로부터 1인치 떨어진 곳에서 멈춘다. 도마뱀이 으르렁댄다. "죄목이 뭡니까, 선생님."

나는 침을 꼴깍 삼키고 묻는다. "죄목이 뭡니까, 선생님?"

"네가 유죄면 죄가 뭔지도 알 것이다."

"그러면 전 결백합니다, 선생님." 옆방에서 아이스캔디를 먹는 여자가 킥킥거리는 소리가 들린다.

모리노가 근엄하게 고개를 끄덕인다. "죄가 없단 말이지. 그렇다면 9월 9일 토요일에 왜 스페이드 퀸에 갔는지 설명해보거라."

"다이몬 유주가 여기에 있습니까?"

모리노가 고개를 한 번 까닥하자 누군가가 내 얼굴을 탁자에 처박고 내 팔을 머리 위로 쳐들더니 부러지기 일보 직전까지 꺾는다. 도마뱀이 내 귀에 대고 으르렁댄다. "뭘 잘못했는지 알겠지?"

"질문에, 대답을, 하지, 않았습니다." 도마뱀이 내 팔을 놓는다.

모리노가 눈을 깜박인다. "똑똑한 놈이군. 9월 9일 토요일에 왜 스페이드 퀸에 갔는지 설명해보거라."

"다이몬 유주가 데리고 갔습니다."

"선생님."

"선생님."

"하지만 넌 다이몬을 모른다고 여기 마마 상에게 말했다."

마마 상이 나를 흘긋 본다. "경고했지요? 저는 칭얼거리는 아이를 참지 못해요. '백오십 억'을 러시아어로 뭐라고 하는지 아는 분 계세요?" 가죽재킷이 대답한다. 마마 상은 계속 자판을 친다. 모리노가 내 대답을 기다린다.

"저는 다이몬이 누군지 몰랐습니다. 여전히 모릅니다. 저는 오락실에 야구모자를 놓고 나왔고, 찾으러 갔더니 다이몬이 그걸 쓰고 있다가 제게 돌려주었고, 저희는 대화를 하기 시작했……"

"그리고 나머지 이야기는 내가 아는 대로다, 이런 말인가? 하지만 스페이드 퀸은 아무나 들어갈 수 없는 클럽이야. 다이몬 유주가 너를 이복동생이라고 적었더군. 이것이 거짓말이라는 거냐?"

나는 내 대답이 어떤 결과를 가져올지에 대해 생각한다.

"내 질문을 들은 거냐, 미야케 에이지?"

"네, 거짓말입니다, 선생님."

"내가 보기엔 넌 나가사키 준이 보낸 첩자야."

"절대 아닙니다."

"그러니까 넌 나가사키 준이라는 이름을 알고 있군?"

"네. 한 시간 전에 알게 되었습니다. 이름만 압니다."

"넌 다이몬과 스페이드 퀸에 가서 호스티스를 괴롭혔다. 미리엄이 누군지 알겠지?"

나는 고개를 설레설레 젓는다. "아닙니다, 선생님."

"넌 다이몬과 스페이드 퀸에 가서 미리엄에게 나를 배신하고 나가사키 준의 앞잡이가 되라고 설득했어."

나는 고개를 설레설레 젓는다. "아닙니다, 선생님."

모리노의 무표정한 얼굴에 난폭함이 얼룩진다. 목소리가 얼음 장보다도 더 서늘하다. "넌 미리엄을 더럽혔어. 그 귀여운 아이를 더럽혔다."

이 무슨 터무니없는 소리란 말인가. 나는 고개를 설레설레 젓는다. "아닙니다, 선생님."

프랑켄슈타인이 컵에 든 튀김 조각을 달그락거린다.

모리노는 회색 서류철을 연다. "그렇다면 이 사진이 어찌된 건지 한번 설명해봐." 호른 섹션의 한 명이 내게 사진을 건넨다. 초라한 아파트 건물을 찍은 A4 크기의 흑백사진이다. 줌렌즈는 3층에 초점을 맞추었는데, 내 나이 또래의 아이가 뭔가를 아파트 현관문 안으로 전달한다. 깔때기를 쓴 개가 화분에 오줌을 싼다. 아파트는 미리엄의 아파트고, 내 나이 또래의 아이는 나다. 내가 오늘 왜 이 자리에 와 있는지 이해가 된다. 상황이 좋지 않다. 거짓말을 해서 빠져나갈 수 있는 상황이 아니다. 하지만 진실을 말한다고 과연 빠져나갈 수 있을까? 모리노가 손가락에서 우두둑 소리를 낸다. "사람들 말에 따르면, 난 성미가 급하지." 난 모래를 씹는 듯 입이 까끌까끌하다. "자, 왜 내 소중한 아이 집에 네 면상을 들이댄 건지 이제 설명해보거라."

나는 우에노 공원의 시노바주 연못에서 미리엄과 있었던 대화를 시작으로 모든 것을 말한다. 스가에 대한 부분은 말하지 않는다. 나는 도서관을 해킹했다고 주장한다. 모리노는 새 시가의 끝에 칼집을 낸다. 나는 말을 마치고 판결을 기다린다. 도마뱀이 의자를 빙그르 돌린다. "아버지?" 모리노가 고개를 설레설레 흔든다. "말이 되지 않아. 컴퓨터 폐인이라면 역에서 잃어버린 짐 따위나 정리할 리 없거든." 마마 상이 노트북을 닫는다. "아버지, 미리엄이 아버지께 아주 소중한 존재라는 걸 잘 알지만, 저희가 추진하는 일을 본궤도에 올려놓으려면 급히 다른 곳으로 떠나야 합니다. 어딘지 이름조차 알 수 없는 촌구석에서 온 이 철없는 꼬마는 보는 그대로입니다. 나가사키가 이런 철부지를 첩자로 쓸 리 없습니다. 이 아이 말은 다이몬의 말과 일치하고요. 그리고 이 아이는 미리엄을 집적거린 게 아닙니다."

모리노가 마마 상을 바라본다. "네가 어떻게 알지?"

"첫째, 지난 보름간 아버지는 도쿄에서 제일가는 감시원을 시켜 미리엄을 지켜보게 했습니다. 둘째, 저는 여자입니다."

모리노가 눈을 가늘게 뜨고 나를 살핀다. 내가 눈을 내리깐다. 프랑켄슈타인의 휴대전화가 울린다. 프랑켄슈타인은 전화를 받기 위해 옆방으로 간다. 모리노의 머리 뒤편으로 비행기가 뜨는 모습이 보인다. 점점 높이 올라가는 비행기가 저 높은 곳의 햇빛을 받으며 반짝인다. 마마 상이 컴퓨터에서 디스크를 꺼내 디스크 재킷에 넣고 봉한다. "곧." 프랑켄슈타인이 전화기에 대고 으르렁댄다. "곧." 프랑켄슈타인이 자기 자리로 돌아온다. 모리노가 내 얼굴 살피기를 마친다. "미야케 에이지. 법정은 네가 유죄임을 선고한다. 멍청하게도 자기와 상관없는 곳에 코를 들이밀고 기웃거렸으니 유죄. 그에 대한 벌은 네 고환을 잘라 간장에 담갔다가 네 입에 처넣고 네 입에 테이프를 붙인 뒤 다 씹어 삼키게 하는 것이다." 나는 배심원들을 돌아본다. 웃는 이는 아무도 없다. "하지만, 법정은 네가 다음 조건을 따른다면 형벌을 유보할 것이다. 스페이드 퀸

근처에는 얼씬도 하지 마라. 내 귀염둥이 근처에 코빼기도 들이밀지 마라. 네가 꿈속에서 그 아이를 본다 할지라도 나는 그것을 알아내고, 형벌을 집행할 것이다. 알아들었느냐?"

나는 너무나 두려워 감히 자유의 향기를 만끽하지 못한다. "잘 알겠습니다, 선생님."

"너는 예전의 의미 없는 삶으로 돌아가라, 지금 당장."

"네, 선생님."

마마 상이 일어나지만 모리노는 나를 놓아주지 않는다. "내가 네 나이 반 정도 되는 꼬마였을 때, 나는 친구들과 함께 시마네 해변에서 모래 도마뱀을 잡곤 했다. 모래 도마뱀은 약았지. 놈은 잡히면 꼬리를 떼어버리고 도망갔어. 네가 꼬리를 떼어버리고 도망가는 게 아니라는 걸 내가 어떻게 알지?"

"저는 선생님이 두려우니 그러지 않을 겁니다."

"네 아버지도 나를 두려워하지만 꼬리를 떼놓고 도망친 게 한두 번이 아니었다." 호른 연주자들이 고개를 끄덕인다. 아이스캔디가 킥킥거린다.

"지금 제 아버지라고 하셨습니까?"

모리노가 시가 연기를 내뿜는다. "그으래. 그렇게 말한 걸 듣지 않았느냐."

"제 진짜 아버지입니까?"

"그으래."

"정말로……"

"정말로 피와 살을 가진 자이며, 이십 년 전 네 어머니와 썹을 한 자 말이다, 미야케. 내가 달리 누구를 말하겠느냐?"

"제 아버지를 아십니까?"

"친분관계가 있는 건 아니다. 우리는 직업상 가끔씩 교제를 할 뿐이니까. 놀란 모양이로구나." 모리노는 내가 버둥거리는 모습을 지켜본다. "즉 내 부하가 이번에도 일을 제대로 했다는 거로군. 정말로 능력이 출중한 부하야. 정말로 네 아버지가 누군지 모르는구나. 이런 일이 일어나다니. 사생아가 한 번도 만난 적이 없는 아버지를 찾아 도쿄로 온 거로군. 그럼 넌 은행 직원을 통해 현금인출기로 내가 보낸 메시지를 **진짜** 아버지가 보낸 거라고 생각했단 말이냐?" 웃음을 터뜨리는 대신 모리노의 입술이 살짝 부풀어오른다. 도마뱀이 킬킬댄다. 모리노가 서류철을 톡톡 두드린다. "네 아버지에 대한 모든 것은 여기 들어 있다." 모리노가 서류철로 부채질을 한다. "너는 철저하게 비밀로 묻혀 있었지만 내 부하는 뭐든 알아낼 수 있지. 나는 너를 조사하게 했다. 그랬더니 네 아버지가 딸려나오더군. 우리 모두 깜짝 놀랐지. 자, 이제 꺼져라." 모리노는 서류철을 금속 휴지통에 던진다.

도마뱀이 일어나더니 내가 앉은 의자를 찬다.

"모리노 선생님?"

"아직도 거기 있는 거냐?"

"제발 그 서류철을 제게 주십시오."

모리노는 눈을 가늘게 뜨고 도마뱀을 바라보더니 문을 향해 고개를 까닥한다.

"선생님, 만약 이제 그 정보가 필요 없으시다면……"

"나는 필요 없다. 하지만 네가 쓸데없이 고통당하는 모습을 보는 게 즐겁구나. 내 아들이 너를 로비까지 데려갈 것이다. 네 친구이자 스승인 다이몬 유주가 널 기다리고 있다. 그 아이는 힘이 쭉 빠졌을 게야. 자, 이제 이 방에서 네 발로 걸어나가든지, 아니면 두드려 맞아 정신을 잃고 끌려 나가든지 마음대로 선택하거라." 나는 도마뱀을 따라가고, 333호 문이 닫히기 직전 아버지의 모든 정보가 담긴 휴지통을 마지막으로 흘깃 뒤돌아본다.

나는 경멸한다는 의미를 전달하기 위해 못 본 척하며 다이몬 유주를 그냥 지나쳐가겠노라고 결심한다. 하지만 다이몬 유주가 소파에 축 늘어져 있는 모습을 보니 마음이 바뀐다. 죽은 사람을 몇 명 알지만, 진짜로 죽어가는 사람을 본 적은 한 번도 없다. 너무나 창백하고 맥없이 축 늘어져 있다. 어떻게 해야 하지? 내 심장이 미친 듯 쿵쾅거린다. 다이몬이 몸을 움직이자 소파가 삐걱댄다. 다이몬이 눈을 뜬다. 눈동자가 이리저리 움직이다가 마침내 내 모습을 발견한다. "그자들이…… 네게…… 무슨…… 짓을…… 했지?" 말하는 게 이상하고 느리다. "그자들이 네게 무슨 짓을 했지, 미야케?"

마침내 내 입이 떨어진다. "그냥 놔줬어."

"하루에 기적이 두 번 일어났군. 멀쩡하게?"

"겁을 잔뜩 주기는 했지만 손을 대지는 않았어. 좀 전까지는 잔뜩 겁을 먹었지만 이제는 좀 나아졌어. 난 네가 죽은 줄로만 알았어! 그자들이 무슨 짓을 한 거야?"

다이몬은 내 말을 무시한다. "왜…… 미리엄에게 간 거야? 왜?"

"네가 새벽에 사라진 다음 날 우연히 우에노 공원에서 만났는데, 그녀가 도서관에서 빌린 책을 떨어뜨리고 갔어. 나는 그 책을 돌려주려고 한 것뿐이야. 그게 다야."

웃음이 터지려는 듯 다이몬의 입가가 꿈틀거린다.

"그자들이 너에게 무슨 짓을 한 거지?"

"피 1리터를 뽑았어."

내가 잘못 들은 게 분명하다. "그자들이 네 피를 1리터나 뽑았다고? 그건……"

"혈액은행보다 더 독한 놈들이지. 그래…… 죽지는 않을 거야. 난 초범이거든."

"하지만 그자들이 뭐하러 네 피를 뽑은 거지?"

"실험실에 넘기겠지. 아니면 팔거나."

"누구에게?"

"미야케, 제발…… 난 암시장에 대해…… 논할…… 기운이 하나도 없어."

"움직일 수 있겠어? 병원에 가야 할 거 같은데."

다이몬은 말하는 것만으로도 버거워한다. "그래, 의사, 맞아. 난 야쿠자의 뿌리 깊은 반목 때문에 피의 육분의 일을 빼앗겼어. 끔찍하지? 그래, 내가 살아난 것만으로도 행운이라는 거 알아. 불법이라는 것도 잘 알고. 하지만 경찰에 연락하는 것만은 참아줘. 내 아버지도 연루되어 있다고."

"알았어. 하지만 이 건물에서 계속 어슬렁거리는 건 별로 좋은 생각 같지 않아."

"일 분, 아니 이 분만. 숨만 좀 돌리면 돼."

나는 로비를 살펴본다. 출구를 통해 나갈 수는 있지만 다시 들어올 수는 없다. 접견실 뒤편 복도에는 창살문이 있는데, 도마뱀이 잠가놓았다. 로비의 유리벽에는 비닐 포장이 붙어 있다. 끄트머리를 살짝 벗겨본다. 건축지, 울타리, 그리고 저 멀리로 캘리포니아식 옥외 수영장이 보인다. 해변 산책로에서 일광욕을 즐기는 사람들이 보인다. 태평양은 괴수 영화에 나오는 바다처럼 번쩍인다. 나는 재채기를 한다. 감기에 걸리면 안 된다. 제발 지금은 감기에 걸리지 않았기를. 어서 다이몬을 끌고 나가지 않으면 여기서 코마 상태에 빠질지도 모른다. "일어나봐."

"좀 내버려둬."

"네 부모님에게 전화할 거야."

다이몬이 몸을 반쯤 일으켜 앉는다. "안 돼, 안 돼, 절대로 안돼. 이번만 나를 믿어줘. 내 부모님에게 전화를 하는 건 정말로, 정말로 안 돼……"

"왜?"

다이몬은 마치 파리를 쫓는 듯 고개를 흔든다. "정치야, 정치."

그럼 어쩐다? "지금 돈이 얼마나 있어?"

"날 내버려두면 가지고 있는 돈을 다 줄게."

"유혹하지 마. 제너두 입구에 택시들이 서 있는 걸 봤어. 거기까지 걸어가야 할 거야. 지금 당장 일어나든가 아니면 지금부터 십분 동안 내가 지르는 고함을 들은 다음 일어나든가 마음대로 해."

다이몬이 다시 한숨을 쉰다. "흥분하면 아주 못되게 구는 버릇이 있군."

사람들은 우리를 이상한 눈으로 보지만, 다이몬이 내 어깨에 기대 축 늘어진 건 술에 곤드레만드레 취했기 때문이라고 생각한다.

분자처럼 고운 9월 햇빛이 낮을 흠뻑 적신다. 내가 입은 일본철도 유니폼은 땀에 젖어 몸에 찰싹 달라붙는다. 사람들이 제너두로 우르르 몰려 들어가고 다시 우르르 몰려나온다. 공기는 은색 헬륨 풍선과 싸구려 음악으로 가득 차 있다. 조각조각 들리는 대화, 구운 옥수수 매대에서 흘러나오는 연기. 커다란 선글라스에 우리 모습이 비친다. 몰골이 말이 아니다. 커다란 검은 토끼가 실크해트에서 난쟁이 마술사를 꺼내자 세상이 손뼉을 친다. 어디선가 피아노와 현악기들이 아름다운 선율을 연주한다. 다이몬이 몸을 들썩이는 게 느껴진다. "토하고 싶어?" 내가 묻는다. "아니, 오늘 하루가 좀 웃기다는 생각이 들어서 웃은 거야." 나는 뭐가 웃기다는 건지 생각해본다. "오늘 내가 네 덕분에 목숨을 부지했다는 게 얼마나 당혹스러운지 알기나 해, 미야케?" 작스 오메가가 우리 앞길에 뛰어들더니 자기 인형을 홍보한다. "그래, 꽤 부끄러운 일이겠지." 내가 말한다. 택시들이 줄지어 선 곳에 도착할 때까지 다이몬은 더는 아무 말도 하지 않는다. 다이몬은 점점 더 발을 질질 끌고, 숨은 더욱 가빠진다. 택시 문이 저절로 활짝 열린다. 남쪽 지방에서는 아직도 손님이 직접 문을 열어야 한다. "기타 센주가 어딘지 아세요?" 내가 운전사에게 묻는다. 운전사가 고개를 끄덕인다. "역에서 오 분 거리에 있는 텐마야를 아세요?" 운전사가 고개를 끄덕인다. "그 가게가 있는 거리에 이 비디오 가게가 있어요……" 나는 슈팅스타의 주소를 적는다. "이 친구를 거기에 데려다주세요." 택시 운전사는 의심스러운 눈으로 축 처진 다이몬의 상태와 거기까지 갈 경우 받게 될 두둑한 요금의 경중을 저울질한다. "그냥 햇빛을 좀 많이 쬔 것뿐이에요. 십 분 정도 지나면 괜찮아질 거예요."

마침내 요금 쪽이 이기고 택시는 다이몬을 태우고 사라진다. 나는 몸을 돌려 내가 왔던 길로 돌아간다. 나는 금속 휴지통에 버려진 서류철이 있는 발할라에 볼일이 있다.

◆

몽골인이 더 가까이 다가온다. 침침한 어둠 속, 인간 형체를 한 구멍. 그자가 거의 웃는 듯한 표정을 짓는 게 보인다. 그자의 카우보이 부츠가 내 남은 시간을 세어나간다. 도마뱀과 빠르게 깜빡이며 전쟁터를 비추는 캐딜락의 전조등은 다른 생에서 일어난 사건들인 것만 같다. 모리노와 프랑켄슈타인이 여전히 지켜보고 있을까? 만약 몽골인에게서 눈을 떼었다가는, 내가 다시 보았을 때 나를 죽이려는 저 살인자와 나 사이의 거리가 확 줄어 있을까 겁이 나 시선을 다른 곳으로 돌릴 수가 없다. 아드레날린이 솟구치며 내 몸의 열과 싸우지만 이 에너지로도 공포를 물리칠 수는 없다. 추락해 땅에 부딪히면 아드레날린이 제아무리 많다 해도 나를 살려주지는 못할 테니까. 아드레날린이 아무리 솟구친다 해도 진짜 총을 가진 저 진짜 용병을 무장해제시킬 수는 없을 것이다. 젠장, 될 리가 없다. 난 죽은 목숨이다. 누가 날 그리워할까? 분타로는 다음주 토요일이 되기도 전에 새로운 세입자를 찾을 테고, 어머니는 죄책감의 사이클로 접어들어 자신을 책망하며 보드카와 함께 지낼 것이다, 언제나처럼. 내 아버지가 어떤 느낌일지는 누가 알겠는가? 내 계모는 아마 내 죽음을 축하하기 위해 모자를 살 것이다. 가토 아키코는 내 죽음을 처리하기 위해 서류 작업을 좀 해야 할 거고. 고양이는 새로운 집을 찾겠지. 고양이가 내게 온 건 단지 우유 때문이었으니까. 물론 야쿠시마에 있는 외삼촌, 외숙모, 외사촌들은 내 죽음을 전해 듣고 놀라 상심하겠지. 그리고 도쿄는 위험한 곳이며 일본은 예전과 달리 더는 안전한 요새가 아니라는 점에 모두들 동의할 것이다. 외할머니는 멍한 표정으로 내 죽음을 전해 듣고, 반나절 동안 긴 침묵에 잠길 것이다. 이윽고 외할머니는 이렇게 말하겠지. "그애 누이가 부른 거야. 그래서 그 아이도 따라간 거지." 더는 떠올릴 사람이 없다. 그나마 내 시체가 발견되었을 경우 얘기다. 다른 시체들과 함께 깊숙이 묻힐 가능성이 더 크다. 일주일 뒤 분타로는 내가 실종되었다고 신고할 것이고, 모두들 어깨를 으쓱 올리며 내가 어머니의 궤적을 그대로 따랐다고 말할 것이다. 여기 살인자가 도착해 총을 점검한다. 이 모든 게 무엇 때문이었을까? 안주는 대양에 압도되었다. 하지만 대양은 내게 전혀 감동을 주지 못했다. 내가 다시 재채기를 한다. 재채기가 나온다, 지금 이런 상황에서도! 무슨 상관이란 말인가? 말라붙은 바다 위로 산들바람이 시원하게 분다.

　나는 한 시간 정도 있다가 발할라에 다시 들어가기로 마음을 먹는다. 우선, 공중전화를 찾는다. 우에노 역의 사사키 부인에게 전화를 하지만 부인의 목소리를 듣자마자 당황해서, 또는 부끄러워져서 나도 모르게 전화를 끊는다. 속이 빤한 거짓말을 하거나 아니면 상황을 솔직하게 다 털어놓아야 하기 때문이다. 그 어느 쪽도

할 수 없다. 그래서 좀더 쉬운 쪽인 분타로에게 전화를 한다. 분타로가 달려와 전화를 받는다. "어이, 이거 알아? 고다이가 눈을 떴어! 내 아내 배 속에서 말이야! 눈을 떴어! 상상해봐! 그리고, 엄지손가락을 빨더라! 벌써! 의사 말로는 이렇게 일찍 그러기가 흔치 않다더라. 성장이 빠르대. 정말로 의사가 그렇게 말했어."

"분타로, 전⋯⋯"

"우리 아이를 찍은 비디오를 봤어. 정말⋯⋯ 믿기지가 않을 정도야. 태아도 갈증을 느낀다는 거 알아? 정말이야! 그래서 양수를 마시고 다시 오줌을 싸! 버드와이저 맥주통에 연결돼 있는 거랑 같다고. 양수 맛이 더 좋다는 것만 빼면 말이야. 태어나기를 기다리는 아홉 달은 정말로 축복받은 기간이야. 돈을 낼 필요 없는 술집에 가 있는 기분일 거야. 마치 60년대 후반 같아. 그런데도 우리는 전혀 기억을 못 하지."

"분타로, 친구가⋯⋯"

"임신을 하면 여자 몸속이 어떻게 변하는지 알아? 산달이 가까워지면 자궁이 흉골에 닿아. 태반 포유류는⋯⋯" 슈팅스타 뒤쪽에서 소리치는 여자 목소리가 전화선을 타고 들린다. "기다려, 소리를 줄일게. 〈로즈마리의 아기〉를 보고 있어. 고다이가 사탄의 아들로 변할지 미리 좀 알아보는 거지. 병원의 산파 말로는⋯⋯"

"분타로!"

"무슨 문제가 있는 거야?"

"정말로 미안하지만, 지금 공중전화를 쓰는 거고 곧 전화카드를 다 쓰게 돼요. 제 친구가 택시를 타고 슈팅스타로 가고 있어요. 헌혈을 했는데 피를 너무 많이 뽑혀서 좀 쉬어야 해요. 그러니 그 친구가 도착하면 제 방으로 데려다주겠어요? 자세한 설명은 나중에 할게요. 부탁해요."

"그 친구 바지도 다려야 하나? 마사지나 아니면……"

전화가 끊기며 신호음이 울린다. 완벽하다. 나는 수화기를 내려놓는다.

젊은 남녀 한 소대가 나타나고(오 년 뒤면 이 연인들은 가족이 되어 험한 인생의 전투를 치를 게 뻔하다), 나는 거기에 휩쓸려 쇼핑몰을 지나 야외 음악당으로 간다. 악사들이 뭔가 복잡하면서 경쾌한 곡을 연주한다. 모차르트인 듯하다. 우연히 나는 맨 앞에 서게 된다. 뚱뚱한 첼리스트 한 명, 마른 바이올리니스트 두 명, 땅딸막한 비올라 연주자 한 명, 야마하 그랜드피아노를 연주하는 여자 한 명. 개 주인이 자기가 키우는 동물을 닮아가듯 악사들도 자기가 연주하는 악기를 닮아가는 모양이다. 피아니스트만 빼고 말이다. 인간이 어떻게 피아노를 닮을 수 있겠는가? 안색은 가능할지도 모르겠다. 여자의 얼굴은 머리털에 가려 있다. 건반에 고개를 숙이고 있는 모습이 흡사 신이 멜로디에게 속삭이는 듯하다. 피아니스트는 세상에서 가장 아름다운 목을 가지고 있다. 굴곡, 매끄러움, 단단함, 들어간 곳, 나온 곳, 그 모두가 완벽하다. 여자는 크림색 실크 드레스 차림이다. 등뼈 쪽에 땀이 밴 흔적이 보인다. 그리고 맨발로 연주한다. 연주가 끝나자 모두가 박수를 친다. 현악기 연주자들이 환호에 답한다. 이어서 피아니스트가 몸을 돌리더니 공손히 고개 숙여 인사한다. 이마조 아이. 진짜로 이마조 아이다. 나는 숨을 만한 곳을 찾아보지만 핸드백, 유모차, 녹아내리는 아이스크림들의 벽에 갇혀 꼼짝할 수가 없다. 이마조 아이가 내 쪽을 보더니 얼굴에 홍조를 띤다. 이윽고 나는 이마조 아이가 내 쪽을 보긴 하지만 나를 보지는 못한다는 사실을 깨닫는다. 이마조 아이는 아직도 음악의 환희에 사로잡혀 있다. 이윽고 이마조 아이는 나를 보고 싱긋 웃으며(확실하다) 박치기하는 시늉을 낸다. 나는 간신히 손을 흔들어 보이지만, 곧 나무만 한 크기의 꽃다발을 들고 가는 펭귄들에게 밀려나고 만다. 구슬 장식을 칭칭 감은 하마 같은 여인이 마이크에 대고 소리를 질러댄다. 나는 어디 앉을 만한 곳이 없는지 제너두 구석의 그늘을 찾아 서성인다. 음대 친구들 앞에서 이마조 아이를 당혹게 하고 싶지는 않다.

발할라는 태양을 가리고 서 있다. 시간이 되자 나는 울타리 틈을 통과해 아직 완공되지 않은 그늘로 들어선다. 정문 어귀에서 경비원 세 명이 담배를 피우는 모습이 보인다. 하지만 석재, 파이프, 전선 뭉치, 하수용 도관 들이 늘어선 사이로 몸을 숨기는 건 식은 죽 먹기다. 만약 발할라에서 누가 나를 지켜보고 있다면 문제가 될 거다. 이마조 아이를 본 걸로 오늘 치의 우연은 이미 모두 겪었다고 믿기로 한다. 하마터면 전선 뭉치에 발이 걸려 넘어질 뻔한다. 전선은 꿈틀거리며 살아나더니 환기구를 통해 발할라 속으로 들어간다. 이런 곳은 뱀이 올 곳이 못 돼, 뱀아. 경비원의 시야가 미치는 곳을 피해 나는 피라미드 맨 아랫부분에 도달하고, 안으로 들어갈 방법을 찾기 시작한다. 피라미드는 거대하다. 한쪽 면을 따라 걷는 데만도 대략 오 분이 걸린다. 나는 호텔 로비 입구를 그냥 지나친다. 아까 나올 때 뭔가로 괴어 문을 살짝 열어두었어야 했는데, 그 생각을 못 한 내가 바보 같다는 생각이 든다. 안쪽 셔터를 열어둔다든지 할 수도 있었는데. 이십 분 뒤 나는 정문과 경비원 세 명이 있는 곳으로 돌아간다. 혹시 보일러 점검원이나 다른 비슷한 인물로 속이고 들어갈 수 있는지 생각해본다. 아직도 일본철도 유니폼을 입고 있으면서. 하지만 경비원들 근처로 살금살금 다가갔다 그들이 사람을 불구로 만드는 가장 좋은 방법에 대해 논하는 걸 들으니 그럴 마음이 싹 가신다. 프랑켄슈타인이 그날 오후 차를 몰고 들어갔던 지하 진입로 쪽으로 가본다. 굴착기 뒤에서 경비원을 살핀다. 경비실 창문은 진입로가 아니라 교차로 쪽으로 나 있다. 벽에 바짝 붙으면 들키지 않을 수 있을 듯하다. 그렇다면 기어서 지나갈 수도 있으리라. 가장 큰 위험은, 내가 진입로를 통해 내려갈 때 그곳을 올라오는 차와 마주치는 것이다. 하지만 주차장 전체에 주차된 차는 캐딜락 세 대뿐이었다는 생각이 떠오른다.

성공한다. 나는 들키지 않고 안으로 들어간다. 경비원의 텔레비전에서 "그리고 친구인 이노키가 잽싸게 움직이는 동안, 땀에 전 오후의 돔에서는 육천 명의 관객 앞에서 거인과 드래곤 들이 격돌했어. 그 순간 내 친구가 무슨 생각을 하는지는 충분히 상상할 수 있었어"라는 말이 들린다. 돈가스 냄새가 나고, 곧이어 전자레인지 신호음이 들린다. 나는 무릎을 꿇고 기어서 그 앞을 지난다. 작은 자갈들에 발이 미끄러진다. 경비원이 그 소리를 들었을 게 분명하지만 어쨌든 나는 계속 나아간다. 고함과 함께 경보기가 울릴 거라 예상하면서 경비실 문을 지나 차단기 아래를 지나 어둠 속으로 들어선다. 기둥 뒤로 서둘러 달려간다. 가슴이 쿵쾅거린다. 하지만 아무 일도 벌어지지 않는다. 경비원은 귀가 먼 모양이다. 이제 나는 불법 침입자다. 마음을 가라앉히자. 나는 휴지통에 버려진 서류철을 가지러 건물 안으로 들어간다. 캐딜락 세 대는 여전히 나란히 주차되어 있다. 좋지 않은 징조다. 하지만 금속 휴지통에 내 아버지가 안전하게 들어 있는 한 나는 호텔 어딘가에 몸을 숨길 장소를 찾아내고 방해하는 자가 없는 틈을 타 아버지를 구출해낼 수 있을 것이다. 나는 가장 어두운 그림자 안에 몸을 숨기고 문으로 간 뒤 미끄러지듯 안으로 들어간다. 어디로 가면 되는지 대충 기억이 난다. 여전히 안에는 아무도 없다. 뱀도 이 문들의 미로를 헤매고 있다. 카누 길이만큼이나 길다. 다이몬과 내가 갇혔던 화장실을 지난다. 돌연 웃음소리가 들린다. 나는 가슴이 철렁하며 앞으로 달리고, 웃음소리가 복도로 들어서는 순간 모퉁이를 돈다. 웃음소리는 모퉁이 세 개를 돌 때까지 내 뒤를 따라온다. 이윽고 웃음소리가 사라진다. 이윽고 그 소리는 방향을 바꿔 내 쪽으로 향한다. 진짜인가? 나는 공황 상태에 빠져 소리 반대쪽으로 향한다. 아니, 반대쪽으로 간다고 생각했다. 그리고 벽 한쪽에 음료수 자판기가 있는 막다른 골목에 도착한다. 귀를 기울인다. 남자 둘의 목소리가 점차 가까워진다. 어쩌면 음료수 자판기와 벽 사이로 몸을 밀어넣고 숨을 수 있을지도 모른다. 할 수 있다. 하지만 자판기 뒤에서 몸을 뒤트는 순간 전선 꾸러미에 발이 걸린다. 그리고 그 순간, 목소리들이 자판기 앞에서 들린다. 나는 얼어붙는다. 만약 내가 움직이면 이 사람들은 내가 내는 소리를 들을 것이다. 만약 이 사람들이 자판기 아래쪽을 보면 내 다리를 볼 수 있을 것이다. 재채기가 나오려 한다. 변압기가 등을 찔러댄다. 변압기는 말벌 소리를 내고, 다리미처럼 뜨겁다.

"이런, 이런, 여기 뭐가 있는 거야?"

"수입한 스텔라 아토이스 맥주지. 신들의 음료야."

"한잔할 시간 돼?"

"못 할 건 또 뭐야? 그리고 그거 알아? 가키자키는 AB Rh⁻야."

"오호, 그 자식 피를 완전히 빼버리지그랬어. AB Rh⁻는 액체 루비야. 임자만 잘 만나면 엄청 받을 수 있어."

"엄청나게 뽑았더군. 불쌍한 놈. 하지만 그래도 그놈은 운이 좋은 편이야. 볼링 레인 끝에 넥 트러스* 설치한 거 알아? 쌍, 이 기계는 오천 엔짜리를 안 받아. 잔돈 있어?"

재채기가 막 나오려 한다. 동전을 넣는 소리가 들린다.

"넥 트러스? 모리노가 공업용 테이프를 쓰라고 했는데."

"그랬지, 하지만 나베가 너무 몸을 뒤틀어댔어. 모리노는 진정제를 쓰지 말라고 지시했고. 마침 쓸 수 있는 건 넥 트러스와 9인치 못뿐이었어. 가키자키는 운이 좋은 편이야. 거의 아무것도 느끼지 못할 테니까."

재채기가 사그라진다. 자판기 아래로 맥주 캔 떨어지는 소리가 들린다. 사내 둘은 맥주 캔을 열고 자판기를 떠나며 여전히 목공품에 대한 이야기를 나눈다. 나는 재채기를 하고, 그 때문에 자판기 옆면에 머리를 부딪친다.

숨을 만한 곳을 찾다가 우연히 333호실을 발견한다. 문에 귀를 대본다. 귀를 통해 느껴지는 내 심장 고동 빼고는 아무 소리도 들

---

* 기타의 목 부분이 현의 장력에 휘어지지 않도록 안에 넣는 쇠심.

리지 않는다. 나는 생각한다. 손잡이를 돌려본다. 쉽게 돌아가지는 않지만 잠기지 않았다는 느낌이 든다. 숨을 멈추고 문을 조금 연 뒤 안을 들여다본다. 서류철이 담긴 금속 휴지통이 보인다. 살짝 열린 창으로 불어오는 산들바람에 블라인드가 살랑인다. 나는 바로 붙어 있는 방이 있다는 사실을 기억해내고 살금살금 안으로 들어간다. 아무도 없다. 안도감이 내 몸을 휩쓸고, 뒤이어 성공의 기쁨이 나를 씻어내린다. 위험을 감수한 보람이 있었다.

나는 서류철을 열어보고 신음한다. 사진 한 장만 떨어져내리고, 뒷면이 보이게 바닥에 놓인다. 볼펜으로 쓴 메시지가 보인다. 이런 아랍 속담이 있다. "신께서 말씀하셨지. 무엇이든 원하는 것을 가져라. 그리고 그 대가를 치러라." 지금, 제너두의 플루토 파칭코로 올 것. 사진을 뒤집어본다. 확실한 것 두 가지. 하나, 여인은 가토 아키코다. 둘, 턱 선부터 눈썹 기울기까지 얼굴 생김생김으로 미루어볼 때, 운전석에 앉은 사람은 내 아버지다. 의심할 여지가 없다.

플루토 파칭코는 습기와 담배 연기와 소음으로 짙게 차 있어 사이키 조명을 날려대는 천장까지 헤엄쳐 올라갈 수 있을 지경이다. 노후의 건강이야 어찌 됐든 당장 여기를 나가 담배를 한 대 피울 수 있다면 내 폐라도 주고 싶은 심정이다. 하지만 한시라도 지체했다가는 모리노와 (지금까지 세운 계획 가운데 가장 성공 확률이 높은) 플랜 F가 날아갈지도 모른다는 생각에 조바심이 든다. 굳이 담배를 피우지 않아도 된다. 여기서 잠시 숨을 깊이 들이쉬기만 해도 마음을 가라앉히기에 충분한 양의 니코틴을 흡수할 수 있으니까. 복도에는 자리가 나길 기다리는 손님들로 붐빈다. 야쿠시마 유일의 파칭코를 운영하는 큰외삼촌은 새로 여는 가게에서는 손님을 끌려고 몇몇 기계를 조작해 승률을 높인다고 말해줬다. 번쩍이며 좌르르 흘러나오는 은구슬이 남녀 일벌들에게 최면을 건다. 제너두의 주차장에서 얼마나 많은 죽을 운명의 아기들이 천천히 만들어지고 있는지 궁금하다. 시간이 흐른다. 나는 플루토 유니폼을 입은 여자를 발견한다. "어이! 아버지 사무실이 어디지?"

여자가 움칠한다. "누구 사무실이라고요, 손님?"

내가 인상을 쓴다. "매니저 말이야!"

"아, 오자키 씨요?"

나는 눈을 부라린다. "그럼 누구를 말하는 거 같아?"

여자는 안내 데스크 뒤로 나를 데려가더니 문에 달린 번호 자물쇠에 비밀번호를 넣고 문을 열어준다.

"이 계단을 따라 올라가십시오. 안내해드리고 싶지만 전 매장을 떠나지 못하게 되어 있어서요."

"그거 실망이로군." 나는 문을 닫는다. 복잡한 자물쇠가 잠기는 소리가 들린다. 가파른 계단 끝에 문이 있다. 바닷속처럼 조용하다. 나는 계단을 올라가다 하마터면 발을 헛디딜 뻔한다. 가죽재킷이 계단 꼭대기에서 내가 올라오는 모습을 조용히 지켜보고 있다는 것을 깨달았기 때문이다. "에, 안녕하세요?" 내가 말한다. 가죽재킷이 나를 보며 껌을 질겅인다. 총을 만지작거린다. 내가 태어나서 처음 보는 진짜 총이다. 나는 문을 가리킨다. "들어가도 되나요?" 가죽재킷이 껌을 질겅이며 고개를 살짝 기울인다. 나는 문을 두 번 두드리고 문을 연다.

문을 여는 순간 사내 한 명이 허공을 가르더니 방 한쪽에 있는 거울을 뚫고 나간다. 거울이 박수 소리를 내며 깨지고, 사내는 시야에서 사라지더니 일벌들이 모인 아래층으로 떨어진다. 이건 예상했던 장면이 아니다. 나는 입을 떡 벌린다. 내가 저렇게 한 건가? 사무실로 파칭코의 요란한 소음이 홍수처럼 밀려들어온다. 책상 뒤에서 모리노가 입술에 손가락을 대고 소리를 잘 듣기 위해 한 손을 귀에 가져다 댄 자세로 나를 지켜본다. 나는 금세 방 안에 호른 연주자 세 명(사내를 밖으로 던진 건 이들이다), 그리고 아래층의 시끄러운 연쇄반응에도 아랑곳 않고 뜨개질을 하는 마마 상이 있는 걸 알아차린다. 혼란, 비명, 고함. 모리노가 책상에 팔꿈치를 괸다. 모리노가 얼굴 가득 만족한 표정을 짓는다. 유리 조각이 틀에서 떨어진다. 가죽재킷이 들어오며 내 등 뒤로 문을 닫는다. 사람들이 우르르 몰려 나가면서 폭풍이 잦아든다. 도마뱀과 프랑켄슈타인이 어디가 얼마나 부서졌는지 확인하기 위해 창틀 너머를 살펴본다. 모리노의 눈꺼풀에 웃음 비슷한 것이 배어 있다. "딱 맞춰 왔구나, 미야케. 내가 전쟁을 선포하는 장면의 증인이 되었군. 앉거라."

내가 몸을 떤다. "그 사람……"

"누구 말이냐?"

"창밖으로 떨어진 사람이요."

모리노가 나무상자를 살펴본다. "오자키? 그자가 뭐?"

"아마도……" 나는 침을 꼴깍 삼키고 말을 잇는다. "구급차가 필요하지 않을까요?"

모리노가 상자를 연다. 시가가 들어 있다. "그렇겠지."

"전화하지 않으실 건가요?"

"멋지군. 몬테크리스토 시가야. 구급차를 부르라고? 만약 오자키가 구급차를 원했다면, 모리노 류타로를 열받게 하면 어떤 결과를 낳을지 한 번 정도 미리 생각했어야지."

"경찰이 올 거예요."

모리노가 코밑으로 시가를 쓱 내린다. 프랑켄슈타인은 플루토 파칭코의 혼란을 지켜본다. "경찰? 경찰은 네 세계에 있는 거지. 우리 세계에서는 우리가 경찰이란다." 모리노가 도마뱀에게 고개를 끄덕이자 그 일행이 방을 나간다. 방금 목격한 폭력 때문에 나는 여전히 뼛속까지 덜덜 떤다. 마마 상의 뜨개질 바늘이 딸각인다. 흐른 연주자들이 동작을 멈춘다.

마침내 모리노가 시가 포장을 푼다. "시가에 대해 아는 게 있느냐? 없느냐? 그럼 귀 기울여라. 배워라. 시가에서 몬테크리스토는 다이아몬드 티아라에서 티파니 제품이 차지하는 위상을 가지고 있지. 완벽함으로 유명해. 속이며 포장, 이음재까지 모두 쿠바산이야. 오자키 따위 쥐새끼는 보기만 해도 몬테크리스토에게 모욕이지. 네게 앉으라고 했다." 나는 멍하니 그 말을 따른다. "네가 여기에 온 건 정보를 얻고 싶기 때문이다. 내 말이 맞느냐?"

"네."

"그럴 줄 알았다. 난 이 정보를 얻느라 꽤 많은 돈을 들였다. 얼마나 내겠느냐?"

나는 이자가 방금 전 창밖으로 사람을 집어 던졌다는 사실을 무시하고 내 일에 집중하려 애쓴다. "그걸 주신다면 무척 감사……" 뭐라 더 할 말이 없다.

모리노가 혀끝으로 시가에 침을 묻힌다. "별 다섯 개 급으로 고마워하리라는 건 의심하지 않는다. 하지만 난 이걸 얻느라 꽤 많은 돈을 들였다. 그리고 네 감사 따위는 조금도 관심이 없어. 다시 제안해보거라."

"얼마면 되나요?"

모리노가 책상에서 도구를 집어들더니 시가 주위를 잘라낸다. "왜 요즘 아이들은 늘 돈, 돈, 돈 하는지 모르겠구나. 일본이 이토록 도덕적, 정신적으로 무덤이 되어가는 것도 전혀 이상하지 않아. 아니야, 미야케. 난 네 돈은 필요 없다. 게다가 비둘기도 너보다는 많이 번다는 걸 우리 둘 다 알고 있잖느냐. 그러니 돈은 됐다. 대신 이건 어떠냐? 난 네 충성을 원한다."

"제 충성이요?"

"여기에 웬 메아리가 울리는 거냐?"

"제 충성이라니 무슨 의미입니까?"

"네 아비랑 똑같구나. 약관을 따지는 게 말이다. 네 충성이 무슨 뜻이냐고? 어디 보자. 내 생각에는 오늘 남은 시간을 우리가 함께해야 할 듯하구나. 함께 볼링을 치러 가자. 개 품평회도 보러 가고. 식사를 하고 옛 친구들을 만나고. 밤이 되면 널 집에 데려다주지."

"그 대신……"

"넌 이걸 받는 거지." 모리노가 손가락을 튕기자 호른 연주자 한 명이 서류철을 건넨다. 모리노가 서류를 들춰본다. "네 아버지에 대한 정보 말이야. 이름, 주소, 직업, 이력, 개인사, 흑백사진, 컬러사진. 항목별 전화통화 내역, 은행계좌. 좋아하는 면도 크림 등." 모리노가 서류철을 닫고 싱긋 웃는다. "나와 내 가족을 위해 몇 시간만 봉사하면 네 뿌리를 캐는 작업은 멋진 성과를 거두며 끝나는 거야. 자, 어떻게 하겠느냐?" 사람들이 사라진 아래층 파칭코에서 유리 밟히는 소리와 전기 셔터문 내리는 소리가 들린다. 이 방에 들어서며 목격한 장면으로 미루어볼 때 '싫습니다'라고 하면 서류철을 받지 못하는 것보다도 훨씬 더 심각한 결과를 낳으리라는 생각이 든다.

"좋습니다."

왼쪽 팔꿈치 바로 위, 뭔가 축축한 것이 와 닿더니 이어서 바늘이 그곳을 쿡 찌른다. 나는 비명을 지른다. 다른 호른 연주자가 나를 꽉 잡는다. 그자는 내게 얼굴을 들이밀더니 마치 내 코를 깨물듯이 입을 쩍 벌린다. 입에서 연못 비린내가 난다. 그자의 입안이 자세히 보인다. 나는 고개를 돌리려다 입안을 보았고, 그런 다음 다시 고개를 돌려 정면을 본다. 혀가 잘려 뭉툭하다. 형체 없는 킬킬거림. 호른 연주자들 모두가 벙어리다. 주사기에 내 피가 찬다. 나는 모리노의 팔에 꽂힌 주사기에 피가 차는 모습을 본다. 모리노는 내가 놀라는 모습에 놀란 척하는 표정을 짓는다. "우리는 잉크가 필요하다."

"잉크요?"

"계약을 위해서 말이다. 나는 계약서에 적힌 것만 믿는다." 내 팔에서 주사기가 제거되고, 호른 연주자가 내 팔을 놓아준다. 모리노는 주사기 두 개에 담긴 우리 피를 찻잔에 뿜어낸 뒤 찻숟가락으로 저어 섞는다. 주삿바늘이 꽂혔던 내 팔을 호른 연주자가 다시 알코올 솜으로 소독해준다. 호른 연주자는 종이를 모리노 앞에 펼치더니 붓을 건네준다. 모리노는 붓에 피를 묻힌 뒤 심호흡을 하고 우아한 자세로 '충성, 의무, 복종'이라는 글씨를 써내려간다. 그리고 이름을 쓴다. 모. 리. 노. 모리노가 책상 위에 놓인 종이를 내 쪽으로 돌린다. "피가 굳기 전에 어서." 모리노가 명령한다. 모리노의 강렬한 눈빛 역시 내게 명령한다. 나는 붓에 피를 묻혀 쓴다. 미. 야. 케. 벌써 피가 엉기기 시작한다. 모리노는 비평가의 시선으로 종이를 바라본다. "서예는 사라져가는 예술이지."

"고등학교 때는 잉크로 연습을 했습니다만."

모리노는 입김을 불어 종이를 말리더니 둘둘 말아 두루마리 통에 넣는다. 모든 것이 미리 준비되어 있었던 듯하다. 마마 상이 뜨개질 바늘을 내려놓더니 두루마리 통을 자기 핸드백에 넣는다. 마마 상이 말한다. "아버지, 이제 내려가서 중요한 일을 봐야 하지 않을까요?"

모리노는 피가 담긴 잔을 내려놓고 입을 쓱 훔친다. "볼링을 치러 갈까."

지하 쇼핑몰은 제너두, 발할라, 너바나를 연결할 예정이다. 하지만 아직 완공 전이고, 조명은 공사용 램프뿐이라 어두침침하며, 방수포, 타일, 합판, 유리판, 때 이르게 배달되어 뿌연 폴리에틸렌 포장지에 싸인 벌거벗은 마네킹 들로 어수선하다. 모리노가 한 손에 메가폰을 쥐고 앞장선다. 마마 상이 내 뒤를 따르고, 호른 연주자들이 그 뒤를 따른다. 내 머리 위 햇빛이 드는 진짜 세상 어디에선가 이마조 아이가 모차르트를 연주하고 있다. 모리노가 하는 말이 암흑이 말하는 것처럼 들린다. "우리 조상들은 신을 위해 사원을 지었지. 우리는 백화점을 짓지. 내가 젊었을 때 사업차 아버지와 이탈리아에 간 적이 있다. 나는 아직도 그 건물들 꿈을 꾼다. 우리 일본에는 과대망상증 환자가 부족해." 이곳 지하는 춥고 축축하다. 내가 재채기를 한다. 목이 조여오는 느낌이다. 마침내 우리는 작동하지 않는 에스컬레이터를 지나 지상으로 올라간다. '발할라에 오신 것을 환영합니다.' 한 손에 벼락을 쥐고 다른 손에 볼링공을 든 벼락의 신 토르가 말한다. 합판으로 만든 임시 문을 지나 우리는 낮으로부터 격리된 거대한 어둠으로 들어선다. 너무 깜깜한 탓에 처음에는 아무것도, 심지어 바닥조차 보이지 않는다. 오직 공허만이 느껴진다. 나는 모리노의 시가가 내는 연기와 깜부기불을 따라간다. 격납고인가? 저 멀리 깜빡이는 불빛들이 보인다. 이곳은 볼링장이다. 우리는 볼링 레인을 하나씩 지난다. 세는 도중 몇 개나 지났는지 잊는다. 몇 분이 지난 듯하지만, 그건 불가능하다. "야쿠시마에서 볼링을 쳐본 적이 있느냐, 미야케?" 모리노의 목소리는 어떤 때는 저 멀리서 들리는 듯하고, 또 어떤 때는 바로 옆에서 들리는 듯하다. "아니요." 내가 대답한다. "볼링은 어린아이들이 위험한 일을 하지 않도록 해주지. 나무에서 떨어지거나 물에 빠지는 것보다 안전하거든. 한번은 네 아버지와 볼링을 치러 간 적이 있다. 네 아버지는 아주 힘 있게 볼링을 치더구나. 하지만 골프를 더 잘 치지." 모리노의 말을 믿지는 않지만 그래도 확인은 해봐야 한다. "어디에서 골프를 쳤나요?" 모리노가 시가를 흔들어 보인다. 시가 끝이 반딧불이 되어 움직인다. "자정이 될 때까지는 사소한 정보도 알려줄 수 없다. 이건 계약이야. 때가 되면 모든 걸 다 알게 될 테니 기다리거라." 돌연 목적지에 도달한다. 가죽재킷, 프랑켄슈타인, 도마뱀, 아이스캔디. 마마 상이 앉아 뜨개질 꾸러미를 꺼낸다. 모리노가 쩍쩍 입맛을 다신다. "우리 손님들께서는 편히 계신가?" 프랑켄슈타인이 불 켜진 볼링 레인 끝을 엄지손가락으로 가리킨다. 그곳에는 볼링 핀 대신 밀랍으로 만든 사람 머리세 개가 있다. 가운데 머리가 움직인다. 왼쪽 머리가 경련을 일으킨다. 난 이곳에 있으면 안 된다. 이건 무시무시한 실수다. 아니, 이건 일종의 심문일 뿐이다. 제아무리 모리노가 미쳤다 해도 살아 있는 사람을 향해 볼링공을 던질 리는 없다. 모리노는 원래 비즈니스맨일 뿐이다. 마마 상이 말한다. "아버지, 이 말씀은 꼭 드려야겠습니다. 이건 끔찍한 행동입니다."

"전쟁은 전쟁이다."

"하지만 저자들 망막은 어쩌고요?"

"네가 뭘 걱정하는지 다 안다. 정말이란다. 하지만 내 양심상 죽어가는 인간이 자기 운명을 똑똑히 볼 기회를 박탈할 수는 없구나."

가운데 머리가 쉰 목소리로 외친다. "모리노! 네가 거기 있는 거 알아!"

모리노가 메가폰을 입에 댄다. 증폭된 모리노의 목소리는 모래폭풍이 되어 울린다. "개장식에 온 것을 환영하오, 나베 선생." 메아리가 울려퍼진다. "파칭코장에서 사소한 소동이 있었지만 이제는 다 해결했다오."

"우리를 풀어줘! 지금 당장! 이 도시는 나가사키 준 거야!"

"천만에, 나베 선생. 나가사키 준은 이 도시가 자기 거라고 생각하겠지. 하지만 진짜 주인은 나라네."

"이 미친 새끼!"

"뒈져가는 주제에 시끄럽군!" 도마뱀이 외친다.

메가폰이 울린다. "나베, 넌 언제나 멍청이였어. 넌 죽어 마땅해. 하지만, 너, 군조. 난 네가 살 만한 가치가 있는 놈이라고 생각해왔다."

왼쪽 머리가 말한다. "우리가 살아 있는 편이 당신에게 더 유리할 거야, 모리노."

"하지만 너희가 죽는 편이 내 기분이 더 좋은걸."

"나가사키의 공급선을 끊는 법을 가르쳐주겠소."

모리노는 가죽재킷에게 확성기를 넘겨준다. 가죽재킷은 씹던 껌을 휴지에 뱉는다. "안녕하시오, 군조."

"너냐?"

"나는 제때 돈을 내는 고객을 좋아하오." 가죽재킷의 말에 희미하게 외국 억양이 묻어 있다.

"그따위 말은 안 믿어."

"믿지 못하는 당신의 태도 때문에 현재 이런 난관에 처해 있는 거요."

가운데 머리가 외친다. "그럼 너도 죽은 목숨이야, 이 역겨운 몽고 새끼야!"

역겨운 몽고 새끼가 모리노에게 확성기를 돌려주며 싱긋 웃더니 새로 껌을 꺼내 입에 넣는다.

왼쪽 머리가 외친다. "당신의 메시지를 나가사키에게 전해줄 수 있소, 모리노!"

"구태여 그런 수고를 하지 않아도 돼." 도마뱀이 외친다. "너 자체가 우리 메시지가 될 테니까!"

모리노가 거든다. "가장 간결하면서도 압축된 메시지가 될 거야. 네가 먼저 던지거라." 도마뱀은 정중하게 몸을 굽혀 절을 하더니 가장 무거운 볼링공을 고른다. 나는 이 모든 것이 단지 허풍에 불과하다고 나 자신에게 계속 말한다. 난 이곳에 있으면 안 된다. 도마뱀이 레인에 서서 볼링공을 던질 준비를 한다. 가운데 머리가 외친다. "우리를 쏴 죽여, 모리노! 명예롭게 죽도록 하란 말이다!" 프랑켄슈타인이 외친다. "명예? 네가 명예가 뭔지 알기나 해, 나베? 넌 나가사키가 '허리 숙여'라고 말하기도 전에 네 똥구멍을 들이밀었잖아!" 도마뱀이 스텝을 밟는다. 하나, 둘, 획! 볼링공은 직선으로 빠르게 뻗어나간다. 내 오장육부가 뒤틀린다. 나는 이 악몽에서 깨어나기 위해 다른 곳으로 시선을 돌리려 하지만, 가운데 머리가 비명을 지르는 순간 멍청하게도 그곳을 바라본다. 가키자키라고 불렸던 오른쪽 머리는 더는 형체를 알아볼 수 없다. 토하고 싶은 기분이 들었지만 아무것도 넘어오지 않는다. 나는 꼼짝도 못하고 그 장면을 지켜본다. 가키자키의 머리통은 박살나고, 뼈와 피가 튄다. 호른 연주자들이 요란스레 손뼉을 쳐댄다. 왼쪽 머리는 놀라 입을 다문다. 가운데 머리는 빨간 반점들이 흩뿌려진 채 물에 빠진 사람처럼 숨을 헐떡인다. 도마뱀이 다시 정중하게 인사하더니 의자로 돌아온다. 프랑켄슈타인이 칭찬을 날린다. "멋진 기술이로군. 재연해볼까?" 나는 몸을 돌리고 무릎을 꿇고 앉아 무릎 사이에 고개를 처박는다. 하지만 확성기 소리에 깜짝 놀라 일어난다. "미야아아아아아케에에에에!" 확성기가 내 귀 바로 옆에서 울린다. 도마뱀이 볼링 레인을 가리킨다. "네 차례야."

"싫어요."

호른 연주자들이 믿을 수 없고 놀랐다는 시늉을 한다.

모리노가 속삭인다. "해야 할 거다. 우리는 계약서에 서명했으니까."

"살인을 돕는 일에 대해서는 일언반구도 하지 않았어요."

"넌 아버지가 시키는 일은 무엇이든 하겠다고 맹세했다." 프랑켄슈타인이 말한다.

"하지만……"

"책임감 강한 젊은이가 고뇌에 빠졌군." 모리노가 뇌까린다. "던질 것인가 던지지 않을 것인가. 던지면 저기 표리부동하고 혐오스러운 자들에게 해를 가하게 되며, 던지지 않으면 너 때문에 슈팅스타는 불에 타고 네 집주인의 아내는 임신한 지 석 달 만에 유산을 하게 될 거야. 네 양심에 어느 쪽이 더 중요하더냐?" 모리노는 내가 절대 입을 열지 못하도록 이 폭력에 옭아매고 싶어한다. 덫이 찰칵하며 닫히는 걸 느낄 수 있다. 나는 일어나 가장 가벼운 공을 고른다. 혹시라도 예상 못 한 일이 일어나 내가 이 일을 피할 수 있으면 좋으련만. 나는 공을 고른다. 가장 가벼운 것으로. 공은 꽤 무겁다. 안 돼. 난 할 수 없다. 그냥, 할 수 없다. 뒤에서 껄껄거리는 소리가 들린다. 뒤돌아본다. 도마뱀이 가랑이를 짝 벌리고 의자에 등을 기대고 앉아 있고, 재킷 안에 풍선을 집어넣었다. 풍선에 젖꼭지, 배꼽, 삼각형 모양의 음모가 검은색 매직으로 그려져 있다. 프랑켄슈타인이 도마뱀 앞에 무릎 꿇고 앉더니 긴 나이프를 들이댄다. 도마뱀이 가성으로 말한다. "안 돼요. 제발 저를 해치지 말아주세요, 선생님. 제 배 속에 아기가 있어요." 프랑켄슈타인이 한숨을 쉬며 말한다. "미안합니다, 분타로 부인. 하지만 힘 있는 분과 한 맹세를 어긴 자에게 방을 빌려준 대가입니다……" 도마뱀은 폐가 터져라 비명을 지른다. "제발요! 제 아기, 제 아기! 자비를 베풀어주세요!" 나이프는 분타로 부인의 고무 배 속으로 들어가고, 프랑켄슈타인은 다른 주먹을 단단히 쥐고 내리친다. 펑! 아이스캔디가 의자에 축 기대어 앉아 킬킬거린다. 마마 상은 뜨개질을 하고 모리노는 손뼉을 친다. 어둠 속, 모니터와 제어판에서 흘러나오는 불빛을 받아 사람들 얼굴이 번득인다. 이들은 한꺼번에 내게 시선을 집중한다. 마지막으로 명령을 내린 얼굴이 누군지 알 수 없다. "던져." 빗맞혀야만 한다. 하지만 너무 티가 나면 안 된다. 나는 이곳에 있으면 안 된다. 저 머리들에게 사과를 하고 싶다. 하지만 방법이 없다. 숨을 고르려 애쓴다. 하나, 나는 죽은 오른쪽 머리에서 1미터 정도 떨어진 거터를 조준한다. 둘, 내 오장육부가 뒤틀리고, 공을 너무 일찍 놓아버린다. 땀 때문에 공에서 손가락이 빠진 것이다. 나는 공을 놓고 웅크린다. 속이 너무 울렁거려 볼 수가 없다. 속이 너무 울렁거려 안 볼 수가 없다. 공은 거터 쪽으로 휘면서 레인의 삼분의 이 정도에서 가장자리로 다가간다. 하지만 스핀을 먹은 공이 다시 중앙으로 돌아오더니 가운데 머리를 향해 똑바로 나아간다. 가운데 머리의 얼굴이 찌그러져 보이고, 볼링공은 무시무시한 소리를 내며 구르고, 내 뒤에 선 호른 연주자들이 일제히 환호를 보낸다. 그리고 나는 두 눈을 질끈 감는다. 뒤에서 아쉬운 신음이 들린다. "아슬아슬하게 빗나갔구나." 모리노가 아쉬워한다. 몸이 덜덜 떨린다. 멈출 수가 없다. "다시 한 번 더 해보겠어?" 도마뱀이 곁눈질로 나를 본다. 나는 도마뱀을 무시하고 비틀거리며 뒤로 물러서고, 가장자리 의자에 털썩 주저앉는다. 나는 두 눈을 질끈 감는다. 굳어서 번들거리는 피가 눈앞에 어른거린다.

"레인을 닦아." 프랑켄슈타인이 큰 소리로 외친다. "이런 건 내가 전문이지. 자, 풍차 특급이 나가신다!" 다른 사람들이 뭐라고 하는 소리가 들리고, 프랑켄슈타인이 달려 나가고, 이윽고 볼링공 구르는 소리가 요란스레 들린다. 삼 초 뒤, 기뻐 날뛰는 환호가 들린다. "깨졌다!" 도마뱀이 외친다. "브라보!" 모리노가 환성을 지른다. 가운데 머리가 계속해 비명을 지른다. 하지만 왼쪽 머리는 으스스할 정도로 조용하다. 눈을 감았지만 볼링 레인의 끝부분이 눈에 선히 보인다. 나는 두 눈을 더욱 꼭 감아보지만 선명한 모습은 지워지지 않는다. 아마 죽을 때까지 이 장면을 지우지 못할 것이다. 이런 광란의 오후에 이곳에 있으면 안 되는 건데. 몸이 쉬지 않고 떨린다. 멈출 수가 없다. 한 번, 두 번, 토하려 해보지만 아무것도 넘어오지 않는다. 지독한 국수 냄새. 마지막으로 뭔가를 먹은 게 언제였더라? 몇 주 전인 것 같다. 할 수만 있다면 나는 이곳을 떠날 것이다. 서류철을 받지 못하더라도 상관없다. 하지만 이자들이 나를 놓아주지 않으리라는 걸 안다. 내 사타구니에 누가 손을 집어넣는다. "사탕 있어?" 아이스캔디다. "뭐?" 사탕? "사탕 있어?" 이 여자 숨에서 썩은 요구르트 냄새가 난다. 도마뱀이 아이스캔디의 머리를 쥐어잡고 내게서 떼어낸다. "이 싸구려 갈보년!" 찰싹, 찰싹, 찰싹! 살아남은 자는 여전히 비명을 지른다. 모리노가 확성기를 집어든다. "거래를 해보겠는가, 나베?" 비명이 잦아들더니 숨죽인 흐느낌으로 바뀐다. "만약 다음번 볼링공을 맞고도 주둥이를 닥치고 있다면 널 풀어주마. 찍소리도 내면 안 된다는 걸 명심하도록!" 나베는 말처럼 거칠게 숨을 몰아쉰다. 모리노가 확성기를 내리더니 마마 상을 바라본다. "치겠느냐?"

"이제는 실력이 녹슬어서 안 돼요." 뜨개질바늘이 달가닥거린다.

"아버지, 이 게임을 어떻게 하는지 이제 알겠습니다." 가죽재킷이 말한다.

모리노가 고개를 끄덕인다. "그럼 한번 해보거라."

"군조는 제가 끝장내겠습니다. 전 늘 군조가 싫었습니다."

힘차게 굴러가는 볼링공, 꼼짝 못하고 공포에 질려 떠는 나베, 그리고 커다란 소리. 환호.

"오, 이런, 나베." 프랑켄슈타인이 외친다. "네가 찍찍거리는 소리를 난 분명히 들었어."

"아니야!" 나베의 지치고 부서지고 멍든 목소리가 들린다.

모리노가 일어난다. "재미있는 면을 보려고 노력해봐! 유머는 영혼의 영혼이라고." 난 이곳에 있으면 안 된다. 이번에는 모리노가 공을 던질 준비를 한다. "이크, 이 공은 이미 썼던 거로군. 군조의 머리 가죽이 붙어 있어. 아니면 가키자키 거든가." 나베가 나지막이 흐느낀다. 가지고 놀던 곰돌이 인형을 잃어버렸는데 아무도 관심을 보이지 않는다는 듯. 모리노가 스텝을 밟는다. 하나, 둘. 우르르. 공이 굴러간다. 날카로운 비명. 나무젓가락이 부러지는 듯한 소리. 묵직한 물체 둘이 둔중한 소리를 내며 부딪친다.

캐딜락 세 대가 추월 차선을 미끄러지듯 나아간다. 도시도 시골도 아닌, 어딘지 모르는 곳이다. 진입로, 주유소, 창고를 지난다. 오후에서 낮의 기운이 사그라지며 저녁의 구멍으로 들어가기 시작한다. 볼링장에서 본 장면은 머릿속에 각인되어 떠나지 않는다. 하지만 충격이 가시고 내 신경이 다시 정신을 차리기 전까지는 그

상흔이 고통스럽지 않으리라. 만약 발할라에 다시 들어오지 않았다면 내가 어디에 있었을지 생각해본다. 어쩌면 커피숍에서 이마조 아이와 잡담을 나누고 있었을지도 모른다. 고양이에게 먹이를 주고 분타로와 담배를 피우고 있었을지도 모른다. 아스팔트 삼촌의 오토바이를 타고 야쿠시마의 해변도로를 누비고 있었을지도 모른다. 숲 위로 달이 떠오른다. 이곳은 어디일까? 반도 비슷한 곳이다. 프랑켄슈타인이 운전을 하고, 가죽재킷은 조수석에 앉아 있다. 모리노와 나는 가운데 좌석에 앉아 있다. 모리노는 시가 연기로 도넛을 만들어 불고, 전화를 몇 통 하며 '작전'에 대해 말한다. 모리노는 연속해 전화를 걸지만 대부분은 "대체 미리엄은 어디에 있는 거야?"라는 말 정도만 하고 끊는다. 아이스캔디는 뒷좌석에서 도마뱀에게 오럴 섹스를 해준다. 우리는 터널에 들어간다. 천장의 조명들이 차례로 지나쳐간다. 터널 천장에는 강력한 환풍 시설이 되어 있다. 나는 이 악몽 속에 있으면 안 된다. "그 말 좀 그만했으면 좋겠구나." 모리노가 말한다. 내게 하는 말인 듯하다. "자꾸 내 신경을 긁는구나. 다 악몽을 꿀 만한 짓을 하니까 꾸는 거야." 정확히 누구에게 하는 말일까 궁금해하는데 프랑켄슈타인이 입을 연다. "제 경우 악몽은 터널에서 시작합니다. 시작은 평범한 꿈이죠. 유령이나 뭐 그런 건 전혀 나오지 않아요. 그러다가 터널 입구가 보이면 이런 생각을 하죠. '오, 이제 악몽이 시작되는군.' 저는 터널 안으로 차를 몰고 들어가고, 악몽이 시작됩니다. 천장에는 사람들이 매달려 있어요. 어떤 자는 십 년 전에 없앤 놈인데 다시 나타나고, 제 총은 고장나서 발사가 안 되죠. 터널은 점점 좁아져서 결국 숨도 못 쉴 정도로 조여오고요." 아이스캔디가 후르륵

소리를 낸다. 도마뱀이 가볍게 신음을 내며 말한다. "악몽은 우릴 정글 속에 내던져. 악몽 속에 들어가면 최신 장비 따위는 아무 쓸모 없어. 혼자 내던져진 채 더 크고, 사악하고, 못된 자의 저녁거리가 되길 기다리게 되는 거야. 깨물지 마!" 도마뱀이 아이스캔디를 때린다. 아이스캔디가 훌쩍인다. 모리노가 재떨이에 재를 떤다. "재미있는 이야기로구나. 내가 생각하기에, 악몽은 배출구가 없는 코미디야. 간질거리기는 하지만 절대 웃음은 터뜨릴 수 없지. 그러면서 압력은 점점 증가하고 말이야. 우리의 멋진 토론에 뭔가 더할 의견은 없느냐, 미야케?" 나는 이자는 늘 이런 식으로 사는가 생각하며, 나를 고문하는 자를 바라본다. "없습니다." 이제 모리노는 말을 하며 입술을 움직이지도 않는 것 같다. "기운내거라, 미야케. 사람들은 언젠가는 죽는 거야. 아까 그 셋은 날 배반하는 순간 죽음을 선택한 거란다. 너는 단지 처형하는 걸 도왔을 뿐이야. 일주일 정도 지나면 말끔히 잊게 될 거다. '시간이 약이다'라는 말도 있잖느냐. 물론 말도 안 되는 소리지. 망각이야말로 정말 제대로 듣는 약이지." 도마뱀이 만족한 듯 입술로 쩍 소리를 낸다. 아이스캔디가 입술을 훔치며 일어나 앉는다. "캔디!" 도마뱀이 중얼거리며 뭔가를 꺼낸다. "네 팔은 바늘구멍투성이야. 허벅지를 내밀어봐. 거기다 주사를 놔줄 테니까. 쓸데없이 침 흘리지 마." 가죽재킷이 말한다. "제 고향에서는 악몽이 땅을 돌려달라고 요구하기 위해 되살아난 우리 거친 조상들이라고들 합니다. 연약하고 뚱뚱하고 현대화된 후손들이 길들여 풀을 뜯는 땅을 말입니다." 프랑켄슈타인이 한 손으로는 운전대를 잡고 다른 손으로 강철 빗을 꺼내더니 머리를 빗는다. "누가 악몽을 보내는데?" 가죽재킷이 다시 껌을 꺼내 입에 넣는다. "보낸 이를 뭐라고 부르든, 그 본질은 우리입니다. 악몽은 이렇게 말하죠. '네가 어디에서 왔는지 잊지 마라. 네 진정한 모습을 잃지 말거라' 하고 말이죠."

네온 푸들이 네온 간판을 한없이 뛰어다닌다. 푸들은 작은 나비 넥타이를 하고 있다. 우리 캐딜락이 호른 연주자들이 탄 캐딜락과 합류한다. 마마 상은 자기 할 일을 하기 위해 세번째 캐딜락을 탔다. 사람들이 총을 준비하고, 프랑켄슈타인이 내 쪽 문을 연다. "여기 안전한 차에 색골 갈보와 함께 있는 쪽을 택할 거야?" 뭐라고 대답할지 미처 떠올리기도 전에 도마뱀이 내가 쓴 야구모자를 후려친다. "아쉽겠지만, 그렇게는 안 돼." 우리는 차에서 내려 푸들이 있는 창고 문으로 향한다. 벌레잡이 등이 몇 초마다 파지직 소리를 낸다. 창고 안에서 뭔가 으르렁거리고 부풀어올랐다가 꺼지는 소리가 들린다. 입구 그늘에서 경비원 둘이 뛰어나오더니 호른 연주자들에게 다가간다. "안녕하십니까? 우선 무기를 가지고 계신지 여쭤봐야겠군요. 하우스 규칙입니다. 제가 안전하게 보관하겠습니다. 둘째, 여러분이 타고 오신 차는 저희 쪽에 등록되지 않은 차입니다. 누구와 같이 오셨습니까?"

호른 연주자들 사이로 모리노가 걸어나간다. "날세."

경비원들이 움찔하며 뒤로 물러선다.

모리노가 노려본다. "오늘 밤 개 쇼가 있다던데."

덩치가 조금 더 큰 경비원이 먼저 정신을 차린다. "모리노 선생님……"

"옛날의 모리노는 쓰루 씨가 죽던 날 죽었네. 이제 내 이름은 아버지일세."

"네, 에, 아버지." 경비원이 휴대전화를 꺼낸다. "잠시만 시간을 주시면 최고로 좋은 자리를 마련해드리겠습니다……" 모리노가 프랑켄슈타인에게 고개를 끄덕이고, 프랑켄슈타인은 경비원의 심장 있는 곳을 단검으로 찌른다. 칼자루 바로 앞까지 완전히. 호른 연주자 한 명이 경비원의 고개를 뒤로 꺾는다. 아마도 목을 부러뜨리는 듯하다. 너무나 빠른 순간에 일어난 일이라 희생자는 끽소리조차 내지 못한다. 다른 호른 연주자 둘이 두번째 경비원을 쓰러뜨린다. 도마뱀은 계속 총을 갈겨대더니 쓰러진 경비원에게 키스를 한다. 아니다, 도마뱀은 경비원의 코를 물어뜯는다. 그리고 검은 얼룩을 내뱉는다. 이 순간 나는 고개를 돌린다. 쿵, 욕지거리, 검붉은 피와 상처. "이놈들을 저 상자들 뒤로 치워놓거라." 모리노가 명령한다. 땅에 떨어진 휴대전화가 울린다. 프랑켄슈타인이 발로 휴대전화를 으깬다. "씨팔, 모두 싸구려 대만제라니까. 이제 일본제는 어디서도 찾아볼 수가 없어." 도마뱀이 창고 문을 연다. 흐릿한 조명, 창고 안은 짚 더미와 개먹이 깡통들이 줄지어 쌓여 있다. 창고 안은 거대하다. 저 멀리서 환호와 고함이 철벅철벅 튀어온다. 호른 연주자들이 앞장선다. 내가 머뭇거리자 프랑켄슈타인이 발로 엉덩이를 찬다. "꾸물거리지 마, 미야케. 시계가 자정을 가리킬 때까지 넌 우리와 한패야." 나는 그 말에 복종한다. 복종해야만 한다. 흥분한 내 생존 본능을 달래기 위해 내가 할 수 있는 건 야구모자를 더 깊숙이 눌러쓰는 것뿐이다. 백 명이 넘는 사람들이 고함을 질러대지만 우리가 다가가는 걸 알아차리는 이는 아무도 없다. 호른 연주자들이 바깥쪽에 선 사람들을 헤치고 길을 뚫는다. 야쿠자

셔츠와 문신들이 보인다. 사람들이 성난 표정으로 돌아보다가 모리노를 보고는 입을 딱 벌리고 뒤로 물러선다. 우리는 조명이 집중된 투견장 가장자리에 도달한다. 갈색 마스티프와 검은 도베르만이 줄에 묶여 있다. 송곳니 사이로 침방울이 뚝뚝 떨어진다. 투견장 건너편에 한 사내가 상자 위에 서 있다. 그자는 내기돈 액수를 적어 넣고, 사람들은 그자에게 고함친다. 그물 셔츠 사이로 털이 북실거리는 젖꼭지가 튀어나와 있다. 나는 뒤쪽의 프랑켄슈타인, 앞의 모리노 사이에 샌드위치 속처럼 안전하게 끼여 있다. 그래서 모리노가 재킷에서 권총을 꺼내 마스티프 머리를 쏘는 모습을 똑똑하게 볼 수 있다.

정적.

죽은 개 머리 주변으로 핏물이 번지며 투견장을 물들인다. 도베르만은 조련사 뒤에 숨어 낑낑거린다. 호른 연주자들은 이미 무기로 관중을 겨냥하고 있다. 관중이 물러선다. 난 이곳에 있으면 안된다. 마스티프 조련사가 정신을 차리고 입을 연다. "넌 나가사키의 가장 좋은 개를 쏴 죽였어."

모리노가 어리둥절한 척한다. "누구의 가장 좋은 개라고?"

"나가사키 준. 넌, 넌, 넌……"

"아, 그자."

조련사가 흥분해 떠든다. "나가사키 준! 나가사키 준!"

"난 오늘 하루 그 이름을 너무 많이 들었다. 다시는 그 이름을 꺼내지 말도록."

"나가사키 준이 네 가죽을 벗길 거다, 너, 너, 너……"

모리노가 총을 조준한다. 빵! 조련사가 자빠지며 마스티프 위로 쓰러진다. 둘의 피가 웅덩이를 이룬다. 모리노가 프랑켄슈타인에게 돌아선다. "난 경고했어. 안 그래? 난 분명히 경고했어." 프랑켄슈타인이 고개를 끄덕인다. "미리 경고하지 않았다고 불평할 사람은 아무도 없을 겁니다, 아버지." 여전히 군중은 콘크리트 바닥에 뿌리를 내린 듯 꼼짝도 하지 않는다. 모리노가 카악거리는 소리를 내더니 조련사에게 가래를 뱉는다. "총은 참 대단한 거야. 총이 있으면 어떤 꿈이라도 이룰 수 있지. 야마다만 빼고 너희 돼지새끼들은 모두 이곳을 나가라." 모리노는 상자 위에 선 내기 기록자를 겨냥한다. "네게는 할 말이 있다, 야마다. 나머지는, 꺼져라! 어서!" 호른 연주자들이 번갈아가며 총을 쏜다. 군중들이 호른 연주자들 총소리의 안내를 받으며 썰물처럼 복도를 빠져나간다. 새벽이 밝아올 때의 뱀파이어도 이보다 빠르게 도망치지는 못할 것이다. 내기 기록자는 여전히 손을 들고 있다. 도마뱀이 투견장으로 훌쩍 뛰어들어가더니 발로 조련사의 머리를 툭 친다. 조련사의 두 눈 사이로 핏빛 구멍이 뚫려 있다. "명중인데요, 아버지." 바깥에서 차바퀴들이 비명을 질러댄다.

긴장한 기록자가 침을 꿀꺽 삼킨다. "만약 날 죽일 생각이라면, 모리노……"

"야마다 군. 넌 이번에도 잘못된 쪽을 골랐어. 널 죽이기는 하겠지만, 오늘은 아니야. 네 주인에게 내가 하는 말을 똑바로 전해라. 나가사키에게 가서 그자가 내게 빚진 전쟁보상금에 대해 의논하고 싶다고 해. 자정 정각에 기다리겠다고 전해라. 신공항터미널 다리다. 간척지의 제너두 건너서야. 모두 기억할 수 있겠느냐?"

◆

　몽골인이 열 걸음 떨어진 곳에서 걸음을 멈춘다. 손에 총을 들고 있다. 간척지의 총성과 불빛은 아주, 아주 멀어 보인다. 내 갈비뼈 안에서 심장이 요동친다. 일본철도 유니폼이 까끌까끌하고 간지럽다. 이 생의 마지막 기억은 엉뚱한 것들이다. 나는 분실물 보관소에서 주인이 찾아가지 않은 무라카미 하루키 소설을 반쯤 읽다가 우에노 역의 내 보관함에 넣어두었다. 밧줄도 없는 마른 우물에 빠진 남자는 어떻게 되었을까? 어머니는 술에 취해 파칭코 외삼촌의 앞뜰에서 배드민턴을 치고 있다. 술에 취했지만 적어도 행복해한다. 리버풀*로 순례를 다녀오지 못한 게 후회된다. 어느 날 아침 잠에서 깨어보니 나와 안주의 요에 눈이 아주 얇게 쌓여 있었다. 초가을 벽 틈새로 불어들어온 눈이다. 삶이 이런 식으로 허무하게 끝나는 건가? 내 이름을 부르는 소리가 들리지만, 나는 이게 내 상상에서 들리는 소리란 걸 안다. 숨을 고르려 애쓰고, 재채기를 한다. 지금까지 가죽재킷을 제대로 본 적이 없다. 저자의 얼굴이 내가 마지막으로 보는 얼굴이다. 상상했던 사신의 얼굴과는 전혀 다르다. 아주 평범하고, 적당히 호기심을 끌고, 자신이 하려는 행동에 대해 아무런 감정도 보이지 않는 그런 얼굴. 어서 죽여라. 살려달라고 애걸복걸하는 건 너무 초라하다. 그렇다면 내 유언은 무엇으로 해야 하나. 가죽재킷이 말한다. "네가 이 일에 끼지 않았으면 좋았을 텐데." 동정심이 철철 넘치는 말이다. "몸을 웅크리는

---

* 비틀스 멤버들의 고향.

게 좋을 거다."

"웅크리라고요?" 웅크리게 하고 죽이겠단 말인가? 왜?

"땅에 웅크려. 음…… 뭐라고 표현하더라? 태아처럼 말이다."

뭐하러 그래야 한단 말인가? 어차피 죽을 목숨인데.

"다치지 않으려면 웅크리는 게 좋을 거야." 나를 죽이려는 자가 고집을 부린다.

나는 분개해 말하고 싶지만 제대로 되지 않는다. 가죽재킷은 그런 내 행동을 거절로 받아들인다.

가죽재킷이 총을 쏠 준비를 한다. "어쨌든, 난 경고했다."

수많은 별들. 저 별들은 왜 있는 걸까?

참치, 전복, 방어, 연어알, 가다랭이, 계란 두부, 사람 귓불. 회가 잔뜩 쌓여 있다. 날생선에 있을지도 모르는 균을 없애기 위해 간장에는 와사비가 섞여 있다. 간장 속 와사비는 끈끈한 피처럼 점점이 찍혀 있다. 볼링장 생각은 이제 그만해야 한다. 그만해야만 한다. 투견장을 나온 뒤로 밤을 가로질러 차를 타고 온 기분이지만 시계는 겨우 22:14를 가리키고 있을 뿐이다. 백 분 조금 넘게 남았어. 나는 혼잣말한다. 하지만 전혀 위로가 되지 않는다. 몸에 감기 기운이 느껴지고, 감기는 계속 악화될 것이다. 물을 조금 마신다. 물배가 찬다. 숨 한 번 한 번이 괴롭다. 우리는 레스토랑에 있다. 어떤 가족이 식사 중이었지만, 우리를 보자마자 바람처럼 사라졌다. 나이 든 웨이트리스는 아무렇지도 않은 듯하지만, 요리사는 겁을 바짝 집어먹었다. 가능하다면 나도 저 사람들처럼 이자들과 아무 관계가 없으면 좋겠다. 프랑켄슈타인이 소시지로 나를 친다. "왜 그렇게 뭐 씹은 표정이지, 보이스카우트? 남들이 보면 부모님이라도 죽은 줄 알겠다." 도마뱀이 간장에 와사비를 푼다. "내가 투견장에서 쏜 마스티프가 자기가 오랫동안 찾아다니던 아버지라는 사실을 깨달은 모양이지." 모리노가 시가 끝을 내 쪽으로 가볍게 튀긴다. "싫어도 참고 웃어! 네 전통을 기억해! 넌 일본의 준법 시민이야! 늙어서 보행 보조기를 쓸 때까지, 마시는 물이 산화수으로 오염될 때까지, 전 국토가 주차장이 될 때까지 계속 참고 웃으란 말이다! 일본을 욕하는 게 아니야. 난 일본을 사랑한다. 대부분의 장소에서 어깨들은 주인이 시키는 대로 하지. 하지만 일본에서는 우리 어깨가 바로 주인이다. 일본은 우리 무대야. 그러니 참고 웃거라." 참을 수는 있겠지. 하지만 미친 늑대들의 영역 싸움에 끌려 들어온 판에 어떻게 웃으란 말인가? 이 레스토랑을 떠나기 전까지는 뭔가 더 나빠질 게 없다는 점을 위안 삼아 웃는다면 모를까. 도마뱀이 방 한쪽을 가리킨다. "아버지! 저기 뭐가 있는지 보세요. 가라오케가 있어요!" 흥분한 입에서 침에 번들거리는 회 조각이 튀어나온다.

"흥겨운 일이로고." 모리노가 프랑켄슈타인을 보며 말한다. "어디 노래를 부르며 기분 좀 풀어보자꾸나." 프랑켄슈타인이 영어로 된 노래를 부른다. "아이 캔트 리이이이이브, 이프 리빙 이즈 위드 아웃 유우우우우우. 아이 캔트 기이이이이이브, 아이 캔트 테이크 애니 모어어어어어어." 호른 연주자들이 프랑켄슈타인과 함께 으르렁거린다. 그 소음이 너무 심해 회에서 구더기가 피어날 것만 같다. 가죽재킷은 구석에서 우유를 홀짝인다. 가죽재킷 역시 이곳에 속하지 않은 듯하다. 모리노는 아까 불안에 떨며 우리에게 음식을 날라온 나이 든 웨이트리스를 부른다. "노래해." 웨이트리스는 한 마디 저항도 없이 〈인도양에 핀 벚꽃〉이라는 제목의 엔카를 부른다. 한참을 들어보니 결국은 노름빚 때문에 죽는 마작 노름꾼에 대한 내용이다. 도마뱀은 '일렉트로드 인세스트'라는 밴드의 같은 제목의 노래를 부른다. 그 노래에는 가사도, 코러스도, 음정 변화도 없다. 도마뱀이 식탁 위에서 괴상한 춤을 추며 확성기에 대고 자위하는 시늉을 내고, 호른 연주자들은 신나게 손뼉을 친다. 마침내 노래가 끝나자 모리노가 나보고 일어나라고 손짓한다.

"싫어요." 내가 딱 잘라 말한다. "전 노래 안 해요."

초밥이 내 얼굴을 때린다. 호른 연주자들이 야유를 보낸다.

"전 음악을 좋아하지 않아요."

"말도 안 되는 소리." 모리노가 말한다. "내 부하가 조사한 바로는 네게 CD가 스무 장 있다더구나. 이제는 해체한 비틀스라지. 그리고 악보와 기타도 있고."

"그걸 어떻게 아세요?"

"악몽은 모르는 게 없는 법이지."

나는 얼굴에서 밥풀을 떼어낸다. "제 방을 부수고 들어갔나요?"

모리노는 웨이트리스가 물을 따르도록 유리잔을 들어올린다. "만약 네가 우리 귀염둥이 아기를 건드렸다면, 이 고아새끼야, 난방 대신 너를 부숴버렸을 거야. 그러니 다행인 줄 알아라."

"전 가라오케를 싫어해요. 그리고 노래 안 할 거예요."

도마뱀이 내 말을 비꼬며 흉내 낸다. "**전 가라오케를 싫어해요. 그**

리고 노래 안 할 거예요." 이윽고 주먹이 내 눈으로 날아오고, 식탁이 천장이 된다.

나는 몸을 일으킨다. 눈이 욱신거리며 고통의 노래를 부른다.

"오늘 내내 이걸 해보고 싶었는데." 도마뱀이 주먹을 살피며 말한다. "아버지가 노래를 하라신다."

겁을 먹어야겠지만, 난 고개를 젓는다. 피는 나지 않는다.

프랑켄슈타인이 검지와 약지 사이에 젓가락을 끼우더니 트림을 하고 가운뎃손가락으로 젓가락을 부러뜨린다. "미야케가 계약을 어기려 드네요, 아버지."

모리노가 손가락을 흔든다. "좀 봐주자꾸나. 저 아이는 누나가 물에 빠져 죽은 뒤로 완전히 딴사람이 됐어. 둘이서 오순도순 재미있게 놀았지. 둘이면 충분했어. 그 아이가 물에 빠져 죽던 날 저 아이는 가고시마에서 병신 짓을 했어. 저밖에 모르는 놈이야. 어이! 여기 깍지콩 더 가져와!" 모리노가 손가락을 튕겨 웨이트리스를 부른다. 감기 균에 취한 나는 모리노가 사람 마음을 꿰뚫어보는 재주가 있는 건지 아니면 자기 마음대로 짐작을 하는 건지 알 수가 없다. 어느 쪽이든 간에 젓가락으로 저자의 눈을 찔러버리고 싶다. 그렇게 하는 상상을 한다. 픽! 모리노의 사마귀가 흔들린다. 맹세하는데, 저 사마귀는 나를 지켜보고 있다.

캐딜락 시계에 따르면 우리가 간척지 경계 도로에 들어선 시각은 23:04이다. 그로부터 삼십 분 뒤, 우리는 여전히 차를 타고 있다. 차 안에선 군악이 울리고, 나는 열이 난다. 아니, 어쩌면 차에서 열이 나고 군악은 내 안에서 울리는지도 모르겠다. 나는 살인자가 되기 일보 직전이었다. 아니, 나는 살인자다. 볼링공의 스핀과 각도를 살짝 바꿔 던졌다고 해서 정말로 죄책감이 들지 않을 수 있을까? 나는 던졌다. 던져야 했다. 그런데 던졌다. 한 시간만 지나면 서류철은 내 것이 된다. 눈에 멋지게 든 멍은 덤이다. 도쿄 야쿠자의 왕좌를 요구하는 자라면 무장한 대군을 이끌고 다닐 거라고 생각했다. 하지만 아니다. 캐딜락 두 대가 전부다. 코에서 콧물이 줄줄 흐르고, 뭔가 목을 옥죄는 느낌이 든다. 어쩌면 명예 제도가 있어서 두 파벌이 비폭력으로 일을 처리할지도 모른다. 아니면, 어쩌면 이건 자살 임무일지도 모른다. 오, 제발 그건 아니길. 만약 모리노가 가미카제 유형이라면 이렇게 오래 살지 못했을 것이며 몸무게도 이렇게 나가지 못했을 거라고 생각한다. 하지만 그 이상은 무슨 생각을 해야 할지 모르겠다. 차 안은 거의 침묵에 잠겨 있다. 모리노가 스페이드 퀸으로 간 마마 상에게 전화를 하는 듯하다. "미리엄은 아직 출근 안 했나? 그 아이 집에는 전화해봤어. 그 아이가 오거든 즉시 내 휴대전화로 전화하라고 해." 도마뱀과 프랑켄슈타인은 카멜을, 모리노는 시가를 피운다. 나는 속이 너무 울렁거려 담배 피우고 싶은 맘이 들지 않는다. 아이스캔디가 약물에 빠져 비몽사몽 웅얼거린다. 바다는 위로 걸어다닐 수 있을 것처럼 잔잔하고, 넓은 하늘에는 별이 가득하다. 보름달은 바로 곁에 있는 30와트 전구처럼 밝다. 모리노가 다시 전화를 하지만 아무도 받지 않는다. "언젠가 간호사에게 들은 이야기인데, 보름달이 뜨면 자살률이 증가한다는구나. 그리고 무슨 이유에서인지 말들도 그렇다지." 마침내 우리가 탄 차가 속도를 늦추더니 호른 연주자들이 탄 캐딜락 옆에 전략적인 각도로 주차한다. 나는 차에서 내린다.

뻣뻣해진 근육이 아프다. 또다시 건물 부지. 도쿄 외곽은 무너진 건물 또는 건물 부지뿐이다. 우리가 도착한 거대한 건물터는 아직 거대한 기초공사만 되어 있다. 당구대처럼 평평한 간척지는 저 멀리 산까지 뻗어 있다. 제방 너머 얼마 떨어지지 않은 곳에서 파도치는 소리가 들린다. 다리는 아직 가운데 부분이 만들어지지 않은 채 놓여 있다. 도마뱀의 담뱃불이 춤을 춘다. "어이, 미야케. 저 다리에 쫑박혀 있어." 나는 그게 무슨 뜻인지 알아듣지 못한다. "나가사키는 적이고 넌 이 장소에 어울리지 않아. 유치원생을 데려왔다는 인상은 주기 싫어." 도마뱀이 킬킬거린다.

"서류철을 줄 건가요?"

"참 지겨운 놈이군! 자정이 되기 전에는 안 돼! 가!"

나는 몇 걸음을 떼고, 그때 가죽재킷이 돌 무더기에 서서 휘파람을 분다. 나를 향해 분 것이라고 생각했지만 아니다. "우리 친구들이 오는군요. 차가 아홉 대입니다."

프랑켄슈타인이 어깨를 으쓱해 보인다. "아홉이라. 좀더 많이 올 거라고 생각했는데. 하지만 아홉이면 나쁘지는 않군."

나는 비탈을 올라가기 시작한다. 다리는 안전한 피난처에 가장 근접한 곳이다. 한편으로는 나를 가둬둘 완벽한 독방이기도 하다. 나는 꼭대기에서 몇 미터 정도 떨어진 곳에 있다. 지상 30미터 정도인 듯하다. 너무 높아 폐가 조이며 현기증이 일고 불알이 몸 안으로 들어가는 느낌이 든다. 난간 너머를 보니 나가사키의 자동차들이 멈추는 게 보인다. 나가사키 일행은 모리노의 캐딜락 두 대를 중심으로 반원형으로 주차를 하고, 전조등을 번쩍인다. 자동차 엔진이 꺼진다. 차 한 대에서 네 명씩 내린다. 모두 전투복과 헬멧 차림에, 자동소총을 가졌으며 사격 위치를 잡는다. 또다시 나는 실수로 액션영화에 끼어든 기분이 든다. 모리노 일행이 선글라스를 쓴다. 총도, 야간경도 없다. 모리노는 한 손은 주머니에 꽂고, 다른 손으로는 확성기를 들고 있다. 중무장한 서른여섯 명 대 일곱 명. 하얀 정장을 입은 사내가 경호원 두 명의 호위를 받으며 천천히 나타난다. 나는 발포 명령을 기다린다. 서류철 따위. 이제 그런 건 아무 쓸모도 없게 되었다. 모리노의 목소리가 간척지에 울려퍼진다. 마치 확성기를 통해 밤이 말하는 것 같다. "나가사키 준. 죽기 전에 마지막으로 원하는 게 있나?"

"솔직히 말하자면 난 좀 놀랐다, 모리노. 자네, 정말로 이토록 빨리 몰락한 건가? 네가 망해간다는 소문은 실제보다 과소평가되어 보이는군. 피곤에 전 얼간이 다섯 명에, 은퇴한 무기상이라니. 슈바타, 넌 내가 직접 죽여주마. 너마저 감동할 정도로 고통스러운 방법으로 말이야. 다리 뒤에 예쁘장한 꼬마도 한 명 숨어 있군." 안전한 피난처는 개뿔. 나가사키가 계속 말한다. "이게 네 전투원 전부인가? 아니면 해안에 항공모함이라도 대기시켜놨나? 아니면 이런 식으로 날 실망시키면 내가 놀라 죽을 거라고 기대한 건가?"

"내가 널 이곳에 부른 건 네게 판결을 내리기 위해서다."

"너 매독 3기냐? 네가 울트라맨이냐?"

"영예롭게 사과할 기회를 주겠다. 그런 뒤에 자결하게 해주마."

"이건 멍청한 정도가 아니구나, 모리노. 이건 모욕이다. 말은 바로 하자. 넌 제너두의 개장을 엉망진창으로 망쳐놨다. 오자키가 추락한 게 사고라고 언론을 구워삶는 데 돈을 얼마나 처발랐는지 알아? 그리고 우리 매니저 세 명의 골통을 볼링공으로 부숴버렸지.

독창적인 방법이기는 하더군. 그건 인정해. 하지만 아주 짜증나는 방법이기도 해. 그리고 아무 죄 없는 경비원 두 명을 낡디낡은 수법으로 죽였지. 그리고 내 가장 좋은 개를 총으로 쏴 죽이고. 모리노, 그게 가장 마음 아팠다. 넌 아마추어다. 품격 있는 진정한 프로라면 동물에게는 절대로 해를 입히지 않는 법이야."

"품격? 미국에서 검사도 받지 않은 쇠고기를 들여와 와카야마의 학생들을 O-157균에 감염되어 죽게 한 뒤 농무성 장관을 사주해 무지렁이 농부들에게 비난의 화살을 돌리는 게 '품격'이더냐? 거품 경제 시절 빌린 돈을 안 갚기 위해 은행장들을 협박하는 게 '품격'이더냐? 식료품 제조업자에게 '돈을 내라, 아니면 너희 제품에 면도칼을 넣겠다'고 협박 전화를 거는 게 '품격'이더냐?"

"1970년 이후 세상이 발전했다는 사실을 넌 파악하지 못했지. 바로 그 이유 때문에 나는 쓰루의 권한을 이어받아 확장해온 반면 넌 여전히 신주쿠의 술집 따위에서 돈이나 뜯어내고 있는 거다. 그런데, 대체 어떻게 하면, 어떻게 하면 네가 오 분 뒤에도 살아 있으리라는 착각을 할 수 있는 거냐?"

"넌 내게 두 가지 비밀 무기가 있다는 사실을 잊었다."

"오, 그랬군! 궁금해 환장하겠구나."

"첫번째 무기는 네 그 환장할 호기심이다, 나가사키. 예전부터, 넌 총을 쏘기 전에 떠벌리기부터 했지."

"네 두번째 무기라는 것도 첫번째 무기만큼 무시무시하냐?"

"이걸 소개하지." 다음 단어는 무슨 뜻인지 알아들을 수가 없다. "님Q6."

"님-Q-6? 마법의 도깨비라도 되나? 아니면 방수제 이름?"

"이스라엘 첩보부에서 만든 플라스틱 폭탄이다."

"금시초문이군."

"당연히 금시초문이겠지. 이스라엘 사람들은 이런 걸 만들었다고 〈타임〉에 광고하거나 하지 않으니까. 하지만 너희 멍청이들이 든 총 방아쇠에는 님Q6의 마이크로셀이 장착되어 있지. 너희들이 쓴 헬멧에는 님Q6 가루가 뿌려져 있고. 여기 내 동료, 슈바타 씨가 그 무기들을 러시아에서 너희에게 전달하며 손봐주셨다."

나가사키의 부하 몇이 고개를 돌려 자기 두목을 본다.

나가사키가 팔짱을 낀다. "지금까지 들어온 그 모든 멍청하고 슬픈 허풍 가운데 네가 지껄인 이야기가 가장 멍청하고 슬프구나. 네 말에서는 티끌만 한 진실도 찾아볼 수 없어. 대체 내가 어떤 무기로 쓰루를 없앴다고 생각하는 거냐? 만약 네 말대로 우리 무기에 그런 덫이 장치되어 있었다면 지금까지 우리가 못 찾아냈을 리 없다."

"넌 찾아낼 수가 없었다. 왜냐하면 난 네가 쓰루의 도당을 묻어버리길 원했으니까 말이다. 그 점에 대해서는 고맙게 생각……"

"고마워하겠지. 이제 곧 총알 구멍에서 내장이 흘러나올 일이나 고마워해라. 자, 나는 다스려야 할 도시가 있다. 자동차에서 물러서거라, 강아지들아. 저 몽고 놈을 통해 캐딜락을 주문했던 건데, 도장(塗裝)을 망가트리긴 싫으니까."

모리노가 도장 부분 위로 시가를 끈다. "입 닥치고 잘 배워. 티끌만 한 진실이라고 했겠다. 님Q6 마이크로셀은 0.05그램이다. 종이에 점 하나 찍은 정도지. 아주 안정적인 폭발물이야. 심지어 연발 사격 시에도 그래. 특별한 VHF 주파수를 받아 진동하기 전에는 말이야. 바로 이 점이 장점이지. 주파수를 받으면 마이크로셀은 신체를 산산조각 낼 정도의 힘으로 폭발하지. 그리고 시리아 동쪽으로는 내 휴대전화에 장착된 진동기가 유일하지."

30미터 높이에서 미열에 떨며, 아마도 저격수에게 머리를 조준당하고 있을 게 분명한 내게는 믿기지 않는 말이다.

나가사키가 지루하다는 시늉을 한다. "사이비 과학은 이제 충분해, 모리노. 난……"

"십 초만 더 이야기를 하지. 넘Q6는 미래의 물건이야. 우선 비밀번호를 누르는 거야. 아, 그건 네가 도착하기 전에 미리 눌러놨어. 그리고 통화버튼을 누르기만 하면 되는 거야. 이렇게……"

찬란한 폭발이 일어나며 섬광이 번쩍이고 천둥이 친다.

나는 납작 엎드린다.

충격파가 공기를 뒤흔든다.

산에서 우르릉거리며 메아리가 친다.

마침내 나는 정신을 수습하고 난간 너머를 살펴본다. 나가사키의 부하들은 서 있던 곳에서 산산조각이 났다. 전조등 불빛 밖에 있는 사람들은 어둑한 더미를 이루고 있지만, 전조등이 비치는 곳에 떨어진 자들은 도살장 바닥처럼 시뻘건 핏물을 이룬다. 대부분의 몸통에는 다리가 달려 있지만 총을 든 손들은 잘려나가고 없다. 그리고 폭약이 장치된 헬멧이 터진 탓에, 머리들은 산산조각이 나흔적도 보이지 않는다. 이런 상황을 묘사할 만한 단어를 배운 적이 없다. 오로지 전쟁영화, 공포영화, 악몽에서나 볼 수 있는 광경이다. 캐딜락 문이 열리고 아이스캔디가 무릎을 꿇으며 쓰러진다. 아이스캔디는 마치 욕실에서 거미를 본 것처럼 혐오감에 찬 비명을 질러댄다. "야아아." 도마뱀이 고함을 치며 튀어나간다. "야아아아! 야아아아아아! 씨팔 하아아앗!" 나가사키는 아직 살아 있다. 머리를 날려버릴 헬멧을 쓰지 않았기 때문이다. 그리고 일어서려 버둥거린다. 두 팔은 팔꿈치 아래가 날아가고 없다. 모리노가 적에게 다가서더니 확성기를 귀에 대고 말한다. "과학이라는 거, 멋지지 않나?" 빵!

확성기가 내 쪽을 향한다. "계절에 어울리는 불꽃놀이구나, 미야케. 자, 잘 들어라. 자정은 지났다. 그러니 캐딜락에 있는 서류철은 네 것이다. 그렇다, 아버지는 약속을 지킨다. 불행히도, 너는 열심히 일해 얻은 그 정보를 보지 못할 것이다. 멍청한 도도새처럼 죽을 것이기 때문이다. 널 데려온 이유는 나가사키가 은퇴한 네 아버지를 데리고 나올 수도 있었기 때문이다. 저 병신이 그 정도쯤은 똑똑할 거라고 생각했거든. 인정한다. 놈을 너무 과대평가했다. 그리고 비록 너 하나뿐이지만, 오늘 밤 파티의 목격자로는 너무 숫자가 많구나. 슈바타 씨는 네 머리에 총알을 박아넣고 싶다고 부탁해 왔다. 슈바타 씨는 내 계획을 직접 짜고 지휘한 분인데 내가 어찌 그 부탁을 거절할 수 있겠느냐? 그러니, 잘 가거라. 이 말을 들으면 위로가 될지도 모르겠구나. 넌 살아봤자 한심하고 재미없고 따분한 인생을 누렸을, 아무 가치 없는 아이였다. 그리고, 그래, 네 아버지 역시 아무 의미 없는 바보지. 좋은 꿈 꾸거라."

◆

뭐하러 그래야 한단 말인가? 어차피 죽을 목숨인데.

"다치지 않으려면 웅크리는 게 좋을 거야." 살인자가 주장한다. 공포에 질린 나는 제대로 된 반응을 하지 못한다.

가죽재킷이 총을 쏠 준비를 한다. "싫어? 어쨌든, 난 경고했다."

그자가 손에 든 건 총이 아니라 휴대전화다. 그자는 번호를 누르고 난간에 몸을 기대 그 너머 캐딜락을 가리킨 뒤 잽싸게 난간 아래로 몸을 웅크린다.

밤이 갈기갈기 찢어지며 오장육부를 드러내고, 요란한 폭발음이 나를 후려친다. 다리가 흔들리고, 금속과 돌 우박이 떨어진다. 자동차 파편이 이글거리며 머리 위로 호를 그리며 날아가는 모습이 얼핏 보인다. 아버지의 정보가 담긴 서류철은 잿더미가 된다. 밤이 다시 내장을 감춘다. 산에서 반사된 메아리가 둔중히 울린다. 자갈들이 내 광대뼈를 눌러댄다. 간신히 일어난다. 놀랍게도, 내 몸은 아직 움직일 수 있다. 캐딜락들이 주차되어 있던 곳에 생긴 구덩이에서 연기가 피어오른다.

가죽재킷이 다시 휴대전화의 번호를 누른다. 나는 아직도 날려버릴 게 남아 있는지 궁금해하면서 몸을 웅크린다. 저자는 모든 증거를 날려버리는 걸어다니는 폭탄일까? 하지만 이번에 휴대전화는 그냥 휴대전화의 기능을 한다. "쓰루 선생? 슈바타입니다. 나가사키 씨와 모리노 씨는 부탁대로 했습니다. 맞습니다, 쓰루 선생. 그자들은 뿌린 대로 거둔 거죠." 가죽재킷은 전화를 끊은 뒤 나를 바라본다.

불꽃이 타닥거리며 이글거린다.

입술을 깨물었던 곳에서 피가 난다. "날 죽일 작정인가요?"

"그 문제에 대해 생각 중이지. 겁나나?"

"아주, 아주 겁이 나요."

"공포가 꼭 약하다는 증거는 아니다. 나는 약한 걸 싫어하지만, 낭비도 싫어해. 살고 싶으면 넌 오늘 밤에 본 건 우연히 네가 보게 된 다른 누군가의 악몽이라고 믿어야 할 거다. 날이 밝을 때까지 숨을 곳을 찾은 뒤 거기서 며칠이고 숨어 있어라. 만약 경찰에게 알린다면 넌 그 즉시 죽게 될 거다. 내 말 알아들었나?"

나는 고개를 끄덕이고, 재채기를 한다. 고개를 들자, 연기가 밤을 집어삼키고 있다.

다섯

이야기 공부

여백

　염소작가는 별 하나 없는 밤을 응시했다. 염소작가의 숨결로 바람막이 창이 뿌예졌다. 첫서리가 에델바이스 와인에 엷게 얼음을 입혔다. 염소작가는 세 가지 소리가 들려오는 것을 깨달았다. 집필실에서 촛불이 치직거리는 소리. 콤 부인이 잠꼬대로 "신경 안 쓴다는 말이 바로 신경 쓴다는 말이야, 아마릴리스 브룸헤드!"라고 외치는 소리. 해먹에서 잠든 피테칸트로푸스가 코 고는 소리였다. 네번째 소리, 염소작가가 기다리는 속삭임은 아직 들리지 않았다. 그래서 염소작가는 멋진 안경을 서둘러 쓰고 누카다 공주가 9세기에 지은 시집을 넘겨보았다. 천둥이 치던 어느 목요일, 델리에서 발견한 책이었다. 한여름이 지난 뒤로는 매일 밤이 똑같았다. 장엄한 장거리 버스가 주차하고, 염소작가가 깨어나고, 그 무엇도 염소작가를 다시 잠들게 하지 못했다. 한 시간, 두 시간, 세 시간이 지난 뒤, 속삭임이 다가왔다. 염소작가는 불면증에 대해 그 누구에게도 말하지 않았다. 피테칸트로푸스에게조차 말하지 않았다. 콤 부인에게는 더더욱 아니었다. 콤 부인이 처방해주는 끔찍한 '약'을 먹으니 그냥 불면증에 시달리는 편이 나았다. 처음에 염소작가는 속삭임이 근처의 애버딘 폭포에서 들려오는 소리라고 생각했다. 하지만 다른 곳으로 가도 이 속삭임이 들려온다는 사실을 깨달았다. 그래서 염소작가는 자신이 미쳤다고 생각했다. 하지만 다른 지적 능력에는 문제가 없었기에 마침내 염소작가는 그 속삭임이 자기 만년필에서 들려온다고 믿게 되었다. 만 삼천 달 전 쇼나곤 여사가 일기를 쓸 때 사용했던 바로 그 펜이었다. 염소작가 귀에 쉿하는 소리, 바스락거리는 소리가 들려왔고, 염소작가의 심장이 더 빠르게 뛰었다. 염소작가는 누카다 공주의 시집을 책꽂이에 넣고 펜대에 귀를 댔다. 염소작가가 생각했다. 맞아, 오고 있어. 게다가 오늘 밤, 은 단어들이 훨씬 또렷이 들리잖아. 들어봐! 여기서는 '개나리', 저기서는 '도토리', 사방에 '유리 항아리'잖아. 염소작가는 만년필로 적어나갔다. 처음에는 천천히, 단어들이 낱낱이 흩뿌려졌지만 곧 문장이 되며 가득 차고 넘쳤다.

"오, 나리! 이러시면 안 돼요!" 콤 부인이 커튼을 열며 말했다. "이렇게 이른 시간에 깨어 있으실 거면 좀더 따뜻한 걸 걸치세요. 류머티즘이 다시 도지시면 이 노인네가 나리 짐을 옮겨야 한다고요. 제 말 명심하세요."

염소작가는 잘 떠지지 않는 눈을 떴다. "선잠이 들었어요, 콤 부인. 노, 노르웨이식 구각형을 만들 삼각주에서 금속 탐지를 하는 꿈을 꾸었어요. 그곳은 영원히 수요일 아, 아침이었죠."

콤 부인이 앞치마 끈을 단단히 묶었다. "크림과 꿀을 함께 먹으면 이상한 꿈을 꾼다고 제가 아흔아홉 번은 말씀드렸을 거예요, 하지만 나리는 크림이 잔뜩 든 식사만 고집하셨어요. 자 이제 정신차리고 일어나세요. 아침식사가 준비됐어요. 얼그레이 홍차를 준비해두었고 잔지바르 청어를 나리가 좋아하시는 방식으로 구웠어요." 콤 부인은 경치를 둘러보고 다시 말했다. "어딜 봐도 사방이 한결같이 음산해요."

염소작가는 외알안경 연대기 위에 놓인 코걸이안경을 발견하고 물끄러미 바라보았다. 장엄한 장거리 버스는 조용한 황무지의 차가운 갓길에 서 있었다. "잉크 같은 풍경, 종잇장 같은 하늘. 우리가 여백에 있는 건 아닐까 하는 생각이 드는군요, 콤 부인." 산사나무들이 분지에 뒤죽박죽 나 있었다.

"우중충한 장소에 걸맞은 우중충한 이름이군요." 콤 부인이 말했다.

"이 땅은 색이 뿌리를 내리기에는 너무 척박해요. 여, 여백의 군주가 한때 수선화 농장을 만들려고 했지만 노란색이 제대로 나오지 않았어요. 심지어 상록수조차 녹색이 아니었어요. 새소리도 들리지 않고 낮게 나는 까마귀도 보이지 않았죠."

"자, 나리. 꾸물거리면 청어가 식을 거예요."

염소작가가 얼굴을 찡그렸다. "이상한 말이지만, 식욕이 싹 달아났어요, 부인. 청어를 접시에 담아두시면 좋겠네요. 나중에 조금씩 먹게요. 지금은 차만 마시면 충분……" 염소작가는 말을 마치지 못했다. "말도 안 돼! 어젯밤에 수십 쪽을 썼는데…… 다 어디로 사라진 거지?" 염소작가는 탁자 아래, 뒤, 틈새를 살펴보았다. 하지만 원고는 사라지고 없었다. "큰일 났어요! 전 일찍이 그 누구도 쓴 적이 없는 이야기를 쓰고 있었다고요!"

콤 부인은 수십 년간 염소작가를 위해 일해왔지만, 청어 때문에 마음이 상했다. "또 글 쓰는 꿈을 꾸신 거예요, 나리. 『레미제라블』을 썼던 꿈 기억하세요? 빅토르 위고를 표절 혐의로 법정에 세우겠다는 나리를 설득하느라 나리의 편집자가 일주일 내내 고생했잖아요." 문이 거칠게 열리더니 바람이 안으로 확 들어왔다. 털이 북슬북슬하고 몸 여기저기에 진흙이 튄, 무시무시한 선사시대 생물이 문을 꽉 채웠다. 그 생물은 점토와 피의 언어로 몇 번인가 으르렁댔다. 콤 부인이 눈을 부라리며 그 생물을 노려보았다. "내가 깨끗이 청소한 카펫을 그 더러운 발로 밟지 마!"

"좋, 좋은 아침이야, 피테칸트로푸스. 왜 그러고 있는 거지, 친구?" 염소작가는 사라진 원고에 대해서는 까맣게 잊어버렸다.

피테칸트로푸스는 무언가 든 두 손을 콤 부인을 향해 펴 보였다. 흙 덩어리가 있었고, 그 위로 섬세하고 하얀 꽃 한 송이가 축 늘어져 있었다.

염소작가가 흥분해 외쳤다. "스노도니아 스노드롭이에요! 이제 겨우 9월인데! 아주 드문 건데! 이렇게 아름답다니!"

콤 부인은 별다른 감흥 없이 말했다. "진흙투성이 잡초를 캐서 가져와줘 고마워 죽겠군! 이런 쓰레기는 생전 처음이야! 그리고 들어오면 문 좀 닫으라고! 나랑 나리가 감기에 걸려 죽는 꼴이라도 보고 싶은 거야?"

피테칸트로푸스는 풀이 죽어 웅얼거리더니 문을 닫았다.

"털북숭이 식충이에 야만인이라니까!" 콤 부인이 훈제 청어 냄비를 문지르며 말했다. "야만인!" 염소작가는 자기 친구가 안됐다는 생각이 들었지만 콤 부인이 화를 낼 때 섣불리 끼면 좋지 않다는 사실을 잘 알았다.

♌

그래서 나는 낯선 천장을 보며 깨어나고, 정신을 차리며 지금까지 무슨 일이 벌어졌는지 생각한다. 온몸이 마비되었고 계속 그렇게 마비된 상태로 있고 싶다. 안주가 죽은 뒤, 구 년 동안 나는 외삼촌들 집을 전전했고 쌀겨가 버석거리는 요를 깔고 자며 지금과 같은 놀이를 하곤 했다. 외사촌들은 '에이지가 오는 달'을 싫어했고, 내가 뭔가 불편하다고 말하면 온갖 짜증을 내며 이렇게 말했다. "여기가 맘에 안 들면 외할머니 집으로 돌아가!" 어쨌든, 이 놀이의 목적은 내가 어디에 있는지 가능한 한 오랫동안 깨닫지 않는 것이다. 열까지 세지만 여전히 감을 잡을 수 없다. 나는 거실 중앙의 둥그런 대형 소파에서 잠을 깼고, 커다란 퇴창에는 푸르스름한 커튼이 쳐져 있다. 입에 난 궤양이 말발굽 크기만 하다. 펑! 하며 기억 폭탄이 터진다. 볼링장의 머리, 모리노, 시가 불빛. 완공되지 않은 다리 위의 몽골인이 눈에 선하다. 아픈 근육을 구부려본다. 지독한 감기 때문에 목과 코는 거의 꽉 막혀 있다. 멍한 두뇌에도 불구하고 몸은 천천히 제 기능을 찾아간다. 얼마나 오랫동안 잠이 든 걸까? 누군가가 고양이에게는 먹이를 주었을까? 커피 테이블 위에 라크 담뱃갑이 보인다. 세 개비만 남아 있다. 나는 성냥으로 불을 붙여 한 개비씩 피운다. 치아에 철갑을 입힌 느낌이다. 방은 따뜻하다. 옷을 입은 채 잠을 잤으며, 사타구니와 겨드랑이는 땀에 흠뻑 젖어 있다. 창문을 열어야 한다는 생각이 들지만 귀찮아 움직이기가 싫다. 여기 누워 있는 동안은 새로운 일은 일어나지 않을 것이며, 삼사십 명이 죽은 일은 저 멀리 꿈속에서 일어난 일인 듯 아련하다. 나는 신음한다. 이미 본 일을 보지 않은 것으로 되돌릴 수는 없다. 세계적인 뉴스거리는 아닐지 몰라도 전국적인 뉴스거리 정도는 충분히 될 것이다. 오늘 이 순간부터 새해가 밝을 때까지 누구나 '야쿠자 전쟁'에 대해 이야기할 것이다. 나는 신음한다. 검시관들이 핀셋을 들고 사건 현장을 샅샅이 조사할 것이다. 강력수사반이 제너두의 쇼핑객들을 취조할 것이다. 이미 악명을 떨치게 된 파칭코장에 근무하는 여자는 매니저의 아들이라고 거짓말을 한 아이가 있었다고 증언할 것이다. 그리고 그 아이가 들어가자마자 위층의 창문에서 오자키 씨가 떨어졌다고 말할 것이다. 경찰에 고용된 화가들이 목탄으로 몽타주를 그릴 것이다. 나는 어떻게 해야 하나? 얼굴을 감춘 쓰루 선생은 내게 무슨 짓을 하려 들까? 마마 상과 스페이드 퀸에는 무슨 일이 일어났을까? 나는 아무 계획이 없다. 담배도 없다. 코를 풀 휴지도 없다. 나는 열심히 귀를 기울이고, 들려오는 소리라고는…… 아무것도 없다.

담배를 피우지 못하면 화장실에서 일은 어떻게 보지? 담배의 효능 중에는 장 운동 증진이 있지만 그 어떤 광고에서도 그걸 선전하는 일은 없다. 나는 청바지를 입은 채 잔 것이 후회스럽지만, 누가 빗장 너머로 문을 열려고 할 때 재빨리 움직여야 하기 때문에 옷을 벗을 수 없었다. 지진이 일어나길 기다리는 것보다 더 불안하다. 인기척이 들리면 어떻게 해야 하나? 숨어? 어디에? 나는 이 집이 몇 층 건물인지도 모른다. 나는 일어난다. 우선, 화장실부터 들른다. 일본식으로 쪼그려 앉는 형태고, 쓴 약초가 담긴 화분이 있다. 이쪽이 낫다. 서양식 변기는 설치하기만 복잡하다. 나이아가라 폭포수 같은 물로 씻어내린다. 주방은 적갈색이며 흠 하나 없다. 밀가루 자국이 있는 요리책 상태로 미루어보건대, 집주인은 요리하기를 무척 좋아한다. 요리 도구들은 각각 고리에 달려 있다. 창 너머로 빈 차고와 앞뜰이 보인다. 장미, 잡초, 새집. 우뚝한 쥐똥나무 울타리가 바깥세상으로부터 집을 숨겨준다. 깨끗한 찬장에는 음식들이 골고루 잘 비축되어 있지만 몸을 숨기기에는 적당하지 않다. 거실은 일본식이다. 다다미가 깔려 있고, 제단에는 부처상과 최근 그리고 오래전에 죽은 사람들의 사진이 놓여 있고, 꽃꽂이 장식을 놓기 위한 벽감, 한자로 써놓았기 때문에 무슨 내용인지 읽으려면 머리가 지끈거릴 족자가 있다. 텔레비전도, 오디오도, 전화도 없다. 수화기 없는 팩스만이 널따란 책꽂이 위에 놓여 있을 뿐이다. 책들은 『달의 공주』 『우라시마 타로』 『여우 곤』 따위 전설집으로, 낡고 그림이 들어 있다. 이 집은 아이들이 지내기에는 너무 정돈이 잘되어 있는 듯하다. 커튼을 살짝 연다. 뒤뜰은 누군가가 자부심을 가지고 가꾼 흔적이 역력하다. 연못은 우리 외할머니의 연못보다 크다. 수초 사이로 숨는 잉어가 보인다. 때늦은 잠자리들이 좀개구리밥 위를 스쳐 간다. 섬 위에는 석등이 있다. 라벤더 화분들, 몸을 숨기기 충분할 정도로 빽빽하고 높이 자란 대나무숲. 은색 자작나무에 달린 오렌지색 우편함 속 새 둥지. 이 정원을 다 둘러보려면 시간이 꽤 걸릴 것이다. 창밖으로 정원의 전경이 펼쳐지니 텔레비전이 없는 것도 당연하다. 위층으로 올라간다. 맨발에 밟히는 카펫은 깨끗하고 푹신하다. 해마 모양 수도꼭지가 달린 호화로운 욕실, 주 침실, 장식으로 볼 때 중년 부부의 방이다. 그보다 작은 침실은 손님용이다. 흠, 이곳에는 숨을 만한 곳이 없다. 아홉 살이 넘으면 평범한 집에서 제대로 숨을 만한 곳을 찾기 어렵다. 안주는 세탁기 안에 숨어서 나를 이긴 적도 있다. 집을 다 둘러보았다고 생각하는 순간, 계단참 끝에 좁다란 벽장 문이 있는 게 보인다. 손잡이가 헛돌지만, 어쨌든 문이 열린다. 안쪽에는 선반 대신 가파른 계단이 있다. 올라가는 걸 돕기 위해 매듭이 있는 로프가 걸려 있다. 계단을 세 개 올라가자 천장에 머리가 부딪히고, 천장이 움직인다. 천장을 밀자 베니어판 뚜껑문이 열리며 햇살이 고개를 들이민다. 내가 틀렸다. 이곳은 숨기에 안성맞춤인 곳이다. 나는 일찍이 본 적이 없을 정도로 책이 빽빽이 들어선 서재로 들어간다. 책으로 된 벽, 책으로 된 탑, 책으로 된 거리, 책으로 된 골목. 책이 쓰러지고, 책이 쏟아진다. 페이퍼백, 하드커버, 지도, 소책자, 연감. 세어도 세어도 끝이 없는 책들. 몸을 숨길 이글루를 만들 수 있을 정도로 많다. 이 방은 책들이 보초를 선다. 거울들에 비쳐 책은 제곱, 세제곱으로 늘어난다. 책으로 이루어진 만리장성. 나 역시도 책이 아닐까 하는 생각이 들 정도로 무수한 책. 높직한 곳에 난 삼각형 창문으로 빛이 들어온다. 빛이 만든 버들세공 무늬가 방으로 내려앉는다. 책꽂이 그리고 책 무게에 눌려 처진 선반을 빼면, 이 방에 있는 가구라고는 서류나 계산서를 넣을 수 있는 네모난 함이 달린 구식 책상뿐이다. 외할머니도 비슷한 걸 가지고 계섰다. 아마 아직도 가지고 계실 것이다. 책상 위에는 종이 뭉치가 두 개 있다. 하나는 풀 먹인 셔츠처럼 하얀 백지고, 다른 하나는 옻칠을 한 서류함에 들어 있는 원고다. 궁금한 마음에 도저히 참을 수가 없다. 나는 그 자리에 앉아 첫 장부터 읽어나가기 시작한다.

♌

염소작가는 그 누구도 쓴 적이 없는 이야기를 다시 쓰려 애쓰며 아침 내내 작업을 했다. 날이 밝기 전에 썼으나 사라진 글이었다. 하지만 그건 고물 수집장의 물건을 일일이 뒤지는 것과 다를 바 없이 성가신 일이었다. 콤 부인은 구겨진 침대 시트 주름을 폈다. 피테칸트로푸스는 장엄한 장거리 버스의 엔진을 손보았다. 마침내 염소작가는 책상에서 일어나 양쪽성이온*의 정확한 철자가 어떻게 되는지 알아보기 위해 사전을 펼쳤다. 하지만 gustviter**라는 단어에 정신이 팔렸고 다시 durzi***와 theopneust****라는 단어를 찾아보았다. 갑자기 졸음이 쏟아졌다. 염소작가가 잠들기 전에 마지막으로 한 생각은 자기 사전이 가짜 베개, 아니 어쩌면 그 반대일지도 모른다는 것이었다.

염소작가는 낮잠에서 깨어나 책상으로 돌아왔을 때 아직 꿈을 꾸고 있다고 생각했다. 잠들기 전에 썼던 바로 그 원고가…… 사

---

* zwitterion.
** 작가가 만든 조어로 대필 작가를 가리킨다.
*** 인도의 재단사.
**** 신에게서 영감을 받은.

라졌다! 불가능했다! 콤 부인은 절대 책상을 건드리지 않는다는 사실을 염소작가는 잘 알고 있었다. 그렇다면 단 한 가지 원인밖에 없었다.

염소작가가 외쳤다. "도둑이야, 도둑이야, 도둑이야!"

콤 부인이 빨래집게를 떨어뜨리며 황급히 들어왔다. "나리! 무슨 일이세요?"

"도둑이 들었어요, 콤 부인. 제가 잠든 사이에요!"

피테칸트로푸스가 렌치를 움켜쥐고 서둘러 들어왔다.

"그 누구도 쓴 적이 없는 이야기를 다시 썼는데, 사라졌어요!"

"하지만 어떻게 그럴 수가 있나요, 나리? 저는 빨래를 널고 있었는데 아무도 보지 못했어요!"

"어쩌면 도둑은 작아서 배기관을 통해 들락거렸을지도 몰라요!"

콤 부인은 염소작가의 주장이 도둑이 들었다는 이야기보다 더 말이 안 된다고 생각했지만 염소작가와 피테칸트로푸스를 따라 밖으로 나갔다.

피테칸트로푸스가 무릎을 꿇고 바퀴자국이 난 진흙을 킁킁거렸다. 피테칸트로푸스가 뭐라고 중얼거렸다.

"더러운 설치류야?" 염소작가가 그 말을 반복했다. "생쥐보다 약간 크다고? 아하! 그, 그렇다면 범인은 작고 더러운 쥐라는 결론이 나오는군! 갑시다, 여러분! 이 깡패를 잡아 저작권법에 대해 한 수 가르쳐주고 옵시다! 친애하는 피테칸트로푸스여, 앞장서게나!"

피테칸트로푸스는 이마에 주름을 짓고 땅을 유심히 살피며 갔다. 모루 같은 구름이 무거운 몸을 끌고 지나갔다. 지나간 자국은 다른 자국에 의해 뭉개졌고, 아무도 가지 않은 길로 이어졌고, 조용한 분지를 지나고, 짭짤한 물이 고인 호수 위로 이어졌다. 콤 부인이 그것을 먼저 발견했다. "에구머니!" T자형 기둥에 못 박힌 채 제방에 꽂힌 허수아비였다. 꼴이 말이 아니었다. 허수아비의 눈과 귀는 새들이 파먹어 없었고, 바람이 불 때면 옆구리 상처에서 살짝 빠져나온 짚이 날렸다. 염소작가가 허수아비에게 다가갔다. "에헴. 안녕, 허수아비야."

허수아비가 고개를 들었다. 풀을 베어낸 목초지 위로 떠오르는 달보다도 더 천천히.

"방해해서 아주 미안한데," 염소작가가 입을 열었다. "혹시 훔친 원고를 물고 허둥지둥 도망치는 작고 더러운 쥐를 보지 못했니?"

허수아비의 입은 보랏빛 제비꽃의 흔들림보다 더욱 느릿하게 씰룩였다. "오늘⋯⋯"

"잘됐다!" 염소작가가 말했다. "그 도둑이 어느 쪽으로 갔는지 말해줄래?"

"오늘⋯⋯ 우리는 천국에서 아버지와 함께 있으리라⋯⋯"

그 순간, 지옥의 개 두 마리가 제방에 나타나더니 침이 뚝뚝 흐르는 송곳니로 불쌍한 허수아비를 물어뜯고, T자형 기둥에서 떼어내 누더기로 만들었다. 염소작가는 개가 휘두르는 앞발에 맞고 뒤로 물러섰다. 피테칸트로푸스가 펄쩍 뛰어나오더니 콤 부인을 품에 안았다. 이제 허수아비에게서 남은 것은 T자형 기둥에 못 박힌 누더기뿐이었다.

염소작가는 광견병에 걸린 개를 만나면 해야 할 일과 하지 말아야 할 일이 무엇인지 기억을 더듬었다. 죽은 척해야 하나? 눈을 마주쳐야 하던가? 꽁지가 빠져라 도망쳐야 하나?

"이 정도면 못된 짓을 하면 안 된다는 교훈을 얻었을 거다!" 대장 개가 으르렁댔다.

"저 셋에게도 따끔한 맛을 보여줄까요, 대장?" 부하 개가 킁킁거리며 말했다.

염소작가 일행은 개들의 숨결에서 열기를 느낄 수 있었다. 염소작가가 말했다. "자, 착하지."

"저 작자는 작가처럼 말하는군요. 작가 같은 냄새가 납니다. 작가입니다." 부하 개가 말했다.

"이럴 시간이 없어. 우리 조물주가 도망치고 있어!" 대장 개가 말했다.

"먼저 저 수염 난 자를 데리고 연습을 해보고 싶습니다!"

피테칸트로푸스는 친구를 보호할 준비를 하지만, 지옥의 개들은 여백 위를 이리저리 껑충껑충 뛰더니 황량한 지평선으로 사라졌다. 콤 부인이 외쳤다. "맙소사!" 이윽고 자신이 여전히 피테칸트로푸스의 품에 안겨 있다는 사실을 깨달았다. "지금 당장 날 내려놔. 이 촌뜨기야!"

ᎥᏝ

문이 거칠게 열리는 소리가 들리고, 나는 깜짝 놀라 원고에서 눈을 뗀다. 심장이 널을 뛰고 나도 모르게 숨을 멈춘다. 이 집에 나 말고 누군가가 있다. 누가 나를 찾아 이곳에 왔다. 분타로라면 지금쯤 큰 소리로 나를 불렀을 것이다. 이렇게 일찍? 나를 어떻게 찾앗을까? 모리노가 갈가리 찢어버린 내 생존 본능이 다시 꿈틀거린다. 저들은 거실, 부엌, 정원을 비롯해 갈라진 틈까지 샅샅이 뒤질 것이다. 소파에 양말을 벗어놓고 왔는데. 빈 담뱃갑도 있는데. 여기로 올라오면서 베니어판 뚜껑문은 분명히 닫아두고 로프를 타고 올라왔는데, 좁다란 벽장 문은 닫았던가? 자수를 하고 자비를 구할 수도 있다. 하지만 꿈 깨자. 야쿠자에게 자비를 구하다니. 여기, 책들 밑에 숨자. 하지만 조금이라도 뒤척여 책 움직이는 소리가 나면 나는 끝장이다. 여기 뭔가 무기로 쓸 만한 게 있나? 책꽂이에 귀를 대고 듣는다. 아무 소리도 들리지 않는다. 침입자들은 수색 작업을 조용히 하거나 아니면 한 명만 들어온 모양이다. 내 기본 전략은 이렇다. 3톤은 됨 직한 세 권짜리 『일본 사소설 평론』을 들고 뚜껑문 위에서 대기한다. 문이 활짝 열리면 책으로 침입자를 후려쳐 (원컨대) 침입자를 벌렁 나자빠지게 한다. 나는 그 틈을 놓치지 않고 침입자를 덮친다. 만약 그자가 총을 가지고 있으면 문제가 될 것이다. 그렇다면 그자의 갈비뼈를 부러뜨리고 총을 빼앗아야지. 나는 기다린다. 계속 기다린다. 집중한다. 기다린다. 문이 거칠게 열리는 소리를 들은 게 확실한가? 뒤쪽 창문을 1인치 정도 열어두었다. 그냥 바람이었을까? 집중하자! 기다린다. 인기척이 없다. 팔이 저리다. 더는 버틸 수가 없다. "누구세요?"

예상했던 소동은 일어나지 않는다.

내가 생각해낸 이야기에 나 자신이 겁을 먹었나보다. 아무래도 몸 상태가 안 좋은 모양이다.

그날 늦은 오후, 나는 다시 아래로 내려간다. 손님용 침실 옷장에서 시트와 수건을 찾아내어 벽장 문 뒤쪽의 계단식 선반에 잘 정돈해둔다. 침입자가 이곳을 들여다봐도 그냥 침구를 두는 곳이라고 착각하게 하기 위해서다. 내가 있던 흔적을 모두 정리해 비닐봉투에 담아 싱크대 아래 넣는다. 내가 남긴 흔적을 가능한 한 모두 지워야 한다. 배가 고파야 마땅하다. 마지막으로 무엇인가를 먹은 게 언제더라? 하지만 마치 위장이 사라져버린 것만 같다. 담배를 피우고 싶지만 밖에 나갈 엄두가 나지 않는다. 커피가 있으면 좋겠다는 생각에 집 안을 뒤져보지만 녹차밖에 보이지 않는다. 그래서 나는 녹차를 끓인다. 코를 푼다. 덕분에 멍멍했던 귀가 뚫리지만 다시 코가 막힌다. 도쿄 만 쪽으로 난 창을 열고 계단에서 차를 마신다. 연못에 잉어가 나타났다가 사라진다. 풍향계가 바람을 받아 빙빙 돌지만 맑은 하늘에 구멍을 내지는 못한다. 목덜미가 루비색인 새가 벌레를 찾는다. 나는 개미를 지켜본다. 매미가 맴맴맴맴맴맴거린다. 집 어디에도 시계가 없다. 달력도 없다. 정원에는 해시계가 있지만 날이 너무 흐려 그림자가 생기지 않는다. 세시 정도 된 듯하다. 산들바람에 대나무 잎들이 바스락거린다. 소금쟁이들이 줄지어 연못 위를 미끄러진다. 녹차를 홀짝인다. 아무 맛도 느낄 수 없다. 나를 보라. 사 주 전까지만 해도 나는 오렌지 외숙모가 싸준 도시락을 가지고 가고시마행 아침 페리를 타고 있었다. 당시, 나는 그 주가 다 가기 전에 아버지를 찾을 거라 확신했다. 하지만 대신 누구를, 무엇을 찾았는지 보라. 이 무슨 난리인가? 나는 여름을 잃었고, 또한 다른 것들도 잃었다. 팩스가 울린다. 나는 깜짝 놀라 차를 엎지른다. 분타로가 보낸 팩스다. 차가 막히지 않으면 여섯시경에 도착할 거라는 내용이다. 여섯시까지 얼마나 남은 걸까? 지금이 언제인지를 알지 못하면 시간이라는 건 아무 소용 없는 법이다. 팩스 위, 벽에 걸린 조개 모양 액자에 나이 든 남녀 사진이 들어 있다. 오십대쯤 되어 보인다. 이 집 주인인 모양이다. 화창한 하늘 아래, 둘은 차양이 쳐진 카페 탁자에 앉아 있다. 남자는 여자가 한 말에 웃음을 터뜨리기 일보 직전이다. 여자는 내가 정말로 자기 이야기를 재미있다고 생각했는지 아니면 그냥 예의 바르게 행동하려는 건지 알기 위해 내 반응을 살핀다. 이상하다. 여자의 얼굴이 낯익다. 낯익은 얼굴이고, 이 여인에게 거짓말하는 것은 불가능하다는 느낌이 든다. 여자가 말한다. "맞아요. 우리는 만난 적이 있답니다." 우리는 잠시 서로를 바라보고, 이윽고 나는 잠자리들이 일생을 보내는 여자의 정원으로 잠시 주의를 돌린다.

♌

염소작가가 에둘러 말했다. "친애하는 동지여, 여기 축축한 쓰레기 더미 위에서 자취가 끊겼다는 게 확실한가?" 피테칸트로푸스는 웅얼거리는 목소리로 그렇다고 대답하더니 성큼성큼 걸어가 무엇인가를 집어들었다. 콤 부인이 비명을 지르며 외쳤다. "청어 뼈로군요!" 염소작가가 말했다. "그렇다면 우리가 놈의 소굴을 찾아냈다는 이야기로군요."

"지독한 냄새에 눈이며 코가 다 따끔거리네." 콤 부인이 말했다. 자세히 살펴보니 그곳을 꼼꼼하게 지은 흔적이 보였다. 깡통, 냄비, 얼룩덜룩한 병 들을 벽돌로 삼았고, 동물 가죽, 누룽지, '제게 투표하세요'라고 찍힌 전단지들을 모르타르 대신 썼다. 자전거 흙

받기가 경사로 역할을 하며 칠흑처럼 검은 구멍까지 이어져 있었다. 염소작가가 눈을 가늘게 뜨고 안을 들여다보았다. "그러니까 도둑이 여기 고약한 냄새나는 우리에 산다는 거로군."

"우리?" 격노한 고함이 들려왔다. "어디 너 따위가 내 집을 그렇게 표현하는 거야! 당장 꺼지지 못해!"

"오호! 안에 있었군, 이 도둑놈! 당장 내 원고를 내놔!"

"☠✒ 하고 자빠졌네, $새끼!"

"비누랑 물!" 콤 부인이 숨을 헉 들이쉬며 말했다.

염소작가가 뿔을 숙여 공격 자세를 취했다. "어이, 말 좀 가려 해. 여기에 숙녀분이 계시다고!"

구멍에서 작은 손이 나타나더니 가운뎃손가락을 들어올렸다. "만약 저 앙상한 암탉이 숙녀라면 난 프랭크 시내트라의 ☠✒ 다! 경고하는데, 다섯을 셀 때까지 꺼지지 않으면 날 학대했다는 내용으로 눈 깜짝할 사이에 소송을 걸어 앞으로는 네가 X!X£s 할 시간도 없게 해주마!"

"소송! 그거 좋지! 우리는 해결해야 할 법, 법정 문제가 있다! 넌 장엄한 장거리 버스에 침입해 잔지바르 훈제 청어, 그리고 내가 쓴 귀중한 원고를 훔쳐갔다! 확실히 못 박아두겠는데, 우리는 빈손으로 갈 마음이 전혀 없어!"

"오, 거참 겁나는군! 온몸이 ◁!☁ 떨리네그려!"

피테칸트로푸스가 조바심이 난 듯 투덜거리더니 원뿔 모양으로 쌓아놓은 쓰레기 더미로 성큼성큼 걸어가 윗부분을 무너뜨렸다. 안에 있던 쥐가 다음 순간 분노를 터뜨렸다. "이 IXXX 🪶새끼, 정신이 어떻게 된 거 아냐? 하마터면 목이 꺾일 뻔했잖아, 이 못생긴 네안데르탈인!"

염소작가는 코걸이 안경을 통해 쥐를 살펴보았다. "놀라운걸, 이 도둑은 '무스 무스쿨루스 도메스티쿠스'*의 친척 같아 보여."

"난 집쥐 따위가 아냐, 이 멍청아! 난 고귀하고 훌륭하며 세상에서 하나뿐인 스캣랫이야! 그래, 인정해, 네 맛대가리 없는 청어를 약간 먹었어. 그게 뭐가 대수라고? 하지만 난 네 이야기는 가져오지 않았어. 내 ● 구멍을 닦으려 〈일본의 과학적 포경선 위클리 2〉를 가져오기는 했지. 하지만 맹세하건대, 한 번만 더 내 명예를 더럽히면 내 변호사가 널 🚗🎣!#X$s 할 거다."

"수세미! 세제!" 콤 부인이 귀를 막으며 외쳤다.

스캣랫이 더욱 큰 소리로 외쳤다. "나잇값 좀 해! 달걀도 아니고! 세상을 직시하라고!" 스캣랫이 가운뎃손가락을 치켜들며 인사를 보냈다. "쥐여 영원하라! 우리는 일치단결하리라. 스캣랫은 절대, 절대, 절대 멸종하지 않으리라!" 그 말을 마치고 쥐는 보금자리로 사라졌다.

피테칸트로푸스가 질문을 웅얼거렸다.

"저도 동의해요, 나리." 콤 부인이 말했다. "그냥 잊어버리는 게 상책일 듯해요."

염소작가는 슬프다는 듯 고개를 저었다. 관절염 때문에 무릎이 욱신거렸다. "그래요. 스캣랫은 참을 수 없을 정도로 불쾌한 존재로군요. 하지만 무, 무례한 게 범죄는 아니에요. 안타깝지만, 없어진 위, 원고 문제는 푸, 풀리지 않을 것 같군요. 장엄한 장거리 버

---

* 집쥐의 학명.

스로 돌아가도록 하죠. 오늘 밤 여백을 떠나야 할 것 같습니다."

여백의 저녁은 이루 말할 수 없이 평화로웠다. 콤 부인은 염소작가가 기운을 차리게 하려고 우엉 컵케이크를 구웠고, 피테칸트로푸스는 지붕에 난 구멍을 수리했다. 염소작가는 자신이 쓴 마지막 페이지를 다시 읽어본 뒤 원고함에 넣었다. 염소작가는 처음에 썼던 '정말로 아무도 쓴 적이 없는 이야기'에 대한 기억을 더듬어보았지만, 다시 쓴 원고에는 처음 원고의 마법 같은 흐름이 결여된 듯한 느낌이 들었다.

"곧 저녁시간이에요. 배가 고프실 거예요." 콤 부인이 외쳤다.

"이상하게 들리겠지만, 전혀 식욕이 없어요."

"하지만, 나리! 오늘 하루 종일 아무것도 드시지 않았어요!"

지붕에 난 구멍을 통해 피테칸트로푸스가 걱정스레 웅얼거리는 소리가 들렸다.

염소작가가 말했다. "그렇군요."

"사라진 원고가 아직도 맘에 걸리세요, 나리? 우리는 여백을 떠날 거고, 그러면 도둑 따위와는 영영 작별하게 될 거예요."

그 말에 피테칸트로푸스가 깜짝 놀라더니 뭐라고 미친 듯이 웅얼거렸다.

"가만히 좀 있어, 이 야만인아! 주둥이 좀 닥쳐! 너 아니어도 나리는 오늘 하루 종일 심란하셨단 말이야!"

염소작가가 얼굴을 찡그렸다. "친애하는 이여, 무엇 때문에 그러는 거지?"

콤 부인이 요리책을 떨어뜨렸다. "나리! 지금 무얼 드시는 거예요?"

"왜요, 그냥 좋잇조······" 염소작가가 입을 딱 벌렸다. 진실이 밝혀지는 순간이었다. 콤 부인이 그 진실을 입 밖으로 냈다. "나리! 지금 나리께서 쓰신 원고를 잡숫는 거잖아요!"

염소작가는 더는 말을 잇지 못했다.

♌

저녁이 되자 나는 모든 조명을 끄고 주방에서 분타로를 기다린다. 내가 이곳에 있는 것을 아무에게도 들키지 않기 위해서, 또한 이 집에 오는 이가 다른 사람이 아닌 분타로가 확실한지 확인하기 위해서다. 나는 시간을 죽이기 위해 벽 타일에 그려진 소용돌이 무늬를 물끄러미 바라본다. 분타로가 탄 차의 전조등이 보이더니 차고로 들어선다. 분타로가 슈팅스타의 카운터가 아닌 다른 곳에 존재한다는 생각이 낯설기만 하다. 나는 도움이 싫다. 지난 구 년간 나는 도움받는 걸 피하기 위해 애써왔다. 아량, 자선, 애정, 동정, 돈 따위. 그런데 또 그런 게 필요한 처지가 되어버렸다. 나는 현관문을 연다. "어서 와요."

"미안, 늦었네. 차가 많이 막혔어. 열은 좀 내렸어?"

"이제는 추워요."

"그래서 그렇게 맹한 목소리로 말하는 거였군. 에비수 맥주 여섯 캔하고 호카호카에서 음식을 좀 사왔어. 시원할 때 마셔. 음식도 맛이 변하기 전에 어서 먹고." 분타로는 샌들을 벗으며 내게 꾸러미를 내민다. "그리고 담배도 가져왔어. 네가 뭘 피우는지 몰라서 '피스'를 사왔어."

"고마워요…… 미안하지만 지금은 식욕이 없어요."

"상관없어. 하지만 니코틴을 갈망하는 마음은 사그라지지 않았을 거 같은데?"

"피스면 돼요."

"이렇게 불을 다 끄고 뭘 하는 거야?"

"그냥요." 분타로와 함께 거실로 들어가며 나는 불을 켠다. 분타로가 시커멓게 멍든 내 눈을 본다. "우와! 멋진걸!"

"슈팅스타에는 누가 있나요?"

"아내. 뻔하잖아?"

"하지만 부인은 무리하면 안 되잖아요. 그러니까…… 음, 아이를 가졌잖아요."

"아이를 가진 것보다 더 지독하지. 아이를 가진 데다 지루해하기까지 하니까. 사실, 오늘 아침에 가볍게 다퉜어. 아내는 쓸모없는 고래 취급을 당하는 게 지긋지긋하대. 그리고 낮시간 텔레비전 프로그램에서 빈 병으로 전통 인형 만드는 법을 한 번만 더 방송하면 총을 사고야 말겠다더군. 그리고 알고 싶다면 말해주지. 내 아내도 무슨 일이 일어났는지 알아. 하지만 좋은 건, 그 일을 알고 있는 사람은 이 세상에서 내 아내가 유일하다는 거야."

"뭐라고요?"

"뉴스에는 단 한 마디도 안 나왔어. 신문도 마찬가지고."

"말도 안 돼요."

분타로가 어깨를 으쓱했다. "어이, 그 일은 일어난 적이 없어."

"일어났어요."

"뉴스에 안 나오면 안 일어난 거야."

"제 말을 믿어요?"

"어이! 그 밤에 운전해서 그곳에 간 건 바로 나야. 잊은 거야?"

"그런데 모든 일이, 총이며, 폭발이며 그런 게?"

"검열되었지. 아니면 경찰 귀에 들어가기 전에 깨끗하게 치웠거나. 야쿠자는 자기가 저지른 일 뒷마무리를 깔끔하게 해. 전혀 표가 안 나지. 고맙게 여겨야 해, 친구. 덕분에 걱정할 일이 하나 줄어들었으니까."

"하지만 파칭코 매니저는 어쩌고요?"

"알게 뭐야? 전등을 갈다가 창문으로 떨어졌나보지."

우리는 밖으로 나가 계단에서 담배를 피운다. 땅거미가 사라진다. 연못에서 가끔씩 잉어 비늘이 번쩍인다. 나는 벌레를 물리치기 위해 조명을 끈다. 개구리가 개굴거린다.

"개구리와 두꺼비의 차이가 뭐냐, 촌놈?" 분타로가 묻는다.

"두꺼비는 영원히 살아요. 개구리는 영원히 뛰고요."

"어이, 넌 내가 낸 세금으로 공부한 거라고."

"분타로, 하나만 더요. 제가 고양이에 대해 말한 거 기억……"

"아, 그 고양이? 그래, 고양이하고 아내는 벌써 단짝이 되었어. 고양이의 미래는 보장되었어. 물고기들에게 먹이를 줄 시간이야."

분타로는 안으로 들어가더니 호카호카에서 사온 음식과 똑같은 냄새가 나는 물고기 사료 상자를 들고 나온다. 우리는 상자에서 사료를 조금씩 집어 연못에 뿌린다. 잉어들이 수면으로 올라와 사료를 먹어댄다.

"분타로, 정말 고마워요."

"물고기 밥을 줘서? 별말을 다 하네."

"물고기 밥 이야기를 하는 게 아니잖아요."

"아, 담배 말이군. 나중에 갚으면 돼."

나는 포기하고 만다.

♌

허기진 마을

콤 부인은 그 주일의 마지막 달걀을 낳았다. 콤 부인은 달걀을 솜으로 싼 뒤 다른 달걀들과 함께 바구니에 담고 수건으로 덮었다. 그런 다음 콤 부인은 장 볼 목록을 마지막으로 한 번 더 점검했다. 9호 뜨개질바늘, 서캐 제거약, 인디언 인디고 잉크, 반짝이 광택제, 잔지바르 마지팬, 캐나다 큰부리새 양초 두 통. 문을 두드리는 소리가 들리더니 염소작가가 헛기침을 하는 소리가 뒤따랐다.

"네, 나리?"

삐걱거리며 문이 열렸고, 염소작가가 안경 너머로 눈을 껌벅거렸다. "제, 제 생각에는 오늘이 장, 장날이죠, 콤 부인?"

"네, 나리. 달걀을 팔러 갈 거예요."

"잘됐군요, 잘됐어요. 전 이 지방에 짤막한 이야기가 부족하다는 느낌이 들어요. 혹시 부인이 제 책을 장, 장터로 가져갈 수 있을까요? 혹시 이야기 사는 이가 올지도 모르잖아요. 공급이 있으면 수요가 있고, 뭐 그렇잖아요……"

"그렇죠, 나리." 콤 부인은 이야기가 팔릴 거라 생각하지 않았지만 염소작가의 마음을 아프게 하고 싶지 않았기 때문에 책을 받아 앞치마 주머니에 넣었다. 문이 쾅 하고 열리더니 바람이 몰아쳤다. 피테칸트로푸스가 문지방에 서더니 콤 부인에게 웅얼대며 질문했다. 부인이 대답했다. "그래, 지금 떠나. 하지만 안 돼. 널 데리고 갈 수는 없어. 지난번 습지에 섰던 장에서처럼 손님들이 겁을 먹고 흩어지는 꼴을 또 볼 수는 없어." 피테칸트로푸스는 웅얼거리는 목소리로 애원하며 두 손을 모아 내밀고 손바닥 안을 콤 부인에게 보여주었다. 놀란 부인은 하마터면 바구니를 떨어뜨릴 뻔했다. "벌레잖아! 내 귀한 물건에! 이 동네에는 점잖은 분들이 산다고! 벌레 따위는 아무도 안 먹어! 어떻게 감히 이런 더러운 걸 내 사랑스러운 알 사이에 놓을 생각을 한 거야? 당장 가지고 꺼져! 어서!"

맙소사! 황무지 벌판을 걸어가며 콤 부인이 생각했다. 이곳이 어쩌다가 이렇게 되었을까? 한때는 아름다운 곳이었지만, 이제 농작물은 죽었거나 죽어갔으며, 나무들은 껍질이 벗겨지고 꺾어졌고, 땅은 그을렸으며 여기저기 구덩이투성이였다. 녹슬고 부서진 탱크들에는 우라늄탄에 뚫린 구멍이 나 있었고, 새빨갛게 익은 인간들이 거기서 삐죽 몸을 내밀고 있었다. 엉겅퀴가 휘파람을 불었다. 파이프에서 오수가 흘러나와 전선 더미로 뚝뚝 떨어졌다. 콤 부인은 악취 때문에 스카프로 코를 가렸다. "대체 이게 무슨 일이람!"

갑자기 하늘이 온 힘을 다해 비명을 지르기 시작했다.

콤 부인은 충격파가 오기 전에 간신히 귀중한 달걀이 든 바구니와 귀를 날개로 막았다. 충격파에 날려 앞치마가 머리를 덮었고, 반바지가 불룩하니 부풀어올랐다. 충격파가 사라졌다. 콤 부인은 주위를 둘러보며 일어났다. 고개를 들어보니 이상한 광경이 보였다. 하늘에서 히피 한 명이 사이키델릭한 서핑보드를 타고 콤 부인을 향해 곧장 떨어졌다! 콤 부인은 반사적으로 바구니를 챙긴 뒤 '오렌지 요원'이라고 적힌 커다란 통 속으로 퍼덕거리며 들어갔다. 히피는 종단속도로 착륙했다. 히피가 떨어진 곳에 요란한 소리와 함께 구덩이가 생겼고, 사방으로 돌이 튀었다. 콤 부인은 먼지가 가라앉길 기다렸다. 먼지가 너무 심해 말 한마디 할 수가 없었다. 심지어 혼잣말조차 하기가 어려웠다. 구덩이에서 신음이 들렸다. "이런, 젠장!" 히피가 구덩이 가장자리로 올라왔다. 사내는 붉은 머리를 땋아내렸고 고글형 선글라스를 썼는데, 후광이 불안정하게 일렁였다. "맙소사." 사내는 콤 부인을 보고 손가락으로 V자를 만들어 평화의 표시를 했다. "안녕하세요, 부인."

콤 부인이 간신히 말을 꺼냈다. "무척 호되게 떨어졌군요."

"빌어먹을 전폭기들 같으니! 날 완전히 날려버렸어요! 놈들이 오는 걸 보지도 못했는데. 마을을 폭격할 겁니다. 아직 폭격할 게 남았으면 말이죠. 하지만 아직 탄약이 남았으니 거기서 다 써버려야 하긴 할 겁니다."

"어디 부러진 데는 없나요?"

"제 자존심 말고는 다 멀쩡합니다, 부인. 걱정해주셔서 고맙습니다. 저는 불사신입니다."

"뭐라고요?"

"불사신이라고요. 저는 하느님입니다. 만나게 되어 무척 반갑습니다."

콤 부인은 사내의 말에 불안해졌다. 무릎을 굽혀 인사라도 해야하나? "멋지군요. 그런데 만약 마을이 폭격을 당할 처지라면 당신이 뭔가를 해야 하는 거 아닌가요?"

하느님이 자기 후광을 다시 조정했다. "할 수 있으면 했을 겁니다, 부인. 하지만 일단 군대가 땅 위에서 생명체를 쓸어버리기로 마음을 먹으면…… 어쩔 수가 없답니다." 하느님이 어깨를 으쓱해 보이며 말을 이었다. "한때는 우리가 전쟁을 막을 수 있었죠. 하지만 우리 힘은 조금씩 약해졌고, 이제는 아무도 우리 말을 귀담아듣지 않는답니다."

"혹시…… 전쟁을 막으려면 어떻게 해야 하는지 알려주시겠어요?"

하느님이 '내가 알 턱이 있나' 하는 표정을 지었다. "털어놓자면 말입니다, 부인, 저는 하느님이 되길 조금도 원하지 않았답니다. 아버지가 고집을 부리시는 바람에 어쩔 수가 없었죠. 가업이거든요. 저는 신성 아이비 대학에서 낙제했고 캘리포니아에서 부상을 입었죠." 하느님이 회상에 잠겼다. "파도는 높았고, 모래는 황금빛이었으며, 오, 여자들은 끝내줬어요! 여자들…… 신성 간섭은 의무 과목이었지만 저는 강의 대부분을 빼먹고 큰 파도를 타러 갔어요! 전쟁을 막아요? 말도 안 되는 소리를 하시네요, 부인. 그래서 저는 제3급 불명예로 졸업을 했습니다. 제가 학교에서 배운 거라고는 물을 포도주로 바꾸는 방법뿐입니다. 아버지는 제가 당신 뒤를 잇게 하려고 음모를 꾸몄습니다. 부인, 하늘나라는 말입니다." 이 대목에서 하느님은 목소리를 낮췄다. "완전히 족벌주의와 동의어입니다. 황금의 도시에서는 프리메이슨조차 칭찬받을 만한 무리가 되지요. 무엇을 아는가가 아니라 누구를 아는가, 그리고 어디서 알았는가가 중요하게 여겨지는 곳이죠. 전능한 친구들은 민

주주의가 정착된 지역을 담당하는 반면 우리처럼 보잘것없는 존재는 전쟁터에 떨어져 평화를 유지하는 임무를 받죠. 부인, 지금 몇 시인가요?"

콤 부인이 손목시계를 보았다. "열한시 이십오 분 전이군요."

"어이쿠 맙소사! 비디오테이프를 돌려주러 가야겠군요. 늦으면 또 벌금이에요!" 하느님이 손가락을 튕기자 구덩이에서 서핑보드가 저절로 떠올랐다. 하느님이 서핑보드에 올라타더니 선글라스를 흔들었다. "함께 시간을 보낼 수 있어서 아주 즐거웠습니다, 부인. 혹시 무슨 곤란한 문제가 생기면 제게 기도를 하세요!" 하느님은 쿵푸 자세를 취하더니 보드를 타고 사라졌다. 콤 부인은 하느님이 멀어지는 모습을 지켜보았다. "에, 놀라지 말아야지."

$$\mathcal{R}$$

시들어가는 안개와 어렴풋한 조명 속에서 나는 비명을 지르며 깨어난다. 검은 옷을 입은 나이 든 여인이 나를 굽어보고 있기 때문이다. 나는 발작을 일으키며 소파에서 떨어진다. 나이 든 여인이 말한다. "진정하렴. 꿈을 꾼 거야. 나란다. 우에노 역의 사사키 부인." 사사키 부인. 나는 긴장을 풀고 숨을 들이마셨다가 다시 내쉰다. 사사키 부인? 안개가 걷힌다. 부인은 싱긋 웃으며 고개를 설레설레 젓는다. "이렇게 놀라게 해서 미안하구나. 생명의 땅으로 돌아온 걸 환영해. 내가 오늘 아침에 들른다는 말을 분타로가 까먹고 안 한 거지?"

나는 긴장을 풀고 깊게 숨을 들이마신다. "아침……"

부인이 스포츠 가방을 내려놓는다. "네 방에서 물건을 좀 가져왔다. 네 물건들이 있으면 여기서 좀더 편안히 지낼 수 있을 거라고 생각했거든. 네 눈이 이렇게 시퍼렇게 멍든 줄 알았다면 티본스테이크를 가져와 얹어줬을 텐데, 아쉽구나." 엉망진창으로 어질러놓고 사는 내 방을 사사키 부인이 봤다는 생각을 하니 당혹스럽다. "사실, 지금쯤이면 일어났을 거라고 생각했단다. 왜 침실에서 자지 않은 게냐, 젊다고 몸을 함부로 하면 못써."

입이 바짝 마르고 접착제로 붙인 듯 잘 떨어지지 않는다. "이곳이 더 안전하다는 생각이 드네요. 사사키 부인, 분타로가, 분타로가 어떻게 우에노 역의 부인 번호를 알았죠? 부인은 슈팅스타하고 분타로를 어떻게 알죠?"

"난 그 아이 엄마란다. 모두 엄마라는 존재는 있잖아? 제아무리 분타로라 할지라도 말이야."

놀란 내 얼굴을 보며 사사키 부인이 싱긋 웃는다. 집 안에 평화가 내려앉는다.

"왜 둘 다 아무 말도 안 했어요?"

"물은 적이 없잖아."

"물어봐야 한다는 생각이 안 들었으니까요."

"그럼 왜 우리가 말했어야 한다고 생각하는 거지?"

"제 직장은요?"

"분타로가 면접을 보게 해준 건 맞지만, 직장은 네 스스로 얻은 거란다. 아무 문제 없어. 우에노 역의 네 일은 아침식사를 하며 이야기하자꾸나. 한 번에 하나씩 처리하자. 우선 씻고 면도부터 하렴. 우에노 공원 노숙자들과 일주일 정도 함께 지낸 몰골이니까.

이제는 좀 깨끗하게 하고 지내야지. 네가 씻는 동안 나는 요리를 하마. 그리고 나보다 더 많이 먹어야 한다. 단식투쟁을 할 거면 이렇게 숨어 있는 게 무슨 의미가 있겠니?"

나는 뼛속까지 따뜻해지고 손가락이 물에 불어 쭈글쭈글해질 때까지 오랫동안 샤워를 한다. 정수리부터 발가락까지 바디샴푸로 세 번을 닦는다. 샤워를 마치고 나오자 감기도 훨씬 나아진 듯하고 몸은 새털처럼 가볍다. 이제 면도를 한다. 나는 행운아다. 일주일에 한 번만 면도를 하면 되기 때문이다. 고등학교 때 나와 같은 반 아이들은 얼마나 자주 면도를 하는지 자랑을 늘어놓곤 했다. 하지만 턱에 난 털에 쇠칼을 들이밀 시간에 다른 일을 하는 것이 훨씬 낫다. 하지만 씻는 게 어떠냐는 사사키 부인의 제안은 사실 어느 정도는 명령이라고 볼 수 있다. 몇 년 전 돈주머니 삼촌이 내게 면도기를 선물해줬지만 면도기를 본 아스팔트 삼촌은 껄껄거리며 진정한 사내라면 칼을 써야 한다고 했다. 나는 처음 받은 일회용 빅 면도기 세트를 아직도 다 쓰지 못했다. 찬물로 얼굴을 적시고 흐르는 수돗물로 면도칼을 헹군다. 아스팔트 삼촌은 면도칼을 찬물로 헹구면 칼날이 수축하면서 날카로워진다고 했다. 면도할 때마다 아스팔트 삼촌이 생각난다. 아이스 블루 면도 크림을 바른다. 특히 코와 윗입술 사이 움푹한 곳―왜 그곳을 호칭하는 말이 없는 걸까?―, 턱이 갈라지며 움푹 들어간 곳, 그리고 잘 베이는 아래턱 관절 부분에 꼼꼼히 크림을 바른다. 크림 바른 곳이 따끔거릴 때까지 기다린다. 그리고 귀 근처 평평한 곳, 가장 아프지 않은 곳부터 면도를 시작한다. 나는 이 고통이 좋다. 끌어당겨지며, 뿌리가 뽑히는 아픔. 즐겨야만 극복되는 고통이 있다. 코 주변. 아얏! 헹구고 그루터기를 찾아 털구멍 안에 있는 것까지 잘라낸다. 차가운 물을 좀더. 멍든 눈이 아파올 때까지 만져본다. 깨끗한 사각팬티, 티셔츠, 반바지. 요리하는 냄새가 난다. 아래층으로 내려가 면도용품을 스포츠 가방에 다시 넣는다. 조개껍데기 액자에 든 사진 속 여인의 눈길이 느껴진다. "봐, 훨씬 기분이 좋지? 넌 쓸데없이 걱정이 많아. 여기에 있으면 아주 안전해. 무슨 일이 있었는지 말해보렴. 네 이야기를 해봐. 탁 털어놓아보렴."

몽골인은 눈 깜짝할 사이에 모습을 감췄다. 불타는 캐딜락들이 요란한 소리를 내며 폭발했다. 어찌어찌 정신을 수습한 나는 지금 당장 이곳을 빠져나가야 한다는 사실을 깨달았다. 나는 다리를 천천히 달려 내려오기 시작했다. 힘껏 뛰지는 않았다. 오늘 밤이 지나려면 아직도 한참을 더 버텨야 한다는 사실을 알았기 때문이다. 난간 너머를 다시 보지도 않았고, 뒤돌아보지도 않았다. 그러고 싶은 마음조차 들지 않았다. 휘발유 냄새와 함께 짙은 연기가 공기를 휘감았다. 나는 오로지 움직이는 데만 온 정신을 집중했다. 백 걸음 정도 천천히 달리고, 다시 백 걸음 정도 걷고, 걷고, 또 걸어 외곽도로에 도착한 뒤 저 멀리 달빛에 비친 차들을 살펴보았다. 뭔가 나타나면 둑에 엎드려 숨을 수 있었다. 둑 경사면은 커다란 구멍들을 낸 콘크리트블록으로 이루어져 있었다. 방파제용으로 만든 것이었다. 공포, 충격, 죄책감, 안도감. 이런 감정이 들 거라고 생각했지만, 그 가운데 그 어떤 감정도 느낄 수 없었다. 오로지 내가 본 모든 것들로부터 멀어지고 싶은 욕구뿐이었다. 별빛이 약해졌다.

간척지에서 목격한 범행 탓에 온몸이 공포에 젖었고, 그 덕분에 나는 오히려 이곳을 서둘러 빠져나갈 힘을 짜낼 수 있었다. 나는 계속 백 걸음 뛰고 걷기 방식을 유지했다. 외곽도로가 굽으며 차단기가 나왔고 그 너머로 제너두 뒤편으로 통하는 해변도로가 이어졌다. 수평선에서 새벽빛이 밝아오며 도쿄로 들어가는 차들이 늘어났다. 둥그런 달이 미적지근한 아침 속으로 아스피린처럼 녹아 들어갔다. 운전자와 승객 들이 나를 뚫어져라 바라보았다. 그곳은 아무도 걷지 않고, 길도 포장되어 있지 않으며, 그냥 불도저로 땅만 고르게 해놓은 곳이었다. 사람들은 내가 정신병원에서 탈출했다고 생각했을 것이다. 히치하이킹을 할까 생각해보았으나 그랬다가는 사람들 주의를 끌 거라는 생각이 들었다. 이런 곳에서 내가 무엇을 했는지 어떻게 설명한단 말인가? 경찰차들이 사이렌을 울리며 다가오는 소리가 들렸다. 다행히도 나는 그때 패밀리 레스토랑 앞을 지나던 중이었기에 레스토랑 안으로 들어갔고, 전화를 하는 척했다. 내 짐작이 틀렸다. 사이렌은 경찰차에서 나는 게 아니었다. 구급차 두 대가 내는 소리였다. 무엇을 해야 하나? 열 때문에 머리가 쿵쿵 울려댔다. 분타로에게 전화해 도와달라고 하는 수밖에 다른 방도가 없었지만 분타로는 열한시가 되어야 슈팅스타를 열 터였고, 나는 분타로의 집 전화번호를 알지 못했으며, 내가 고양이와 함께 사는 걸 알게 되는 순간 분타로가 내 짐들을 길바닥으로 집어 던질까 걱정이 되었다. 카운터 뒤에서 웨이트리스가 물었다. "괜찮으세요? 그 눈, 괜찮으신가요?" 웨이트리스가 너무나도 친절하게 말했기 때문에, 나는 터져나오는 울음을 감추기 위해 무례한 줄 알면서도 아무 대답 없이 밖으로 나와야만 했다. 그 웨이트리스의 아들이 부러웠다. 길은 공장 부지를 지났다. 적어도 내게는 걸어갈 길이라도 있는 셈이었다. 모든 가로등불이 동시에 꺼졌다. 공장들이 끝없이 이어졌다. 이 공장들은 모두 다른 공장에 공급할 물건들을 만들었다. 물건 보관용 선반, 포장재, 기계차 부품들. 머리가 쿵쿵 울리던 것은 가라앉았지만 이제 열 때문에 뇌수가 증발하는 것만 같았다. 기운이 다 빠지고 하나도 없었다. 좀 전의 패밀리 레스토랑으로 돌아가 자비의 천사의 무릎에 쓰러져야 할 것 같았다. 쓰러져? 병원, 의사, 질문? 스무 살 먹은 사람은 쓰러지지 않는다. 패밀리 레스토랑은 돌아가기에 너무 멀었다. 타일 밀폐접착제 공장 앞에 벤치가 보였다. 그런 곳에 왜 벤치를 놓았는지는 알 수 없었지만, 나는 감사한 마음으로 벤치에 앉았다. 벤치 위로 거대한 나이키 운동화의 그늘이 져 있다. 나는 이 세계가 싫다. '나이키. 인생은 끝없는 경주.' 잡초가 무성한 황무지 너머로 제너두와 발할라가 보인다. 거대한 원. 불을 뿜던 권총은 어디론가 사라졌고 태양이 떠올라 달음질쳤다. 새 한 마리가 노래했다. 하지만 새소리가 아니라 사람이 길게 휘파람을 부는 소리에 가깝게 들렸다. 계속, 쉬지 않고 노래했다. 맹세컨대, 야쿠시마에도 같은 새가 있다. 일어나겠노라고 마음먹었다. 그래서 시원한 에어컨이 있는 제너두까지 가서 눈을 좀 붙인 뒤 기운을 차려 슈팅스타에 전화를 해야겠다고 생각했다. 몸을 움직이려 애썼지만 몸은 말을 듣지 않았다. 하얀 자동차가 속력을 늦췄다. 삐뽀, 삐뽀, 삐뽀거리는 하얀 차, 꺼져. 차 문이 열리더니 운전사가 조수석 쪽으로 몸을 기울였다. "어이, 비록 난 지지 히카루가 아니지만, 뭔가 더 좋은 수가 없으면 이 차에 타는 게 어때?" 멍하니 있던 나는 운전사가 진짜 분타로임을, 초췌하고 다급해하는 분타로임을 깨닫지만, 너무나 피곤한 나머지 어떻게, 누가, 언제, 왜 하는 따위 의문은 품을 엄두도 내지 못했다. 나는 차에 타고 삼십 초 만에 곯아떨어졌다.

♌

시장은 잡석과 파편으로 난장판이었다. 언덕 위 사원은 직격탄에 맞아 내부가 다 드러났고 유리창이 깨졌다. 건물은 멍하니 마을을 내려다보고 있었다. 궤도전차들은 박살이 나 넘어가 있었다. 부모 잃은 아이들이 길가에 누워 있었다. 아이들 피부는 쭈글쭈글했고 뼈가 앙상했다. 아이들 뺨에 흐르는 눈물 주위로 파리들이 날아다녔다. 독수리들은 날갯짓 소리가 들릴 정도로 낮게 머리 위를 맴돌았고, 하이에나들은 시체 내장에 머리를 파묻었다. 평화 유지 단체에서 나온 하얀색 지프가 지나며 사진을 찍고 촬영을 해댔는데, 콤 부인은 하마터면 그 지프에 치일 뻔했다. 콤 부인은 폐허 위에 군림하는 거대한 석상 앞을 지났다. 명판에는 '우리가 존경하는 통치자님'이라고 적혀 있었다. 석상 그늘에서 수척한 사내가 가족들에게 먹일 벌레를 불에 굽고 있었다. 대좌 위의 육중하고 거대하고 번드르르하고 눈썹이 진하고 배가 불룩한 권력자는 그늘 아래 있는 수척한 사내와 완전히 반대였다. 사내는 워낙 앙상해서 옷걸이를 비틀어 골격을 만든 것처럼 보였다. 콤 부인이 말했다. "실례합니다. 시장을 찾는데요."

사내가 콤 부인을 노려보았다. "지금 있는 곳이 시장이오."

콤 부인은 사내가 진심으로 하는 말임을 깨달았다. "여기 이 폐허가요?"

"혹시 모를까봐 하는 말인데, 지금 전쟁 중이잖소, 부인!"

"하지만 그래도 사람들은 먹어야 하잖아요."

"뭘 먹는단 말이오? 우리는 포위됐는데."

"포위요?"

수척한 사내는 벌레를 아들 입 앞으로 내밀었고, 아들은 젓가락으로 조심스레 벌레를 받아 무표정하게 씹었다. "요즘은 '포위' 또는 '제재'라고 표현한다오. 좀 부드럽게 들리니까."

"좋네요…… 그런데 정확히 어디와 어디가 전쟁 중인 거죠?"

"쉿!" 사내가 주변을 살펴보고 계속 말했다. "그건 일급비밀이오! 그런 질문을 하고 다니다간 체포될 거요!"

"하지만 당신은 언제 군인들이 싸우는지 알고 있죠?"

"군인들이? 군인들은 절대 서로 싸우지 않소! 그랬다가는 다칠 테니까 말이오! 군인들은 신사협정을 맺었소. 군복 입은 자들에게는 절대 발포하지 않기로 말이오. 전쟁의 목적은 가능한 한 많은 민간인을 죽이는 거요."

"놀랍군요!" 이윽고 콤 부인이 다소 분별없는 말을 했다. "보아하니 결국 제 달걀은 팔 수 없을 듯하네요."

비료 포대가 열리더니 수척한 사내의 아내가 기어나왔다. "달걀?" 수척한 사내는 아내를 조용히 시키려 했지만 아내가 소리쳤다. "달걀!" 조용한 오후 속에 그 단어는 충격파처럼 퍼져나갔다. "달걀!" 팔뚝이 잘려나간 고아들이 도랑에서 나타났다. "달걀!" 노파들이 지팡이로 소리를 냈다. "달걀!" 굶어서 눈이 퀭하게 들어간 사내들이 문이 떨어져나간 출입구에서 나타났다. "달걀!" 폭도들이 석상을 둘러싸며 위협을 했다. 콤 부인은 이 상황을 진정시키려 애썼다. "아니, 안 돼요. 그럴 필요……" 폭도들이 몰려들었다. 여기저기서 손들이 뻗어나오더니 콤 부인의 바구니를 낚아챘다. 폭도들이 고함쳤다. 달걀이 굴러떨어져 깨지고 노른자와 흰자가 짓밟혔고, 콤 부인은 공포에 질려 꼬꼬댁거렸다. 콤 부인은 날개를 퍼덕이며 군중 위로 날아올랐다. 콤 부인은 햇닭 시절 이후로 날아본 적이 없었고 몇 초 이상 공중에 떠 있을 수도 없었다. 횃로 삼을 수 있는 가장 가까운 곳은 존경받는 통치자의 콧수염뿐이었다. 군중은 놀라 콤 부인을 지켜보았다. "저 여자가 날았어! 귀부인이 날았어!" 깨진 달걀 근처에서 달걀을 차지하려 싸우는 데 정신이 팔린 폭도는 극소수였다. 나머지는 콤 부인을 보았다. 꼬마가 먼저 말했다. "저건 숙녀가 아니에요!"

"분명 난 숙녀야!" 콤 부인이 쏘아붙였다. "아버지께서는 닭들을 다스리던 지도자셨어!"

"숙녀는 날지 않아! 저건 암탉이야!"

"난 숙녀야!"

들불이 번지며 수풀을 게걸스레 먹어나가듯, 단어 하나가 배고픈 마을을 게걸스레 먹어나갔다. 그 단어는 '숙녀'도 '암탉'도 아니었다. 그 단어는 '닭!'이었다. "닭! 닭! 닭!"

♌

사사키 부인은 냄비에서 미소 된장국을 국자로 퍼 옻칠한 그릇에 담았다. 정어리와 깍뚝썰기한 두부. 안주는 정어리를 좋아했다.

외할머니는 미소 된장국을 지금처럼 끓여주었다. 미소 된장 찌꺼기가 그릇 바닥에서 심해의 침전물처럼 소용돌이친다. 노란 단무지, 김에 싼 연어 초밥. 심신을 달래주는 음식이었다. 쪽방에 있을 때 나는 토스트와 요구르트로 연명했다. 그나마 일찍 일어났을 때 일이었다. 이런 음식은 만들기에 손이 너무 많이 간다. 배가 고파야 마땅했지만 여전히 식욕이 전혀 돌지 않는다. 사사키 부인의 기분을 좋게 하기 위해 나는 음식을 먹는다. 외할머니의 개 카이사르는 죽어갈 때도 단지 외할머니 기분을 좋게 하기 위해 음식을 먹었다. "사사키 부인, 질문이 있어요."

"그럴 거라고 생각했지."

"여기가 어딘가요?"

부인은 내게 국그릇을 내밀었다. "분타로에게 묻지 않은 거야?"

"어제는 하루 종일 너무 이상했어요. 제정신이 아니었죠."

"여기는 내 동생이랑 제부네 집이란다."

"팩스 위 조개껍데기 액자에 든 사진 속 사람들인가요?"

"그래, 내가 그 사진을 찍었지."

"그분들은 지금 어디 있나요?"

"독일. 동생이 쓴 책이 독일에서 아주 잘 팔려서 출판사에서 사인회를 하자고 초청했어. 제부는 유럽어를 연구하는 학자이고, 동생이 자기 일을 보는 동안 제부는 대학 도서관에 코를 파묻고 있다더구나."

나는 후루룩거리며 된장국을 먹는다. "이거 맛있네요. 작가요? 동생분이 다락방에서 글을 쓰시나요?"

"그앤 '이야기꾼'이라는 표현을 더 좋아하더구나. 서재를 찾아낸 모양이지?"

"거기 올라갔었는데, 별문제가 안 됐으면 좋겠네요. 에, 실은 책상에 있던 원고도 조금 읽었어요."

"동생이 뭐라고 할 거 같지는 않아. 아무도 읽지 않는 이야기는 이야기가 아니지."

"동생은 독특한 분이세요."

"그 초밥부터 먹으렴. 갑자기 그건 무슨 말이지?"

"이 집이요. 도쿄에 있는데 꼭 고분시대 숲에 있는 집 같은 느낌이잖아요. 전화도 없고, 텔레비전도 없고, 컴퓨터도 없고요."

사사키 부인은 싱긋 웃을 때면 입술을 살짝 내민다. "동생에게 그 말을 꼭 전해줘야겠구나. 좋아할 거야. 동생은 전화가 필요 없어. 태어날 때부터 귀가 안 들렸거든. 그리고 제부는 세상에 의사소통 수단이 너무 많아서 탈이라고 말하지." 사사키 부인은 도마에서 오렌지를 잘라 음식 위에 그 즙을 뿌린다. 부인이 자리에 앉았다. "미야케 군, 난 네가 우에노로 돌아오면 안 된다고 생각해. 그 사람들이나 관련자들이 널 찾아내려 한다는 증거는 없지만, 찾지 않으려 한다는 증거도 없어. 구태여 위험을 감수할 필요는 없다고 생각해. 지난 금요일, 그자들이 널 손쉽게 찾아냈다는 걸 잊지 말렴. 조심하는 의미에서 우에노 역에 있던 네 기록도 없앴단다. 이번 주말까지 이곳에 숨어 있는 게 좋을 듯하구나. 만약 슈팅스타로 누군가 널 찾아오면 분타로는 네가 도쿄를 떠났다고 말할 거란다. 지금 상황이 확실히 가라앉을 때까지는 말이야."

일리 있는 말이다. "네."

사사키 부인이 차를 따른다. "미래는 다음 주부터 걱정하자꾸

나. 그 전에는 푹 쉬렴. 살아가며 수많은 문제에 부닥칠 텐데 그때
마다 꼭 문제들을 해결해야 할 필요는 없는 거란다."

보리 알곡이 들어간 녹차. "부인과 분타로는 왜 절 돕는 거죠?"

"'왜' 보다는 '누가' 가 더 중요하단다. 먹으렴."

"이해가 안 돼요."

"그건 문제가 되지 않는단다, 에이지."

같은 날, 좀더 시간이 흐른 뒤. 초인종이 울리자 다시 내 심장이
덜컥한다. 나는 원고를 내려놓는다. 분타로도, 사사키 부인도 아니
다. 그러면 누구란 말인가? 나는 다락방에 올라와 있지만 정문에
서 열쇠 돌아가는 소리가 들린다. 정적이 집 안을 가득 채우고, 나
는 어찌해야 하나 미친 듯이 머리를 굴린다. 문이 열리고 누군가가
현관에 발을 들여놓는다. 책들도 바짝 긴장해 귀 기울인다. "미야
케! 진정해! 나야, 다이몬 유주! 괜찮으니까 나와. 나오라고! 네
집주인이 내게 열쇠를 줬어." 우리는 계단에서 만난다. "지난번에
봤을 때보다 훨씬 나아 보이네." 내가 말한다. "지난주 금요일에
나보다 엉망인 사람은 거의 없었을걸. 하지만 넌 더 심해 보이는
데. 이런! 눈은 어쩌다 그렇게 된 거야?" 다이몬이 대꾸한다. 다이
몬이 입은 셔츠에는 '많이 버는 게 장땡'이라고 적혀 있다. "사과
하려고 왔어. 새끼손가락이라도 자르려고 했어."

"네 새끼손가락을 뭐에 쓰라고?"

"모르지. 절여놓든가 상자에 담아두든가. 예절 바른 사회에서는
코를 후비기에 안성맞춤이야. 그리고 이렇게 말하는 거지. '원래
이 손가락의 주인은 그 악명 높은 다이몬 유주입니다.'"

"말은 고맙지만 난 그냥 내 손가락을 쓰겠어. 그리고⋯⋯" 나는 애매하게 손사래를 친다. "그곳으로 돌아간 건 내 결정이었어. 너와는 관계없어."

"뭐, 그렇다고 치자. 그건 그렇고 위문품으로 담배 한 보루를 사왔어." 다이몬이 말한다. 다이몬은 내가 자신에게 원한이 있는 건 아닐까 여전히 의심하는 눈치다. 다이몬이 계속 말을 잇는다. "사과해야 할 때마다 손가락을 잘라야 했다면 지금쯤 나는 팔까지 다 잘라내고 어깨뼈만 남았을 거야. 말보로야. 그 운명의 밤, 당구대에서 네가 말보로를 피우던 게 생각났지. 그리고 네 집주인이 기타를 가져다주면 좋아할 거라더라. 그래서 그것도 가져왔어. 현관 입구에 놔뒀어. 기분은 좀 어때?" 기분이 어떠냐고? 이상하다, 하지만 화가 난 건 아니다. "고마워." 내가 말한다. 다이몬이 어깨를 으쓱한다. "뭐, 네가 해준 일을 생각해보면⋯⋯" 내가 어깨를 으쓱한다. "담배 피우기에 정원이 딱 좋더라."

일단 이야기를 시작하니 중간에 말을 멈출 수가 없다. 다이몬을 택시에 태웠던 일부터 시작해 분타로가 나를 자기 차에 태웠던 것까지 쉬지 않고 이야기를 한다. 하지만 길게 이야기할 정도로 기억나는 일이 많지 않다. 다이몬은 담배에 불을 붙이고 냉장고에서 맥주를 꺼내올 뿐 절대 말을 끊지 않는다. 심지어 나는 다이몬에게 내 아버지에 대한 이야기, 그리고 내가 왜 도쿄에 왔는가까지 이야기한다. 마침내 말을 마칠 무렵엔 해가 진다. "놀라운 사실은, 그 어디에도 그 사건에 대한 이야기가 나오지 않는다는 거야. 마흔 명이나 죽었는데, 게다가 폭발까지 있었는데, 액션영화도 아니고 현실에서 어떻게 뉴스에 전혀 나오지 않을 수가 있지?"

살랑거리는 라벤더 주변으로 벌들이 날아다닌다.

"야쿠자 전쟁에는 경찰이고 정치인이고 끼어들 수가 없어. 그런 건 누구나 다 알아. 하지만 아무리 그렇다 해도 도쿄 시의 유권자들은 저번 같은 일이 벌어진 걸 알면 왜 자신들이 세금을 내야 하는지 의문을 품게 되지. 그래서 아예 텔레비전에 그 사건이 못 나가게 한 거야."

"하지만 신문은?"

"요즘 신문기자라는 존재는 남들이 불러주는 걸 그대로 받아 적는 멍청이에 불과해. 진짜 자기 발로 기사를 캐내고 다니는 기자들은 뉴스 협회의 요주의 인물 명단에 올라가고, 그런 기자들은 더는 신문에 기사를 쓸 수 없어. 미묘한 문제야, 안 그래?"

"그렇다면 뉴스는 뭐하러 보는데?"

"그게 없으면 심심하잖아! 봐, 잠자리야! 옛 시에 따르면, 승려들은 잠자리의 광택과 색깔로 지금이 몇 월 몇째 주인지를 안다더라." 다이몬이 라이터를 만지작거린다. "네 집주인에게는 모든 걸 사실대로 털어놨어?"

"폭력적인 부분은 좀 덜어냈어. 그리고 분타로의 아내를 죽이겠다고 협박했다는 말도 안 했어. 그 말을 했던 사내는…… 죽었으니까. 난 아직도 뭐가 옳은지 모르겠어. 그리고 말을 잘못하면 분타로가 너무 걱정할 것도 같지만 무슨 말을 하고 무슨 말을 하지 말아야 할지 잘 모르겠어."

다이몬이 고개를 끄덕인다. "옳은 일이라는 게 없을 때도 있어. 그럴 때는 최악을 면하는 것만으로도 족하지. 그 꿈을 꿔?"

"요즘 잠을 잘 못 자." 나는 맥주 캔을 딴다. "네 계획은 뭐야?"

"아버지는 내가 잠시 사라지는 게 좋겠다고 생각하더군. 참으로 오랜만에 우리 둘의 의견이 일치했지. 난 내일 아침 미국으로 갈 거야. 아내와 함께."

나는 흥분해 맥주를 뿜는다. "결혼했어? 언제?"

다이몬이 손목시계를 들여다본다. "다섯 시간 전에."

다이몬이 진지하게 웃는다. 다이몬이 진지하게 웃는 걸 본 건 처음이다. 하지만 그 웃음은 순식간에 사라졌다.

"미리엄? 강효연?"

다이몬이 웃음을 거둔다. "진짜 이름은 '민'이야. 내 아내의 진짜 이름을 아는 사람은 거의 없어. 하지만 우리는 네게 빚을 졌지. 내가 아는 게 맞다면, 아내가 너한테 그 유명한 발길질을 했지?"

"죽다 살아났지. 민? 어째 들을 때마다 이름이 달라지는군."

"이제부터는 같은 이름일 거야."

우리는 캔을 부딪쳐 건배를 한다.

"축하해, 빠른, 에, 결혼을 말이야."

"그게 몰래 결혼해 도망갈 때 누릴 수 있는 특혜지."

"난 둘이 서로 싫어한다고 생각했는데."

"증오." 다이몬이 손을 살핀다. "사랑."

"네 부모님은 아셔?"

"우리 부모님은 십 년째 별거 중이야. 물론 늘 아주 우아하게 말이야. 그런 이유로, 내게 충고를 할 권리는 없어……" 다이몬이 라이터를 만지작거린다. "……내가 누구와 사귀는가에 대해서는 말이야."

"지금 넌 민 씨와 함께 있어야 하는 거 아냐?"

"맞아. 난 비행기 표를 받으러 가야 해. 하지만 그 전에 네 아버지 사진을 좀 보여주겠어?" 나는 지갑에서 사진을 꺼내 보인다. 다이몬은 사진을 유심히 살펴더니 고개를 가로젓는다. "미안, 처음 보는 사람이야. 하지만 모리노가 고용했던 탐정에 대해 뭔가 아는 게 없는지 아버지에게 물어볼게. 보통 야쿠자는 신뢰하는 사람 한두 명만 쓰거든. 장담은 못 해. 시청 경찰과는 복마전이라서 누가 누구와 한편인지 아무도 몰라. 그리고 싱가포르에서 쓰루가 돌아온 듯해. 기억도 상당 부분 사라지고 제정신도 아니지만 그래도 얼굴 마담으로는 쓸 만할 거야. 하지만 최소한 노력은 해보겠다고 약속할게. 그 뒤로는 너 혼자 알아서 해야겠지만 적어도 플랜 B에 대한 단서는 얻을 수 있을 거야."

"플랜 G야. 어느 단서가 되었든, 없는 것보다는 나아."

우리는 현관으로 간다. 다이몬이 샌들을 신는다.

"자, 그럼."

"그래, 그럼, 신혼여행 즐겁게 보내고."

"그래서 네가 좋은 거야, 미야케."

"뭐가?"

다이몬은 포르쉐에 타고 손을 슬쩍 흔들어 보인다.

♌

"꼬챙이에 꿰어 굽자!" 폭도 일부가 외쳤다. "기름을 발라 굽자!" 다른 무리가 외친다. "감자와 함께 굽자!" 콤 부인은 폐허가 된 광장을 피테칸트로푸스가 가로질러와 자신을 구해주기를 간절히 원했다. 설사 피테칸트로푸스의 머리에 이가 득실거리더라도 콤 부인은 불평하지 않으리라고 생각했다. "치킨 너겟!" 막 걸음마를 시작한 어린아이들이 일렬로 늘어서서 외쳤다. "감자 구이!" 어디선가 사다리가 나타났고, 사람들이 자신을 잡아 오븐에 넣기 위해 존경받는 통치자 동상에 올라온다는 사실을 깨달은 콤 부인은 새로이 밀려오는 공포에 사로잡혔다. 콤 부인이 없으면 염소작가는 어떻게 하루하루를 살아갈까? 염소작가는 굶어죽으리라. 염소작가가 준 책이 머릿속에 떠오른 건 바로 그 순간이었다. 콤 부인이 외쳤다. "잠시만 참아요! 그러면 늙고 질긴 닭보다 더 맛있는 걸 먹게 해줄 테니까!"

폭도들이 동작을 멈추고 기다렸다.

콤 부인은 성스러운 책을 흔들었다. "이야기예요!"

심술이 덕지덕지 붙은 창녀가 빽빽거렸다. "이야기가 어떻게 배를 채워준다는 거야!"

사다리가 더 가까이 다가왔다. 콤 부인이 재빨리 말했다. "그렇다면 제대로 된 이야기를 들어본 적이 없는 거예요!"

재로 얼룩진 삼베를 걸친, 털이 북실북실한 사내가 외쳤다. "증명해봐! 이야기를 해봐. 그래서 우리 배가 차는지 어디 보자고!" 콤 부인은 염소작가의 글씨체가 너무 엉망이지 않기를 바라며 첫 장을 펼쳤다. "옛날, 줄타기 곡예사는 토성의 폭포를 찾아갔습니다. 전례 없는 그리고 아마 앞으로도 다시는 없을 가장 위대한 줄타기 곡예를 하기 위해서였습니다. 오랫동안 기다렸던 밤이 되었고, 곡예사는 목숨을 건 곡예를 하기 위해 앞으로 나섰습니다. 이

곡예를 성공하려면 온 신경을 집중해야 했습니다. 곡예사의 머리 위로 무수한 달들이 회전했습니다. 곡예사의 발아래로는 끝이 보이지 않는 폭포가 가없는 대양을 향해 떨어졌으며, 폭포는 너무 높아 물소리마저 들리지 않았습니다. 장엄한 침묵 속에서 줄을 반쯤 건넜을 때, 곡예사는 한 여인이 줄 반대편에서 자신을 향해 다가오는 것을 알아차렸습니다. 그 여인에 대해 설명할 필요가 뭐가 있겠어요? 여러분도 이미 그 여인이 어떻게 생겼는지 잘 알고 있는데 말이에요. 곡예사가 물었습니다. '왜 여기에 있는 거요?' '유령을 믿는지 물어보려 왔어요.' 곡예사는 얼굴을 찡그렸습니다. '유령? 당신은 유령을 믿소?' 꿈속 여인은 싱긋 웃더니 대답했습니다. '물론 저는 믿는답니다.' 그리고 여인은 줄에서 뛰어내렸습니다. 곡예사는 공포에 질렸고, 천천히 떨어지는 여인을 지켜보았습니다. 하지만 물에 닿기 훨씬 전, 여인의 몸은 달빛에 녹았습니다……"

돌멩이 하나가 날아오더니 콤 부인을 아슬아슬하게 비껴갔다. "난 여전히 배가 고파!" 재로 얼룩진 삼베를 걸친, 털이 북실북실한 사내가 외쳤다. 존경받는 통치자의 동상에 사다리가 걸쳐졌다. 폭도들은 맹렬히 사다리를 오르기 시작했다. "잠깐, 잠깐, 이걸 들으면 배꼽을 잡고 웃을 거예요." 당황한 콤 부인이 서둘러 책장을 넘겼고, 9쪽이 나왔다. "'아버지! 아버지! 왜 나를 버리시나이까?'"

정오의 태양이 갈색이 되었다가 회색으로 바뀌었고, 흐릿해지더니 사라졌다.

폭도들은 침묵에 빠졌다. 그러더니 불안해했다. 그러고는 병적으로 흥분했다.

폭도 한 명이 외쳤다. "팬텀이다! 방공호로 달아나!" 남자, 여자, 아이들은 흩어져 벌어진 틈, 배수 도랑으로 사라졌고, 남은 것은 존경받는 통치자의 동상, 콤 부인, 그리고 돌멩이에 맞아 머리가 깨진 암거래상의 시체뿐이었다. "세상에나." 콤 부인이 말했다.

"성령이 임하셨소! 부인." 하느님이 서핑보드를 타고 내려오며 말했다.

"하느님?"

"날 부른 거라고 생각했는데?"

"제가 그랬나요?"

"이제 여기 사람들은 예전의 그 사람들이 아니오, 부인. 어딘가로 태워다주길 원하시오?"

콤 부인은 안도감에 싸여 꼬꼬댁거렸다. "오, 하느님! 딱 때 맞춰 오셨어요! 여기는 서로 잡아먹으려는 사람들뿐이네요! 너무 어렵지만 않다면 저를 장엄한 장거리 버스로 데려다주시면 고맙겠어요."

"타시오, 부인." 하느님은 서핑보드 가장자리를 존경받는 통치자의 두툼한 콧수염 옆에 댔다. "그리고 꽉 잡으시오!" 콤 부인은 머리에 두른 스카프를 단단히 여몄고, 아래로 펼쳐진 굶주린 마을을 살펴보았다. 왜 인간들은 아름답고 좋은 것들을 경멸하는 걸까? 왜 자신들에게 가장 필요한 것들을 파괴하는 걸까? 콤 부인은 인간을 이해할 수 없었다. 정말로 이해할 수 없었다.

♌

발코니 계단 뒤쪽에서 나는 다시 담배를 꺼내 불을 붙인다. 말보로 갑이 이상하게 묵직하다. 안을 들여다본다. 다이몬 유주의 백금 라이터가 들어 있다. 안쪽에는 영어가 새겨져 있고, 나는 그 영어 구절을 해석하기 위해 사전을 찾는다. '맥아더 장군님의 71회 생신을 기념하며, 1951년 1월, USSR에 잡힌 동포들을 도와주시길 간절히 부탁드리며, 아이치 시민 송환 위원회 드림.' 즉 라이터는 정말로 진품이었다! 아마도 가격이…… 얼마나? 많이 나갈 것이다. 그것도 아주 많이 나갈 것이다. 나는 현관으로 돌아가 정문 밖을 슬쩍 내다보지만 다이몬은 가고 없다. 스포츠카 소리(다이몬의 차일 수도, 아닐 수도 있다)가 오후에 주변에서 만들어내는 소리에 묻힌다. 이건 새끼손가락 그 이상이다. 또한 어딘가 슬프기도 하다. 얼마나 많은 아이치 시민이 집으로 돌아갔을까 생각해본다.

♌

에리히니드 여왕의 거미줄

피테칸트로푸스는 차대에 매단 그물침대에서 경치를 구경하고 있었다. 장엄한 장거리 버스는 삐걱거리며 밤길을 가고 있었다. 전방의 흐릿한 어둠 속에 보이는 하얀 선과 고양이 눈 들은 초공간의 강을 헤엄치는 연어와도 같았다. 피테칸트로푸스는 차체가 기울어지면 그물침대가 흔들리며 불러주는 자장가, 그리고 머릿결을 쓰다듬어주는 산들바람을 무척 좋아했다. 전조등 불빛에 홀려 얼룩 토끼가 차 바퀴 사이로 달려들었다. 토끼는 하마터면 피테칸트로푸스와 정면으로 충돌할 뻔했다. 토끼가 생각했다. '엄마야! 하마터면 깔려 죽을 뻔했네! 친척들에게 무용담을 늘어놔야지!' 이

옥고 피테칸트로푸스는 하품을 했고, 부러진 차골, 다 닳은 배터리, 기름에 전 넝마, 스틸톤 치즈 껍질이 쌓인 곳에 놓인 그물침대에 다시 몸을 뉘었다. 피테칸트로푸스가 잠들기 전 마지막으로 한 생각은 장엄한 장거리 버스가 땅 위를 움직이는 게 아니라 꼼짝 않는 낡은 바퀴 아래로 땅이 움직인다는 것이었다.

콤 부인의 내실에서 들리는 진공청소기 소리가 피테칸트로푸스의 아침 꿈과 정면으로 충돌했고, 피테칸트로푸스는 아침 일찍 일어나는 편이기 때문에 행복한 기분과 함께 잠에서 깼다. 장엄한 장거리 버스는 정지해 있었다. 피테칸트로푸스가 있는 차대에서조차 이곳이 사하라 사막 여섯 개를 합친 것보다도 더 덥다는 사실을 알 수 있었다. 말린 메뚜기 구이를 우적우적 먹은 뒤 피테칸트로푸스는 조약돌, 자갈, 색이 바랜 베헤모스 뼈들이 깔린 건조한 황토색 사막을 딛고 일어섰다. 분홍색 하늘에 뜬 태양은 눈도 깜박이지 않고 사막을 노려보며 메마른 열기를 뿜어냈다. 바람이 불었으나 사막의 열기를 식히는 데는 전혀 도움이 되지 않았다. 길은 소실점까지 수학 상수처럼 곧게 뻗어나갔다. 피테칸트로푸스가 강력한 이두박근을 구부리고 두툼한 가슴을 두드리며 힘차게 으르렁거리자 근처에 있던 쿼카*가 도망쳤다. 마차 문이 열렸고, 콤 부인이 아침식사용 식탁보에서 음식 찌꺼기를 떨어냈다. "정말 시끄럽다니까!" 염소작가가 계단을 내려왔고, 킁킁거리며 사막의 공기 냄새를 맡았다. "좋은 아침입니다."

---

* 작은 캥거루같이 생긴 유대류.

피테칸트로푸스가 웅얼거리며 인사와 질문을 했다.

"내 생각에," 염소작가가 대답했다. "우리는 북부 지역에 와 있는 듯해. 하지만 오스트레일리아인지 아니면 화, 화성인지는 모르겠어. 혹시 지도를……"

염소작가는 말을 끝맺지 못했다. 어디선가 새들이 홍수처럼 몰려오더니 장엄한 장거리 버스 주변 하늘을 뒤덮었기 때문이다. 무시무시하고 거대한, 보기만 해도 등골이 오싹해지는 새들이었다. 일반인들이 신화를 평범한 화젯거리로 삼게 된 이후로 그 누구도 본 적이 없는 새들이었다. "아키오프테릭스*!" 염소작가가 외쳤다. "트윌리커 거위! 케찰코아틀루스**! 크나큰 절망 바다쇠오리! 정오의 쏙독새라니! 들어봐요! 이 새소리를 들어봐요! 미완성 원고예요! 미완성 원고를 읽는 게 들려요!" 염소작가는 눈을 감았다. 얼굴에는 약에 취한 듯한 몽롱한 웃음이 번졌다. 피테칸트로푸스도 새들을 보았고, 화석이 된 숲에서 뛰어놀던 어린 시절을 떠올렸다. 콤 부인은 황급히 장엄한 장거리 버스 아래로 숨어들었다. 나타났을 때만큼이나 갑자기 새들이 사라졌다. "묘한 새들이로군요!" 염소작가가 외쳤다. "이제 나오셔도 됩니다, 콤 부인! 한 번도 이야기된 적이 없는 이야기의 일부를 들었습니다! 새들이 노래했어요! 실례지만, 저는 지금 당장 제, 제 책상으로 도, 돌아가야겠습니다!"

---

* 시조새.
** 백악기 후기에 살았던 익룡.

♌

또다시 이삼 일이 그냥 흘러간다. 나는 여기서 이렇게 시간을 보낸다. 늦게 일어나 정원에서 담배를 피우고 차와 토스트를 준비한다. 라이터에 비친 내 눈의 멍을 살펴본다. 거실과 주방 청소를 하고 내 잡동사니들을 정리하고 책을 읽기 위해 다락방으로 올라간다. 다락방에 있을 때 가장 안전한 느낌이 든다. 나는 독서 기계로 변신한다. 아케치 고고로가 등장하는 탐정소설을 읽는다. 요시모토 바나나가 쓴 『키친』을 읽는다. 이유를 꼭 집어 말할 수는 없지만 이건 맘에 들지 않는다. 다니자키 준이치로의 『마키오카 자매』를 읽는다. 이건 맘에 든다. 필립 K. 딕이 평행우주를 소재로 쓴 이상한 소설을 읽는다. 그 우주에서는 2차대전에서 일본과 독일이 이겼고, 그 소설 속 작가는 2차대전에서 미국과 영국이 이긴 평행우주에 대한 소설을 쓴다. 다자이 오사무의 『인간 실격』을 읽는다. 하지만 주인공은 자신을 너무나 비참해하고, 나는 주인공이 바다로 뛰어들어 자살을 시도하기 훨씬 전부터 그가 그렇게 하기를 바란다. 책 읽는 걸 좋아한 건 안주였지 절대 내가 아니었다. 돌아보면, 나는 안주가 시간을 들여 읽는 책들에 질투를 했다. 그리고 고등학교 국어시간은 읽기의 즐거움을 철저히 망가뜨리는 게 목적이었다고밖에 달리 표현할 수가 없다. 가령 이런 식이었다. "다음 지문을 읽을 때 우리가 느끼는 감정을 가장 적절하게 표현하는 단어를 찾으시오. '아버지가 마지막으로 항해를 나설 때 파도 너머에서 갈매기들의 구슬픈 울음소리가 들려왔다.' 1) 그립다 2) 통쾌하다 3) 애석해하다 4) 은밀하다 5) 진심이 우러나다." '우리'라니, 여기서 대체 '우리'가 누구란 말인가? 나는 그 사람을 만난 적이 한 번도 없다. 오늘 아침에는 『대장 몬느』라는 프랑스 소설을 읽는다. 나는 책으로 살이 찐다. 식사 사이 간식으로는 사사키 부인의 동생이 쓴 염소작가 이야기를 읽는다. 여남은 편 정도 된다. 사사키 부인의 말에 따르면, 그 이야기는 분타로가 어렸을 때 사사키 부인의 동생이 분타로에게 들려주려고 쓴 거란다. 분타로에게도 어린 시절이 있었단 말인가? 묘하다. 이제 부인의 동생은 아침에 일어나 굳은 머리를 풀기 위해 이야기를 쓴단다. 읽기란 배고픈 작업이다. 점심때가 되어 허기를 느끼면 나는 주방으로 내려가 냉장고에서 음식을 조금 꺼내 먹고 사과나 바나나를 하나 정도 먹는다. 그리고 그물채를 가지고 연못에 가서 낙엽을 건져내고 물고기들에게 먹이를 준다. 그리고 다시 다락방으로 돌아가 어두워질 때까지 좀더 글을 읽는다. 어두워지면 빛이 새나가지 못하도록 삼각형 창문에 테이프로 검은 종이를 붙이고 분타로나 사사키 부인이 올 때까지 기타를 친다. 우리는 함께 먹고 이야기를 나눈다. 날 찾기 위해 슈팅스타나 우에노 역으로 온 사람은 아무도 없다, 지금까지는. 저녁식사 후, 나는 문을 잠그고 빗장과 사슬을 채운 뒤 팔굽혀펴기와 윗몸 일으키기를 하고 샤워를 한다. 나는 여전히 아래층 소파에서 잠을 잔다. 누군가 침입해 올 경우 금방 소리를 들을 수 있기 때문이다. 나는 늦지 않은 시간까지 계속 글을 읽다가 마침내 잠이 든다. 내 꿈은 얕게 부유한다. 줌렌즈, 주차된 자동차들, 나를 보고 웃는 사람들……

　다시 냄새를 맡을 수 있다. 지금처럼 냄새를 잘 맡아본 적이 없다. 나는 집의 구조를 다시 파악한다. 이번에는 냄새를 통해서다. 거실은 광택제, 다다미, 향. 주방은 식용유, 스테인리스스틸, 포도. 주 침실은 리넨, 재스민, 니스. 정원은 나뭇잎 수액, 연못의 생명체, 모깃불 잔해. 이 집은 너무나 조용하다! 제아무리 작은 소리일지라도 지하철에서 휴대전화로 시끄럽게 통화하는 것처럼 잘 들린다. 평소에는 절대 알아차릴 수 없는 소리들을 듣는다. 배 속에서 액체가 흐르는 소리, 다락방을 올라갈 때 관절이 딸깍거리는 소리, 자동차의 진동 소리. 몇 블록 떨어진 곳에서 들리는 까마귀 울음소리, 문이 여닫히는 소리, 파리가 창문에 부딪히는 소리, 이불을 털어 말리는 소리.

팩스가 울린다. 나는 『대장 몬느』를 내려놓고 아래층으로 간다. 바닥에 팩스가 떨어져 있다. **미야케, 아래 주소로 우편물을 보내면 모리노의 탐정이 받을 거야. 조심해. 확실할 때까지는 주소를 알려주지 말도록. 우리는 삼십 분 뒤 비행기에 타. 네 아버지를 찾기 바란다.** 그리고 에도가와바시의 사서함 번호가 적혀 있다. 나는 담뱃갑에 주소를 적고 찢어서 지갑에 넣은 뒤, 더글러스 맥아더 장군의 라이터로 팩스를 태워 재떨이에 넣는다. 과도하게 극적이기는 하지만 나는 불꽃이 좋다. 사사키 부인의 동생 사진을 흘긋 본다. 부인의 잔에 담긴 와인은 시원하며 공기 속으로 그 냄새를 풍긴다. 그분이 말한다. "자, 다음 장에서는 무슨 일이 벌어질까?"

♌

염소작가는 책상에 앉았다. 감미로운 문장들이 머리 바로 위를 맴돌며 종이에 적히기만을 기다렸다. 염소작가는 펜을 찾았지만 보이지 않았다. '정말 이상한 일이군. 분명히 여기, 압지 위에 둔 기억이 있는데. 피테칸트로푸스가 오전의 함성을 질렀을 때만 해도……' 염소작가는 있어야 할 곳, 있을 만한 곳을 모두 찾아보았고, 마침내는 도저히 있을 것 같지 않은 곳까지도 모두 찾아보았다. 그리고 결론을 내렸다. 염소작가가 외쳤다. "도둑이야! 도둑이야! 도둑!" 피테칸트로푸스와 콤 부인이 뛰어들어왔다. 부인은 어떻게 행동해야 할지 잘 알았다. "이번에는 아니에요, 나리. 자 보세요. 간식으로 드실 종이는 여기에 있고, 원고는 여기, 그리고……" 염소작가가 멍하니 고개를 저었다. "아니에요, 콤 부인! 워, 원고가 없어진 게 아니라 만년필이 없어졌어요! 제 상상력의 혀가 사라졌다고요! 만 삼천 달 전 쇼나곤 여사가 일기를 썼던 바로 그 펜이요! 도둑을 속이려던 미끼도 소용없었고, 새들은 아무것도 모르는 채 그냥 노래만 했어요!"

"세상이 대체 어찌 돌아가는 걸까요? 이웃의 물건을 훔치다니!" 콤 부인이 말했다.

피테칸트로푸스가 웅얼거리며 질문했다.

"누구냐고? 내 경력을 망치고 싶어 안달인 자들이 쌓였다고!" 염소작가가 슬픈 목소리로 신세 한탄을 했다. "내 만년필이 없으면 작가로서의 삶은 끝장이야! 비평가들이 나를 아예 박살내버릴 거야!"

"천만에요, 나리! 두려워 마세요! 전에도 도둑을 찾았듯이 이번에도 훔친 자를 찾을 거예요! 안 그래?" 콤 부인이 직접 말을 걸어줬다는 사실에 너무나도 기분이 좋아진 피테칸트로푸스는 기분 좋은 목소리로 웅얼거렸다. 그리고 진흙 여백에서 추적하는 건 쉽지만 바람이 쌩쌩 부는 사막에서 누군가 뒤를 쫓는 건 아주 어렵다는 말은 나중에 해야겠다고 마음먹었다.

"늘 그랬듯이, 부인 말이 맞아요." 염소작가가 가까스로 마음을 가라앉히며 말했다. "자, 이 난관을 논리로 풀어보도록 하죠. 제 펜이 사라졌습니다. 펜이 있을 만한 곳은 어디일까요? 문장의 끝입니다. 문장의 끝은 어디에 있을까요? 줄의 끝입니다. 자, 이 사막에 줄이 몇 개나 있나요?"

콤 부인이 창 밖을 내다보았다. "여기는 줄이 하나뿐이에요."

"어느 거죠, 부, 부인?"

"보자…… 줄은 길의 중앙에 나 있어요!"

염소작가가 발굽을 마주쳤다. "전장으로! 친구들이여! 싸우러 갑시다!"

콤 부인은 피곤했고, 양산을 쓰고 있었지만 땀이 났다. 다음에 낳을 달걀이 완숙이 되어 나오면 어쩌나 걱정이 될 정도였다. 피테칸트로푸스는 비 오듯 땀을 흘렸고 길의 열기에 발바닥이 익을 지경이었다. 염소작가는 동사들의 신기루가 얼었다가 녹는 모습을 보았다. 한낮의 잔인한 태양은 납물처럼 뜨거운 햇볕을 쏟아냈다. 시간은 흐르다 멈추기를 반복하는 듯했다. 염소작가는 땀에 흠뻑 젖은 손수건으로 이마를 훔치고 자신이 보았다고 생각한 게 진짜인지 다시 한 번 확인했다. "아하! 용기를 냅시다, 친구들이여! 하얀 선이 길을 벗어났습니다. 제 만년필은 그리 멀지 않은 곳에 있을 겁니다!" 콤 부인은 사막에 들어가기 전에 디저트로 선인장 물을 마셔야 한다고 고집했다. 이들을 인도하는 하얀 선이 없었다면, 제아무리 피테칸트로푸스라 할지라도 바위와 돌멩이와 균열과 틈으로 가득한 이곳에서는 길을 잃었을 터였다. 파충류들은 다리를 바꿔가며 가만히 서 있었다. 피테칸트로푸스는 감시당하고 있다는 느낌이 들었지만 콤 부인이 겁먹을까봐 이야기하지는 않았다. 선두에 선 염소작가가 입을 열었다. "도착…… 한 듯하군요." 셋은 도자기 구덩이 가장자리에 도착했다. 구덩이는 넓었고, 가팔랐다. 가운데에서 검은 구멍이 나타났다. 염소작가가 중얼거렸다. "묘하군요. 원시 문명, 발달된 전파망원경 기술, 외부에 알려지지 않은……"

"원하신다면 전파 뭐시긴가로 부르실 수야 있겠지만, 제가 보기에는 주방 개수대인걸요. 깨끗하게 닦으려면 한 달은 족히 걸릴 것 같아요. 아니면……"

"키이이이이이이아아악!" 염소작가의 뒤쪽에서 날카로운 부리가 달리고 눈빛이 사악한 익룡이 나타나더니 염소작가를 부리에 꿰어 구덩이에 떨어뜨리려 했다. "나리!" 콤 부인이 외쳤다. 염소작가의 발굽은 도자기 표면에서 제대로 마찰력을 만들 수 없었다. "나리! 제가 갈게요! 제가 구해드릴게요!" 콤 부인이 염소작가를 구하러 달려갔지만 염소작가는 암흑 속으로 사라졌다. 염소작가를 구하려 몸을 날린 콤 부인은 구덩이 가장자리에서 멈추지 못했고, 결국 부인 역시 구덩이 속으로 사라졌다. 피테칸트로푸스는 다시 공격하기 위해 하늘을 선회하는 익룡을 지켜보았다. "키이이이이아아악!" 피테칸트로푸스는 공룡이 두렵지 않았다. 그 무엇도 두렵지 않았다. 다만 콤 부인이 위험에 처했다는 생각에 그의 두개골은 걱정으로 가득 찼다. 피테칸트로푸스는 구덩이를 내려갔다. 무저갱의 어둠이 피테칸트로푸스를 에워쌌다.

♌︎

나는 깨끗한 편지지를 올려놓은 책상 앞에 앉는다. 한순간 내 편지는 완벽해 보인다. 책상에는 아버지의 사진도 꺼내놓았다. 진짜 살아 있는 사설탐정에게는 편지를 어떻게 써야 하는 걸까? 선생님께, 선생님은 저를 모르시겠지만…… 기각. 선생님께, 저는 작고하신 모리노 선생님의 비서입니다. 제가 편지를 쓰는 이유는…… 기각. 선생님께, 제 이름은 미야케 에이지입니다. 귀하께서는 얼마 전 제 뒷조사를 하셨습니다…… 기각. 나는 솔직하고도 간결하게 쓰기로 결정한다. 선생님께. 미야케 에이지에 대한 서류를 〈도쿄 이브닝 메일〉 사서함 333으로 보내주시기 바랍니다. 만약 이 방법이 통한다면 통하는 것이다. 만약 이 방법이 실패한다면 어찌 되었든 내가 그자를 설득할 방법은 없는 것이다. 나는 정원으로 돌아가 세 통의 편지 초고를 태운다. 모리노와 관련된 인물과 연락을 취하려는 사실을 분타로나 사사키 부인이 안다면 내가 미쳤다고 말할 것이다. 무책임하다고 여기는 건 말할 필요도 없고 말이다. 그리고 물론 그 둘의 의견이 옳다. 하지만 그자가 내게 위협을 가하려 했다면 이미 뭔가 방법을 취했어야 옳다. 그자는 모리노의 명령으로 내 쪽방을 뒤졌고, 따라서 내가 사는 곳의 주소를 이미 안다. 나는 봉투에 편지를 넣고 주소를 쓰고 봉투를 봉한다. 지금까지는 쉬운 일이었다. 이제 나는 밖으로 나가 편지를 부쳐야 한다.

나는 야구모자를 깊숙이 눌러쓰고 문 옆 고리에 걸린 열쇠를 챙기고 신발을 신는다. 정문의 걸쇠를 열고 진정한 세상으로 들어선다. 브레이크 소리는 들리지 않는다. 정체불명의 차도 보이지 않는다. 다만 정적에 잠긴 비탈에 들어선 조용한 주택가뿐이다. 모든 집들은 자동문이 달린 높은 담장 안쪽에 자리 잡은 채 길에서 뒤로 물러서 있다. 어떤 집에는 감시 카메라가 달려 있다. 이 동네 집 한 채 값만 해도 야쿠시마의 마을 전체를 사고도 남을 것이다. 이마조 아이도 이런 동네에서 이런 높은 담장 안에 자리 잡은, 멋진 창문이 달린 집에서 살지 궁금해진다. 여자아이가 웃는 소리가 들린다. 골목길에서 중학생이 자전거를 타고 나온다. 그리고 자전거 뒷바퀴 축에는 여자아이가 서 있는 게 보인다. "정말 끔찍한 이야기다!" 여자아이가 깔깔거리며 계속 말하고, 머리가 뒤로 흩날린다. "끔찍해!"

비탈길은 가게들이 늘어선 부산한 큰길로 이어진다. 이렇게 붐비고 시끄러운 게 너무나 이상하다. 모든 차들은 목적지로 향한다. 한 번도 행복했던 적이 없는 장소를 다시 찾은 유령이 된 기분이다. 망고와 파파야에 멋들어진 리본 장식을 해 진열한 슈퍼마켓을 지난다. 골목에서 아이들이 술래잡기를 한다. 슈퍼마켓 주차장에서는 사람들이 차에 앉아 텔레비전을 본다. 어떤 여자가 강아지를 들어 자전거 바구니에 싣는다. 내 나이 정도 되는 임신한 여자가 손으로 허리를 받치고 걷는다. 공사장 인부들이 대들보에 올라가고, 용접기가 쉭쉭거리며 마그네슘을 내뿜는다. 유치원 놀이터를 지난다. 화려한 색이 섞인 모자를 쓴 아이들이 브라운 운동을 하며 뛰어다닌다. 뭣 때문에 하는 거지? 또한 나를 어리둥절하게 만드는 것은 아무도 나에게 관심을 보이지 않는다는 점이다. 아무도 걸음을 멈추고 나를 가리키지 않는다. 자동차 사고가 나지도 않는다. 하늘에서 새가 떨어지지도 않는다. '와! 저 사람이야! 사나흘 전에 폭발로 삼사십 명이 죽었을 때 현장에 있던 그 사람이야!' 라고 외치는 이도 없다. 전쟁터에서 돌아온 군인이 이런 느낌일까? 완벽한 정상 상태가 완벽하게 이상한 느낌으로 다가온다. 우체국은 뛰어다니는 아이들과 멍하니 있는 연금 수령자들로 가득하다. 나는 차례를 기다리며 '이 사람을 보셨습니까?'라는 포스터를 살펴본다. 포스터에는 공공의 적들이 무표정한 얼굴로 발견되기를 학수고대하고 있다. 포스터에는 이렇게 적혀 있다. '붙잡으려 시도하지 마십시오. 무장했을 가능성이 있으며 위험합니다.' 내 뒤의 사람이 나를 쿡 찌른다. 우체국 직원이 세 번인가 네 번 정도 묻는다. "뭘 도와드릴까요?"

"에, 이걸 보내고 싶습니다."

나는 값을 치르고, 여자는 우표와 잔돈을 준다. 사실이다. 지난주 금요일에 일어난 일은 이제 내 머릿속에만 존재하며 내 얼굴 밖으로 나오지 않는다. 나는 우표 뒷면을 핥은 뒤 봉투에 붙이고 우체통 입구에 봉투를 반쯤 넣는다. 이게 과연 현명한 짓일까? 마침내 나는 봉투를 우체통에 넣는다. 봉투가 우체통 바닥에 떨어지는 소리가 들린다. 언제부터 내가 현명함에 주의를 기울였단 말인가? 전진이다. 플랜 G가 진행 중이다. 나는 감시 카메라를 쳐다본다. 바깥 공기는 아까보다 더 짙고 바람도 세졌으며, 제비들이 낮게 난다. 다른 감시 카메라는 슈퍼마켓의 주차장을 감시한다. 또다른 하나는 다리 위에 설치되어 지나가는 차들을 물끄러미 바라본다. 나는 급히 돌아간다.

저녁이 천천히 비를 몰고 온다. 나는 다락방에 올라와 있다. 불빛이 흐릿해짐에 따라 종이는 하얀색에서 파란색으로 바뀌었고, 이제는 잉크처럼 거의 회색이 되었다. 나는 빗방울이 창문을 따라 흐르는 모습을 지켜본다. 목마른 도시가 빗물을 흡수하며 꾸르륵거리는 소리가 귓가에 들리는 듯하다. 야쿠시마 사람들은 비가 많이 오는 걸 자랑스러워했다. 파칭코 삼촌은 한 달에 삼십오 일 동안 비가 온다고 말한다. 여기 도쿄에서는 마지막으로 비가 온 게 언제더라? 내가 주피터 카페에 잠복했던 날 만난 폭우가 마지막이다. 나는 정말 대단한 바보였다. 모리노는 걸어다니는 폭탄이었다. 만약 아버지가 정말로 나를 만나는 것조차 전혀 관심이 없다면? 아버지도 야쿠자라면? 어떤 때는 빗물이 앞서 흐른 자국을 따라 흐르고, 또 어떤 때는 다른 길을 따라간다. 아버지는 자신에 대해 내게 말해줘야 할 의무가 있다. 아버지의 직업, 또는 살아온 길은 문제가 되지 않는다. 바깥 거리에서는 평범한 남편들이 탄 차들이 평범한 가정을 향해 쌩쌩 달려간다. 집 밖에서 자동차 한 대가 엔진을 멈추고, 평화로웠던 감정은 스르르 사라진다. 삼각형 창문을 통해 밖을 내다본다. 분타로의 낡은 혼다 자동차다. 저기 내 구세주가 머리 위로 신문을 들어 비를 가리며 폭우 속을 뛰어오고 있다. 분타로 머리의 민둥민둥한 부분이 빗속에서 반짝인다.

국수를 다 먹은 다음에 나는 그 주제를 입에 올린다. "분타로, 돈 문제에 대해 이야기를 좀 해야겠어요." 분타로가 튀김을 집으려 한다. "무슨 돈?" "다음 달 방세요. 어떻게 말을 꺼내야 할지 모르겠는데…… 전 돈이 없어요. 이제는 우에노 역에서 받는 돈도 없어요. 뻔뻔하다는 건 알지만 방세를 제 보증금에서 제하면 안 될까요?" 분타로가 인상을 쓴다. 나에게 쓰는 걸까 아니면 잘 집히지 않는 튀김 때문일까? 내가 계속 말한다. "당신과 사사키 부인에게 이토록 신세를 졌는데도 이런 말을 하는 게 정말로 미안해요. 하지만 당신도 이제는 알고 있어야 할 듯해서요. 만약 방을 빼길 원한다면, 저는 충분히 이해할……"

"잡았다!" 분타로가 젓가락으로 새우를 집어들더니 입으로 솜씨 좋게 머리를 떼어낸다. "내 아내에게 더 좋은 생각이 있어. 아내는 임신 때문에 비행기를 타지 못하게 되기 전에 휴가를 떠나고 싶어해. 예전에 일주일 휴가를 보낸 뒤로 시간이 얼마나 지났는지조차 기억이 안 나. 얼마나 되었느냐고? 답을 할 수가 없지. 일주일 휴가를 간 적이 없으니까. 문자 그대로 휴가를 간 적이 없어. 슈팅스타를 인수하기 전에는 나는 늘 파산 상태였고, 시작한 뒤로는…… 비디오 대여점이라는 게 늘 문을 열어야 하는 거니까. 내가 일하면 아내가 쉬고, 아내가 일하면 내가 쉬었지. 그런 식으로 구 년이 지났어. 오늘 아침 아내가 오키나와에 있는 호텔 몇 군데에 전화를 했어. 성수기가 아니니까 아주 싸더군. 그래서, 내 제안은 이거야. 다음 주에 우리 가게를 봐줘. 그리고 그걸로 10월 방세를 갈음하자."

"10월 치 전부를요?"

"근무시간이 좀 지랄이야. 오전 열시부터 자정까지, 일주일 내내. 그걸 다 합산해보면 시간당 수당이 얼마 안 되지. 하지만 다른 직장을 구할 때까지 숨통이 트이게는 해줄 거야."

"정말로 내게 가게를 맡길 건가요?"

"마피아나 야쿠자 같은 인물이 널 찾아온 적이 없어. 물론 여기서 더 숨어 있어도 되겠지만, 이제는 밖으로 나가도 될 거야."

"아니, 내 말은, 날 믿고 가게를 맡길 수 있겠냐고요?"

"내 아내는 널 믿어. 그러니 나도 널 믿지. 그리고 네 전 고용인으로부터 멋진 추천장을 받았는걸." 분타로가 이를 쑤시기 시작한다. "가게를 운영하는 건 식은 죽 먹기야. 삼십 분이면 다 배울 수 있어. 그리고 내 어머니가 매일 밤 가게에 들러 매출을 확인하고 돈을 받아갈 거야. 어쩔래? 아내에게 낙원의 호텔을 예약해도 된다고 말할까?"

"물론이죠, 할게요. 고마워요."

"고마워할 필요 없어. 이건 일이니까. 계약을 완성하는 의미에서 계단에 가서 말보로나 한 대 피우자고. 그리고 담배에 대해서는 아내에게 말하지 마. 고다이가 태어나는 날까지 금연하는 걸로 되어 있으니까." 우리는 밖으로 나가 개구리 울음소리와 연못을 때리는 빗소리를 들으며 담배 한 갑을 거의 다 피운다. 비와 연기 덕분에 모기가 귀찮게 하지 않는다. 분타로가 말한다. "그런데 말이지, 이마조 아이라는 사람 알아?"

나는 뒤통수를 긁적이고 고개를 끄덕인다.

"친구야, 적이야?"

"친구이길 바라는 사람이죠. 왜요?"

"오늘 아침에 우에노 역 분실물 보관소에 와서 미야케 에이지가 실종되었다고 말했거든. 어머니는 네가 가족 문제로 도쿄를 급히 떠나야 했다고 말했어. 그 아가씨는 '내게 미리 알려줬으면 좋았을 텐데!' 하는 표정을 짓고 어머니에게 고맙다고 말하고는 갔어."
나는 계속 포커페이스를 짓는다. 분타로가 일어난다. "자, 그럼 난
이제 가서 아내에게 좋은 소식을 전해야겠군." 나는 현관까지 분
타로를 배웅한다. 분타로가 먼지를 검사하는 척한다. "이곳을 궁
전처럼 깔끔하게 청소해놨군. 네 펜트하우스보다 더 깔끔한걸."
분타로는 셔츠 주머니를 툭툭 친다. "아, 이런 바보! 까맣게 잊고
있었네. 오늘 이 그림엽서가 왔어! 늦게 말해서 미안. 그럼 잘 자."
분타로가 가자 나는 그림엽서를 가지고 거실로 가 등불 아래서 내
용을 살핀다. '나가노, 마운틴 파라다이스.' 분타로가 일부러 늦게
줬다는 생각이 든다. 어머니가 보낸 것을 돈주머니 삼촌이 내게 다
시 보내준 것이다. 나는 앉아 그것을 무릎 위에 올려놓는다. 거의
아무 무게도 느껴지지 않지만 너무나 큰 무게감으로 다가온다. 눈
내리는 잿빛 하늘, 하늘빛으로 물든 눈, 벚꽃 핀 분홍색 산중턱. 행
복한 등산객들, 행복한 스키어. 그 밖의 친밀하면서 책임을 전가하
는 풍경들. 염소작가의 창조자가 조개껍데기 액자 속 그늘에서 나
를 내려다본다. 그녀의 눈은 보이지 않지만, 목소리는 들린다. "네
가 공정하지 않다는 생각이 드는걸. 펴봐, 지금 펴봐. 네 고뇌를 우
리와 함께 나누자." 사사키 부인처럼, 그녀도 동정심과 엄격함을
동시에 갖추고 있다. "휴, 젊은이들이란 어쩔 수 없다니까." 그녀
가 한숨을 쉬고, 졸린 바다 역시 배경에서 한숨을 쉰다.

♌

끝없이 추락하던 피테칸트로푸스는 철사와 케이블이 이룬 그물

에 걸렸다. 머리 위, 한참 위의 바늘구멍처럼 작은 곳에서 빛이 들어왔고, 추락하던 원시인의 눈은 어둠에 적응했다. 피테칸트로푸스가 웅얼거렸다. 염소작가가 비틀거리며 대답했다. "망사 주머니에 담긴 포푸리 덕에 다치는 걸 면했군. 콤 부인, 콤 부인, 제 말 들리세요?" 가정부가 꼬꼬댁거렸다. "이 정도로는 멀쩡해요, 나리. 비록 나이는 들었지만 전 아직 날개를 쓸 수 있답니다. 그런데 이 거미줄 같은 게 사방에 둘러쳐져 있네요. 거의 꼼짝을 할 수가 없어요."

빛의 벽이 열리더니 여인의 목소리가 들렸다. "어서 오세요!" 여인의 얼굴이 나타나며 다시 목소리가 들렸다. "어서 오세요!" 여인은 화려한 왕관을 썼고, 어깨에 두툼히 패드를 댄 파워 슈트* 차림이었다. 여인의 금발은 눈이 부실 지경이었고 입술은 반짝였지만, 평면적으로 보였다. 평면이었기 때문이다. 벽은 화면이었고, 전선 가득한 방에 빛을 뿌렸다. 바닥은 살갗 박편과 눈썹들로 푹신했다. "어서 오세요, 염소작가님! 저는 에리히니드 여왕이랍니다. 이건 제 거미줄이고요."

"전 여, 여왕님 가문을 잘 모릅니다." 염소작가가 입을 열었다.

"제 가문은 매스컴이랍니다! 제 왕국은 미래고요!"

"분명 대단한 가문일 거라는 점은 추호도 의심하지 않습니다, 폐하. 저희는 도둑맞은 만년필을 찾아 여기까지 왔고, 그 만년필이 여기 있다고 생각합니다." 콤 부인이 말했다.

---

* 1980년대 과장된 어깨선을 가진 여성복을 가리키는 말. 여성의 사회적 지위와 영향력이 높아지면서 나타난 패션 경향.

"맞아요." 콤 부인에게 친히 눈길을 주며 에리히니드 여왕이 말했다. "제가 훔쳤답니다."

"여왕이라는 신분에 걸맞지 않은 행동이로군요!" 콤 부인이 꼬꼬댁거렸다. "살금살금 남의 집에 들어와 물건을 훔쳐가다니요! 당신 같은 이를 저희는 도둑이라고 부릅니다!"

콤 부인의 말에 설치류 한 마리가 신랄하게 대꾸했다. "에리히니드 여왕이 직접 훔친 게 아니야, 이 되다 만 닭찜아! 네 그 싸구려 펜을 훔쳐온 건 바로 나야. 폐하께서는 디지털 폭풍을 일으키셨을 뿐이다."

피테칸트로푸스가 감탄한 나머지 끙끙댔다. "스캣랫!" 에리히니드 여왕과 함께 화면에 나타난 설치류를 본 염소작가가 외쳤다. 스캣랫은 짓궂게 노려보며 콧수염을 팽팽히 긴장시켰다. "넌 나를 '한때 스캣랫이라 불렸던 예술가'라고 불러라." 콤 부인이 코웃음을 치며 킬킬거렸다. "그런데 넌 어떻게 여기에 온 거지?"

"여백에 있는 건 지루해! 난 저기 원시인이 내 보금자리를 망가뜨린 이후 줄곧 너희의 ■⌛ 같은 고물 차를 타고 있었지. 오늘 아침, 여왕 폐하께서……" 이 말에 여왕이 24캐럿짜리 웃음을 웃었다. "폐하께서 정직한 쥐라면 절대로 거절하지 못할 제안을 하셨다. 너희를 폐하의 거미줄로 유인해 오면 폐하께서는 나를 세계 최고의 컴퓨터 쥐로 디지털화해주기로 하셨다." 에리히니드 여왕이 스캣랫의 귀를 잡아당기자 스캣랫은 엑스터시에 젖어 꼬리를 바르르 떨었다.

"하지만 왜 진정한 모습을 버리고 가상의 존재가 되고 싶은 거지?" 염소작가가 수염을 씹으며 말했다.

"왜? 왜냐! 인터넷이 진정한 세상이기 때문이다, 이 염소야! 나는 케이블을 타고 빛의 속도로 다운로드되어 내 이를 😊😊 배나 빠르게 써서 어디든 쏠 수 있기 때문이다. 짧게 말하지. 에리히니드 여왕께서는 너희에게도 같은 제안을 하셨다, 염소." 에리히니드 여왕이 화면에 클로즈업되었고, 만화경 같은 눈이 화면을 가득 채웠다. "사실입니다, 염소작가님. 저는 화면 쪽으로 당신을 다운로드하겠노라 제안하는 겁니다. 미래가 기다리는 곳으로요! 사이버 대리인, 전자책 서점들과 연결해드리겠습니다! 종이책은 죽었습니다!" 여왕이 열정에 찬 목소리를 연극 조로 높이자 정전기가 일며 여왕의 머리털이 빠지직거렸다. "가상세계의 낙원에서 당신의 이야기를 쓰십시오! 제가 당신의 사이버 대리인 역할을 해드리겠습니다, 그리고……"

"저 말에 넘어가지 마세요!" 콤 부인이 날카롭게 대꾸했다.

"조용히 해, 암탉! 염소작가님, 디지털화는 당신을 완벽하게 만들어줄 겁니다! 말을 더듬는 불편도 깨, 깨, 깨끗하게 사라질 겁니다! 사지 절단술을 받은 이가 마라톤을 하는 속도로 말하는 대신, 빛의 속도로 말하게 될 겁니다!"

염소작가가 자부심이 가득한 눈으로 여왕을 노려보았다. "제가 더듬으며 말하는 것 덕분에 저는 누가 진정한 친구이고 누가 가짜 친구인지, 누가 적이며 거짓으로 절 위하는 척하고 아부하는지를 구별할 수 있습니다! 그 제안을 거절하겠습니다!"

에리히니드 여왕이 손톱을 갈았다. "자신만만하시군요. 하지만 어쨌든 전 당신을 디지털화할 거랍니다. 당신의 두뇌를 가상현실로 옮기고, 당신이 쓸 수 있는 모든 이야기를 합성한 뒤 남은 찌꺼기는 당신의 지루한 친구인 미스터 이드와 마담 에고와 함께 처박아두겠습니다" 에리히니드 여왕은 자기 가슴을 감싸안았다. "오, 선금! 저작권! 스캣랫! 디지털라이저를 준비하세요!" 화면에서 사악한 여왕의 모습이 뒤로 물러나면서 스캣랫이 반은 대포 같고 반은 발전기 같은 무시무시한 기계를 준비하는 모습이 보였다. "다운로드될 준비를 해라, 염소!"

염소작가는 움직이려 버둥거렸지만, 케이블로 된 거미줄이 염소작가를 빠르게 조여왔다. "다른 이의 이야기를 자기 것인 양 한다고 창조의 만족감을 느낄 수 있겠습니까?"

에리히니드 여왕은 어리둥절한 표정을 짓더니 말했다. "만족감! 글쓰기는 '만족감'에 대한 게 아닙니다. 글쓰기는 동경에 대한 겁니다! 매혹입니다! 상을 타기 위함입니다! 제가 그냥 인간이었을 때, 저는 '만족감'에 현혹되었지요. 저는 작가의 언어를 배웠습니다. 네, 맞아요. 저는 '결말' 대신 '피날레'라는 단어를, '생각' 대신 '착상'이라는 단어를 쓰곤 했습니다. '좋은 작품' 대신 '시대를 대표하는 걸작'이라는 표현을, '절대 팔리지 않을 작품' 대신 '저주받은 걸작'이라는 표현을 쓰곤 했습니다. 그게 제게 만족감을 주었을까요? 천만에요! 오히려 그로 인해 저는 계속 무명으로 남아 궁핍에 떨었죠. 하지만 염소작가님, 당신의 두뇌를 소유하게 되면, 문학의 우주는 제 칵테일 바가 될 겁니다! 오, 스캣랫! 발사할 준비를 하세요!"

"명령을 따르겠습니다, 여왕 폐하!"

"한마디만요, 여왕 폐하!" 염소작가가 뿔을 낮추며 외쳤다. "한 가지 잊으신 게 있습니다, 폐하!"

"그 자세는 저를 위협하기 위함인가요, 농장 동물이여?"

"사악한 여왕 법규의 수수께끼 조항을 잊지 마십시오!" 염소작가가 말했다. "'사악한 여왕과 포로 간에 분쟁이 있을 시에는 전자가 후자에게 수수께끼를 냄으로써 분쟁을 해결한다. 이 조항이 정상적으로 수행되지 않은 경우 포로와 포로의 출판사의 사전 동의 없이 포로를 전자적, 기계적 방법 또는 복사나 녹음, 녹화를 비롯해 그 어떤 수단이나 형태로 전송, 저장하는 것은 불법이다' 라고 아주 명확히 규정하고 있습니다."

에리히니드 여왕의 겨울처럼 차가운 눈이 화면을 가득 채웠다. "스캣랫, 사실이 아니겠죠?"

스캣랫이 콧수염을 튕기며 말했다. "그냥 낡디낡은 절차일 뿐입니다, 폐하. 제게 맡겨주십시오. insoluableriddles@evilqueens.sup.org로 접속해 가장 *** 한 뇌에게 물어보겠습니다. 걱정 마십시오. 그따위 ☋Φ 한 규약이 통할 리가 없습니다. 걱정 마십시오. 친플러프에게 연락하겠습니다. 그자라면 그런 Ψ🐚에 절대 지지 않을 겁니다." 에리히니드 여왕은 사이버 오르가슴에 도달해 눈을 지그시 감는다. "저자의 요구대로 하지요! 그러면 곧 저자의 이야기와……" 기체처럼 옅은 빛깔들이 팍 하고 나타나더니 서로 섞여 들어갔다. "영혼……" 여왕이 고개를 뒤로 젖혔다. "영화 판권, 스물일곱 개 나라 언어로 번역된 책 판권은……" 여왕의 웃는 입이 화면을 가득 채웠고, 기관지 때문에 화면이 시커메지며 사방이 깜깜해졌다. "모두 제 것이 될 테니까요! 제 것이요! 제에에것이!"

그러는 사이, 피테칸트로푸스는 거미줄 정글을 빠져나와(피테칸트로푸스는 정글에 대해 잘 알았다) 거미줄이 쳐진 동굴 가장자리를 살펴보았다(피테칸트로푸스는 동굴에 대해서도 잘 알았다). 피테칸트로푸스는 모든 전선이 한데 모여 한 개의 거대한 플러그에 꽂혀 있다는 사실을 발견했다. 이 플러그 위에선 회로를 식히기 위해 환풍기가 돌아갔으며, 이 환풍기의 그릴 위에는 필립스 드라이버 세트 상자와 염소작가가 사랑해 마지않는 만년필이 놓여 있었다. 어둠에 눈이 익숙해진 피테칸트로푸스는 격자창 너머에서 사다리를 보았다. 피테칸트로푸스는 생각에 잠긴 목소리로 웅얼거렸으나, 스캣랫이 화면에 나타나는 소리를 듣고 자신도 화면 있는 곳으로 돌아왔다. 스캣랫은 퀴즈의 달인이 입는 번쩍이는 재킷을 입고, '백만 달러짜리 수수께끼'라고 찍힌 봉투를 들고 있었다. "찾았습니다, 폐하. 백만 달러에 버금가는 수수께끼입니다!"

"확실히 하도록 하지요. 당신이 대답을 못 하면 당신의 모든 저작권은 제게 속하는 겁니다." 에리히니드 여왕이 말했다.

"우리 나리가 정답을 맞히면 우리를 풀어줘야 하는 겁니다. 만년필도 돌려주고요." 콤 부인이 꼬리 깃털을 흔들며 말했다.

"집에서 허드렛일이나 하는 주제에 꿈도 야무지군." 에리히니드 여왕이 코웃음을 쳤다. "스캣랫! 수수께끼를 내세요!"

스캣랫이 날카로운 송곳니로 봉투를 열었다. 보이지 않게 숨겨놓은 스피커에서 드럼 소리가 울려퍼졌다. "가장 수학적인 동물은 무엇인가?"

콤 부인이 날개를 접었다. "세상에, 무슨 퀴즈가 이따위람?"

스캣랫이 점잖게 침을 뱉었다. 침이 화면을 타고 주르르 흘러내렸다. "시간은 일 분 주겠다, 평생 치즈나 만들다 썩어 죽을 이 염소탱아!" 육십 초가 표시된 스톱워치가 화면에 나타났다. "시이……작!" 카운트다운과 함께 음악이 흘러나왔다. 염소작가는 자기 수염을 잘근거렸다. "가장 수학적인 동물이라…… 이제 인간은 텔레비전 때문에 완전히 망가졌으니 더는 그 호칭을 부여할 수가 없고…… 돌고래는 몸무게에 비해 뇌 무게가 가장 큰 동물이지…… 하지만 이 세상에 볼라스 거미보다 똑똑한 유클리드 기하학자는 없지…… 그래도 동물의 왕국에서 가리비보다 직교 타원형 렌즈에 대해 잘 아는 존재는 없어……" 스캣랫이 킬킬거렸다. "삼십 초 남았어!" 에리히니드 여왕이 기뻐 손뼉을 쳤고, 스캣랫과 격렬히 룸바 춤을 추었다. "출판업자들과 점심 약속을 잡아야 할 거 같군요! 〈뉴요커〉의 평론가들이 열광하는 소리가 귀에 선해요!" 걱정에 찬 콤 부인은 뇌에 영양을 공급할 만한 먹을거리가 없는지 핸드백을 뒤져보았으나 있는 거라고는 오래된 밤뿐이었다. 피테칸트로푸스는 그 순간을 놓치지 않고 콤 부인의 날개를 살짝 밀치고 염소작가의 만년필을 핸드백에 슬쩍 넣었다. 번쩍이는 화면 불빛 아래, 콤 부인은 피테칸트로푸스의 미간 사이로 자신이 가장 끔찍하게 여기는 존재가 뛰어다니는 걸 보았다. "벼룩이에요!" 콤 부인이 외쳤다. "알아냈어요! 벼룩이에요! 벼룩!"

"그래, 맞아요!" 염소작가가 발굽으로 따가닥 소리를 냈다. "당연하지! 가장 수학적인 동물은 벼룩입니다!"

에리히니드 여왕이 룸바 춤 추기를 멈췄다. 싱글거리던 스캣랫이 정색을 하고 말했다. "이유를 말하지 않으면 무효다!"

염소작가가 목청을 가다듬었다. "'벼룩은 행복을 빼내고, 주의를 분산시키고, 고통을 가중시키고, 걱정을 증폭시키기 때문입니다.'"

스캣랫이 화면 속 우상을 바라보았다. "지금 저 대답이 맞았다고밖에는 달리……"

에리히니드 여왕은 더블클릭을 해 스캣랫을 조용히 시켰다. "너 때문에 실패했어, 이 사이버 쥐새끼! 네가 저지른 죄에 합당한 벌은 한 가지다!" 스캣랫이 외쳤다. "안 돼애애애애……" 하지만 여왕이 스캣랫을 휴지통으로 끌어버림에 따라 이 외침은 점차 작아졌고, 마침내 완전히 사라졌다. "너, 수염 난 동물. 만약 네가 지껄여댄 법률 따위가 날 막을 수 있으리라고 생각했다면……" 메가바이트가 탁탁거리며 금이 가는 소리가 나고, 에리히니드 여왕은 무시무시한 눈으로 염소작가를 노려보았다. "그건 오산이다. 난 원하는 건 뭐든지 가질 수 있어! 작가인 주제에 그 정도도 모른다면 넌 정말 바보 천치라고밖에 달리 할 말이 없군! 디지털화가 될 준비나 해!" 에리히니드 여왕이 화면에 디지털라이저를 띄웠다. "5……4……"

"나리!" 콤 부인이 날개를 퍼덕였지만, 거미줄은 여전히 콤 부인을 바짝 조였다. "나리!"

염소작가는 자신을 묶은 케이블에 저항했다. "정말 지독히 비겁한 악당이로군!"

에리히니드 여왕의 이가 실리콘으로 번쩍였다. "3…… 2……"

피테칸트로푸스가 플러그를 뽑았다.

화면이 꺼졌고, 거미줄은 마치 존재했던 적이 없다는 듯 사라졌다. 어떤 의미에서 보자면 존재했던 적이 없다는 표현이 맞았다. 왜냐면 염소작가, 피테칸트로푸스, 콤 부인이 정신을 수습하고 주위를 둘러보니 셋은 태양빛이 강렬히 내리쬐는 사막에 앉아 있었기 때문이다. 셋은 너무 놀라 단 한 마디 말도 할 수 없었다.

◆

9월 17일
나가노 산맥의 스키 리조트 마을에서

에이지,

혹시 내가 미야자키에 있는 병원에서 퇴원한 다음에 내게 연락을 하려 했다면, 고맙다는 말을 하고 싶구나. 하지만 그곳에 더는 있을 수 없었어. 규슈의 어느 곳에 있든 야쿠시마와 너무 가깝기 때문에 마음 편히 있을 수가 없더라(혹시 연락을 하지 않았다 해도 그걸 나무랄 마음은 없단다. 솔직히, 네가 연락을 하리라고는 기대하지 않았거든). 내게 문제가 있을 수도 있겠지만, 그곳에 있는 환자들은 너무나 무섭기 때문에 차라리 험한 진짜 세상으로 돌아가는 게 낫겠다고 생각했단다(그리고 여기서는 적어도 포크와 나이프는 주는구나). 지난번에 내가 보낸 편지는 태워주렴. 제발 태워버리렴. 앞으로 다른 건 절대 부탁하지 않을 테니 그 편지는 꼭 태웠으면 한다. 스즈키 박사에게 배운 유일한 건, 모두의 인생에는 어떤 순간이 있고, 그 순간이 지나면 사람은 바뀌지 않는다는 거란다. 좋든 나쁘든 너는 너고, 그걸로 끝인 거지. 그 계단 사고에 대해 괜히 말했다는 생각이 드는구나. 말하지 말았어야 했는데. 이제 넌 나를 미워하겠지. 내 어머니가 그런 짓을 했다면 나라도 어머니를 미워했을 거야. 솔직히, 그럴 때가 있단다. 내 말은, 자신이 싫어진다는 말이야. 카운슬러, 치료사, 정신과 의사는 조심해야 한다. 그 사람들은 여기저기를 쿡쿡 찌르고 나중에 어떻게 되돌려놓을지에 대해서는 아무 생각도 없이 이것저것 다 끄집어내기만 하거든. 편지를 태워버리렴. 제발 없었던 일로 해주렴(특히 야쿠시마에 대해서 말이야). 태워버리렴.

그래서 난 여기 나가노에 있단다. 여기 석양은 정말 멋지구나! 호텔은 하쿠바 산 기슭에 있고, 내 방 창으론 산 전체가 보인단다. 이곳의 풍경은 날마다 달라지기 때문에 그 모습을 설명하려면 한 가지 표현으로는 어렵구나. 기회가 되면 꼭 나가노에 와보렴. 에도 시대, 수도에서 온 선교사들이 더위를 피하기 위해 이곳에서 '여름'을 나곤 했다는구나. 우리는 선교사들이 이 산맥을 '일본의 알프스'라고 이름 붙인 데 대해 참아야 하는 걸까? 왜 사람들은 늘 외국과 비교를 해야 직성이 풀리는 걸까? (가령 가고시마는 일본의 나폴리라고 하는데, 난 그 표현만 들으면 속이 다 메슥거린단다). 알프스, 심지어 유럽이라는 곳이 있다는 사실을 모르던 시절 사람들이 나가노 산맥을 어떤 별칭으로 불렀는지는 아무도 모른단다(이 일을 안타깝게 여기는 사람이 나 혼자인 걸까?). 난 지금 이 호텔에 무료로 머물고 있단다. 이 호텔은 옛날, 널 외할머니에게 맡겨놓고 도쿄에서 지내던 시절 알게 된 사람의 것이거든. 그 사람은 이제 큰 호텔 사업가고, 어느 정도 존경도 받는 인물이 되었단다. 그 사람은 아주 비싼 값을 치르며 이혼을 두 번 했지만, 내가 볼 때는 그만한 가치가 있었다는 생각이 드는구나(인생이 결판나는 중요한 순간이 되어서야 사람은 바뀌니까). 그 사람은 새 호텔을 지을 장소를 찾고 있는데, 내가 그 일을 돕기를 원해. 아직 내가 얼마나 술을 마시는지 모르거나, 아니면 나를 '구할 수 있다'고 착각하는 모양이야. 그 사람이 가장 좋아하는 단어 두 개는 '프로젝트'와 '사업'이란다. 내가 보기에는 둘 다 같은 뜻인데 말이야. 눈은 11월 초에 내린단다(겨우 육 주 남았구나. 또 한 해가 이렇게 끝나가는구나). 겨울이 오기 전까지는 옛 우정에 기대 이곳에 있다가 추워지면 좀더 따뜻한 기후를 찾아갈 생각이란다(중국 속담에 이런 게 있단다. 손님은 생선과도 같다. 사흘 뒤부터는 냄새가 나기 시작한다). 몬테카를로가 '겨울나기'에 좋다는 말을 들었단다. 찰스 왕세자가 이제 독신이 되었다는 말도 들었고.

지난밤 나는 안주 꿈을 꾸었다. 시베리아 호랑이로 변한 안주가 전철에서 나를 지나 달려갔고(보통 호랑이는 노란 줄무늬지만 이 호랑이는 흰 줄무늬여서 시베리아 호랑이인 걸 알았단다), 도서관에 달걀 모양 장식품을 숨기는 게임을 했어. 안주는 나를 내버려두려 하지 않는구나. 무당에게 많은 돈을 주고 영혼을 달래는 의식까지 했지만, 차라리 프랑스 와인에 돈을 쓰는 게 나았을 거 같구나. 네 꿈은 꿔본 적이 없어. 사실, 안주가 나오는 꿈 말고 다른 꿈은 기억이 나지 않는단다. 왜 그럴까? 스즈키 박사 생각에는…… 아, 그게 뭐 대수겠니. 부탁이니 그냥 편지를 태워버리렴.

♌

이야기 공부

양치류가 우거진 황혼 너머에서 박쥐들이 날아왔다. 염소작가
는 책상에 앉아 생각에 잠긴 채 박쥐 그림자가 춤추는 이끼 숲을
살펴보았다. "단언컨대, 맹세컨대……" 염소작가가 입을 열었다.
콤 부인은 계단의 먼지를 닦고 있었다. "그 입에서 스캣랫처럼 거
친 말은 나오지 않았으면 좋겠어요, 나리." 염소작가는 세이 쇼나
곤의 만년필을 툭툭 쳤다. "이 숲의 나무 위에 사는 생물들에게 맹
세컨대…… 진정으로 지금까지 그 누구도 듣지 못한 이야기에 대
해 어렴풋이나마 들은 듯해요……" 염소작가가 침묵으로 말을 하
는 건지 아니면 단어로 생각을 하는 건지는 명확하지 않았다. "길
이 이어지는 데까지 장엄한 장거리 버스를 타고 숲 속으로 들어왔
는데 이레 동안 버스가 움직이지 않았어요…… 지금까지 전례 없
던 일이에요…… 뭔가 제게 말을 하려는 게 분명해요……"

저녁 공기가 차가웠고, 콤 부인이 몸을 떨었다. "저녁은 폭스트
롯 푸딩이에요, 나리. 눈을 좀 쉬면서 장님 단어 맞추기 게임을 하
세요." 콤 부인은 밤이 되면 장엄한 장거리 버스가 움직이길 바랐
지만, 움직이지 않을 거라고 생각했다.

이튿날 아침, 피테칸트로푸스는 다이아몬드를 찾기 위해 깊게
갈라진 석탄층을 파고 있었다. 콤 부인의 생일이 가까워왔고, 며칠
전 컨버터블 자동차가 장엄한 장거리 버스를 따라잡을 때 라디오
에서 다이아몬드는 여자들의 가장 친한 친구라는 노래가 흘러나
왔기 때문이다. 콤 부인은 여자라고 할 수는 없었지만(이건 사실

이었다), '친구'라는 부분에 마음이 끌린 듯했다. 땅을 파자 선조들이 묻어놓은 맛있는 지렁이 둥지와 송로버섯과 유충 구덩이가 나왔고, 계속 파자 익살스러운 트롤과 두더지와 썩은 독사와 근심 많은 오소리가 나왔으며, 그 뒤로 계속 파자 지구 중심의 화로가 리듬에 맞춰 울리는 소리가 들렸다. 열심히 땅을 파던 피테칸트로푸스는 시간 가는 줄을 몰랐다. 한참 뒤, 저 멀리서 목소리가 들렸다. "이 덩치만 큰 멍청이! 꼭 필요할 때면 안 보인다니까!" 콤 부인이었다! 피테칸트로푸스는 힘차게 개구리헤엄을 쳐 부드러운 땅을 뚫고 위로 올라갔고, 일 분이 채 안 되어 지상으로 나왔다. 콤 부인은 머리가 잘린 닭처럼 날개를 퍼덕이고 원을 그리며 맴돌고 있었다. 콤 부인이 쪽지를 흔들어댔다. "마침내 나타났군! 이렇게 위급한 상황에 대체 뭘 하는 거야!" 피테칸트로푸스가 웅얼거렸다. "나리께서 어디론가 사라지셨어! 어젯밤에 평소와 다르게 행동하신다는 생각을 했는데, 오늘 아침에 보니까 책상에 이 쪽지만 남기고 사라지셨어!" 콤 부인은 피테칸트로푸스에게 쪽지를 내밀었다. 쪽지에는 지렁이가 기어가는 듯한 필체로 글씨가 적혀 있었다.

피테칸트로푸스가 웅얼거렸다. 콤 부인이 한숨을 쉬며 말했다. "읽기를 삼백만 년이나 배워왔잖아! 이 편지에는 나리께서 이 울창한 숲 속으로 들어가신다고 적혀 있어! 혼자서 말이야! 우리가 위험해지는 걸 원치 않기 때문에 혼자 가신다고 적혀 있어! 위험하다고? 야생동물이나 육식동물을 만나시면 어떡해? 장엄한 장거리 버스가 오늘 밤에 출발하면 어떡해? 그러면 나리를 다시는 못 보는 거야! 그리고 천식용 흡입기도 놓고 가셨어!"

콤 부인이 훌쩍이며 앞치마를 들어올려 눈물을 닦았고, 그 모습을 본 피테칸트로푸스의 거대한 심장이 아려왔다. 콤 부인이 말했다. "처음에는 나리의 이야기, 다음에는 만년필, 그리고 이제는 나리 자신이 사라지셨어!" 피테칸트로푸스가 애원하는 목소리로 웅얼거렸다.

"정말……이야? 이렇게 울창한 숲 속에서도 나리의 흔적을 찾아 따라갈 수 있는 거야?"

피테칸트로푸스가 안심시키는 목소리로 웅얼거렸다.

◆

분타로가 들어오는 소리가 아래층에서 들린다. 내가 외친다. "기다려요. 곧 내려갈게요." 벌써 두시다. 오늘은 내가 이곳에 있는 마지막 날이다. 다시 피곤한 느낌이 든다. 지난밤에는 비가 왔고, 초조한 마음에 밤새 잠을 이루지 못했다. 계속 누군가가 집의 창문 어딘가를 통해 억지로 들어오려 한다는 생각이 들었다. 원고는 책상에 원래대로 정돈하고 책 사이로 난 길을 통해 뚜껑문으로 간다. 내가 외친다. "미안해요, 분타로! 시간 가는 줄 몰랐어요!" 안녕, 이야기 공부여. 나는 거실로 내려간다. 내 뒤에서 어두운 형체가 문을 닫는다. 너무 놀라 심장이 목구멍으로 튀어나올 것만 같다. 여인은 중년이고, 놀라지 않았으며, 호기심 어린 눈으로 나를 살핀다. 잿빛 머리털은 짧고 단정하며, 마치 엄격한 교장 선생님처럼 보인다. 옷차림은 수수하며, 마치 통신판매 카탈로그에 나오는 사진처럼 아무 특색이 없다. 수백 번을 마주쳐도 알아차리지 못하고 그냥 지나칠 그런 인물이다. 우리 집 거실에 불쑥 나타나지만 않는다면 말이다. 참으로 근엄한 얼굴이다. 여인은 자신이 이곳에 있을 정당한 권리가 있다는 표정으로 계속해 나를 빤히 바라보며 침입자, 즉 내가 왜 이곳에 있는지 설명하기를 기다린다. "에, 누구, 신가요?" 마침내 내가 입을 연다. "당신이 절 초대했어요, 미야케 에이지." 한번 들으면 절대 잊을 수 없는 목소리다. 회초리처럼 찰싹거리고 가뭄처럼 메말라 있다. "그래서 온 거예요."

미친 사람인가? "전 누굴 초대한 적이 없는데요."

"했어요. 당신은 이틀 전 제 우편함으로 초대장을 보냈어요."

이 여인에게? "모리노가 고용한 사설탐정?"

여인이 고개를 끄덕인다. "제 이름은 야마야랍니다." 여인은 찔러오는 단검처럼 상냥한 웃음을 지어 나를 안심시킨다. 여인이 계속 말한다. "그래요, 전 여자예요. 여장을 한 게 아니에요. 이쪽 직업에서는 사람 눈에 잘 안 띄는 게 아주 중요하죠. 하지만 제가 일하는 방식을 설명하려고 이곳에 온 건 아니에요. 의자에 앉아도 될까요?" 너무나도 이상하다. "그럼요. 앉으세요." 야마야 부인은 소파에 앉고 나는 창가 바닥에 앉는다. 야마야 부인은 신중한 눈으로 마치 책을 살피듯 나를 꼼꼼히 살핀다. 이윽고 부인의 시선이 내 뒤로 향한다. "멋진 정원이로군요. 멋진 집에 멋진 이웃. 숨기에 딱 좋은 곳이네요."

뭔가 반응을 원하는 듯하다. 나는 다이몬이 준 마지막 말보로 갑에서 담배를 한 대 뽑아 권하지만 부인은 고개를 젓는다. 나는 내 담배에 불을 붙인다.

"어떻게…… 에, 제가 있는 곳을 알았죠?"

"〈도쿄 이브닝 메일〉에서 당신 주소를 알아냈어요."

"그곳에서 제 주소를 알려줬단 말인가요?"

"아니요. 전 알아냈다고 말했어요. 그리고 어제 오기소 씨가 이곳에 오는 걸 미행했죠."

"정중히 말씀드리는데, 제가 원했던 건 당신이 방문하는 게 아니라 파일이었어요, 부인."

"정중히 말씀드리는데, 정신 좀 차리세요, 미야케 씨. 작고한 모리노 류타로 씨가 죽기 사흘 전에 저보고 수집하게 했던 바로 그 파일을 원한다는 쪽지를 정체불명의 인물로부터 받았어요. 정말 우연의 일치죠. 저는 우연의 일치가 왜 일어나는지 알아내는 걸로 먹고살죠. 당신 쪽지는 상어가 우글대는 수영장에 내던져진 피 흘리는 양과 마찬가지예요. 제게는 세 가지 이론이 있었어요. 첫째, 당신은 내 능력을 시험해보고 싶은 잠재적 고객이다. 둘째, 미야케 에이지가 돈벌이가 될 거라고 생각해 흥미를 보이는 인물이다. 셋째, 미야케 에이지의 아버지 본인이다. 어느 쪽이든 뒷조사를 해볼 가치가 있었죠. 그래서 그렇게 했고, 당신이 찾는 아버지의 아들인, 바로 미야케 에이지 본인이라는 사실을 알게 됐죠."

정원에서 까마귀 우는 소리가 들린다. 무슨 일이 일어났기에 야마야 부인이 이토록 슬프면서도 강철 같은 의지로 살아가게 됐는지가 궁금하다. "제 아버지를 아세요?"

"직업적으로만요."

직업적으로만이라. "야마야 부인, 좀더 현명하고 정중하게 부탁드리면 좋겠습니다만, 방법을 잘 모르겠습니다. 에, 제 아버지에 대한 파일을 제게 주시지 않겠습니까?"

야마야 부인은 길고 강인한 손가락들을 한데 모아 새장처럼 만든다. "이제 왜 제가 이곳에 왔는지 설명해야 할 시점이군요. 바로 그 질문에 대해 생각해보기 위해서입니다."

"얼마면 됩니까?"

"제발, 미야케 씨. 우리 둘 다 당신의 재정 상태가 어떤지 너무나도 잘 압니다."

"그럼 뭘 생각해보신단 겁니까? 제가 그걸 받을 가치가 있는지 판단하시겠단 건가요?"

까마귀가 발코니로 날아오더니 안을 들여다본다. 독수리만큼이나 큰 녀석이다. 야마야 부인의 속삭임은 스타디움이라도 조용히 만들 수 있을 듯하다. "아니요. 이 일을 하는 사람들은 누군가가 대답을 들을 '가치'가 있는지는 절대 고려하지 않아요."

"그럼 무얼 고려하나요?"

"결과입니다."

초인종이 울리고 나는 몸을 틀다가 뜨거운 재를 다리에 떨어뜨린다. 초인종이 다시 울린다. 누가 이렇게 귀찮게 구는 걸까! 불빛이 몇 번 정도 번쩍인다. 아마도 귀가 들리지 않는다는 사사키 부인의 동생 때문에 특별히 설치해놓은 장치인 듯하다. 나는 담배꽁초를 비벼 끈다. 담배꽁초는 재떨이에 머리를 들이박은 채 내가 놓은 그대로 있다. 다시 초인종이 울린다. 가벼운 웃음소리가 들린다. 야마야 부인은 움직이지 않는다. "문을 안 열어볼 건가요?"

"실례하겠습니다." 내가 말하자 부인은 고개를 끄덕인다.

멍청하게도, 나는 너무나 당황해서 문에 사슬을 걸지 않고 문을 열었고, 내가 공포에 질린 걸 본 청년 둘은 너무나도 즐거워하는 듯 보인다. 이건 야마야 부인이 꾸민 함정이고, 나는 함정을 향해 그냥 고개를 들이민 것이다. "안녕하세요!" 청년 둘이 활짝 웃는다. 누가 말한 거지? 티 한 점 없는 하얀 셔츠, 수수한 넥타이, 흡사 컴퓨터로 그려낸 듯 반짝이는 머리털. 야쿠자 옷차림이라고 보기는 어렵다. 둘은 건강함과 긍정적 기운을 뿜어낸다. "안녕하세요! 지금은 이야기하기 좀 곤란한 때인가요? 저희는 멋진 소식을 가져왔답니다!" 둘은 총을 뽑든지 아니면 엄청나게 할인해주는 기모노 서비스에 대해 이야기할 모양이다.

"에…… 그래요?" 내가 어깨 너머를 흘긋 본다.

"그렇고 말고요! 보세요, 예수 그리스도께서는 지금 이 순간에도 당신 마음의 문밖에서 기다리고 계십니다. 예수께서는 당신에게 기쁨이 될 이야기를 해주고 싶어하십니다. 그리고 당신이 그 이야기를 들을 시간이 있는지 알고 싶어하십니다. 당신이 마음의 문을 열고 그분의 사랑을 받아들일 용의가 있는지 알고 싶어하십니다." 나는 안도의 한숨을 쉰다. 청년들은 이걸 '네'라고 알아듣고, 열정에 찬 목소리를 더욱 높여 말한다. "당신의 마음은 고난에 익숙한 듯하군요, 형제님. 저희는 '차기 성인 교회'에서 나왔습니다. 저희들의 선교 활동에 대해 들어보셨겠죠?"

"아뇨, 아뇨, 한 번도요." 또다시 이런 바보 같은 대답을 하다니. 마침내 내가 문을 닫고(몰몬교도들의 웃음이 사라진다) 거실로 돌아와보니 아무도 없다. 나는 깜짝 놀라 발코니 문을 열어본다. 내가 상상을 한 건가? "야마야 부인?" 까마귀 역시 사라졌다. 겹겹이 들리는 벌레들의 윙윙거림, 여름의 삐걱임, 쉿쉿 소리뿐이다. 황금빛 눈이 그려진 나비가 나를 식물로 착각한다. 나는 나비를 지켜보고, 순간이 쌓여 몇 분으로 늘어난다. 거실로 돌아오니 아까 미처 보지 못한 게 보인다. 야마야 부인이 앉았던 곳에 갈색 봉투가 놓여 있다. 혹시 야마야 부인이 아버지의 파일을 넣어두었을지도 모른다는 희망을 품어보지만 겉봉에 '도쿄 이브닝 메일, 사서함 333'이라고 적힌 걸 보는 순간 그 희망은 순식간에 사라진다. 안에는 편지봉투가 들어 있다. 내게 보낸 편지로, 아주 나이 든 사람이 떨리는 손으로 쓴 글씨다. 나는 소파에 앉아 봉투를 연다.

♌

이끼들이 너무나 두텁게 뒤덮여 있어 염소작가는 더는 앞으로 나아갈 수가 없었다. 염소작가는 졸졸 흐르는 개울 옆에서 잠시 걸음을 멈추었다. 뭔가 시냇물과 함께 흐르며 염소작가의 발굽에 달가닥 부딪혔다. 염소작가는 조약돌일 거라고 생각했지만 살펴보니 접시들이었다. 물은 차(茶)색이었다. 한 모금 마셔보았다. 시원하고 품질 좋은 차였다. 염소작가는 양껏 차를 마셨고, 그러자 머리가 맑아졌다. "머리를 맑게 해주는 개울이야!" 염소작가가 기뻐하며 외쳤다. "다즐링 기슭에 도착한 게 분명해." 염소작가는 상류로 헤엄쳐 갔다. 등불 난초가 엽란 아래로 정오의 그림자를 활짝 피웠다. 날개 끝이 오팔색인 벌새가 꿀이 흐르는 무화과를 향해 날아갔다. 숲 한참 위쪽 공기는 햇빛을 받아 반짝였다. 염소작가에게는 이 빛들이 단어를 이루는 것처럼만 보였다. "내 평생, 나는 그 누구도 들어보지 못한, 그 누구도 얘기하지 않은 신비롭고 심오한 이야기를 찾아다녔어. 돈키호테 같은 내 탐구가 알고 보니 아무것도 아니었단 말인가? 심오함은 바로 코앞에 숨어 있었단 말인가?"

염소작가는 햇빛이 어렴풋하게 비치는 습지를 헤엄쳐 갔다. 옅은 황갈색 머리의 소녀가 시작도 끝도 없고 제목도 없는 가락을 노래하며 그네를 탔다. 염소작가는 그네 타는 소녀가 있는 나무의 발치에 도착했다. 소녀의 목소리는 한여름 이후 나이 든 염소가 밤이 되면 줄곧 들었던 바로 그 속삭임이었다. "당신은 아직 한 번도 들려지지 않은 이야기를 찾는군요." 소녀가 탄 그네가 올라가자 남극대륙이 무한히 먼 곳으로 떠내려갔다.

"그렇습니다." 염소작가가 대답했다.

소녀가 탄 그네가 내려왔다. 작은곰자리가 떠올랐다.

"한 번도 들려지지 않은 이야기는 고지에 있어요."

"어…… 어떻게 하면 고지를 찾아갈 수 있나요?"

"성스러운 웅덩이를 돌아, 담을 올라가, 폭포를 지나면 나온답니다." 옅은 황갈색 머리의 소녀를 태운 그네가 위로 올라갔다. "대가를 치를 준비가 되었나요?"

"제 인생을 치렀습니다."

"아, 하지만 염소작가님, 작가님은 아직 아무것도 치르지 않았습니다."

"더 무엇을 치른단 말입니까? 기도라도 하라는 겁니까?"

그네가 땅으로 떨어졌고, 그네 위에는 아무도 없었다.

신성한 웅덩이에 도착했을 때, 염소작가는 폭포수에서 튄 물방울을 닦아내기 위해 안경을 벗었다. 하지만 놀랍게도, 안경을 벗었음에도 눈이 잘 보였다. 그래서 염소작가는 대리석 바위에 안경을 두고 연못을 살펴보았다. 독특했다. 우선, 폭포에서는 아무 소리도 나지 않았다. 그리고 물은 저 위쪽 절벽에서 떨어지는 게 아니라 오히려 꿈틀거리며 아무 소리 없이, 거품을 일으키며 거세게 위로 올라가고 있었다. 염소작가는 위로 올라가는 길을 찾아보았으나 허사였다.

"난 더는 어린애가 아니야. 상징적 탐구를 하기에는 너무 늦었어." 거의 막판까지 온 이 순간에도 염소작가는 돌아갈까 생각했다. 염소작가가 돌아가지 않으면 콤 부인이 무척 걱정할 터였다. 하지만 콤 부인은 염소작가 대신 피테칸트로푸스를 돌보면 되었고, 피테칸트로푸스가 콤 부인을 돌볼 터였다. 동물 안의 작가가 한숨을 쉬었다. 그리고 염소작가는 오로지 자신이 추구하는 그 누구에게도 들려지지 않은 이야기를 떠올렸다. 염소작가는 대리석 바위에서 펄쩍 뛰어내렸다. 웅덩이는 죽음만큼 차갑고 갑작스러웠다.

◆

9월 20일 수요일
도쿄

미야케 에이지에게
이렇게 갑작스럽고 특이한 방법으로 편지를 받게 되어 혹시라도 불쾌한 감정이 든다면 용서해주시기 바랍니다. 제가 연락하고자 하는 인물이 당신과 동일인이 아닐 가능성이 꽤, 아니 아주 많으며, 그 때문에 무척 당황할 수도 있으리라 생각합니다. 하지만 전 그 정도 위험은 감수해야 한다고 생각했습니다. 무슨 영문으로 이렇게 편지를 쓰는지 설명하겠습니다.

저는 〈도쿄 이브닝 메일〉의 개인 광고란에 9월 14일에 난 광고를 보고 편지를 쓰는 겁니다. 오늘 지인을 방문했다가 늦게나마 우연히 그 광고를 보게 되었습니다. 제가 최근 심장 수술을 받고 회복 중이라는 말을 덧붙여야 하겠군요. 당신은 미야케 에이지와 관계 있는 이라면 누구든 연락을 해달라고 했습니다. 전 당신의 할아버지가 아닐까 합니다.

이십 년 전, 제 아들은 사생아 쌍둥이를 낳았습니다. 남자아이와 여자아이죠. 제 아들은 천한 일을 하던 아이 엄마와 관계를 끊었고, 제가 아는 한 아들은 쌍둥이를 다시 보지 않았습니다. 아이들이 어디에서 컸는지, 누가 키웠는지 저는 알지 못합니다. 아마도 아이 어머니쪽 사람들이겠죠. 여자아이는 열한 살 때 물에 빠져 죽었지만, 사내아이는 이제 스무 살이 되었을 겁니다. 저는 아이들 어머니 이름을 들어본 적도 없고, 손주가 되는 사생아들 사진을 본 적도 없습니다. 제 바람과 달리 저는 아들과 늘 사이가 안 좋았으며, 아들놈이 결혼한 뒤로는 연락마저 더욱 드문드문해졌습니다. 하지만 저는 아들놈의 쌍둥이 아이 이름을 알아냈습니다. 그래서 이렇게 편지를 쓰는 겁니다. 여자아이 이름은 '안주'이고, 사내아이 이름은 '에이지'입니다. 일반적인 경우처럼 英二나 英治를 쓰지 않고 詠爾를 썼습니다. 아주 드문 경우죠. 당신 이름처럼요.

한자는 '증거'로는 불충분하다는 생각이 들기 때문에 편지를 더 길게 쓰지는 않으려고 합니다. 직접 만나보면 이런 애매함이 사라지겠죠. 만약 우리가 핏줄이라면 외모가 닮았을 거라고 확신합니다. 저는 9월 25일 월요일 리가 로열 호텔(하라주쿠 역 맞은편) 9층에 있는 아마데우스 다실에 있겠습니다. 제 이름으로 예약을 해놓겠습니다. 그날 오전 열시에 나와주시면 고맙겠습니다. 뭐가 되었든, 당신 아버지에 대한 증거를 가지고 계실 테니 그것도 가지고 오셨으면 좋겠습니다.

이 문제가 예민하다는 것은 당신도 잘 아시리라 믿습니다. 그리고 지금 제 연락처를 바로 알려드리지 못하고 망설이는 것도 이해해주시리라 믿습니다. 혹시라도 같은 한자를 쓰는 다른 미야케 에이지라면 쓸데없이 당신이 희망을 품게 한 데 대해 먼저 진심으로 사과드리겠습니다. 만약 당신이 제가 원하는 미야케 에이지라면, 우리는 상의할 일들이 많을 겁니다.

그럼 이만 줄이겠습니다.
쓰키야마 다카라

도쿄에 와서 처음으로 나는 깨끗하고 순수한 행복감을 느낀다. 할아버지가 내게 편지를 썼다. 아버지는 물론이고 할아버지를 만난다니! '우리는 상의할 일들이 많을 겁니다'! 이제 아버지를 찾는 게 불가능하다고 실망에 잠긴 바로 이 순간, 할아버지를 만날 수 있는 이런 기회가 생기다니. 월요일까지는 이제 겨우 이틀 남았다! 편지만 보아도 할아버지는 교육을 잘 받은 티가 난다. 할아버지는 과대망상증에 걸린 계모보다 가족 문제에 더 영향력이 있을 게 분명하다. 나는 녹차를 우린 뒤 정원으로 차를 들고 가 켄트를 피운다. 말보로는 다 피웠고, 켄트는 분타로의 선택이었다. 쓰키야마. 멋진 이름이다. 한자로 '月'과 '山'을 쓴다. 정원은 아름다움과 정의로움과 생명의 소리로 가득하다. 십오 분 뒤에 월요일이 시작하면 얼마나 좋을까. 지금 시간이 어떻게 되지? 거실로 돌아가 사사키 부인이 주중에 가져다준 시계를 본다. 분타로가 여기에 오려면 아직도 세 시간이 남았다. 조개껍데기 액자에 담긴 사진만 남겨두고 자리를 비운 집주인이 눈에 띈다. "마침내 행운이 찾아왔네. 이마조 아이에게 전화해. 개인 광고를 내자는 건 그애 생각이었잖아? 어서 연락해. 새벽이 밝을 때 부끄러움을 타는 건 나름 매력적이지만 아무 행동도 취하지 않고 부끄러움을 타는 건 전혀 좋을 게 없어."

"그 말을 할 때 각운을 맞춰 말해야 하지 않나요?"

"어물쩍 화제를 바꾸지 마! 어서! 그애에게 전화해."

슈퍼마켓 줄은 지난번에 지나칠 때와 다르지 않다. 달라진 건 나다. 결국, 세상은 서브플롯으로 이루어진, 질서 정연한 순서도다. 이 모든 자동차들을 보라. 빠르게 지나면서도 절대로 충돌하지 않는다. 질서는 눈으로 보기 어렵지만, 이곳에, 혼돈 아래에 숨어 있다. 그래서 나는 지옥 같은 열두 시간을 보냈다. 그래서? 사람들은 지옥 같은 십이 년을 살아가고 그 이야기를 하기 위해 살아간다. 삶은 계속된다. 우리에게는 행운이다. 유니클로 건물 비상계단 아래서 공중전화를 발견한다. 휴대전화가 세상을 접수함에 따라 공중전화는 가스등만큼이나 희귀해지고 있다. 나는 수화기를 들고 얼어붙는다. 이런 겁쟁이! 나는 우선 이발부터 하기로 마음먹는다. 미야케! 이런 줏대 없는 놈 같으니! 그리고 이발소로 향한다. 이발소에는 '겐지 이발소'라는 간판이 붙어 있다. 흔히 볼 수 있는 빨간색, 흰색, 파란색 줄이 섞인 삼색 기둥이 돌아간다. 안주는 그 줄이 어디서 감기고 어디서 풀리는지 내게 알려주려 했지만, 번번이 실패했다. 안주에게 그건 너무나도 뚜렷이 보였다. 이발소는 초라하지만 에어컨을 틀어 겨울처럼 서늘하다. 손님은 나뿐이다. 마지막으로 페인트칠을 한 건 아마도 일본이 전쟁에서 항복했을 때인 듯하다. 침묵을 지키는 텔레비전이 경마 경기를 보여준다. 공기에는 헤어스프레이와 화장수 냄새가 너무나도 짙게 배어 있어, 성냥이라도 켜면 폭발이 일어나며 건물 전체가 날아갈 것만 같다. 이발소 주인인 겐지는 코털이 비어져 나온 노인으로, 떨리는 손으로 바닥을 쓸고 있다. "어서 오게, 어서 와." 이발사가 빈 의자를 가리킨다. 나는 의자에 앉고, 이발사는 내 어깨 위로 식탁보를 두른다. 거울에 비친 내 머리는 몸에서 잘려나간 것처럼 보인다. 발할라의 볼링장 생각이 나서 몸을 움찔한다. "왜 그리 우울한 얼굴을 하고 있나, 젊은이? 자네 인생에서 뭐가 문제인지는 모르겠지만 아까 왔던 손님보다 더 심하지는 않을 걸세. 옷차림으로 봐서는 꽤 잘나가는 사업가인 듯하던데, 내 평생 그렇게 안된 사람은 처음 봤다네!" 가위를 내리며 겐지가 계속 말한다. "주제넘은 질문이지만, 혹시 뭐가 마음에 걸리시는 게 있나요, 손님?' 하고 내가 물었지. 그랬더니 그 손님은 한숨을 쉬더니 이렇게 말하더군. '지난주에 친치우가 죽었소.' 내가 물었지. '친치우가 누군가요?

손님 푸들인가요?'" 젠지가 가위질을 한다. "손님이 대답했지. '아니, 내 아내요.'" 젠지가 가위질을 멈추더니 사케 병을 연다. 젠지는 단숨에 반 병을 마시고 남은 것을 거울 선반에 올려둔다. "내가 말했지. '이런, 정말 안되셨군요. 열심히 일하는 걸로 위안을 찾으시길 바라겠습니다.' 손님이 말하더군. '난 어제 해고되었다오.' 내가 말했어. '어이쿠, 이런.' 내가 물었지. '부인이 돌아가셔서 슬픈 탓에 일을 제대로 못 해서 해고되신 건가요?' 손님이 말하더군. '그건 아니오. 기밀을 빼내다가 발각되어서 해고되었다오.'" 젠지가 남은 사케를 마저 마시기 위해 말을 멈춘다. 젠지는 더듬거리다가 헤어토닉이 든 병을 집어들고, 병에 든 걸 거의 다 마시면서도 그게 헤어토닉인지 알아차리지 못한다. "그 말을 듣고 난 깜짝 놀랐지. '기밀을 빼요? 스파이를 손님으로 맞은 건 처음이군요. 어디를 위해 일하셨나요? 중국? 러시아? 북한?' 손님은 자부심을 내비치며 이렇게 말했지. '아니요, 지구상에서 가장 강력한 나라를 위해서였소. 통가 왕국이오.'" 젠지가 전기이발기 스위치를 켠다. 아무 변화도 일어나지 않는다. 젠지는 코드를 비틀어보더니 카운터에 대고 이발기를 툭툭 쳐본다. 이발기에 생명이 들어온다. "그래서 내가 말했지. '통가 왕국이요? 그곳에 그…… 첩보국이 있다는 말은 금시초문인데요.' 손님이 말하더군. '아무도 모르오. 멋지지 않소?' 내가 물었지. '그곳에서는 손님이 국가 영웅일 텐데 왜 그곳으로 이민을 가지 않으시나요? 두 팔 벌려 환영할 텐데요.'" 젠지가 내 귀 주변을 깎는다. "손님이 인상을 쓰더군. '사흘 전에 쿠데타가 일어났소. 이제 그곳을 장악한 군부는 나를 이중간첩이라고 발표했고, 어제부로 교수형을 선고받았소.' 내가 말했어. '뭐, 적어도 건강은 하시잖습니까.'" 겐지가 전기이발기를 걸어두고 가위를 집는다. "그런데 바로 그 순간 손님이 미친 듯 기침을 했고, 나는 거울에 튄 피를 닦아내야만 했지. 내가 제안했지. '음, 아무래도 스파이가 되기 전 원래 직업으로 돌아가시면 어떨까요?' 손님은 처음으로 밝은 얼굴을 하더군. '난 비행기 조종사였소.' 내가 말했지. '바로 그겁니다. 항공사에 취직을 하면 어떨까요?' 손님은 재채기를 했고, 맙소사, 손님의 오른 눈알이 튀어나오더군! 튀어나온 눈알이 바닥을 굴렀다네! 손님이 말했지. '젠장! 저게 내가 가진 가장 좋은 거였는데!' 계속 이런 대화니 내 심정이 어땠는지는 자네도 짐작할 수 있을 거야. '자서전을 쓰면 어떨까요, 손님? 비극적 인생이지만 그걸로 오스카상을 타게 될지도 모르잖습니까?'" 겐지가 가위질을 한다. 싹둑, 싹둑, 싹둑. "손님이 말했지. '나를 소재로 한 영화가 오스카를 세 개 받았소.' 내가 말했지. '멋지군요! 아무리 긴 터널도 끝이 있다니까요!' 손님이 말하더군. '내 대리인이 각본을 들고 튄 십팔 개월 후에 오스카를 세 개 받았소. 수천만 달러를 벌었지만 나는 동전 한 푼 구경 못했소. 최악인 건, 내 역을 맡은 게 누군지 아오? 조니 뎁이라면 그럭저럭 참을 만하겠지만, 브루스 윌리스라니?' 여기는 좀 짧게 잘라줄까, 젊은이?"

♌

한편, 이끼 숲에서는 콤 부인과 피테칸트로푸스가 바위와 식물들에 둘러싸여 이러지도 저러지도 못하는 상황에 처해 있었다. 피테칸트로푸스가 머리를 긁적이며 웅얼거렸다. 사실, 염소작가의 자취는 신성한 암소와 흰 코끼리의 자취와 섞여 더는 알아볼 수 없었지만 그 사실을 콤 부인에게 알렸다가는 실망할까 두려워 아무 말도 할 수 없었다. 콤 부인은 균류가 허옇게 핀 그루터기에 앉았다. "지금쯤이면 나리가 오전 간식을 드실 시간이 지났을 거야…… 그냥 잠시 나갔다 온다고 말만 해주셨어도 뭔가를 챙겨드렸을 텐데……"

도저히 뚫고 지날 수 없을 것 같은 수풀을 버스럭거리고 헤치며 사내 한 명이 나타났다. 콤 부인은 깜짝 놀라 꽥꽥거렸고, 피테칸트로푸스는 사내와 콤 부인 사이를 자기 몸으로 막고 섰다. 사내는 위협적인 존재로 보이지 않았다. 사내는 팔꿈치에 가죽을 댄 트위드 재킷에 묻은 곰팡이를 떨어내더니, 반창고를 붙여 고정한 뿔테 안경을 고쳐 썼다. 원시림에서 말을 할 줄 아는 똑똑한 암탉과 오래전에 멸종한 호모사피엔스의 조상을 만났음에도 사내는 전혀 놀라는 기색이 없었다. "그것들을 봤습니까?"

콤 부인은 상대의 냉담한 태도에 살짝 상처받았다. "뭘 말하는 거죠?"

"단어 사냥개 말입니다."

"여백에서 우리가 본 그 잔인하고, 침을 질질 흘리는 말하는 개를 가리키는 건 아니겠죠?"

"맞는 듯하군요." 사내는 두려운 표정을 지었고, 손가락을 입술에 가져가며 피테칸트로푸스를 바라보았다. "무슨 소리를 듣지 못했습니까?" 정적이 대들보처럼 모두의 머리를 강타했다. 피테칸트로푸스가 아무 소리도 듣지 못했다고 웅얼거렸다. 작가는 자기 왕관에서 길다란 가시를 뽑아냈다. "오래전, 저는 아주 잘 팔리는 소설을 썼습니다. 처음에는 그 소설을 출판하고 싶어할 사람이 아무도 없을 거라고 생각했습니다. 하지만 많은 사람들이 제 소설을 내고 싶어했고 거의 제 손에서 빼앗다시피 해 출판을 했습니다. 저는 그 졸작이 사라지길 원했지만 책은 점점 잘 팔리기만 했습니다. 그 책은 실수였고, 잘난 척으로 그득했으며 거만함 그 자체였습니다! 그 책을 완전히 없앨 수만 있다면 제 영혼이라도 팔았을 겁니다. 하지만, 아, 이런. 메피스토펠레스는 제 팩스에 아무 회답이 없었고, 제가 풀어놓은 단어들은 그 뒤로 계속해 저를 괴롭히는군요."

콤 부인은 나무 그루터기에서 그 이야기를 들었다. "왜 은퇴하지 않는 거죠?"

작가는 바위에 몸을 기댔다. "그렇게 간단한 일이라면 얼마나 좋겠습니까. 저는 생각의 무리들 속으로, 잡다한 은유들 속으로, 정리되지 않은 관념들의 공항 라운지 속으로 몸을 숨겼지만, 얼마 지나지 않아 멀리서 떠들썩한 소리가 들렸습니다. 제 단어들이 저를 찾아다니는 소리라는 걸 알 수 있었습니다." 사내의 얼굴이 쓸쓸하고 지친 표정에서 의심이 가득한 표정으로 바뀌었다. "그런데, 대체 무슨 일로 이 이끼 숲 깊숙이까지 들어온 겁니까?"

"저희 친구가 이곳을 헤매고 있어요. 그분을 보셨나요? 뿔과 턱수염이 있고 발굽이 있는 분인데요."

"악마가 아니라면 작가나 미치광이겠군요."

"작가예요. 어떻게 아시죠?"

"이렇게 깊은 숲을 돌아다니는 존재라면 셋 가운데 하나죠. 쉬이이잇!" 작가의 눈이 공포로 휘둥그레졌다. "개 짖는 소리가 들려요! 저 소리가 안 들립니까?" 피테칸트로푸스는 낮은 목소리로 웅얼거리며 고개를 저었다. 작가가 매섭게 외쳤다. "거짓말! 거짓말쟁이들! 당신들은 저 사냥개들과 한패로군! 속셈을 알겠어! 놈들은 숲 속에 있어. 놈들이 오고 있어!" 작가는 서둘러 덤불 속으로 사라졌다. 콤 부인과 피테칸트로푸스는 서로를 바라보았다. 피테칸트로푸스가 웅얼거렸다. 콤 부인이 동의했다. "맞아. 미친 사람인 듯해!" 피테칸트로푸스는 수풀 틈새로 저쪽을 살펴보았다. 피테칸트로푸스가 웅얼거렸다. 수풀 뒤로 아무 소리도 들리지 않는 개울이 있었다.

"서둘러, 이 굼벵아!" 피테칸트로푸스가 달그락거리는 접시들 위로 흐르는 차색 개울을 건너는 동안, 콤 부인은 퍼드덕거리며 이 바위 저 바위로 날아갔다. 그래서, 신성한 웅덩이에 첫번째로 닿은 이는 콤 부인이었다. 둘째로, 콤 부인은 염소작가의 훌륭한 안경이 대리석 바위에 놓인 것을 발견했다. 셋째로, 부인은 자신이 가장 아끼고 사랑하는 이가 물 위에 떠 있는 모습을 보았다. "나리! 나리! 이걸 어째!" 콤 부인은 위로 흐르는 폭포나 주위를 감싼 침묵을 알아차리지 못한 채 사정없이 날개를 퍼덕이며 웅덩이 위로 날았다. 네 번을 퍼덕인 뒤, 다섯번째 날갯짓 만에 콤 부인은 염소작가의 머리맡에 도착했다. 피테칸트로푸스는 신성한 웅덩이가 죽음이라는 사실을 육감으로 느끼고 경고를 외쳤으나 아무런 소리도 나오지 않았다. 피테칸트로푸스는 절망에 잠긴 채 자신이 사랑하는 이가 염소작가 옆에서 힘없이 날개를 퍼덕이며 물속으로 잠기는 모습을 지켜봐야만 했다. 일곱번째 도약 만에 피테칸트로푸스는 대리석 바위 위에 섰고, 그곳에서 피테칸트로푸스는 무언의 슬픔이 담긴 신음을 여덟 번 냈다. 피테칸트로푸스는 주먹에서 피가 날 때까지 바위를 쳤다. 돌연, 우리의 선조가 침착해졌다. 피테칸트로푸스는 머리털에 달라붙은 풀잎을 떼어내고 절벽을 기어올랐다. 피테칸트로푸스는 아홉까지 세었고(염소작가가 피테칸트로푸스에게 가르칠 수 있었던 가장 큰 수였다), 친구 둘의 몸 사이 지점으로 다이빙을 했다. 아름다운 다이빙이었으며, 완벽한 십 점짜리 다이빙이었다. 신성한 웅덩이로 들어가는 순간 피테칸트로푸스의 머릿속에는 아무런 생각도 없었다. 피테칸트로푸스는 평온함이라는 단어를 알지 못했지만 피테칸트로푸스는 평온함을 느꼈다.

$$\Omega$$

"안녕하세요? 주피터 카페의 나가미미입니다."

당나귀인 거 같다. "어, 안녕하세요. 잠시 이마조 양과 통화할 수 있을까요?"

"죄송합니다만, 이마조 양은 오늘 일하는 날이 아닙니다."

"아, 그럼 다음 근무시간이 언제인지 알려주시겠습니까?"

"죄송합니다만 그럴 수 없습니다."

"아, 음, 보안상의 문제 때문인가요?"

당나귀가 바보처럼 웃는다. "아니요, 그게 아닙니다. 이마조 양은 일요일을 마지막으로 더는 이곳에서 일하지 않습니다."

"아⋯⋯"

"이마조 양은 음대생이고, 곧 학기가 다시 시작하기 때문에 학업에 집중하기 위해 이곳을 그만두었습니다."

"그렇군요. 이마조 양과 연락을 하고 싶은데요. 저는 그냥 친구거든요."

"네, 이해합니다. 친구시라면 당연히……"

"그럼 혹시 전화번호를 아시나요? 뭔가 서류에 남아 있지 않나요?"

"저희는 그런 것을 작성하지 않습니다. 그리고 이마조 양은 여기 한 달밖에 안 있었답니다." 당나귀는 뭔가를 생각하는 듯 콧소리를 낸다. "저희는 인사 파일 같은 것을 보관하지 않습니다. 공간 때문에요. 여기 개인 물품 보관 장소만 해도 마술사가 칼을 꽂는 그런 상자보다도 작거든요. 이건 불공평해요. 그런데 요요기 분점에서는 보관 장소가 여기보다 훨씬 더 커서……"

"어쨌든 고맙습니다, 나가미미 양. 하지만……"

"잠깐만요, 잠깐만! 이마조 양이 전화번호를 남겼어요. 하지만 미야케 에이지라는 사람이 전화했을 때만 가르쳐주라고 했습니다."

이게 생시인가? "네, 제가 바로 미야케 에이지입니다."

당나귀가 바보처럼 웃는다. "정말인가요?"

"정말입니다."

"그렇군요! 정말 재밌는 우연의 일치 아닌가요?"

"우연의 일치가 아닙니다."

"이마조 양은 미야케 에이지라는 사람이 전화했을 때만 자기 번호를 가르쳐주라고 했어요. 그리고 당신이 전화를 해서 자신이 미야케 에이지라고 하잖아요! 제가 늘 하는 말이지만, '진실은 현실보다 낯설다'는 말이 맞다니까요. 당신이 그 못된 사내를 머리로 들이받는 걸 봤어요. 무척 아팠을 거 같더군요!"

"나가미미 양, 이마조 양의 전화번호를 알려주시겠습니까?"

"잠시만 기다려주세요. 그걸 어디에 두었더라."

이마조 아이의 전화번호는 열 자리다. 나는 아홉번째 번호를 누른다. 공포감에 팔이 뻣뻣하게 굳는다. 내 전화를 받고 당황하면 어쩌지? 자기를 괴롭히는 스토커라고 생각하면 어쩌지? 남자친구가 받으면 어쩌지? 아버지가 받으면? 이마조 아이가 받으면? 나는 뭐라고 말하지? 유니클로 주변을 둘러본다. 쇼핑객, 스웨터, 공간. 검지로 마지막 번호를 누른다. 신호음이 간다. 저 멀리 아파트의 전화기가 울리기 시작한다. 누군가가 어쩌면 비디오의 일시 정지 버튼을 누르고 일어나, 어쩌면 젓가락을 내려놓고 이 시간에 전화를 걸어 방해를 하는 자에 대해 투덜거리고……

"여보세요?" 이마조 아이다.

"에……" 나는 말을 하려 해보지만 메마른 발작성 소음만이 나온다.

"여보세요?"

전화 걸기 전에 좀더 제대로 계획을 짰어야 했는데.

"여보세요? 제가 아는 분인가요?"

마침내 내 목소리가 제대로 돌아온다. "안녕, 이마조 아이?" 멍청한 질문. 난 상대가 이마조 아이인 걸 안다. "난, 에, 내가, 에……"

이마조 아이가 즐거운 듯한 목소리로 말한다. "빛나는 갑옷을 입은 기사님이시군."

"내가 누군줄 어떻게 알지?"

"네 목소리를 알아. 내 번호는 어떻게 알았지?"

"주피터 카페의 나가미미 양이 알려줬어. 한참을 질질 끌다가. 만약 지금 전화 받기 불편한 시간이라면 나중에, 에……"

"아니. 지금 딱 편한 시간이야. 네가 일한다고 했던 우에노 역 분실물 보관소로 찾아가봤지만, 그곳 사람들 말로는 너한테 갑작스럽게 일이 생겨 도쿄를 떠났다더라."

"응, 에, 사사키 부인이 알려줬어."

"너희 가족과 관련된 문제였어?"

"그런 셈이지. 내 말은, 아니, 어떻게 보면 그렇다고."

"어쨌든 대충 그런 유의 일 때문이었구나. 지난 주말 제너두에서는 어디로 사라진 거야?"

"그곳 행사 담당자들과 연주자들이 너하고 이야기를 하고 싶어하는 거 같아서."

"그랬지! 네가 그 사람들에게 박치기를 해주길 바랐는데. 그런데 머리는 좀 괜찮아? 뇌손상은 없어?"

"응, 뇌는 정상이야, 고마워. 정상인 셈이지."

이마조 아이는 이 말이 웃긴 모양이다.

우리는 동시에 입을 연다.

"먼저 말해." 내가 말한다.

"아니, 네가 먼저 말해." 이마조 아이가 말한다.

"난, 에……" 지금 이 상황보다는 전기의자가 차라리 더 편할 듯하다. "……그러니까, 내가, 에, 너에게……" 확실한 퇴로를 확보하기 전에는 절대로 군대를 보내지 말아야 하는 법인데. "……

전화를 해도, 에, 에, 괜찮은가 알고 싶어서."

침묵.

"즉 미야케, 너는 나한테 전화를 걸어도 좋은지 물어보기 위해 전화를 한 거지. 그렇지?"

정말로 난 좀더 제대로 된 계획을 짰어야만 했다.

♌

염소작가는 걸음이 가벼웠다. 관절염에 걸린 몸을 신성한 웅덩이에 벗어던지고 왔기 때문이다. 염소작가가 지나자 대나무가 몸을 굽혀 길을 터줬고, 쏙독새가 가는 목소리로 노래했다. 저 위로 집이 보였다. 랍상소우총 고원에 건물이 있다니 신기했다. 조용한 교외 주택가에서나 볼 법한 건물이었다. 건물 옆 연못에는 좀개구리밥이 떠 있고 잠자리가 날아다녔다. 연못 안 섬에 환한 석등이 보였다. 얼룩 토끼가 깡총거리며 덤불 사이로 서둘러 사라졌다. 박공 아래로 삼각형 창이 보였다. 공기 중에 속삭임이 가득했다. 염소작가는 정문으로 향했다. 자물쇠 없는 손잡이는 헛돌았지만 문이 활짝 열렸고, 염소작가는 불이 환한 계단을 올라 다락으로 향했다. 책상이 말했다. "어서 오세요, 상쾌한 오후네요." 세이 쇼나곤의 펜이 말했다. "인사드립니다."

"하지만 난 널 장엄한 장거리 버스에 두고 왔어!" 염소작가가 외쳤다.

"저희는 작가님이 가시는 곳은 어디든 함께합니다." 책상이 설명했다.

"그리고, 언제부터 말하는 법을 알게 되었지?"

"작가님이 귀를 막지 않지 않으셨을 때부터요." 염소작가보다 앞서 모셨던 주인인 세이 쇼나곤의 펜촉을 재치 있는 숫돌에 갈아주었던 펜이 말했다. 책상이 제안했다. "시작할까요? 잠시 뒤에 콤 부인과 피테칸트로푸스가 올 겁니다." 염소작가는 새 종이를 꺼냈다. 바깥, 고지, 저지, 우림, 슬럼, 사유지, 섬, 평원, 나침반의 아홉 모퉁이에는 안개 섞인 하늘로부터 천천히 평화가 내려앉았다. 현실이 페이지다. 삶은 단어다.

여섯

回天

가이텐*

아마데우스 다실은 웨딩 케이크 같다. 파스텔 색조로 뒤덮였으며, 아름답고 맑은 곡조가 흐른다. 돈주머니 외숙모라면 최상급 칭찬인 '황홀하다'는 말로 이곳을 판정하리라. 나, 나는 이곳의 크림색 카펫, 우윳빛 벽, 매끄러운 소파천에 스프레이를 뿌리고 싶다. 나는 리가 로열 호텔을 금방 찾았고, 약속 시간까지 남은 시간을 보내기 위해 하라주쿠 근처를 한 시간 정도 돌아다녔다. 서늘한 아침 공기 속에서 아름다운 상점 아가씨들이 매장 유리를 닦았고, 꽃가게 주인들은 호스로 보도에 물을 뿌렸다. 나는 설레는 가슴을 진정시킨다. 십오 분 뒤면 할아버지가 이곳에 나타난다. 이제 '할아버지'라는 단어는 내게 새로운 뜻으로 다가올 것이다. 단어의 뜻이 이런 식으로 의미를 찾고 잃다니, 이상하다. 지난주까지만 해도 '할아버지'라는 단어는 외할머니 집 사당에 있는 낡은 사진 속 인물을 뜻했다. 오래전 돌아가신 외할아버지에 대해 외할머니가 해준 말은 "바다가 네 외할아버지를 데려갔지"가 전부였다. 야쿠시마에 사는 사람들은 외할아버지를 도둑이자 주정뱅이이며, 바람 불던 어느 날 저녁 항구 방파제 끝에서 사라진 인물로 기억한다.

아마데우스 다실은 집사가 있을 정도로 고급이다. 집사는 진줏빛 문 앞에서 예약을 확인하고 웨이트리스에게 명령을 하고 바쁘게 손가락을 놀린다. 집사학교를 졸업해야 집사가 되는 걸까? 집사들은 월급이 얼마나 될까? 나는 손가락을 바쁘게 놀리는 연습을 해보지만, 바로 그 순간 집사가 나를 똑바로 바라본다. 나는 가슴이 뜨끔하여 손을 내리고 창밖을 본다. 옆 탁자에서는 부잣집 마나님들이 비밀 거래 이야기를 한다. 사업가들은 도표를 꼼꼼히 살펴보고, 참새만 한 노트북 컴퓨터 자판을 두드린다. 천장에서는 트럼펫을 부는 크림색 천사들에 둘러싸인 볼프강 아마데우스 모차르트의 벽화가 우리를 내려다본다. 모차르트는 뚱뚱하고 창백하다. 젊어서 죽었다는데 좀 이상하다. 가지고 있는 클라크 담배를 피우고 싶은 마음이 굴뚝같다. 모차르트는 이곳의 커다란 창을 통해 멋진 경치를 볼 수 있겠지. 도쿄타워, 판옵티콘, 요요기 공원. 공원에서는 더러운 행색의 노인들이 망원렌즈 카메라를 들고 어슬렁거린다. 크롬색 우뚝한 건물 위에서 거대한 크레인이 건물을 높여간다. 물탱크, 안테나, 건물 지붕. 오늘 날씨는 카키색으로 물들어 있다. 은 찻숟가락이 본차이나 찻잔을 리듬감 있게 두드린다. 아니, 이 소리는 벽난로 위의 골동품 시계가 열시를 알리는 소리다. 집사가 나이 든 사람에게 몸을 숙여 인사하고 이쪽으로 안내한다.

저 사람이다!

내 할아버지가 나를 본다. 돌연, 나는 침착함을 잃고 허둥대며 일어난다. 할아버지가 '그래, 바로 나다' 라는 표정을 짓는다. 사람들이 낯선 이와 약속을 하고 처음 만날 때 짓는 바로 그 표정이다. 할아버지는 나와 닮았다고는 할 수 없지만, 그렇다고 닮지 않았다고 말할 수도 없다. 할아버지는 지팡이를 짚었으며, 군청색 면 소재 양복을 입고 쬠쇠가 달린 끈넥타이를 했다. 집사가 쏜살같이 다가와 의자를 빼준다. 할아버지가 입술을 뽀죽 내민다. 피부는 환자처럼 회색이며 반점이 있다. 걷는 게 얼마나 힘든 일인지 얼굴에 잘 나타나 있다. "미야케 에이지이신가요?" 나는 깊게 고개 숙여 절하며 이 상황에서 뭐라 대꾸해야 적절한가 고민한다. 할아버지는 재미있다는 듯 살짝 고개 숙여 인사한다. "미야케 씨, 먼저, 전 당신의 할아버지가 아니라는 것부터 말씀드리겠습니다."

나는 고개를 든다. "아."

집사가 물러가고 낯선 이가 의자에 앉지만 나는 혼자 멋쩍게 서 있다. "하지만 전 당신 할아버지의 부탁으로 쓰키야마 집안에 관한 일들을 논의하러 왔습니다. 자리에 앉으시지요, 젊은이." 남자는 내 움직임을 하나하나 관찰한다. 눈썹이 처졌지만, 눈썹 아래의 눈빛은 레이저처럼 날카롭다. "제 이름은 라이조입니다. 당신 할아버지와는 몇십 년이나 알고 지낸 사이입니다. 전 당신에 대해 압니다, 미야케. 사실 당신이 낸 광고를 친구에게 보여준 것도 저였습니다. 당신도 아시다시피, 당신 할아버지는 큰 심장 수술을 마치고 회복 중입니다. 의사는 처음에 지나칠 정도로 낙관적인 입장을 보였지만, 당신 할아버지는 사흘 더 병원에 있어야만 합니다. 그래서 제가 대신 왔습니다. 질문 있나요?"

"제가 할아버지를 만나뵐 수 있을까요?"

라이조 씨는 고개를 젓는다. "당신의 의붓어머니가 병실에서 할아버지를 간호하고 있고, 또…… 이걸 뭐라 표현해야 좋을까요?"

"의붓어머니는 절 쓰키야마 집안에서 돈을 빨아내고 싶어하는 거머리라고 생각하죠."

"바로 그렇습니다. 단순히 확인차 묻는 건데, 정말 당신 의도가 그런 건가요?"

"아니요, 라이조 씨. 전 그저 아버지를 만나고 싶을 뿐입니다." 난 이 말을 몇 번이나 더 해야만 하는 걸까?

"당신 할아버지는 지금 이 시점에서 당신 의붓어머니의 걱정을 덜어주려면 비밀 엄수가 최선이라고 믿습니다. 아가씨!" 라이조 씨가 지나가는 웨이트리스에게 손가락을 구부려 보인다. "전에 마시던 코냑 한 잔만 가져다줘요. 당신은 무슨 술로 하겠어요, 미야케?"

"어, 전 녹차로 부탁합니다."

웨이트리스가 내게 잘 훈련된 웃음을 짓는다. "저희는 총 열여덟 가지의……"

"아, 이 아이에게 그냥 차 한 주전자 갖다줘요, 젠장할!"

웨이트리스는 전혀 동요하지 않고 계속 웃으며 고개 숙여 인사한다. "네, 제독님……"

제독이라고? 제독이 대체 몇 명이나 있는 거지? "제독님요?"

"모두 한참 전 일입니다. 그냥 '라이조 씨'라고 부르면 족합니다."

"라이조 씨. 실제로 제 아버지를 아시나요?"

"투박한 질문을 하면 투박한 답을 듣기 마련입니다. 제가 당신 아버지를 경멸한다는 건 전혀 비밀도 아닙니다. 당신 아버지와 만

나는 걸 아주 오랫동안 피해왔죠. 당신 아버지가 쓰키야마 가문의 검을 팔았다는 걸 알게 된 이후로요. 그 검은 오백 년 동안 당신 아버지의, 그러니까 당신 가문에 전해 내려오던 것이었습니다, 미야케. 오백 년이나요! 당신 아버지가 지난 오백 년간의 쓰키야마 가문 선조들에게 준 모욕이란 정말 이루 헤아릴 수가 없을 정돕니다. 이루 헤아릴 수가 없어요! 앞으로 태어날 쓰키야마 가문의 후손들 역시 모욕한 건 말할 것도 없고요. 당신 할아버지인 쓰키야마 다카라는 혈통을 믿는 사람입니다. 당신 아버지는 대만의 합작회사들을 믿고요. 쓰키야마 검이 현재 어디에 있는지 아십니까?" 제독이 쉰 목소리로 말한다. "네브래스카 주의 농약 공장 회의실에 걸려 있습니다! 이 일에 대해 어떻게 생각하나요, 미야케?"

"안타까운 일이네요, 라이조 씨. 하지만……"

"그건 범죄입니다, 미야케! 당신 아버지는 명예라는 걸 전혀 모르는 사람이에요! 당신 아버지는 당신 어머니와 헤어질 때도 당신 어머니의 미래에 대해선 눈곱만큼도 생각해보지 않고 홀가분해하며 떼어내버렸습니다! 당신 어머니에게 경제적 생존 수단을 마련해준 건 당신 할아버지였습니다." 이건 처음 듣는 얘기다. "제아무리 첩에 관한 문제라 해도, 세상에는 신사도라는 게 있습니다. 혈육은 중요한 겁니다, 미야케! 혈통은 생명의 문제입니다. 정체성의 문제입니다! 당신이 어디서 왔는지를 아는 것은 자기 인식에 필수불가결한 부분입니다." 웨이트리스가 은쟁반을 들고 다가와 레이스 접시받침에 우리의 음료수를 내려놓는다.

"혈통이 중요하다는 점에는 동의합니다, 라이조 씨. 제가 여기 온 것도 그 때문이고요."

제독은 뚱하게 자신의 브랜디를 냄새 맡는다. 나는 맛을 모르겠는 차를 홀짝인다. "있잖습니까, 미야케, 의사들이 저보고 술을 마시지 말라고 했습니다. 하지만 전 노인병 전문의보다는 노인 선원들을 더 많이 만납니다." 제독은 한입에 브랜디 반 잔을 털어넣고 고개를 뒤로 젖힌 뒤 분자 하나하나를 음미한다. "당신의 의붓누이들은 밥벌레들입니다. 반편이 대학을 다니며 상스럽게 꽥꽥대기나 하죠. 그 둘은 아침 열한시에야 잠에서 깹니다. 하얀 립스틱을 바르고, 우주비행사가 신을 거 같은 커다란 부츠를 신고, 카우보이 모자를 쓰고, 우크라이나 농부들이나 할 스카프를 두릅니다. 머리털은 형광색으로 물들입니다. 자기 손자가, 그러니까 당신이 최신 유행 팝송에 나오는 것보단 고결한 신조를 가졌으면 좋겠다는 게 당신 할아버지의 소망입니다."

"라이조 씨, 이런 말씀 드려 죄송합니다만…… 뭐랄까, 전 제 할아버지가 털끝만큼도 절 어, 미래의 상속자로 여기지 않았으면 좋겠습니다. 쓰키야마 가문의 족보에 억지로 비집고 들어갈 생각이 전혀 없다고 한 제 말은 진심입니다."

라이조 씨는 성마르게 말한다. "그런 건 아무 상관 없습니다…… 자, 당신 할아버지는 당신이 이걸 읽길 원하십니다." 라이조 씨는 테이블에 검은 천으로 싼 꾸러미를 하나 놓는다. "이건 빌려주는 것이지, 완전히 주는 게 아닙니다. 이 일기는 당신 할아버지에게 가장 귀중한 물건입니다. 목숨을 걸고 이 일기를 지키십시오. 그리고 이레 뒤 당신 할아버지와 만날 때 가져오십시오. 여기서 만날 겁니다. 같은 시각, 즉 일공공공시에 같은 탁자입니다. 질문 있습니까?"

"전 할아버지를 본 적도 없는데요. 절 믿고 이렇게 귀한 물건을 맡긴다는 게 과연 현명……"

"황소고집에 바보 천치라고 해야겠죠. 전 그 완고한 멍청이에게 복사본을 만들라고 말했습니다. 알 수 없는 꼬마를 믿고 원본을 맡기지 말라고요. 하지만 그 친구가 고집을 부리더군요. 복사본을 만들면 그 영혼이, 독특함이 희석된다나. 이건 그 친구가 한 말이지, 제가 한 말은 아닙니다."

"저는, 어……" 나는 검은 꾸러미를 본다. "영광입니다."

"물론이지요. 당신 아버지는 한 번도 이걸 읽은 적이 없습니다. 당신 아버지라면 분명 '인터넷'에서 경매에 부쳐 최고가를 부르는 사람에게 팔려 했을 겁니다."

"라이조 씨, 할아버지가 원하시는 게 뭔지 말해주실 수 있나요?"

"또다시 투박한 질문을 하는군요." 제독은 남은 코냑을 모두 들이켠다. 넥타이 죔쇠의 보석이 해구(海溝)처럼 푸른색으로 희미하게 빛난다. "이 말만 하죠. 나이가 든다는 건 이길 수 없는 싸움입니다. 이 전투를 치르며 우리는 추악한 장면들을 봅니다. 진실은 변덕에 밀려 침묵합니다. 믿음은 거짓말들 간의 냉소적 거래로 바뀝니다. 희생은 불필요한 행동이었다고 밝혀집니다. 영웅들은 늙은 등신이 되고, 젊은 등신들은 영웅이 됩니다. 윤리는 운동복에 새겨진 로고가 됩니다. 당신 할아버지가 원하는 게 뭐냐고 물었지요? 말씀드리지요. 당신 할아버지는 당신이 원하는 것을 원합니다. 그 이상도, 그 이하도 아닙니다."

아주머니들 한 무리가 격렬한 웃음소리를 뿜어낸다.

"어, 그게 뭔가요?"

라이조 제독이 일어선다. 집사는 이미 지팡이를 들고 와 있다.
"의미입니다."

♎

1944년 8월 1일

아침, 흐림. 오후, 가벼운 비. 나는 나가사키에서 기차를 타고 가는 중이야. 야마구치 현의 도쿠야마에 도착하려면 아직도 몇 시간이나 더 있어야 하고, 내일 아침까지는 목적지인 오쓰시마 섬에 닿지 못할 거야. 다카라, 지난 주말 동안 나는 두 가지 맹세 사이에서 고민해야 했어. 한 가지 맹세는 바로 다카라 네게 한 것이었지. 제국함대에서 받은 훈련에 대해 네게 모조리 말해주겠다는 약속. 나의 두번째 맹세는 조국과 천황 폐하께 한 것이었어. 특수공격부대 훈련에 관한 모든 사항을 완벽하게 비밀로 지키겠다는 약속. 이 일기의 목적은 나의 딜레마를 풀기 위한 거야. 나는 일기를 씀으로써 너와의 맹세를 지키려 해. 그리고 침묵함으로써 천황 폐하와의 맹세를 지킬 거야.

네가 이 일기를 읽을 무렵이면, 어머니는 이미 나의 죽음과 사후 특진을 알리는 전보를 받으셨을 거야. 아마도 너와 어머니와 야에코는 비탄에 젖어 있겠지. 또한 내 죽음이 무슨 의미가 있는 거냐고 생각할 테지. 가족 묘지에 안장할 재나 뼈조차 없다고 슬퍼할 테지. 이 일기가 나의 위로이자, 나의 의미이며, 나의 분신이다. 바다는 멋진 묘지야. 지나치게 슬퍼하지 마라.

이제 시작한다. 전쟁 상황은 빠르게 악화되고 있어. 우리 천황 폐하의 군대는 솔로몬제도에서 심각한 손실을 겪었어. 미국인들은 류큐 열도를 차지하겠다는 노골적인 목표를 가지고 필리핀을 침공하는 중이야. 우리의 고향이 파괴되는 것을 막기 위해 특별한 수단이 필요했어. 바로 이 때문에 제국함대는 가이텐 계획을 승인했어.

가이텐은 93식 어뢰를 개량한 거야. 세계에서 가장 정교한 어뢰고, 조종사가 탈 조종실이 달려 있어. 방향을 조종해 수중의 적함을 들이받을 수 있지. 목표물을 파괴하는 것은 이론적으로는 확실히 가능해. 네가 기술 자료를 좋아한다는 거 알아, 다카라. 그래서 여기 함께 써줄게. 가이텐의 길이는 14.75미터야. 550마력 엔진으로 추진되고, 액체산소를 연료로 써. 액체산소는 수면에 공기 방울을 전혀 남기지 않기 때문에 은밀한 공격이 가능해. 가이텐은 시속 56킬로미터로 이십오 분 동안 순항이 가능하고, 따라서 주요 목표물이 되는 함정보다 빠르게 달려 따라잡을 수 있어. 가이텐의 끝에는 부딪치는 순간 폭발하는 1.55톤 TNT 탄두가 달려 있어. I급 잠수함 한 대당 가이텐 네 대가 실릴 거야. 잠수함이 출격해 적을 공격할 수 있는 범위까지 들어가면, 가이텐들이 발사돼.

이 새롭고 치명적인 유인(有人) 어뢰는 최근 대동아공영권에서 겪었던 손실들을 역전시키고, 미 해군을 경악시킬 뿐 아니라 궁극적으론 거의 싹쓸이하게 될 거야. 태평양은 일본의 호수가 될 거야. 나라와 쓰치우라의 해군 비행기지에서 1375명의 자원자들이 가이텐 계획에 목숨을 내놓겠다고 나섰어. 오직 160명만이 엄격한 선발 과정을 통과했지. 그러니 쓰키야마란 이름이 얼마나 명예롭게 기려져야 할지를 알겠지, 동생아.

8월 2일

아침 안개가 짙음. 오후는 뜨겁고 구름 한 점 없음. 난 도쿠야마에 있는 헌병대 막사의 영창에서 다른 가이텐 훈련병들과 함께 잠에서 깨어났어. 정식 군인 숙사는 지난달 폭격을 받고 파괴됐거든. 폭탄 하나가 연료 저장고를 쳤고, 잇따른 폭파 때문에 항구와 마을 상당 부분이 완전히 날아갔어. 이 폐허 속에서 우리는 배를 타고 오쓰시마로 갔지. 겨우 삼십 분 걸리는 짧은 항해였지만, 그렇게 극명하게 대비될 수가 없더라. 오쓰시마는 머리와 몸통이 연결된 모양으로 생겼어. 평화롭고, 나무가 우거진 언덕들이 있고, 논이 계단 모양으로 층층이 늘어서 있어. 가이텐 기지와 어뢰 공장은 이 섬의 낮은 '목'에 위치해 있어.

우리는 가이텐의 공동 발명자인 구로키 히로시 중위와 니시나 세키오 소위를 만나는 더없는 영예를 누렸어. 이들은 살아 있는 전설이야, 다카라. 처음에 해군 최고사령부는 특수공격부대의 가동을 인가하길 주저했고, 구로키 중위와 니시나 소위가 제출한 가이텐 안을 각하했어. 중위와 소위는 최고사령부를 설득하기 위해 자신들의 피를 잉크 삼아 가이텐 안을 새로 쓴 뒤 다시 제출했지. 이런 일들이 있었음에도, 구로키 중위와 니시나 소위는 명랑하고 겸손한 친구들이야. 우리가 묵을 막사를 보여주면서 '오쓰시마 호텔'이라고 농담하는 사람들이지. 그 뒤론 내내 이들에게서 기술 강의를 들었고, 기지를 돌아보는 건 내일 하기로 했어.

8월 3일

바람 심함. 파도 거칢. 가이텐 기지는 대략 야구장 여섯 개 정도 크기이고, 오백 명에서 육백 명을 수용할 수 있어. 보안은 매우 철저해. 섬 주민들조차도 이 기지의 진짜 목적이 뭔지 몰라. 기지에는 군인 숙소, 큰 식당, 어뢰 공장 세 개, 93식 어뢰들을 가이텐으로 바꾸는 기계공작소, 운동장, 의례장, 행정 업무용 건물들, 항구 등이 있어. 그리고 기계공작소에서 시작하는 협궤철도가 있는데, 바위를 폭파해 뚫은 터널을 따라 400미터를 간 뒤 가이텐 발진항까지 이어져. 오늘 밤 이 발진항에서 훈련이 시작됐어. 나는 구로키 중위의 부조종사가 되어 첫 가이텐을 조종할 영광을 놓고, 나라에서 온 동급생인 히구치 다카시와 가위바위보를 했어. 히구치가 바위를 내서 가위를 낸 나를 이겼어! 괜찮아, 내일은 내 차례가 돌아올 거야.

8월 4일

무덥고, 눅눅하고, 뜨거움. 비극이 너무나 금세 닥쳤어. 어젯밤, 구로키 중위와 히구치 대위가 오쓰시마 북부를 돌고 귀항하는 데 실패했어. 잠수부들이 밤새 가이텐을 찾아다녔어. 날이 밝고 얼마 지나지 않아 드디어 찾아냈는데, 발진항에서 겨우 300미터 떨어진 곳의 해저 침적토 속에 묻혀 있었어. 발진하고 열여섯 시간 뒤의 일이었지. 가이텐에는 탈출용 해치가 두 개씩 있지만, 아마도 수면 위에서만 열리는 모양이야. 수중에서는 수압에 눌려 열리지 않는 거지. 가이텐은 약 열 시간 분량의 공기를 담을 수 있어. 조종사가 둘이니까, 시간은 반으로 줄어들지.

두 조종사는 자신들의 희생이 헛되지 않도록, 이천 자에 달하는 가나로 이 치명적 기계 오작동에 대한 기술 보고서와 관찰 기록을 남겼어. 종이가 모두 떨어지자, 스크루드라이버로 조종실 벽에 글자를 새겼어. 우리는 조종사들의 화장식에서 막 돌아왔어. 니시나 소위는 자기가 영광을 향해 나아갈 때 가이텐에 구로키의 유골을 싣고 가겠노라고 맹세했어. 기지는 확실히 비탄에 젖어 있지만, 또한 동료들의 희생을 헛되게 하지 않겠노라는 결의에 차 있기도 해. 죄책감으로 마음이 무거워. 난 우지나 사령관에게 개별 면담을 요청했고, 히구치의 영혼에 특별한 책임감을 느낀다고 말했어. 우지나 사령관은 가이텐 공격을 할 때 첫번째 출격대에 넣어달라는 내 요청을 고려해보겠다고 약속했어.   .

8월 9일

극도로 뜨거운 날씨. 오랫동안 일기를 쓰지 않은 걸 용서해줘, 다카라. 훈련이 최고조에 달했고, 낮에는 앉아서 일기를 쓸 십 분의 짬을 내는 것조차 불가능했어. 밤이 되면, 베개에 머리가 닿자마자 잠들어. 굉장한 소식이 있어. 아침 점호 때 첫 가이텐 공격대에 들어갈 사람들을 호명하는데, 그중에 '쓰키야마'가 있는 거야! 기쿠스이가 우리 부대의 상징이야. 고다이고 천황의 용사였던 구스노키 마사시게의 물에 뜬 국화 문장이지. 구스노키의 전사 칠백 명은 미나토가와 전투에서 아시카가 반란군 삼만 오천 명의 맹공격을 받고도 견뎌냈고, 마사시게는 끔찍한 부상을 열한 군데나 입은 뒤에야 동생 마사스에와 할복자살했어. 이 상징은 아주 명확해. 우리 인원이 칠백 명이야. 우리는 경애하는 천황 폐하께 절대적으로 헌신하는 거야.

네 척의 잠수함이 가이텐을 각각 네 개씩 실어 나를 거야. 오리타 젠지 소령이 통솔하는 I-47에는 니시나 소위, 사토 소위, 와타나베 소위, 후쿠다 대위가 탈 거야. I-36에는 요시모토 대위, 도요즈미 소위, 이마니시 소위, 구도 소위가 탈 거고. I-37에는 가미벳부 대위, 무라카미, 우쓰노미야 소위, 곤도. 요코타 대령이 이끌 I-333에는 아베 대위, 고토 대위, 구사카베 소위, 쓰키야마 스바루가 타. 발표가 난 뒤, 우리는 숙소를 재배치받았어. 같은 공격대끼리 같은 방에서 자게 된 거야. I-333 승무원은 계단식 논이 내려다보이는 이층 끝방을 받았어. 밤이면 개구리 울음소리가 공장 소리를 압도해. 나가사키의 우리 방이 생각난다.

8월 12일

날씨는 선선하고 온화함. 바다는 우리가 모형 요트를 띄우던 나카지마 강처럼 잔잔해. 오늘은 훈련에 대해 써보려고 해. 아침을 먹고 나면 우리는 국화팀과 육지 훈련팀으로 갈라져. 훈련에 쓸 수 있는 가이텐이 여섯 척밖에 없기 때문이야. 08시 30분이 되면 터널을 통해 가이텐 발진항으로 가. 가이텐에 타면 크레인이 우리를 바다에 내려줘. 보통은 조종실 하나에 두 명씩 타. 물론 공간이 전혀 남지 않아 비좁지만, 이렇게 두 명씩 타면 연료를 절약하는 데 도움이 되거든. '석유 한 방울은 피 한 방울만큼이나 귀중' 하니까. 교관이 가이텐 선체를 똑똑 두드리면, 우리는 출항할 준비가 되었다는 뜻으로 역시 내부에서 벽을 똑똑 두드려. 처음에는 하강을 해. 그다음, 스톱워치와 나침반을 써서 조종 문제를 해결하지. 표적이 되는 배를 찾아낸 뒤, 배의 선수 아래로 지나가는 걸로 실전에서의 충돌을 대신해. 이때 용골에 상부 해치가 부딪히지 않도록 조심해야 해. P기지에서 가이텐 조종사 두 명이 이런 식으로 죽었어. 또 구로키 중위와 히구치 대위처럼 침적토에 박히는 일도 공포의 대상이지. 그런 불행한 사건이 발생할 경우엔, 압축 공기를 탄두 속으로 분사하게 되어 있어(탄두는 TNT가 아닌 바닷물로 채워져 있어). 그러면 원칙적으로는 가이텐이 수면으로 뜨게 돼. 이 '부양 이론'을 앞장서 시험해보고 싶어하는 사람은 없어. 하지만 우리가 가장 두려워하는 건, 훈련용 가이텐을 잃고 자기는 살아남는 거야. 요코하마 출신의 불운한 훈련병 하나가 닷새 전에 그런 일을 겪었어. 그 훈련병은 해임되었고, 다시는 이름이 거론되지 않았어. 가이텐 발진항이나 기지 항구로 돌아온 뒤엔 각자 설명회에 참석해 훈련 중에 관찰한 바를 육지 훈련팀과 공유해. 오후의 가장 뜨거운 열기가 지나가면, 스모, 검도, 여러 육상 경기, 럭비를 연습해. 가이텐 조종사는 언제나 육체적으로 최상의 상태를 유지해야 해. 아버지 말씀을 기억하렴, 다카라. '육체는 정신의 가장 바깥층이다.'

8월 14일

처음엔 날이 좋다가 낮이 되면서 구름이 끼었음. 오늘 훈련은 엔진 고장으로 취소되었고, 그래서 한 시간의 여가를 이용해 내 I-333 형제들에 대해 써보려고 해. 아베 유타카는 우리팀 대장이야. 나이는 스물네 살이고 도쿄 토박이며 귀족학교를 졸업했어. 아버지는 1905년의 그 영광스러운 쓰시마 해전 때 '시마토가와'를 탔대. 아베는 모든 분야에서 두각을 나타내는 초인이야. 노 젓기, 항해, 하이쿠 짓기까지 못하는 게 없어. 지난 구 년간 체스에서 져본 적이 없다고 무심코 털어놓기도 했지. 아베의 가이텐 좌우명은 '천황 폐하의 백발백중 화살이 되자'야. 고토 시게노부는 스물두 살이고, 오사카의 상인 집안 출신인데, 재치가 얼마나 뛰어난지 말로 다 표현할 수 없을 정도야. 서로 다른 여자들에게서 거의 매일 연애편지를 받고, 기지에 여자가 없다며 투덜거려. 아베는 딱 한 단어로 표현할 수 있지. '순수'라고. 고토는 누구든지, 뭐든지 다 흉내 낼 수 있어. 심지어 무슨 흉내를 내달라는 신청도 받아. 야외 변소에서 뱀의 공격을 받은 중국인이라든지, 튜바에 불려 날아가는 도호쿠의 여자 생선 장수 따위. 고토는 아베와 체스를 둘 때 온갖 소리를 흉내 내서 주의를 흩뜨리지. 그래도 아베가 이겨. 고토의 가이텐에는 이런 말이 쓰여 있어. '양키 박멸을 위한 치료제.'

우리의 세번째 형제는 구사카베 이사야. 구사카베는 나보다 한 살 많고, 말수가 없고, 구할 수 있는 건 뭐든지 읽어. 기술 매뉴얼, 소설, 시, 전쟁 이전에 나온 오래된 잡지까지, 뭐든지 다. 오시게 부인(오쓰시마에서 우리의 '어머니' 격인 분인데, 우리가 신형 잠수함을 시험하고 있다고 믿고 있지)은 아이 하나를 시켜 매주 학교 도서관에서 책들을 빌려 와 구사카베에게 갖다주서. 구사카베는 심지어 셰익스피어 책도 한 권 있어. 아베는 쇠락한 서양인의 작품이 일본 전사에게 과연 적합하겠느냐고 물었어. 구사카베는 셰익스피어의 작품은 영국의 가부키라 할 수 있다고 설명했지. 아베는 셰익스피어가 퇴폐적 영향을 미칠 수 있다고 말했어. 구사카베는 아베에게 어느 희곡을 생각하고 말하는 거냐고 물었어. 아베는 말

씨름을 그만뒀지. 결국 구사카베의 윤리관에 어떤 식으로든 문제가 있었다면, 가이텐 조종사에 자원하지 않았을 거야. 구사카베는 자신의 가이텐에 표어가 아닌, 시를 한 줄 새겨놓았어. '적은 만 번의 함성을 외칠지도 모른다. 우리는 단 한 마디 말도 없이 정복한다.' 우리 부대의 수석 엔지니어인 미끌이를 빼먹을 수 없지. 이 별명은 늘 기름투성이에 시꺼먼 손 때문에 붙여진 거야. 미끌이는 기지에서 가장 나이가 많은 사람 중 하나야. 자기도 나이를 확실히 모르지만, 우리 아버지만큼은 나이 들었어. 고토는 미끌이가 우리 아버지일 거라고 농담해. 미끌이의 진짜 자식들은 가이텐들이야. 그건 그렇고, 난 내 가이텐에 표어를 남기지 않기로 결심했어. 내 희생이 내 가이텐의 표어이자 의미가 될 거야.

◆

나는 일기를 슈팅스타의 카운터 아래 내려놓고 잠시 눈을 쉰다. 일기를 쓴 종이들은 코팅이 되어 있지만, 연필로 쓴 자국들은 유령처럼 흐려져가고 있다. 게다가 잘 모르는 한자가 여럿 있어서, 계속 사전을 뒤져야 한다. 나는 다이어트 펩시 한 캔을 따고 나의 새로운 제국을 관찰한다. 비디오 서가들, 비디오 더미들, 선반들. 끈적이는 외계인들, 번쩍이는 검투사들, 끽끽 소리를 내는 아이돌들. 커졌다 작아졌다를 반복하는 소프트 록 음악. 내가 자리를 비운 일주일 사이에 후지필름 옆의 오래된 구두 수리점은 켄터키 후라이드 치킨으로 바뀌었다. 밖에는 축 늘어진 '신규 입점' 배너 아래에 유령 같은 샌더스 대령의 실물 크기 모형이 서 있다. 샌더스 대령은 절의 에비수* 상만큼이나 뚱뚱하고 탐욕스럽다. KFC를 먹어서 그렇게 살이 찐 거예요?

분타로와 마치코는 지금쯤 JAL을 타고 태평양 어딘가를 날고 있을 것이다. 내가 라이조 씨와 만나고 돌아왔을 때, 택시가 올 때까지는 구십 분이나 남았음에도, 분타로는 거의 광란 상태에 빠져 있었다. 컴퓨터가 고장을 일으키면 어떻게 하지? 모니터가 맛이 가면? 붕장어가 미쳐 날뛰듯이 비가 억수같이 오기라도 하면? 마치코는 분타로를 택시 안으로 잡아끌었다. 나는 모니터로 뭐든 볼 수 있지만, 선택할 수 있는 영화가 너무 많아서, 톰 행크스의 영화 한 편이 하루 종일 돌아가게 둔다. 알아채는 사람도 없을 것이다. 두시에서 다섯시 사이엔 손님이 상당히 뜸하다. 사무실과 학교가 문을 닫기 시작하면 나는 훨씬 바빠진다. 단골손님들은 나를 보면 입을 딱 벌린다. 그리고 곧바로 마치코가 유산을 한 거라고 생각해 버린다. 오기소 부부가 휴가를 갔다고 내가 말해주면, 손님들은 분타로와 분타로의 아내가 찻주전자로 변해 티베트로 날아갔다는 말을 들은 듯한 반응을 보인다. 내가 누구인가 하는 질문에는 답하기가 살짝 미묘하다. 나의 구중중한 집주인은 세무서에 신고 없이 내게 쪽방을 빌려주었고, 그 때문에 내가 누구냐는 질문에 대답할 말이 마땅찮다. 어린 학생들은 공포물 쪽에 떼지어 있고, 직장 여성들은 금발 머리 스타가 나오는 할리우드 영화를 빌리며, 월급쟁이 남자 사원들은 〈암스테르담에서 온 조개 팸〉이나 〈핫도그 아카데미〉 같은 제목의 영화들을 빌린다. 빌려 간 비디오를 연체해서

---

* 어부와 재물의 신.

가져오는 손님들이 여럿 있다. 늘 날짜 확인하는 걸 잊으면 안 된다. 일곱시 삼십분에 사사키 부인이 온다. 나는 위층으로 뛰어 올라가 고양이에게 먹이를 주고, 그다음엔 KFC로 뛰어가 내 몸에 식량을 공급한다. 샌더스 대령의 닭고기는 톱밥으로 만들어져 있다. 사사키 부인은 내게 우에노 역에 복직하는 것에 대해 이야기하고, 그래서 나는 예전 일자리에 대한 향수에 잠긴다. 사사키 부인은 내게 〈도쿄 스타〉를 주고 간다. 월요일 판에는 구인 구직란이 있다. 만약 음식물 배달, 전화 판매, 물건 정리, 물건 배달 따위에서 경력을 쌓고 싶다면, 도쿄는 지상 천국이다. 고양이가 계단에 모습을 드러낸다. 내가 숨어 지내는 동안 고양이는 내 쪽방 문 여는 법을 터득했다. 나는 고양이에게 돌아가라고 말하지만 고양이는 내 말을 무시하고, 내가 반납된 비디오 더미를 제자리에 꽂은 뒤 돌아오니 고양이가 카운터 의자에 자리 잡고 있다. 그래서 나는 어쩔 수 없이 흔들거리는 의자에 만족한다. 후지필름이 10:26임을 알린다. 손님이 점차 줄어든다.

♎

9월 2일

날씨가 뜨겁지만, 이제 저녁엔 한결 시원해졌어. 오늘 네 편지를 받았어, 다카라. 그리고 어머니와 야에코가 보낸, 천인침*이 든

---

* 전쟁에 나간 병사의 무운(武運)과 무사(無事)를 기원하며 천 명이 한 땀씩 바느질하여 만든 천.

소포도 받았어. 내가 맡은 임무가 특수공격이다보니, 천인침 속에 꿰매 넣은 5전짜리 주화들이 죽음을 막아주진 못하겠지만, 가이텐에 탈 때마다 늘 허리에 두르고 있을게. 아베와 고토와 구사카베와 나는 집에서 받은 편지를 큰 소리로 읽었고, 난 내 동생이 벌써 탄알 공장의 소년 대대장이라고 말하면서 텐구(天狗)처럼 정말 나 자신이 자랑스러웠어. 네 시합은 진짜 군대 훈련과 닮았어. 대나무 총검을 들고 루스벨트와 처칠의 군대에게 돌격하는 거 말이야. 낙하산 공장에서 일하는 야에코도 생각하고 있어. 야에코가 꿰매는 한 땀 한 땀이 나라에 있는 해군 비행학교의 예전 급우들의 목숨을 살릴 거야. 쓰키야마 집안의 가보를 쌀과 바꿔야 했다니 어머니가 심히 괴로우셨겠지만, 난 아버지와 우리 조상들이 이해해줄 거라 믿어. 전쟁은 규칙을 바꿔놔. 폭탄이 터질 경우에 대비해 창문에 X자로 테이프를 붙이는 게 좋을 거야. 나가사키는 이제까지 정말 운이 좋은 도시였어. 만약 급습한다면 적들은 우리가 사는 시내 쪽보다는 조선소를 노릴 거야. 그렇다 해도 만반의 대비는 해두는 게 좋아.

곧 네 편지에 답장을 쓸게. 지금쯤이면, 넌 왜 내가 답장에서 네 질문에 대한 답을 모두 주지 못했는지 이해하겠지.

9월 9일

날씨: 따뜻함, 온화함, 부드러움. 오늘로 난 스무 살이 되었어. 국가적 비상시국에 생일을 기념하다니 온당치 않아서, 탄두 연구 수업이 끝난 뒤 나는 저녁식사 시간이 되기 전에 몰래 빠져나갔어. 그리고 생일 선물로 저녁놀을 감사히 받았어. 내해(內海)의 저녁

놀은 특별해. 오늘의 저녁놀은 아에코의 자두절임 색이었어. 우라시마 다로의 이야기 기억하니? 다로가 거대한 거북이를 구하고 바닷속 용궁에서 사흘을 머물렀는데, 마을로 돌아와보니 삼백 년이 지나 있었다는 이야기 말이야. 난 구십 년 뒤, 대동아전쟁이 머나먼 기억에 지나지 않게 될 즈음이면 여기가 어떻게 변해 있을지 궁금해. 전쟁에 이기면 네 아이들을 오쓰시마로 데려오렴. 이곳은 도미가 맛있어. 내해 굴도 맛있고. 내가 식당으로 돌아가려는데 아베와 고토와 구사카베가 나타났어. 어떻게 해선지 아베가 내 생일을 알아내 오시게 부인에게 말했고, 부인이 닭꼬치를 준비했어. 구사카베가 불을 피우고, 우리는 집에서 만든 사케를 곁들여 해변에서 저녁을 먹었어. 사케는 고토가 군 매점 점원에게서 빼내온 거야. 술이 어찌나 조악하던지 얼굴이 다 마비될 지경이었지만, 음식은 어머니 것만 빼고는 내 평생 최고로 맛있었어.

9월 13일

아침은 따뜻하고, 오후엔 후텁지근했어. 온 기지에 독감이 기승을 부리고 있어. 난 열이 39도까지 올라 스물네 시간째 의무실에 있어. 이젠 낫는 중이야. 그사이 묘한 꿈들을 꿨어. 꿈 하나에선, 내가 가이텐을 타고 솔로몬제도를 돌아다니며 적군 항공모함을 찾고 있었어. 모든 게 정말 파랬지. 나 자신이 상어처럼 무적이란 느낌이 들었어. 갑자기 시오미 부인의 아들이 내 가이텐에 타고 있었어. 노몬한에서 폭탄을 가지고 러시아 탱크 아래로 몸을 던진 녀석이었지. "아무도 당신에게 말 안 해줬나요? 전쟁은 끝났어요." 녀석이 말했어. 난 누가 이겼느냐고 물었고, 이윽고 시오미의 눈이 없어진 걸 깨달았어. "폐하께서는 황궁에서 미국인들과 오리 사냥을 하십니다. 자기만 무사하려고 그러는 거죠." 난 도쿄 항구로 항해해 가서 적함을 최소한 한 척은 침몰시켜야겠다고 결심했고, 가이텐을 북쪽으로 돌렸어. 속도를 높이자 몸이 뒤로 젖혀졌고, 잠에서 깨어나자 내가 전생 또는 다음 생에 태어난 것 혹은 어쩌면 죽은 것을 기억하고 있다는 느낌이 들었어. 나중에 구사카베와 고토가 찾아와 항해술 수업에서 받아 적은 내용을 건네주었지만, 내가 꾼 꿈에 대해서는 아무 말도 하지 않았어.

10월 2일

하루 종일 보슬비야. 오늘 오후, 비밀회의에서 기쿠스이 표적 지점들이 발표됐어. I-47과 I-36은 열흘 전 미군에 점령된 필리핀 군도의 거대한 환초인 울리시로 향할 거야. 동시에 I-37과 I-333은 팔라우제도의 코솔 수로 계류장을 공격할 거야. 두 곳을 한꺼번에 공격하는 건 적의 사기를 최대로 저하시키기 위해서야. 아버지의 지도책에서 팔라우제도를 찾아봐, 다카라. 거기 바다가 얼마나 짙푸른지 보게 될 거야. 내가 어디 있을지 궁금해지면, 이걸 기억해. 네 형은 그 푸른 바다야.

아베와 구사카베 사이의 불화가 커지고 있어. 우리 부대장은 구사카베에게 체스로 도전장을 냈고, 구사카베는 거절했어. 아베가 구사카베를 놀렸지. "질까봐 겁나는 거지?" 구사카베는 묘한 대답을 했어. "아닙니다. 전 이길까봐 겁이 납니다." 아베는 계속 웃고 있었지만, 초조해하는 게 확연히 눈에 보였어. 죽음을 함께해야 할 형제들이 이런 식으로 다퉈선 안 돼.

10월 10일

날씨 맑음. 오늘 아침엔 풀에 이슬이 맺혀 있었어. 오늘 오후에 미끌이와 미끌이 휘하 지상 정비원과 내가 우리의 가이텐을 터널을 지나 발진항으로 끌고 가는데 공습경보가 울렸어. 오늘은 공습경보 훈련이 없는 날이야. 터널이 발진항에서 온 사람들로 가득 차고, 사령관은 확성기로 명령을 외쳐댔지. TNT는 지하 깊은 벙커에 안전하게 보관됐고, 잠수함은 만 밖으로 이동했고, 우리는 B29 폭격기들의 소리가 들리길 초조하게 기다렸어. 폭탄이 기계공작소들을 정통으로 맞히기라도 하면, 이 중요한 시기에 우리의 계획이 몇 주씩 미뤄질 수도 있어. 미끌이는 본토에 공격이 가해진다는 게 미군이 이미 오키나와를 공격하고 있다는 뜻은 아닐지 궁금해하며 큰 소리로 얘기했어. 우리 귀에 전해지는 소문은 아주 많지만, 믿을 만한 소식은 거의 없어. 초조하게 사십 분이 흐른 뒤, 해제 경보가 울렸어. 아마도 어느 성급한 감시탑에서 우리 편의 제로 전투기들을 적기로 오인했던 거 같아.

10월 13일

오후 화창. 저녁 구름 낌. 일기를 다시 읽어보니, 내가 기지의 분위기를 설명한 적이 없더구나. 내 경험으로 말한다면, 독특한 분위기야. 엔지니어들, 교관들, 조종사들, 훈련생들 모두가 같은 목적을 위해 힘을 합쳐 일하고 있어. 요 몇 주처럼 내가 살아 있다는 걸 생생하게 느껴본 적이 없어. 내 인생에 의미가 생겼어. 조국을 지킨다는 것. 훈련은 느슨하지 않아. 우리는 다른 군대 기지와 마찬가지로 같은 훈련과 사열을 거쳐. 하지만 일반 훈련소에선 신병들이 신고식을 겪고 거꾸로 매달려 두들겨 맞는 데 반해, 오쓰시마에서는 그런 학대는 일어나지 않아. 우리는 정기적으로 담배와 사탕과 진짜 흰쌀을 배급 받아. 내가 받은 음식을 너와 어머니와 야에코와 나눌 수 없다는 게 안타까울 뿐이야. 하지만 사탕은 고토나 다른 훈련생들 대부분처럼 내기에 거는 대신, 널 위해 모아두고 있어.

10월 18일

하루 종일 줄곧 비. 항공모함 즈이카쿠는 아직도 바다에 떠 있고, 따라서 아버지는 거의 확실히 살아 계시다 할 수 있어! 아베는 내가 곧장 어머니에게 전보를 칠 수 있도록 군용 통신 채널을 쓰게 해줬어. 이 소식을 전해준 사람은 오늘 오쓰시마의 선창에 들어온 I-333의 요코타 쓰요시 대령이야. 요코타 대령은 불과 이레 전에 레이테 만을 순찰 중일 때 항공모함 아타고에 탄 구리타 제독과 직접 이야기를 나눴대. 아버지가 아직 건재하시며 우리를 생각한다는 소식을 들으니 말로 표현할 수 없이 힘이 나더라. 언젠가는 바로 아버지가 이 일기를 양손에 드실 날이 오길! 요코타 대령 말에 따르면, 즈이카쿠가 진주만 공격 이후 마법의 보호를 받는 배로 여겨지고 있대. 알다시피, 남태평양으로 가는 민간 우편은 우선권이 매우 떨어져. 그러니 아무 소식 못 듣는다 해도 낙담하지 마. 오늘 저녁, 기쿠스이 그룹원들에게 목표 지역으로 떠나기 전 나흘 휴가가 주어진다는 발표가 났어.

10월 20일

날이 화창하고, 상쾌한 산들바람이 붊. 행운은 행운을 낳지. 저녁을 먹고 있는데, 우지나 사령관이 훈련소 스피커로 저녁 뉴스를 방송했고, 우리는 어제 필리핀군도에서 가미카제 특공대가 대단한 성공을 거두었다는 소식을 들었어. 미군의 항공모함 다섯 대와 구축함 여섯 대가 침몰했어! 단 한 차례의 공격으로 말이야! 아무리 야만적인 미국놈들이라 해도 우리 조국을 침공하는 게 얼마나 가망 없는 짓거리인지를 확실히 깨닫게 될 거야. 가미벳부 대위는 앉아 있던 긴 의자를 밟고 일어나, 우리의 경애하는 히로히토 천황을 위해 목숨을 바친 용감한 비행사들의 영혼을 위해 건배하자고 제의했어. 그렇게 감동적인 연설은 정말 오랜만이었어. "순수한 정신과 금속, 무엇이 더 강한가? 정신은 금속을 구부리고 구멍을 뚫어버린다. 가위로 연기를 자를 수 없듯 금속은 순수한 정신을 해치지 못한다!" 고백하건대, 난 우리의 영혼을 위해서도 이와 비슷한 건배가 바쳐질 날을 상상했어.

10월 28일

약한 비. 오늘부터 새로운 I-333 가이텐을 탈 수 있게 됐어. 새 가이텐은 훈련용보다 움직임이 훨씬 부드러워. 생각보다 오랫동안 가이텐을 시험 작동해본 뒤, 비를 뚫고 운동장을 달려 돌아가다가 하마터면 구사카베와 부닥칠 뻔했어. 구사카베는 보급창에 기대 물끄러미 땅을 보고 있었어. 나는 뭘 그렇게 열심히 보느냐고 물었지. 구사카베는 웅덩이 하나를 가리키고 조용히 말했어. "원들이 태어나고, 그사이에 일 초 전 태어난 원들이 살아. 원들이 살고, 그사이에 일 초 전엔 살아 있던 원들이 죽어. 원들이 죽고, 그 사이에 새로운 원들이 태어나." 참으로 구사카베다운 말이었어. 난 구사카베에게 방랑 시인이자 승려로 태어났어야 했다고 말했어. 구사카베는 자기가 아마도 전생에 한 번은 그렇게 살았을 거라고 말했어. 우린 한동안 웅덩이를 지켜보았어.

11월 2일

1944년의 더위가 사그라들고 있음. 방금 마지막으로 나가사키에 갔다가 돌아왔어. 네게도 같은 추억이 남았으니, 굳이 일기에 다시 적지 않아도 되겠지. 아직도 어머니가 만든 양갱과 야에코의 호박튀김 맛이 입에 감돌아. 엔진이 계속 고장나는 바람에 기차 여행은 오래 걸렸어. 군용칸은 고위 관료들이 차지해버렸기 때문에 나는 만주 난민들이 가득한 객차에 타고 왔어. 소비에트연방의 잔인함과 중국인 하인들의 배반 행위에 대한 이야기들을 하는데 끔찍하더라. 아버지가 지난 이십 년간 식민주의자들에게 가담하지 않으셨다는 게 얼마나 감사했는지 몰라. 너보다 어린 여자아이가 도쿄에 산다는 숙모를 찾아 혼자 여행하고 있었어. 일본에는 처음 왔다고 하더라. 목에 유골 단지를 걸고 있었어. 무크덴(奉天)에서 죽은 아버지와 사할린에서 죽은 어머니, 사세보에서 죽은 누이의 유골이 들었대. 아이는 깜박 잠이 들었다가 도쿄에서 내리지 못할까봐 겁을 먹고 있었고, 도쿄를 자기가 살던 국경 마을처럼 작은 동네일 거라 생각하더라. 그리고 사람들에게 물어보면 숙모를 찾을 수 있을 거라 믿고 있었어. 도쿠야마에서 나는 내가 가진 돈의 반을 손수건에 싸서 그 아이에게 주고, 아이가 미처 거절하기 전에 얼른 내렸어. 그 아이가 걱정돼. 같이 기차에 탔던 사람들 모두가 걱정돼.

◆

"골렘과 좀비는 완전히 달라." 나는 샤워를 마치고 벌거벗은 채 한밤중이 지난 시간 컴컴한 쪽방에 누워 아이와 전화하며 설명한다. "둘 다 죽지 않았다는 건 맞지만, 골렘은 묘지 진흙을 그 아래 묻힌 죽은 자의 형상대로 빚은 뒤 몸통에 룬 문자를 새겨서 만들어. 골렘을 죽이려면 룬 문자를 지우는 것 외엔 방법이 없어. 좀비는 손쉽게 목을 베거나 화염방사기로 불태울 수 있어. 보통은 시체 보관소에서 여러 신체 부위를 훔쳐내 좀비를 만드는데, 그냥 반쯤 썩은 시체를 다시 살려내기도 해."

"규슈의 고등학교에선 시체 성애(性愛)가 필수 과목인가보지?"

"난 요즘 비디오 대여점에서 일해. 이런 것들을 알아야 한다고."

"화제를 바꾸자."

"좋아. 뭘로 바꿀래?"

"내가 먼저 물었잖아."

"음, 난 인생의 의미는 뭘까 늘 궁금했어."

"마카다미아 아이스크림을 먹으며 드뷔시 음악을 듣는 거."

"진지하게 대답해줘."

아이가 콧노래를 부르며 자세를 바꾼다. "네 질문은 심각하게 잘못됐어."

난 여기에 아이가 누워 있는 상상을 한다. "그럼 내 질문이 어때야 하는데?"

"네 인생의 의미는 뭐냐고 물었어야지. 바흐의 〈평균율〉을 예로 들어볼게. 내게 바흐의 〈평균율〉은 분자 단위의 조화를 뜻해. 아버지에게는 고장난 재봉틀을 뜻해. 바흐에게는 이런저런 물건을 사고 지불할 돈을 뜻해. 누가 옳을까? 개별적으로는, 우리 모두가 옳아. 일반적으로는, 어느 누구도 옳지 않아. 넌 아직도 종조부와 가이텐에 대해 생각 중이니?"

"아마도. 그분에게 인생의 의미는 바위처럼 단단하고 확실하며 가치 있었던 거 같아."

"그분에겐 그랬겠지. 난 군벌의 허세를 위해 생명을 바치는 건 그리 썩 '가치' 있다고 여기지 않지만, 뇌와 신경과 근육을 한데 집중해 피아노 치는 법을 익히는 건 가치 있다고 생각해. 하지만 네 종조부는 피아노 치는 건 그렇게 가치 있는 일이라 여기지 않았을 거야." 이때 고양이가 걸어들어온다. "어쩌면 인생의 의미는 인생의 의미를 찾는 행위 자체에 있는지도 몰라." 고양이가 목말라하는 달빛 속에서 물을 핥는다.

◆

"무척 넓어!" 바람이 세게 부는 아침에 분타로가 전화기에 대고 외친다. "이런 공간에서는 뭘 하는 걸까? 왜 난 그 오랜 세월 동안 한 번도 여기에 오지 않았을까? 비행기 타는 시간이 치과 진료 시간보다도 짧게 걸리더라고. 내가 마지막으로 도쿄 밖에서 휴가를 보낸 게 언제인지 알아?"

"아뇨." 나는 하품을 참는다.

"나도 몰라, 이 친구야. 난 스물두 살 때 도쿄에 왔어. 내가 다니던 회사가 변압기를 만드는 곳이었는데, 훈련을 받고 오라고 날 도쿄에 올려보냈어. 난 도쿄 역에서 기차를 내렸고, 이십 분 뒤에야 출구를 찾았어. 그리고 그 지옥 구덩이에서 사는 걸 전혀 '마다하지' 않았어. 하지만 이십 년 뒤, 내가 인생을 돌아보는 거야. 천국에서 보내는 휴가를 조심해, 젊은이. 이제까지 한 번도 하지 않은 일들에 대해 너무 많이 생각하게 돼."

"천국에선 다 그렇게 일찍 일어나나요?"

"아내는 나보다 더 일찍 일어났어. 해변에서 야자나무 밑을 거닐고 있어. 바다는 왜 저렇게…… 뭐냐…… 푸를까? 우리 발코니에선 파도 치는 소리가 들려. 아내는 해변에 밀려 올라온 불가사리를 발견했어. 살아 있는 진짜 불가사리를."

"아주 딱 맞는 바다에 가셨네요. 제게 어, 뭔가 특별히 하고 싶은 이야기라도 있나요?"

"아, 응. 네가 처해 있는 문제를 같이 풀어주려고."

"어, 어떤 문제 말인데요?"

"가게에 관한 문제."

"슈팅스타요? 아무 문제 없는데요."

"전혀?"

"전혀요."

"아."

"천국으로 돌아가세요, 분타로."

나는 다시 잠들려 노력한다. 아이와 새벽 세시가 넘을 때까지 통화를 했다. 하지만 갈수록 정신이 명료해지고 있다. 후지필름이 07:45를 가리킨다. 고양이는 물을 핥고 일터로 출근한다. 아침이 스스로 전원을 켠다. 나는 한동안 블루스를 멋대로 연주하다 마지막 남은 럭키 스트라이크 세 개비를 피우고, 곰팡이 균체를 숟가락으로 떠낸 뒤 요구르트를 먹고, 〈Milk and Honey〉를 듣는다. 햇빛으로 엮은 연이 안주 위에 내려앉는다.

안주는 이틀 동안 실종 상태로 분류되었지만, 누구도 내게 희망을 버리지 말라고 말할 만큼 잔인한 사람은 없었다. 사실 야쿠시마에서는 늘 관광객들이 사라지고, 종종 하루이틀 뒤에 다시 나타나거나 구조된다. 하지만 현지 주민들은 절대 그렇게 멍청하지 않다. 열한 살 난 아이라 해도 말이다. 우린 모두 안주가 물에 빠져 죽었다는 걸 알았다. 작별 인사도 없이 그냥 가버렸다. 다음 날 아침, 할머니는 십 년은 더 늙어 보였고, 전혀 모르는 애를 보는 듯한 눈길로 나를 보았다. 그날 집을 나설 때 큰 소동은 없었다. 할머니가 식탁 의자에 앉아, 만일 내가 가고시마에 가지 않았다면 안주는 아직 살아 있을 거라고 말하던 게 기억난다. 유감스럽게도 너무나도 맞는 말이라고 난 생각했다. 지금도 그렇게 생각한다. 안주의 옷과 장난감과 책에 둘러싸여 있기 힘들었고, 그래서 난 오렌지 삼촌의 농가로 걸어갔다. 숙모는 한구석을 치워 내가 잘 자리를 마련해주었다. 저녁에 구마 경관이 찾아와 안주의 시체 수색 작업이 중지되었다고 알려주었다. 사촌들은 모두 나이 많은 여자들이었고, 내가 슬픔을 극복할 수 있게 돌봐줄 필요가 있다고 판단했다. 사촌들은 내게 울어도 된다고 말했고, 어떤 마음인지 이해하며, 안주가 죽은

건 내 책임이 아니라고, 난 언제나 좋은 남동생이었다고 계속 말해
주었다. 동정 또한 참기 힘든 건 마찬가지였다. 나는 두 번 다시 되
풀이될 수 없는 골과 누나를 맞바꾸었다. 그래서 나는 도망쳤다.
야쿠시마에서 도망치는 일은 간단하다. 우선 나이 든 여자들이 잠
에서 깨고 안개가 바다로 돌아가기 전에 집을 나와, 물막이 판자를
댄 샛길을 조용히 걸어가, 해변로를 지나고, 차밭과 오렌지 과수원
을 둘러가고, 농장의 개를 짖게 만들고, 숲으로 들어가 산을 오르
기 시작하는 것이다.

　천둥신의 머리가 바닷속으로 사라진 뒤 나는 할머니 집 위쪽의
산등성이를 지나간다. 모든 불빛이 꺼져 있다. 가을 아침이고, 비
는 언제나 십 분 거리에 있다. 나는 오른다. 이름 없는 폭포들, 매
끈한 이파리들, 옥색 연못 주위의 장과류. 나는 오른다. 큰 가지들
이 늘어지고, 양치류가 부채꼴로 펴져 있고, 뿌리들이 발을 건다.
나는 오른다. 충분히 높고 깊은 곳에서 사라져버리기 위해 땅콩과
오렌지를 먹는다. 다리에 거머리가 조용히 기어오르고, 햇빛은 잿
빛 오후로 응고하고, 시간 감각이 없어진다. 나는 오른다. 나무들
의 묘지, 나무들의 자궁, 나무들의 전쟁. 땀이 서늘해진다. 나는 오
른다. 여기까지 올라오니 모든 게 이끼에 덮여 있다. 이끼는 슬픔
만큼이나 생생하다. 눈처럼 소리를 지우고, 독거미의 다리처럼 털
이 났다. 여기서 자면 이끼가 나 또한 덮을 것이다. 다리가 뻣뻣해
지고 휘청거려 나는 땅에 앉고, 안개 낀 숲 속의 천창을 통해 달이
나타난다. 몸이 추워 담요를 두르고 삼목으로 만든 고대의 난파선
안에 자리를 잡는다. 두려움은 없다. 자신을 가치 있다고 생각해야
두려움도 생긴다. 하지만 사흘 만에 처음으로 원하는 게 생긴다.

숲의 신이 날 삼목으로 바꿔주길 원한다. 섬의 최고령 주민들이 말하길, 숲의 신이 자신의 나무들을 세어보는 밤에 누가 산속에 들어가 있으면, 숲의 신은 그 사람도 함께 계산해 센 뒤 나무로 바꿔어버린다고 한다. 동물들이 울고, 어둠이 모여들고, 냉기가 발가락을 꼬집는다. 나는 안주를 떠올린다. 추위에도 불구하고 잠이 든다. 피로에도 불구하고 깨어난다. 백여우가 쓰러진 나무줄기를 따라 조심조심 걸어간다. 백여우가 발을 멈추고, 고개를 돌리고, 인간보다 더 인간 같은 눈으로 나를 알아본다. 내 가지들 사이 공간에 안개가 걸리고, 귀였던 곳 안에 새들이 둥지를 튼다. 나는 숲의 신에게 감사 인사를 하고 싶지만, 이젠 더는 입이 없다. 상관없다. 다시는 어떤 것도 상관없다. 잠에서 깨어나자 몸이 뻣뻣하고, 나무가 아니라 콧물을 흘리는 아이로 돌아와 있다. 감기로 목이 잠긴 채, 나는 흐느끼고 흐느끼고 흐느끼고 흐느끼고 흐느끼고 또 흐느낀다.

〈Milk and Honey〉가 끝나고, 디스크맨이 윙윙거리다 멈춘다. 햇빛으로 엮은 연은 내 잡동사니 선반으로 미끄러져 갔고, 선반에선 바퀴벌레가 더듬이를 비비며 나를 본다. 나는 벌떡 일어나 살충제를 움켜쥐지만, 바퀴벌레는 바닥과 벽 사이 틈으로 도망친다. 나는 틈새로 살충제의 삼분의 일을 쏟아붓는다. 그리고 이제 아무것도 가진 것 없이, 매머드 사냥꾼 같은 자세로 일어난다. 나는 안주가 열두번째 생일 전에 죽을 거였다면 왜 세포 하나하나를, 하루하루를 나와 함께 자랐는지 이해하기 위해 산속으로 도망쳤다. 그러나 결코 답을 얻지 못했다. 다음 날 나는 무사히 산에서 내려왔다. 오렌지 삼촌네는 나 때문에 집단 히스테리에 걸려 있었다. 그러나

돌아보건대, 내가 정말로 산을 떠난 적이 있었나? 진짜 미야케 에
이지는 아직도 야쿠시마에 뿌리내리고 있고, 마법에 걸려 삼목이
된 뒤 안개에 묻힌 산비탈에 있고, 아버지를 찾겠다는 탐색은 그저
막연하고…… 의미 없으며…… 아무것도 아닌 게 아닐까? 후지필
름이 이제 슈팅스타를 열러 갈 시간이라고 알린다. 오늘 하루도 너
무 바빠서 그 모든 게 무슨 의미인지 걱정할 여유가 없을 것이다.
나로선 다행스러운 일이다.

♎

11월 7일

날씨 온화함, 비늘구름이 낌. 송별연이 끝난 뒤 숙소로 돌아왔
어. 난 생선과 흰 쌀밥과 김과 승리 기원 밤과 통조림 과일과 사케
따위를 먹고 살이 잔뜩 올랐어. 사케는 천황 폐하께서 친히 하사하
신 거야. 오늘은 날씨가 좋았기 때문에 야외에서, 그러니까 운동장
에서 기쿠스이 졸업식을 했어. 우지나 사령관부터 가장 비천한 주
방 보조에 이르기까지 기지 사람들이 전부 참석했어. 기지와 배와
잠수함에 일제히 일장기가 올라갔지. 관악대가 기미가요를 연주
했어. 우리는 가이텐 대원용으로 특별히 제작된 군복을 입었어. 검
은색인데, 코발트색 장식이 있고, 왼쪽 가슴엔 초록색 국화가 수놓
여 있어. 6번 함대의 미와 부제독이 우리를 위해 친히 연설해주시
는 영광을 베푸셨어. 미와 부제독은 누구도 따라갈 수 없는 해군
전술가이자 훌륭한 연설가라 한마디 한마디가 우리의 가슴속 깊
이 새겨졌어. "제군은 아버지를 살해하고 어머니를 범하는 자들과

마침내 얼굴을 마주하게 된 보복자다. 여러분이 실패하면 평화는 불가능해질 것이다! 죽음은 깃털보다 가볍지만, 의무는 산보다 무겁다! '가이(回)'와 '텐(天)'은 '돌아감'과 '하늘'을 의미한다. 따라서 제군에게 간곡히 청하노니, 하늘로 돌아가 빛이 신들의 땅을 새로이 비추게 하라!" 우리는 한 명씩 차례로 연단에 올랐어. 부제독은 옛 사무라이처럼 머리에 두를 하치마키를 우리에게 일일이 건네주었고, 우리의 목숨은 천황 폐하의 것임을 상기시키면서 혹시 불행한 사고가 일어나 목표물을 치지 못하게 될 경우 모욕적인 항복을 하게 되는 사태를 막기 위해 할복자살용 검 역시 나눠주었어. 폐회를 알리는 기미가요가 울려퍼지는 동안, 우리는 천황 폐하의 초상 앞에서 절을 했어. 그런 뒤 승려를 따라 신사로 가 영광을 기원했어. 아베와 고토와 구사카베는 가족에게 편지를 쓰고 있어. 나도 편지를 쓴 뒤, 화장을 할 때 쓸 머리털과 손톱을 좀 잘라서 부치려 해. 이제 쓸 편지에 네게 줄 마지막 지시를 써두겠지만, 이 일기에 한 번 더 써놓을게. 다카라, 아버지께서 돌아오실 때까진 네가 쓰키야마 가문의 가장이야. 어떤 시련을 겪더라도, 그 검을 잘 간직해. 네 자식들, 그리고 다시 그 자식들에게 쓰키야마 혈통의 고결함과 순수성을 인식시켜야 해. 나의 영혼 또한 천황 폐하께 목숨을 바친 무수한 형제들과 함께 야스쿠니 신사에 머물게 될거야. 부디 와서 기도해주렴. 우리의 검을 가져와 칼날에 햇빛이 춤추게 하렴. 기다리고 있을게.

11월 8일

날씨 맑음, 안개 낌. 단풍잎이 진홍색으로 타오르고 있어. I-333

은 오쓰시마를 떠났어. 출항식은 09시에 선착장에서 열렸어. 우리
의 출항을 뉴스 영화로 만들기 위해 카메라 담당자가 참석했어. 혹
시 너와 친구들이 나가사키의 영화관에서 날 볼지도 모르겠다 싶
어 카메라 앞을 지나갈 때 카메라를 향해 손을 흔들었단다, 다카
라. 가미벳부 대위가 기쿠스이 부대를 대표해 연설을 했고, 우리의
교관들에게 감사 인사를 하고, 우리가 저지른 여러 가지 과오들에
대해 사과하고, 모든 가이텐 조종사들은 조국의 자랑스러운 아들
이 되기 위해 최선을 다할 것이라고 약속했어. 그 뒤 우리는 개별
적으로 오시게 부인에게 고맙다고 인사했어. 부인은 그만 목이 메
어 말을 하지 못했지만, 말을 했다면 오히려 진심을 제대로 전하지
못했을지도 몰라. 장교들과 우리는 신께 바쳤던 술로 건배했고, 만
세 소리 속에서 잠수함에 올랐어. 우린 오쓰시마의 서쪽 끝을 돌아
갈 때까지 가이텐 위에 서서 해변의 동지들에게 손을 흔들었어. 그
리고 공해로 나아갈 동안엔 어선과 훈련용 카누 몇 척이 우릴 배웅
했어. 고토는 구사카베의 쌍안경으로 어부의 딸들을 보았어. 아베
가 방금 우리 정비 점검이 한 시간 앞당겨졌다고 발표했고, 그래서
I-333에 대해선 내일 써야 할 것 같다.

11월 9일

날씨: 아침에 비. 오후는 파도가 크게 치지만 맑음. 말솜씨가 좋
은 고토는 잠수함 안에서의 삶을 '양철로 만든 휴대용 술통에 갇
혀 코르크 마개를 밀봉당한 뒤 홍수에 떠내려가는 것'이라고 묘사
하더라. 이 휴대용 양철 술통 안에 전방 어뢰실, 사관실, 전방 포
열, 펌프실, 전망탑, 조종실, 공동 식당, 육십 명을 수용할 수 있는

승조원용 침실, 함수와 함미의 엔진실, 후방 어뢰실 따위가 빼곡히 들어차 있어. 미끌이는 I-333을 쇠로 만든 고래에 비유했어. 난 승조원들에게 감탄해. 승조원들은 전쟁이 시작된 뒤로 고작 열흘의 상륙 휴가를 즐긴 외엔 계속 종군 중이야! 겨우 하루가 지났는데도 난 벌써부터 뛰거나 야구공을 던지고 싶어 죽을 지경이야. 오쓰시마에서 쓰던 이부자리가 그리워. I-333에선 굴러 떨어지지 않게 난간이 달린 좁은 선반에서 자. 공기는 탁하고 조명은 암갈색이야. 승조원들의 인내심을 열심히 배워야겠어. 걷는 것조차도 평소와 달라져야 해. 특히 선내 통로에까지 식료품을 보관해두는 항해 초기엔 더더욱. 혼자 고독을 즐길 수 있는 곳은 딱 두 곳뿐이야. 하나는 가이텐 안(잠수함과 가이텐의 해치 사이에 특별히 장치된 관을 통해 들어갈 수 있어)이고, 또 한 군데는 화장실이야(하지만 잠수함 화장실은 오래 있기에 좋은 곳은 못 돼). 상황이 되면 함교에 나가도 좋다는 요코타 대령의 허락이 있었어. 물론 갑판에 나갈 때는 당직 장교에게 알려야 해. 그래야 잠수함이 비상 잠수를 해야 할 때 날 기다려주지. 저녁의 몸풀기 운동 시간이 끝난 뒤, 난 전망탑의 우현에서 망보기 임무를 서고 있는 소위에게 갔어. 밤이면 조종실은 '어둠을 헤치고' 나아갈 준비를 마쳐. 오직 붉은 빛만이 허락돼. 그래야 대령이나 관측자들이 상부 갑판에서 하부 갑판으로 이동하거나 할 때 야간 시력에 문제가 생기지 않거든. 나는 함수에서 하얀 물보라가 일어난 뒤 물거품 이는 항적이 함미로 흘러가는 것을 지켜보았어. 달빛 비치는 밤에 이런 항적은 폭격기들에게 '우리 여기 있소' 하는 표시가 돼. 소위는 서쪽으로 보이는 해안선이 가고시마 현의 사타미사키 곶이라고 알려주었어. 일본열도의 끝이 진홍색 구름에 가려져 있었어.

◆

"미야아아케 에이지!" 스가 마사노부가 네온 불빛 번쩍이는 어둠에서 슈팅스타로 범퍼카처럼 돌진해 들어오더니, 혼자 발이 걸려 넘어지고, 바닥에 세게 부딪힌다. 스가는 코를 비비더니 나를 보며 씩 웃는다. 술에 너무 취해서 스가의 뇌는 몸이 얼마나 아픈지를 이해하지 못한다. 스가는 마치 내게 청혼이라도 하려는 것처럼 한쪽 무릎을 꿇으며 일어난다. 난 얼른 카운터를 돌아 뛰어간 뒤, 스가가 자신의 안경을 박살내기 전에 스가의 안경을 집어든다. 스가는 내가 자기를 일으켜주려 한다고 생각하고, "저리 비켜!" 하고 말하며 팔꿈치로 날 밀어낸다. 스가가 갓 태어난 기린처럼 안정되게 일어나다가, 전쟁 영화 선반으로 자빠진다. 선반이 흔들거리고, 수백 개의 비디오 케이스들이 폭포처럼 떨어진다. 손님이 (다행히 한 명뿐이다) 반달 모양 안경을 낀 눈에서 살인 광선을 내뿜으며 우리를 쏘아본다.

스가가 쓰러진 비디오 선반을 노려본다. "포티가이스트가 여어기에, 미야키…… 자안깜만, 자안깜……" 스가는 모니터 쪽으로 고개를 쳐든 채 카운터까지 줄타기하듯 걸어간다. "카시블랑카네." 사실은 〈블레이드 러너〉가 돌아가고 있다. 나는 선반을 바로 세우고 비디오 케이스들을 주워 모은다. 스가가 부서진 꼭두각시 인형 같은 자세로 고개를 대롱거린다. "미아키."

"스가. 어…… 만나서 반가워……"

스가는 침에 대한 통제력을 잃는다. 나는 스가의 타액 종유석을 〈도쿄 포스트〉로 잽싸게 가로챈다. "안 취해써, 졸대 안 취해써, 졸대로. 기분 조타, 기분 조아, 기, 기, 기, 부니 조아, 응, 아마도, 하지만 졸대 마시 가진 아나, 써." 스가는 털썩 무릎을 꿇고, 손으로 선반 가장자리를 움켜쥔다. 위스키를 폭음한 파칭코 삼촌이라 할지라도 이 정도까지 구제불능이 되진 않는다. "널 보고팠거덩. 샤샤키 부인 말로는 너 관뒀다더라. 바이 바이 우에노 바이 바이. 우에노는 나쁘고 나쁘고 나쁜 기운이 돌아. 전후에 사라진 고아들이 어디로 갔는지 알아? 파리처럼 죽었어, 불쌍한 아이들이……" 스가의 눈에서 눈물이 샘솟고, 한 방울이 스가의 얽은 뺨에 흘러내린다. 살인 광선 안경은 '큰일 났어요, 도서관에서 강간이 일어나요' 라고 외치기라도 하듯 새된 소리를 지른다. "너무해! 오늘 너희 젊은이들이 하는 짓을 보니 내 허파를 다 토해낼 지경이야!" 여자는 내가 사과할 틈도 없이 나가버린다. 잠시 나는 스가가 기절해버렸으면 좋겠다고 생각한다. 스가와 모르는 사이인 척하면 어쩌면 구급차가 와서 스가를 데려갈지도 모른다. "스가! 집에 가! 넌 너무 많이 마셨어!"

스가는 코를 킁킁거리고, 부어오른 돔발상어 같은 눈으로 내게 시선을 집중한다. "난 저주받았어."

"택시 탈 돈은 있어?"

"저주를."

"집 주소 좀 말해줄래, 스가?"

스가는 두 눈을 꽉 감고, 일부러 카운터에 뒤통수를 최대한 세게 박는다. 다행히도 머리가 어떻게 될 정도로 세게 박진 않았지만, 그럼에도 스가의 얼굴은 고통으로 일그러진다. 나는 스가의 머리를 잡고, 스가는 나를 밀어낸다. "난 저주받았어, 미야케! 모오르게써? 저주받았다고! 도넛 하나! 뭣 가튼 지저분한 도넛 하나! 꼬마, 유치원 꼬마가 빵찝 문 바로 안에서 기다렸어. 눈물이 뚝뚝 떠러지는 커다란 눈을 하고……" 다시 눈물이 솟기 시작하고, 스가가 몸을 떤다. 겁먹은 개가 덜덜 떨듯이 떤다.

"스가, 내 방은 위층이야, 난 이제……"

"지저분한" — 으웩! — "도넛" — 으웩! — "하나. 문을 열자 꼬마가 도망쳤어. 뭣까치 빠르게 말이야." 스가는 고통으로 눈을 가늘게 뜬다. "배트맨과 로빈 티셔츠를 입은 꼬마가 도로 중앙으로 그냥 돌진……" 스가는 엉엉 울고, 숨이 거칠어지고 뚝뚝 끊긴다. "내가 무슨 짓을 했게, 미야케? 셩 허니 몸을 던져 아이를 구했을 거라고 생각하는 거지? 천만에, 미야케, 아냐, 아니, 아니야. 미야케. 보았어. 들었어. 시청각 자료 같았어. 자동차. 브레이크. 꼬마. 쿵. 쿵. 쿵. 휘이잉. 꼬마는 쇼핑백처럼 날아갔어. 퍽. 도로에는 피가 매직으로 그린 듯 진하게……" 스가가 손가락으로 얼굴을 쥐어뜯는다. 나는 스가의 손을 잡는다. 스가는 반항할 의지를 잃는다. "엄마가, 애 엄마가 사람을 밀며, 나를 밀며 통곡했어…… 아아아 아아아아 아아아…… 나는 달렸어. 달리고 달리고 달리고…… 달렸어, 미야케. 절대로 멈추지 않았어, 절대로, 달리고, 스가는 달리고. 난 살인자야…… 스가는 살인자야." 스가가 비탄의 돌멩이를 삼킨다. "그때 파인애플에 독약을 타서 줬으면 좋았을 거라고 생각하지? 그치? 왜 내 피부가 이런 강판 같은 거라고 생각해? 저주야. 길을 건널 때면 꼬마를 봐. 꼬마가 보여. 꼬마가. 저주야. 저주받았어." 스가의 눈이 풀리며 감긴다.

알겠다.

나는 카운터에서 열쇠를 꺼내, 축 늘어진 스가를 끌고 위층으로 올라간다. "화장실에 갔다 와. 혹시라도 내 이부자리에 오줌을 싸면, 네 컴퓨터들을 날려버리겠어, 알겠어? 스가? 내 말 듣고 있어?" 스가가 고개를 끄덕이고, 멍한 눈으로 보다가 말도 안 되는 말을 웅얼거린다. "난 아래층에 있을게." 아래층 카운터에는 젖소가 그려진 티셔츠를 입은 여자아이가 브래드 피트가 나오는 비디오란 비디오는 모조리 들고 서 있다. 여자는 시계를 들여다보고 고통스러운 한숨을 토한다. "기다리시게 해서 죄송합니다." 내가 말한다. 여자는 날 무시한다. 스가가 토하는 소리가 들린다. 첫번째로 토하는 소리가 들리자 젖소여자가 어리둥절한 표정을 짓는다. 두번째로 토하는 소리. 젖소여자는 나를 무시하겠다던 맹세를 깨고 무슨 일이냐는 눈길로 나를 쏘아본다. 세번째로 토하는 소리. 젖소여자가 말한다. "아무 소리 안 들려요?" 난 '당신 완전 미친 거 아니냐'는 눈으로 여자를 본다. "아무 소리도요. 왜요?" 여자는 가게를 나가고, 나는 떨어진 비디오 케이스들을 선반에 다시 꽂는다. 내 방 화장실에서 물 내려가는 소리가 들리고, 그게 약간 위로가 된다. 이윽고 손님들이 우르르 몰려온다. 나는 〈블레이드 러너〉에서 누가 인간이고 누가 복제인간인지를 잊어버렸다. 스가가 얼마나 오랜 세월 동안 저주를 지니고 다닌 건지 궁금하다. 세상의 다른 사람들에게도 각자 아픈 부분이 있다는 것을 깜박했다. 열한시가 넘어가도 밤은 서늘해질 조짐이 전혀 보이지 않는다. 위층에서 쿵 소리가 한두 번 들린다. 최소한 이 건물 안에 분타로에게 설명해야 할 시체는 없는 셈이다. 후두둑 물소리가 들리고, 나는 잠시 밤의 열기가 비로 바뀌었다고 생각한다. 그러다가 그게 아님을 깨닫는다. 삼 주 전 스가가 내게 했던 마지막 질문에 답하자면, 스가는 오줌이 마려울 때 똑바로 오줌을 쌀 수 없다. 내일 아침 할 일 하나 추가. 나는 에어컨을 한 단계 올리고, 카운터 아래에서 종조부의 일기와 사전을 챙긴다. 스바루와 동생 다카라 사이의 따뜻함이 내 아버지와 할아버지 다카라 사이의 냉랭함과 강렬한 대조를 이룬다. 라이조 제독이 '불화'에 대해 언급했던 일 때문에 마음이 불편하다. 야쿠시마의 외숙모들은 자기들의 끝없는 고상한 전투에서 기꺼이 나를 탄약으로 써먹었는데, 내가 또다른 전쟁터의 경계에 와 있다는 느낌을 떨칠 수가 없다.

♎

11월 10일

여러 가지 상황이 너무 좋지 않아 함교로 나갈 허락을 받지 못했어. 아베는 다시 우리가 가이텐에서 대체 불가능한 요소임을 상기시켰어. 더욱이 I-333이 너무 심하게 흔들려 가이텐의 정비 점검이 불가능해. 우리와 I-333 승조원들 간엔 서먹한 기운이 있어. 어느 정도의 거리감은 자연스러운 것이겠지만, 때로는 승조원들의 행동이 냉담한 정도까지 갈 때도 있어. 가령 내가 이야기 중에 호소가와 일급 무선기사가 나가사키에서 자랐다는 걸 알게 되어, 저녁식사 후 복도에서 호소가와를 지나쳐가며 사투리로 말을 걸었거든. 호소가와는 깜짝 놀란 표정을 짓더니 딱딱하게 격식을 차린 말투로 대답을 하더라. 가이텐 조종사들이 서류 정리를 도울 수 있을 거라고 아베가 제의했을 때도, 요코타 대령은 고맙긴 하지만 말도 안 되는 제안이라고 쌀쌀맞게 대꾸했어. 아베는 요코타 대령이 우리를 의무 수행 중인 신으로 여겨 과도한 존경심을 품고 있는 것뿐이라고 생각해. 고토는 삼 년 반이나 수중에서 폭탄을 피해 다니다보면 누군들 정신적으로 중압감에 시달리지 않겠느냐고 지적했어. 구사카베는 승조원들이 우릴 미쳤다고 생각하는지도 모른다고 말했어. 그 말에 아베가 화를 냈어. 구사카베는 잠수함 승조원들은 죽음의 아가리를 요리조리 피해 다니며 일생을 보내지만 우리는 똑바로 죽음의 아가리로 향하려는 사람들이라고 차분히 말했지. 아베는 다시는 그런 소리를 입 밖에도 내지 말라고 구사카베와 고토에게 자신의 계급까지 들먹이며 명령했어. 우리를 태워준 잠수함 주인들의 헌신과 애국심을 훼손한다는 이유었어. 나는 분위기를 해치지 않으려고 아무 말도 하지 않았지만, 속으론 고토의 말이 맞다고 생각했어. 가장 어린 승조원들조차도 노인 같은 눈을 하고 있거든.

11월 11일

대체로 좋은 날씨야. 바다가 따뜻해지니 온도계의 수은주가 올라가고 있어. 일단 가이텐을 내리면 어떻게 해도 다시 잠수함에 올릴 수 없기 때문에 가이텐을 타고 시운전을 해보는 건 불가능해. 하지만 우리는 가이텐을 타고 엔진과 다른 시스템들이 완벽하게 작동하는지 확인해야만 해. 가이텐 잠망경을 통해 바다가 세차게 흘러 지나가는 걸 보고 있으면 정말 즐거워. I-333이 수중에 있을

땐 더욱 그래. 남쪽으로 나아가면서 동물의 왕국에 변화가 일어나는 걸 느껴. 예를 들어, 오늘은 해우를 봤어. 해우는 꼭 소처럼 헤엄치더라. 우린 금잔화색, 눈색, 연보라색의 열대어떼 사이를 뚫고 지나갔어. 오후에는 돌고래 두 마리가 나타나 우리 옆에서 헤엄쳤어. 녀석들은 우리라는 괴상하게 생긴 물고기를 보고 깔깔 웃는 듯했어. 행운의 여신도 우리의 임무에 웃음 지어주시길. 고토가 농담을 했어. "중국인 강도와 미국인 제국주의자와 영국인 장군이 동시에 건물에서 뛰어내리면, 누가 가장 먼저 땅에 떨어지게?" 아무도 답을 몰랐고, 그래서 고토가 우리에게 비장의 한 방을 날렸어. "그딴 걸 누가 신경 써?"

11월 12일

천둥이 치지만, 아직 비는 내리지 않아. 요코타 대령은, 완곡하게 말하더라도, 우리 정부에 대해 거리낌 없이 비판을 해. 만약 일반 시민이 그렇게 불경하게 말했다면 분명 이미 첩보부에 잡혀갔을 거야. 오늘 저녁식사를 하는데, 요코타 대령이 럼을 한 병 땄어. 난 어릴 때 해적 이야기에서 읽은 게 전부일 뿐, 진짜로 럼을 본 건 처음이었어. 그걸 마시니 정말로 혀가 풀리더라. 아베는 술이 약해서 아주 조금만 마셨지만, 요코타 대령은 더운 날에 냉차 마시듯 쭉 들이켰어.

요코타 대령은 우선 해군 본부를 거칠게 짓밟았어. 미드웨이 해전에서 대실패를 겪었지만, 패전 소식을 감추고 금기시하기나 했지 교훈을 얻지 못했다는 게 이유였지. "우리 해군의 전략이란 건 오로지 쓰시마 전투에서 러시아군을 상대하며 했던 것처럼 '단호한 해전'으로 적을 유인하는 것뿐이야. 하지만 이번 전쟁에선 통하지 않을 거야. 미국인들은 그렇게 멍청하지 않으니까."요코타 대령이 말했지. 도조 수상은 아무도 살지 않는 알래스카 섬들을 침공하라고 명령했으니 '특등급 군대 얼간이'래. "뭐하러 그랬을까? 앵글로색슨족의 압제에서 바닷새들을 해방시키려고?" 히가시쿠니 왕자는 "멍청하다 못해, 신발 밑창에 어떻게 하라는 말이 쓰여 있지 않으면 장화에 고인 오줌도 따라내지 못하는 사람"이고. 고토가 큰 소리로 웃고, 구사카베는 씩 웃었고, 아베는 점잖게 얼굴을 붉혔고, 난 어떻게 반응해야 좋을지 모르겠더라. 요코타 대령의 주장에 따르면, 군대가 파가 나뉘어 서로 대치하지 않고 힘을 합쳐 싸우기만 했어도, 또 그때 레이더 기술을 크게 발전시켰더라면, 동인도제도 유전은 아직 일본 영토였을 거야. 이제 우린 독일에 레이더 장비를 구걸해야만 해. 요코타 대령은 적들이 편 봉쇄 작전 때문에 라바울에 갇힌 아군을 지원한다는 명목으로 황국군이 최고사령부에 알리지도 않고 잠수함 작전을 편다고 비난해. 무엇보다도 걱정스러운 것은 적이 분명 우리 암호를 해독하고 있다는 대령의 굳은 확신이야. 좀 경솔했던 것도 같지만, 아베는 도쿄제국대학의 한 암호학자가 발명한 거라 서양인의 뇌 구조로는 해독이 불가능하다고 말했어. 요코타 대령은 도쿄제국대학 암호학자들 중 누구도 공해에서 잠수함의 정확한 위치를 알고 매복해 기다리던 구축함의 공격을 떼로 당해본 적이 없으니 그딴 소리를 하는 거라고 반박했어.

◆

　"하지만 만약에," 나는 전화 줄의 고리를 풀며 말한다. "네가 옳고, 의미란 건 그저 정신의 '작용'에 지나지 않는다면, 어떻게 사람들이 각자 서로 다른 인생의 의미를 가질 수 있지? 어떻게 어떤 사람들은 인생의 의미가 아예 없지? 혹은 처음에 가졌던 의미를 잊게 되지?"

　"경험, 영향, 질병, 이혼. 저건 무슨 소리야?"

　"스가가 코 고는 소리야."

　"무슨 고양이가 저렇게 큰 소리로 코를 골아?"

　"스가는 사람이야. 어느 정도는."

　"아, 그럼 스가는 남자야, 여자야?"

　나는 헛되이 질투심의 흔적을 찾으려 애쓴다. "남자야. 술에 취해 집에서 먼 이곳에 불시착한 친구지. 내 방 바닥에서 자라고 허락했더니, 내 요를 차지해버렸어. 아까 하던 얘기나 다시 계속해."

　"뭐라 하려 했는지 잊어버렸어…… 기억났다. 내 개인적인 이야기를 좀 해줄까?"

　나는 똑바로 일어나 앉는다. "응, 듣고 싶어."

　"난 당뇨 환자야. 지난 십삼 년간 매일 저녁 혼자 팔에 인슐린 주사를 놔. 식단표에 따라 먹어. 이걸 무시하고 맘대로 살면 저혈당 상태가 될 수도 있어. 그게 심해지면 죽을 수도 있고. 내 인생의 의미는 죽음과 설탕의 균형을 맞추는 거야. 유전자에 시한폭탄을 안고 태어나지 않은 사람들은 나와 같은 의미를 가질 가능성이 희박하지. 아마도 사람들의 진짜 진정한 차이는 딱 이거일 거야. 왜 자신들이 여기에 있는가를 어떻게 보는가."

스가가 자면서 으르렁거린다.

내 담배가 붉게 타오른다. "으음."

"오늘 밤 대체 왜 그래, 미야케?"

나는 맥주캔 재떨이에 담배를 톡톡 두드린다. "아버지를 만나는 게 내 인생의 의미였어. 이제 난 아버지를 만나게 될 거야. 아버지를 만난 뒤엔 뭘 해야 하지?"

"왜 그걸 지금 걱정해?"

"몰라, 난 이런저런 것들을 걱정하고, 도무지 걱정을 멈출 수가 없어."

"미야케 에이지, 나 지금 당장 너랑 자고 싶어."

나는 폐 가득 들이마신 담배 연기에 숨이 막혀 컥컥거린다. "뭐?"

"농담이었어. 난 네가 원하면 걱정을 멈출 수 있다는 걸 증명하고 싶었을 뿐이야. 어쨌거나, 드뷔시는 단 한 번도 자신의 인생의 의미에 대해 걱정한 적이 없어."

"드뷔시? 무슨 밴드에서 활동한 사람인데?"

"클로드 드뷔시. 제발 방금 농담한 거라고 말해줘."

"클로드 드뷔시…… 지미 헨드릭스를 위해 드럼을 친 사람이지, 맞지?"

"성인에게 그런 신성모독은 삼가줘. 농담일지라도 말야. 안 그럼 독수리가 네 간을 파먹을 거야. 난 내일 오디션에서 드뷔시 곡을 연주할 거야. 듣고 싶어?"

"물론이지." 이건 처음이다.

나는 아이가 부스럭거리고 덜컹이는 소리를 듣는다.

"누워서 별들을 봐."

"기타 센주의 밤하늘은 온통 네온 안개야."

"그럼 〈Et la lune descend sur le temple qui fut〉를 연주해줄게."

"무슨 뜻이야?"

"'황폐한 사원 위에 걸린 달'이라는 뜻이야."

"프랑스어도 해?"

"난 여섯살 때부터 프랑스로 도망칠 계획을 짜왔다고, 기억해둬."

"프랑스라, 정말 우아한 인생의 의미구나."

"쉿, 안 그럼 별들의 소리를 들을 수 없어."

◆

프라이팬에서 기름이 톡톡 튄다. 나는 두번째 계란을 망친다. 손가락 새로 껍데기 조각들이 느껴지고, 정액 같은 덩어리가 프라이팬에 떨어진다. 난 투명한 흰자가 하얗게 굳어가는 모습이 보기 좋다. 거의 때맞춰 토스트를 구해내고, 숯 덩어리를 긁어 싱크대에 버린다. 내 요에서 커다란 뭉치가 잠을 깬다. "아아이이이우우우에에오오오오." 스가, 즉 불청객께서 힘겹게 고개를 들고 내 쪽방을 관찰한다. 나는 피우던 필립 모리스를 계란 껍데기에 비벼 끈뒤 커튼을 열어젖힌다. 더러운 아침이 사흘 치 설거지 거리와 여기저기 흩어진 양말 및 신문 위로 흘러 들어온다. 스가는 멋지지 않다. 스가의 목은 삶은 문어 같은 분홍색이고, 모기 물린 자국이 일련의 화산섬들처럼 줄줄이 온 얼굴을 뒤덮고 있다. 스가가 눈을 깜박인다. "미야케? 여기서 뭐 해?"

"난 여기에 살아."

"아, 난 여기서 뭐 하는 건데?"

"여기가 어제 네가 죽은 곳이지."

"방광이 터질 거 같군. 공룡도 나보다는 적게 쌀걸. 화장실이 어디야?" 나는 고갯짓해 알려준다. 스가가 일어나 오줌을 싼다. 싸고 또 싼다. 스가는 한숨 쉬고 지퍼를 올리며 나온다. "네 화장실은 우에노 역만큼 지독한 냄새가 나. 끔찍한 토한 냄새가 나."

"아침으로 맛있는 기름 속에 둥둥 떠다니는 계란 프라이 어때?"

"내가 어젯밤에 토했어?"

"친절하게도 대부분은 변기에 대고 했어. 언제든지 와."

"물을 수영장으로 하나 가득 마셔야겠어." 나는 맥주잔에 수돗물을 채워준다. 스가는 한참 동안 한 번도 멈추지 않고 다 들이마신다. "고마워. 혹시 커피 있어?" 나는 스가에게 내 커피를 주고 다시 물을 한 냄비 끓이기 시작한다. 스가는 요를 통나무처럼 둘둘 뭉친 뒤, 식탁 앞에 앉고, 커피를 마시고, "아아아아아아" 소리를 내고, 셔츠 소매를 내려 습진을 감춘다. "네가 기타를 치는지 몰랐네. 그네에 탄 아이가 네 누이동생이야?" 비슷하다고 할 수 있다. "응." 나는 토스트 위에 계란을 기울여 붓고, 부스러기를 마저 올린 뒤 자리에 앉아 먹는다. "그럼 저 웃긴 선글라스를 쓴 남자가 네 아버지야?" 내 계란 노른자가 노란 피를 흘린다. "아니. 존 레논이야." 스가는 양쪽 엄지손가락으로 관자놀이를 열심히 만진다. "이름은 들어봤어. 비치보이스의 가수, 맞지? 그런데 난 정확히 어디에 있는 거야?"

"기타 센주의 비디오 대여점 위에."

"내가 여기 온 게 언젠데?"

"어젯밤에 대충 열한시쯤."

"직장의 2층에서 사는 거야? 출퇴근은 열라 쉽겠다."

"시체 상태의 널 끌어다놓을 곳이 가까운 곳에 있었던 걸 고맙게 생각해. 안 그럼 지금 이 순간 시궁창에 박힌 네 위로 개가 오줌을 싸고 있었을 테니까. 어젯밤에 여기엔 어떻게 왔어? 역에서 택시를 탔어? 너는 어제 절대로 오래 걸을 수 있는 상태가 아니었어."

스가는 멍하니 고개를 흔든다. "정말로 기억이 안 나."

계란이 훌륭하다. "그럼 왜 날 만나러 왔어?"

스가는 어깨를 으쓱한다. "미야케, 어젯밤 내가 곤드레만드레 취해 있었을 때…… 뭔가 바보 같은 이야기를 지껄이진 않았겠지? 난 취하면 완전 헛소리를 줄줄 읊어대거든. 내가 뭐라고 했든, 그건 절대, 알지, 한마디도 진실이 아니야. 완전 개소리라고, 내가 한 말 전부 다, 혹은 했을지도 모르는 말 전부 다."

"그래, 알았어."

"하지만 나 정말로 뭔가, 음, 미친 소리를 한 건 아니지, 응?"

"응, 스가, 전혀."

스가는 자신 있게 고개를 끄덕인다. "그래, 그럴 줄 알았어, 나랑 알코올, 피휴우." 고양이가 어슬렁거리며 들어와 곧장 스가를 부드럽게 건드리며 인사한다. "안녕, 예쁜이!" 스가는 고양이를 어루만지고, 고양이는 식량 사정을 간파한다. "그런데 뭐하러 이런 수상쩍은 녀석과 같이 사는 거야?"

"네 감사의 마음이 날 참 감동시키는구나."

"종신형을 받고 겨우 이 주일 만에 우에노는 왜 떠났어?"

"집안 사정이야. 어, 넌 오늘 세미나 없어?"

스가는 어깨를 으쓱한다. "오늘이 무슨 요일이야?"

"목요일."

"오늘 어디로 가야 할지 모르겠어."

"성배 찾는 건 안 해?"

"의미 없어." 스가는 안경을 벗고 콧대를 문지른다. 그러고 있으니 육십대 노인처럼 보인다. "완전히 시간 낭비야. 난 해킹을 그만뒀어."

"내가 제대로 듣고 있는 건가?"

"이 주일 전에 펜타곤에 백도어로 들어갔어. 어떻게 됐게?"

"성배가 없었어?"

스가는 손가락으로 머리를 빗는다. "성배가 구십억 개는 있더라. 난 그중 하나를 들여다봤어. 다시 성배 구십억 개를 찾아냈지. 그리고 각각의 성배 안은 어땠게?"

"또다시 구십억 개의 성배가 있었어?" 나는 일할 준비를 해야 한다.

스가가 한숨을 쉰다. "모두 다 그냥 어떤 정부 얼간이의 못된 장난질이었어. 난 매시간을 해킹에 바쳤고, 다 더하니 몇 달이 되었는데. 차라리 그 시간에 자위를 했으면 훨씬 유익했을 거야. 이젠 컴퓨터를 보기만 해도 구역질이 나."

"그럼 대학교에선 뭘 하는데?"

"아무것도 안 해. 그냥 걸어다녀. 자고."

"그냥 해킹할 다른 사이트를 찾아보면 어때?" 나는 커튼 레일에서 깨끗한 티셔츠를 가져온다. 물기는 말랐지만 구겨져 있다. 나는 다리미의 전원을 켠다. "해커들에게……" 스가는 한숨을 쉬고 계속 말한다. "음, 진짜 실력 있는 해커들에게, 성배는 해킹의 궁극적 의미야. 해커가 아닌 사람들은 이런 걸 절대 이해 못 해. 가령 네 아버지가 네가 생각한 그런 사람이 아니었다는 걸 어느 날 갑자기 알게 됐다고 생각해봐. 난 이 소식을 올릴 마음조차 안 나. 어쨌거나, 다른 사람들은 내 말을 절대 안 믿을 거야. 내가 엉뚱한 곳에 갔던 거라고만 생각할 거야."

나는 싱크대 안 수집물에 접시 한 장을 더하고, 양말의 짝을 맞춰 한 켤레를 만들어보려 애쓴다. "구십억 개의 성배로 가득한 구십억 개의 성배." 나는 다리미판의 다리를 펴고 똑바로 세운다. "성배 하나를 숨기기에 진짜 좋은 장소잖아." 즉흥적으로 한 말이었고, 스가는 내 말에 대꾸하려 입을 벌리다 마음을 바꾼다. 스가는 분당 구십 회의 속도로 가르릉거리며 어슬렁대는 고양이를 쓰다듬는다. 다리미가 증기를 내뿜는다. 스가가 입을 연다. "아니, 난 모든 문서 영역에서 임의로 성배 파일을 선택해 수백 개나 확인해봤어. 성배를 찾는 건 영원한 헛수고일 뿐이야. 아무 의미 없는 헛수고."

♎

11월 13일

현재 날씨 알 수 없음. 우린 소리 없이 항해 중이야. 십 분 전에 망보기가 경보를 울렸어. 번개 기동대가 똑바로 우리 쪽을 향해 오고 있다는 거야. 승조원들이 I-333이 발각되기 전에 잠수시킬 준비를 함에 따라, 이미 예행 연습이 된 아수라장이 잇따라 벌어졌어. "망보기들은 아래로! 잠수한다! 잠수한다!" 난 아베와 고토와 구사카베와 함께 침상으로 돌아갔어. "해치 잠금 완료!" 바닥짐 탱크에 바닷물이 채워졌어. 상갑판의 공기구멍으로 공기를 빼내면서 고음의 윙윙대는 소리가 났어. I-333은 10도 경사로 기울었어. 전구들이 터졌어. 양쪽 귀에서 둔한 아픔이 울려. 우리의 생명은 이제 승조원들의 손에 달려 있어. 우린 최고 수중 80미터까지 내려왔어. I-333의 선체는 내 평생 처음 듣는 이상한 소리로 신음했어. 누구 하나 감히 끽소리도 내지 않았지. 요코타 대령은 적군이 수중 음파 탐지기를 가지고 있는데 이걸 단 부표를 떨어뜨리면 음파 추적 미사일들이 잠수함을 찾아내 파괴할 수 있다는 소문을 말해준 적이 있어. 요코타 대령의 말이 맞는 거 같아. 군인에게 최고의 자질은 용기지만, 기술이 이걸 멋지게 대체할 수 있어. 난 우리 위를 흐르는 엄청난 양의 물에 대해 계속 생각 중이야. 내가 I-333에서 가장 진저리치는 건 냄새야. 함교에서 돌아올 때마다 I-333의 냄새가 날 맹렬히 공격해. 땀과 배설물과 썩은 음식과 남자 냄새. 남자, 남자, 남자. 뭍에서는, 예상치 못한 일들은 종종 환영할 만해. 지루한 일상에 변화를 주고 흥분감을 주니까. 잠수함에선, 예상치 못한 일은 치명적인 것이 될 수 있어. 난 지금 다른 곳으로 정신을 분산시키기 위해 이 일기를 쓰고 있어. 아베는 명상 중이야. 고토는 기도하고 있고. 구사카베는 책을 읽어. 가이텐 조종사는 해양 역사상 가장 위험한 파괴 요원이지만, 난 지금 내가 너무나 연약하다고 느끼고 있어.

11월 14일

날씨 악화됨. I-333이 목적지까지 반 정도 왔어. 아베와 구사카베의 관계는 더욱 나빠졌어. 어제저녁, 아베는 구사카베에게 체스한판 붙자고 했고, 구사카베가 거절하자 말했어. "가이텐 조종사가 게임에 질까봐 두려워하다니 참 웃긴단 말이야." 아베의 비난은 농담처럼 포장되어 있었지만, 농담이란 건 보통 다른 의도를 숨기고 있잖아. 난 구사카베가 자기 영역을 너무 지키니까 아베가 질투하는 거라고 생각해. 구사카베는 아무 말 없이 책을 덮고 체스판을 펼쳤어. 그리고 마치 여섯 살짜리를 상대하듯이 아베를 깨부쉈어. 말 하나마다 십 초쯤 쓰더라. 아베는 훨씬 더 시간이 오래 걸렸고 얼굴이 점점 더 일그러졌지만, 도저히 포기하지 못하더라. 구사카베가 세 번이나 폰을 퀸으로 승격시킬 동안 아베의 킹은 구석에서 꼼짝 못하고 운명을 기다렸어. 아베는 킹을 잃자 뼈 있는 농담을 했어. "네 마지막 임무가 체스 게임만큼이나 대성공을 거두길 바랄 뿐이야, 소위." 구사카베가 대꾸했지. "미국인들은 만만찮은 상대입니다, 대위님." 고토와 난 이런 모욕 행위들이 폭력으로 이어질까봐 겁을 냈지만, 아베는 침착하게 체스말들을 치웠어. "미국인들은 겁쟁이에 나약한 종족이야. 양키들은 총이 없으면 아무것도 아니라고." 구사카베는 체스판을 접었어. "우린 정치적 슬로건을 그대로 믿음으로써 이미 이 전쟁에서 졌습니다. 슬로건이 우리 지도부를 망쳤습니다, 대위님." 아베는 자제력을 잃고 체스판을 움켜쥔 뒤 선실에 냅다 던졌어. "그럼 넌 정확히 무슨 이유로 여기에 있는 거지, 가이텐 조종사?" 구사카베는 도전적인 눈길로 상관을 쏘아보았어. "제 희생의 의미는 도쿄 정부가 덜 굴욕적인 항복을 할 수 있도록 돕는 겁니다." 아베는 분노로 씩씩거렸어. "항복? 그딴 말은 대일본정신에 없는 단어야! 우린 십 주 만에 말레이반도를 해방시켰어! 다윈 항에 폭탄을 떨어뜨렸어! 벵골 만을 맹공해 영국군을 몰아냈어! 우리의 성전은 칭기즈칸 이후로 비할 수 없이 찬란한 아시아공영권을 만들어냈다고! 팔굉일우*야!" 구사카베는 화를 내지도, 기가 꺾이지도 않았어. "대일본정신에서 정말로 애석한 점은 그 집이 우리 위로 무너지지 않게 막는 법을 알아내지 못했다는 겁니다." 아베는 목 쉰 소리로 외쳤어. "네가 하는 말은 네가 입은 군복의 기장을 더럽히고 있어! 네 분대를 모욕하고 있어! 여기가 오쓰시마였다면 난 너의 선동적 사고를 상부에 보고했을 거야! 우린 선과 악에 대해 말하고 있다고! 신의 뜻은 확실하게 드러났어!" 구사카베가 마주 쏘아보았어. "우린 투하되는 폭탄의 총 톤수에 대해 말하는 겁니다. 전 적함을 침몰시키고 싶지만, 대위님 때문이 아닙니다. 연대 때문도 아닙니다. 귀족 계급이나 우리 정부 내의 광대들 때문도 아닙니다. 일본에 폭탄을 쏟아부을 미군기가 적어질수록 제 누이가 이 멍청하고 잔인한 전쟁에서 살아남을 가능성이 커지기 때문입니다." 아베는 오른손으로 구사카베의 얼굴을 두 번 세게 쳤고, 그다음엔 왼손으로 턱밑에 훅을 날렸어. 구사카베는 비틀거렸고, 이렇게 말했지. "아주 훌륭한 논거시군요, 대위님." 고토가 둘 사이에 끼어들었어. 난 너무

---

*『일본서기』에 나오는 문구로, 팔방, 즉 전 세계가 하나의 집, 즉 천황의 집이라는 뜻. 전쟁을 통해 일본을 중심으로 세계를 하나로 질서화하겠다는 슬로건으로 탈바꿈됨.

충격을 받아 얼어 있었지. 아베는 구사카베에게 침을 뱉고 뛰쳐나갔지만, 잠수함에는 뛰쳐나갈 만한 곳이 많지 않아. 난 멍든 곳에 대주려고 수건을 물에 적셔 가져왔지만, 구사카베는 아무 일 없었다는 듯 책을 집어들었어. 어찌나 차분하던지, 혼자 조용히 좀 있고 싶어서 일부러 아베를 자극한 게 아닌가 하는 의심까지 들려 했다니까.

11월 15일

날씨: 비바람, 태풍이 다가오는 기운이 보임. 가벼운 설사 증세를 겪고 있지만, 의무실에서 효과 좋은 약을 받았어. 우린 이번 임무의 자매 잠수함인 I-37과 연락이 끊겼어. 가이텐 한 대를 정밀 점검하느라 꼬박 하루가 걸렸어. 어제의 사건이 있은 뒤로 아베는 꼭 필요한 경우가 아니면 말을 하지 않으려 하고 있어. 구사카베는 딱딱하게 예의를 갖춰 아베에게 말하고. 왼쪽 눈이 멍 때문에 반쯤 감겨 있어. 고토는 승조원들에게 구사카베가 침상에서 떨어졌다고 말했어. 난 영국의 가부키 책을 빌려준다던 제안이 아직도 유효하냐고 구사카베에게 물었고, 구사카베는 물론 유효하다며 로마의 가장 유명한 병사에 대한 희곡을 추천했어. 잘 들어봐. "날 전쟁에 보내주시오, 내가 말하노라. 밤이 낮을 이기듯, 전쟁은 평화를 이기나니. 전쟁은 영적이고, 깨어 있고, 들을 수 있고, 화문(火門)으로 가득하나니. 평화는 아주 무기력하고 뇌졸중에 걸려 있으며, 엉망이고, 귀먹고, 생기 없고, 무감각하도다. 평화는 인간의 파멸자인 전쟁보다 더 많은 사생아를 잉태하나니." 심지어 아베가 선실에 들어온 후에도 난 계속 책을 읽고 있었어. 하지만 서구의

군사적 가치는 당혹스러워. 이 군인, 즉 코리올라누스는 명예에 대해 말하지만, 로마인들에게 배신당했다고 느끼자 할복자살로 불만을 표시하는 대신, 조국을 배신하고 적군에 들어가 싸워! 명예는 어디로 간 거지? 오늘 오후에 호위 없이 지나가는 미국 화물선을 발견했지만, 요코타 대령은 가이텐 임무를 완료하기 전까지는 재래식 어뢰를 발사하지 말라는 엄격한 명령을 받았어. 고토는 만약 요코타 대령이 이 지령을 무시해도 자기는 해군 본부에 단 한마디도 벙긋하지 않을 거라고 맹세했어. I-47에서 남남동 20킬로미터 지점에 적의 구축함 두 대가 있다는 공식 경고를 보내왔기에, 우리는 화물선을 그냥 빠져나가게 두었어. 나중에 고토와 난 마분지로 모형 전함을 만들었고, 가짜 잠망경으로 가이텐 접근 상황을 연습했어. 그러다 날씨 얘기 할 때처럼 아무렇지 않은 말투로 고토가 말했어. "쓰키야마, 널 내 아내에게 소개해주고 싶어." 고토도 그때만큼은 꽤 진지했어. 고토는 우리의 마지막 주말 외박 때 결혼식을 올렸어. "내가 죽은 뒤 아내가 재혼하고 싶어한다면……" 고토는 나에게 말한다기보단 혼잣말에 가깝게 말했어. "난 아내를 축복해줄 거야. 내 아내는 남편을 한 명 이상 가질 수도 있겠지만, 내게 아내는 오직 한 명뿐일 테니까." 그런 뒤, 고토는 내게 왜 특공대에 자원했느냐고 물었어. 우리가 이 주제에 대해 오쓰시마나 나라에서 한 번도 얘기해본 적이 없다는 게 네겐 이상하게 느껴질지도 모르지만, 우린 '어떻게'에 너무나 몰입해 있었기에 '왜'에 눈 돌릴 틈이 없었어. 그때 내 대답은, 그리고 지금도 내 대답은, 내가 가이텐 계획을 위해 태어났다고 믿는다는 거야.

◆

스가가 쿵쿵거리며 아래층으로 내려온다. "안녕."

"안녕." 나는 일기를 덮는다. "몸은 좀 어때?"

"10메가톤 급 두통이야."

"우리 사장이 어딘가에 구급약 통을 두었는데……"

"난 진통제에 독특한 면역성이 있어. 내가 화장실 청소했어. 화장실 청소를 해본 건 이번이 처음이야. 걸레와 물건을 맞게 썼는지 모르겠다."

"고마워."

스가는 코를 쿵쿵거린 뒤 잠시 화면을 지켜본다. 손에 잡히는 대로 고른 〈사관과 신사〉라는 제목의 미국 영화다. 하긴 이 가게 비디오 대부분은 미국 영화다. 비디오 케이스를 보고 내 종조부가 참전했던 태평양전쟁과 해군에 대한 영화가 아닐까 생각했지만, 내 짐작은 틀려도 한참 틀렸다. 고통스러워하는 설치류 같은 얼굴을 한 스타가 1980년대 신병 훈련소에 들어갔다. "음," 스가가 말한다. "네가 왜 우에노를 포기했는지 알겠어. 할 일이 이게 다야? 엉덩이 깔고 앉아 하루 종일 영화나 보는 거?"

"네가 엉덩이 깔고 앉아 컴퓨터 화면 들여다보는 거랑 다를 게 없지."

스가는 신작 칸을 살핀다. "이런 비디오 대여점들의 운명도 곧 끝이야. 조금만 있으면 사람들은 비디오를 전부 인터넷으로 다운로드해 보게 될 거야, 아무렴. DCDI 포맷이지. 기술은 이미 발전했고, 마케팅이 따라오기만 기다리고 있어. 물어보려던 게 있는데,

네가 뒤쫓던 한국 아가씨는 어떻게 됐어?"

"어, 사람을 잘못 본 거였어."

크립토나이트 초록색 지프가 시간 여행 음악을 쿵쿵거리며 보도 위에 올라와 선다. 조수석에 롤리타가 앉아 창밖으로 체리 씨를 뱉는 동안, 달라이 라마가 한쪽 팔에 푹신거리는 흰족제비를 안고 어르며(흰족제비는 목에 분홍색과 라임색 나비넥타이를 자랑스레 매고 있다) 다른 팔에는 비디오 세 개를 든 채 돌진해 들어온다. "〈아르고 황금 대탐험〉은 스릴이 넘쳤지만, 〈신밧드〉는 썰렁했고, 〈타이타닉〉은 지루해서 보다가 죽을 뻔했어. 신화는 더는 옛날 같지 않아. 알아차렸어야 했는데. 내가 썼거든." 나는 반납 기한을 확인하고 고맙다고 인사한다. 달라이 라마는 문워크를 하며 나가고 흰족제비의 발을 우리에게 흔든다. 흰족제비가 하품을 한다. 지프가 잽싸게 떠나고, 음악은 적색편이를 일으키며 불분명하게 으깨진다. 스가는 문 너머를 지켜본다. "나도 저런 친구가 있으면 좋겠어. 부적응자처럼 느껴질 때마다 전화 걸어서, 어, 내가 실은 정상이란 걸 상기할 수 있는 친구." 스가는 하품을 하고, 티셔츠로 안경을 닦은 뒤, 밖으로 나가 하늘을 바라본다. "아, 또 하루가 시작됐네."

"오디션 홀 대기실은 미친놈들의 탁아소야." 아이가 말한다. 정전기가 일으키는 아련한 티딕거림. "혹은 심리전 연구자들의 탁아소지. 음악가들은 탁자 밑에서 서로를 발로 차대는 세계적 체스 선수들보다 더 심각해. 토호음악학교를 졸업한 어느 남자애는 마늘 요구르트를 먹고, 숙어집에서 프랑스어 속어를 읽어, 큰 소리로. 또 어떤 녀석은 제 엄마랑 불경을 읊어. 여자애 둘은 압박감을 견디지 못하고 죽은, 최고 인기 음악학원의 자살자들에 대해 토론 중이야."

"심사위원들이 네 음악에 대해 어젯밤 내가 느낀 것의 반만큼만 좋게 들어도, 넌 쉽게 성공할 거야."

"내 생각에 넌 좀 편파적인 거 같아, 미야케. 심사위원들은 목을 보고 점수를 주는 게 아냐. 어쨌든 파리음악원 장학금을 쉽게 따내는 사람은 아무도 없어. 거기까지 가려면 죽을 힘을 다해 기어서, 똑같이 유력했지만 이제는 죽어 자빠진 후보들의 시체를 넘어 기어가야 해, 로마 검투사들과 똑같다고. 졌을 때 숙적들에게 억지로 예의 바르게 웃어주고 축하해주는 것만 빼고 말이야. 너한테 전화기로 연주를 들려주는 것과 무덤에서 기어나온 A급 전범을 꼭 닮은 심사위원단 앞에서 연주하는 건 달라. 그 사람들은 나의 미래, 나의 꿈, 그리고 한 인간으로서 나의 의미를 좌지우지하는 사람들이라고. 이 오디션을 망치면 난 죽는 날까지 헬로키티 팬인 꼬마 여자애들 개인 교습이나 하며 살게 될 거야."

"나중에 또다른 오디션이 있을 거야." 내가 지적한다.

"그런 말은 하는 거 아니야."

"결과 발표가 언제야?"

"오늘 다섯시. 최종 후보들이 연주한 뒤야. 심사위원들은 내일 비행기를 타고 프랑스로 돌아가. 잠깐만, 누가 왔어." 귀 가득히 쉭쉭거리는 잡음과 송화기를 손으로 가리고 웅얼거리는 소리가 들린다. "이 분 뒤에 들어오래."

뭔가 힘 있고 기운을 북돋아주면서 재치 있는 말을 하자. "어, 행운을 빌어."

아이가 걷자 호흡이 달라진다. "나 요전에 생각했는데……"

"뭐에 대해서?"

"인생의 의미지, 물론. 나 마음을 바꿨어."

"그래?"

"사람은 일련의 테스트를 통과하거나 떨어짐으로써 자신의 의미를 찾아."

"누가 널 통과시키거나 떨어뜨리는데?"

아이의 발소리가 울리고, 잡음이 쉬익 들린다. "네가."

손님들이 들어오고, 손님들이 나간다. 세상의 종말에 관한 영화들이 꾸준히 대여된다. 뭔가 소문이 도는 게 분명하다. 아이가 오디션에서 어쩌고 있는지 궁금하다. 내 기타 연주가 괜찮다고 생각했지만, 아이에 비하면 난 손가락 따위는 있지도 않은 아마추어다. 들볶인 어머니가 들어와 아이들을 한 시간 동안 입 닥치게 할 수 있는 비디오를 추천해달라고 한다. 나는 〈암스테르담에서 온 조개 팸〉을 권하며 '어, 아주머니, 이건 정말로 입을 다물고 있을 거예요, 안 그래요?'라고 말하고픈 유혹을 참는다. 나는 〈천공의 성 라퓨타〉를 권한다. 나는 문으로 간다. 하늘은 오팔 마멀레이드색으로 저녁놀이 졌다. 할리 데이비슨이 으르렁거리며 지나간다. 어슬렁거리는 사자 같다. 할리 데이비슨의 크롬 몸체는 혜성 같고, 운전자는 가죽 바지와 '와, 난 짱이다'라고 적힌 일부러 찢은 티셔츠를 입고, 오리 만화가 인쇄된 척후병 헬멧을 썼다. 티셔츠에서 완벽한 팔이 뻗어나온다. 금발 머리에 호박색 햇빛을 받고 있는 녀석의 여자친구는 다름 아닌 커피다. 러브호텔에서의 커피! 똑같이 삐죽거리는 입, 똑같이 시간대를 가로질러 뻗은 듯 늘씬한 다리. 나는 겐 다카쿠라의 포스터 뒤에 몸을 숨기고, 오토바이가 꽉 막힌 도로를 누비고 나아가는 것을 지켜본다. 확실히 커피다. 혹은 커피의 복제인간이다. 이제는 그다지 확신이 서지 않는다. 커피는 도쿄에 클론을 수백만 개는 가지고 있다. 자리에 앉아 종조부의 일기를 펼친다. 쓰키야마 스바루라면 오늘날 일본에 대해 뭐라고 할까? 오늘날 일본도 목숨을 바칠 가치가 있을까? 어쩌면 이 일본은 자신이 목숨 바쳤던 그 일본이 아니라고 대꾸할지도 모른다. 종조부가 목숨 바쳤던 일본은 절대로 실현되지 못했다. 가능한 미래였고, 현재에 의해 오디션을 받았지만, 다른 꿈들과 함께 거부되었다. 결국 선택된 일본을 볼 수 없다는 게 종조부에겐 자비로운 일인지도 모른다. 다음 주 월요일에 할아버지를 만나면 어떤 태도를 취해야 할지 모르겠다. 다이몬 같은 태도를 취할 수 있다면 좋을 텐데. 라이조 제독에게 조언을 좀 들었으면 좋았을 거라는 생각이 든다. 사무라이 정신 같은 것을 칭송해야 하나? 그게 중요한가? 내가 할아버지에게서 원하는 건 오직 할아버지가 내 아버지를 소개해주는 것이다. 그게 전부다. 나라면 전쟁에서 어떻게 지냈을지 궁금하다. 내 죽음을 향해 나아가는 철로 만든 고래 안에 차분히 머무를 수 있었을까? 지금 난 종조부가 죽었을 때와 같은 나이다. 난 '나'이지 못했을 것 같다. 또다른 '나'였을 것이다. 내가 나 자신이나 부모님에 의해 만들어진 내가 아니라, 실현된 일본에 의해 만들어진 나라는 생각이 묘하게 느껴진다. 쓰키야마 스바루는 항복과 함께 죽은 일본에 의해 만들어졌다. 쓰키야마 다카라처럼 두 가지 모두의 산물이 되기란 힘든 일일 게 분명하다.

♎

11월 18일

날씨: 열대의 더위, 눈이 멀 듯한 햇빛. 오늘 아침 난 전망대에서 삼십 분을 보냈어. 망보기가 자기 쌍안경을 빌려줬어. 우리는 현재 울리시 환초에서 60킬로미터 서쪽에 있어. 트루크에서 고공 정찰기가 항공모함 네 대를 포함해 이백 대의 적함이 있다고 보고했어. 적군의 무선통신이 갈수록 바빠졌어. 요코타 대령은 I-37을 기다리지 않기로 결정했어. 마지막으로 연락이 닿은 뒤 닷새나 지났거든. 적들의 본거지에 너무 가깝기 때문에 초저주파로 무선연락을 해 부르는 건 위험해. I-37이 그냥 늦는 거라면 좋겠어. 목표 지점에 이렇게 가까운 곳에서 침몰한다면 가이텐 조종사들에겐 잔인한 아이러니가 될 거야. I-36과 I-47이 사냥을 잘 마친 뒤 동쪽으로 방향을 틀어 팔라우제도로 돌아오길 빌고 있어. I-333은 18시경에 패릴리우에 접근했어. 울리시 환초의 다도해는 옛날이야기에 나오는 곳들처럼 아름답지만, 연습장에 낙서 삼아 그리던 경치들만큼이나 이국적이기도 해. 난 아주 작은 산호섬들, 뒤틀린 노두(露頭), 골짜기, 곶, 습지, 모래톱 따위를 봤어. 최근의 전투에서 입은 손상이 아주 확연했어. 관동군 제14사단은 적이 이 섬들을 습격한 데 대해 톡톡히 대가를 치르게 할 거야. 기지와 비행장은 이번 전쟁에서 가장 전투 준비가 잘된 곳들에 속했어. 팔라우제도는 1919년 국제연맹의 위임통치령 이후로 일본 영토였으니까. 하지만 적은 코솔 수로 계류장의 진정한 가치를 제대로 알지 못해. 망보기가 적군의 정찰기를 발견해서 우리는 잠수했어. 십중팔구

오늘 밤 식사가 우리의 마지막 식사가 될 것이기에 요코타 대령이 자신의 태엽 감는 축음기와 레코드판 두 장을 꺼내줬어. 난 곡 하나를 곧바로 알아들었어. 재즈가 그 퇴폐적 영향력 때문에 금지되기 전, 아버지가 연주하시곤 하던 곡이었지. 음악가의 이름은 지유 케링구턴이야. 미국인들을 죽이러 나서기 전에 미국의 재즈를 듣고 있다니 얼마나 기분이 묘한지 몰라.

11월 19일

날씨: 대체로 화창하고 잔잔. 어젯밤은 조용했어. I-333은 잠수해서 잠망경으로 정찰했고. 미끌이가 방금 나가사키를 방문해 이 일기를 직접 네게 건네주겠다고 약속했어, 다카라. 동료 기쿠스이 조종사들은 마지막 편지를 쓰는 중이야. 구사카베는 하이쿠를 짓다가 애매한 한자에 대해 아베에게 도움을 청했어. 아베는 아무런 원한 없이 대답해주었고. 난 시에는 재능이 없어. 미끌이는 지금 마지막으로 우리 가이텐을 정비하고 있고, 가이텐 방출 장치가 시험되는 중이야. 요코타 대령은 크게 곡선을 그리며 코솔 수로 어귀에 접근하고 있어. 우린 특별 신사에 기도하고 신께 바치는 선물로 향을 놓아두었어. 고토가 마분지 항공모함을 태워 재를 바쳤어. 우리는 수직 탐사로 목표 지점의 지형을 조사했어. 그리고 마지막 만찬 때, 우릴 여기까지 무사히 데려와준 승조원들에게 감사 인사를 했어. 또 임무 성공을 기원하고 천황 폐하께 바치는 만세 축배를 들었지. 난 마지막으로 한 번 더 함교에 올라가 달과 별을 보고 당직 소위와 담배를 나눠 피웠어. 달은 보름달이고 밝았어. 아에코와 어머니가 화장할 때 쓰던 거울 생각이 나더라. 오늘 달 덕분에 난

이제부터 세 시간이 지나기 전에 내 표적을 찾아 돌진할 수 있을 거야. 세 시간이야, 내게 남은 생명선이, 모든 일이 잘 풀린다면. 어떻게 해야 이제까지 훈련받은 것을 최대로 활용해 치명적 타격을 가할 수 있을지 내 머릿속을 완전히 꽉 채우고 있어. 이제는 이 일기를 미끌이에게 맡기려 해. 내 몫까지 살아줘, 다카라, 내가 네 몫까지 죽을게. 오래 살렴, 동생아.

◆

아이가 비참한 소리를 내는 건 처음 듣는다. 이런 게 아이의 레퍼토리에 들어 있을 줄은 생각도 못 했다. 나는 고양이를 쓰다듬는다. "너희 아버지는 이 음악원이 네게 얼마나 의미가 큰지 알아?"

"정확하게 알고 있어."

"그리고 장학금을 받는 사람이 얼마나 적은지도 알아?"

"응."

"왜 널 못 가게 막는 거야? 왜 자랑스러워 미치려 하질 않아?"

"그 남자에겐 니가타 정도면 충분히 좋은 곳이었고, 그래서 나도 니가타로 충분하다는 거지. '음악'이라는 단어를 쓰는 것도 거부하는 사람이야. 대신 '딸랑거리기'라고 해."

"어머니 생각은 어떠신데?"

"우리 어머니? '생각'? 어머니는 신혼여행 이후로 그딴 건 안 해. 어머니가 하는 말은 '네 아버지 말을 들어라!'야. 몇 번이나 되풀이해서. 어머니는 아버지가 자기 대신 말을 끝맺게 둔 지 너무 오래되어 이젠 말을 시작하는 것조차 아버지가 해. 어머니는 아버지가 자기에게 고함을 치면 고함치게 해서 미안하다고 아버지에게 사과까지 해. 언니는 아버지가 그러라고 했기 때문에 콘크리트 회사 사장과 결혼했고, 이제는 어머니처럼 바뀌어가고 있어. 소름 끼쳐. 언니는 오스트리아 상공 오존층에 커다란 구멍들이 나 있다는 얘기를 듣고……"

"오스트리아? 오스트레일리아가 아니고?"

"그 인간들에게 일본 밖의 세계는 앞바다에서 헤엄쳐 갈 수 있는 정도까지가 다야. 내 말이 너무 신랄했다면 미안. 오빠도 그쪽에 넘어갔어. 오빠는 형부네 회사의 지점을 운영하고, 그러니 오빠가 형부와 얼마나 마음이 잘 맞을진 안 봐도 알겠지? 오빠 말론 내가 가족 간의 화합을 망친대. 프랑스 음식은 내 당뇨병을 망쳐놓고. 마치 언제 자기가 내 당뇨병을 걱정했다는 듯이 말이지. 그리고 걱정을 심하게 하면 어머니는 혈압이 올라갈 거고, 그러면 어머니는 정말로 폭발할 수도 있대. 그럼 난 아버지 말을 듣지 않은 죄에 어머니를 폭발시킨 죄까지도 뒤집어쓰게 되는 거야. 이게 무슨 소리야? 또 스가는 아니지?"

"이번엔 고양이야. 고양이는 네 상황을 안됐다고 생각하지만, 뭐라 말해야 나약하게 들리지 않을지 모르겠대. 다 잘되길 바란대."

"고맙다고 전해줘. 이런 때면 담배를 배워둘걸 하는 생각이 들어."

"수화기에 입을 대. 내가 전화선으로 담배 연기를 불어줄게."

"십대들은 부모가 진짜 자기 부모가 아니라는 환상을 종종 꿈꾸곤 하지. 오늘 저녁 이후부턴 나도 그 마음을 함께 느끼겠어. 사실 그 남자는 내가 자길 필요로 하지 않는다는 사실을 견딜 수 없어해. 자기가 볼 때 맞는 방향으로 세상을 쥐락펴락하고 싶어해. 자기가 딸을 통제하지 못한다는 사실을 자기 밑에서 일하는 사람들이 알게 될까봐 두려워해. 진짜 콩가루 집안이지 뭐야!! 맹세컨대, 때로는 차라리 고아였으면 더 나았겠다고 생각해. 오, 오…… 미안, 미야케……"

"어이, 신경 쓰지 마."

"오늘은 내 눈치 칩이 나가버렸어. 그만 내 전원을 끄고 널 가만히 내버려둬야겠다. 삼십 분 동안 계속 징징거리기만 했잖아."

"밤새 징징거려도 돼. 안 그러니, 고양아?"

고양이는 딱 때맞춰 이야옹 울어준다. 축복받으렴, 얘야.

"거봐, 그러니 징징거려."

◆

"오 년은 젊어 보여요." 일요일 저녁, 분타로가 오키나와에서 돌아오자 내가 말한다. 진심이다. "그럼 휴가 네 번만 더 다녀오면 스무 살처럼 보일 거라는 얘기네?" 분타로는 내게 지지 히카루의 열쇠고리를 선물한다. 대부분의 아이돌처럼 지지는 오키나와 사람이다. 플라스틱 케이스 위로 숨을 불면 열쇠고리의 지지가 옷을 벗는다. "와, 고마워요. 가보로 남겨야겠어요. 돌아오니 좋죠?" 내가 말한다.

"그으렇지." 분타로는 슈팅스타를 둘러본다. "아니. 응."

"참, 마치코 상은 즐거워하던가요?"

"아주 즐거워했지. 마치코는 거기로 아예 이사하고 싶어해. 내

일이라도 당장." 분타로는 머리를 긁적인다. "고다이가 곧 태어나…… 그럼 세상을 보는 눈이 달라지지. 너라면 도쿄에서 자라고 싶겠니?"

난 어머니의 첫번째 편지를, 발코니 사건의 편지를 떠올린다. "아마도 아닐걸요."

분타로는 고개를 끄덕이고 시계를 본다. "하고 싶은 일이 수천 가지는 되겠지." 나는 사실 그러고 싶지 않지만, 분타로가 밀린 사무를 보고 싶어하는 걸 눈치채고 내 쪽방으로 올라가 빨랫감을 그러모은다. 아이에게 전화해보지만 아무도 전화를 받지 않는다. 오늘 밤 저승의 소리가 건물을 뒤흔든다. 남편이 고함치고, 아기가 빽빽 울고, 세탁기가 돌아간다. 내일은 월요일이다. 할아버지의 날. 나는 요에 누워 일기의 마지막 세 쪽을 해독하기 시작한다. 이 부분은 다른 종이에 적혀 있고, 글씨도 알아보기 어렵게 쓰여 있어 읽기가 갈수록 힘들어진다. 위쪽에는 영어가 붉은 잉크로 찍혀 있다. 'SCAP'(내 사전에는 없는 단어다), 그리고 '검열 완료'. 이 도장들이 연필로 쓴 일본어를 반쯤 가리고 있다. "……이 단어들은…… 무형의 재산…… 쓰키야마 다카라……" 나가사키 주소 부분은 알아볼 수 없다.

♎

11월 20일

날씨 모르겠음. 죽었지만 아직 살아 있음. 가이텐 안에 혼자임. 여섯 시간째. 02시 45분에 요코타 대령이 선실로 왔음. 가이텐 공격 십오 분 전을 알렸음. 다 함께 둥글게 서서 앞에 있는 형제의 하치마키를 매줌. 고토: "그냥 또 한 번 훈련을 나가는 거야, 제군들." 아베가 구사카베에게: "넌 정말 끝내주는 체스선수야, 소위." 구사카베: "왼손 훅이 일품이더군요, 대위님." I-333을 한 바퀴 돌았음. 우릴 여기까지 무사히 데려와줘서 고맙다고 승조원들에게 인사했음. 한 명 한 명에게 예를 갖춰 인사. 악수를 하고 투하관을 통해 가이텐으로 들어왔음. 미끌이가 우리 위로 해치를 용접. 미끌이의 얼굴이 내가 본 마지막 얼굴임. I-333은 마지막 접근을 위해 잠수했음. 호소가와 일급 무선기사가 방출 전까지 계속 통신을 연결해주어 마지막 오리엔테이션을 함. 아베는 03시 15분에 방출됨. 죔쇠들이 풀리는 소리가 들림. 고토는 03시 20분에 방출됨. 구사카베는 03시 35분에 풀려남. 그 뒤로 오 분간 참 많은 생각을 함. 정신을 집중하기가 어려웠음. 호소가와가 나가사키 사투리로 말함. "네 생각을 할게. 영광이 함께하길." 마지막으로 들은 사람 목소리였음. 전방 죔쇠들이 풀림. 엔진을 켰음. 후방 죔쇠들이 풀림. 자유로이 물에 뜸. 전망탑, 잠망경에 걸리지 않기 위해 왼쪽으로 급하게 방향을 바꿔 추진. 수심 5미터를 유지하며 동남동으로 전진. 03시 42분 육안 확인을 위해 부상함. 항구 불빛에 적함의 윤곽이 분명하게 보였음. 병력 수송선, 화물 운반선, 급유선, 최소한 세 척의 전함, 세 척의 구축함, 두 척의 중순양함. 항공모함은 없음. 쉬운 표적들 다수. 먹고, 자고, 싸고, 담배를 피우고, 마시고, 떠드는 미국인들. 나는, 미국인들의 사형집행인. 기분이 묘함. I-333에서 전략 회의 때 첫번째 가이텐들은 멀리 떨어진 적함들을 표적으로 삼기로 약속했음. 어림짐작이 필요하겠음. 아이들이 선택할 때

하는 식으로 해봄. 어-느-것-을-고-를-까-요-알-아-맞-혀-보-세-요-딩-동-댕. 충격파가 가이텐을 흔듦. 잠망경을 안정시킨 다음 보니 급유선이 보이고, 화려한 불꽃이 만개함. 연기가 벌써 별들을 가림. 두번째 폭발. 오렌지색. 아름답고, 끔찍하고, 눈을 뗄 수가 없음. 불길이 치솟고, 수로를 낮보다 더 환하게 밝힘. 추적하고, 잠수. 백일몽. 존재. 행위가 아닌 존재. 가장 가까운 커다란 군함을 골라 적절한 각도로 방향을 잡음. 클랙슨, 엔진, 혼돈. 또다시 커다란 폭발. 가이텐, 가까이에 폭뢰, 뭔지 모르겠음. 초계정? 진동이 점점 더 가까이, 가까이, 가까이. 8미터 깊이로 잠수했음. 진동이 지나감. 우측에 꽤 큰 폭발. 외로움. 형제들이 여기 낯설고 인종도 다른 적군들 사이에 나만 남겨두고 간 듯해 두려움. 시속 2킬로미터로 감속, 위치 확인을 위해 수면으로 올라감. 두 곳에서 불꽃들, 연기, 후폭발들. 커다란 호를 그리며 천천히 정서향으로 향함. 경순양선? 150미터. 탐조등 때문에 눈이 부시지만, 육지의 대혼란 덕에 가려짐. 6~7미터 잠수함. 시속 18킬로미터로 속도 변화. 폭발, 야릇한 멜로디. 완전 정지. 수면으로 올라와 마지막 점검. 밤 시야를 가득 채운 순양함. 80미터. 김을 뿜는 형체를 봄. 개미들. 개똥벌레들. 5미터 잠수. 탄두를 장착했음. 이런 생각이 듦: '이게 나의 마지막 생각이야.' 스로틀 레버를 최대 속도까지 옮. 가속도가 붙으며 몸이 뒤로 확 밀림, 세게…… 70미터 근접, 60, 50, 40, 30, 20, 곧 충돌, 이제 충돌

　사원의 종처럼 쩽그렁. 거칠게 회전—위=아래, 아래=위, 빠르게 전진하고, 위아래로 내던져지고, 고정되지 않은 물건들이 여

기저기로 날아다니고, 나 역시 마찬가지. 텅 빈 허파. 그래, 이게 죽음이다, 나는 생각하고, 또 생각한다. 죽은 자가 생각할 수 있나? 머리에서 고통이 울리며 더 이상의 생각을 지워버린다. 한쪽으로 기울어지며 우두둑거린다, 곤두박질친다, 삐걱이며 멈춘다. 엔진들이 울부짖고, 방향타가 고장나 멋대로 움직이고, 엔진에서 날카로운 비명이 나고, 온도가 확 오르고, 석유 타는 냄새. 동시에 나는 내가 죽지 않았음을 깨닫고 엔진을 꺼야 한다, 엔진들이 죽는다. 실패. 탄두가 터지지 않았다. 가이텐이 선체를 스치고 지나갔다 = 죽창이 철모에 부딪혔다. 잠망경 조준기가 얼굴을 세게 내리쳐, 코가 부러짐. 앉아서 수면에서 들리는 소리들을 듣는다. 렌치로 덮개를 때려 수동으로 TNT에 불을 붙이려 해봄. 손톱이 찢어짐. 충돌하면서 크로노미터가 부서졌음. 몇 분이 흘렀는지 몇 시간이 흘렀는지 알 수 없음. 시꺼먼 잠망경 이제 푸른색. 위스키가 든 휴대용 술통. 마시고, 술통 안에 이 종이들을 넣을 것임. 다카라. 죽은 상어 안의 술통 안의 메시지. 이 노래 아니, 다카라?

떠다니는 시체들, 퉁퉁 불은 시체들,
파도치는 바다에 누운 시체들,
시체들은 산 초원에서 꿈을 꾸네,
죽으리, 죽으리, 천황을 위해 죽으리,
그리고 두 번 다시 돌아보지 않으리.

파도치는 바다에 눕는다. 공기가 희박해진다. 아니면 그렇다고 상상한다. 지금? 난 태풍에 흔들리다 해변으로 떠올라가고, 죽어서도 그대로 여기 있다가 잠수부들에게 발견될지도 모른다. 가이텐은 영광스러운 죽음으로 가는 길이 아니었다. 가이텐은 납골 단지다. 바다는 무덤이다. 전성기에 달하기 한참 전에 죽는 우리를 비난하지 말라.

◆

"가망 없어." 아이가 아닌 여자가 대답한다. 한밤중이 지난 시간이지만, 여자는 화가 났다기보다는 즐거워하는 듯 들린다. 말투에서 지독한 오사카 억양이 묻어난다. "안타까워."

"아, 언제, 어, 이마조 양이 돌아올지 여쭤봐도 될까요?"

"물어보는 거야 자유지만, 내가 대답할지는 또다른 문제지."

"죄송하지만, 이마조 양이 언제 돌아오기로 되어 있나요?"

"오늘 밤 가장 화제가 되는 뉴스입니다. 이마조 아이는 외교적으로 막다른 골목에 부딪히자 이를 타개하기 위한 마지막 발악으로 니가타의 본관에 호출되어 갔다고 합니다. 정상회담이 얼마나 오래 이어질 것 같냐고 기자들이 이마조 양에게 묻자, 이런 대답이 돌아왔습니다. '걸릴 만큼 걸립니다.' 채널 고정해주세요!"

"그럼 며칠 걸릴까요?"

"내 차례야. 네가 그 가라데 소년이야?"

"아뇨, 박치기 소년요."

"그게 그거지. 마침내 육체 없이 목소리로 만나게 되어 기뻐, 가라데 소년. 아이는 널 박치기 소년이라 부르지만, 내 귀엔 가라데 소년이 더 재치 있게 들려."

"어, 확실히 그렇네요. 아이가 돌아오면 부디……"

"난 할머니의 초능력을 이어받았어. 전화 받기도 전에 너인 줄 알았지. 내가 누군지 알고 싶지 않아?"

"아이의 수줍고 내성적인 룸메이트 아닌가요?"

"딩동댕! 아이는 인간과 데이트하고 있는 건가, 아니면 너 역시 초능력 그렘린인 거야?"

"꼭 데이트라고 할 순……" 나는 미끼를 문다. "'초능력 그렘린'이라고요?"

"사실이야. 아이의 구애자 중 80퍼센트는 공포 영화 산업에서 성공적인 경력을 쌓아. 마지막 구애자는 검은 산호초의 괴물이었어. 물갈퀴랑 지느러미가 있었고, 피부는 방수였고, 혀로 금파리를 잡았어. 한밤중에 전화해서는 새벽이 밝을 때까지 목 쉰 소리로 웅얼거렸지. 볼보를 몰았고, 블레이저를 입고, 직접 부른 연가를 CD에 녹음해 들려주고, 부탁하지도 않는데 환상을 고백했어. 아이는 자기가 집에 없다고 해달라고 내게 사정사정했지. 그 사람은 아이와 도쿄 디즈니랜드에서 결혼한 뒤 델리우스, 시벨리우스, 요요 이렇게 세 아들을 데리고 아테네, 몬트리올, 파리를 여행하려 했어. 한번은 그 사람 어머니가 전화를 했어. 생산자와 직접 결혼 협상을 시작할 수 있도록 니가타의 아이 부모님의 전화번호를 알려달라더군. 나와 아이는 아이에겐 감옥에 갇힌 전직 권투선수인 남자친구가 있었는데 마지막 구혼자를 목 졸라 죽일 뻔했다는 이야기를 지어내야 했고."

"저희 어머니가 전화할 일은 절대 없다고 약속드릴게요. 하지만……"

"피자 가게 주방에서 일해본 적 있어, 가라데 소년?"

"피자 가게 주방에서요? 왜요?"

"아이 말론 네가 내일부터 일자리가 필요하다던데."

"맞아요, 하지만 전 한 번도 주방에서 일해본 적이 없는걸요."

"걱정 마. 원숭이라도 할 수 있는 일이니까. 사실 우린 털이 숭숭 나고 나무에서 사는 고등 영장류들을 수없이 고용해봤어. 근무 시간이 열악해. 자정부터 오전 여덟시까지. 주방은 태양핵보다 더 덥지만, 야간 근무라 보수는 괜찮아. 중심가야. 전설적인 박치기의 현장인 주피터 카페 맞은편 '네로 피자'야. 덧붙여, 넌 나랑 일하게 될 거야. 아이가 내 이름 말한 적 있니?"

"어……"

"아이의 머릿속 목록에서 내가 가장 끝에 있는 게 확실하네. 세라 사치코야. '케세라, 세라, 될 대로 되라지 리라, 리라' 할 때의, 음, 거의 그래. 내일 저녁부터 시작할 수 있어? 월요일?"

"일자리가 아주 절실하기 때문에 제게 그 자릴 주지 말라고 하고 싶진 않네요, 세라 양, 하지만, 어, 먼저 절 만나보고 싶지 않으세요?"

세라 사치코는 무덤 저편에서 나는 듯한 목소리를 낸다. "미야케 에이지, 야쿠시마의 토박이 청년이여…… 난 너에 대해 모든 걸 알아……"

◆

"미야케 씨?" 아마데우스 다실에서 집사가 바쁘게 놀리던 손가락을 멈춘다. 활처럼 곡선을 이룬 눈썹. 그 눈썹에는 집사라는 직업의 모든 것이 담겨 있다. "절 따라오십시오. 쓰키야마 가족분들이 당신을 기다리고 계십니다." 쓰키야마 가족? 할아버지가 아버지도 나오도록 설득하신 건가? 다실은 지난주보다 더 북적인다. 장례식장 손님 접대가 여기서 열리는지 손님 중 많은 이들이 검은옷을 입고 있다. 노인 한 명과 나와 비슷하게 생긴 중년의 남자 한명을 찾으려 하지만 보이지 않는다. 그래서 집사가 여자 한 명과내 또래 여자아이 한 명이 앉은 탁자의 의자를 당겨주자 나는 집사가 뭔가 실수를 했다고 생각한다. 집사의 눈썹이 실수 따윈 없다고내게 말하고, 그래서 나는 두 여자가 나를 보며 평가하는 동안 입을벌리고 멍하니 바라본다. "잔을 하나 더 가져다드릴까요, 부인?"집사가 묻는다. 여자는 "전혀 필요 없다"며 집사를 물린다. 여자아이가 나를 물끄러미 본다. '똥이 U자형 배수관을 내려갈까?' 하는눈빛이다. 그사이 내 기억은 닮은 점을 놓고 고심한다…… 안주!오동통해지고 머리를 꼬불꼬불하게 지지고 얼굴을 찌푸린 안주다. 나와 똑같은 짙고 긴 눈썹을 가지고 있다. "미야케 에이지." 여자아이가 말하고, 나는 마치 질문이라도 들은 듯이 고개를 끄덕인다. "넌 정말 한심하고 파렴치한 녀석이야." 갑자기 이해가 된다.나의 이복누이다. 나의 계모가 목에 건 청동색 목걸이를 만지작거린다. 도끼도 박히다 말 만큼 두꺼운 목걸이다. 계모가 한숨짓는다. "이 만남을 최대한 짧고 고통 없이 끝내보자. 앉으렴, 미야케."

나는 자리에 앉는다. 아마데우스 다실이 비디오 화면을 볼 때처럼 배경으로 계속 돌아간다. "쓰키야마 부인." 나는 의례적인 인사말을 찾아 더듬거린다. "지난달에 보내주신 편지 감사합니다."

거짓으로 놀란 척. "'고맙다고?' 빈정거리는 걸로 첫수를 두는 거니, 미야케?"

나는 주위를 둘러본다. "어…… 사실 전 할아버지와 만나기로 했는데요……"

"맞아. 우리도 다 알고 있어. 너와 만나기로 한 약속을 일지에 써 두셨더구나. 유감스럽게도, 시아버지는 여기 오실 수 없게 됐어."

"아…… 그렇군요." 할아버지를 찬장에 가두기라도 한 건가?

이복누이는 뺨을 찰싹 후려치는 듯한 목소리를 가지고 있다. "할아버지는 사흘 전에 돌아가셨어."

찰싹.

웨이트리스가 라즈베리 치즈 케이크를 쟁반에 얹고 지나간다.

계모가 대놓고 거짓 웃음을 짓는다. "할아버지가 지난주 월요일에 얼마나 아팠는지를 네가 몰랐다니 솔직히 놀랍구나. 노인네를 네 맘대로 이래라저래라 시키고 함께 음모를 꾸미고. 스스로 자신이 참 자랑스럽겠어."

납득이 가질 않는다. "전 지난주 월요일에 할아버지를 만나지 못했는데요."

"거짓말쟁이!" 이복누이가 찰싹 후려친다. "좀 전에 어머니에게 들었잖아. 우린 할아버지의 일지를 가지고 있어! 일주일 전 여기에서 잡은 약속에 누구 이름이 적혀 있었는지 추측해보시지!" 이 아이의 입을 카펫용 테이프로 막아버리고 싶다.

"하지만 지난주 월요일에 할아버지는 병원에 계셨는데요."

계모는 손으로 턱을 괸다. "네 거짓말은 정말이지 당혹스러운 수준이구나, 미야케. 지난주에 시아버지는 널 만나려고 호스피스를 나가셨어! 당직 간호사의 허락도 받지 않고 말이야. 어차피 허락을 받을 수 없으니 그랬겠지만. 정말 많이 아픈 상태였다고."

"거짓말하는 거 아니에요! 할아버지는 너무 편찮으셔서 오실 수 없었고, 친구를 대신 보내셨어요."

"어떤 친구?"

"라이조 제독님요."

계모와 이복누이는 서로 얼굴을 마주본다. 이복누이가 갑자기 킬킬거리고, 계모는 웃는다. 계모의 입술이 립스틱 바른 끝부분까지 오그라든다. 저 입술이 내 아버지에게 키스한다. "그럼 넌 정말로 할아버지를 만난 거야." 이복누이가 찰싹 후려친다. "하지만 너무 멍청해서 할아버지를 못 알아봤고!" 나는 잘 참아낸다. 설명해 달라고 계모를 본다. "시아버지가 마지막으로 짓궂은 장난을 친 거야."

"어째서 할아버지가 라이조 제독이라는 사람인 척하셨을까요?"

이복누이는 주먹으로 탁자를 쾅 친다. "네 '할아버지'가 아냐!" 난 이복누이를 무시한다. 계모의 눈이 적의로 불타오른다. "시아버지가 네게 뭔가 서류를 주며 서명하라 하시던?"

"어째서 할아버지가 다른 사람인 척하셨을까요?" 나는 다시 반복해 말한다.

"뭔가 서명을 했느냐고!"

이야기에 전혀 진척이 없다. 나는 양손을 뒤통수에 대고 뒤로 몸을 기댄 뒤, 천장을 골똘히 보며 마음을 진정한다. 모차르트가 말한다. "그래요, 친구여, 당신에겐 문제가 생겼어요. 하지만 그건 당신 문제예요. 제 문제가 아니고요." 미치도록 담배가 피우고 싶다. "쓰키야마 부인, 이런 적의를 보일 필요가 있을까요?"

"'적의'," 이복누이가 중얼거린다. "좋은 표현이야."

"제가 원하는 건 아버지를 만나는 게 전부란 걸, 제가 어떻게 하면 증명이 되겠어요?"

계모는 고개를 기울인다. "진정해, 미야케……"

그 말에 내 화가 터진다. "아니요, 쓰키야마 부인, 전 진정하는 데 지쳤어요! 절대……"

"미야케, 괜한 소동……"

"입 닥치고 제 말 들으세요! 전 당신 돈을 원하지 않아요! 호의를 원하지도 않아요! 그리고 협박이라니! 어떻게 제가 당신을 협박하고 싶어한다고 억측할 수가 있죠? 전 아버지를 찾으려고 이 도시를 샅샅이 뒤지고 다니는 데 너무, 너무, 너무 질렸어요! 당신이 절 멸시하고 싶다면, 좋아요, 참을 수 있어요. 그냥 아버지나 만나게 해줘요. 딱 한 번이면 돼요. 그리고 아버지가 절 다시는 보고 싶지 않다고 제게 직접 말한다면, 그러죠, 당신 인생에서 사라져 완전히 저만의 인생을 시작할게요. 그걸로 끝이에요. 그게 다라고요. 그게 그렇게 이해하기 힘든가요? 그렇게 지나친 부탁이에요?"

나는 완전히 탈진한다.

이복누이가 머뭇거린다.

계모는 마침내 참기 힘든 비웃음을 거두었다.

저들로 하여금 내 말을 듣게 만든 것 같다. 그리고 아마데우스 다실의 손님 절반도.

"사실, 그래." 계모는 자신과 부루퉁하고 돼지 같은 딸을 위해 세로로 홈이 난 찻주전자를 기울여 연한 차를 따른다. "지나친 부탁이야. 일단, 네가 우리 가족에게 아무런 악의를 품지 않았다는 건 이해했어, 미야케. 심지어 네 입장에 동정도 조금 느낀다는 것까지 인정하겠어. 기본적인 상황은 여전히 변함없지만 말이야."

"기본적인 상황."

"어떻게 좋게 말해볼 도리가 없구나. 내 남편은 널 만나고 싶어하지 않아. 널 남편과 못 만나게 하려는 음모가 있다고 믿는 듯하구나. 그건 사실이 아냐. 우린 널 방해하러 온 게 아니야. 우린 남편의 명령으로 왔어. 제발 자길 내버려둬달라고 부탁하래. 남편이 네 부양비를 대온 건 미래에 재회할 희망을 계속 품으라고 그런 게 아니라, 자신의 사생활에 대한 권리를 지키기 위해서였어. 그게 그렇게 이해하기 힘드니? 그렇게 지나친 부탁이니?"

울고 싶다. "왜 아버지가 제게 직접 말하지 않는 거죠?"

"한마디로……" 계모는 차를 홀짝이고 말을 잇는다. "창피해서 그래. 남편은 널 창피해해."

"어떻게 아버지가 만나보기도 전에 아들을 창피해할 수 있죠?"

"내 남편은 네 됨됨이를 창피해하는 게 아니라, 네 신분을 창피해하는 거야."

저 끝에서 손님 하나가 갑자기 의자를 뒤로 밀며 일어난다.

"넌 내 남편에게, 우리에게, 네 자신에게 고통을 안기고 있어. 제발 그만두렴."

웨이트리스가 걸어가다 의자에 부딪힌다. 찻잔들과 라즈베리 치즈 케이크들이 쟁반에서 미끄러져 떨어지고, 고급 본차이나가 아름다운 소리를 내며 산산조각 나고 주위에서 '오오오오오오' 하는 파문이 일어난다. 계모와 이복누이가 나와 함께 지켜본다. 집사가 패러글라이딩을 하듯 매끄럽게 와서 청소 작전을 감독한다. 사과, 맞사과, 안심시키기, 주문, 카펫 스펀지, 쓰레받기. 육십 초가 지나자 굉장하던 치즈 케이크 위기 사태는 아무런 증거도 남아 있지 않다. "좋아요." 내가 말한다.

"좋다고?" 이복누이가 대꾸한다.

나는 아버지가 결혼하기로 택한 여자에게 말한다. "좋아요, 당신이 이겼어요." 여자는 내가 이런 말을 하리라고 예상하지 못했다. 나도 그렇다. 여자는 무슨 함정인가 하고 내 얼굴을 살핀다. 그런 건 없다. "아버지는 그저 절대로 직접 접촉하지 않음으로써 오래전에 자신의, 어, 입장을 확실히 했어요. 전…… 전…… 모르겠어요, 전 그 사실을 절대 믿고 싶지 않았어요. 하지만 아버지에게 전해줘요." 물방울 모양 유리 화병에 살구색 카네이션 한 송이가 꽂혀 있다. "안녕하세요. 그리고 안녕히 계세요."

계모는 계속 뚫어지게 바라본다.

나는 그만 가려고 자리에서 일어난다.

"그건 할아버지에게서 받은 거야?" 이복누이가 찰싹 후려친다. 이복누이는 검은 천에 싼 가이텐 일기를 향해 고갯짓한다. "만약 그렇다면, 그건 쓰키야마 집안의 것이니까."

나는 반(反) 안주를 바라본다. 이복누이가 기분 좋게 물었다면 나는 맞는 말이라고 한 뒤 일기를 주었을 것이다. "이건 제 도시락 통이에요. 전 일하러 가야 해요." 나는 뒤도 안 돌아보고 일기를 가지고 아마데우스 다실을 나온다. 집사가 엘리베이터를 불러준 뒤 문이 닫힐 때까지 고개를 숙인다. 나는 혼자 엘리베이터에 탄다. 배경음악으로 카펜터스의 〈Top of the World〉가 깔린다. 이

음악을 들으면 나는 이가 욱신거리지만, 지금은 너무 지쳐 아무것도 미워할 수가 없다. 나는 방금 내가 한 결정에 충격을 받아 멍해져 있다. 층수가 내려가는 것을 지켜본다. 난 진심이었나? 아버지는 절대 날 만나고 싶어하지 않는다…… 그러니 아버지를 찾던 수색은…… 더는 유효하지 않다? 끝났다? 내 의미는 취소되었다? 아마도, 그렇다, 난 진심이다. "1층입니다." 엘리베이터가 말한다. 문이 열리고 매우 바쁜 한 무리의 사람들이 밀려들어온다. 문이 닫혀 내가 온 곳으로 다시 끌려가게 되기 전에 나는 사람들을 밀치며 나가야 한다.

일곱

카드

도쿄에 온 지 사 주 만에 내 세번째 고용주가 된 세라 사치코의 말은 과장이 아니었다. 네로의 주방은 지옥의 유황불처럼 뜨겁고, 원숭이라도 내가 맡은 일을 할 수 있다. 주방은 쥐구멍만 하다. 한 쪽은 다섯 걸음 정도이고, 한쪽에는 옷장 구실을 하는 새장만 한 공간과 의자들이 있다. 배달원들이 기다리는 곳이다. 사치코와 도모미는 전화 또는 찾아온 손님으로부터 주문을 받아 프런트에서 주방으로 난 구멍을 통해 주문서를 넘긴다. 나는 벽 한쪽 전체를 차지한 커다란 차트에서 피자 이름을 찾고, 그에 해당하는 토핑을 반죽 위에 올린다. 차트엔 글을 읽지 못하는 원숭이를 위한 색색의 기호 표시도 있다. 예를 들자면, '시카고 건 파이터'라는 피자 이름 밑의 커다란 원 안에는 토마토 퓨레, 다진 고기, 소시지, 칠리, 빨간색과 노란색 파프리카, 치즈의 그림이 작게 들어가 있다. '하와이 허니문'에는 토마토, 파인애플, 참치, 코코넛 그림이, '네로 매니악'에는 페퍼로니, 사우어 크림, 케이퍼, 올리브, 새우 그림이 있다. 그리고 피자 형태도 고른다. 얇은 것, 크러스트, 허브, 치즈 크러스트. 토핑은 동굴만 한 냉장고 안에 있다. 용기 뚜껑에는 내용물 그림이 그려져 있다. 토핑을 끝내면 가스불이 두 줄로 늘어선 지옥으로 피자를 들여보낸다. 이글거리는 불 속에서 회전하는 롤러가 대략 분당 10센티미터의 속력으로 피자를 통과시킨다. 주문이 밀려 있을 때는 살짝 덜 익은 피자라 할지라도 집게를 넣어 그냥 꺼낸다. "시간을 맞추는 게 중요해." 사치코가 머리를 뒤로 넘기며 말한다. "피자를 상자에 넣고 영수증을 뚜껑에 붙이는 바로 그 순간에 맞춰 앞서 배달 나갔던 오토바이가 돌아오는 게 이상적이지." 삼십 분 뒤 사치코는 내게 토핑 일을 맡기고 떠난다. 재미있다면 재미있는 일이다. 주문은 멈추는 법이 없다. 심지어 새벽 한시, 두시에도 주문이 들어온다. 따라서 우에노 역 분실물 보관소나 슈팅스타와 달리 나는 생각에 잠길 시간이 그리 많지 않다. 우리 손님은 학생, 도박꾼, 밤새 일하는 직장인 들이다. 신주쿠는 밤의 정글이다. 나는 엄청난 양의 물을 마시고 엄청난 양의 땀을 흘린다. 오줌 싸러 갈 필요는 전혀 없다. 환풍기는 카페리만큼이나 요란한 소리를 내고, 하나 있는 작은 라디오는 1980년대 음악만 내보내는 지역 방송 한 채널만 잡을 수 있다. 기름으로 얼룩진 세계지도는 세계의 모든 나라와 온갖 피부색의 여인들을 그리워하지만 결코 그곳에 갈 자유가 없는 지옥의 노예들을 비웃으며 벽에 걸려 있다. 벽시계는 앞으로 기울어져 있다. 사치코는 내가 전화통화를 하며 상상했던 그대로다. 좀 이상하고, 체계적이고, 신경질적이며, 안정적인 인물. 도모미는 페리 제독이 옛 에도 만으로 배를 이끌고 왔을 때부터 네로에 있었으며, 승진 따위를 해 자신의 안락한 삶을 방해받을 생각이 전혀 없는 인물이다. 도모미는 전화로 친구들과 통화하고, 배달이 없는 오토바이 배달원들과 시시덕거리고, 결코 들을 생각이 없는 예술 수업의 시간표를 짜고, 언제인지 모르지만 네로의 전 주인과 심각한 사이였으며 자신이 마음만 먹었다면 그 남자의 결혼이 완전히 엉망진창이 되었을 거라는 암시를 뚝뚝 흘려댄다. 도모미의 목소리는 철판이라도 잘라낼 수 있을 정도며, 깔깔거리는 웃음은 가식으로 가득 차 있다. 오토바이 배달원들은 일주일이 멀다 하고 바뀌지만, 오늘 밤은 오니즈카와 도이, 이렇게 두 명이다. 오니즈카는 입술을 뚫었으며, 머리는 커스터드 크림처럼 노랗게 물들였고, 네로 피자 유니폼 대신 해골이 그려진 오토바이 재킷을 입었다. 사치코가 나를 소개하자 오니즈카는 이렇게 말한다. "지난번 일하던 아이는 주문을 엉망으로 처리했어. 덕분에 손님들에게 욕 먹는 건 나였지. 넌 그렇게 하지 마." 오니즈카는 도호쿠에서 왔는데, 아직도 석유처럼 찐득한 북부 억양이 남아 있다. 이 때문에 오니즈카가 날 죽여버리겠다고 위협하는 걸 날씨 이야기 하는 걸로 착각하면 어떻게 하나 걱정이 된다. 도이는 사십이 넘었으며, 절룩거리고, 십자가에 못 박히는 예수 같은 표정이다. 고통에 찬, 화면 보호기 같으면서 멍한 눈. 머리털은 별로 없지만 수염은 짙다. 도이가 내게 말한다. "오니즈카에게 잘해. 좋은 아이야. 내 오토바이를 공짜로 봐준다고, 친구. 마약 하나?" 내가 안 한다고 하자 도이는 슬픈 듯 고개를 젓는다. "요새 젊은이들은 이해를 못 하겠군. 자네는 인생의 황금기를 낭비하는 거야. 나중에 후회할 거야. 제대로 파티하며 노는 친구들을 알아? 제대로 놀면서도 지각 있게 행동하는 그런 친구들 말이야." 도모미가 새장만 한 공간으로 들어온다. 도모미는 타고난 엿듣기꾼이다. "지각은 무슨 개뿔? 차라리 황궁 위에 뜬 1킬로미터짜리 UFO가 〈미션 임파서블〉 주제곡을 연주한다고 우기는 게 더 말이 되겠다." 새벽 세 시, 사치코는 걸쭉할 정도로 진한 커피가 담긴 머그잔을 내게 건넨다. 연필을 꽂으면 그냥 서 있을 정도로 진한 커피다. 그 커피를 마시자 내 몸은 피곤을 잊는다. 오니즈카는 분주히 움직이는 좁디좁은 주방 구석 직원실에서 주문을 기다리며 시간을 보내지만 더는 내게 한마디도 말을 걸지 않는다. 두 번, 나는 가게 앞에서 JPS를 피운다. 이곳에서는 판옵티콘이 잘 보인다. 황혼에서 새벽까지 비행기 충돌 방지 조명이 깜박인다. 꼭 고담 시에 온 것만 같다. 담배를 피우러 나온 두 번 모두, 미처 담배를 다 피우기도 전에 지옥불이 나를 소환한다. 지옥불이 헬스 클럽(아스파라거스, 사우어 크림, 올리브, 자른 감자, 마늘)을 토해내길 기다리는 동안, 도이가 몸을 구부리고 주방을 들여다본다. "내가 얼마나 배고픈지 알아, 미야케?"

"얼마나 배고픈데요, 도이?"

"너무 배가 고파서 엄지손가락을 잘라먹고 싶을 정도야."

"그러면 정말 배고픈 거로군요."

"그 칼 좀 주겠어?"

나는 '줘야 하는 거야?' 라는 표정을 짓는다.

"칼 좀 줘. 아사 직전이야."

"조심해요, 아주 날카로우니까."

"무디면 내가 뭐하러 칼을 달라겠어?"

506

도이는 왼손 엄지손가락을 도마에 대더니 오른손으로 칼을 잡고 내려친다. 칼날이 손가락을 싹둑 자른다. 도마 위로 피가 흥건하다. 도이가 숨을 고른다. "별로 나쁘진 않네!" 도이는 오른손으로 잘린 엄지손가락을 집더니 입안에 넣는다. 헉. 내가 건조한 공기를 들이켠다.

도이는 맛을 음미하듯 천천히 엄지손가락을 씹는다. "좀 오도독거리지만, 먹을 만하군!" 도이가 엄지손가락 뼈를 뱉는다. 뼈는 살이 다 발려 하얗고 반짝인다. 나는 뭔가를 들고 있었지만, 그것을 놓친다. 사치코가 주방을 들여다본다. 나는 도이를 가리키지만 입을 열지 못한다. 사치코가 나무란다. "도이! 또 그 짓을 했군요! 누군가 봐줄 사람이 있으면 도무지 몸이 근질거려 참지를 못하겠죠? 미안, 미야케. 미리 도이의 취미에 대해 알려줬어야 하는 건데. 도이는 마술학교를 다녀." 도이가 쿵푸 공격 자세를 취한다 "신성한 마술학교를 취미라고 말하다니, 실례야, 두목. 언젠가는 사람들이 내 공연을 보려고 부도칸 밖에 길게 줄을 설 거라고." 도이는 멀쩡한 양쪽 엄지손가락을 내게 흔들어 보인다. "저애 눈을 보면 시야케도 마술을 배워야겠다고 마음먹은 걸 알 수 있어." "미야케야." 사치코가 정정해준다. "미야케도." 도이가 말한다. 나는 이 사태에 어떻게 대처해야 할지 모른다. 피가 사실은 토마토주스였다는 사실에 마음이 놓였을 뿐이다. 새벽 다섯시. 아침이 착륙할 준비를 한다. 약식 샐러드를 만들어달라는 사치코의 말에 따라 나는 양상추와 방울토마토를 썻는다. 다시 피자 주문이 늘어난다. 대체 누가 아침으로 피자를 먹는 걸까? 그리고 그 답을 알기도 전에 사치코가 돌아와 날카로운 목소리로 외친다. "미야케 에이지, 네로 황제에게서 부여받은 권한으로, 그리고 네 성실한 태도를 참작하여, 종신형을 열여섯 시간 동안 정지해준다. 하지만 자정에 다시 이 감화소에 나타나 여덟 시간 동안 중노동에 봉사해야만 한다." 내가 얼굴을 찡그린다. "네?" 사치코가 시계를 가리킨다. "여덟시야. 돌아갈 집은 있는 거겠지?" 가게 문이 스르르 열린다. 사치코가 흘긋 돌아보더니 '아하!' 하는 표정으로 다시 나를 바라본다. "문밖에 죄인을 기다리는 방문객이 있군."

아이는 주피터 카페만 아니면 어디든 괜찮다고 말하고, 그래서 우리는 아침식사를 할 만한 곳을 찾아 신주쿠 쪽으로 향한다. 대화하는 게 좀 어색하다. 비록 지난주에 전화로 스물네 시간 이상 함께했지만 직접 만나는 건 주피터 카페 이후 처음이다. 어색함을 무릅쓰고 내가 말한다. "너무 습기가 차서 꼭 비가 오는 거 같은걸." 아이가 고개를 하늘로 살짝 든다. "진짜로 비가 와." 아이는 어제 저녁 니가타에서 비행기로 돌아온 터라 지쳐 보인다. 나는 갈보집 침대처럼 땀에 절고 복장도 엉망이다. 그 모습을 그려본다. "그래서, 아버지랑은 어떻게 됐어?" 아이가 흐음거리며 대답한다. "소용없었어. 나는 그게……" 나는 적절한 때에 적절히 맞장구를 치는 편이지만, 사람들이 부모 문제에 대해 이야기할 때면 늘 그렇듯이, 마치 내게는 없는 신체 일부의 건강 상태에 대해 듣는 느낌이다. 하지만 나는 아이가 아침식사를 함께하기 위해 나를 찾아왔다는 사실에 기분이 좋아 하늘로 날아갈 것만 같다. 우리는 작은 신사를 지난다. 아이는 잠시 쉬면서 나무며 토리 문, 새끼줄, 꼰 종이줄 따위를 구경한다. 오렌지, 산토리 위스키 병, 국화가 꽂힌 화병 뒤에 지조 상이 있다. 어느 노인이 한참 동안 공들여 기도를 한다.

"음악하는 사람들도 미신을 믿어?" 내가 묻는다.

"악기에 따라 달라. 현악기 연주자들은, 정확히 말하자면 피아니스트도 포함해서, 자기 성에 찰 때까지 충분히 연습하는 사치를 부릴 수 있어. 그리고 설사 실수를 하더라도 대부분은 오케스트라 소리에 묻혀 표시가 안 나. 관악기, 특히 금관악기는 훨씬 더 어려워. 아무리 잘해도 한 번만 실수하면 그 아름다운 브루크너의 9번 교향곡도 단숨에, 음, 지난번 지휘자의 비유법을 빌려 말하자면, 엽총 방귀 뀌는 소리로 바뀌는 거지. 내가 아는 대부분의 트럼펫 연주자들은 아침에 커피를 마실 때 쿠키 대신 베타 차단제*를 먹어. 야쿠시마 피자 요리사께서는 미신을 믿어?"

"마지막으로 신사에 간 건, 에, 신사의 신 목을 자를 때였어."

"천둥을 가지고?"

"작은 쇠톱만 가져갔어."

아이는 내가 진지한 표정임을 알아차린다. "그 신이 네가 원하는 걸 들어주지 않았어?"

"그 신은 내가 원하는 걸 정확히 들어줬어."

"그래서 목을 자른 거야?"

"응."

"와, 네가 원하는 걸 들어주지 않도록 조심해야겠는걸."

"이마조 아이, 나, 미야케 에이지는 절대로 네 목을 자르지 않겠다고 맹세할게."

---

* 고혈압, 협심증 등의 치료약.

"그럼 좋아. 하지만 그런 유물을 훼손하는 건 소년원에 들어갈 정도로 큰 죄 아닌가?"

"지금까지 그 누구에게도 말한 적이 없어."

아이는 아흔아홉 가지로 해석할 수 있는 표정을 짓는다. 맥도날 드 정문 위에 빈자리가 몇 개인지 알려주는 전광판이 달려 있다. 숫 자들이 번쩍이며 바뀐다. 의자에 감지기가 달린 모양이다. 아이는 자신이 줄을 설 테니 나는 2층으로 올라가 빈 테이블을 찾으라고 말한다. 나는 너무 피곤해 그 말에 반박하지 못한다. 맥도날드에서 는 고유의 악취가 나지만, 적어도 샤워하지 못한 채 피자 냄새에 전 주방 노예 미야케의 냄새는 가려주리라. 위층에는 간호대 학생 한 무리가 담배를 피우며 휴대전화에 대고 소리를 질러댄다. 나는 방 금 번 돈을 헤아려보고 조금 기운을 차린다. 이번 주 맥도날드는 유 럽 주간이다. 벽에는 텔레비전이 있고, 지루한 음악과 함께 로마의 풍경이 보인다. 아이가 쟁반을 들고 계단참에 나타나더니 두리번거 리며 나를 찾는다. 나는 손을 흔들 수도 있지만, 그냥 아이를 지켜 보는 걸 즐긴다. 검은 레깅스, 베리주스색 실크 셔츠 밑으로 보이는 하늘색 티셔츠, 호박색 보석 귀걸이. 만약 아이가 간호사였다면 아 이가 담당하는 병동에 입원하기 위해 뼈라도 부러뜨렸을 것이다. 아이가 말한다. "초콜릿셰이크는 다 떨어졌대. 그래서 바나나셰이 크로 가져왔어. 간호사 복장에 열광하는 게 너무 티 나는걸."

"날 따라온 거 같아."

아이가 내 셰이크 컵 뚜껑에 빨대를 꽂는다. "꿈 깨셔. 사치코 말 로는 피자 손님 중에 간호대생들이 많대. 길 건너편에서 교육을 받 거든. 가게 건너편의 낮고 넓적한 회색 건물이 센소지 병원이야."

"난 그게 감옥인 줄 알았는데. 넌 녹차만 마시는 거야?"

"내 식단에 따르면 점심 전에는 녹차만 마실 수 있어."

"아, 또 잊었다. 미안."

"미안해할 필요 없어. 당뇨는 병이지 죄는 아니야."

"아니, 내 말은……"

"알아, 알아, 긴장하지 마, 먹어."

창문 아래로 일벌 무리가 강물을 이루며 흘러간다. 노예 시민들은 상사보다 먼저 책상에 앉기 위해 서둘러 자기 자리를 향해 간다. 아이가 말한다. "옛날에 사람들은 도쿄를 만들었지. 하지만 어느 순간부터인가 역전이 되었어. 이제는 도쿄가 사람들을 만들어."

나는 셰이크를 혀에 떨어뜨려 녹인다. "아버지 이야기로 돌아가자. 네 아버지는 만약 네가 파리로 가면 다시는 니가타로 돌아오지 못하게 될 거라고 하셨댔지."

"그래서 난 아버지 뜻대로 될 거라고 했지."

"파리에 가지 않겠다는 거야?"

"난 파리로 갈 거야. 그리고 니가타로 돌아가지 않을 거야."

"아버지는 진심이신 거야?"

"아버지는 내가 아니라 어머니를 향해 협박을 한 거야. '나이 들어서 딸의 보살핌을 받으려면 딸을 잡으란 말이야'라는 뜻이지. 사실 아버지는 얼마 지나지 않아 파칭코를 하러 나갔어. 엄마는 눈물을 줄줄 흘렸지. 아버지 예상대로 말이야. 대체 지금이 몇 세기인지 궁금해지더라. 니가타의 산골 마을 사람들은 아내로 삼기 위해 필리핀에서 여자들을 수십 명씩 수입해. 여자아이들은 나이가 차면 가장 빠른 신칸센을 타고 마을을 빠져나가거든. 남자들은 왜 그런지 이유를 몰라 궁금해하지."

"그래서 네가 이겼구나. 파리로 갈 수 있겠네."

"명예롭게는 아니지만, 그래도 난 갈 거야."

나는 JPS에 불을 붙인다. "넌 참 강단이 있어, 아이." 아이가 고개를 젓는다. "다른 사람들이 날 어떻게 보는가와 자신이 날 어떻게 보는가는 꽤 달라. 내게 있어 그건…… 수수께끼야. 내가 보기에 강단이 있는 건 바로 너야. 난 네가 마시는 셰이크처럼 물러터졌어. 아, 말이 나왔으니 말인데, 셰이크는 90퍼센트가 돼지기름이야. 난 부모님이 나를 자랑스러워했으면 좋겠어, 진심으로. 진정으로 강단이 있다면 다른 누군가의 동의를 얻을 필요가 없는 거지." 해지는 저녁, 로마의 발코니에서 소녀가 점토 화병에 해바라기를 꽂는다. 소녀는 카메라맨을 보고 얼굴을 찌푸리고, 토라진 듯 입술을 삐죽거리더니 머리를 가볍게 뒤로 넘기고 사라진다. 아이가 티백을 들고 뜨거운 물에 넣었다 뺐다를 반복한다. "솔직히, 만약 내가 이년제 여자전문대학에 가서 화장술이나 배우고 우리 가족이 다니는 치과의 의사랑 결혼해서 아이나 쑥쑥 낳는다면 부모님은 더 행복해할 거야. 하지만 음악이라니. 이해를 못 하셔." 나는 기름을 가공한 셰이크를 마신다. "하지만 우리 가족에 비하면 너희는 〈사운드 오브 뮤직〉에 나오는 폰 트립 가족 같아." 아이가 티백을 돌린다. "폰 트랩이야."

어디선가 다섯 살쯤 되어 보이는 여자애가 나타나 우리가 앉은 테이블로 다가오더니 이마조 아이를 바라본다. "갓난아기는 어디에서 엄마 배 속으로 들어와요?"

"황새가 가져다준단다." 이마조 아이가 말한다.

여자애는 믿지 않는 표정이다. "그럼 황새는 아기를 어디서 가져와요?"

"파리에서." 내가 대답하자 이마조 아이가 싱긋 웃는다. 여자애의 아버지가 근사한 음식이 담긴 쟁반을 들고 계단을 올라오자 여자애는 아버지에게 달려간다. 좋은 아버지 같아 보인다.

아이가 나를 본다. 아이의 얼굴에서 아주 나이 든 여인의 얼굴이 보이고, 또한 아주 어린 여자애의 얼굴도 보인다. 안주와 누가-먼저-눈을-깜박이나-놀이를 한 뒤로 누군가의 눈을 이렇게 오랫동안 바라본 적이 없다. 만약 지금 이게 영화라면, 그리고 이곳이 맥도날드가 아니라면, 이제 우리는 키스를 하리라. 하지만 지금은 이쪽이 더 친밀할지도 모른다. 충실, 슬픔, 좋은 소식, 운수 없는 날. "오케이." 마침내 내가 말하지만, 아이는 '뭐가 오케이라는 거야?'라고 묻지 않는다. 아이는 엄지손톱으로 맥데리야키 스크래치 카드를 긁는다. "봐, 베이비 로봇 칠면조 도시락에 당첨됐어. 좋은 징조일 거야. 새 야구모자 사줄까?"

"이 모자는 안주가 선물해준 거야." 나는 마음이 바뀌기 전에 재빨리 대답한다.

아이가 얼굴을 찡그린다. "누구?"

"내 쌍둥이 누이."

아이가 더욱 얼굴을 찡그린다. "넌 외아들이라고 했잖아."

이제는 돌이킬 수 없다. "거짓말을 한 거야. 하지만 거짓말한 건 그게 다야. 다 이야기해줄게. 그리고 그것 말고도 네게 하고픈 이야기가 잔뜩 있어. 할아버지가 내게 연락을 해오셨어. 네가 광고를 내라고 말해준 덕분이야. 그리고 계모와 배다른 누이도 만났어. 만났다기보다는 습격을 당했다는 말이 더 어울리지만 말이야. 그리고 나를 만나고 싶어하지 않는 사람을 찾는다는 것은, 그것이 아무리 아버지라 할지라도 나를 비참하게 만들 뿐이라는 사실을 깨달았어. 그래서 난 아버지 찾는 걸 관뒀어…… 왜 그래?" 아이가 과장된 표정으로 고개를 설레설레 젓는다. "정말 너답구나, 미야케!" 나는 무슨 말인지 몰라 어리둥절한 표정을 짓는다. "뭐가?" 아이는 손으로 자기 이마를 톡톡 친다. "알았어, 알았어. 쌍둥이 누이 이야기부터 해봐. 그다음에 계모에 대해서 말하고. 시작해."

　정오 무렵, 나는 광파처럼 명랑하게 슈팅스타로 돌아온다. 아이는 오늘 오후에 수업이 있지만, 내일이면 내 쪽방에 올 것이다. 내일이 무슨 요일인지 떠올리기 위해 잠시 생각을 한다. 수요일이다. 아이를 한 시간에 아흔 번꼴로 떠올린다. 신주쿠에서 헤어질 때 재미있었다. 우리는 완전히 길을 잃었다. 나는 아이를 따라갔고, 아이는 나를 따라왔기 때문이다. 오늘 기타 센주 역에서 걸어오는 길은 상쾌하다. 키 작은 관목, 가을 나무, 유모차에 앉아 사탕을 빨아 먹는 아이들. 오늘은 이런 풍경들이 도쿄의 추함을 가려준다. 마치코가 기분 좋은 목소리로 말한다. "좋은 아침이야, 에이지 군. 온몸에서 치즈 냄새가 나네." 마치코는 오키나와를 배경으로 기타노 다케시가 주연한 영화를 보고 있다. "감독도 좋고 배우도 정말 멋진데, 배역이 영 엉망이야." 마치코는 휴가 가서 찍은 사진을 보여주고, 비 내려 뿌옇게 보이는 언덕 비탈의 오렌지 사진을 내가 마음에 들어하자 그 사진을 준다. 우리는 잠시 네로 피자에 대해 이야기한다. 마치코는 남의 이야기를 귀 기울여 듣는 재능이 있다.

나는 하마터면 아이에 대해 털어놓을 뻔하지만 너무 저속해 보일까 겁이 나기도 하고 아직은 이야기할 단계가 아니라는 생각에 마음을 바꾸고 쪽방으로 올라간다.

"에이지 군, 이걸 깜박했네. 오늘 아침에 배달 온 거야." 나는 몸을 돌리고 내려가 배달된 것을 받아온다. 공기 포장이 된 작은 봉투다. 앞면 수신인 난에는 홋카이도의 하코다테에 사는 요다 푸진 씨(누구지?)라고 적혀 있고 '주소 불명'이라는 도장이 찍혀 있다. 뒷면 발신자 스티커가 붙은 곳 아래에는 내 이름과 주소가 적혀 있다. "뭔가 잘못됐어?" 마치코가 묻는다.

나는 재빨리 정신을 수습하고 말한다. "아니요." 하지만 뭔가 잘못되었다. 나는 이걸 보낸 적이 없다. 쪽방에 올라가보니 행주가 갈기갈기 찢겨 있고, 그 때문에 정체불명의 우편물은 잠시 잊는다. 지난밤 혼자 자게 한 보복으로 고양이가 찢어놓은 게 분명하다. 셔츠는 찢지 않으면 좋겠다는 생각을 한다. 샤워를 하고, 찢어진 천조각을 치우고 기타에 맞춰 하울링 울프의 〈All You Need Is Love〉를 엉망으로 부른다. 피곤에 절었으니 바로 잠이 들어야 마땅하지만 잠이 오지 않는다. 이윽고 우편물이 있다는 사실을 떠올린다. 봉투를 열어보니 편지와 컴퓨터 디스크가 들어 있다. 나는 얼음통을 비틀어 얼음을 유리잔에 몇 개 넣고 잔에 물을 채운다. 나는 얼음이 탁탁 갈라지는 소리가 좋다.

10월 1일 도쿄

제 이름은 야마야 고주에입니다. 이 편지는 제 인생의 마지막

구 년에 대한 서술이며 설사 내용이 거짓말 같고 또한 잔인한 부분이 있다 할지라도 부디 끝까지 읽어주길 바랍니다. 당신 손에 있는 이 편지가 제 마지막 유언입니다. 저는 당신이 유언집 행자가 되어주기를 부탁드립니다.

끝은 간단합니다. 하지만 모든 시작은 예전의 시작으로부터 비롯됩니다. 제가 선택할 시작은 구 년 전 장마 때의 어느 날 밤입니다. 그 시절, 제 이름은 마타니 마키코였습니다. 두 살 난 아들을 둔 가정주부였고, 남편은 세무 컨설팅 회사의 경영자였지요. 그 가정주부는 고베의 유명한 여대 경영학과를 졸업했습니다. 신년이면 치과의사, 판사, 공무원 들과 결혼한 동창생들과 연하장을 주고받았습니다. 평범한 삶이었죠. 그리고 바로 그 장마가 시작되었습니다. 저는 그 마지막 순간을 완벽하게 기억합니다. 아들은 플라스틱 기차를 가지고 놀았고 저는 욕실에 낀 곰팡이를 제거하고 있었습니다. 텔레비전에서는 일본 서부에 홍수와 산사태가 났다는 뉴스가 흘러나왔죠.

초인종이 울렸습니다. 저는 대답을 했습니다. 평소 남편은 문을 열 때는 사슬을 채우고 열라고 말했고, 저는 그 말대로 했습니다. 하지만 장정 세 명은 난폭하게 문을 밀고 들이닥쳤고, 사슬은 아무 소용 없었습니다. 그자들은 남편이 어디 숨었는지 말하라고 다그쳤습니다. 저는 질문하는 자들의 정체부터 밝히라고 했죠. 한 명이 제 뺨을 후려쳤고, 그 충격에 이가 하나 빠졌습니다. 저를 친 자가 으르렁댔습니다. "우리는 네 남편 사건을 조사하는 사람들이야. 그러니 묻는 말에 대답해!" 그자와 다른 한 명은 집 안을 샅샅이 뒤졌고, 다른 한 명은 비명을 지르는 아이를 달래는 저를 감시했습니다. 그자는 만약 남편 있는 곳을 말하지 않으면 아이를 해치겠다고 위협했습니다. 저는 남편 직장에 전화를 했고, 남편이 오늘은 아프니 결근하겠다고 전화한 사실을 알게 되었습니다. 남편의 휴대전화로 전화를 해보았지만 전원이 꺼져 있었습니다. 호출기에 전화를 해보았습니다. 역시 전원이 꺼져 있더군요. 그 순간 저는 거의 히스테리컬해졌습니다. 저를 위협한 괴한이 남편의 위스키를 제게 먹이려 했지만 저는 그걸 삼킬 수 없었습니다. 제 아들은 겁먹은 눈을 동그랗게 뜨고 이 모습을 지켜보았습니다. 다른 두 괴한은 남편의 개인적인 물건과 제 보석이 든 상자를 들고 돌아왔습니다. 이윽고 진짜 나쁜 일이 벌어지기 시작했습니다. 저는 남편이 야쿠자를 등에 업은 신용기관에 무려 오천만 엔이 넘는 빚을 졌다는 사실을 알게 되었습니다. 이 신용기관 앞으로 우리 생명보험이 가입되었으며, 남편이 자살할 경우 모든 돈을 이곳이 가져가게 되어 있다는 사실도 알게 되었습니다. 남편이 제때 빚을 갚지 못하면 집이며 동산 모두가 이자들에게 넘어가게 되어 있었습니다. "그리고 계약에는 너도 넘겨받는 걸로 되어 있어." 가장 잔혹한 짓을 한 자가 말했습니다. 놈들은 아들을 다른 방에 데려갔습니다. 그리고 남편의 빚은 이제 제 책임이라고 하더군요. 저는 두드려 맞고 강간을 당했습니다. 놈들은 제가 고분고분 복종하게 만든다는 명목으로 사진도 찍었습니다. 저는 침묵 속에서 이 모든 고문을 견뎌야 했습니다. 아들 때문에요. 만약 제가 놈들의 명령을 따르지 않으면 제 주소록에 있는 모든 이들에게 사진을 보내겠다는 협박을 들었습니다.

한 달 뒤, 저는 오사카 부라쿠 지역의 창 하나 없는 단칸방에 살게 됐습니다. 저는 갈봇집으로 넘겨졌고, 손님과 섹스를 할 때가 아니면 건물을 떠날 수도 없고, 그 어떤 외부인과도 접촉할 수 없었습니다. 21세기 일본에서 그런 성노예가 있을 수 있느냐고 의심할지도 모르겠습니다. 당신의 그런 무지가 부럽습니다만, 바로 그런 무지 덕분에 이런 일들이 암암리에 성행할 수 있습니다. 저 자신도 '평범한' 가정주부가 창녀로 전락할 수 있을까 의심했지만, 사람 다루는 데 있어 갈봇집 주인들은 거의 귀신이라 할 수 있을 정도입니다. 그곳에서는 제 과거 생활을 떠올릴 수 있는 건 아무것도 허락되지 않았습니다. 아들을 빼면요. 아들만은 데리고 있게 하더군요. 그 때문에 저는 자살하지 않을 수 있었습니다. 제 손님들은 제가 갇혀 있다는 사실을 잘 알았을 뿐 아니라, 오히려 그로부터 더욱더 쾌락을 얻었으며, 그 범죄가 만천하에 공개되면 공범이 될 처지였습니다. 저와 현실세계를 가르는 마지막 벽은 아마도 가장 강력한 것이었을 겁니다. 바로 심리학자들이 '인질증후군'이라 부르는 것이었습니다. 제가 처한 운명은 당연한 대가이며 아무런 '범죄'도 행해지지 않고 있다고 믿는 거지요. 결국, 이제 저는 '창녀'였습니다. 제 옛 친구들 또는 어머니에게 도움을 요청함으로써 그들을 부끄럽게 할 권리가 없다는 생각이 들었습니다. 차라리 파산한 남편과 함께 외국으로 도망쳤다고 믿도록 두는 게 나았습니다. 저는 다른 여자 여섯 명(그 가운데 세 명은 제 아들보다 어린 아이가 있었습니다)과 한 층에 살았습니다. 저를 강간한 남자가 포주였습니다. 우리는 그자에게 음식과 약품, 심지어 아이들을 위한 기저귀까지 구걸해야만 했습니다. 그자는 또한 마약도 주었습니다. 제한된 양을요. 그자는 우리가 마약을 과용하지 않도록 엄격하게 감시했습니다. 우리는 가짜 이름을 썼고, 오래잖아 예전의 삶은 존재하지 않았던 것처럼 느껴졌습니다. 우리 모두는 언젠가는 탈출해 포주를 죽이고 싶어했지만, 동시에 우리가 결코 예전으로 돌아가지 못한다는 사실을 잘 알았습니다. 우리 중 누가 일을 하면 나머지가 아이들을 돌봤습니다. 포주는 우리 가족이 빚진 금액을 다 갚을 때까지 일하면 풀어주겠다고 말했고, 그래서 우리는 그곳을 한시라도 더 빨리 빠져나가기 위해 열심히 일하며 손님들을 즐겁게 하려 애썼습니다. 가을이 되었을 때 갈봇집에서 이 년 동안 일하던 여자가 풀려났습니다. 그래서 우리도 언젠가는 풀려나리라는 희망을 품었습니다.

제 '해방'은 생각보다 일찍 찾아왔습니다. 다음 해, 저는 정신적으로 완전히 지쳤고, 신경쇠약증에 걸렸기 때문입니다. 손님들은 제가 더는 노력하지 않는다고 포주에게 불평했습니다. 포주는 한동안 제게 이야기를 했습니다. 포주는 뭔가 맘먹었을 때는 여자들에게 사근사근하게 대했습니다. 포주의 무기 가운데 하나였습니다. 포주는 제 빚쟁이들과 이야기를 했으며, 그날 밤 저와 제 아들을 다른 곳으로 옮겨주겠노라고 말했습니다. 우리는 진토닉을 마시며 자축했죠.

저는 밀폐되고 캄캄한 곳에서 담요에 둘둘 말린 채 깨어났습니다. 머리가 멍하고 깨질 것만 같았습니다. 그런데 제 아들이 보이지 않았습니다. 저는 갈봇집에서 입던 잠옷 차림이었습니다. 잠시 저는 산 채로 묻혔다고 생각했습니다. 하지만 주위를 더듬어본 결과, 정지한 자동차의 트렁크 안에 있다는 사실을 깨달았습니다. 저는 자동차 잭을 찾아냈고, 그것을 이용해 차에서 빠져나왔습니다. 저는 문이 닫힌 차고에 있었습니다. 저는 사이드미러에 비친 포주의 얼굴을 보고 깜짝 놀라 얼어붙었습니다. 그자는 잠들어 있었습니다. 이윽고, 그자의 코가 사라진 것을 발견했습니다. 누군가 그자의 콧구멍에 총을 들이대고 방아쇠를 당긴 거였습니다. 제 아들은 어디에도 보이지 않았습니다. 저는 일단 도망쳤습니다. 하지만 차고를 빠져나가면서 정신을 가다듬기 시작했습니다. 저는 이곳이 어딘지도 모르고, 돈 한 푼 없으며, 저를 알던 사람들은 제가 실종된 걸로 아는 상황이었습니다. 그리고 다른 놈들은 포주를 죽인 자가 저 역시 죽였다고 결론을 내릴 터였습니다. 저는 망설였습니다. 하지만 돌아와 포주의 재킷을 뒤져 지갑을 꺼냈습니다. 그자의 사타구니에 복대가 있는 걸 발견했습니다. 복대에는 만 엔짜리 지폐가 가득 들어 있었습니다. 그렇게 많은 돈을 본 건 처음이었습니다. 차고를 빠져나가보니 오사카 중앙병원 근처였습니다. 금방이라도 죽을 것만 같은 안색의 여자가 잠옷 차림을 하고 다녀도 의심받지 않을 만한 유일한 곳이었죠.

지금 그 뒤로 어떻게 지내왔는지 자세히 말할 시간이 없습니다. 저는 일 년 동안 여성 보호소, 싸구려 호텔을 전전했습니다. 은행 계좌에는 가명을 썼지요. 아들을 찾는 게 삶의 목적이 되었습니다. 전남편이 어찌 되었는가 따위는 관심 밖이었고, 궁금하지도 않았습니다. 저를 가둔 야쿠자 조직이 어디인가 알아내기 위해 사설탐정을 고용했습니다. 일주일 뒤, 사설탐정은 위협을 받았다며 선수금을 돌려주더군요. 동정심과 죄책감 때문에 그 탐정은 저를 비서 겸 회계로 고용했습니다. 저는 탐정이 꽤 현명한 판단을 내렸다고 생각합니다. 왜냐하면 고객의 사분의 삼이 남편이 바람피우는 증거를 잡아 위자료를 두둑이 챙길 속셈인 여성들이었으니까요. 그런 여자들은 자기 문제에 대해 여자와 의논하길 원했습니다. 산부인과와 마찬가지로 간통 문제도 남자와 이야기하기는 껄끄러운 주제니까요. 그들은 자기 친구들에게 우리 사무소를 소개했고, 덕분에 사업은 번창했습니다. 저는 탐정과 함께 현장에 다니기 시작했습니다. 여자는 사실상 투명 인간이나 마찬가지죠. 아무리 꼼꼼한 남자들에게도 그건 진실입니다(더구나 제가 일했던 창녀촌에서 저와 아들에 대한 모든 정보를 삭제했다는 사실을 알게 되었습니다. 저는 존재하지 않는 여자라 할 수 있었습니다). 창녀촌에서 지내면서 저는 무척 강해졌으며, 그 어떤 일에도 상처받지 않게 되었습니다. 삼 년 뒤 제 상사는 동업을 제안했습니다. 그리고 상사가 암에 걸려 죽고 난 뒤 저는 사무소를 인수했습니다. 그 시점에서 저는 마타니 마키코와 아들을 죽이고 야마야 고주에라는 인물을 만들어낸 조직을 조사하기 시작했습니다. 조직은 거대하고, 아무 이름도 없으며, 무척이나 견고했습니다. 그 조직은 이름이 없습니다. 조직원은 육천 명이 넘습니다. 저는 조직의 상부에까지 접근했고, 심지어 그자들 자식의 결혼식에 초대받기까지 했습니다. 저는 프리랜서 탐정 자격으로 조직에서 일했습니다. 반

(牛) 내부인이란 신분 덕분에 조직의 비밀에 더 잘 접근할 수 있었고, 별다른 의심도 받지 않았습니다.

제 아들은 장기 적출을 위해 살해당했습니다. 일본 상류층이자 거부인 부모가 자기 아이를 살리기 위해 장기를 필요로 했기 때문입니다. 국내 장기시장은 가장 이윤이 많이 남는 곳입니다. 아무래도 순수 국내산을 더 좋아하기 때문입니다. 하지만 동아시아, 북미, 러시아 역시 전망이 밝습니다. 창녀촌의 여인과 아이 들은 모두 마지막에는 장기 적출을 당하고 죽습니다. 이 봉투에 동봉한 디스크에는 조직의 우두머리, 이자들을 비호한 변호사, 장기 적출을 담당한 의사, 이 일을 눈감아준 정치인, 돈세탁을 해준 사업가, 장기를 냉장해 이동시키는 데 협력한 사람들과 세관원들의 이름, 사진, 개인정보가 들어 있습니다.

내일은 10월 2일입니다. 바로 제가 대중에게 모든 것을 공개하는 날입니다. 저는 이 자료를 경찰의 연락선 그리고 대중매체에 넘길 것입니다. 둘 중 한 가지 일이 벌어질 겁니다. 대중매체들이 경악하고, 전 일본인들은 정치인이나 일반인을 막론하고 커다란 충격에 휩싸이고, 키시의 병원에서부터 국회까지 엄청난 파문이 일어날 수도 있습니다. 아니면 제가 정체를 폭로하려던 자들에게 죽임을 당할 수도 있습니다. 후자의 경우를 대비해 저는 이 디스크와 편지를 여러 가지 이유로 선택한 바로 당신에게 보냅니다.

이 점을 이해해주십시오. 당신은 이제는 죽은 여인이 보낸 편지를 읽고 있습니다. 여인과 아이 들을 납치해 장기 적출을 하는 자들에게 복수하려던 제 계획은 실패했습니다. 제 희망, 그리고 일생의 목표는 이제 당신 손에 달려 있습니다. 눈을 똑바로 뜨고, 당신이 원하는 대로 하십시오. 저는 당신에게 어떻게 하라고 충고할 수가 없습니다. 제가 할 수 있는 최선의 시도는 이미 실패했습니다. 야쿠자는 우리보다 구만 배는 더 강력합니다. 만약 보통 경찰에게 이 자료를 넘겨 일을 처리하려 한다면, 스스로 당신의 사형집행서에 서명하는 것과 다를 바 없습니다. 당신은 아주 위험한 게임에서 아주 중요한 역할을 할 수 있는 카드를 들고 있습니다. 비록 당신이 원해서 참여한 게임은 아니겠지만요. 하지만 그자들에게 살해당한 제 아들 마타니 에이지의 영혼이 편히 쉴 수 있도록, 그리고 과거와 현재와 미래에 죽었고 죽고 있고 죽어갈 수많은 사람들을 위해 저는 당신에게 이일을 행동에 옮겨달라고 간절히 부탁드립니다.

진심으로 부탁드립니다.
야마야 고주에 드림

왜 나란 말인가? 이 여인의 아들과 나는 이름에 똑같은 한자를 쓴다. 이름에 나와 같은 한자를 쓰는 이는 한 번도 본 적이 없긴 하지만, 단지 그 이유만으로 야마야 고주에가 나를 자기 유언집행인으로 삼았을 리는 없다. 뭔가 단서라도 잡을 요량으로 우리가 처음 만났을 때의 기억을 더듬어보지만 아무것도 떠오르지 않는다. 또

한 알아낼 방법도 없다.

나는 아래층에 대고 외친다. "마치코? 오늘 신문에 뭔가 큰 뉴스가 났나요?"

"뭐?" 마치코가 대답한다. "설마 못 들었단 말이야?"

"뭘요?"

마치코가 앞장을 읽는다. "고위 정치가 뇌물 수수 충격. '나는 뇌물을 받지 않았다!' 수상의 폭로에 각료들 충격!"

나는 싱긋 웃으며 문을 닫는다. 즉 야마야 고주에는 역시 죽은 것이다. 내가 이야기 공부를 하던 주간에 나를 찾아왔던, 얼굴에 흉터가 있는 인물에게 동정심이 들며 마음 한구석이 휑해진 느낌이 든다. 하지만 이런 일에 얽히는 건 바보나 할 짓이다. 이 디스크를 간직하는 것은 위험천만한 일이다. 나는 내 방에서 가장 쓰지 않는 곳, 즉 양말 아래 콘돔 상자 밑에 디스크를 둔다. 어떻게 할지는 시간을 두고 생각해보자. 만약 오늘 또는 내일까지 확실하고 안전한 방법이 떠오르지 않으면 이걸 그냥 강에 던져버리고, 누군가 좀 더 현명하고 강력한 위치에 있는 인물이 건지길 바랄 것이다. 나는 사람들이 다리 위에 한 줄로 늘어서서 모두가 겁을 먹고 각자의 디스크를 강에 떨어뜨리는 모습을 상상한다. 나는 고양이가 마실 물을 갈아주고, 선풍기를 틀고 요를 펴고 잠을 청한다. 스무 시간 동안 잠을 자지 못했지만 야마야 부인 생각에 잠이 오지 않는다. 앞으로 보낼 일주일은 마음이 편하지 않은 묘한 시간이 되리라는 걸 감지한다. 맥박이 뛴다. 부러지지 않는 창이 뚫리지 않는 방패에 부딪힌다.

◆

나는 화요일이 마지막 숨을 헐떡일 때 직장에 도착한다. 조리용 앞치마를 두르고 하얀 두건으로 머리를 감쌀 무렵에는 수요일이 태어난다. 비번인 택시 운전사들이 가게에 들르더니 파티라도 할 만한 양의 피자를 주문하고, 그 때문에 나는 구십 분 동안 바쁘게 움직인다. FM 라디오는 변덕스레 중국어, 스페인어 또는 다른 외국어 방송국으로 채널을 바꾼다. "타갈로그어야." 도이가 말해준 다. "오늘은 성층권이 유난히 깨끗해. 난 부비강으로 감지할 수 있 지." 그는 자기가 배달할 피자가 지옥불에서 나오길 기다리며 새 장에서 담배를 말아 피운다. 도이가 눈을 문지른다. "미야케, 눈에 뭔가 들어갔나봐. 이쑤시개 좀 주겠어?" 좀 꺼림칙하지만 무시하 고 이쑤시개를 건넨다. "고마워." 도이는 이쑤시개로 눈꺼풀을 뒤 집는다. "안 되겠는걸. 좀 봐주겠어? 날벌레가 들어간 거 같아." 나 는 도이에게 다가가 눈을 들여다본다. 돌연 도이가 재채기를 하며 고개를 홱 움직이고, 이쑤시개가 도이의 눈알을 찌른다. 하얀 액체 가 내 얼굴로 뿜어져나온다. 도이가 외친다. "젠장, 젠장! 이런 일 이 일어나다니!" 나는 지금 이 이상한 사건이 현실이라는 게 믿기 지 않아 그냥 멍하니 서 있다. 사치코가 쪽문으로 들어온다. 내 가 말을 더듬자 사치코는 고개를 설레설레 흔들고, 나는 입을 다문 다. "도이에게 한 번 속는 건 귀엽게 봐줄 수 있지만 두 번이나 속 는 건 바보나 할 짓이야, 미야케. 그리고, 도이, 만약 계속 그런 식 으로 커피 크림을 낭비하면 난 어쩔 수 없이 점장 역할에 충실해지 는 수밖에 없어요. 급료에서 크림 값을 제할 거예요. 진심이야."

도이가 킬킬거리고, 나는 다시 속았다는 사실을 깨닫는다. "말씀 잘 받잡겠습니다, 마님." 사치코는 지옥불 위로 초자연적인 주문을 외운다. "제대로 된 삶을 얻을 때까지 환생을 거듭하며 정신병원을 감시하는 게 내 업보란 말이야? 미야케, 더블 타이타닉 하나. 신 크러스트에 상어 고기 엑스트라로." 나는 도이의 피자를 상자에 넣는다. 도이는 의기양양해하며 배달에 나선다. 나는 야마야 부인이 보낸 꾸러미에 대해 줄곧 생각한다. 도모미가 휴식시간을 즐기기 위해 새장으로 살금살금 들어온다. 도모미의 휴식시간은 끝이 없다. 도모미는 자신의 삶이 얼마나 바쁜지에 대해 장광설을 늘어놓는다. '바쁜'은 도모미가 가장 좋아하는 단어다. 그리고 내게 아이와 섹스를 할 때 아이가 거짓으로 오르가슴을 느끼는 척하는지 아닌지 어떻게 아느냐고 묻는다. 자기가 네로 씨와 바람을 피울 때는 매번 오르가슴에 도달한 척하느라 바빴단다. 남자들은 자기 성적 능력에 자신이 없기 때문에 여자가 오르가슴에 도달한 것을 보지 못하면 기운을 잃는단다. 내게 있어 도모미는 속옷으로 들어온 독거미와 비슷한 존재다. 도모미는 답을 하라고 날카롭게 간 손톱으로 계속 찔러댄다. 다행히 장난감 헬리콥터만 한 말벌이 날아들어온 덕에 위기를 모면한다. 도모미는 "저걸 죽여! 저걸 죽여!"라고 외치며 문으로 달려 나간다. 쪽문이 거칠게 닫힌다. 말벌은 한동안 윙윙거리며 겹눈으로 주의 깊게 나를 살피고, 마침내 라오스에 착륙한다. 말벌 때문에 피자에 집중하기 어렵지만, 그래도 도모미와 상대하는 것보다는 피자를 굽는 게 낫다. 나는 플라스틱 통을 동남아시아 위로 내려덮는다. 말벌이 무시무시한 플루겔혼 소리를 내며 통 옆면에 구멍을 내려 애쓴다. 돌연 나는 참을 수 없이 몸이 가려워지고, 반쯤 공황 상태에 빠져 임시 말벌 감금통으로 삼으려 했던 플라스틱 통을 벽과 접한 환풍기에 대고 흔든다. 뭔가 따닥하는 소리가 아주 약하게 나면서 플루겔혼 소리가 멈춘다. "액션 영웅의 최후로군." 오니즈카가 아랫입술의 피어싱을 만지작거리며 말한다. 오니즈카는 새장에 늘 유령처럼 나타나고, 너무나 소곤소곤 이야기하기 때문에 반쯤은 입술을 읽어야 뭐라 하는지 알아들을 수 있다. 오니즈카는 포장을 기다리는 피자가 있는 지옥불을 향해 고개를 끄덕인다. "저게 KDD 건물로 내가 배달할 에스키모 퀸이야? 피자가 식으면 손님들이 엄청 욕을 한다고." 쪽문이 살짝 열린다. "죽은 거야?" 도모미가 묻는다. "말벌은 멀쩡해. 하지만 미야케가 환풍기를 통해 도망가려고 거기로 몸을 쑤셔넣다 실패했어." 오니즈카가 말한다. 도모미는 나를 더 짜증나게 할 수 있는지 떠보려 일부러 과장되게 깔깔거린다. 오니즈카는 더는 한 마디 말도 없이 피자 배달을 떠난다. 일 분 정도 뒤에 도이가 도착한다. 맹세컨대, 어제는 왼쪽 발을 절었는데 오늘은 오른쪽 발이다. 그리고 도모미는 도이에게 말벌에 대해 이야기한다. 마약 제조자와 세상의 모든 악의 여왕은 내가 생명을 죽인 죄인이라고 성토한다. "그건 그냥 말벌이었어. 말벌은 아주 흔하다고." 내가 말한다. 하지만 내 말은 도모미에게 효력이 없다. "사람도 아주 흔해. 그러면 사람을 죽여도 되는 거야?" 너무 멍청한 주장이라 대꾸할 가치조차 없다. 특히 도모미가 '죽여! 죽여!'라고 외쳤던 상황에서는 더욱 그러하다. 그래서 나는 피자가 지옥불을 향해 조금씩 움직이는 모습을 지켜본다. 마침내 내가 다시 둘에게 주의를 돌렸을 때, 도이와 도모미는 까마귀에 대해 이야기하는 중이다. 도모미가 말한다. "뭐라고 해도 좋아. 까마귀는 귀여워." 도이가 고개를 설레설레 젓는다. "까마귀는 날개 달린 나치야. 하루는 우리 건물의 관리인이 빗자루로 까마귀를 쫓아낸 적이 있어. 그랬더니 다음 날 그 까마귀가 관리인에게 달려들더니 피가 날 때까지 부리로 사정없이 머리를 쪼아댔대. 까마귀가 좋아? 유니폼을 입은 관리인을 그렇게 공격하는데도? 끔찍해. 자연의 실패작이라고 생각해." 도모미는 눈썹 연필을 깎더니 짤깍하며 손거울을 연다. "쪼이는 게 바보지. 억울하면 쪼는 쪽이 되어야지."

◆

우에노에서 기타 센주까지 가는 길은 쉽다. 러시아워일 때조차도 그렇다. 이 시간에 지하철을 이용하는 사람은 밤근무를 한 노동자나 괴짜 억만장자들뿐이기 때문이다. 반대로 기타 센주에서 우에노 역으로 들어오는 지하철은 사람들이 짐짝처럼 빽빽이 들어차 있다. 도쿄는 우주 연쇄 대폭발의 모형이다. 오후 다섯시면 폭발하고 인간-물질은 교외로 튕겨나가고, 다시 오전 다섯시가 되면 인간-물질에 대한 중력이 다시 작동하고, 모든 것들이 그날의 폭발을 위해 도쿄 중심으로 몰려든다. 내 출퇴근은 도쿄의 물리법칙에 정면으로 위배된다. 온몸에 힘이 쭉 빠진 느낌이다. 아이는 연습을 마치고 오후 다섯시 정도에 내 쪽방으로 올 것이다. 아이의 저녁이 내 아침이다. 다행히 아이는 자신이 요리를 해도 되느냐고 물어왔다. 아이는 당뇨병 때문에 먹을 걸 자신이 고르는 쪽을 선호한다. 내가 할 수 있는 요리가 '몇 가지 안 된다'고 말할 수도 있겠

지만 이 표현조차 과장이 심한 축에 들어간다. 기타 센주에서 슈팅
스타로 걸어가는 동안 이상한 구름이 하늘 절반을 가로지른다. 자
전거 타는 이들, 유모차를 미는 여인들, 택시 운전사들이 가던 길
을 멈추고 구름을 쳐다본다. 하늘 절반은 청명한 10월의 푸른색이
다. 다른 절반은 폭풍우를 머금은 먹구름이 휘젓고 있다. 회오리바
람에 비닐봉지들이 날아간다.

분타로는 가게에 일찍 나와 일주일간 휴가 갔을 때의 매상을 정
리하고 있다. 분타로가 고개를 들어 나를 보더니 코를 킁킁거린다.
"알아요, 알아. 치즈 냄새에 절어 있는 거 안다고요." 내가 말한다.
분타로가 아무 표정 없이 어깨를 으쓱하더니 다시 계산기에 고개
를 숙인다. 나는 힘들게 계단을 오른다. 고양이가 내게 좋은 아침
시간을 보내라고 명한 뒤 자기 차원으로 스르르 사라진다. 나는 고
양이 밥그릇을 씻고, 물을 갈아주고, 샤워를 하고, 아이 맞이 대청
소를 하기 전에 한숨 자기로 결정한다.

내 얼굴이 흐물흐물해진다. 혀는 부석처럼 굳어 움직이지 않는
다. 혀에 고인 침은 베개로 질질 흐른다. 식탁에서는 아이가 당근
과 사과를 썬다. 잠시, 내가 이마조 아이와 결혼했으며 그녀가 우
리 아이 아홉 명의 식사를 준비하는 거라고 착각한다. 이윽고 사과
냄새가 난다. 육두구 냄새도 난다. 고양이가 앞발을 핥으며 나를
바라본다. 분타로는 아이를 올려보내고, 아이가 내 방문을 두드리
고, 나는 너무 깊게 잠이 들어 깨지 못하고, 분타로는 내가 방에 있
는 게 분명하다고 말하고, 아이는 문을 열고 살짝 들여다보고, 내
가 있는 걸 보고, 샐러드를 만들 재료를 사러 간다. 삶은 그럴 마음

만 먹으면 충만한 축복이 되어 나타난다. 내가 옷을 입었든 안 입었든 상관없이, 이 쪽방에 나와 단둘이 있으려면 아이는 나를 신뢰해야만 한다. 신뢰받으니 내가 신뢰할 만한 인물이 된 기분이다. 당근과 사과가 어울려 멋진 조화를 이룬다. 아이는 호두(이전까지 나는 호두에 관심을 가져본 적이 없다)와 건포도를 잘게 잘라 양상추 위에 뿌린다. 아이는 낡은 진 바지에 자기 피부보다 더 밝은, 바랜 노란 티셔츠를 입었고, 머리를 말아올렸다. 그래서 전설의 아름다운 목이 보인다. 아이는 껍질을 쓰레기봉투에 버린다. 아이는 두꺼운 검은 테 안경을 썼고, 그 때문에 좀 괴짜처럼 보인다. 아이는 좋은 인상을 주려 한 적이 단 한 번도 없고, 바로 그 점 때문에 나는 '무척' 좋은 인상을 받는다. 아이는 해적들이 하는 커다란 고리 귀걸이를 했다. "어이, 규슈 식인종." 아이가 말한다. 내가 줄곧 보고 있다는 사실을 아이가 안다는 사실을 나는 깨닫는다. 그리고 내 안의 화음이 A 플랫에서 느슨한 D 마이너로 바뀌는 걸 느낀다. "왜 편지들을 냉동실에 보관하는 거야?"

"조심해. 가시가 있을지도 몰라." 아이가 말한다.
"맛있는걸."
"컵라면만 먹고 사는 거야?"
"네로에서 일한 뒤론 피자도 먹어. 내가 샐러드 다 먹어도 돼?"
"응. 괴혈병에 걸려 죽기 전에 어서 먹어. 네 방 전망이 좋다는 말을 왜 안 했어?"
"이건 경치라고 할 수도 없어. 진짜 좋은 전망을 보려면 야쿠시마에 가야 해."

"나랑 사치코 방의 전망보다 훨씬 좋은걸. 예전엔 감옥 운동장이 보였지. 보통 감옥보다 죄수들에게 조금이나마 더 자유를 허용하던 감옥이었어. 나는 창문을 열고 쇼팽의 왈츠를 계속 연주하곤 했어. 하지만 어느 날 수업에서 돌아오며 보니까 순식간에 주차장 건물이 들어서 있더라. 이제는 창을 열면 20센티미터 앞에 콘크리트 벽이 보여. 이사를 하고 싶지만 보증금 때문에 불가능해. 게다가 제아무리 정직한 부동산업자라 할지라도 날 엄청나게 벗겨 먹을 테니까. 하긴 정직한 부동산업자라니, 언어 모순이긴 하다. 게다가 불이라도 나면 창밖으로 나가 벽을 타고 천천히 내려가면 되니 다행이기도 하고."

전화기가 우우울리인다아. 내가 전화를 받는다. "여보세요?"

"미야케!"

"스가? 어디야?"

"아래층. 오기소 씨가 말하길 손님이 와 있다더라. 내가 올라가도 괜찮겠어?"

솔직히 말해, 안 괜찮다. "괜찮고말고."

스가가 내 쪽방에 들어섰을 때 나는 놀라 입을 딱 벌린다. 스가는 신체 이식 수술을 받은 게 분명하다. 습진이 사라졌다. 정갈한 머리는 이발하는 데 만 엔은 족히 줬을 게 분명하다. 밀라노 다이아몬드 강도가 입을 만한 양복 차림에, 인기 팝 가수가 쓸 만한 최신 유행의 직사각형 안경을 썼다. "인터뷰라도 하러 가는 거야?" 내가 묻는다. 스가는 내 말을 무시하고 아이에게 수줍게 고개 숙여 인사한다. "저는 스가 마사노부라고 합니다. 당신이 미야케의 한국인 여자친구인가요?"

아이는 셀러리 끝을 깨물며 어리둥절한 눈으로 나를 본다.

"아니야." 내가 부정한다. "이쪽은 이마조 양이야."

아이가 셀러리를 우적우적 먹는다. "방귀쟁이 스가?"

이제는 스가가 어리둥절한 표정을 짓는다. "전…… 에…… 미야케?"

"에…… 가끔은 그러잖아."

"앞으로 오랫동안 그럴 일 없을 거야. 작별 인사를 하러 왔어."

스가에게 방석을 내밀며 내가 묻는다. "도쿄를 떠나는 거야? 가까운 곳이야, 아님 먼 곳이야?"

스가가 샌들을 벗고 앉는다. "사라토가."

"거긴 어느 현에 있어?"

아이는 그곳을 들어봤다. "텍사스 서부의 사라토가요?"

"사막의 심장부죠."

아이가 셀러리를 씹으며 말한다. "아름답지만 황량한 곳이죠."

나는 그런대로 깨끗한 잔을 찾아낸다. "사막에는 왜 가려고?"

"그 질문에 답해줄 수가 없어."

내가 차를 따른다. "왜 없는데?"

"그 질문도 답해줄 수 없어."

"네 성배와 무슨 관계가 있는 거야?"

"지난주에 이곳을 떠난 뒤, 나는 연구실로 가 다시 일에 몰두했어. 아주 열심히 했지. 검색 프로그램을 짜고, 파일 필드에 그걸 몰래 넣은 뒤, 구십억 개의 파일 어딘가에 진짜 성배 사이트가 숨겨져 있지 않을까 찾아봤어. 첫번째 시도는 실패했어. 해커들 전문용어로 말하자면 그건 스미다 터널에 중국 대륙을 밀어넣어 통과

시키려는 거나 마찬가지였지. 펜타곤 방어 시스템은 내 프로그램이 침입한 것을 알아차리고 추적 프로그램을 가동시켰어. 난 잡히기 전에 간신히 빠져나왔지." 아이가 묻는다. "펜타곤이라고요?" 스가가 겸손하면서도 자부심에 찬 표정으로 엄지손가락을 만지작거린다. "그리고 며칠 정도 그 문제에 대해 잊고 있었는데 돌연 천재적인 영감이 떠올랐어. 동틀 녘에 영감이 쏟아졌지. 나는 펜타곤 방어 체계를 뚫고 들어가 운영 체계를 슬쩍 건드려보고, 재갈을 물리고, 운영 체계가 보호하는 파일들을 찾아보았어! 적의 개들을 이용해 적이 숨은 곳을 찾았다고나 할까. 말은 쉽게 들리지만, 그렇게 하려면 우선 여섯 개의 휴대전화 네트워크를 가로질러 여섯 개의 좀비를 이용해 비행 경로를 짜야만 했어. 그다음에……"

"성공한 거야?"

스가가 자세한 내용은 그냥 넘어간다. "성공했어. 하지만 살펴봐야 하는 성배의 수는, 그래, 정말 많았지. 생각해봐. 구십억 개의 피라미드 정점마다 구십억 개의 파일이 있고, 각기 다시 구십억 개의 파일과 연결되어 있어. 그것도 내가 살펴본 곳까지만 그래. 탐색 프로그램을 해제한 뒤 나는 곯아떨어졌어. 깊은 잠의 도시에 빠진 거야. 어느새 아침 열한시였어. 맞아, 나는 전날 밤 일곱시부터 컴퓨터에 붙어 앉아 있었지. 다음에는 무슨 일이 일어났느냐고? 잠에서 깨어보니 건장한 사내 셋이 내 연구실을 뒤지고 있더군. 오후 중반 정도였어. 나는 깜짝 놀랐지. 한 명은 해커였는데, 내가 한번도 본 적이 없는 소형 드라이브에 내 개인 파일들을 복사하고 있었어. 두번째 사내는 나이 든 교장 스타일이었는데, 내 장비 목록을 적고 있더군. 세번째 사내는 햇빛에 그을린 뚱뚱한 외국인이었는데, 카우보이 모자를 썼고, 내 작스 오메가 만화책을 뒤적이며 내 맥주를 마시더군. 난 얼마나 놀랐는지 겁조차 나지 않았어. 교장이 뭔가 신분증을 보여주더군. 정보보호국이었어. 들어본 적 있어? 없을 거야. 그러더니 내가 일본-미국 상호 방위 조약을 위반했다며 내게는 묵비권을 행사할 권리가 있기는 하지만, 가장 가까운 미 군사기지로 끌려가 미국 법원에서 첩보 행위로 고발당하길 원치 않는다면 어떻게 해킹을 했는지 고분고분 털어놓는 게 신상에 좋을 거라고 하더군."

"이게 전부 사실인 거야?" 아이가 내게 묻는다.

"이게 전부 사실인 거야?" 내가 스가에게 묻는다.

"나도 사실이 아니길 바랐어. 〈쇼생크 탈출〉에 나오는 남색 장면이 계속 떠올랐거든. 교장은 성냥갑만 한 녹음기를 꺼내더니 쉬지 않고 질문을 해댔어. 사실 나는 그자가 내 불알에 전극을 댈 거라고 생각했어. 우선 내가 어떻게 펜타곤에 들어갔는지, 어떻게 자기네 항바이러스 OS를 무력화시켰는지, 혼자 작업했는지, 그 뒤로 누구와 이야기를 나눴는지 물었고, 이어서 이런저런 단체 이름을 대면서 들어봤는지 묻더군. 들어본 적이 없는 이름들이었어. 심지어 지금도 난 이름을 기억 못 하겠어. 그자들은 내가 무슨 학교를 다녔고 어디서 살았는지 따위를 모두 알고 있더군. 이윽고 해커가 기술 자료에 대해 이야기했어. 그자의 표정으로 미루어볼 때 내좀비 연결 방식에 깊은 감명을 받았더군. 그러는 와중에 날은 점점 어두워졌고, 그자들이 나를 어떻게 할지 알 수가 없었어. 마침내 내 앨범과 『마스터 해커』를 뒤적이던 외국인이 영어로 총장에게 말했어. 나는 그자가 우두머리라는 사실을 깨달았지. 나는 화장실에 가도 되는지 물었어. 젊은 해커가 동행했어. 나는 그자에게 내 막을 물었지만 그자는 고개만 젓더군. 연구실로 돌아오자 총장이 내게 직장을 제안하면서 받아들이든지 고발을 당하든지 선택하라 더군. 듣기만 해도 소름이 끼치는 죄목을 들이대더라. 사내는 직장 과 보수에 대해 설명했어. 우와, 엄청나더라! 인공지능, 미사일 방 어 시스템······" 스가가 입술을 깨물었다. "이크, 여기까지만. 이 런 일을 말하고 다니면 안 되거든."

"IBM과 대학은 어쩌고?"

"바로 그게 내가 다음에 한 질문이었어. 총장은 외국인에게 고 개를 끄덕였어. 외국인은 휴대전화에 대고 뭐라고 지껄이더군. 총 장이 말하더라. '이미 다 조치를 취해두었습니다, 스가 씨. 그리고 혹시 부모님이 학위에 대해 걱정하신다면 박사학위를 마련해드리 겠습니다. MIT면 되겠습니까? 다른 세부 사항은 나중에 결정하면 됩니다.' 사실 나는 모레 아침 비행기를 타고 그곳에 가. 할 일이 산더미 같거든. 선물을 가져왔어, 미야케. 열대 과일이 낫지 않을 까 하는 생각도 했지만, 이게 좀더 개인적인 거 같았어. 받아." 스 가가 사각형 상자를 꺼내 뚜껑을 열더니 검고 납작한 걸 꺼낸다. "이건 내가 만든 최신형 컴퓨터 바이러스야." 연 이틀째 나는 컴퓨 터 디스크를 받는다. "음······ 고마워, 지금까지 내게 컴퓨터 바이 러스를 선물로 준 사람은 아무도 없었어." 아이가 뭔가를 씹더니 이야기한다. "만약 저런 게 병원 시스템에 들어가면 사람 생명이 위험해져. 그런 생각을 해본 적이라도 있어?" 스가는 고개를 끄덕 이고 후르륵 차를 마신다. "윤리적 해커는 책임감을 가지고 있어. 비록 기계 속에서 유령처럼 살지라도 파괴를 일삼는 바보들과는 질적으로 달라. 우리 수는 점차 늘고 있어. 최신 시스템을 해킹하는 해커 가운데 65퍼센트 이상이 윤리적인 사람들이야." 아이가 험악한 눈으로 스가를 본다. 스가가 굽히지 않고 계속 말한다. "그리고 모든 통계의 85퍼센트 이상이 날조지. 자, 이걸 받아. 이름은 '배달부'야. 이건 네가 메일을 보낸 사람의 주소록에 있는 모든 사람에게 네가 보낸 메일을 다시 보내. 그러면 그 메일을 받은 사람 주소록에 있는 사람들 주소로 다시 메일이 보내지고, 계속 반복되지. 아흔아홉 단계까지 그 과정을 반복해. 멋지지 않아? 그리고 해될 것도 전혀 없고." 아이가 납득이 가지 않는다는 표정을 짓는다. "수십만 명에게 스팸 메일을 보내는 게 특별히 윤리적이라고 보이지는 않는걸." 스가가 자신에 대한 자부심이 가득한 표정을 짓는다. "스팸 메일이 아니야! 미야케는 평화와 기쁨이 담긴 메일을 수십만 명에게 보낼 수 있는 거야. 이건 내가 텍사스로 가져갈 수 없어. 사라토가는 극비 연구소거든. 하지만 이걸 그냥 사장시키는 건 아까운 일이라서."

스가가 떠나고, 나는 샐러드를 마저 먹은 뒤 디저트로 멜론을 자른다. 나는 분타로에게 멜론을 조금 가져다주고, 분타로는 천장을 보며 고개를 까닥하더니 의미심장한 표정으로 새끼손가락을 까닥거린다. 나는 무슨 뜻인지 모르는 척한다. 나는 절대로 아이에게 집적거리지 않을 것이다. 우리 사이에는 '아직 진도가 나가지 않는' 따위는 없는 거야. 나는 자신에게 다짐한다. 아이는 식탁을 치우고 있다. "인슐린을 맞아야 하거든. 보고 싶어? 아님 살갗을 바늘로 찌르는 장면을 상상만 해도 구역질을 해?"

"보고 싶어." 나는 거짓말을 한다.

아이는 핸드백에서 의료기 상자를 꺼내 주사기를 준비하고 팔뚝을 소독하고 침착하게 바늘을 찔러넣는다. 나는 움찔한다. 아이는 인슐린이 혈관으로 들어가는 동안 내가 자신을 지켜보는 모습을 지켜본다. 나는 돌연 초라한 느낌이 든다. 아이에게 집적거리는 건 꽃에게 빨리 피라고 윽박지르는 것만큼이나 천한 짓이다. 게다가 만약 아이에게 퇴짜라도 맞으면 나는 부끄러워 전자레인지에 들어가 자살이라도 할 것이다. 아이가 주삿바늘을 뽑으며 말한다. "자, 미야케, 이제는 뭘 할 거야?"

나는 마른침을 삼킨다. "에…… 뭘?"

아이가 소독 솜으로 핏방울을 닦는다. "이제 아버지의 행방을 찾지 않기로 했는데, 계속 도쿄에 머무를 거야?" 나는 일어나 프라이팬을 닦는다. "글쎄…… 모르겠어. 뭔가 하려면 우선 돈이 필요해. 그러니 아마도 뭔가 더 나은 일이 생기기 전까지는 네로에 있을까 해…… 어머니가 편지를 몇 통 보냈는데, 그걸 보여줄게."

아이가 어깨를 으쓱한다. "그래." 나는 비닐봉투에서 얼음 조각을 쏟아낸다.

내가 설거지를 끝내고 샤워를 하는 동안 아이가 편지를 읽는다.

"샤워를 오래 하네."

"에…… 그게, 샤워를 하는 동안에는 야쿠시마로 돌아간 기분이 들거든. 따뜻한 비를 맞는 느낌이야." 나는 편지를 향해 고개를 까닥이며 묻는다. "어떻게 생각해?"

아이가 편지를 깔끔하게 접어 봉투에 넣는다. "내가 어떻게 생각하는지 생각하는 중이야." 후지필름이 열시를 알린다. 이제 우리는 떠나야 한다. 아이는 스토커들이 상대를 찾기 위해 술집을 나서기 전에 들어가고 싶어하고, 나는 자정 전에 일터로 가야만 한다. 아래층에 내려가보니 분타로가 프링글스를 먹으며 사이보그와 오토바이와 용접공 들이 잔뜩 나오는 영화를 보고 있다. "샐러드는 맛있었어?" 분타로는 한 대 쥐어패고 싶은 느낌이 들 정도로 순진한 척하며 묻는다. 나는 화면을 보며 고개를 까닥인다. "뭘 보는 거예요?"

"영화의 두 가지 법칙을 확인하는 중이야."

"그게 뭔데요?"

"제1법칙은 '-이터'로 끝나는 영화는 모두 쓰레기다."

"제2법칙은요?"

"영화의 질은 출연하는 헬리콥터의 수에 반비례한다."

기타 센주 역에 도착하자 아이가 말한다. "네가 그 편지들을 보여주지 않았으면 좋았을 거란 생각이 들어."

"왜?"

아이가 잔돈을 짤랑인다. "내가 정말로 무슨 생각을 하는지 알고 싶지 않을 거야." 가을의 마지막 나방들이 더듬거리는 불빛 주위로 춤을 춘다.

"네가 무슨 생각을 할지 알고 싶어서 편지를 보여준 거야."

아이가 전철표를 산다. 나는 패스를 보여준다. 우리는 플랫폼으로 걸어간다. "어머니는 네가 자기 삶에 들어오길 바라서. 그리고 어머니와 함께하면 네 삶은 훨씬 더 풍부해질 거야. 네 냉담함은 너나 네 어머니에게 아무 도움이 안 돼. 그 편지들은 일종의 평화

협정 제안이라고 할 수 있어."

그 말에 한 대 얻어맞은 느낌이 든다. "만약 내가 연락하길 어머니가 원했다면 왜 나가노 주소를 주지 않은 거지?"

"어쩌면 주소를 가르쳐줬을 때 네가 연락하지 않으면 어쩔까 겁내신다는 생각은 안 들었어?" 아이가 내 눈을 살펴본다. "어쨌든, 어머니는 어디에 머물고 있는지 알려주셨어. '하쿠바 산'이라고 말이야."

나는 고개를 돌려 아이의 눈을 외면한다. "'하쿠바 산'은 주소가 아니야."

아이가 걸음을 멈춘다. "미야케, 넌 참 대단한 아이야!" 찌이이이잉! 나의 냉소 검출기가 경보를 울린다. "넌 자신을 속이는 데는 대가 급이야. 하쿠바 산 발치에 있는 호텔은 많아봐야 열 개가 되든가 말든가 할걸. 도쿄에서 이름도 모르는 사람을 찾는 것에 비하면 네 어머니를 찾는 건 누워서 떡 먹기야. 정말로 찾기를 원한다면, 아마 내일 저녁이면 어머니가 어디에 있는지 알아낼 수 있을 거야."

이제 이 여자는 주제넘게 참견하고 있다. 그냥 참고 있어야 한다는 건 알지만 도저히 그럴 수가 없다. "왜 내가 원하지 않는다고 생각하는데?"

아이가 퉁명스레 어깨를 으쓱해 보인다. "난 네 정신과 상담의가 아니야. 네가 말해봐. 분노? 비난?"

"아니." 아이는 지금 내 상태를 전혀 눈치채지 못한다. "어머니는 칠 년 동안 우리를 방치했고, 다시 구 년 동안 나를 버려뒀어."

아이가 얼굴을 찡그린다. "알았어, 하지만 만약 내가 정말로 무슨 생각인지 알고 싶은 게 아니라면, 내게 편지를 보여주는 대신 날씨 이야기나 하란 말이야. 그리고, 야, 미야케!" 내가 아이를 본다. "뭐?" 아이는 거의 으르렁대다시피 한다. "꼭 담배를 피워야겠어?" 나는 맥아더 라이터를 치우고 팔리아멘트 갑을 셔츠 주머니에 밀어넣는다. "그렇게 괴로워하는 줄 몰랐어." 말을 뱉자마자 나는 너무 비열한 말을 했다는 사실을 깨닫는다. 아이가 이번에는 100퍼센트 으르렁거린다. "어떻게 괴롭지 않겠어? 아홉 살부터 난 췌장에 문제가 있었고, 덕분에 팔은 바늘겨레가 되었어. 그리고 네가 담배를 피우면 말보로 맨처럼 멋져 보일 거라는 착각에 빠져 너뿐 아니라 다른 사람까지 폐암에 걸리게 하려 애쓰는 동안 난 일년에 두 번은 저혈당 혼수상태에 빠져. 그래, 미야케. 난 담배 연기가 정말 괴로워."

뭐라고 대답해야 할지 한마디도 떠오르지 않는다.

저녁 시간이 산산조각 난다.

전철이 도착한다. 우리는 전철에 나란히 앉아 우에노 역으로 가지만 흡사 서로 다른 도시에 있는 것 같은 느낌이다. 그랬으면 좋겠다. '광고 나라'의 즐거운 시민들이 화사한 웃음을 지으며 나를 놀려댄다. 아이는 아무 말도 하지 않는다. 우리는 우에노 역에서 내린다. 역은 언제나처럼 조용하다.

"플랫폼까지 같이 걸어가도 돼?" 화해의 표시로 내가 묻는다.

아이가 어깨를 으쓱한다. 우리는 우주선의 가사 수면 유지실처럼 거대한 복도를 걸어간다. 저 앞쪽에서 뭔가가 리듬감 있게 쿵쿵거리는 소리가 들린다. 오렌지색 옷을 입은 남자가 고무망치 같은 걸로 뭔가를 두드린다. 두드려 맞는 게 사람인지 물건인지는 모르겠지만 여하튼 기둥 뒤에 가려 보이지 않는다. 우리 둘은 그 남자를 에둘러 가기 위해 방향을 바꾼다. 아이가 전철을 탈 플랫폼에 가려면 그 남자를 지나가야만 한다. 혹시 이자가 누군가를 때려죽이는 건 아닐까 하는 의심이 심각하게 들기 시작한다. 하지만 남자는 너무 커서 구멍에 들어가지 않는 타일을 두드려 넣고 있을 뿐이다. 쿵! 쿵! 쿵! 아이가 입을 연다. "삶은 이런 거야." 아마도 혼잣말인 듯하다. 터널에서 다가오는 전철이 늑대 울음소리를 내고, 전철이 몰고 온 바람에 아이의 머리카락이 헤엄친다. 비참한 느낌이 든다. 내가 입을 연다. "에…… 아이……" 하지만 아이는 내 말을 막고는 짜증을 가득 담아 고개를 가로젓는다. "전화할게." 그게 '괜찮으니 걱정하지 마'라는 뜻인지 아니면 '내가 용서해줄 때까지는 전화하지 마'라는 뜻인지 모르겠다. 파리음악원에서 장학금을 받은 학생이 보내는 완벽한 모호함. 전철이 오고, 아이가 타고, 자리에 앉고, 팔짱을 끼고, 다리를 꼰다. 나는 생각할 겨를도 없이 한 손을 흔들어 작별 인사를 하고, 다른 손으로는 셔츠 주머니에 든 팔리아멘트 담뱃갑을 꺼내 전철과 플랫폼 사이 틈에 던진다. 하지만 아이는 이미 눈을 감았다. 기차가 출발하기 시작한다. 아이는 내가 한 행동을 전혀 알지 못한다.

　내가 생각한다. 젠장, 이런 게 삶이라니까.

◆

　매일 밤, 네로의 쥐구멍만 한 일터는 좁아져간다. 연옥불은 더욱 뜨거워진다. 사치코는 아이에 대해 아무 말도 하지 않는다. 지금까지 지내온 바로는 수요일 밤이 가장 바쁘다. 한시, 두시가 획획 지난다. 감정은 너무나 피곤하다. 지금까지 감정을 억눌러온 게 바로 그런 이유 때문인 듯하다. 뭐든지 한순간은 좋을지 몰라도 결국은 엉망이 된다. 도이가 얼음을 빨아 먹으며 손가락으로 콧구멍을 긁고 카드를 섞는다. 도이가 말한다. "아무거나 카드를 한 장 뽑아봐." 나는 고개를 흔든다. 장단을 맞춰줄 기분이 아니다. "뽑아봐! 이건 고대 수메르인들의 마법을 내가 변형한 거야. 카드를 뽑아봐." 도이가 펼친 카드를 내게 내밀고 고개를 돌린다. 내가 카드를 뽑는다. "무슨 카드인지 잘 기억해둬. 하지만 뭔지는 말하지 마." 다이아몬드 9. "됐지. 그럼 다시 카드를 넣고 섞어! 원하는 대로 아무렇게나 섞어도 돼. 꽁꽁 숨겨." 나는 그 말대로 한다. 내가 뽑은 카드가 무엇인지 도이가 알 방법은 없다. 도모미가 쪽문으로 고개를 들이민다. "미야케! 뚱보 인어 셋, 미역과 오징어 곱배기로. 도이, 당신 나이 정도 되면 그렇게 콧구멍 파는 건 그만둘 때도 되었지 않아?" 도이가 코 밖을 긁는다. "코 파는 게 어때서…… 너는 코딱지 낀 적 없어?" 도모미가 도이를 노려본다. "지금 코딱지 같은 게 괴롭히고는 있죠. 도이라는 인간인데요. 척추과 의사 파티에서 주문 온 걸 아직도 배달 안 했더라고요. 그쪽에서 항의 전화가 오면 헤드셋을 당신 귓구멍에 처넣어버릴 테니 각오 단단히 해두는 게 좋을 거예요." 도이는 일부러 놀란 척한다. "어이, 지금 마술을 부리는 중이라고." 도모미가 숨을 들이마시며 휘파람 소리를 낸다. "당신 스쿠터 박스에 있는 그 향 좋은 물건에 대해 네로 씨에게 알려줄까요?" 도이는 카드를 케이스에 넣고 나가며 내게 휘파람을 분다. "겁먹지 마, 나중에 계속 해줄 테니까……"

시간은 에스컬레이터를 타고 흘러흘러 간다. 오니즈카가 먼 곳으로 배달을 다녀와 휴식을 취한다. 오니즈카는 새장에 자리를 잡고 자몽을 깐다. 나는 오니즈카가 배달할 치킨 티카와 미니 샐러드를 포장한다. 밤 시간이 빨리 흐르게 하기 위해 나는 시계를 가지고 이미지 트레이닝을 한다. 시계를 보기 전, 지금이 내가 진짜로 예상하는 시간보다 이십 분 이른 시각일 거라고 예상하는 거다. 그리고 진짜 시간을 알고 예상 밖으로 시간이 빨리 흐른 데 대해 기뻐한다. 하지만 오늘 밤은 조작해 예상하는 그 시간마저 너무 희망에 부푼 예측임이 밝혀진다. 도이는 다시 새장에 나타나더니 라디오에서 나오는 노래를 들으며 황홀경에 빠져든다. 하지만 따라 부르는 목소리는 영 꽝이다. "저 사람은 폭풍의 기수 노릇을 하고…… 나는 피자집 스쿠터나 타는구나." 도이는 휴대 용기에서 느끼한 티베트 차를 따라 마시며 귀에서 카드 뽑는 연습을 한다. 아까 하다 만 마술은 까맣게 잊었고, 나도 구태여 그 일을 상기시키지 않는다. "인간이 살아가는 건 카드 게임이나 마찬가지야. 우리 패는 자궁에서 이미 다 받았어. 유년기 동안 우리는 몇 장의 카드를 내려놓고 몇 장을 집어들지. 성숙기가 되면 더 많은 카드를 다루게 돼. 직업, 방종, 실패, 결혼이라는 카드가 나타나고 사라지지. 어떤 때는 패가 좋을 때도 있고, 또 어떤 때는 갑자기 패가 꼬이기도 하고. 베팅을 하고, 베팅을 받고, 뻥을 치기도 하고." 사치코가 쉬기 위해 새장으로 들어온다. "그리고 게임을 이기면?" 도이가 공작 꼬리처럼 카드를 펼쳐 부채질을 한다. "게임을 이기면 룰이 바뀌게 되고, 다음 판에는 잃게 되지." 사치코는 네로 케첩 봉지가 든 상자 위에 발을 올려놓는다. "도이가 설명하는 걸 들으면 원래 개

넘보다 더 헷갈려." 도모미가 쪽문으로 산타니카, 크리스피 크러스트, 케이퍼 추가 주문을 건넨다. 나는 기본 재료를 깔면서, 파리를 꿈꾸며 잠들어 있을 아이를 상상한다. 스가는 미국을 꿈꾸고 있다. 고양이는 다른 고양이들을 꿈꾸고 있다. 피자가 나오고, 피자가 배달된다. 처리를 마친 주문장 뭉치가 쌓여 올라간다. 진짜 세상에서 또다시 뜨거운 새벽이 밝아온다. 나는 아침 여덟시, 낮 담당 요리사가 와서 내 등짝을 치며 "미야케, 집으로 가!"라고 말할 때까지 오이 껍질을 벗긴다. 치요다 선을 타고 기타 센주로 돌아간다. 디스크맨의 이어폰을 귀에 꽂는다. 음악이 나오지 않는다. 이상하다. 나는 매일 밤 건전지를 갈아넣는다. '꺼내기' 버튼을 누른다. 안에는 CD 대신 트럼프가 한 장 들어 있을 뿐이다. 다이아몬드 9.

쪽방에 돌아오니 자동응답기에 메시지가 하나 남아 있다. 아이가 건 게 아니다. "에…… 안녕, 에이지. 난 네 아버지다." 웃음소리. 나는 온몸이 얼어붙는다. 올 3월 이후 처음으로 추위를 느낀다. "어이, 말했잖아, 난 네 아버지라니까, 에이지." 깊게 들이마시는 숨소리. 아버지는 담배를 피운다. "별로 어려운 건 아니었어. 음, 좀 복잡했지만. 어디부터 이야기를 꺼내야 할지 모르겠구나." '휴' 하는 한숨 소리. "우선, 네가 나를 찾으러 도쿄에 왔다는 걸 전혀 모르고 있었단다. 믿어주렴. 그 못된 가토 아키코는 내가 아니라 아내에게 연락을 했어. 나는 사업차 미팅 때문에 8월부터 캐나다에 가 있었고, 지난주에야 집에 돌아왔단다." 깊은 한숨. "언젠가는 이런 날이 올 줄 알았단다, 에이지. 하지만 내가 먼저 널 찾

을 생각은 감히 해보지 못했단다. 나는 너에게 연락할 권리가 없다
고 생각했거든. 말이 되는지 모르겠다만 말이다. 둘째로, 내 아내
에 대해서인데, 이게 말을 꺼내기가 좀 당혹스러운 일인데, 에이
지, 아, 그런데 내가 에이지라고 불러도 되겠지? 달리 부르는 건
좀 이상하게 들리는구나. 여하튼, 내 아내는 네게 사라지라는 편지
를 썼다는 점에 대해 내게 입도 벙긋하지 않았단다. 지난주에 너를
만났다는 말도 하지 않았고…… 한 시간 전 딸아이가 무심코 말을
한 덕에 알게 되었지." 바스락거리는 소리. "사실을 알게 된 나는
버럭 화를 냈고, 겨우 마음을 다스리고 네게 전화를 하는 거란다.
속 좁고 의심 많은 여자 같으니. 자기에게 무슨 권리가 있어 내게
서 너를 떼어놓으려고 그러는 건지. 그리고 아버지가 돌아가시자
마자 그런 짓을 하다니…… 네가 우리 가족을 어떻게 볼지, 생각
만 해도 등골이 서늘하구나. 하지만, 아마 네 짐작이 맞을 거 같구
나. 내 아내와 나, 우리 결혼은 결코…… 아니다. 그 이야기는 관
두자구나." 잠시 정적. "셋째로, 뭐가 셋째였더라? 잊었구나. 과거
에 대한 얘기였던 것 같다. 미래에 대해 말해야겠구나, 에이지. 궁
금해할 듯해서 말하는 건데, 나는 너를 무척이나 만나고 싶단다.
가능하다면 지금 당장이라도, 오늘이라도 만나고 싶구나. 할 말이
무척이나 많거든. 어디서부터 시작해야 할까? 어디에서 끝맺어야
할까?" 곤혹스러운 웃음소리. "내 병원으로 오거라. 혹시 네 어머
니가 말을 안 했을지도 몰라 하는 말인데, 난 성형외과 의사란다.
아내나 그 외의 기타 네게 적의를 보이는 사람들로부터 방해받지
않을 수 있는 곳이란다. 또는 이 메시지를 들을 때까지 네가 아직
식사를 하지 않았다면 레스토랑에서 만나도 괜찮겠구나…… 나

는 오후 시간을 비워두었다. 한시에 가능할까? 병원 전화번호를 불러주마." 내가 번호를 받아 적는다. "에도가와바시 전철역에 와서 전화를 하거라. 그러면 사라시나 양이 널 데리러 갈 거다. 사라시나 양은 내 비서고, 믿을 수 있는 사람이야. 전철역에서 병원까지는 일 분밖에 안 걸린단다. 그러니 오늘 오후 한시에⋯⋯" 목이 메어 꾸르륵거리는 소리. "나는 오늘이 오기까지 오랜 세월을 기다려왔단다⋯⋯ 신사에 갈 때마다 빌었단다⋯⋯ 하지만⋯⋯" 아버지가 소리 내어 웃는다. "그 이야기는 됐구나, 에이지. 한시다! 에도가와바시 전철역!"

삶은 달콤하고, 풍요롭고, 공평하다.
나는 이마조 아이를 잊는다. 야마야 고주에를 잊는다. 나는 드러누워 단어 하나하나, 말투 하나하나를 다 외울 때까지 메시지를 듣고 또 듣는다. 아버지 사진을 꺼내 보며 아버지가 단어 하나하나를 말하는 모습을 상상한다. 교양 있고, 다정하며 절로 존경심이 들게 하는 마른 목소리. 나와 달리 비음이 없다. 분타로와 마치코에게 말해주고 싶다. 아니, 기다리고 싶다. 오늘 오후, 나는 수수께끼의 사내와 함께 차분하게 슈팅스타로 들어서며 이렇게 말하리라. '그런데, 분타로, 제가 아버지를 소개해드렸던가요?' 옷장에서 고양이가 경계하는 눈으로 나를 살핀다. "오늘이 그날이야, 고양아!" 나는 가장 좋은 셔츠를 다리고, 샤워를 하고 한 시간 정도 잠을 청해본다. 소용없다. 존 레논의 〈Live in New York City〉 CD를 듣는다. 알람을 맞춰놓은 게 다행이다. 왜냐하면 나도 모르게 잠이 들었고, 눈을 떠보니 시계는 열한시 삼십분을 가리키고, 내 귀 옆에서 징징징징징거리기 때문이다. 나는 옷을 입고, 고양이를 잠시 귀찮게 하고, 아버지를 만났다가 바로 일하러 갈 경우에 대비해 평소보다 여섯 시간 이르게 저녁을 챙겨준다. 다행히 분타로는 비디오테이프 도매상과 통화 중이어서 왜 내가 기쁨에 들떠 있는지 꼬치꼬치 캐묻지 못한다.

에도가와바시 역. 나는 한낮의 행인들을 너무나 열심히 살펴보고, 그 때문에 정작 찾는 이를 발견하지 못한다. "실례합니다. 야구모자를 쓰신 걸 보니 미야케 에이지 씨 되시죠?" 나는 깔끔하게 차려입은 여인을 향해 고개를 끄덕인다.

젊다고도, 나이 들었다고도 할 수 없는 여인이다. 블랙커런트색 입술로 웃음 짓는다. "저는 사라시나 마리입니다. 당신 아버지의 비서예요. 방금 전 통화한 사람입니다. 이렇게 찾아오시다니 정말 반갑네요."

나는 고개 숙여 인사한다. "마중 나와주셔서 고맙습니다, 사라시나 씨."

"천만에요. 병원은 걸어서 금방인걸요. 오늘은 당신 아버지에게 아주 특별한 날이랍니다. 오후 진료 약속을 모두 취소하셨어요." 사라시나가 고개를 젓는다. "육 년 동안 한 번도 없던 일이에요! 천황 폐하라도 오는 건가 생각했을 정도니까요. 이윽고 당신 아버지께서는 아들이 찾아올 거라고 말씀하시더군요! 정말로 그렇게 말씀하셨어요. 아하! 모든 게 납득되더군요! 직접 마중 나오고 싶어하셨지만 마지막 순간에 너무 긴장이 된다며 결국 마음을 바꾸셨어요. 우리끼리만 하는 이야기인데, 그분께서는 감정을 표현하

거나 하는 일을 두려워하세요. 그분 뒤에서 수군대는 건 그만할게
요. 절 따라오세요." 사라시나가 걸으며 계속 말한다. 고양이만 한
개가 우리가 갈 길을 가로지른다. 마주 오는 보행자와 자전거 탄
사람들이 사라시나에게 길을 비켜준다. 간판 없는 양장점과 화랑
들이 늘어선 거리를 지난다. "당신 아버지의 병원은 성형외과 쪽
에서 최고의 명성을 쌓았습니다. 우리 고객들이 내주는 입소문 덕
분에 싸구려 병원들처럼 요란스레 광고를 하지 않아요." 쥐만 한
크기의 고양이가 우리 갈 길을 가로지른다. "여기예요. 무심결에
지나쳤던 건물일 수도 있어요." 번쩍이는 주변 건물 사이로 높고
특징 없는 건물이 보인다. 1층은 예약 손님만 받는 보석상이다. 짧
은 복도 끝에 강철 문이 설치되어 있다. 사라시나가 놋쇠 명패를
가리킨다. "여기예요, 주노. 제우스가 백조로 변신시킨 여자죠."
사라시나의 손가락이 번호판 위에서 비밀번호를 누르며 춤춘다.
"아니, 황소였나요?" 감시 카메라가 우리를 지켜본다. "드래곤이
보물을 지키는 것처럼 좀 심하게 보일지도 모르겠지만, 저희 고객
은 텔레비전 스타처럼 아주 유명한 분들도 있거든요. 누군지 알려
드려도 안 믿을 정도로 유명한 사람들이죠." 사라시나가 하늘을
노려본다. "파파라치들은 정말 귀찮은 존재죠. 기자 하나가 우리
고객 파일을 빼내기 위해 보건성 검사원으로 위장하고 들어온 적
이 있어요. 그 뒤로 당신 아버지는 보안 시스템을 강력하게 바꾸었
죠. 정말 기자는 거머리나 다름없어요. 하이에나죠. 그자는 가짜
명함과 신분증을 제시했어요. 그리고 당신 아버지의 변호사는 법
정에서 그자들 혼줄을 빼놓았죠. 뭐, 변호사가 호감 가는 인물은
아니에요. 당신도 잘 알겠지만 말이죠." 엘리베이터가 도착한다.

사라시나가 9를 누르며 안심시키려는 듯 싱긋 웃는다. "전망이 좋은 방이죠. 걱정되나요?"

나는 고개를 끄덕인다. 초조함과 기대감으로 속이 울렁거린다. "조금요."

사라시나는 소매의 보푸라기를 떨어낸다. "지극히 자연스러운 거예요." 그녀가 무대에서 독백하듯이 속삭인다. "당신 아버지는 아마 세 배는 더 초조하실 거예요. 하지만, 긴장을 푸세요." 문이 열리고 백합이 장식된 접수대가 눈부신 모습을 드러낸다. 향기로운 방부제 냄새. 세로줄무늬 소파, 유리 탁자, 정처없이 흐르는 강에서 노는 백조가 수놓인 태피스트리. 벽은 둥글게 굽으며 천장으로 이어져 있다. 섬세하게 나선형으로 말린 귀 안쪽 뼈를 보는 듯하다. 에어컨 소리와 함께 켈틱 하프 음악이 흘러나온다. 사라시나 양은 자기 책상 위의 인터콤을 누른다. "쓰키야마 선생님? 축하드려요! 아드님입니다!" 사라시나 양은 나를 보며 완벽한 이를 드러내고 웃는다. "지금 들여보낼까요?" 메마른 아버지 목소리가 들린다. 사라시나가 소리 내어 웃는다. "알겠습니다, 선생님. 곧 보내겠습니다." 사라시나는 자기 컴퓨터 앞에 똑바로 앉았더니 강철문을 가리킨다. "저기로 가세요, 에이지. 아버지가 기다리고 계십니다." 나는 움직이지만 남들 눈에는 '정지' 상태다. "고맙습니다." 내가 사라시나에게 말한다. 사라시나는 '별일도 아닌걸요'라는 표정을 짓는다. 이제 문 하나만 남았다. 가자! 나는 손잡이를 돌린다. 문 너머 방은 기밀실이다. 키스 소리와 함께 강철문이 열린다.

팔이 등 뒤로 꺾이고 몸이 벽으로 밀리고 누군가에게 다리를 걸

어차이고 차가운 바닥에 갈비뼈를 얻어맞는다. 한 쌍의 손이 내 팔을 꺾을 수 있는 범위를 한참 넘어서까지 꺾고 있는 동안 다른 한 쌍의 손이 몸을 뒤진다. 지금까지 느껴본 그 어떤 고통보다 더 큰 고통이 찾아온다. 또 야쿠자다. 만약 내가 지금 칼을 숨겨 왔다면 이렇게 멍청한 짓을 한 대가로 스스로 내 몸에 칼을 찔러넣었을 것이다. 또다시 강렬한 고통. 야마야 고주에의 디스크를 포기하겠다는 생각을 할 무렵, 내 등뼈를 툭툭 차는 발에 그 생각이 달아난다. 누군가가 내 몸을 뒤집고 일으켜 세운다. 처음에 나는 내가 의학 드라마 촬영장에 있는 게 아닌가 하는 생각을 한다. 수술 도구가 갖춰진 카트, 약장, 수술대. 주변에는 열인지 열하나 정도 되는 사내들이 보인다. 모두 처음 보는 얼굴이다. 소시지 냄새가 난다. 핸디캠을 든 사내가 나를 찍고 있다. 그리고 커다란 화면에는 내 모습이 보인다. 올림픽 투포환선수 같은 몸을 자랑하는 사내 둘이 각각 내 팔을 한쪽씩 잡고 있다. 캠코더가 확대 촬영을 하며 여러 각도에서 내 얼굴을 찍는다. "조명!" 노인의 목소리가 들리고, 순백이 내 눈을 가득 채운다. 나는 몇 걸음 질질 끌려가 앉혀진다. 다시 시력을 회복했을 때 나는 카드 게임 탁자에 앉아 있다. 마마 상과 남자 셋이 보인다. 손 뻗으면 닿을 만한 곳에 거의 벽 전체에 걸쳐 검은 유리가 설치되어 있다. 인터폰이 울리고 신의 목소리가 방을 채운다. "이 비참한 종자가 바로 그놈이냐?" 마마 상이 검은 유리를 쳐다본다. "이자가 그자입니다."

"모리노가 그 정도로 곤란한 상황이었는지 난 정말 몰랐다." 신이 말한다.

이제 나는 내가 정말로 곤란한 상황에 빠졌다는 걸 안다. "전화를 건 남자는요?" 내가 마마 상에게 묻는다.

"배우였지. 누군가를 보내 데려오는 수고를 덜고 싶었거든."

나는 아무 느낌도 없는 팔을 문지르며 감각이 돌아오게 하려 하고, 나와 함께 카드 탁자에 앉은 남자 셋을 흘긋 본다. 앉은 자세나 얼굴로 미루어볼 때, 이 셋 역시 자기 의사에 반해 이곳에 와 있는 게 분명하다. 땀을 뻘뻘 흘리는, 얼굴이 번들거리고 살이 투실투실한 천식 환자, 얼굴에 벌레가 달려든다는 듯 계속해 얼굴을 씰룩이는 남자, 그리고 한때는 잘생겼을 얼굴이지만 입 가장자리부터 위로 나 있는 흉터들 때문에 오로지 조롱하는 표정만 지을 수 있는 노인. 투실이, 씰룩이, 히죽이 모두 탁자에 시선을 고정하고 있다.

"오늘 우리가 여기 모인 까닭은 너희가 나한테 진 빚을 받기 위해서다." 신이 말한다.

목소리만 들리는 이에게 말을 할 순 없기에 대신 나는 마마 상에게 말한다. "무슨 빚을요?"

신이 먼저 대답한다. "플루토 파칭코에 입힌 막대한 손실, 개장일의 영업시간에 입힌 손해에 대한 보상. 캐딜락 두 대. 보험료 손실액, 세탁비, 보상금. 오천사백만 엔이다."

"하지만 그 손해를 입힌 건 모리노입니다."

"그리고 너는 모리노 일당의 마지막 생존자야." 내 말에 마마 상이 대꾸한다.

토하고 싶은 심정이다. "제가 그 패거리가 아니라는 건 당신도 알잖아요."

신이 스피커를 통해 호통친다. "여기 네가 쓴 계약서가 있다! 네 피를 섞어 서명한 계약서! 이보다 더 확실한 게 어디 있더냐?"

나는 검은 유리를 보며 마마 상을 가리킨다. "저 여자는요? 저 여자는 모리노의 회계사였어요."

마마 상이 웃음 비슷한 표정을 짓는다. "애송이, 나는 스파이였어. 이제 닥치고 잘 들어, 안 그러면 여기 험상궂게 생긴 아저씨가 메스로 네 혀를 두 동강 내버릴 테니까."

나는 닥치고 귀 기울인다.

"쓰루 선생님께서는 가장 구제불능으로 빚을 진 너희에게 카드 게임을 하도록 지시하셨다. 간단한 게임이야. 한 명이 지고 셋은 이기는 게임이지. 승자는 자유인이 되어 이 방을 나서는 거야. 빚은 모두 청산되고. 패자는 장기 기증을 하게 되지. 허파 하나," 마마 상이 나를 응시한다. "안구 하나, 콩팥 하나."

방 안의 모든 사람이 이 말이 지극히 정당하다는 듯한 반응을 보인다.

더는 아무 말도 들리지 않기에 내가 먼저 입을 연다. "저는 무조건 '알겠습니다. 제 장기를 놓고 게임을 하도록 하죠'라고 말해야 되는 거겠죠?"

"거절하고 싶으면 거절해도 된다."

"그러면?"

"그러면 넌 패자로 인정된다."

내 맞은편에 앉은 씰룩이가 조롱한다. "거절해, 꼬마. 네 원칙에 충실해야지."

머스터드와 케첩 냄새가 난다. 내게는 이런 전투에 대항할 논리가 없다. "무슨 게임이죠?"

마마 상이 카드 한 벌을 꺼내며 말한다. "우선 카드를 뽑아 카드

섞는 순서를 정할 거다. 에이스가 가장 높고, 가장 높은 자가 먼저 섞고, 그다음에는 시계 방향으로 돌아가며 카드를 섞는다. 그렇게 한 뒤 게임을 시작한다. 카드를 뽑는 건 카드를 섞을 때와 같은 순서대로 한다. 스페이드 퀸이 나올 때까지 맨 위에 놓인 카드를 펼치면 된다."

"스페이드 퀸을 뽑는 자가 패자다." 신이 말한다.

볼링장에서 느꼈던 기분이 새삼 느껴진다.

"저 목소리가 그 사람인가요?" 내가 마마 상에게 묻는다. 내 목소리는 모래처럼 메말라 있다. "저 사람이 쓰루 선생인가요?"

씰룩이가 조소하며 손뼉을 친다.

즉 쓰루는 신이다. 신은 쓰루다. 나는 시간을 벌려 애쓴다. 마마 상에게 말한다. "당신도 이게 말이 안 된다는 건 알잖아요."

마마 상의 입술이 굳게 일자를 이룬다. "나는 회장님께 명령을 받는 거야. 넌 내게서 명령을 받는 거고. 카드를 뽑아."

내 손은 벽돌처럼 무겁다. 스페이드 잭.

투실이는 다이아몬드 10을 뽑는다.

씰룩이는 클로버 2를 뽑는다.

히죽이는 스페이드 9를 뒤집는다.

"꼬마가 처음으로 섞는다." 검은 유리 뒤편에서 쓰루가 말한다.

게임 참가자들이 나를 본다.

나는 서투른 손놀림으로 카드를 섞는다. 화면에서는 나보다 몇 배나 더 큰 내 손이 똑같은 행동을 한다. 아홉 번을 섞는다, 행운을 빌며.

투실이는 셔츠에 손을 닦는다. 카드들이 체조 대형을 이루며 한 손에서 다른 손으로 날아간다.

썰룩이는 손가락 세 개로 마치 마법을 부리듯 카드를 섞는다.

히죽이는 정확하게 원형을 그리며 카드를 섞는다.

마마 상은 섞은 카드를 미끄러뜨려 탁자 중앙으로 보낸다. 카드는 순진한 표정으로 탁자 중앙에 머문다. 나는 카드를 마치 폭탄이라도 되는 것처럼 바라본다. 사실, 폭탄이 맞다. 나는 폭발을, 지진을, 총성을, '경찰이다! 모두 꼼짝 마!'라는 소리를 기다린다.

석쇠에서 소시지가 지글거리는 소리가 들린다.

천천히 숨을 쉬는 사람들.

"이제 맨 위의 카드를 펼쳐라." 쓰루가 부드러운 목소리로 말한다. "아니면 경호원들이 네 눈꺼풀을 도려내 다시는 눈을 감지도 깜박이지도 못하게 할 것이다."

나는 다이아몬드 9를 뒤집는다.

투실이는 천식이 심해지며 거친 숨을 쉰다. 투실이는 클로버 에이스를 뽑는다.

썰룩이는 나무아미타불을 세 번 읊조린다. 불교 신자인 모양이다. 이윽고 썰룩이가 손을 뻗더니 스페이드 에이스를 뽑는다. "감사합니다." 썰룩이가 말한다.

우리 가운데 히죽이가 가장 태연하다. 히죽이는 침착하게 스페이드 7을 뒤집는다.

다시 내 차례. 마치 미야케가 리모콘으로 미야케를 조종하는 느낌이 든다. 화면에 나온 내 모습을 바라본다. 화면의 내가 나를 응시한다. 내가 이렇게 생긴 줄 몰랐다. 나는 손을 뻗어……

검은 유리에 난 좁다란 문이 열리더니 래브라도 개 한 마리가 꼬리를 흔들며 경쾌하게 나온다. 개는 소시지를 우적거리며 매끄러운 대리석 바닥에 미끄러진다. "그 아이를 어서 들여보내!" 쓰루가 외친다. 마이크와 스피커는 그 목소리의 반 정도밖에 잡아내지 못하고, 열린 문을 통해 쓰루의 진짜 목소리가 흘러나온다. "배부른 상태로 뛰면 안 돼! 그 아이는 소화기관이 약하단 말이야!" 경호원 둘이 마침내 개를 주인에게 돌려보낸다.

"우리는 저 미친 늙은이가 저녁 먹는 동안 텔레비전으로 볼거리를 제공하는 거로군." 히죽이가 중얼거린다.

방 안의 모든 눈이 다시 나를 향한다.

혀 아래 뭔가 이물질이 느껴진다.

나는 하트 6을 뒤집는다.

팔뚝을 핥아본다. 소금 맛이 난다. 작고 검은 벌레가 보인다.

투실이의 팔이 펠트 천의 땀에 전 부분을 떠난다. 다이아몬드 3.

씰룩이가 부처에게 기도를 하고 조커를 뒤집는다. "고맙습니다."

히죽이는 한숨을 쉬고 클로버 5를 뒤집는다.

쉰두 장, 조커 두 장을 포함하면 쉰네 장 가운데 열두 장이 뒤집어졌다.

나는 실마리라도 잡힐까 하는 마음에 카드 뒷면을 본다. 사다리꼴 눈 두 개가 나를 곧장 쏘아본다. 나는 그 눈을 안다.

장기의 반이 없이 사는 건 어떤 걸까?

아니, 쓰루는 장기를 빼앗긴 자가 거리를 돌아다니며 흉터 가득한 몸을 증거 삼아 사실을 떠벌리게 하지 않을 것이다. 운 좋은 승자들은 입을 다물 것이 확실하지만 패자의 운명은 결국 야마야 고주에의 아들과 같은 길을 걷게 되겠지.

어쩌다 이런 지경에 이르렀단 말인가?

나는 화면 속 미야케를 바라본다. 저 아이도 답을 모른다.

마마 상이 나를 위협하기 위해 입을 연다……

나는 카드를 뒤집는다. 검은 퀸이 내 눈을 바라본다.

방이 한쪽으로 기우뚱한다.

"씨팔. 그년인 줄 알았는데, 언니잖아." 씰룩이가 말한다.

"꼬마도 그렇게 생각했어." 히죽이가 말한다.

저자들이 무슨 말을 하는 걸까?

히죽이가 탁자에 놓인 내 사형장을 보며 고개를 까닥인다. "아슬아슬했지."

클로버 퀸이다. 스페이드가 아니다. 클로버.

투실이가 말한다. "흡입기를 써야겠어." 마마 상이 고개를 끄덕이고, 투실이는 재킷 주머니에서 흡입기를 꺼낸다. 투실이는 고개를 뒤로 젖히고 흡입기 내용물을 들이마시고 잠시 숨을 멈추었다가 내뱉는다. 그리고 스페이드 퀸을 뒤집는다.

모두들 아무 말도 하지 않는다. 화면 속 투실이는 흑사병으로 죽는 사람보다 더 심하게 땀을 흘린다.

난, 난 안도감과 죄책감과 동정으로 몸을 떨며 괴로워한다.

마마 상이 목청을 가다듬는다. "기다리던 퀸이 나타났습니다, 쓰루 선생님."

스피커에서 아무 소리도 들리지 않는다.

"쓰루 선생님?" 마마 상이 검은 유리를 보며 얼굴을 찡그린다. "기다리던 퀸이 입을 열었습니다."

반응 없음.

마마 상이 몸을 기울이고 유리를 두드린다. "쓰루 선생님?"

경호원 한 명이 코를 찡그린다. "지금 뭘 요리하시는 걸까?"

다른 경호원이 얼굴을 찡그린다. "글쎄, 적어도 소시지는 아니……"

검은 유리에 난 문에서 가장 가까운 경호원이 문을 열고 안을 들여다본다. "쓰루 선생님?" 경호원은 흡사 배에 가라데 발차기라도 맞은 듯 헉, 하고 숨을 멈춘다. "쓰루 선생님!" 경호원은 못 박힌 듯 그 자리에 서 있고, 고개를 돌려 멍한 표정으로 우리를 바라본다.

"왜 그래?" 마마 상이 묻는다.

경호원이 입을 열지만 아무 말도 하지 못한다.

"왜?"

경호원이 침을 꼴깍 삼킨다. "쓰루 선생님이 요리용 철판에 자기 얼굴을 구우셨습니다."

임시 극장에서 소동이 벌어진다. 내가 할 수 있는 일은 눈을 감는 것뿐이다.

"쓰루 선생님, 쓰루 선생님, 쓰루 선생님! 제 말 들리세요?"

"어서 머리를 들어!"

"가스를 꺼!"

"철판에 입술이 달라붙었어!"

"구급차, 구급차, 구급차. 누가 구급차를……"

"제길! 눈알이 튀어나왔어!"

"셔츠로 눈알을 닦아!"

"누가 저 씨팔 개새끼 좀 쫓아내!"

누군가 요란스레 토하는 소리가 들린다. 개가 즐겁게 짖어댄다. 마마 상이 검은 유리에 대고 금속 물체를 긁어댄다. 날카로운 소리에 몸서리가 쳐지고, 방 안은 조용해진다. 마마 상은 평정을 유지한다. 흡사 오래전부터 이 순간을 대비해 연습해온 것만 같다. "긴장감이 고조되어 클라이맥스에 이르면서 쓰루 선생님이 과하게 흥분하셨다. 너무 흥분하신 탓에 두번째 뇌졸중이 찾아왔고, 우리의 존경하는 지도자께서는 스스로 바비큐가 되기로 하셨기에 더는 구급차를 부를 필요가 없어." 마마 상은 나이 든 사내 두셋에게 말한다. "나는 나 자신을 이 조직의 임시 수장으로 임명하겠다. 나를 따를지 말지 결정해. 결정을 밝혀라. 지금 당장."

모두들 머릿속으로 계산기를 두드리느라 바쁘다.

사내들이 우리를 본다. "이자들은 어떻게 할까요, 마마 상?"

"이제 우리 회사는 더는 카드 게임을 하지 않는다. 저자들을 문으로 안내해줘라."

나는 밖으로 나와 달음박질할 수 있기 전까지 이 새로운 상황을 믿지 못한다. 마마 상이 우리에게 말한다. "만약 너희 중 누구라도 경찰서에 가서 이제 갓 졸업해 세상 물정 모르는 형사를 어찌어찌 설득해 이 일이 진짜로 일어났다고 믿게 만든다면 다음 세 가지 일이 순서대로 일어날 것이다. 첫째, 너희는 보호 구치를 받을 것이다. 둘째, 여섯 시간 안에 총알이 너희 머리에 박힐 것이다. 셋째, 너희 빚은 너희와 가장 가까운 친족에게 상속될 것이며, 내 개인적으로 장담하건대 그 친족의 삶은 엉망이 될 것이다. 이건 위협이 아니라 표준 절차다. 이제 내 말을 알아들었다는 표시를 하도록."

우리는 고개를 끄덕인다.

"우리는 이 일을 삼십 년 동안 해왔다. 우리 이익을 보호하는 능력이 어느 정도일지 잘 생각해봐라. 이제 여기서 꺼져라."

극장은 만원이다. 연인, 학생, 일벌. 유일하게 남은 좌석은 맨 앞줄, 화면이 머리를 짓누르는 곳이다. 도쿄 어딜 가든 사람으로 거의 꽉 찼거나, 꽉 찼거나, 아니면 너무 꽉 찼다. 방 밖으로 나왔을 때 접수대에 사라시나의 흔적은 보이지 않았다. 엘리베이터가 닫힐 때 경호원이 말했다. "만약 내가 너희라면 이렇게 운수 좋은 날을 놓치지 않고 꼭 복권을 살 거야." 내 옆자리에는 여자가 앉아 있다. 여자가 앉은 의자 등받이 위로 남자친구가 손을 걸치고 있다. 엘리베이터는 길고 느린 하강을 시작했다. 투실이가 담배를 떨어뜨렸다. 우리는 떨어진 담배가 놓인 곳을 물끄러미 바라보았다. 투실이가 몸을 떨기 시작했다. 하지만 그게 웃음 때문인지 공포 때문인지 아니면 다른 이유에서인지 우리는 알지 못했다. 히죽이가 눈을 감고 고개를 뒤로 젖혔다. 나는 내려가는 층 숫자에 시선을 고정했다. 씰룩이는 담배를 꺼내 불을 붙였다. 이 영화는 잔인하고 싸구려이며 가짜다. 만약 잔인한 장면의 원고를 쓴 사람이 정말로 잔인한 상황에 부닥쳐봤더라면 너무나 속이 느글거려 묘사할 수 없었을 것이다. 엘리베이터 문이 열리자 우리는 한마디 말도 없이 오후의 군중 속으로 몸을 던졌다. 이런 날에 날씨가 이리도 화창하다니, 무척이나 짓궂은 농담처럼 다가왔다. 나는 거리의 예술가들이 풍선을 비틀어 악어와 기린을 만드는 거리에 도착했고, 울지 않기 위해 팔뚝을 손톱으로 후벼파듯 꽉 움켜쥐어야만 했다. 영화가 끝나고 관객들이 나간다. 나는 그 자리에 앉아 만든 사람들 이름이 올라가는 화면을 지켜본다. 도구 담당, 동물 조련사, 음식 담당. 새로운 관객들이 들어온다. 나는 뇌가 흐물흐물해질 때까지 영화를 다시 본다. 풍선 예술가를 지나 나는 사람들이 많이 모인 곳이면 어디든 서성거렸다. 나는 모리노 사건을 겪은 뒤에 도쿄를 떠나지 않은 나 자신을 저주했다. 이런 일이 벌어질 줄 알았어야 했다. 영화관 로비에서 나는 아이에게 전화를 하지만 아이가 대답을 하자마자 잽싸게 전화를 끊는다. 나는 야마노테 순환선을 타고 일벌들 옆에 앉는다. 나도 이렇게 평범한 일벌이면 좋았을 텐데. 역들이 지나고 지나고 지나고, 다시 그 역들이 나타난다. 온몸에 공포가 가득해 나는 다시 잠들 수 없다.

차장이 부드럽게 나를 흔들어 깨운다. "여섯 바퀴나 돌았어, 학생. 이제는 깨워야 할 거 같다는 생각이 들어서 말이지." 차장의 눈빛은 따뜻하다. 나는 차장의 아들이 부럽다.

"지금이 밤인가요, 아니면 지하에 있는 건가요?"

"열한시 십오 분 전이야. 5일, 목요일. 년도는 알아?"

"네, 알아요."

"아직 지하철이 끊기지 않았을 때 집에 돌아가는 게 좋을 거야."

나도 그러고 싶다. "일하러 가야 해요."

"무슨 일을 하는데? 도굴꾼?"

"그렇게 색다른 건 아니고요…… 깨워주셔서 고맙습니다."

"천만에." 차장이 객실을 떠난다.

내 건너편 의자 위쪽, 흔들거리는 손잡이 뒤쪽으로 인터넷 광고

회사의 광고가 있다. 컴퓨터 칩에서 사과나무 한 그루가 자라고, 그 사과나무에서 컴퓨터 칩이 열매를 맺고 그 칩들에서 다시 사과나무들이 자라고 그 사과나무들이 더 많은 칩들을 열매 맺는다. 사과나무 숲은 광고판 둘레에 쳐놓은 격자를 뚫고 나와 양쪽의 광고판으로 쳐들어갈 기세다. 나는 내 머리의 일부분이라도 야마야 고주에의 디스크에 대해 생각하고 있었다는 사실을 몰랐지만, 돌연 수많은 방법들이 떠오른다. 나는 완전히, 완전히 깨어 있다.

◆

내 마음은 네로에 있지 않다. 아니, 그래야 할 필요는 전혀 없다. 목요일이 마지막 숨을 거두고 있을 때 네로에 도착하자 사치코가 이상한 눈으로 나를 본다. 사치코는 내가 아이와 말다툼한 것을 안다. 하지만 지금은 그런 것에 마음을 쓸 여유가 없다. 나는 스물네 시간 전의 미야케 에이지에 대해 생각한다. 닭장에서 자라서 도쿄로 와 가로 3미터 세로 1미터짜리 방에서 피자를 낳는 미야케 에이지. 운 좋고, 아무것도 모르고, 저주받은 멍청이. 스물네 시간 전의 미야케에게 경고를 보낼 수 있으면 좋겠다. 나는 잠을 쫓을 목적으로 강장제를 마시고 밀린 주문을 처리하기 시작한다. "다이아몬드 9는 가져왔어, 친구?" 도이가 돌아와 내게 묻는다. 나는 그 카드에 대해서는 까맣게 잊고 있었다. "아니요, 내일 가져다줄게요." 도이가 혼자 즐거워한다. "마술이란 건 우연을 조작하는 거야, 친구. 우연이야말로 현실에서 우리가 기댈 수 있는 유일한 희망이지." 나는 손과 얼굴을 닦는다. 초인종이 울릴 때마다 나는 그게 쓰루가 보낸 자객일까 두려워한다. 전화벨이 울릴 때마다, 사치코나 도모미가 쪽문을 열고 '전화 왔어, 미야케. 자기가 누군지 안 밝히네'라며 수화기를 내밀까 두렵다. 오늘따라 도이는 유난히 수다스럽다. 도이는 내게 어떻게 하다가 지난번 직장에서 잘렸는지 말한다. 도이는 복층 공동묘지의 야경꾼이었다. 죽은 자를 화장한 재가 안치된 작은 사물함형 사당이 벌집처럼 들어찬 곳이다. 도이는 불교식 장례식 때 쓸 진언 테이프를 자기 음악 테이프로 바꿔놓는 바람에 해고되었다. "그렇게 작은 상자에 영원히 갇혀 있어야 한다면 뭘 더 좋아할지 생각해봤어. 뭐라는지 알아들을 수도 없는 소리를 스님이 중얼거리는 소리가 낫겠어, 아니면 록큰롤의 황금기 음악이 낫겠어? 비교가 안 되지! 그곳에서 그레이트풀 데드의 테이프를 틀 때면 그곳 공기 자체가 달라지는 걸 느낄 수 있었다고." 도이가 집게손가락으로 자기 목을 긋는 시늉을 한다. 나는 도이의 말을 귓등으로 흘려듣는다. 도이가 배달할 피자가 준비된다. 나는 피자를 상자에 넣고, 도이는 배달을 간다. 라디오에서는 〈I Heard It on the Grapevine〉이라는 노래가 나온다. 땀에 절고 교활한 노래다. 사치코가 쪽문을 연다. "3번 전화로 신원 미상의 인물이 네게 전화를 걸었어."

"아이인가요?"

"아아아니……"

"그럼 누구요?"

"개인적인 일이라고만 하더라." 사치코가 주방 벽에 설치된 전화기 쪽으로 몸을 기대더니 버튼을 누르고 내게 수화기를 건넨다.

"여보세요?"

전화 건 사람은 반응이 없다.

나는 공포에 질리고, 목소리가 날카로워진다. "난 당신에게 아무것도 빚지지 않았어!"

"지금이 새벽 두시인데, 이런 경우는 좋은 아침이라고 인사를 해야 되는 거니, 아니면 편한 밤이냐고 물어봐야 하는 거니, 에이지? 확신이 안 가는구나." 중년의 여성이지만 마마 상은 아니다. 이 여자도 나만큼이나 긴장해 있다는 생각이 든다.

"이봐요, 우선 당신이 누군지부터 말해주면 안 될까요?"

"나야, 에이지. 네 엄마."

나는 카운터에 몸을 기댄다.

살짝 열린 쪽문으로 도모미가 나를 살핀다. 나는 쪽문을 닫는다.

"이건…… 좀 뜻밖이네요."

"내 편지는 받았니? 오빠가 내 편지를 네게 다시 보냈다던데. 지금 도쿄에 산다며."

"네."

네, 난 당신의 편지를 받았죠. 하지만 당신의 상처를 치료한 치료 요법이 내게는 상처를 입히는군요.

"그래서……" 우리가 동시에 입을 연다.

"먼저 말하렴." 여자가 말한다.

"아니에요, 먼저 말하세요."

여자는 깊게 숨을 들이켠다. "나한테 청혼을 한 남자가 있단다."

그래서 나보고 어쩌라고? "오." 도모미가 쪽문을 살짝 연다. 나는 거칠게 문을 닫는다. 저 쌍년의 코뼈가 부러졌으면 좋겠다. "축하해요."

"그래, 지난번 편지에 내가 썼던 나가노의 그 호텔 경영자란다."

호텔 경영자? 능력 좋군. 특히나 당신 같은 전적이 있는 여자라면 말이지.

이 말을 왜 지금 내게 하는 거야?

이전까지는 당신 삶에 대해 우리에게 말한 적이 한 번도 없잖아.

우리가 무슨 생각을 하는지 관심을 가진 적이 단 한 번도 없었잖아. 조금도.

내가 기뻐해주길 바라는 거야? '잘됐네요, 좋은 소식이네요!' 라는 말이라도 해달라고?

나는 가슴을 후벼 파는 듯한 고통을 덜어내기 위해 하마터면 전화를 끊을 뻔한다.

마침내 내가 말한다. "어디서 전화하는 건가요?"

"미야자키의 병원으로 돌아왔어. 술 때문에. 나는 아주 오랫동안 비참한 상태였단다. 바로 그 때문에…… 하지만 이제, 그이는, 호텔 경영자 말이야, 이름은 오타야. 여하튼 그이가 말하길, 우리가 결혼하면 내 문제가 곧 자기 문제이기도 하니까, 그래서…… 나는 더 나아지고 싶단다. 그래서 이곳으로 돌아왔어."

"그랬군요. 잘했어요. 행운을 빌어요."

오타 부인. 평범하고, 고상한, 유부녀. 모든 과거를 지우고 새로 시작. 새 물주, 새 현금카드, 새 옷장. 멋지군. 하지만 내 질문에 답을 좀 해주시지요. 왜 지금 이 시점에 내게 이런 이야기를 늘어놓는 건가요?

알겠다.

오타 씨는 우리에 대해 알지 못한다. 당신은 오타 씨에게 이야기하지 않았다. 당신은 내가 당신의 그 더러운 비밀을 나 혼자만 간직해주길 원하는 거로군. 내 말이 맞지?

"그이는 널 무척이나 만나고 싶어한단다, 에이지."

오타 씨는 착하기도 하지. 하지만 내가 왜 그 호텔 경영자를 만나고 싶어해야 하는 거지?

책임감 강한 어머니 노릇을 하기에는 이십 년 정도 늦으셨습니다, 어머니.

사실, 당신은 절 불행하게 할 뿐입니다. 지금 당신은 절 불행하게 하고 있습니다.

그래 좋아요. 음주 문제를 극복하고, 결혼을 하고, 행복하게 살라고. 나는 내버려두고. 이 정신병자, 욕심쟁이 마녀야!

쪽문이 열리고 백기를 단 펜이 흔들린다. 사치코 말고는 그 누구도 손댈 수 없는 도라에몽 머그잔이 커피를 약간 흘리며 선반에 나타난다. 쪽문이 닫힌다.

"에이지?"

DJ가 〈I Heard It on the Grapevine〉을 중간에서 끊는다.

나는 왜 내가 지금 말하는 것을 말하고 있는지 설명할 수 없다.

"어머니, 음, 제가 내일 미야자키로 가면 어떨까요?"

내가 설명을 마치자 사치코가 고개를 끄덕인다. "내가 막을 수 있는 성질의 일이 아니네, 그렇지? 하지만 위대한 네로 부대의 상관으로서 네게 마지막 명령을 내리지. 도쿄를 떠나기 전에 내 룸메이트에게 전화를 해."

"아이가…… 에…… 무슨 말을 했나요?"

"아이가 피아노 치는 걸 들으면 그애 기분이 어떤지 알 수 있어. 네가 지난주에 전화했을 때 아이는 쇼팽과 멋진 곡을 연주했어. 하지만 어제저녁에 나는 에릭 사티가 이웃을 몰아내기 위해 작곡한 음악을 들으며 이곳에 올 준비를 했단 말이야."

"전, 에, 좀 멍청했어요, 사치코."

"아이는 스물네 시간 햇빛처럼 환하기만 하진 않아. 인생은 짧아, 미야케. 아이에게 전화해."

"잘 모르겠어요……"

"아니. '잘 모르겠어요'는 받아들일 수 없어. '분부대로 하겠습니다, 세라 양'이라고 말해."

"전 정말로……"

"입 닥치고 내가 시킨 대로 말해. 안 그러면 이 도시에서 다시는 피자를 못 만들 줄 알아."

"분부대로 하겠습니다, 세라 양."

"네가 좀 힘든 시간을 보냈다고 도모미가 그러던데, 친구……" 도이가 소형 푸드 블렌더를 들고 새장에 나타난다. "그런 엿 같은 기분을 없애고 싶을 때 내가 어떻게 하는지 알아, 친구?"

내가 고개를 돌린다. "도이, 오늘이 여기서 일하는 마지막 날이에요, 좀 봐줘요."

"장난치는 게 아냐, 친구! 그냥 스트레스 해소용 마법의 칵테일이야……"오늘 오후에 내가 카드 한 장 차이로 장기의 절반을 빼앗길 뻔했다는 사실을 말해주면 도이가 날 그냥 내버려둘까? 어쩌면 그럴지도 모른다. "우선, 딸기!" 도이가 딸기 약간을 블렌더에 넣는다. 도이는 블렌더 위에 검은 벨벳을 씌운 뒤 딸기를 간다. 도이가 벨벳을 걷고 뚜껑을 연다. "다음에는 토마토!" 도이는 너무 익은 토마토 세 개를 블렌더에 넣는다. "붉은 음식은 스트레스 파장을 감소시켜. 녹색은 증가시키고. 그게 토끼랑 채식주의자들이 늘 불안해하는 이유라고. 다음은 뭘까? 라즈베리주스…… 날참치…… 팥…… 모두 주요 식품군에 들어가는 거야." 도이가 뚜껑을 닫고 천을 씌우고 넣은 음식을 간다. "그리고 맨 마지막을 화려하게 장식하는 건……" 도이는 과장된 몸짓을 취하며 손수건에서 분홍 잉꼬 한 마리를 꺼낸다. 잉꼬가 날개를 퍼덕이며 눈을 끔벅이고 짹짹댄다. "네 차례야, 꼬마 친구!" 도이는 부드럽게 잉꼬를 밝은 빨간색 액체에 넣고 뚜껑을 닫고 벨벳을 덮는다. 나는 이게 터무니없는 속임수라는 것을 알기에 놀란 표정을 짓지 않는다. 도이는 새장과 내가 쳇바퀴 도는 공간 사이에 있는 선반 아래로 블렌더를 내린다. 그리고 블렌더 스위치를 켠다. 아마도. 그리고 라디오에서 흘러나오는 하와이 기타 음악에 맞춰 바텐더 시늉을 하며 블렌더를 흔들어댄다.

"도이!" 사치코가 클립보드를 들고 새장에 들어온다.

도이가 깜짝 놀라 펄쩍 뛰고, 죄지은 듯한 표정으로 들고 있던 것을 내려놓는다.

"당신이 '작업' 하는 걸 방해하고 싶은 마음은 없지만……"

"아직 쉬는 시간이라고! 삼 분 남았어! 미야케에게 평화 제안을 하는 중이었어……" 도이는 블렌더를 집어든다. 블렌더에는 여전히 벨벳이 씌워져 있다. 도이는 삼십 초 더 블렌더를 작동시킨다. 사치코는 졌다는 표정으로 자리에 앉는다. 도이가 벨벳을 걷고, 뚜껑을 열고 걸쭉한 액체를 들이켠다. "마앗있는걸."

"우와⋯⋯" 사치코이 일어나 또다른 블렌더 하나(그럴 줄 알았다)에서 벨벳을 벗겨 선반에 올려놓는다. "이 가짜 잉꼬는 당신이 만든 거예요? 아주 그럴싸한데? 뭘로 만든 거죠?" 사치코는 정말로 감명받는다.

"점장! 트릭을 밝히면 어떻게 해!"

"그게 싫으면 마술 도구를 주방에 놓지 말든가요!"

"투투를 도구라고 부르지 마! 잉꼬도 감정이 있다고! 알겠어?"

"살아 있는 잉꼬라고 보기에는 투투가 별로 움직이지 않는 거 같은데요." 사치코가 빨간색 점액질에서 새를 꺼낸다. 새의 머리가 바닥에 툭 떨어지며 하얀 가루가 쏟아진다.

"도이, 제발 이것도 트릭이라고 말해줘요." 내가 말한다.

도이의 눈이 순수한 공포로 휘둥그레진다. "오, 맙소사⋯⋯"

도이가 위 세척과 광견병 백신 접종을 위해 구급차에 실려 병원으로 간 뒤 나는 내가 스쿠터로 피자를 배달하겠다고 말한다. 사치코는 자신이 그 지역을 더 잘 안다며 자신이 배달하겠다고 한다. 도모미는 혼자서 전화 주문을 받는다. 오니즈카가 돌아올 즈음, 나는 준비를 하고 엘 그린고(두껍게 바른 토마토 페이스트, 고르곤졸라 치즈, 매콤한 살라미 소시지, 토마토, 바질 크러스트) 세 개를 구워 상자에 포장한다. 도모미는 도이에게 무슨 일이 일어났는지 설명한다. 잠시 나는 오니즈카가 자기 원칙을 포기하고 웃지 않을까 생각했지만, 위기의 순간이 지나고 오니즈카는 비참한 원래의 표정으로 돌아간다. 일이 조금 한가해진다. 일곱시 삼십분이 되자 나는 이미 반복되는 아침 뉴스를 줄줄 외우고 있다. 무역 회담, 수뇌 회의, 방문 중인 고위 공직자. 이것이 국민을 조종하는 방법이다. 뉴스를 막지는 않으나 너무나 지루하고 아무 정보도 없기에 아무도 뉴스에 흥미를 보이지 않게 하는 것. 10월 6일 금요일의 날씨는 아침에는 구름이 끼었다가 오후에 비가 올 확률은 60퍼센트고, 저녁이 되면 90퍼센트가 된다. 나는 앞으로 삼십 분 동안 더는 주문이 오지 않기를 바라며 카운터를 닦는다. 미야자키까지 가는 가장 싼 수단을 알아봐야 한다. 지옥불을 들여다본다. 피자 여섯 개가 업보를 등에 업은 듯 빛을 발하며 조금씩 지옥불로 다가간다. 라디오에서는 〈I Feel the Earth Move under My Feet〉이라는 노래가 흘러나온다. 라디오와 고양이는 남들이 있든 없든 상관없이 자기 할 일을 하는 존재다. 기타와는 다르다. 기타는 케이스에 넣는 순간부터 더는 기타가 아니다. 사치코가 코딱지만 한 내 작업장으로 봉투를 들이민다. "얼마 안 되지만 받아. 네가 지금까지 일한 보수야."

"이렇게 갑자기 떠나게 돼 미안해요."

"이 사실이 알려지면 니혼 지수가 곤두박질치겠지만, 우린 어떻게든 살아남을 수 있을 거야. 만약 본부에서 누군가를 보내주지 못하면 내가 직접 피자를 구워도 되고. 모두 아는 사실이야. 도쿄로 돌아오면 전화해. 이곳에 자리를 그대로 남겨두겠다고 약속은 못하겠지만 빈자리가 있는 다른 곳에 넣어줄 수는 있어."

"고마워요."

"얼마나 가 있을 예정이야?"

"여러 가지 사정에 따라…… 다를 거예요. 어머니가 건강을 회복하는 데 제가 도움이 된다면." 나는 봉투를 접어 굶주린 지갑에 넣는다.

"아이에게 전화해. 네가 도쿄를 떠났다고 말하는 사람이 내가 되고 싶지는 않으니까."

"에, 현재 상태로는 제가 아이의 '이달의 친구'가 아닌 듯해요."

"아이에게는 '이달의 친구'가 없어, 멍청아. 전화해."

도모미가 쪽문으로 몸을 들이민다. "즐거운 가족 상봉을 하기 전에 마지막으로 피자를 구울 힘이 남아 있다면 말인데, 오수기와 보수기의 직원이 매주 시키는 가미카제를 한 판 시켰어." 도모미는 주문서를 선반에 탕 하고 내려놓고 사라진다. 나는 마치 발이 쭈그덩 미끄러진 듯한 느낌이 들고, 사치코를 향해 얼굴을 찡그린다. "오수기와 보수기? 판옵티콘?"

"태초부터 받아온 주문이야. '가미카제'는 메뉴에 없어. 메뉴에 올릴 수는 있겠지만 지금 주문한 사람 말고는 못 먹을 음식이야. 모차렐라 크러스트, 바나나, 메추라기 알, 조개 관자, 문어 먹물."

"칠리를 썰지 않고 통으로."

"다른 조리사가 말한 적 있어?"

이건 내게 수수께끼다. "아마도……"

"하긴 한번 들으면 잊을 수 없는 조합이지. 그리고, 이제 난 가서 도이의 사고 경위서를 써야 해." 그래서 사치코는 내가 주문서를 볼 때 지은 표정을 보지 못했다. 도모미의 글씨는 악의만큼이나 뚜렷하다. '쓰키야마, 오수기 & 보수기, 판옵티콘.' 처음에 나는 믿지 못해 웃음을 터뜨린다. 이윽고 '또다른 함정'이라는 생각을 한다. 이윽고 '함정이 아니다'라는 생각을 한다. 내가 아버지의 이름을 안다는 사실을 아무도 모른다는 사실은 별개로 하더라도, 쓰루가 죽은 뒤로 나를 함정에 빠뜨리길 원하는 자는 아무도 없다. 마마 상은 이미 나를 놓아주었다. 이건 함정이 아니라 도쿄가 행하는 카드 트릭이다. 어떻게 한 걸까? 단계별로 살펴보자. 나는 '가미카제'가 뭔지 안다. 왜냐하면…… 그랬다. 기억난다. 몇 주 전, 죽은 줄 알았던 고양이가 돌아왔던 날 밤, 어떤 남자가 내 쪽방으로 전화를 잘못 걸었다. 그 남자는 내 번호가 피자집 번호인 줄 착각했고, 가미카제 피자를 시켰다. 단지 내가 잘못 안 건, 그 남자는 전화를 잘못 건 게 아니라는 점이다. 그 남자는 내 아버지였다.

나머지는 쉽다. 내 아버지는 가토 아키코의 고객이 아니라 동료다.

내가 주피터 카페에서 판옵티콘을 지켜본 건 가토 아키코 때문이다.

내가 이마조 아이를 만난 건 주피터 카페에 있었기 때문이다.

세라 사치코를 만난 건 아이 때문이다. 내가 네로에서 아버지를 위해 피자를 굽는 건 세라 사치코 덕분이다.

더 이상의 헛걸음도, 속단도, 거짓말도 필요 없다. 아버지에게 있어 나는 육십 초짜리 쾌락이었다. 그다음엔 무가치한 존재였고 이제는 성가신 존재가 되었다. 나는 너무, 너무나 바보 같다는 생각이 든다. 나는 아버지의 피자를 만든다. 구역질이 날 것만 같다. 나는 피자를 지옥불로 들여보내고 검고 끈적끈적한 액체가 오렌지색으로 이글거리는 모습을 지켜본다. 왜 '바보'라는 생각이 들까? '화'를 내는 게 맞지 않나? 내가 가토 아키코에게 편지를 보낸 후부터 아버지는 내 연락처를 알았던 것이다. 모리노, 쓰루, 모든 게…… 아버지가 두 달 전에 떠나라고만 했어도 좋았을걸. 물론 난 실망했겠지만 그 말에 따랐을 것이다. 이번에는 어떻게 할지 나 자신이 결정하리라. 아버지를 만났을 때 무슨 행동을 할지는 모르겠지만, 도쿄에서 아버지를 찾아냈으니 만나고야 말리라. 나는 쪽문을 연다. 도모미는 보이지 않는다. 사치코는 펜을 잘근잘근 씹고 있다. "야생 잉꼬가 자기 마음대로 블렌더 안으로 들어갔다고 하면 본사에서 믿어줄 거 같아?"

"기대하지 않는 게 좋을 거예요."

"넌 참 여러 가지로 도움이 안 되는구나."

"하지만 대신 제가 가미카제 배달을 갈게요."

사치코가 손목시계를 본다. "하지만 네 근무시간은 이 분 전에 끝났어."

"판옵티콘은 신주쿠로 가는 길에 있어요. 어차피 전 그쪽으로 가니까 괜찮아요."

"정말이지 너는 하늘이 보내준 축복이야, 미야케."

판옵티콘의 문은 끊임없이 돌아간다. 청동 화분에 야자수가 자리 잡고 있다. 사람을 잡아먹는 화려한 난초들이 내가 지나는 모습을 지켜본다. 똑같이 생긴 가죽의자 아홉 개가 앉을 사람을 기다린다. 다리가 하나인 남자가 목발을 짚고 반짝이는 홀을 가로지른다. 고무 밑창이 찍찍거리고, 금속이 쩔그렁거린다. 책상 뒤에는 뚱뚱한 경비원이 있다. 두 달 전 내가 가토 아키코를 보려고 했을 때 나를 쫓아냈던 바로 그 경비원이다. 내가 다가가자 경비원은 하품을 한다. "무슨 일이지?"

"오수기와 보수기의 쓰키야마 씨에게 피자 배달 왔어요."

"그래?"

나는 피자 상자를 들어 보인다.

"'절대로 겁먹지 마세요, 네로입니다!' 폭탄 같은 게 든 거 아니지? 국제 테러단은 늘 피자 상자에 폭탄을 넣어 오거든." 경비원은 자기 말이 아주 재미있다고 생각한다.

"스캐너에 넣어서 검사해보세요."

경비원은 경비봉으로 엘리베이터를 가리킨다. "동쪽 엘리베이터, 9층이야."

오수기와 보수기 접수대는 황량하다. 파일이 잔뜩 쌓인 컴퓨터 책상, 햇빛을 받지 못해 죽어가는 식물들, 화면 보호기가 작동하는 모니터. 컴퓨터 화면이 분노에서 놀람으로, 다시 질투로, 기쁨으로, 슬픔으로, 그리고 다시 분노로 돌아온다. 하나뿐인 복도는 아침을 알리는 창으로 뻗어 있다. 복사기가 찬송을 한다. 어디로 가야 하나? 잠에 취한 사람의 머리가 나타난다. "누구시죠?"

"안녕하세요. 쓰키야마 씨에게 피자 배달 왔습니다."

여자는 좀더 정신을 차린 뒤 귀에 헤드폰을 끼고 컴퓨터 책상에 있는 버튼을 누른다. 여자는 응답을 기다리는 동안 담배에 불을 붙인다. "쓰키야마 씨, 모모에입니다. 피자 배달 왔습니다. 들여보낼까요? 아니면 아직 클라이언트와 회의 중이십니까?" 내 아버지가 대답하는 동안 여자는 담배를 빨아들이고, 볼이 우묵해진다. "잘 알았습니다, 쓰키야마 씨." 여자는 복도를 향해 엄지손가락을 까닥하더니 헤드폰을 벗는다. "쭉 가서 끝에 다다르면 오른쪽으로

카드 573

가세요. 막다른 곳이 쓰키야마 씨 방이에요. 먼저 노크하세요!"

　카펫은 닳았고, 에어컨은 낡았으며, 벽은 페인트를 새로 칠해야
한다. 앞쪽 문이 열려 있다. 옛날 목표 발견. 가토 아키코가 셔틀콕
이 든 그물 광주리를 옮기는 듯하다. 은색 성게 모양 귀걸이가 대
롱거린다. 가토가 나를 훔쳐보는 모습을 내가 훔쳐보는 동안, 가토
는 자신을 훔쳐보는 나를 훔쳐본다. 나는 불법적인 일을 하는 게
아니라고 혼자 속으로 되뇌며 계속 걷는다. 복도의 끝에 다다르고,
신발을 고쳐 신는 여자와 하마터면 부딪칠 뻔한다. 내 나이 또래로
다리는 지지 히카루보다 더 섹시하다. 향수와 와인 냄새가 난다.
여자는 다시 일어나 내가 지나온 곳으로 걸어간다. 앞쪽에 문이 하
나 보인다. 살짝 열려 있다. '쓰키야마 다이스케, 파트너.' 안에는
어떤 사내(아버지인 듯하다)가 통화 중이다. 내가 엿듣는다. "여
보, 나도 알아요! 당신이 과잉반응하는 거요. 당신은, 여보, 내 말 좀
들어요! 내 말 듣는 거요? 고맙소. 만약 내가 어젯밤 이곳에서 일
하지 않고 아랫사람에게 맡겼다면 일이 엉망이 됐을 거고, 그러면
난 뒤치다꺼리를 하느라 며칠 밤을 이곳에서 새워야 할 거고, 고객
역시 화를 낼 거고, 일을 우리 경쟁사에 맡길 거고, 그러면 내 보너
스는 삭감될 거고, 그러면 대체 내가 그 쌍놈의 조랑말 값을 어떻
게 치른단 말이오? 그만, 그만해요, 여보, 그래요. 나도 아이 친구
들이 모두 조랑말을 갖고 있는 건 알아요. 하지만 우리 애 친구 아
버지들은 스위스보다 돈이 넘쳐나는 판사들이란 말이오…… 내가
이 짓을 좋아서 하는 거 같소? 당신 보기에는 내가 좋아서…… 뭐
라고? 뭐라고? 오, 맙소사, 정말로 하고 싶은 말이 그거였소? 편집
증이 다시 도졌군. 당신은 한 번이라도, 여보…… 뭐요? 당신이 언

제 그랬느냐고? 그런 적 없다고 어디 한번 말해보시오. 그랬소! 허
참, 아침부터 사람 정신을 빼놓는군. 사설탐정? 멍청하긴! 당연히
사설탐정이 뭔가를 알아봐주기는 하겠지. 왜냐니? 그래야 그쪽도
먹고살 테니까! 난 너무 화가 나서……" 캐비닛을 후려치는 소리.
"더는 통화를 계속할 수가 없소. 나는 회사를 경영해야 해. 그리고
당신, 그런 짓에 날릴 돈이 있다면 작고하신 장인이 남긴 주식을
왜 그리 허겁지겁 팔려고 안달하는 거요? 그래요, 당신도 좋은 하
루 보내시오." 아버지가 전화를 끊는다. "발코니에서 콱 떨어져 죽
어버렷!"

나는 숨을 깊게 들이마신다……

아버지가 나를 알아볼지도 모른다……

아버지가 나를 알아보지 못할지도 모른다. 그렇다면 내가 말을
해줘야……

아버지는 나를 알아보지 못할지도 모른다. 그렇다면 나는 말을
하지 말아야……

나는 문을 두드린다. 정적. 이윽고 기운찬 목소리가 들린다. "들
어와요!" 나는 모리노에게서 얻은 사진으로 아버지 얼굴을 알아
본다. 아버지는 잠옷 차림으로 거대한 소파에 누워 있다. "피자 배
달부로군! 내가 전화하는 소리를 들었나?"

"안 들으려 최선을 다했습니다."

"교훈으로 삼으라고."

"죄송합니다. 전……"

"이 말을 기억해두게. 모피코트를 입은 창녀보다 짚을 입은 조
랑말을 가지는 게 더 돈이 든다."

"그 말을 기억할 필요가 있을 것 같지는 않습니다."

아버지가 씩 웃는다. 원하는 걸 얻는 데 익숙한 웃음이다. 그리고 내게 신호를 보낸다. 뒤편에는 마천루로 가득한 황홀한 풍경이 보이지만 나는 그 풍경에 아랑곳 않고 아버지 모습을 꼼꼼히 살핀다. 지나치게 검은 머리. 벽장 속 신발 선반. 책상 위에 놓인 백조 발레리나 분장을 한 이복누이 사진. 아버지의 손 모양. 몸을 일으키는 모습. 아버지의 몸은 동료보다 더 날씬해 보인다. 체육관에서 운동을 하는 모양이다. "자네는 오니즈카가 아니군, 도이도 아니고."

아니죠. 저는 당신의 첫번째 정부의 아들입니다.

"네."

"그럼 자넨 누군가?" 아버지가 대답을 기다린다.

"저는 요리사입니다."

"오호! 자네가 내가 좋아하는 가미카제를 만드는 사람이로군!"

"이번 주만입니다. 저는 임시로 일하거든요."

아버지는 피자 상자를 향해 고개를 끄덕인다. "그렇다면 자네는 내가 주문한 가미카제 같은 피자를 평생 처음 만들어보는 거겠군. 그렇지?"

나는 피자 상자를 커피 테이블 위에 올려놓는다. "흔하지 않은 재료 배합이죠."

"흔하지 않다고? 유일한 거야!"

향수와 와인 냄새가 난다.

아버지가 싱긋 웃더니 동시에 인상을 쓴다. "자네 괜찮은가?"

지금 아버지에게 말하자. 아니면 영원히 잊어버리자.

576

아버지가 씨익 웃는다. "자네 모습을 보니 어젯밤 어떻게 지냈는지가 눈에 훤하군. 거의 나만큼이나 힘겨웠던 시간인 거 같군."

당신은 정말 당신만 생각하는군요. "안녕히 계세요."

아버지는 약간 불쾌해하며 놀란 척한다. "내가 어딘가에 서명을 해야 하는 거 아닌가?"

"아, 그렇죠. 여기에 해주세요."

아버지가 영수증에 서명을 한다.

나는 당신의 골프 트로피로 당신 두개골을 후려치고 싶어요.

나는 소리지르고 싶어요. 그리고 울고 싶어요.

나는 당신을 알고 싶어요. 당신의 결과를, 당신의 피해를, 당신의 죽음을요. 나는 당신을 발바위와 고래바위 사이 해저로 끌어가고 싶어요.

"어어이이이." 아버지가 나를 향해 손을 흔든다. "도이가 다음 주에는 돌아오느냐고 물었잖아."

나는 침을 꼴깍 삼키고 고개를 끄덕이고 내가 다시는 만나지 않을 이 사내를 두고 방을 나선다. 나는 한 번 뒤를 돌아본다. 사내는 눈을 감고 시커먼 피자에 입을 처박고 게걸스레 먹고 있다.

판옵티콘 밖, 나는 호프 한 갑을 산 뒤 도로 중앙의 안전지대에 앉아 차들이 멈추었다 출발하는 모습을 지켜본다. 이십 년이 이 분으로 바뀐다. 담배를 피운다. 한 대, 두 대, 세 대. 구름 지도가 페이지를 넘긴다. 까마귀들이 쓰레기를 뒤진다. 도쿄는 더러운 지우개다. 여름은 회송 주소도 남기지 않고 도쿄를 떠났다. 주피터 카페에서는 일벌들이 아침식사를 하느라 여념이 없다. 지나는 사람을 붙잡고 지난 육 주 동안 벌어진 일을 말하고 싶다. 판옵티콘을 감시하던 일부터 방금 전 일어난 일까지. 내가 어떤 기분이냐고? 오, 뭐라고 설명할 수가 없다. 하지만, 어이, 안주, 난 약속을 지킨 거야. 오늘 주피터 카페에서 아이가 일하면 얼마나 좋을까. 〈사관과 신사〉의 리처드 기어처럼 할리 데이비슨을 타고, 아이를 뒤에 태우고 북쪽을 향해 좁을 길을 달리고 싶다. 신호등에 녹색 인간이 켜지며 사람들이 떼로 건널목을 건너는 모습을 지켜본다. 나도 합류한다. 기타 로를 건넌다. 아버지가 내가 가졌던 모든 증거 그대로의 인물이라는 사실을 알게 된 나는 실망한다. 신호등에 녹색 인간이 켜질 때까지 나는 기다린다. 오메 가도를 건넌다…… 내게 아버지의 피가 흐른다는 사실이 부끄럽다. 그리고 녹색 인간이 켜지길 기다린다. 이윽고 나는 길을 건너 기타 로로 돌아온다. 나는 과거 내가 찾길 원했으나 이제는 찾길 원하지 않던 걸 찾은 게 슬프다. 나는 기다리고 다시 오메 가도를 건넌다. 해방된 느낌이다. 나는 거리를 한 번, 두 번, 세 번 돈다. 이제 나는 갈 수 있다. 누가 내 이름을 부른다. 오니즈카가 배달용 네로 스쿠터를 세운다. 오니즈카가 무엇을 원하는지는 모르지만, 내 신장에 칼을 꽂을까 겁먹고 도망칠 필요는 없을 것 같다. 침을 뱉으며 오니즈카가 말한다.
"드디어 찾았네. 한참을 찾았어."
"찾았네요."
"순환로를 걷는 모습을 지켜봤어."
"광장이에요. 순환로가 아니에요."
오니즈카는 입술 피어싱을 만지작거린다. "물어볼 게 있어."
나는 오니즈카에게 다가간다.

오니즈카가 엄지손가락으로 네로를 가리킨다. "떠벌이 도모미 말에 따르면 미야자키로 간다며?"

"떠벌이 도모미 말이 맞아요."

"어머니가 아프셔?"

"네, 아프세요."

"돈이 없고?"

무슨 말을 하려는 거지? "제가 일본은행은 아니니까요, 없어요."

"내 계부가 화물차 사업을 해. 계부 말로는 운전사 한 명이 오사카까지 널 데려다줄 수 있다네. 거기서 다시 후쿠오카로 가는 차로 바꿔탈 수 있고." 오니즈카는 농담을 하는 유형이 아니다. 그리고 지금 이 순간부터 마음을 바꿔 농담을 하는 것도 아니다. 오니즈카가 쪽지를 내민다. "지도, 주소, 전화번호야. 정오까지 거기에 가 있어야 해."

너무 놀라고 너무 고마워 아무 말도 나오지 않는다.

내가 뭐라고 인사하기도 전에 오니즈카는 시동을 걸고 떠난다.

"그러니까, 미야자키에 계신 어머니에게 갔다 오고 싶지만 언제 돌아올지는 모른다는 거로군." 내가 슈팅스타에 발을 들여놓자 분타로가 말한다. 내 집주인은 〈주간 오키나와 부동산〉을 접는다. "내가 '안 돼!'라고 말할 줄 안 모양이지? 그랬다가는 우리 어머니가 날 죽이려 들 거야. 그래, 고양이는 내 아내가 보살펴줄 거야. 예전처럼 말이지. 네 방세는 10월 말까지 치러져 있고 보증금으로 11월까지도 치를 수 있어. 하지만 돌아오지 않을 거면 보증금은 네 은행 계좌로 보내줄게. 짐은 상자에 넣어서 창고에 보관하면 될

거고. 미야자키에 도착한 뒤 어떻게 할지 결정되면 전화해줘. 슈팅
스타가 어디로 사라지거나 하지는 않을 테니. 아내가 널 위해 도시
락을 준비했어." 분타로가 금니를 문지른다. 나는 이게 분타로의
행운의 부적이라는 사실을 깨닫는다. "그럼 가서 짐을 꾸려!" 내
쪽방은 스무 시간 전에 내가 두고 나간 그대로 남아 있다. 양말, 요
거트 통, 바스락거리는 베개들. 이상하다. 고양이는 나갔지만 바퀴
벌레는 창턱에서 기다린다. 나는 죽음의 스프레이를 들고 바퀴벌
레에게 살금살금 다가가지만…… 바퀴벌레는 움직이지 않는다.
백일몽이라도 꾸는 건가? 나는 쿠키 포장지 가장자리로 놈을 찔러
본다. 바퀴벌레는 껍데기만 남아 있다.

오니즈카 트랜스재팬 주식회사는 도에이 미타 선의 다카시마다
이라 역 근처에 있다. 벽으로 둘러싸인 넓은 공간이 있고, 그 안으
로 들어서니 선적 플랫폼과 중형 트럭 세 대가 보인다. 아직 열한
시밖에 되지 않았다. 나는 역으로 돌아간다. 그곳의 커다란 전자
대리점이 문을 열었기 때문이다. 상점 안은 2월의 새벽처럼 춥다.
안내 데스크 뒤에서 똑같이 생긴 안내원 둘이 "안녕하십니까?" 하
고 천사의 목소리로 말한다. 하지만 누가 말을 하는 건지 알 수가
없다. "컴퓨터 매장은 몇 층인가요?"

"지하 3층입니다." 왼쪽 양이 대답한다.

"여기에 제 배낭을 두고 가도 될까요?"

"물론이죠." 오른쪽 양이 말한다.

나는 에스컬레이터를 타고 아래로 떠내려간다. 쇼핑객들의 영
혼이 나와 함께 둥둥 떠내려간다. 다가오는 가을을 알리기 위해 사

방이 금속 단풍잎으로 치장되어 있다. 소형 텔레비전, 둥그런 스테레오, 인공지능 전자레인지, 디지털카메라, 휴대전화, 이온화 냉장고, 건조 히터기, 전기 매트, 마사지 의자, 식기 건조기, 256컬러 프린터. 에스컬레이터는 내게 노란선을 밟지 말고, 아이와 노인을 혼자 두지 말며, 양질의 쇼핑을 즐기라고 명령한다. 물건들은 선반에 자리를 잡고 우리가 구경하는 모습을 지켜본다. 창문은 하나도 보이지 않는다. 컴퓨터 매장에서는 스가의 고분고분한 버전이 똑딱이 넥타이를 매고 나를 맞이한다. 직원의 피부는 비닐랩처럼 번쩍인다. 이곳에서는 자연광을 받지 못할 텐데 이를 보충하기 위해 이곳의 조명에 비타민 B가 포함되어 있는지 궁금하다. "이미 결정을 하고 오신 듯하군요, 손님!"

"네, 제 컴퓨터 가운데 하나를 업그레이드하려고요."

"음, 저희가 도와드릴 수 있습니다. 예산이 얼마나 되시나요?"

"에…… 저는 전부 써야만 하는 연구비가 있습니다. 제 모뎀은 25세기에서 온 거고, 제게 필요한 건 그 모뎀에 맞는 컴퓨터예요."

"문제없습니다. 모뎀이 어디 건가요?"

나는 좀 지나치게 과장을 했다. "에…… 아주 빠른 겁니다."

"네, 그렇군요. 어느 회사 건가요?"

"에, 스가 모뎀입니다. 사라토가 인스트루먼트 제품이죠."

직원이 허풍을 친다. "아아아주우 좋은 거군요. 어느 대학에 다니시나요?"

"에, 와세다입니다."

나는 마법의 단어를 썼다. 직원은 자기 명함을 꺼내 건네더니 내 신발이라도 핥을 수 있을 정도로 고개 숙여 인사한다.

"전 후지모토입니다. 저희는 학교 할인 제도가 있습니다. 우선 살펴보십시오. 그리고 궁금하신 사항이 있으면 불러주십시오."

"그럴게요."

나는 몇몇 컴퓨터 사양을 읽고, 팸플릿을 모으는 척하며, 써볼 컴퓨터를 고른다. 인터넷에 접속하고 도쿄 메트로폴리탄 경찰 홈페이지의 이메일 주소를 찾아낸다. 나는 그것을 내 손에 적는다. 나는 숨겨진 감시 카메라가 없길 바라며 주위를 흘긋 둘러본다. 컴퓨터 드라이브에 스가의 디스크를 넣는다. 메일맨 바이러스가 열렬히 환영한다! 스가는 자신보다 바이러스를 더 사근사근하게 만들었다. 키보드를 이용해 메시지를 입력하시겠습니까, 아니면 디스크에 있는 것을 쓰시겠습니까? 나는 D를 누른다. 오케이, 디스크를 넣고 엔터키를 누르십시오. 나는 스가의 디스크를 꺼내고 야마야 고주에의 디스크를 넣고 엔터를 누른다. 바이러스 프로그램이 작동한다. 드라이브 불빛이 깜빡이며 윙윙거린다. 오케이, 이제 행운의 수신인 주소를 넣으십시오. 나는 손에 적은 경찰 홈페이지 이메일 주소를 입력한다. 우표에 침을 바르시려면 엔터 키를 누르십시오! 커서가 깜박이고, 내 손가락이 망설인다. 엔터를 누르면 그 결과는 엄청날 것이다. 누른다. 이제 마음을 바꾸기에는 너무 늦었다. 메일맨이 당신의 편지를 1차 수신인에게 보내고 있습니다…… 번쩍. 메일맨이 당신의 편지를 2차 수신인에게 보내고 있습니다…… 잠깐 멈춤. 메일맨이 당신의 편지를 3차 수신인에게 보내고 있습니다…… 길게 멈춤. 메일맨이 당신의 편지를 4차 수신인에게 보내고 있습니다…… 화면이 깨끗해진다. 메일맨은 99차 수신인에게 이를 때까지 계속 메일을 보내리라.

화면에 메시지가 나타난다. 이제 로그아웃하고, 걸음아 날 살려라

하고, 범죄 현장을 떠나십시오. 삑. 안녕히. 안녕, 스가. 나는 디스크를 꺼내 셔츠 주머니에 넣는다. 나는 이제 전염병 살포자다. 단지 이 전염병이 뭔가를 치료한다는 것만 다를 뿐이다. "실례합니다." 나이 든 세일즈맨이 성큼성큼 다가온다. "지금 저희 컴퓨터에 다운로드하신 게 무엇인가요?" 나는 그럴듯한 거짓말을 찾아보지만 실패한다. "에, 그게요, 제게는 사람들을 착취하고, 죽이고, 장기를 적출해 파는 야쿠자 조직에 대한 정보를 퍼뜨려야 할 도덕적 책임이 있습니다. 당신네 컴퓨터를 이용하는 것이 그 정보를 퍼뜨리는 데 가장 적합한 듯 보였습니다. 그래도 괜찮은 거였겠죠?" 세일즈맨은 엄숙한 표정으로 고개를 끄덕이며, 칼을 휘둘러대는 정신 이상자에 비해 내가 더 해가 될까 안 될까 판단하려 애쓴다. "도움이 될 수 있어 다행입니다, 손님." 우리는 서로에게 고마움을 표하고, 고개 숙여 인사한다. 나는 에스컬레이터를 타고 위로 올라온다. 나는 안내 데스크에서 배낭을 찾은 뒤, 서두르지 않고 따뜻하고 복잡한 열기 속으로 나온다. 나는 가지고 있던 디스크 두 장을 가장 가까운 폭풍우 경보판에 던져넣는다. 오니즈카 트랜스재팬 근처 전화 부스에서 나는 아이의 집 전화로, 다시 아이의 휴대전화로 전화를 하려 하지만, 결국 아무것도 하지 않는다. 정오까지 십오 분 남았다. 오니즈카의 계부를 찾아 인사를 하는 게 나으리라. 나는 너무나 지쳐서 그 어느 것도 현실 같아 보이지 않는다.

여덟

산의 언어는 비

나는 축구공을 드리블하며 도쿄 중심가의 번잡한 쇼핑몰을 누빈다. 화려하게 번쩍이는 간판은 보이지 않는다. 가게들은 모두 쇠락했고, 덕용 포장 수세미, 삼십 년 정도 지난 블라우스, 빈약한 운동기구 따위를 판다. 빛이 고대의 바다에 살던 해파리와 엉킨다. 어떻게, 왜 내가 축구공을 가지고 있는지는 알 수 없지만, 여하튼 나는 축구공을 드리블하고 있다. 하지만 축복이 아니라 저주인 건 분명하다. 상대편 골문이 어디 있는지 보이지 않기 때문이다. 만약 내가 공을 집어들면 심판은 녹슨 낫으로 내 손목을 자를 것이다. 만약 내가 상대방에게 공을 빼앗기면 관중들이 내게 침을 뱉고 개들은 내가 죽을 때까지 물어뜯을 것이다. 하지만 선수는 선택받아 되는 것이지, 자신이 선택해 되는 것이 아니다. 상대편 골문을 찾아내 공을 그곳에 차넣어야만 한다. 밀물처럼 몰려드는 쇼핑객들 사이로 낯익은 얼굴들이 보인다. 가고시마 음악상 주인, 아버지의 비서, 가위로 싹둑싹둑 소리를 내는 이발사 겐지. 하지만 나는 잠시만 한눈을 팔아도 상대편에게 공을 빼앗긴다는 사실을 잘 안다. 늪 같은 안개가 쇼핑몰 안으로 퍼지고 공기가 서늘해진다. 하늘에서 해파리들이 떨어져 죽는다. 투명한 해파리 사체 사이를 누비며 공을 몰고 나아간다. 때로는 끈끈한 액이 뚝뚝 떨어지는 공을 무릎으로 차기도 한다. 나는 상대방이 독일 나치에게서 얻은 레이더기로 나를 추적한다는 사실을 잘 안다. 그렇다면 상대방은 왜 내가 이렇게 자기 진영 깊숙이까지 들어오도록 놔둔 걸까? 클로드 드뷔시가 설상화를 신고 늪지를 걸어온다. 드뷔시가 큰 소리로 방백을 한다. "공을 가지고 있군요, 미야케 선생? 환상적입니다! 저는 당신 큰외삼촌이 보낸 소식을 가지고 왔습니다. 비밀리에 전달해야 하는 겁니다. 우리 팀원 가운데 한 명이 반역자로 밝혀졌습니다! 아무도 믿지 마십시오. 자신조차 믿지 마십시오!"

"분타로?"

"마치코 상?"

슈팅스타는 오래전에 폐허가 되었다. 벽에는 초라한 포스터들이 압정으로 대충 박혀 있다. 나는 안으로 들어가 문에 빗장을 건다. 내가 생각한다. 미리 조심하는 게 좋지, 적들이 가면을 벗고 도로에 모여들고 있으니 말이야. 가게는 엉망이고, 바로 그 때문에 상대팀은 자기네 골문을 내 쪽방에 숨겨놓았다. 나는 카운터 뒤로 공을 보내고 계단의 문제에 직면한다. 계단은 내가 생각했던 것보다 아홉 배나 더 높다. 나는 위로 공을 차 올리지만, 다시 굴러 내려온다. 그사이 상대팀은 웃음의 신 목상으로 창문을 깨부순다. 유리창이 휘어지지만 깨지지는 않는다. 나는 두 발 사이에 공을 끼우고 양서류처럼 몸을 꿈틀거리며 계단을 하나씩 올라간다. 거의 꼭대기에 도달했을 때 유리창이 깨지는 소리가 들린다. 내가 속력을 더 내면 공이 빠져 상대팀에게 튀어 내려갈 것이다. 상대팀이 함성을 지른다. 교통 방송. 나는 계단 맨 위에 오른다. 상대팀이 계단으로 몰려든다. 나는 당구 큐대를 빗장 삼아 문을 잠근다. 내 쪽방은 잔해만 남아 있을 뿐 텅 비고 어두컴컴한 창고가 되었다. 앞쪽에 내 영광이, 상대팀의 골문이 보인다.

이케다 씨가 내 귀에 대고 고함친다. "무슨 짓을 하는 거야?"

나는 고개를 돌려 코치의 얼굴을 본다. "골을 넣으려고요."

"이건 상대팀 골문이 아니라 우리 골문이야! 반역자! 넌 놈들에게 골문을 가르쳐줬어!"

빗장 삼아 문에 걸었던 당구 큐대가 부러지는 소리가 들린다.

◆

괴물이 한 손으로 내 무릎을 흔들어댄다. 다른 손으로는 운전대를 잡고 있다. "꿈을 꾼 모양이군. 뭐라고 중얼거리던데." 사내는 슬픈 괴물이다. 나는 어리둥절해 주위를 둘러본다. 트럭 내부에는 절과 신사에서 쓰는 부적들이 줄줄이 걸려 있다. 괴물의 당구공만 한 눈알이 다른 방향을 향한다. "뭐라고 중얼거리는지 모르겠더라고. 전혀 말이 안 되는 소리였거든." 그 순간, 미야케 에이지와 지난 칠 주간의 기억이 돌아온다. "아니, 언어라고도 할 수가 없었어." 괴물이 계속 말한다. 기억났다. 이자의 이름은 혼다인 듯하다. 하지만 이제 와서 확인하기에는 너무 늦었다. 이상할 정도로 몸이 가볍다. 나는 오늘 아침에 아버지를 만났다. 실패감을, 승리감을 느낀다. 하지만 그 무엇보다도 자유를 느낀다. 그리고 지금, 내가 상상했던 것과 완전히 반대로, 나는 육 년 만에 처음으로 어머니를 만나기 위해 미야자키로 향하고 있다. 시속 5킬로미터가 안 되는 속력으로 말이다. 4차선 도로에 가득한 차들은 거의 기어가다시피 한다. 계기판의 시계는 16:47을 가리키며 깜박인다. 나는 세 시간 넘게 잠을 잤지만 수면 은행에서 찾아 써야 할 밀린 잠이 한참 남았다. 만약 메일맨 바이러스가 스가가 뽐냈던 것처럼 제대로 작동한다면, 야마야 고주에의 파일은 그 메일을 받은 이의 주소록에 있는 모든 이의 주소록에 있는 모든 이의 주소록에…… 이걸 아흔아홉 번 반복할 것이다. 그 사람 수를 다 더하면…… 일본에 있는 모든 컴퓨터 숫자보다 클 것이다. 그렇다면 그 누구라 할지라도 내가 보낸 메일 내용을 은폐하는 건 불가능할 것이다. 어쨌든 이제는 내 손을 떠난 일이다. "하다노만 오면 완전히 기어간다니까." 괴물이 말한다. "교통 방송에서 10킬로미터 전방에 우유 탱크 트럭이 전복돼 그렇대." 도회지 도쿄가 들과 논이 되어 펼쳐진다. 괴물이 말한다. "날씨가 맑을 때면 오른쪽으로 후지 산이 보이지." 이슬비가 온 세상을 가득 메운다. 별이 된 빗방울은 차창에 부딪혀 초신성이 되고, 유리창을 휩쓰는 와이퍼의 박자에 맞춰 스러진다. 라디오가 재잘댄다. 흠뻑 젖은 토메이 고속도로 위에서 타이어들이 쉿쉿 소리를 낸다. 장애학교에 다니는 아이들을 태운 소형 버스가 안쪽 차선에서 추월해 온다. 아이들이 손을 흔든다. 괴물이 전조등을 번쩍이자 아이들이 흥분해 더욱 거세게 손을 흔들어댄다. 괴물이 킥킥거린다. "어떻게 해야 아이들이 좋아하는지 알아? 난 몰라. 난 아이들이 완전히 외계인 같아." 비닐하우스가 줄지어 나온다. 차비 대신 대화 상대라도 되어줘야 한다는 생각이 들지만, 입을 여는 순간 얼굴을 두 쪽이라도 낼 것처럼 하품이 나온다. "아이가 있나요?"

"아니, 없어. 나는 결혼하고 인연이 없어. 트럭 운전사들은 곳곳에 애인이 있다고 하는 사람이 많지, 진짜인지는 모르겠지만 적어도 말로는 그래. 하지만 나는 아냐." 괴물에게는 분명 사연이 있겠지만 그걸 꼬치꼬치 캐묻는 건 무례한 짓이리라. "담배 태우겠어?" 괴물이 캐빈 갑을 내민다. 내가 담배를 꺼내 막 불을 붙이려는 순간, 기억나는 게 있다. "미안해요. 친구에게 끊는다고 약속했어요." 나는 괴물의 담배에 불을 붙여주고 내 흡연 욕구를 태우려 애쓴다. 교통 정체가 조금씩 풀린다. 괴물이 연기를 들이마시고, 거대한 운전대에 몸을 기대고 재를 떤다. "믿거나 말거나, 나도 한때는 네 나이였던 때가 있었어. 쇼와셸에서 엄청나게 커다란 탱크트럭을 운전하는 일을 구했지. 얼마나 크냐고? 엄청 컸어. 운송부에는 자체 훈련 프로그램이 있었지. 그 귀염둥이들은 흔히 보는 자동차와는 차원이 달랐어. 무슨 말인지 알아들어? 기숙사는 야마가타 외곽에 있는 옛 병영 건물이었어. 살기 좋은 곳은 아니었어. 3월에도 진눈깨비와 서리가 내렸으니까. 사내 열네 명이 기다란 방하나를 같이 쓰고, 칸막이로 개인 공간을 나눈 곳이었지. 어떤 구조인지 알겠어?" 나는 눈을 문지른다. 우리는 아이들이 탄 소형버스를 추월한다. 아이들은 유리창에 얼굴을 대고 우스꽝스러운 표정을 짓는다. 나는 잠수함에서 죽은 사람들을 생각한다. "난 몽유병에 걸린 적이 없었어. 야마가타에서 처음 밤을 보내기 전까지는 말이야. 몽유병에 걸리면 자면서 그냥 걸어다니는 게 아니야. 뭔가를 한다고. 가령 고향 마을을 걷는 꿈을 꾼다고 생각해봐. 그러면 잠든 채로 복도를 걸으며 이렇게 말하지. '안녕하세요, 날씨가 참 좋네요. 안녕하세요.' 만약 유명한 예술가가 된 꿈을 꾸면 잠에서 깨어보면 거울에 치약을 덕지덕지 칠해놓은 걸 알게 되지. 해로울 건 없었어. 내가 저지른 짓은 늘 깨끗하게 뒷정리를 했거든. 그냥 한바탕 웃는 정도였어. 훈련생들도 나쁘게 생각하지 않았어. 그리고 절대로 나를 깨우지 않았어. 모두들 몽유병으로 걷는 사람을 깨우는 게 금기 사항이라는 걸 잘 알았거든. 왜 그런지 아는 사람은 없었지만 말이야." 라디오에서 채찍처럼 날카로운 소리가 난다. 괴물이 방송 주파수를 다시 맞추려 한다. "어느날 왜 그런지 이유를 알게 되었지. 내 인생에서 최악의 육십 초였어. 한번은 무더운 날 중국의 천막 시장을 걷고 있었어. 다음 순간, 동료 두 명이 내 위에 올라타고 소리를 치더군. 다른 두 명은 각각 내 손을 꽉 잡고, 펴려고 안간힘을 쓰더군. 내가 뭘 쥐고 있었을 거 같아? 고기칼이었어. 식당에서 가져온 거였어. 냉동 고기를 토막낼 때 쓰는 그런 무시무시한 칼이었어. 나는 각 칸막이에 들러 고기칼로 동료들 머리를 툭툭 치며 잠을 깨운 거야." 앞쪽 도로에서 천천히 다가오는 어스름 속에 구급차 불빛이 맥박친다. 그 옆에는 은빛 탱크 트럭이 누워 있다. 탱크는 구겨지고 갈가리 찢겼다. 견인차가 자동차 한 대를 끌어올리고 있다. 경찰들은 수신호를 보내 차선 세 개에 있는 자동차들을 한 차선으로 합친다. 경찰들은 환하게 빛나는 신호봉을 들고 화려한 형광색 재킷을 입고 있다. 다른 이들은 호스로 길에 물을 뿌린다. 괴물이 부적을 툭툭 친다. "세상이 바위처럼 안전한 곳이라고 생각하겠지? 하지만 돌연 모든 것이 흔들거리다가 사라져버려." 차들은 엉금엉금 기어 병목 구간을 지나고, 괴물은 손을 더듬거리며 캐빈 갑을 찾는다. "라이터 있어?" 나는 이제 이야기가 끝난 건가 궁금해하며 괴물의 담배에 불을 붙여준다. "꿈속에서 나는 중국의 뜨거운 햇빛에 찜질을 당하는 중이었어. 목이 바싹바싹 타들어갔지. 그러다가 수박 시장에 들어갔어. 달고 시원한 수박들이 있었지. 그걸 먹을 수만 있다면 내 영혼이라도 팔고 싶은 심정이었어. 귓가에서 어머니가 속삭였지. '조심하거라! 네게 썩은 과일을 팔려고 할 거다!' 황혼에 반쯤 묻힌 뭔가가 내 눈에 띄었어. 단검이었지. 고고학자가 유물을 파낼 때 쓰는 그런 거였어. 나는 매대들을 걸어가며 단검으로 수박을 툭툭 쳐봤어. 소리를 듣고 수박이 잘 익었는지 아니면 썩었는지를 판단했지. 잘 익은 놈을 만나면 그걸 단숨에 반으로 쪼개서 먹을 생각이었지." 우리는 병목 구간을 지나고, 괴물은 속력을 높이기 시작한다. "몽유병을 고치려고 치료를 받았어. 치료를 받으며 그런 증상이 사라졌지. 하지만 몽유병 때문에 내 면허가 취소되었고, 직장도 날아가고 커다란 트럭도 몰지 못하게 됐어. 아내? 아이? 만약 몽유병이 다시 시작되는 날이면 내가 무슨 짓을 할지 너무나 겁이 나는 거야. 그래서……" 괴물은 담배로부터 모든 생명을 빨아들인다. "네가 꾸는 꿈을 아주 조심해야 해."

"과학자들은 그걸 이마조 아이 효과라 불러." 아이의 목소리는 너무나 또렷해서 마치 옆방에 있는 것 같다. 아이가 계속 말한다. "심리학에서 가장 뛰어난 학자들이 수수께끼를 풀기 위해 최선을 다했지만 아직 명확한 결론을 내리지 못했어. 왜, 대체, 왜 내가 밥을 차려주는 남자는 모두 곧바로 트럭을 타고 도쿄를 떠나는 걸까?"

나는 아이가 농담을 하리라고는 예상치 못했다. "오늘 아침에 전화하려고 했어."

"내 기분이 시시각각 변하는 게 내 오랜 친구인 당뇨병 때문이라고 핑계를 대는 게 편하긴 하지만, 사실은 내 오랜 친구인 나 자신 때문이야."

"아니야, 아이, 내가……"

"닥쳐, 내 잘못이야."

"하지만……"

"내 사과를 받아들이지 않으면 우리 사이 우정은 끝이야. 네 어머니에게 어떻게 하라고 설교를 늘어놓은 건 바로 나잖아."

"네 말이 맞았어. 어제 어머니가 미야자키에서 전화를 했어."

"사치코가 말했어. 잘됐어. 하지만 옳다고 해서 설교를 늘어놓을 권리가 있는 건 아니니까, 어쨌든. 난 지금 피아노 의자에 앉아서 발톱 손질을 하는 중이야. 넌 어디야, 도망자 씨?"

"오카짱*이라는 트럭 기사 식당 밖에서 모기에게 산 채로 뜯어 먹히는 중이야."

"오카짱이라는 간판을 단 트럭 기사 식당이 아마 만 개는 있을 걸."

"이곳은, 에…… 어딘지 알 수 없는 곳들 사이에 자리 잡은 식당

---

* 어머니를 친근하게 부르는 말.

이야."

"기푸일 거야."

"사실 나도 그럴 거라고 생각해. 트럭 운전사가 '아귀'라는 동료에게 전화한 뒤 나를 여기에 내려줬어. 그 '아귀'라는 사람이 후쿠오카로 가는 길에 나를 태우고 가기로 되어 있어. 나를 내려주기 전에 주유소에 들렀는데, 자기 아내와 부적절한 짓을 하지 않겠느냐는 제안을 한 주유소 점원이랑 주먹 싸움이 벌어지기도 했어."

"싸움 통에 맞아서 뇌진탕이 일어나지 않았길 기도할게. 가엾은 미야케, 니카쓰*의 트럭 운전사 영화에 갇히다니."

"규슈로 가는 가장 빠른 방법은 아니지만 가장 싼 방법이기는 해. 그리고 뉴스가 있어."

"뭔데?"

"우선 매니큐어를 내려놔. 내 말을 듣고 놀라 피아노 의자에 묻히면 안 되니까."

"뭔데 그래?"

"지난 구 년 동안 나는 일본의 가장 조용한 현의 가장 조용한 섬의 가장 조용한 마을에서 자랐어. 아무런 일도 벌어지지 않는 마을이었지. 모든 아이들이 그런 식으로 말하지만 야쿠시마에서는 그 말이 진실이야. 그런데 너를 마지막으로 본 뒤, 절대로 일어나지 않을 것 같던 모든 일들이 일어났어. 내가 살아오면서 가장 이상했던 날이었어. 그리고 내가 오늘 아침에 누구를 만났는지를 들으면 넌……"

---

* 일본의 엔터테인먼트 회사. 영화와 텔레비전 프로그램 제작으로 유명하다.

"아무래도 내가 네게 전화를 해야 할 거 같은데, 전화번호를 불러줘."

♦

"에이지!" 안주가 높다란 창턱에 앉아 무릎을 껴안고 있다. 대나무가 쉿 소리를 내며 다다미와 빛 바랜 미닫이 문 위로 그림자를 흔든다. "에이지, 이리 와!" 나는 일어나 창으로 간다. 치실로 짠 듯한 거미줄. 외할머니 집의 창에서 우에노 공원이 보이지만 사람들은 모두 집으로 돌아가고 아무도 없다. 하지만 안주가 삼목으로 만든 낡은 난파선 앞에 무릎을 꿇고 있다. 내가 올라간다. 햇빛으로 짠 안주의 연이 가장 높은 가지에 걸려 있다. 연은 짙은 황금색으로 빛난다. 안주가 실망해 외친다. "봐, 내 연이 걸렸어!" 나는 안주 옆에 무릎을 꿇고 앉아(안주가 눈물 흘리는 모습은 그냥 두고 볼 수가 없다) 안주를 달래려 애쓴다. "왜 연을 풀어내지 않는 거야? 넌 나무를 잘 타잖아!" 안주가 최근 배운 방법으로 한숨을 쉰다. "당뇨병이란 걸 잊었어?" 안주가 지적한다. 다리에는 주삿바늘, 정맥주사 등 온갖 고문 도구들이 가득 꽂혀 있다. "나 대신 연을 풀어줘, 에이지." 그래서 나는 나무에 올라가기 시작한다. 내 손가락이 파충류 껍질을 잡아당긴다. 저 멀리 계곡에서 양들이 울어댄다. 나는 벗어버린 내 양말을 발견한다. 빨아도 깨끗해지지 않을 것같이 더럽다. 일생이라 해도 될 만큼 길고 긴 시간이 지난 뒤 어둠이 일어나고, 바람이 몰아치며, 까마귀들은 쉴 곳을 찾아 날아온다. 내가 도착하기 전에 햇빛 연이 갈가리 찢기지 않을까 걱정스럽다. 이 나뭇잎 폭풍 속 어디에 연이 있는 걸까? 잠시 뒤 나는 맨 꼭대기 가지에서 남자를 발견한다. 얼굴이 없으며 가만히 앉아 있다. "왜 내 나무에 오르는 거지?" 남자가 묻는다. "전 누나의 연을 찾으러 왔어요." 내가 설명한다. 남자가 얼굴을 찡그린다. "연을 찾는 게 누나를 돌보는 일보다 더 중요하단 말이냐?" 돌연 나는 외할머니 집에 안주를 혼자 두고 왔다는 사실을 깨닫는다. 며칠이나 그렇게 두고 온 걸까? 안주가 식사는 어떻게 해결할지 생각해보지도 않았다. 누가 안주에게 통조림을 따줄까? 외할머니 집 부근이 황폐한 모습을 보자 내 걱정은 최고조에 이른다. 수풀은 처마 위까지 자라 있고, 추운 겨울이 되어 눈이 많이 내리면 집은 무너져내릴 것만 같다. 정말로 구 년이라는 시간이 흐른 걸까? 자물쇠 없는 문손잡이는 헛돌아간다. 내가 문을 두드리자 문틀 전체가 안으로 쓰러진다. 서까래 뒤로 고양이 그림자가 미끄러지듯 지나간다. 내 기타 케이스가 바로 내 쪽방이다. 그리고 그 안에 안주가 있다. 안에 갇힌 안주는 케이스 잠금장치를 열 수가 없고, 그래서 숨 쉴 공기가 부족하다. 안주가 힘없이 케이스를 두드리는 소리가 들린다. 나는 케이스를 더듬거리며 열려 애쓰지만 잠금장치는 너무나 녹이 슬어 있기에……

◆

"그러다 잠이 깼고, 모든 게 꿈이었어요!" 아귀의 피부와 성기게 짠 조끼가 계기판 불빛을 받아 번쩍거린다. 킥킥거리는 소리. 한 번, 두 번, 세 번. 지금 내 옆에 있는 사람은 인간 중에 가장 탄력 좋은 입술을 가졌다. 나는 비 내리는 초공간을 가로지르는 또다른 트럭에 탔다. 도로 표지판이 광속의 속도로 지나간다. 메이신 고속도로 오쓰 출구 9km. 계기판 시계가 21:09를 가리키며 번쩍거린다. "꿈이란 웃기는 거야." 아귀가 말한다. "혼다가 몽유병 이야기를 해주던가? 터무니없는 소리지. 사실인즉, 여자들은 혼다를 싫어해. 단순하고 명백한 이유 때문이지. 꿈이라니. 꿈에 대해 몇 가지 읽은 게 있어. 꿈이 뭔지 아는 사람은 아무도 없어. 과학자들도 서로 의견이 달라. 어떤 사람들은 뇌의 해마가 좌뇌의 기억을 뒤섞는 거라고 주장하지. 그러면 우뇌가 그 영상들을 엮기 위해 이야기를 짜맞추는 거고 말이야." 아귀는 내가 자기 말에 대꾸할 거라 기대하지 않는다. 설사 내가 이 자리에 없다 해도 아귀는 지금 하는 말을 지지 히카루 인형에게 했을 것이다. 교토 출구 18km. "꿈이라는 건 대본을 쓰는 거랑 비슷하다고 할 수 있지. 뭐 그 비슷한 거야." 털북숭이 파리 한 마리가 앞창을 가로질러 기어간다. "내 꿈 이야기를 해준 적이 있던가? 모두 그런 경험이 있겠지만, 내가 자네 나이 정도일 때였어. 사랑에 빠졌지. 아니 정신병을 앓았다고 할 수도 있겠군. 둘은 비슷해. 어쨌든, 그 여자, 이름이 키라라였지. 키라라는 금지옥엽으로 귀하게 자란 여자였어. 우리는 같은 수영장을 다녔어. 당시 나는 몸이 꽤 좋았지. 키라라의 아버지는 사악한 파시스트 단체의 배후 조종자였어. 무슨 단체였냐고? 아, 문부성이었지. 덕분에 키라라는 반에서 특별 대접을 받았어. 하지만 내게 키라라는 키라라 자체였어. 나는 푹 빠졌지. 교과서에서 시를 베껴 써주고 키스를 받았어! 나는 아직도 여자를 보면 이런 얼간이가 돼. 그리고 키라라에게는 꼼짝도 할 수 없었어. 우리는 내 사촌의 차를 타고 저수지로 놀러 다녔어.. 별을 세고, 모반을 셌지. 그런 축복이 다시는 되풀이되지 않으리라는 걸 몰랐어. 하지만 키라라의 아버지가 우리 관계를 알게 되었어. 나는 키라라 공주에게 어울리는 왕자 감이 아니었지. 뭐 맞는 말이지. 아버지가 한마디 하자 키라라는 나를 죽은 동물 취급하더군. 심지어 다니던 수영장마저 바꿨어. 사랑의 레스토랑이 있다고 가정한다면, 키라라에게 있어 나는 단지 깨작거릴 만한 음식 한 가지에 불과했던 거야. 하지만 내게 키라라는 메뉴판의 모든 음식과도 같은 존재였어. 나는 괴로워했어. 반미치광이가 되었지. 더 많은 시를 보냈어. 키라라는 무시했어. 나는 잠자는 것도, 먹는 것도, 생각하는 것도 멈췄어. 나는 자살을 함으로써 내 사랑을 증명하기로 결심했어. 나는 후지 산 발치의 주카이로 여행을 가서 수면제를 먹기로 마음먹었지. 창의성이 풍부하다고 할 수는 없어. 나도 알아. 하지만 나는 열여덟 살이었고, 거기에는 내 삼촌의 산장이 있었어. 떠나던 날 아침 나는 키라라에게 편지를 보냈어. 키라라의 사랑 없이는 살 수 없기에 죽는 수밖에 없다고. 그리고 내가 어디서 자살을 할 건지 적어두었어. 사랑 때문에 죽는 건데 아무도 모른다면 아무 의미가 없잖겠어? 첫 기차를 타고 조용한 역에서 내려 나는 주카이로 가기 시작했어. 날씨가 변덕스러웠지만 상관없었어. 내 평생 그렇게 결정을 내리고 확신에 차본 적이 없었지. 삼촌의 산장을 발견했고, 그곳을 지나 빈터가 나올 때까지 계속 걸어갔어. 마침내 빈터를 발견했고, 나는 결심을 했지. 그때 공중에서 내가 뭘 봤을 거 같아?"

"에…… 새?"

"키라라! 내 사랑 키라라의 목에 올가미가 걸린 모습이었어! 두

발이 시계 방향으로, 다시 시계 반대 방향으로 도는 모습이었어. 지독한 모습이었어! 부풀어오르고, 배설물 범벅에, 까마귀와 구더기가 파먹기 시작한 모습이었지."

"그건……"

"난 등골이 오싹하며 잠에서 깼어. 깨어보니 여전히 후지 산행 기차를 타고 있더군. 계시였어. 나는 다음 역에서 내려 집으로 오는 기차를 탔지. 현관 매트 위에 내 유서가 있더군. 읽지도, 심지어 봉투를 뜯어본 흔적마저 없었어. 봉투 앞면에는 붉은 글씨로 '발송인에게 반환'이라고 적혀 있었어. 키라라, 또는 키라라의 아버지가 읽어보지도 않고 돌려보낸 거지. 난 멍청이였지. 후에 키라라는 대학에 갔고……" 아귀는 다른 트럭이 추월하도록 속력을 늦춘다. 트럭 운전사가 손을 흔든다. "세월이 흐르고 키라라를 다시 봤어. 간사이 공항에서였어. 먼 거리를 두고였지. 번쩍이는 남편, 찰랑이는 금 장신구, 유모차에 탄 개구쟁이. 그때 내 머리에 번쩍하고 든 생각이 뭐였을 거 같아?"

"질투?"

"천만에. 아무 생각도 들지 않았어. 단 한 가지 생각도 들지 않았어. 난 키라라를 위해 온몸을 바칠 준비가 되어 있었지만 사랑한 적은 없었어. 진심으로는 말이야. 단지 사랑한다고 생각했을 뿐이었지." 우리는 메아리 울리는 터널로 들어갔다 빠져나온다. "이런 이야기에는 교훈이 담겨 있어야 해. 이게 내 교훈이야. 네 생각이 아닌 네 꿈을 믿어라."

◆

더 많은 터널, 계곡 위를 가로지르는 다리, 주유소. 내가 탄 트럭
은 추코쿠 고속도로를 타고 새벽을 향해 달음질친다. 옛날 귀족과
성직자 들은 며칠을 걸려 이동한 거리지만 21세기에는 삼십 분이
면 족하다. 비와 안개가 반씩 섞여 내리고, 와이퍼는 최대 속도의
반으로 유리창을 닦는다. 형체가 이름을 되찾고, 이름이 형체를 되
찾는다. 강어귀의 섬들, 먹이를 잡는 왜가리들, 강둑을 밀봉하는
라벤더색 레미콘들, 벽돌을 쌓아올려 만든 산비탈의 터널들. 맥주
저장 창고가 끝없이, 균일하게 펼쳐진다. 유토피아 같다. 수백 킬
로미터 앞에서 어머니가 잠에서 깨어 누운 채 나를 생각하는 모습
을 상상한다. 나는 아직도 내가 미야자키로 가겠다고 한 사실이 놀
랍다. 어머니도 놀랐을까? 지금 나처럼 어머니도 초조한 심정일
까? 오카야마 출구. 늘어선 공장들에서 연기가 사라진다. 아귀는 계
속 노래를 흥얼거린다. 고속도로를 지배하는 건 운전사가 아니라
자동차다. 트럭은 윤활유를 갈듯 쉽사리 운전사를 바꾼다. 어머니
의 야쿠시마 방문은 고문이었다. 어머니는 우리를 버리고 간 날부
터 안주가 빠져 죽은 날까지 일 년에 한 번꼴로 모습을 드러냈다.
후쿠야마 출구. 화염이 안개 벌판의 가장자리를 핥는다. 일주일 만
에 숲이 베이고, 한 달 만에 땅을 고르고, 반나절이면 아스팔트가
깔리고, 그 뒤로 영영 잊히는 대지. 얻어맞고, 속고, 목 졸리고, 뿌
리 뽑힌 대지. 전신주와 전신주를 연결하며 축 늘어지거나 팽팽히
당겨진 전선들, 줄이 느슨한 기타 위를 오가며 연주하는 손가락들
이 떠오른다. 외할머니는 어머니를 보기 싫어했고, 그래서 어머니

가 오기 전날이면 우리는 늘 주 항구인 가미야쿠의 파칭코 삼촌 집
으로 가야 했다. 우리는 늘 교복을 입었다. 파칭코 숙모는 특별히
우리를 이발소에 데려갔다. 물론 모두가 알았다. 어머니는 부두에
서 택시를 타고 왔다. 파칭코 삼촌 집이 걸어서 십 분도 채 되지 않
는 거리였음에도 말이다. 어머니는 가장 좋은 방으로 안내받았고,
숙모와 시시한 잡담을 나누곤 했다. 히로시마 출구. 아귀가 와이퍼
를 멈춘다. 커다란 입간판이 몇 달 전에 망한 은행을 광고한다. 산
맥들은 영원히 바다로 달음질친다. 아무 색깔 없이 도시를 반복하
는 도시 외곽. 몇 년 뒤 아스팔트 삼촌이 말하길(맥주 여섯 캔을
마신 뒤였다), 파칭코 삼촌은 어머니에게 생활비를 보내주는 대신
어머니가 우리를 만나러 와야 한다고 조건을 걸었다고 했다. 외삼
촌의 의도는 좋은 거였지만, 우리를 억지로 만나게 한 것은 잘못이
었다. 우리는 어머니가 묻는 질문에 대답했다. 언제나 같은 질문이
었고, 성의 없는 질문이었다. 무슨 과목을 제일 좋아하느냐, 무슨
과목을 제일 싫어하느냐, 방과 뒤에는 뭘 하느냐 따위였다. 우리는
조사자와 피조사자처럼 묻고 대답했다. 애정 따위는 조금도 담겨
있지 않았다. 도쿠야마 출구. 여기는 내 종조부인 쓰키야마 스바루
가 일본에서 마지막 몇 주를 보낸 곳이다. 종조부는 오늘날의 야마
쿠치 현을 알아보지 못할 것이다. 골프장이 언덕을 난도질한 뒤 녹
색 수의를 입혔다. 콩알만 한 사람들이 스윙을 한다. 나는 메일맨
바이러스를 다시 떠올리고, 혹시 그 바이러스가 야마야 고주에의
문서를 아직도 퍼뜨리고 있는지 궁금해한다. 이제는 나와 아무 상
관 없다는 느낌이 든다. 눈에 보이는 결과는 빙산의 일각일 뿐이
다. 대부분의 행동이 초래하는 대부분의 결과는 행위자에게 보이

지 않는다. 빛 바랜 하늘이 더러운 누더기를 드러낸다. 아침은 비를 뿌렸다는 사실을 잊는다. 마치 조금 전까지 골을 부렸던 걸 까맣게 잊어버리곤 하는 어린아이 같다. 안주는 어머니와 좀더 수다를 떨 수도 있었을 것이다. 하지만 안주는 내 기분을 알아차렸고, 나와 함께 입을 다물었다. 어머니는 줄담배꾼이었다. 어머니를 떠올릴 때면 늘 자욱한 담배 연기에 싸인 모습이다. 파칭코 숙모는 절대로 어머니에게 어머니에 관한 질문을 하지 않았다. 적어도 우리 앞에서는 그랬다. 그래서 우리가 어머니에 대해 아는 건 옆방에서 엿들은 내용뿐이었다. 이윽고 어머니가 늦은 오후 비행기를 타고 가고시마로 돌아가고, 그러면 모두가 안도의 한숨을 내쉬었다. 한번은 어머니가 이틀을 머문 적이 있었다. 어머니가 반지로 튀김을 만드는 모습을 안주가 본 때였을 것이다. 하지만 어머니는 다시는 그렇게 시간을 연장해 머물지 않았다. **야마구치 출구.** 바람 없는 언덕 비탈 위로 나무 한 그루가 움직인다. 산이 평평해졌다. 어머니는 안주의 장례식에 참석하지 않았다. 섬사람들이 가장 좋아하는 오락인 뒷담화에 따르면, 어머니는 안주가 죽기 전날에 연락처도 남기지 않은 채 '일'을 하기 위해 괌으로 갔다. 어머니가 참석하지 않은 까닭에 대한 다른 소문들도 돌았지만, 그 내용은 더더욱 어처구니가 없는 것들이었다. 나는 어머니에 대한 모든 관심을 끊고 철저히 무관심해졌다. 우리가 마지막으로 만났을 때(안주 없이 만난 유일한 경우였다)는 내가 열네 살이었다. 돈주머니 삼촌의 낡은 집이 있는 가고시마에서였다. 어머니의 머리는 짧았고, 보석은 화려했다. 짙은 선글라스를 쓰고 있었다. 나는 명령을 받았기 때문에 어쩔 수 없이 거기 앉아 있었다. 내 짐작으로는 어머니 역시 그랬을 것이다. "많이 컸구나, 에이지." 비트적거리며 방으로 들어와 앉자 어머니가 말했다. 나는 어머니에게 사근사근 대하지 않기로 굳게 마음먹은 상태였다. 돈주머니 숙모가 서둘러 말했다. "얼마나 빨리 크는지 몰라. 지난 몇 달간 쑥쑥 컸다니까. 그리고 음악 선생님은 에이지가 기타를 아주 잘 친다고 하시네. 에이지, 기타를 가져오지그랬니. 어머니가 네 연주를 들으면 좋아했을 텐데 말이다."

나는 어머니의 선글라스 미간에 대고 말했다. "어머니라고요? 제게 그런 존재는 없어요, 숙모. 제게 있어 어머니는 안주가 빠져 죽기 전에 이미 죽었어요. 어딘가에 아버지가 있기는 하지만, 어머니는 없어요. 잘 아시잖아요."

어머니는 담배 연기로 자신을 숨겼다.

돈주머니 숙모가 차를 따랐다. "네 어머니는 널 보러 먼 길을 왔단다. 사과드리렴." 나는 벌떡 일어났지만 나보다 어머니가 먼저 움직였다. 어머니는 핸드백을 집더니 외숙모에게 말했다. "그럴 필요 없어요. 이 아이 말은 하나도 틀리지 않으니까요. 제가 싫은 건 이제 우리는 가족이라 할 수도 없고 서로 할 말도 없는데 이렇게 가족처럼 만나 이야기를 해야 하는 상황이에요. 좋은 마음에서 그러는 건 잘 알지만 그래도 원치 않는 사람에게 이렇게 하는 건 결코 좋은 게 아니에요. 오빠에게 안부 전해주세요. 오십 분 뒤에 도쿄로 가는 밤 열차가 있으니 그걸 타고 가겠어요." 어쩌면 시간이 지나며 자세한 기억은 약간 변했을지도 모르지만, 어쨌든 골자는 변함이 없다. 어쩌면 검은색 선글라스는 내 상상일지도 모르겠다. 하지만 나는 어머니의 눈이 어떻게 생겼는지 기억이 없다.

아귀가 캔 커피를 따고 라디오를 켠다. 시모노세키 다리를 건너는 동안 태양 역시 켜진다. 나는 규슈로 돌아왔다. 별다른 이유도 없이 웃음이 나온다. 죽어 몸을 떠난 영혼이 몸으로 돌아왔을 때 몸이 멀쩡한 걸 발견했을 때의 느낌. 지금 내가 바로 그런 느낌이다. 부서진 담장, 여기저기 핀 야생화, 방치된 벌판. 규슈는 일본이 찾지 않는 야생의 세계다. 모든 신화가 규슈로부터 미끄러지고, 질주하고, 헤엄쳐 나왔다. 아귀는 이곳이 내 고향인 걸 기억해낸다 "아침마다 어머니가 말씀하시길, '일찍 일어나거라. 동틀 녘의 한 시간은 낙원이 보낸 선물이란다' 라든가 뭐 그 비슷한 말을 하셨어. 기타큐슈까지 이십 분 남았다……"

♦

"아오야마 씨! 진심에서 우러나오는…… 조의를 받아주십시오."
아오야마 씨는 쌍안경을 내리고 초점을 조정한다. 아오야마 씨는 일본철도 유니폼을 입었으며, 우에노에 있을 때보다 훨씬 더 좋아 보인다. "죽음은 그리 나쁜 게 아니야, 미야케. 진짜로 일어나는 경우 말이야. 월급을 받는 것과 같은 거지. 그리고 자네가 첩자라고 욕한 걸 사과하겠네."
"그 일은 잊어버리세요. 스트레스가 많으셨잖아요."
아오야마 씨는 윗입술을 만지작거린다. "콧수염을 깎았네."
"잘하셨어요, 부역장님. 솔직히 콧수염이 잘 안 어울리셨거든요."
"난 삶에 큰 변화가 생기면 그걸 기념해야 한다고 생각한다네."
"그리고 삶에 있어 죽음보다 큰 변화는 있을 수 없죠."

"그렇지, 미야케."

"혹시 제가 어쩌다 죽었는지 아시나요?"

"자네는 생생하게 살아 있어! 자네 몸은 기타큐슈 해변에 있어. 이건 단지 꿈일 뿐이야."

"전 이렇게…… 현실 같은 꿈은 꿔본 적이 없어요."

"산 자들의 꿈은 그들이 아는 망자들에 의해 조종돼. 자세히 보게……"

우리는 날고 있다. 아오야마 씨는 슈퍼맨 같은 자세로 하늘을 난다. 나는 등에 작스 오메가의 제트팩을 달고 있다. 우리 아래에는 분홍색 솜사탕 같은 구름이 있다. 지구가 넓게 펼쳐져 있다. "죽은 자들이 누릴 수 있는 또다른 특권은 우주의 장엄함에 무한히 감탄하고 즐길 수 있다는 거야."

"아오야마 씨가 제가 아는 망자인가요?"

"나는 자네를 고용했고, 자네는 나를 고용했지."

"왜 안주는 한 번도 절 찾아오지 않죠?"

"그러게 말일세." 아오야마 씨가 시계를 본다. "이렇게 급한 일에 오지도 않고."

"죽은 사람이 정말로…… 에, 산 사람과 어울릴 수 있나요?"

"별로 어려운 일도 아니지."

"죽으면 정말로, 에, 모든 걸 다 볼 수 있나요?" 나는 지지 히카루를 그리며 했던 일들을 떠올린다.

"원하면 그럴 수 있지. 하지만 수십억 개나 되는 텔레비전 채널을 보려면 귀찮지 않겠어? 그래서 대부분의 경우는 살아 있는 사람들에게 주의를 기울이지 않아. 나쁜 짓을 하는 자들은 자기가 저지른 범죄가 독특하다고 생각하겠지만, 날고 기어봐야 거기서 거기야. 내가 오늘 아침 자네 꿈에 나타난 건 속죄를 위해서야."

"음…… 제 속죄를요, 아니면 아오야마 씨의 속죄를요?"

"우리 거지. 나는 우에노 역에서 자네를 막 대했어. 물론 그 때문에 화가 난 자네가 내 차에 침을 뱉었지만 그래도 내가 자네를 막 대한 건 사실이지."

"침을 뱉은 건 죄송해요."

아오야마 씨는 쌍안경으로 나를 본다. "오늘 이후 이틀 동안 신문에는 믿을 수 없을 정도로 나쁜 소식들이 실릴 거야. 봐. 속죄의 순간이 다가온다고." 아오야마 씨가 아래를 가리킨다. 두루마리 족자가 감기듯 좌우로 구름이 갈라지고, 비밀 해안, 발바위, 고래바위가 보인다. 고래바위에는 여자아이가 몸을 웅크리고 불쌍하게 앉아 있다. 물론 그 여자아이는 안주다. "끝내지 못한 일이 있어, 미야케."

"무슨 말인지 모르겠어요."

"알게 될 거야."

등에 멘 제트팩이 피시식거리며 꺼진다. 어머니가 보인다. 공포 영화 비디오 표지 같은 얼굴이다. 어머니와 9층의 발코니는 도쿄의 하늘로 돌진한다. 나는 뱅뱅 돌고, 운동장이 종단속도로 내게 다가오고, 땅에 부딪히기 전에 잠에서 깨어나지 못하면 그땐……

◆

나는 "아아악!" 소리와 함께 기차 뒷좌석에서 깨어난다. 쉬잇

소리를 내며 기차문이 닫히고, 차량이 덜컹인다. 나는 눈을 끔벅이며 일어나 앉는다. 그렇다, 나는 기차를 탔다. 아귀는 미야자키 쪽으로 가는 트럭 운전사를 알아봐주겠다고 제안했지만, 어머니는 내가 오늘 오후 일찍 도착할 거라 기대하고 있다. 돈을 아끼려다 어머니의 기대를 저버리며 늦고 싶지 않다. 내가 잠든 사이에 노파가 내 옆자리에 앉았다. 노파는 뜨개질을 한다. 얼굴은 달처럼 둥그렇고 곰보이며, 방향 요법을 하는 모양이다. 왜냐하면 냄새가…… 이름은 기억나지 않지만 여하튼 허브 냄새가 나기 때문이다. 노파는 빛나는 오렌지처럼 햇볕에 탔다. 우리 사이에는 감을 담은 바구니가 있다. 도쿄에서 볼 수 있는 맛없는 감이 아니다. 이 감은 전설에 나오는 감이다. 마법사의 분노를 무릅쓰고 훔칠 가치가 있는 감이다. 입에 군침이 돈다. 꼬박 하루하고도 반 동안 나는 아무것도 먹지 못했다. 감 할머니가 말한다. "교환을 하자꾸나. 네가 꾼 꿈을 말해주면 감을 하나 주지."

당혹스럽다. "제가 잠꼬대를 했나요?"

노파는 뜨개질에서 시선을 떼지 않는다. "나는 꿈을 수집해."

나는 노파에게 내가 꾼 꿈을 말해준다. 하지만 안주가 내 누나라는 사실은 밝히지 않는다. 노파의 뜨개질 바늘에서는 먼 언덕에서 칼이 부딪치는 소리가 난다. "난 밑지는 교환은 하고 싶지 않아, 젊은이. 빼먹고 말 안 한 게 뭐지?" 그래서 나는 안주가 내 쌍둥이 누나라고 밝힌다. 감 할머니가 생각에 잠긴다. "그 아이가 불행하게 떠난 게 언제지?"

"어디를 떠나요?"

"이쪽 말이야."

"이쪽이라니요?"

"이승." 아니, 아까는 잘못 들었다. 노파의 뜨개질 바늘에서는 장님의 지팡이 소리가 난다. "구 년 전이요. 어떻게 아셨어요?"

"나는 이번 주 목요일이면 여든한 살이 돼." 종잡을 수 없는 노파다. 아니면 내가 고지식하거나. 노파가 하품을 한다. 작고 하얀 치아. 나는 야옹이를 떠올린다. 노파가 뜨개질감을 놓는다. "꿈은 영혼의 바다가 물질의 땅을 만나는 해변이야. 아직 일어나지 않은 일과 이미 일어난 일, 절대 일어나지 않을 일들이 아직 존재하는 곳 사이를 걸어다니는 해안이지. 자네는 내가 미신을 믿는 백발 노파거나 미쳤다고 생각하겠지." 나라면 내 심정을 저렇게 멋지게 표현할 수 없었을 거다. "물론 나는 미쳤어. 그렇지 않으면 어떻게 이런 걸 다 알겠어?"

나는 노파의 기분을 상하게 하고 싶지 않고, 그래서 내 꿈이 무슨 의미인지를 노파에게 물어본다.

노파가 이를 드러내고 웃는다. 노파는 내가 자신의 기분을 상하지 않게 하려는 걸 안다. "자네를 원하고 있어."

"저를 원해요? 누가……요?"

"난 무료 상담은 해주지 않아. 감을 가져가, 젊은이."

도쿄에 비하면 미야자키는 장난감 도시다. 버스 터미널에 도착한 나는 어머니가 머무는 병원이 어디인지 묻기 위해 여행 안내소로 간다. 그 병원을 아는 사람은 아무도 없지만 주소를 보여주자 기리시마로 가는 버스를 타라고 한다. 다음 버스는 한 시간 있다 출발하기에 나는 터미널 화장실에서 양치를 한 뒤 대합실에서 차

가운 캔 커피를 마시며 버스와 승객 들이 오고 가는 모습을 지켜본다. 미야자키 사람들은 여유롭다. 구름도 천천히 흐르고, 야자수 아래 분수는 무지개들을 만든다. 눈이 뿌연 나이 든 개가 킁킁거리며 다가온다. 만삭이 가까운 여인이 천방지축인 아이들을 통제하려 애쓴다. 감이 있다는 사실을 떠올린다. 할머니는 임신한 사람은 절대로 감을 먹으면 안 된다고 하셨다. 주머니칼로 감 껍질을 깎는다. 손이 끈적거리게 됐지만, 과육은 달고 맛있다. 반짝이는 씨들을 뱉는다. 사내아이 한 명이 이제 막 휘파람 부는 법을 깨친다. 하지만 오로지 한 음밖에 내지 못한다. 아이들 어머니는 아이들이 플라스틱 의자 사이를 뛰노는 모습을 지켜본다. 아이들 아버지는 어디에 있는 걸까 궁금해진다. 아이들이 소화전을 가지고 놀려고 하자 마침내 아이들 어머니가 입을 연다. "그걸 만지면 버스 아저씨가 화를 낼 거야!" 나는 산책을 한다. 선물 가게에 들어간다. 언제 만들었는지 짐작조차 할 수 없는 구닥다리 물건들이 쌓여 있다. 웃는 얼굴을 한 색 바랜 플라스틱 과일 바구니가 보인다. 나는 분타로에게서 받은 지지 히카루 열쇠고리에 대한 보답을 하기 위해 과일 바구니를 산다. 나는 편의점에서 샴페인 폭탄 사탕 한 봉지와 버스가 올 때까지 읽을 잡지를 산다. 초조해야 마땅하지만 그럴 기운이 없다. 심지어 오늘이 무슨 요일인지조차 기억나지 않는다.

입구에 주차장과 휠체어 통행로가 설치된 멋진 병원을 기대했지만, 그 대신 버스는 시골 깊숙이 들어간다. 천 엔어치의 거리를 이동한 뒤, 버스에 탄 농부가 시골길을 가리키며 길이 오솔길이 되고 그 오솔길이 사라질 때까지 따라 걸으라고 한다. "못 찾으려야 못 찾을 수가 없을 거야." 농부가 자신 있게 말한다. 이런 말은 보통, 한참을 헤매야 한다는 뜻이다. 길 한쪽에는 소나무들이 빽빽이 들어서 있다. 다른 쪽에는 일찍 추수한 벼가 햇볕 아래 널려 있다. 길에서 커다랗고 납작하고 둥그런 돌을 발견한다. 귀뚜라미들이 찌르르거리며 모스부호를 보낸다. 나는 그 돌을 배낭에 넣는다. 담자색, 빨간색, 흰색 코스모스들이 하늘거린다. 사방이 똑같다, 하늘도, 땅도. 나는 걷고 또 걷는다. 슬슬 걱정이 되기 시작한다. 이십 분 정도 걸으니 길이 끝나는 지점이 나타나지만 여전히 병원은 보이지 않는다. 우스꽝스러우면서도 으스스한 허수아비들이 나를 곁눈질한다. 큰 머리에 목뼈는 앙상하다. 길은 비포장이 되고, 그나마 초가을 산 발치에 이르자 낡은 농가들이 모인 곳에서 길이 끊겨 있다. 속옷 등 부분이 축축하게 젖었다. 이제 난 땀 냄새에 절어 있을 것이다. 버스 운전사가 잘못된 정류장에서 나를 내려준건가? 농가로 가 물어보기로 마음먹는다. 종달새가 노래를 멈춘다. 고요함에 귀가 먹먹하다. 채소밭, 해바라기, 햇볕에 넌 파란 천들. 개밀밭에 에워싸인 암석 정원이 보이고, 그 안에 전통 초가지붕 다실이 다소곳이 자리 잡고 있다. '미야자키 산 클리닉'이라고 적힌 간판을 보았을 때는 이미 입구를 지난 다음이다. 하지만 간판만 보일 뿐 사람은 아무도 보이지 않는다. 정문에는 초인종이 보이지 않고, 그래서 나는 그냥 문을 열고 시원한 접수실로 들어간다. 그곳에는 하얀 옷을 입은 여인이 산더미 같은 서류들을 언덕 크기로 분류하고 있다. 이길 수 없는 싸움이다. 여인이 나를 본다. "안녕하세요."

"안녕하세요, 에, 저 당직 간호사를 뵐 수 있을까요?"

"괜찮으시다면 제게 말하셔도 됩니다. 스즈키입니다. 의사예요.

누구시죠?"

"에, 미야케 에이지입니다. 어머니를 만나러 왔습니다. 이곳의 환자세요. 이름은 미야케 마리코입니다."

닥터 스즈키가 '아하아아아' 하는 소리를 낸다. "잘 오셨어요, 미야케 에이지. 환영합니다. 네, 우리의 돌아온 탕아께서는 오늘 하루 종일 안절부절못하시더군요. 우리는 '환자' 라는 표현보다는 '회원' 이라는 표현을 더 선호합니다. 너무 광신적으로 보이지 않는다면 당신도 그렇게 불러주세요. 우리는 당신이 미야자키에서 전화를 할 거라고 생각했어요. 찾아오는 데 어렵지는 않았나요? 이곳이 좀 외떨어진 곳에 있죠. 저는 고독이 지친 우리 삶을 치료해준다고 믿지요. 식사는 하셨나요? 지금 모두 식당에서 점심식사 중이랍니다."

"버스에서 주먹밥을 먹었습니다······"

닥터 스즈키는 내가 다른 사람의 시선 없이 어머니를 만나고 싶어한다는 걸 알아차린다. "그럼 다실에서 기다리시면 어떨까요? 다실은 우리의 자랑거리랍니다. 우리 회원 가운데 한 명은 다도 명인이었고, 혹시 궁금해할까봐 미리 말씀드리면 곧 다시 다도 명인이 될 거랍니다. 그분이 센노 소예키 다실을 본떠 이곳 다실을 만드셨어요. 당신 어머니에게는 오셨다고 전해드리겠습니다."

"저······"

닥터 스즈키가 한 발을 축으로 삼아 몸을 돌린다. "네?"

"아니, 아무것도 아닙니다."

닥터 스즈키가 싱긋 웃는 듯하다. "긴장하지 말고 편히 계세요."

나는 다다미 넉 장 반이 깔린 시원한 오두막에 신발을 벗고 들어가 앉는다. 노래하는 정원을 지켜본다. 꿀벌, 완두콩, 라벤더. 나는 보리차를 마신다. 미야자키에서 산 병 음료로, 이제는 미지근해졌고, 거품이 인다. 파피루스 나비가 천장에 앉아 날개를 접는다. 나는 잠시 누워 눈을 감는다.

◆

눈보라와 회색 까마귀들이 몰아치는 뉴욕. 나는 커다란 노란 택시의 운전사가 누구인지 알지만, 이름을 기억하려는 순간 그 여자의 이름을 잊어버린다. 나는 기자들과 커다란 렌즈가 달린 카메라 사이를 헤집고 녹음실로 들어간다. 녹음실에서는 존 레논이 보리차를 꿀꺽꿀꺽 마신다. "에이지! 이렇게 늦게 오면 어떡해!" 내게 있어 존 레논은 신과 같은 존재이고, 열두 살 이후로 줄곧 만나고픈 존재였다. 내 꿈이 현실이 되었고, 내 영어 실력은 내가 원하던 것보다도 백 배는 좋아졌지만, 나는 변명밖에 할 말이 없다. "늦어서 미안해요, 레논 씨." 이 위대한 남자는 어깨를 으쓱해 보인다, 정확히 다이몬 유주가 하는 방식 그대로. "내 노래를 구 년 동안이나 연습했으니 이제는 나를 존이라고 불러도 돼. 뭐라고 해도 상관없어. 폴이라고만 부르지 마." 이 말에 우리 둘 다 껄껄거린다. "밴드의 다른 멤버들을 소개해주지. 요코는 저번 여름 가루이자와에서 만났을 거야. 자전거에서……" 오노 요코는 스페이드 퀸처럼 차려입었다. 요코가 내게 말한다. "괜찮아요, 션. 어머니는 눈밭에서 손을 찾을 뿐이에요.*" 이 말에 우리는 모두 아주 재미있어한

다. 이윽고 존 레논은 피아노를 가리킨다. "그리고 키보드에는, 신
사숙녀 여러분, 클로드 드뷔시 씨를 소개합니다." 드뷔시는 재채
기를 하고, 그 바람에 치아가 빠져 날아간다. 그러자 사람들이 웃
음을 터뜨린다. 치아가 더 많이 빠지면 빠질수록 더 많은 웃음이
터져나온다. "이마조 아이라고 피아노를 치는 친구가 있는데 당신
작품을 무척 좋아해요. 파리음악원에서 장학금을 받았는데, 아버
지가 가지 말라고 반대를 하세요." 나는 프랑스어도 완벽하게 한
다! 빠진 치아를 줍기 위해 일어나며 드뷔시가 말한다. "그러면 그
아버지는 천하에 못된 자로구먼. 그리고 자네 친구인 이마조 양은
아주 탁월한 여성이야. 꼭 파리로 가라고 전해주게! 난 언제나 아
시아 여성을 좋아했다네."

　나는 우에노 공원의 관목과 천막 사이에 있다. 노숙자들이 사는
곳이다. 인터뷰를 하기에는 좀 적당하지 않은 장소라는 느낌이 들
지만, 이 장소를 고른 건 존 레논이다.
　"존, 〈Tomorrow Never Knows〉라는 노래가 전달하려는 게 뭔
가요?"
　존이 철학자 같은 자세를 취한다. "내가 알 리 없지."
　우리는 킬킬거린다. "하지만 당신이 썼잖아요!"
　"아니야, 에이지, 나는 결코 그걸 쓴……" 존이 가볍게 눈물을
훔친다. "그게 나를 썼어!"

---

* 오노 요코의 앨범 〈Fly〉에 수록된 노래 〈Don't Worry Kyoko〉의 가사. 교코
(Kyoko)는 오노 요코의 딸이다.

그 순간 도이가 천막 출입구를 젖히고 피자를 배달한다. 피자 상자에는 마리화나가 든 피자가 담겨 있다. 사진 여인(우리의 손님인 듯하다)이 반짝이는 담비 해골 장식이 된 케이크 칼을 꺼낸다. 우리는 얇은 조각을 하나씩 먹는다. 녹차 맛이 난다. "존의 노래 가운데 뭘 가장 좋아해, 에이지 군?" 나는 사진 여인이 사실은 변장한 야마야 고주에라는 사실을 깨닫는다. 우리는 이 사실에 모두 소리 내어 웃는다.

"⟨#9dream⟩요." 내가 대답한다. "이 노래는 명작이라고요." 내 대답에 존이 기뻐하더니 인도의 신 흉내를 내며 노래한다. "아아, 보아카와 푸시 푸시.* 과학박물관 밖에 서 있는 수정 고래마저 킬 킬거린다. 내 허파는 웃음으로 가득차고, 숨을 쉬기가 곤란할 정도다. "사실," 존이 계속 말한다. "⟨#9dream⟩은 ⟨Norwegian Wood⟩의 후예야. 둘 다 유령 이야기잖아. ⟨Norwegian Wood⟩에서 '그 여인'은 '나'에게 고독이라는 저주를 내리지. ⟨#9dream⟩에서 '너무나 이상하게 춤추는 영혼 둘'은 화음으로 '나'에게 축복을 내리지. 하지만 사람들은 화음보다는 고독을 더 좋아해."

"제목이 무슨 뜻인가요?"

"모든 결말 뒤에는 아홉번째 꿈이 시작된다."

구루가 격노한다. "왜 당신은 영적 구도를 관둔 거요?"

존이 코웃음친다. "당신이 대단한 존재라면 당연히 알 거요!"

나는 너무나 요란스레 웃어서……

---

* ⟨#9dream⟩의 가사. 특별한 뜻은 없다.

"나는 잠이 깼어. 그리고 다실 입구에는 어머니가 서 계셨어."

아이가 음악을 끈다. "낄낄거리며 잠에서 깼단 말이야? 그 모습을 보고 어머니가 무슨 생각을 하셨다니?"

"나중에 얘기하길, 내가 발작을 일으킨 줄 알았다더라. 더 나중에는, 안주가 아주 어렸을 때 자다가 깔깔 웃곤 했다고도 했어."

"꽤 오랫동안 이야기한 모양이네?"

"세 시간. 한낮 열기 속에서 말야. 방금 미야자키로 돌아왔어."

"둘 다 할 말이 없거나 하지는 않았어?"

"모르겠어…… 무언의 합의가 있었달까. 어머니는 '어머니' 역할을 안 하고, 나는 '아들' 역할을 아무것도 안 하기로 말이야."

"내가 듣기로는, 넌 지금까지 그런 역할을 한 적이 없잖아."

"맞아, 내 말은, 난 어머니를 '표준 어머니 상'과 비교해 판단하지 않기로 했고, 어머니는 나를 '표준 아들 상'에 비춰 판단하지 않기로 합의했다는 거야."

"그래서…… 이제는 어떤 상태야?"

"우리는 이제…… 음…… 일종의……"

"친구?"

"우리가 아주 친밀해졌고 애정이 무럭무럭 자라났다고 거짓말을 하기는 싫어. 결국은 우리가 대면해야겠지만 지금 당장은 둘 다 꺼내기 싫어하는 민감한 주제들이 있어. 하지만…… 나는 어머니가 좋은 듯해. 어머니가 진짜 인간으로 다가왔달까. 어머니는 진짜 인간이야."

"그런 말은 나도 할 수 있겠다."

"알아, 하지만 나는 늘 어머니를 잡지에서 오려낸 사진 같은 존재라고 생각해왔어. 진정한 감정은 아무것도 느끼지 못했어. 오늘 만난 어머니는 야쿠시마의 소문쟁이들이 떠벌리는 것처럼 인생을 대충 쉽게 살아온 사람이 아닌, 평범한 사십대 여인이었어. 어머니가 말을 할 때, 어머니는 그 말 안에 존재했어. 편지와는 느낌이 전혀 달랐어. 어머니는 알코올중독, 그리고 그게 자기 인생에 어떤 영향을 미쳤는지 이야기해줬어. 책임 전가를 하는 게 아니라 과학자가 병을 분석하는 듯한 어투였어. 그리고 그거 알아? 내 기타 있잖아. 알고 보니 어머니 거였어! 지금까지 내 기타가 어머니 거였다는 것도 어머니가 기타를 칠 수 있다는 것도 몰랐어."

"나가노의 호텔 사장도 있었어?"

"이 주에 한 번씩 주말에 찾아온대, 오늘은 아니야. 하지만 내가 다음 주 토요일에 다시 가겠다고 약속했어."

"잘됐네. 네 어머니가 만나는 분도 믿음직해 보이고. 친아버지 이야기는?"

"그것도 민감한 문제 가운데 하나였어. 나중에 이야기하지 않을까 싶어. 아마도 말이야. 어머니는 도쿄가 어땠는지 물어봤어, 그리고 친구를 사귀었는지도. 나는 친구 자랑을 좀 했지, 천재 피아니스트라고 말이야."

"영광이네. 오늘 밤은 어디서 묵는 거야?"

"스즈키 선생이 어딘가에 요와 이불이 있을 거라고 자고 가라고 했지만 기차 타고 가고시마의 삼촌 집으로 가려고……"

"돈주머니 삼촌이었나? 맞지? 그리고 내일 아침에는 페리를 타고 야쿠시마로 가서 네 누나의 묘지에 들르겠구나."

"어떻게 알았어?"

구름들이 조바심을 내며 광활한 하늘을 가로지른다.

"네가 안주에 대해 이야기할 때 주의 깊게 들었거든, 네 꿈 이야
기도. 내게는 절대음감이 있어."

◆

지겨운 수평선이 하품을 한다. 이곳 갯벌은 종조부가 I-333을
타고 마지막 항해를 한 분고 해협 남쪽의 히유가 나다 해에 접해
있다. 만약 쌍안경 성능이 1940년대에 초점을 맞출 수 있을 정도
로 좋다면 우리는 서로를 바라볼 수 있을 것이다. 어쩌면 종조부의
꿈을 꿀 수 있을지도 모른다. 깨어 있는 현실 속에서는 시간이 제
약이 되어 우리 두 사람이 만날 수 없지만, 꿈에서 시간은 아무런
걸림돌이 되지 않는다. 가을 과일 향이 난다. 감 할머니가 말한다.
"맙소사, 세상 참 좁군그래. 또 만났네. 여기 앉아도 되겠어?"

"그럼요." 나는 배낭을 머리 위 선반에 올려놓는다.

감 할머니는 앉다가 멍이라도 들까 겁내는 듯 조심스레 자리에
앉는다. "감은 맛있었니?"

"네, 아주 달더군요. 잘 먹었습니다. 제 꿈은 어땠나요?"

"좋았지." 이상한 노파는 뜨개질감을 꺼낸다.

"저, 꿈을 모아서 뭐에 쓰시는 건가요?"

"감으로는 뭘 하지?"

"먹죠."

"노파도 영양분이 필요하지."

나는 설명을 기다리지만 감 할머니는 아무 말도 없다. 핵발전소, 닻을 내린 프리깃함, 쓸쓸한 윈드 서퍼가 차창을 지난다. 예의상 대화를 해야만 한다는 느낌이 든다. "가고시마에 가시는 건가요?"

"여기와 거기 중간에 가지."

"친척을 만나러 가시는 건가요?"

"회의에 참석하는 거야."

나는 팔십 먹은 노인이 참석하는 회의가 어떤 건지 말해주길 기다린다. 과일 농사법? 뜨개질? 하지만 노파는 뜨개질에 여념이 없다. 나는 원자가 분열하는 장면을 떠올려본다. "해몽을 하는 분인가요?"

노파의 눈동자는 홍채가 없어 오래 보고 있기가 부담스럽다. "부업 삼아 하는 내 여동생은 채널 매개인이라 부르지."

나는 잘 못 알아듣겠다. "샤넬 장신구를 모으세요?"

"내가 그런 사람으로 보여? 샤넬이 아니라 채널이라고."

다시 시도해본다. "채널이요? 음, 엔지니어인가요?"

감 할머니는 살짝 과장되게 고개를 젓는다. "난 여동생에게 이렇게 말했지. '그런 말은 사람들을 헛갈리게 해. 우리는 마녀야. 그러니 우리는 우리를 '마녀'라고 불러야 해.' 이 줄은 다시 짜야겠구나. 이건 내 할머니께 드릴 목도리야. 제대로 짜지 않으면 할머니가 불평을 하실 거야."

"죄송하지만, 지금 자신이 마녀라고 하신 건가요?"

"오백 살이 넘은 뒤로는 반은퇴 상태지. 젊은 애들에게 일할 자리를 내줘야 한다고 생각하거든." 감 할머니는 나를 제대로 놀려

먹는 중이거나 아니면 단단히 미친 게 분명하다.

"마녀가 있다는 건 꿈에도 몰랐어요."

감 할머니는 뜨개질하던 걸 보며 인상을 찌푸린다. "당연히 모르겠지. 네가 사는 세계는 텔레비전이 번쩍이고, 인공위성으로 연결되고, 과학으로 단단히 고정되었으니까. 꿈으로 에너지를 얻어 수명을 연장하는 여자가 있다고 말하면 미쳐도 단단히 미쳤다고 할 게야."

나는 적절한 대답을 찾으려 애쓴다.

"상관없어. 불신이 더 좋아. 이성의 시대가 도달했을 때 우리는 깊은 안도의 한숨을 쉬었지."

"에, 어떻게 꿈을 먹지요?"

"그걸 이해하기에는 넌 너무 현대 문명에 물들어 있어. 꿈은 영혼과 물질의 융합물이야. 융합은 에너지를 내지. 그래서 꿈을 꾸며 잠을 자면 몸이 개운해지는 거야. 사실 꿈을 꾸지 못하면 정신을 일주일 이상 온전히 유지할 수 없어. 나처럼 오래 산 노파들은 너처럼 젊고 건강한 자들의 꿈을 먹고 살지."

"사람들에게 이런 말을 하고 다녀도 괜찮은가요?"

"안 될 게 뭔데? 정신병원에 갇히기밖에 더 하겠어."

노파에게 감을 받아먹은 게 은근슬쩍 후회되기 시작한다. "에, 화장실에 다녀올게요."

화장실로 가는 동안, 기차는 정지해 있는 듯 보이지만 창밖 풍경과 내가 같은 속도로 흔들리기 때문에 그렇게 보일지도 모른다는 생각이 든다. 노파가 슬슬 무서워지기 시작한다. 노파가 말한 내용 때문이 아니라 말하는 방식 때문이다. 어떻게 대응해야 할지 모르겠다. 하지만 자리에 돌아와보니 노파는 사라지고 없다.

♦

　지구상의 모든 인간은 홍사병에 걸려 죽었다. 마지막 남은 까마귀가 마지막 남은 뼈에서 마지막 남은 살점을 발라 먹었다. 선천적 면역력 덕분에 아이와 나만 살아남는다. 우리는 아마데우스 다실에서 산다. 인공위성의 궤도는 점점 낮아지고, 이제 전자 뗏목이 우리가 있는 발코니 높이에 떠서 거의 지상에 충돌하기 직전이다. 아이와 나는 도쿄를 이리저리 오랫동안 산책하길 즐긴다. 나는 아이를 위해 다이아몬드를 고르고, 아이는 나를 위해 최고급 기타를 고른다. 아이가 부도칸에서 드뷔시의 아라베스크를 연주하고, 나는 존 레논의 곡들을 연주한다. 우리는 번갈아가며 관중이 된다. 아이는 여전히 맛있는 샐러드를 만들어 위성 안테나에 담아 내놓는다. 우리는 이런 식으로, 남매가 되어 오랫동안 산다.

　그러던 어느 날 발코니에서 '미이이입' 하는 소리가 들린다. '미이이입'. 우리는 살짝 열린 창을 통해 밖을 내다본다. 무시무시한 새가 우리를 향해 다가오는 게 보인다. 돼지처럼 크고, 목은 칠면조처럼 살이 늘어지고, 독수리처럼 텁수룩하다. 놈의 부리는 전기톱이다. 술에 취한 놈의 눈은 분노에 차 있다. 놈은 몇 걸음마다 눈알만 한 알을 토하고, 그 위에 앉아 엉덩이의 구멍으로 그것을 집어넣으려 애를 쓴다. 아이가 말한다. "서둘러. 창문을 닫아! 놈이 들어오려고 해!" 아이 말이 맞다. 하지만 나는 망설인다. 놈의 부리는 한순간에 내 손목을 잘라버릴 것이다. 너무 늦었다! 놈은 방으로 뛰어들어오더니 의자를 쓰러뜨리고 카펫 위를 구른다. 아이와 나는 겁을 먹으며 한 걸음 물러선다. 하지만 이상하다. 놈이 폭력을 쓰리라 예상했는데 너무나 얌전하다. 새는 뻐기듯 걸으며 물건을 사려는 사람처럼 꼼꼼한 눈으로 주위를 살핀다. 놈은 마침내 웨딩 케이크 위에 올라앉아 말한다. 도이의 목소리다. "천장의 가발 쓴 고양이는 가야만 해, 친구. 그리고 이건 시작일 뿐이야. 알아들어?"

◆

"또 너구나, 미야케!" 아이가 말한다. 하지만 내 전화에 기분이 좋은 목소리다. 아이가 계속 말한다. "뉴스를 봤는데, 가고시마에 태풍이 온대. 가고시마에 도착한 거야?"

"아직. 기차를 갈아타야 해. 여기는……" 나는 표지판을 읽는다. "미야코노조야."

"처음 들어보는 곳이네."

"기관사만 아는 동네야. 내가 뭔가 방해한 거야?"

"도메니코 스칼라티라는 아주 섹시한 이탈리아 남자와 키스하고 있었지."

"나랑 클로드가 질투하게 하려고 말이지."

"스칼라티는 드뷔시보다 훨씬 전에 죽은 인물이야. 하지만, 와, 그 사람이 작곡한 소나타는……"

"꿈을 꿨어. 네가 나왔어. 무시무시한 칠면조랑 같이……"

"'미야케 에이지와 죽음의 마법'이로군. 그 얘기를 하려고 전화한 거야?"

"아니, 내가 전화한 이유는, 에, 잠에서 깼을 때, 그러니까 내가 아마도 너를 사랑하는 거 같다는 걸 깨달았거든. 그래서 알려야겠다는 생각을 했어."

"아마도 나를 사랑하는 거 같다고? 지금까지 남자가 내게 해준 말 가운데 가장 낭만적인 말인걸."

"아마도라고 말한 건 내가 너무 앞서 나가는 건 아닐까 겁났기 때문이야. 하지만, 네가 고집한다면, 그래, 다시 말할게. 나는 확실히 너를 사랑해."

"천 킬로미터는 떨어져 있는 지금 그 말을 하는 이유가 뭔데? 내가 네 쪽방을 찾아갔을 때 말하지 않은 이유는 뭐야?"

"그날 그 말을 기다렸던 거야?"

"겨우 너랑 식사 전에 잡담이나 하자고 기타 센주까지 찾아갔다고 생각한 거야?"

내 머릿속에서 달걀이 탁 하고 터지며 행복의 노른자가 흘러나온다. "그럼 너는 왜 그때 아무 말도 하지 않았어?"

"넌 남자야. 전당포에 물건을 잡히러 갈 때도 자존심과 품위를 지켜야 한다고 생각하는 게 남자 아니야?"

"그건 불공평한걸요, 이마조 양."

"불공평? 여자 앞에서 그런 소리를 하다니. 여자가 한번 되어보고 그런 소리를 해."

"난 전혀 몰랐어. 내 말은, 너를 그런 식으로 보내면 안 되었지만, 에…… 하지만 내가 너한테 편지를 보여줬을 때…… 에 그게……"

"그래서 더러운 칠면조 꿈을 꾼 거야."

"보기 추하긴 했지만 더럽지는 않았어. 그리고 어떻게 보면 귀엽기도 했어, 싫어?"

"스칼라티에게 K.8 G단조를 네게 연주해줘도 좋다고 허락받았어, 알레그로야."

아이는 내 전화 카드가 다 될 때까지 연주를 한다. 아이는 나를 좋아하는 거 같다.

기차는 가고시마 역으로 들어선다. 하늘은 마치 세상 마지막 날 저녁이 온 것처럼 으스스하다. K.8 G단조의 유령들이 내 머릿속에서 탱고, 왈츠, 치킨 댄스를 춘다. 아이를 떠올릴 때마다 심장박동이 미친 듯 빨라진다. 열차 차장은 태풍 18호 때문에 내일 아침에 공고가 있을 때까지 모든 기차 노선이 취소되었다고 발표한다. 승객의 반이 합창하듯 신음을 한다. 차장은 버스와 궤도전차 역시 모두 취소되었다고 덧붙인다. 승객의 나머지 반이 합창하듯 신음을 한다. 이제 나는 사랑으로 극복할 수 없는 문제에 당면했다. 돈주머니 삼촌은 가고시마 북쪽 구릉 지역 너머에 산다. 걸어서 두 시간 걸리는 거리다. 데리러 와달라고 부탁하려고 전화를 하지만 통화 중이다.

항구까지 걸어가서 페리 터미널에서 잠을 자야 할 듯하다. 강력한 돌풍이 버스 터미널을 강타한다. 야자수들이 휘어지고, 현수막이 펄럭이고, 골판지 상자들이 생명을 얻어 질주한다. 거리에는 아무도 없고, 가게는 모두 일찍 문을 닫았다. 항구로 모퉁이를 돌다 나는 초대형 바람에 얻어맞고, 하마터면 나가사키까지 공짜로 날아갈 뻔한다. 나는 걷기 위해 몸을 기울인다. 사쿠라이마 화산섬이 보이지만 오늘 밤은 너무나도 비현실적으로 보인다. 시커먼 바다에서 파도가 미쳐 날뛴다. 100미터 뒤, 나는 심각한 곤란에 직면한다. 전광판에는 페리 터미널 전체가 폐쇄되었다고 나온다. 택시를 타고 돈주머니 삼촌 집에 갈 수는 있지만, 그러면 외삼촌이 택시비를 내야 한다. 호텔에 머물 수 있지만, 아침에 낼 돈이 없다. 가난은 가끔 지랄맞을 때가 있다. 파출소에 가서 자비를 구할 수도 있다, 아니다. 쇼핑몰 입구에서 바람을 피하며 잠을 청할 수도 있다. 하지만 별로 좋은 생각이 아니다. 결국 나는 삼촌 집까지 걸어가기로 마음먹는다. 아홉시 정도면 도착할 것이다. 나는 학교 운동장을 가로질러 간다. 구 년 전, 내 짧은 축구선수 경력 동안 유일하게 골을 넣은 곳이다. 왕모래가 떼를 지어 날아다니며 내 눈을 할퀴어댄다. 나는 역을 지나 해안 도로를 따라 걷지만, 걷는 데 너무 힘이 들고, 걸음은 점차 느려진다. 차는 다니지 않는다. 공중전화에서 삼촌에게 전화를 걸어보지만 전화가 불통인 듯한 신호음만 들린다. 자동차 덮개, 맥주통, 세발자전거 따위 비공기역학적인 물체가 날아다닌다. 바다가 우르릉거리고, 바람이 통곡을 하며, 소금물이 만세를 부르며 방파제를 때려대고, 물방울이 내 얼굴을 후려친다. 나는 지붕이 날아간 버스 정거장을 지나간다. 아무 집이고 들어가 복도에서라도 머물다 가면 안 되겠느냐고 부탁해볼까 진지하게 생각한다. 나무를 지난다. 몸통에 버스 정거장 지붕이 달라붙어 있다. 이윽고 쉬이잉 하는 소리가 들린다. 반사적으로 몸을 웅크리고, 검은 동물이 쫓아…… 트랙터 타이어다! 길은 점차 엉망이 되고, 나는 이제 더는 길을 가기가 겁난다. 나는 이소테이엔에 도착한다. 예전에 학교 소풍으로 온 적이 있고, 기억하기로는 바람을 피할 벽돌 건물이 있다. 벽 높이를 가늠해본다. 나는 바람을 타고 담을 올라가고, 부겐빌레아 꽃밭에 떨어진다. 평화로운 여름의 정원이 이제는 무시무시한 영화의 배경처럼 보인다. 어느 미친 여인이 문을 두드리고 또 두드린다. 저기다. 나는 기어오르고, 주먹으로 치고, 헤엄친다. 나뭇가지들이 내 얼굴을 찌른다. 가파른 비탈을 올라 헛간에 들어선다. 퇴비 냄새, 방수포, 삼실. 나는 육묘장에 있다. 걸쇠는 부서졌지만 나는 흙부대를 끌어 문이 열리지 않도록 괴어놓는다. 헛간 전체가 흔들거리지만 어쨌든 바깥보다는 안에 있는 게 훨씬 낫다. 눈이 어둠에 익숙해진다. 삽, 모종삽, 쇠갈퀴, 고무래가 잔뜩 보인다. 한쪽 벽에 칸막이가 되어 좁은 공간으로 나뉘어 있지만 너무 어두워 그 안에 뭐가 있는지 보이지 않는다. 우선 나는 화분을 모으고, 바람이 어질러놓은 것들을 최대한 원상 복구시킨다. 두번째로는, 임시 침대를 만든다. 세번째로는, 미야 어쩌고 하는 곳에서 산 녹차를 마저 마신다. 네번째로, 나는 누워서 태풍이 이 낡은 건물을 들이받는 소리를 들으며 걱정에 잠긴다. 다섯번째, 나는 걱정하기를 포기하고 이 광란의 합창 속에서 개개의 목소리를 구별하려 애써본다.

◆

　내 방광이 몸 밖으로 빠져나온다. 황금빛 태아 형태의 액낭이다. 방광은 내 사타구니에 고통스럽게 축 늘어져 있다. 나는 리버풀에 있다. 나는 이곳이 리버풀인지를 안다. 작은 자동차들과 비하이브 헤어스타일 때문이다. 나는 화장실을 찾고 있다. 영국은 중력이 더 세다. 이곳 대성당 계단을 오르는 것만으로도 기운이 다 빠진다. 문은 맨홀이다. 나는 발을 질질 끌며 내 방광 아기가 다치지 않도록 등부터 안으로 들어간다. "잠깐만, 캡틴! 입장권을 사야지." 쇠창살 너머로 노자가 말한다.

"공항에서 이미 값을 치렀는데요."

"충분히 돈을 내지 않았어. 만 엔 더 내야 해." 터무니없는 가격이지만 바지에 오줌을 싸느니 돈을 내는 게 낫다. 나는 어렵사리 지갑을 꺼내고, 지폐를 꺼내 쇠창살 너머로 건넨다. 노자는 지폐를 구기더니 코피를 막기 위해 콧구멍에 넣는다. "화장실은 어느 쪽이죠?" 내가 묻는다. 노자가 부풀어오르는 내 방광을 본다. "내가 안내해주는 게 낫겠군." 리버풀 대성당은 복잡하기 이루 말할 수 없는 미로다. 노자가 앞서 개구리헤엄을 친다. 나는 배영을 하며 노자 뒤를 따라간다. 커튼이 쳐진 벽을 따라 물이 흘러내린다. 간간이 스프링클러에서 뿜어져나온 물이 내 얼굴에 튀긴다. 내 방광 아기는 마지못해 육지로 끌려온 바다표범의 목소리로 울부짖는다. "아직 멀었나요?" 내가 헐떡이며 묻는다. 나는 석굴 안에서 일어선다. 종유석에서 물방울이 똑똑 떨어진다. 제복을 입은 남자들이 소변기를 하나씩 차지하고 있다. 나는 기다린다, 기다린다. 하지만 사람들은 떠나지를 않는다.

"샌더스 대령!" 맥아더 장군이 내 어깨를 툭 친다. 맥아더 장군이 계속 말한다. "현지인이 내 백금 라이터를 훔쳐 갔소! 아주 비싼 건데, 젠장! 혹시 뭔가 들은 바 없소?" 군 수뇌부가 가이텐 프로젝트에 대해 뭔가 아는 게 있는지 염탐하기 위해 나는 프라이드 치킨 대부의 몸을 빌려 쓰고 있는 것이다. 이렇게 살이 찌다니 정말 이상하다. 말들 속에 감춰진 의미를 찾아야 하지만 노래하는 방광을 가지고 있는 상황에서는 주의를 집중하기가 어렵다. "없소?" 맥아더 장군이 재채기를 하며 분수처럼 침을 튀긴다. "어쨌든 항구까지 태워다주겠소." US 지프가 가고시마 항구까지 간다. 내 방광은 이제 어린아이가 되어 내 허리에 찰싹 달라붙어 있다. 나는 지프가 덜컹거리다가 방광이 터져버리면 어쩌나 걱정한다. 우리는 아무런 사고 없이 페리 터미널까지 무사히 도착한다. 불행하게도 터미널 건물은 전쟁 이후에 새로 지어졌고, 모든 안내문은 점자로 기록되어 있다. 쓰레기통에 소변을 볼까 생각하지만 '이 지역 소년 미야케는 화장실을 이용할 줄 모른다'고 신문에 대문짝만하게 나올까 겁이 난다. 나는 복도에서 넘어진다. 죽어가는 비글에게서 오줌 줄기가 고동쳐 흘러나온다. 내 방광은 이제 너무 무거워져 가지고 다닐 수 없을 정도다. "이쪽으로." 보이지 않는 동행자가 다급하게 외친다. 나는 막 지은 화장실을 발견한다. 공항만큼이나 크다. 바닥, 벽, 천장, 마감재, 세면대, 소변기, 화장실 칸막이 문 전부가 하얗다. 나 말고 다른 사용자는 저 멀리에 있기에 작은 점으로 보인다. 변호사다. 나는 가장 가까운 소변기로 가서 내 황금빛 쌍둥이를 벽에 대고…… 변호사는 〈Beautiful Boy〉를 흥얼거린다. 내 방광은 당황한 나머지 소변을 멈춘다. 나는 그자를 노려보다가 깜짝 놀란다. 그자는 내 바로 옆에 서 있으면서 오줌을 눈다. 그자는 아직도 얼굴이 없다.

◆

아주 가까이서 들리는 난파선의 무시무시한 소음 때문에 나는 잠에서 깬다. 내 방광은 병적으로 흥분해 있다. 흙부대를 옮길 때 태풍이 문을 후려친다. 나는 문틈에 대고 오줌을 싼다. 오줌은 흘러가고, 아마도 중국해에 닿으리라. 나는 방수포로 꾸민 보금자리로 돌아가지만 이 밤의 난폭함에 질려 잠이 오지 않는다. 천둥신은 나를 찾으며 가고시마를 짓밟고 있다. 잠에서 깼는데도 꿈이 이렇게 생생한 이유를 모르겠다. 대개의 경우 나는 잠에서 깨면 곧바로 꿈 내용을 잊어버린다. 안주가 죽은 뒤 외삼촌들 집을 전전하기 시작했을 때, 나는 어딘가에서 진짜 미야케 에이지가 가족과 함께 단란하게 살고 있다고 상상했다. 그리고 그 진짜 미야케 에이지가 밤마다 꿈을 꾸는 거라고 상상했다. 그리고 나는 진짜 미야케 에이지의 꿈이라고 상상하곤 했다. 내가 잠들어 꿈을 꿀 때면 진짜 미야케 에이지가 일어나고, 내가 깨어 있던 시간을 자신이 꿈꾼 걸로 기억하는 것이다. 그리고 내가 깨어 있을 때면 그 반대이고. 태풍이 숨을 고르고 다시 강풍으로 공격을 시작한다. 내가 있는 헛간은 날아가지 않을 것이다. 뭔가 단단한 것에 발이 걸린다. 살펴보니 중간 크기의 납작하고 둥근 돌이다. 나는 그것을 내 배낭에 넣는다. 강풍이 약해지며 그냥 거센 바람이 되었을 때, 누군가가 코 고는 소리가 들려오고, 나는 깜짝 놀란다. 헛간 안에 누군가 있다. 나는 일어나 좁게 친 칸막이 안쪽을 살펴본다. 여인이 잠들어 있다! 정원사 같지는 않다. 이 여인 역시 태풍에 발이 묶여 들어온 게 분명하다. 자기가 있다는 사실을 내게 알리기가 겁이 나 가만히 있다

잠이 든 모양이다. 깨워야 하나? 아니, 잠을 깨우면 죽을 듯이 놀랄까? 여인이 눈을 뜬다. "에⋯⋯" 내가 입을 연다.

"마침내 나를 찾았구나." 여인이 일어나더니 기모노 자락을 활짝 펼친다.

나는 너무 놀라 뭐라고 할 말이 없다. 기묘한 찰나의 순간, 나는 여인을 우에노 역에서 길을 잃었다고 분실물 보관소로 찾아왔던 치요 유키의 어머니로 착각한다. 여인은 촉촉한 엄지손가락으로 젖꼭지를 살짝 닦아내고 다른 손으로는 내 사각팬티 안을 더듬는다. 이건 잘못되었다. 나는 이미 아이에게 사랑한다고 말했다. 하지만 여인의 입술이 벌어지며 나를 덮치고, 작은 은빛 물고기 수백만 마리가 방향을 바꾼다. 나는 저항할 수가 없다. 움직일 수도, 시선을 돌릴 수도, 반응할 수도 없다.

그리고 나는 절정에 도달한다.

여인의 어깨 너머로 감 할머니가 언뜻 보인다. 감 할머니는 흙부대 위에 자리 잡고 앉아 감에서 뚝뚝 떨어지는 과육을 빤다. 감 할머니가 반짝이는 씨들을 뱉는다.

◆

환한 정원은 신들이 벌인 광란의 파티로 어질러져 있다. 녹색 핏줄에서 흘러나온 액에는 평화로운 공기의 향이 배어 있다. 꺾인 꽃송이, 부러진 가지들, 뿌리째 뽑힌 관목들. 작고 납작하고 둥그런 돌을 발견한다. 나는 그것을 집어 배낭에 넣는다. 잠시 머물면서 연못을 살펴보고 싶지만 지체하다가 육묘장 주인을 만나고 싶지는 않다. 그리고 구십 분 뒤면 야쿠시마 페리가 출발한다. 나는 꺾인 부겐빌레아 꽃밭을 가로지르고, 담을 넘는다. 마침 그때 지나가던 버스에 탄 여학생이 내 모습을 보고 깜짝 놀란다. 육묘장의 나를 본 유일한 목격자다. 육묘장 주변의 사람들이 이미 일어나 담을 수리할 상의를 한다. 나는 편의점에 들러 미닛메이드의 자몽주스와 김치 컵라면을 산 뒤 여점원에게 뜨거운 물을 달라고 부탁한다. 나는 제방 위에서 라면을 먹고 주스를 마신다. 사쿠라지마 화산이 티 한 점 없는 하늘에 재를 토하고, 바다는 다림질한 것처럼 매끈하다. 태풍은 세상을 엉망진창으로 어질렀지만 아침은 어질러진 세상을 깔끔히 정리한다. 나는 돈주머니 삼촌에게 내가 잘 있다는 사실을 알리기 위해 전화를 한다. 나는 삼촌에게 지난밤은 가고시마의 친구들과 함께 있었다고 말한다. 그리고 항구까지 걸어간다. 페리가 기다린다. 깃발과 호루라기를 가진 항만 요원들의 지시에 따라 승용차, 트럭은 이미 페리에 실리고 있다. 나는 승선 카드를 작성하고, 뱃삯을 치르고, 세수하고, 양치하고, 전화기를 찾는다.

"뉴스에 태풍 18호 이야기도 나왔어. 하지만 비둘기 때문에 큰 주목을 끌지는 못했어." 아이가 말한다.

"비둘기가 헤드라인을 장식했단 말이야?"

"어제 하루 종일, 도쿄 전역에서 비둘기들이 건물이며 차로 날아와 부딪쳤어. 마치 무시무시한 재난 영화에서처럼 말이야. 온갖 소문이며 이론이 제시되었고, 텔레비전은 소위 전문가라는 사람들로 우글거렸어. 정부가 행한 비밀 실험, 조류독감, 옴 진리교, 자기파 이동, 지진의 징조라는 따위 온갖 주장이 나왔지. 게다가 지난밤 달에는 이십칠 년 만에 가장 밝은 달무리가 졌어. 하늘에 뜬 얼음 알갱이가 비둘기에게 어떻게 영향을 끼칠 수 있는지는 아무도 모르지만, 여하튼 그 때문에 사람들의 공포는 더욱 심해졌어. 그리고 오늘, 아침식사용으로 커피를 사러 나갔는데 그 감옥 앞의 녹나무가 까마귀로 새까맣게 덮여 있었어! 아마추어 금관악기 오케스트라가 연주 준비를 하는 것보다 더 시끄럽더라. 금방이라도 암흑의 왕자가 나타날 것만 같은 분위기였어."

"태풍은 아무것도 아니겠군."

"신호가 울리기 전에 주제를 바꾸자. 어제저녁에 사치코가 일하러 가기 전에 잠시 이야기를 했는데, 만약 도쿄로 돌아와 머물 곳이 필요하다면 우리 집에 있어도 돼. 소파에서 자면 돼. 내가 그렇다면 그런 거야. 대신 넌 사흘에 한 번씩 청소를 하고 요리를 해야 해. 그리고 전화를 받으면 안 돼. 괜히 사치코의 할머니가 거신 전화를 받았다가는 네가 함께 사는 애인이라고 오해하실 테니까."

"어……" 나는 '내가 그렇다면 그런 거야'라는 부분이 가장 마음에 든다. "고마워."

"아직 결정하지 마. 찬찬히 생각해봐."

내가 페리에 타자 섬사람 몇이 내게 알은척한다. 동급생의 어머니, 사촌의 친구, 오렌지 삼촌과 거래하는 사탕수수와 과일 도매상들. 내가 도쿄에서 어떻게 지내는지 묻는다. 궁금해서라기보다는 예의 차원의 질문들이다. 나는 계절이 바뀌기 전에 겨울 옷을 가지러 왔노라고 말한다. 태풍이 화제로 오르고, 수리비가 얼마나 나오고 누가 그 돈을 낼 것인지로 의견이 분분하다. 나는 2등실 갑판으로 몸을 숨기고, 잠을 자기 위해 배낭을 방패 삼아 뒤에 숨는다. 내 주변은 간사이 부인 만담회 회원들이 차지한다. 이들은 플란넬 셔츠, 보온복, 사계절용 바지를 입고, 괴상한 모자를 쓰고, 멋진 신발을 신었다. 이들은 지도를 펼쳐놓고 경로를 찍는다. 섬사람들은 쉽사리 알아볼 수 있다. 지루해 보이기 때문이다. 어제 오후에 배가 뜨지 못했기 때문에 페리는 계속해 승객을 태운다. 나는 턱선과 광대뼈가 그레이하운드를 닮은 사내와 어울리게 된다. 사내는 내게 야쿠시마의 주 항구인 가미야쿠에 페리가 도착하는 시간을 묻는다. 사내는 내가 알려준 정보의 대가로 껍질을 까지 않은 땅콩을 준다. 나는 예의상 몇 개만 먹으려 했지만, 땅콩은 지독히도 중독성이 강하다. 우리는 봉지에 든 땅콩 대부분을 까먹고, 껍질을 수북이 쌓아놓는다. 그레이하운드는 오치아이의 출판인이며 우에노 역 분실물 보관소를 안다. 그레이하운드는 출판인 저녁식사 모임에서 사사키 부인의 여동생을 만난 적도 있다. 엔진이 으르르르르 렁대며 살아나고, 놀러 가는 아주머니들이 "오오오오!" 하며 함성을 지르고, 선창으로 보이는 풍경이 바뀐다. 아홉시 뉴스 속보에서는 연립내각 붕괴로 인해 수상이 또다시 사임하리라는 분석을 내놓는다. "오늘 아침 뉴스보다 오래된 건 없어. 그리고 페리클레스* 보다 새로운 건 아무것도 없어." 그레이하운드가 말한다. 바다로 나간 지 얼마 지나지 않아 방송 신호가 약해지며 뉴스는 잡신호로 바뀌고, 기리시마 야쿠 국립공원 비디오가 방영된다. 모든 섬사람

---

* 기원전 4세기에 활동한 아테네의 정치가.

들은 이미 그 방송을 달달 외우다시피 한다. 그 방송은 우리가 배를 타고 바다를 건너는 동안 자장가가 되어준다.

♦

일본 전역이 콘크리트로 뒤덮였다. 마지막으로 남았던 신성한 숲은 벌목되어 젓가락 재료가 되고, 내해는 포장이 되어 국립 주차공원으로 선언되었으며 한때 산맥이 자리 잡았던 곳에는 아파트 건물이 우뚝하니 들어서서 구름을 꿰뚫는다. 사람들은 스무 살이 되면 팔다리를 절단하고 그 자리에 집이나 사무실을 오갈 때 쓰기 위한 정교한 스케이트보드 또는 장거리 여행을 위한 더 커다란 탈것을 직접 연결하는 인터페이스를 장착한다. 내 스무 살 생일은 9월에 지났고, 따라서 나는 절단 의식을 거행할 때가 지났다. 하지만 난 팔다리를 그대로 가지고 싶고, 그래서 저항운동 단체에 가입한다. 나는 지도자 세 명에게 소개된다. 이들은 자동차가 닿을 수 없는 먼 지역인 미야코노조에 있다. 이들은 철저한 위장을 위해 몸마저 절단했다. 머리는 이글거리는 태양 아래 나란히 있다. 이들의 목은 볼링핀이 놓여 있어야 할 자리에 고정되어 있고, 나는 이들이 군조, 나베, 가키자키라는 사실을 깨닫는다. 다행히도 이들은 나를 보자 흥분해 눈을 끔벅인다. "구세주다! 구세주! 구세주!" 이 반응에 나는 당황한다. "정말 그렇게 믿는 거예요?" 그들은 그렇게 믿는 듯하다. "당신은 메시지를 보게 될 겁니다. 오로지 당신만이 인류가 끝없는 고통으로 곤두박질치는 것을 막을 수 있어요!" 그 소리가 점차 커진다. "어떻게요?" 가키자키의 아래턱이 떨어지고,

이렇게 말한다. "마개를 뽑으십시오."

내 발치에는 욕조 마개가 빛나는 사슬에 연결되어 있다. 나는 마개를 뽑는다. 그 아래로 흙이 보인다. 아스팔트 법령이 공표된 이후 흙은 금지되어 있다. 흙이 움찔거리더니 벌레들이 꿈틀거리며 구멍으로 기어 올라온다. 한 마리, 또 한 마리, 또 한 마리. 일본 최후의 벌레들이다. 벌레들은 가로세로 아홉 칸씩 그려진 칸으로 꿈틀거리며 기어가 한 마리씩 선다. 각 칸에는 한자나 가나가 적혀 있다. 붓이 아니라 벌레의 몸통으로 쓴 글자들이다. 이 단어들은 하나뿐인 진정한 경전이다. 또한 이는 벌레들의 죽음이다. 아스팔트가 벌레들의 부드러운 몸을 익혀버린다. 벌레들이 지글거리자 참치와 마요네즈 냄새가 난다. 하지만 벌레들의 희생이 헛된 것은 아니다. 여든한번째 글자에서 나는 진실을 읽는다. 마음과 심장, 쿼크와 사랑, 평화와 시간의 비밀이다. 진실은 내 기억의 홍채 속에서 이글거리는 비취가 되어 자라난다. 나는 이 지혜를 목마른 모든 종에게 전파하리라. 그러면 메마른 사막에는 꽃이 만발하리라.

◆

"미야케! 미야케, 이 잡종! 일어나!" 거꾸로 나를 내려다보는 얼굴은 내 예전 축구 감독인 이케다 씨다. 이케다 씨는 먹다 만 참치 마요네즈 샌드위치를 들고 있다. 나는 괴로운 신음을 내며 벌떡 일어난다. 이케다 씨는 내가 단지 졸린 거라고 생각하는 듯하다. 나는 뭔가를 생각해내야만 한다…… "페리 터미널에서 널 봤어. 그리고 난 이렇게 생각했지. '미야케일 리가 없어. 미야케는 저 멀리 도쿄에 있는데!' 왜 이렇게 일찍 돌아온 거지? 대도시에서 버티기가 어렵던가?"

나는 뭔가를 잊어버린다. 그게 뭐지? "아니에요, 선생님. 사실, 저는……"

"아, 도쿄에서 보내는 젊은 시절이라니. 나도 그래보지 않았더라면 너를 무척 질투했을 거야. 나는 가장 혈기 왕성했던 이 년 동안 도쿄에 있었어. 나는 운동으로 유명한 대학에 당당히 들어갔어. 아마 그 이야기는 듣지 못했을 거야. 그리고 아주 광란의 시절을 보냈지. 아, 그때가 그립군! 광란의 밤을 보냈지! 당시 여자들이 내게 붙여준 별명을 들어보면 내가 어떤 인물인지 감이 올거야. '에이스'였어. 에이스 이케다였다고. 그리고 내가 처음 부임한 곳에서 나는 일본 최강의 고등학교 축구팀을 세웠어. 만약 주심이 병신 머저리에 장님에 뇌물을 받아쳐먹는 놈이 아니었다면 전국대회 우승까지 했을 거야. 당시 나와 우리 팀원들 별명이 뭐였는지 알아? '무적함대'였어! 너희……" 이케다 씨가 '야쿠시마 중학교' 체육복 상의를 입은 학생들을 향해 경멸 어린 표정으로 손을 흔들어대며 계속 말한다. "잡종들하고는 차원이 달랐단 말이야!"

"친선경기 마치고 돌아오시는 건가요, 선생님?"

"친선경기는 개뿔. 썩어 문드러질 가고시마 코치하고 친선 따위는 없어. 지난밤 태풍이 올 때 난 뭔가 유조차 같은 게 그 자식 집을 덮치길 기도했단 말이야."

"음, 경기 결과는 어땠나요?"

이케다 씨가 얼굴을 찌푸린다. "가고시마 술고래 - 이십. 야쿠시마 잡종 - 일."

한마디 안 하고 넘어갈 수 없다. "한 골을 넣었어요? 희망이 있다는 뜻이잖아요, 선생님."

"가고시마에서 자살골을 넣은 거야." 이케다 씨가 슬그머니 사라진다. 관광 안내 비디오가 꺼진다. 야쿠시마 방송 신호가 잡히는 영역에 들어선 모양이다. 창밖을 보니 미끄러져가는 수평선 위로 섬이 보인다. 수상은 자신의 영도 아래 삶의 질이 비약적으로 좋아질 거라고 약속한다. 그레이하운드가 와삭하고 땅콩 껍질을 깬다. "정치인과 운동 코치는 자기가 다루는 경기에 정통할 정도로는 똑똑해야 하지만 그것이 중요하다고 생각할 정도로는 멍청해야 해."

나는 방금 꾼 꿈을 떠올린다.

"뱃멀미하는 거야? 아니면 예전 코치 때문에 그러는 거야?" 그레이하운드가 묻는다.

"전…… 꿈에서 인도에서 불경을 가져오는 일종의 삼장법사였어요. 인류를 구원하기 위한 신성한 지혜를 보았죠."

"나랑 계약하면 어때? 처음 만 부까지는 부당 6퍼센트, 만 부 이후부터는 9퍼센트를 인세로 주지."

"그런데 지금은 딱 한 단어만 생각나요."

"그게 뭐지?"

"볼거리요."

"볼거리?"

"목이 붓는 병이요."

"그게 뭐야?"

"……모르겠어요."

"계약 취소야." 그레이하운드가 땅콩 봉지를 흔들며 말한다.

"마지막 땅콩을 다 먹었어."

　잠시 주의를 다른 곳에 돌렸다가 다시 볼 때마다 야쿠시마가 커진다. 어딘가를 떠날 때는 묘한 감정이 든다. 하지만 그곳으로 돌아오는 것은 언제나 훨씬 더 묘한 감정이 든다. 팔 주 동안 아무것도 변하지 않았지만 아무것도 똑같지 않다. 가미야쿠 다리, 으깨져 이끼가 곱게 낀 듯한 산맥, 교도소처럼 회색빛인 단층애. 책을 읽고 나면 읽기 전 책과는 다른 사물이 되는 법. 아마 같이 잔 여자는 같이 자기 전 여자와 다른 존재가 되겠지. 방파제가 보인다. 로프를 던지는 이가 나를 향해 고함치며 손을 흔든다. 아스팔트 삼촌의 마작 파티에 단골로 오는 손님이다. 배다리가 내려지고, 나는 배에서 내리는 승객들에 합류한다. 가족의 최고 어른인 파칭코 삼촌에게 먼저 찾아가 인사드려야 마땅할 것이다. 하지만 이 여행의 목적은 안주에게 인사를 하는 것이다. 페리 매표소 밖에 밴이 서 있고, 오렌지 삼촌과 거래를 하는 도매상이 차를 태워주겠다고 제안한다.
　"안보까지 가세요?"
　"타거라."
　우리가 탄 차가 출발한다. "날이 따뜻하네요." 내가 말한다. "곧 비가 올 거야." 도매상이 말한다.
　야쿠시마에서는 비가 온다고 말하면 틀릴 일이 거의 없다. 도매상은 말이 없는 사람이고, 따라서 침묵이 거북스럽지 않다. 도매상은 내게 오렌지 한 자루를 가져가라고 손짓한다. 이 섬의 주요 수출품이며, 아시아 제일이라고 장담할 수는 없지만 일본에서 단연

코 가장 맛있는 과일이다. 지금까지 아마 만 개는 먹었을 것이다. 반으로 자르면 달콤새콤한 과즙을 먹을 수 있다. 나는 잊고 있던 고향의 세부 사항을 살펴본다. 관광객용 방갈로 옆에 줄지어 선 녹슨 석유통들, 자그마한 활주로, 죽어가는 제재소. 도쿄에서 이렇게 먼 남서쪽에서는 나무들이 추레한 여름잎들을 여전히 달고 있다. 우리는 몸에 착 달라붙는 열대어 색깔 옷을 입고 경주용 자전거를 타는 사람들을 추월한다. 험한 길 때문에 차가 덜컹거린다. 다리와 폭포를 지나자, 드디어 안보 마을이 나온다.

벌레들이 공동묘지에서 망치질과 톱질을 한다. 나무들은 뒤섞이고 오후는 뭉근히 끓어 휘저어진 상태다. 고대부터 내려오는 10월의 요리법. 미야케 가족 구역은 가장 손질이 잘된 곳 가운데 하나다. 할머니는 여전히 아침마다 이곳에 와 청소하고 잡초를 뽑고, 비질을 하고, 야생화를 바꿔 꽂아두신다. 나는 회색의 중앙 비석에 절을 하고 옆으로 돌아가 안주를 위해 세운 작고 검은 비석이 있는 곳 앞에 선다. 비석에는 안주를 위해 스님이 골라준 망자명이 새겨져 있지만, 내 생각에 그건 애도하는 가족들에게서 돈을 더 긁어내기 위한 수단으로만 보인다. 내 누나는 여전히 미야케 안주다. 나는 안주 위에 생수를 붓는다. 나는 할머니가 꽃을 꽂아둔 그릇에 꽃 한 다발을 더 꽂는다. 이 꽃 이름을 알면 좋을 텐데. 하얀색 별과 분홍색 혜성 꼬리, 진홍색 십육분음표 모양 장과류가 모인 다발이다. 나는 안주에게 샴페인 폭탄 사탕을 공양하고, 하나는 포장을 까서 내가 먹는다. 그리고 향에 불을 붙인다. 내가 누나에게 말한다. "이건 어머니가 보내는 선물이야. 어머니는 내게 돈을 주셨고,

그 돈으로 미야자키 역 근처의 신사에서 이걸 샀어." 나는 납작한 돌 세 개를 꺼내 안주 앞에 피라미드를 쌓는다. 이윽고 나는 계단에 앉아 반짝이는 돌에 귀를 바짝 대고 뭔가 소리가 들리는지 귀를 기울인다. 땅 가장자리에서 바다가 평화로이 숨을 쉰다. 비석에 입 맞추고 싶어지고, 그래서 나는 그렇게 한다. 그리고 그 모습을 목격하는 존재는 장밋빛 눈동자를 가진 검은 새 한 마리뿐이다. 나는 입에서 샴페인 폭탄이 터질 때까지 등을 기대고 누워 아무 생각도 하지 않는다. 오래 지속되는 건 참으로 드물다. 산맥, 좋은 노래, 진정한 우정. 미야노우라 산에서 안개가 내려와 햇빛을 가리고 푸른 바다를 맥줏빛으로 바꾼다. 나는 안주에게 읽어주기 위해 종조부의 가이텐 일기장을 꺼낸다. 종조부와 안주 모두 바다에 빠져 죽었기 때문이다. 하지만 여기든 다른 곳에서든, 나 혼자 조용히 읽어도 안주가 들을 수 있을 거라고 생각한다. 도쿄에서 무슨 일이 일어났는지 말할 필요는 없다. 존재 그 자체가 말하는 것보다 더 우렁차다, 안주에게는, 나에게는, 우리에게는. 개미들이 안주의 샴페인 폭탄을 발견한다. "어이, 안주, 이제 내가 누구를 보러 갈 거 같아?"

이 계곡의 길을 마지막으로 걸은 건 최고 수훈 선수상 트로피를 들고 돌멩이를 차면서 걷던 때다. 당시 나는 지금보다 삼분의 일 정도는 작았다. 어쩌면 열한 살 당시의 나를 만날지도 모른다는 기대가 살짝 든다. 잡초들이 길 중앙을 점령했다. 사람은 한 명도 보이지 않는다. 나이팅게일 한 마리가 다른 세상을 노래하고, 원숭이 한 마리는 이 세상에 대해 비명을 지른다. 토리 문과 돌사자상을 지난다. 나는 그 사건 이후로 천둥신 신사에 온 적이 단 한 번도 없다. 사라진 머리를 대체하기 위해 교토에서 유명한 조각가가 왔고, 관광청은 홍보 책자에 천둥신의 새로운 얼굴을 인쇄했다. 울창한 숲에 가려 가파른 길은 거의 보이지 않는다. 질식시키려는 듯하다. 매해 겨울이 지나면 천둥신을 믿는 사람들 수가 줄어든다. 신은 그렇게 죽어간다. 팝스타와 누이들이 그러하듯. 구름다리는 더는 안전해 보이지 않는다. 다리를 건너는 동안 내 발걸음 소리가 쿵쿵 울린다. 지금 당장 다리가 무너져도 하나도 이상할 것 같지 않다. 지난밤 비로 인해 다리 아래 강물이 불어 있다. 계곡의 논은 절반 넘게 버려졌다. 농부들도 죽는다. 그리고 농부의 아이들은 돈을 벌러 가고시마나 기타큐슈나 오사카로 간다. 논두렁과 낡은 헛간은 방치되어 무너져가고 있다. 사람을 불러 부수느니 태풍이 싸게 먹힌다. 이제 계곡은 벌레들 차지다. 나는 돌멩이들을 찬다. 외할머니네 처마에서 수풀이 마구잡이로 자란다. 안개가 짙어져 비가 되는 동안 나는 외할머니의 낡은 집을 지켜본다. 외할머니는 성마른 분이다. 하지만 모진 방식이기는 해도 나름의 방식으로 안주를 사랑하셨다. 하나를 보면 열을 아는 법이다. 최악의 경우는 외할머니가 나를 보고 고함을 치며 당장 나가라고 하는 경우다. 하지만 내가 지난 칠 주 동안 겪은 일에 비하면 그렇게 나빠 보이지는 않는다.

"할머니?"

나는 풀밭을 지나 안마당으로 가며 옛날 이야기 하나를 떠올린다. 어느 마녀가 바람난 남편이 돌아오길 기다리며 물레를 자았다. 세월이 흐르며 집은 폐허가 되지만 마녀는 단 하루도 나이를 먹지 않는다. 이끼 낀 돌멩이들 사이로 진줏빛 물체가 스스르 움직이는 게 보인다. 뱀이 똬리를 틀고 있다! 머리나 꼬리는 보이지 않지만 몸통은 사람 팔뚝만큼이나 굵다. 뱀이 녹슨 경운기 뒤로 사라진다. 안주가 진줏빛 뱀에 대해 말하지 않았던가? 아니면 내가 꿈을 꿨던가? 외할머니가 어렸을 때 창고에 살았다던 뱀 이야기를 해주신 게 어렴풋이 떠오른다. 외할머니는 그 뱀이 가족 중 누가 죽는 징조를 알리는 거라고 하셨다. 미신이 분명하다. 뱀이 칠십 년씩이나 살 리 없다고 생각한다. 문틀을 두드리고, 잘 안 열리는 문을 억지로 연다. 라디오 소리가 들린다. "할머니? 저 에이지예요."

나는 방충망을 밀어 열고 시원한 집 안으로 들어가 깊게 숨을 쉰다. 맛술, 축축한 나무, 화학식 화장실*. 다다미 깔린 방에서 나는 향 냄새. 노인들에게는 특유의 냄새가 있다. 노인들도 젊은이에 대해 같은 말을 하겠지. 쥐 한 마리가 도망친다. 라디오가 켜져 있다는 건 아마 외할머니가 집에 안 계신다는 뜻일 것이다. 외할머니는 개가 들으라고 라디오를 켜놓고 외출하는 버릇이 있었고, 개가 죽은 뒤에는 집이 들으라고 켜놓고 외출하신다. "할머니?" 나는 지금 이 순간 누군가가 죽었다는 느낌을 받지만 그 느낌을 애써 무시하고 다다미 깔린 방을 슬쩍 들여다본다. 먼지떨이가 가족용 제단 발치에 기대 있다. 가을 풍경이 담긴 족자, 화병, 자질구레한 장신구로 가득한 장, 섬에서 평생을 살며 모은 잡동사니들. 외할머니는 단 한 번도 야쿠시마를 떠나본 적이 없다. 모기장에 비가 튀고,

---

* 화학 약품에 부식하지 않는 금속성 탱크를 변기 밑에 설치하고 그 안에 소독약을 넣어 병균을 사멸시키는 방법을 쓰는 화장실.

그래서 나는 창문을 닫는다. 나는 이 방이 무서웠다. 안주는 무서워하지 않았다. 오봉 명절* 때 안주는 바깥에서 납작 엎드려 기다리다가 벼락같이 이곳에 들어오곤 했다. 외할머니가 공양드린 버찌를 먹는 영혼을 잡기 위해서였다. 나는 검게 옻칠이 된 장에 든 망자들의 얼굴을 본다. 방수복, 정장, 제복, 또는 사진관에서 옷을 빌려 입고 찍은 사진들. 내 누나의 사진도 보인다. 초등학교 1학년 입학식 때 이를 활짝 드러내고 찍은 사진.

"할머니?"

나는 주방으로 가 물을 한 잔 마시고 안주와 내가 공중에 띄우려고 했다가 실패한 소파에 앉는다. 안주는 소파를 띄우지 못한 걸 내 약한 초능력 탓으로 돌렸다. 자기는 초능력으로 숟가락을 굽힐 수 있으니 자기 탓은 아니라는 거였다. 나는 오랫동안 안주의 말을 믿었다. 소파는 쿠션도 꺼지고 불편하지만 오늘처럼 후덥지근한 날에 오래 걸고 나니 무척이나 편하다. 너무나 편안해서⋯⋯

🌢

나는 꿈꾸는 모든 이들을, 당신 모두를 꿈꾼다.
나는 신사 종에 내린 서리의 문양을 꿈꾼다.
나는 이자나기**의 창끝에서 떨어지는 밝은 물방울을 꿈꾼다.
나는 물방울이 오늘날 우리가 일본이라 부르는 섬들로 굳어지

---

* 조상의 혼을 맞아들이고 공양하는 일본의 명절.
** 일본 신화에 나오는 남자 신.

는 걸 꿈꾼다.

나는 날치와 플레이아데스*를 꿈꾼다.

나는 자판 사이에 떨어진 피부 조각을 꿈꾼다.

나는 도시와 난소를 꿈꾼다.

나는 여덟 조각으로 된 마음을 꿈꾼다.

나는 아무런 불평도 없이 물에 빠져 죽는 여자아이를 꿈꾼다. 그 아이의 어린 몸이 파도와 조류에 휩쓸리고 마침내 푸른 바다에 녹아 아무것도 남게 되지 않는 꿈을 꾼다.

나는 해초와 삿갓조개에 둘러싸인 채 망을 보는 고래바위를 꿈 꾼다.

나는 고래바위의 숨구멍으로부터 부글거리며 나오는 메시지를 꿈꾼다.

"긴급 사태로 인해 정규 방송을 중단합니다……"

◆

"도쿄 지역에서 강력한 지진이 육십 초 동안 계속되었습니다. 지진국에 따르면 이번 지진은 1995년에 있었던 간사이 대지진보 다 더 강력한 리히터 규모 7.3으로, 간토 분지 전역에 걸쳐 심각한 건물 손상이 있을 수 있다고 합니다. 도쿄 지역의 주민 여러분들은 평정을 잃지 마시고, 가능하면 건물을 떠나 붕괴의 위험이 없는 탁 트인 곳으로 피신해 여진에 대비하시기 바랍니다. 엘리베이터를

---

* 그리스 신화에 나오는 아틀라스의 일곱 딸.

이용하지 마십시오. 가스와 전기용품을 꺼주십시오. 가능하면 창문에서 떨어져 계십시오. 긴급 상황실에서는 쓰나미 발생 가능성을 측정 중입니다. 추후 공지가 있을 때까지 모든 정규 방송은 취소되었습니다. 뉴스가 들어오는 대로 계속 긴급 공지 사항을 알려드리겠습니다. 반복합니다……"

방은 서늘하다. 나는 라디오를 끄고 오래된 전화 수화기를 집어든다. 아이에게 전화를 세 번 걸어보지만 전화는 불통이다. 다음으로 분타로에게 걸어본다. 그리고 네로에 걸어본다. 우에노 역도 전화를 받지 않는다. 도쿄의 전화는 아무 응답이 없다.

지금 이걸 꿈으로 바꿀 수만 있다면 무엇이든 줄 수 있을 텐데. 무엇이라도. 일본의 전화 사용자 절반이 수도에 전화를 해서 모든 회선이 꽉 찼기 때문일까? 아니면 도쿄가 이제는 시멘트 먼지 구름으로 뒤덮인 잔해가 되어서 통화가 안 되는 걸까? 바깥에서는 비가 계곡의 나뭇잎과 돌과 솔잎을 적시며 끊임없이, 그리고 조용히 내린다. 나는 아이의 얼굴 옆에서 유리창이 깨지는 장면을, 강철 대들보가 아이의 피아노 위로 무너져내리는 모습을 상상한다. 수천 가지 상상을 한다. 나는 가방을 들고 복도를 지나 신발을 대충 신고 잘 열리지 않는 문을 억지로 연다. 그리고 뛰기 시작한다.

아홉

조캐스터 브라운리, A. S. 바이어트, 에마 가먼, 제임스 호프먼, 잰 몬테피오르, 로렌스 노포크, 이언 페이튼, 앨러스데어 올리버, 조너선 페그, 마이크 쇼, 캐럴 웰치, 이언 윌리, 요시다 히로아키에게 고마움을 전한다.

도쿠야마 소재 가이텐 박물관 큐레이터인 오가와 노부루는 가이텐 인간 어뢰와 조종사에 대해 귀중한 정보를 제공해주었다. 기술 자료는 샐러맨더북스에서 1999년에 낸 리처드 오닐의『자살 특공대』를 참조했다. 하지만 이 책에 있는 모든 실수는 오롯이 내 책임이다.

아홉번째 꿈

소설은 독자에게 창이자 꿈이다. 독자는 소설을 통해 작가가 창조한 새로운 세상을 엿보고, 상상도 하지 못한 새로운 세상을 꿈꿀수 있다. 그리고 이렇게 작가가 창조한 새로운 세상이 얼마나 독자를 사로잡는가는 당연히 작가의 능력에 달려 있다. 데뷔작『유령이 쓴 책』에서 다양한 시공간을 배경으로 유령과 인간과 기계를 넘나드는 화자를 통해 우리에게 섬세하고 몽환적인 창밖 풍경을 펼쳐 보였던 데이비드 미첼은 본서『넘버 나인 드림』에서는 현실과 환상을 오가는 다채로운 꿈을 선사한다.『유령이 쓴 책』과는 다르게『넘버 나인 드림』은 단순한 시공간과 시점을 채택했지만, 사이버펑크, 스릴러, 액션, 디스토피아풍의 동화, 역사소설 등 다양한 장르의 합주는 여전히 화려하고 아름답다.

이제 막 고등학교를 졸업한 열아홉 살 청년 미야케 에이지의 현실은 잔인하다. 에이지는 쌍둥이 누나 안주와 함께 사생아로 태어나 어렸을 적에 어머니에게서마저 버림받고 친척들 손에 자랐다. 소울메이트였던 안주는 열한 살 때 자기 때문에 물에 빠져 죽었다. 남들에게 내세울 만한 능력도 없다. 그런 에이지에게 환상은 현실 도피의 한 방법이다. 에이지가 보는 그 어떤 잔인한 환상도 현실보다 더 잔인하진 않기 때문이다. 똑같이 거대한 물이지만 홍수로 도쿄가 물에 잠기고 첫눈에 반한 웨이트리스를 구하려다가 물에 빠져 죽는 환상이 자기 때문에 바다에서 누나가 죽은 현실보다는 훨씬 기껍다. 또한 환상 속에서 에이지는 판옵티콘에 혼자 들어가 바이오보그를 물리치고 아버지에 대한 정보를 빼오는 영웅이자 아름다운 지지 히카루의 연인이며, 게임에서는 악당들에게 납치당한 아버지를 구하는 전사이고, 꿈에서는 존 레논의 친구이다.

태어나기도 전에 자신을 버렸고 심지어 자신을 만나고 싶어하지 않는다는 것을 알면서도 에이지는 아버지를 만나기 위해 야쿠시마 섬을 떠나 도쿄로 온다. 하지만 미야케는 왜 자신이 아버지를 만나고 싶어하는지 모른다. 겉으로는 아버지를 찾는 것이 목적이지만 사실 에이지의 진정한 목적은 잔인한 과거를 받아들이는 것, 그리고 보호를 원하는 무기력한 소년에서 홀로 설 수 있는 어른이 되는 것이다. 물론 에이지는 그 사실을 인정하지 않으며 알지도 못한다. 그리고 두 달에 걸쳐 아버지를 찾아 좌충우돌 헤매는 동안, 에이지는 평생 한 번 마주치기도 어려운 놀라운 사건과 인물 들을 연속해 만나게 된다. 이 과정에서 에이지는 안주의 죽음이 가져왔던 트라우마를 극복하고, 여자친구를 사귀고, 어머니를 이해하고 받아들이고, 늘 기댈 누군가를 찾던 어린아이에서 홀로 설 수 있는 어른으로 성장한다.

　이러한 관점에서 볼 때 『넘버 나인 드림』은 전통적인 여로형 소설이자 성장소설이다. 그리고 동시에 『넘버 나인 드림』은 환상과 현실, 꿈과 삶이 이루는 희미한 경계를 넘나드는 우리의 의식을 살피는 소설이기도 하다.

　『넘버 나인 드림』을 읽으며 무라카미 하루키를 떠올리지 않기란 거의 불가능하다. 그리고 작가는 에이지가 꿈에서 만난 존 레논을 통해 "사실, 〈#9Dream〉은 〈Norwegian Wood〉의 후예야"라고 당당하게 밝힌다. 존 레논의 노래 제목을 빌려온 『넘버 나인 드림』은 존 레논이 멤버였던 비틀스의 노래 〈Norwegian Wood〉와 이어져 있고, 무라카미 하루키의 대표작인 『노르웨이의 숲』은 바로 이 노래의 제목을 빌려온 것이기 때문이다(환상과 꿈으로 가득한 이 책이 무라카미 하루키의 유일한 사실주의 장편소설인 『노르웨이의 숲』과 연결되어 있다는 것은 흥미롭다). 또한 『넘버 나인 드림』의 여섯번째 이야기인 '가이텐'에 나오는 일기는 무라카미 하루키의 『태엽 감는 새』에서 마미야 중위가 전하는 2차대전 이야기와 그 구조가 닮았으며(데이비드 미첼은 "이 생의 마지막 기억은 엉뚱한 것들이다. 나는 분실물 보관소에서 주인이 찾아가지 않은 무라카미 하루키 소설을 반쯤 읽다가 우에노 역의 내 보관함에 넣어두었다. 밧줄도 없는 마른 우물에 빠진 남자는 어떻게 되었을까?"라는 문장으로 에이지가 『태엽 감는 새』를 읽는 중임을 암시하고 있다),

'이야기 공부'에 나오는 염소작가 이야기는 무라카미 하루키의 소설 중간에 삽입되곤 하는 소품들과 닮았다(염소작가는 작가인 데이비드 미첼처럼 말을 더듬으며, 이는 염소작가가 작가 자신임을 암시한다. 또한 염소작가를 뜻하는 원어 'goatwriter'는 『유령이 쓴 책』의 원제인 'ghostwritten'을 암시하기도 한다. 그리고 『유령이 쓴 책』을 읽은 독자라면 이 책에 등장하는 몽골인과 스가가 일하게 될 사라토가의 기관이 낯익을 것이다. 이는 『유령이 쓴 책』에서 주장했던 것처럼 세상 모든 것은 연결되어 있다는 작가의 대주제를 암시한다). 또한 음악에 대한 사랑, 귀가 아름다운 여자친구에 대응하는 세상에서 가장 완벽한 목을 가진 여자 친구, 망가진 가족 관계 등 이 소설에는 무라카미 하루키의 소설에 대한 오마주들이 잔뜩 들어 있다. 하지만 이미 세계적인 거장의 반열에 오른 무라카미 하루키와 그 형식과 틀의 일부가 비슷하다고 해서 작품 전체를 아류라고 깎아내릴 필요는 없을 듯하다. 데이비드 미첼은 무라카미 하루키의 장치들을 이용해 무라카미 하루키가 쓰지 못했을 내용을 자신의 목소리로 잘 그려내고 있으며, 또한 다른 작품들을 통해 오롯이 자신만의 세계를 그려낼 능력이 있음을 잘 증명했으니 말이다.

앞서 말했듯이, 소설은 독자에게 새로운 세계를 보게 해주는 창이자 꿈이다. 그리고 중요한 건 창밖의 풍경이지 창틀의 생김새가 아니며, 꿈의 내용이지 형식이 아니다. 『넘버 나인 드림』에서 데이비드 미첼은 우리에게 아홉 가지 이름으로 여덟 가지의 꿈을 제시한다. 그리고 마지막 아홉번째 꿈은 비워둔 채 우리의 상상을 요구한다. 우리가 채워 넣어야 할 그 마지막 꿈은 한여름 밤의 달콤한 꿈일 수도, 또는 만성절 전야의 악몽일 수도 있다. 선택은 각자의 몫이다. 그리고 어느 쪽이 되었든, 그것은 분명히 독자 자신만의 독특한 꿈이 될 것이다.

2012년 가을
최용준

옮긴이 **최용준**

대전에서 태어나 서울대학교 천문학과를 졸업했으며 미국 미시간 대학에서 이온추진 엔진에
대한 연구로 비(非)천문학 박사 학위를 받았다. 저온 플라스마를 연구한다. 옮긴 책으로는
『유령이 쓴 책』『래그타임』『곤두박질』『핑거스미스』『벨벳 애무하기』『둠즈데이 북』『죽은
자에게 걸려 온 전화』등이 있다. 『이 세상을 다시 만들자』로 제17회 과학기술 도서상 번역
부문을 수상했다. 시공사의 '그리폰 북스', 열린책들의 '경계 소설선', 샘터사의 '외국 소설
선'을 기획했다.

문학동네 세계문학

넘버 나인 드림

초판인쇄 2012년 10월 15일 | 초판발행 2012년 10월 25일

지은이 데이비드 미첼 | 옮긴이 최용준 | 펴낸이 강병선
책임편집 이현자 | 편집 오영나 이수영 | 독자 모니터 양은희
디자인 윤종윤 이원경 | 저작권 한문숙 박혜연 김지영
마케팅 정민호 김도윤 박보람 | 온라인 마케팅 김희숙 김상만 이원주
제작 안정숙 서동관 임현식 | 제작처 한영문화사

펴낸곳 (주)문학동네
출판등록 1993년 10월 22일 제406-2003-000045호
주소 413-756 경기도 파주시 문발동 파주출판도시 513-8
전자우편 editor@munhak.com | 대표전화 031) 955-8888 | 팩스 031) 955-8855
문의전화 031) 955-3576(마케팅) 031) 955-8859(편집)
문학동네카페 http://cafe.naver.com/mhdn

ISBN 978-89-546-1947-9 03840

www.munhak.com